Peter Carter

ABSCHIED VON CHEYENNE

Aus dem Englischen
von Susanne Friederike Levin

Verlag Freies Geistesleben

Für Hugo Donnelly
Einen anständigen Kerl

Die englische Originalausgabe erschien 1990 unter dem Titel
«Leaving Cheyenne» bei Oxford University Press

ISBN 3-7725-1446-4

This translation of «Leaving Cheyenne» originally published in 1990 is published by arrangement with Oxford University Press.

Nach den Richtlinien der neuen Rechtschreibung

1. deutschsprachige Ausgabe:

Verlag Freies Geistesleben
Landhausstr. 82, 70190 Stuttgart
internet: www.geistesleben.com

Einband: John Martin
Vorsatz: Cowboys beim Lunch, im Hintergrund die Remuda
(Foto: Western History Collections,
Bibliothek der University of Oklahoma)
Gesamtherstellung: Clausen & Bosse, Leck

Peter Carter

Abschied von Cheyenne

Oh, give me a home where the buffalo roam,
Where the deer and the antelope play,
Where seldom is heard a discouraging word
And the skies are not cloudy all day.

Ach, gib mir ein Land, wo die Büffel ziehen,
Wo Hirsch und Antilope spielen,
Wo selten ein Wort entmutigend wirkt
Und der Himmel nicht immer bewölkt ist.

KANSAS
MISSOURI
Abilene
Junction City
Lawrence
Kansas City
Sedalia
Dodge City
Arkansas River
Newton
Wichita
Büffel-Terrain
N
Cimarron River
N. Canadian River
S. Canadian River
Washita River
ARKANSAS
Indianer-Territorium
Red River
Red River Station
Dallas
Chisholm Trail
Missouri Pacific-Bahn
Kansas Pacific-Bahn
Atchison, Topeka & Santa Fe-Bahn
Brazos River
TEXAS
LOUISIANA
Austin
Houston
Colorado River
San Antonio
Golf von Mexiko
Rio Grande
MEXIKO
Meilen
0
150
CHISHOLM TRAIL und BAHNLINIEN in den 1870er Jahren

Vorwort

Wo Schusswaffen getragen werden, schießt man auf Leute. Im so genannten Wilden Westen trug man Schusswaffen, und Leute wurden erschossen. Aber den alten Westen sich wie eine einzige, riesige Schießerei vorzustellen ist Fantasy. 1871 wurden in Abilene, zur Blütezeit des Viehtriebs, als die Cowboys zu Hunderten durch die Straßen zogen, weniger Menschen umgebracht als im stumpfsinnigen Merthyr Tydfil im friedlichen Wales.

In Wahrheit hat sich der Westen in seiner Geschichte stetig und schnell auf die bürgerliche Ordnung zubewegt. Als die nationalen Territorien als Staaten – also im Großen und Ganzen als selbstbestimmte Einheiten – in die Union aufgenommen waren, strebten die Siedler, nachdem erst einmal Verwaltungsbezirke eingerichtet und Städte gegründet worden waren, gleich danach, Schulen und Kirchen zu bauen und Gesetzeshüter einzustellen: Sheriffs für die Bezirke, Marshals und Hilfssheriffs für die Städte, mit deren Hilfe sie Gesetze gegen das Tragen von Schusswaffen und, besonders in Kansas, gegen den Alkoholgenuss durchsetzten. Gerechtigkeitshalber muss man sagen, dass der alte Westen damals wesentlich sicherer war als heute – besonders an Samstagabenden.

Ganz anders lagen die Dinge allerdings vor der Gründung der Städte, das heißt vor ihrer offiziellen Anerkennung. Wie sich im Folgenden zeigen wird.

Die offensichtlich historischen Fakten in diesem Roman sind wahr, und die meisten Personen hat es gegeben. (In einem Glossar am Ende des Buches sind zu einigen Gestalten des Wilden Westens und zu speziellen damaligen Verhältnissen noch ein paar kurze Erläuterungen angefügt, auch werden einige Spezialausdrücke aus der Sprache der Cowboys erklärt.) Nur bei den Einwohnern von Kansas muss ich mich dafür entschuldigen, dass ich George M. Hoover mit seinem Alkoholzelt ein Jahr vor seinem tatsächlichen Eintreffen in Dodge eingeführt habe und dass ich eine neue Bahnstation gestiftet habe – Bailey's Halt. Ich hoffe außerdem, die Texaner werden es mir verzeihen, dass ich ihren Staat um einen Bezirk, Clement, erweitert habe und um eine Stadt, Lookout.

Nicht ganz uninteressant dürfte sein, dass ein gewisser Dwight D. Eisenhower seine Jugend in Abilene, Kansas, verbracht hat, bevor er zweimal zum Präsidenten der Vereinigten Staaten gewählt wurde und überdies als Oberbefehlshaber der alliierten Streitkräfte gegen das verbrecherische Regime im nationalsozialistischen Deutschland kämpfte. Er las außerdem ziemlich gern Westernromane!

VORWÄRTS

Eins

Bo und ich kamen aus Clement County – das heißt aus Texas. Unseren Pa haben die Yankees im Bürgerkrieg umgebracht, und unser großer Bruder Keeler verschwand '68 nach Kalifornien, von ihm haben wir nie wieder was gehört. Also blieben Ma, Bo, meine Schwester Flo und ich. Es waren noch zwei Kinder dagewesen, aber die waren früh gestorben.

Das Land, auf dem wir lebten, war unser rechtmäßiger Besitz, obwohl, genau betrachtet, nicht viel dran war, es bestand bloß aus einem bisschen Gestrüpp und einem Bach, der immer dann austrocknete, wenn man ihn am nötigsten brauchte. Ma nannte das Land immer liebevoll unsere «Ranch», aber sie besaß einfach eine Menge Phantasie. Vielleicht weil ihre Familie aus Louisiana stammte, sah sie die Dinge nie so, wie sie waren, sie träumte über Büchern von einem Kerl namens Walter Scott, nannte Flo Florimella, was vorher noch niemand gehört hatte, jedenfalls nicht in der Gegend von Clement, und Bo nannte sie Beauregard de Quincy, das muss man sich mal vorstellen. Ich glaube, ich bin mit meinem gewöhnlichen Benjamin noch gut weggekommen, aber schließlich hat sich Ma nie was aus mir gemacht, vermutlich weil ich irgendwie klein und struppig war, nicht wie diese alten Ritter, wer auch immer zum Teufel die waren.

Eines Tages zog Flo, die wahrscheinlich auch ziemlich phantastische Vorstellungen hatte, mit einem Reisenden los, der Frauenklamotten und Modeartikel verkaufte. Ich hab ihr bestimmt keinen Vorwurf gemacht, weil es ja nichts gab, was einen in Clement County hätte halten können, aber Ma war einen ganzen Monat wie benebelt und lief wie ein Geist durch die Gegend. Danach erwachte sie allerdings wieder zum Leben, als wir einen Brief von Flo kriegten, in dem sie schrieb, dass sie den Reisenden abserviert und sich an einen Ladenbesitzer in Brownsville gehängt hätte. Ihren neuen Namen sagte sie uns aber nicht.

Also blieben nur noch wir drei. Im Sommer warfen wir Blasen vor Hitze, und im Winter erstarrten wir zu Eis, wir kratzten unseren Lebensunterhalt zusammen, bauten ein bisschen Mais an, wenn das Wetter und die Käfer uns ließen, verdingten uns bei jedem, der fünfzig Cents oder irgendwas anderes übrig hatte, und kriegten das ganze Jahr über keine Dollarnote zu sehen, und ab und zu gingen wir raus ins Büffelgras und holten uns einen Ochsen, damit wir mal in ein Stück Fleisch beißen konnten.

Aber auch das wurde mit der Zeit nicht gerade einfacher. Im Krieg waren Millionen Longhorn-Rinder verwildert, waren umhergezogen, wie es ihnen gepasst hatte, und mit unserer alten Spencer eines zu erwischen war nicht schwieriger gewesen, als einen Hasen abzuknallen. Aber die Zeiten änderten sich. Der Krieg war vorüber, die Yankees oben im Norden gierten nach Rindfleisch, und unten in Texas rannte das Vieh frei herum, also kamen ein paar Rancher auf die Idee, die Rinder dahin zu bringen, wo man die Steaks wollte und wo es auch Dollars gab, um sie zu bezahlen.

Die Idee war nicht neu. Vor dem Krieg hatte man das Vieh durch die ganzen Staaten getrieben und danach aus dem Süden den alten Shawnee Trail rauf durch Missouri bis zum Ende der Bahnlinie bei Sedalia. Aber dann drängten die Siedler aus dem Osten herein, machten sich in Missouri breit, und diese Sod-busters beschwerten sich, die Herden würden ihre Ernte zer-trampeln und hätten eine Viehkrankheit. Das war das Zecken-fieber, aber die Farmer sagten auch Texasfieber dazu, obwohl es überhaupt kein bisschen mit Texas zu tun hatte, und die Sod-busters sagten, ihre Kühe würden am Fieber sterben, und sorg-ten dafür, dass die Herden verschwanden. Dann waren die Ge-schäfte eine Zeit lang ziemlich flau, bis die Kansas Pacific-Bahn kam und sich durch Kansas schlängelte. Ein Yankee namens Joe McCoy kaufte sich eine Fahrkarte, stieg in Abilene Town, Kan-sas, aus, sah sich um, sah, dass es reichlich Gras und Wasser gab und gar nicht so viele Sodbusters, ließ sich zum Bürgermeister wählen und schickte, zusammen mit der Eisenbahngesellschaft, Agenten nach Texas runter, und die sagten: «Jungs, bringt euer Vieh nach Abilene, wir transportieren es dann mit der Eisenbahn nach Kansas City und Chicago, und das gibt tonnenweise Geld.» Er hielt sogar Wort, und daher kommt der Ausspruch «der wahre McCoy».

Nun, die Texaner waren vielleicht nicht besonders schlau – jedenfalls nicht viel schlauer als John D. Rockefeller –, aber sie hatten McCoy gehört, laut und deutlich, also trieben sie ihr Vieh zusammen und scheuchten es Richtung Norden nach Kansas, denn in Texas bekam man für einen Ochsen höchstens zwei oder drei Dollars, in Abilene brachte er dreißig bis vierzig Bucks. Und das war prima, weil man die Herden einfach den Chisholm Trail rauftreiben konnte, wo es keine Farmer gab – die Sache hatte nur ein paar Haken, weil der Weg fünfhundert Meilen länger war, durch zehn Flüsse führte und zack bumm mitten durch das Indianerterritorium.

Trotz allem trieben sie das Vieh da entlang, millionenweise, ohne Witze, denn für die großen Rancher, und für die kleinen genauso, waren die wilden Ochsen und Kühe nichts weiter als Dollarnoten auf vier Beinen. Also fingen sie an, ihnen Brandzeichen zu verpassen, und für zwei Jungs vom Land wie uns wurde es 'ne ganze Ecke härter, sich eine Scheibe davon runterzuschneiden, denn das war Viehdiebstahl, und wenn du Pech hattest, musstest du dafür den texanischen Seiltanz vorführen, wenn ihr wisst, was ich damit meine.

In der Curtis-Hütte wurde das Rindfleisch also vom Speiseplan gestrichen, und wir kratzten noch eifriger unsere Teller aus. Bo angelte sich einen Job bei der Harvey-Sippe hundert Meilen weiter, und ich stürzte mich auf den Maisacker, hütete die paar Hühner und Schweine, die wir besaßen, und hielt die Augen nach den Komantschen offen. Ehrlich gesagt, kannten wir niemanden, der seit dem Krieg in dieser Gegend einen gesehen hatte, aber manchmal kamen sie auf die Idee, dass sie ja das Staked Plain verlassen und herumziehen könnten, als ob das Land ihnen gehörte. Du hattest sie also immer im Hinterkopf, und zweihundert Meilen nördlich von uns setzten sie einem Kerl tatsächlich alles in Brand, weil er ihnen ein bisschen zu dicht auf den Pelz gerückt war.

Dann, gegen Ende des Sommers '70, starb Ma. Es ging schnell. Eben hatte sie noch am Waschzuber gestanden, da lag sie auch schon am Boden, und ich schätze, sie hat sich danach nicht mehr lang gehalten. Ich ritt mit dem Maultier zu unserem Nachbarn, Danny Farley, rüber und holte seine Frau. Sie sah sich Ma an und sagte, sie wäre gestorben, weil ihr Herz aufgehört hätte zu schlagen, womit sie mir nicht gerade die großen Neuigkeiten mitteilte. Aber, wie der Prediger auf ihrer Beerdigung sagte, die Frauen in Texas hielten nicht lang. Sie wurden einfach verbraucht, von der Arbeit und vom Kinderkriegen und so. Auf alle Fälle, er las es laut vor, an Ort und Stelle, aus der Heiligen Schrift: Die Tage von Männern und Frauen sind so kurz wie das Gras, das man aussiebt und in den Ofen wirft. Obwohl ich euch verraten kann, dass in Clement keiner irgendwelches Gras, das man hier überhaupt zum Wachsen brachte, in den Ofen warf.

Wie auch immer, jedenfalls blieben, als Ma von uns gegangen war, nur noch Bo und ich übrig. Sie hatten ihn ausbezahlt, weil sie ihn nicht mehr brauchten, nachdem sie im Herbst die Herden zusammengetrieben hatten, und es sah langsam so aus, als würden die Dinge ihren Weg gehen und der Curtis-Clan würde aussterben. Auch wenn Ma ganz bestimmt 'ne Menge Sachen nicht getan hatte, McGuffeys Lesebuch hatte sie in mich reingeprügelt, also konnte ich lesen und schreiben. Rechnen konnte ich übrigens auch, bis zur Dreierreihe, einigermaßen, also schrieb ich an Flo. Wir hatten keine komplette Adresse, und falls sie sich, wie Bo sagte, gebunden hatte, wussten wir nicht mal, wie sie hieß, aber ich schrieb trotzdem und dachte mir, in Brownsville würden bestimmt nicht allzu viele Florimellas rumschwirren, und schickte den Brief an den Marshal der Stadt, schrieb ganz dick «Trauerfall» auf den Umschlag und hoffte.

Ich hoffte, und das war so ziemlich alles, was Bo und ich für die nächsten paar Wochen zum Leben hatten. Wir kauften Mehl und Bohnen und Kaffee, schlachteten das letzte Schwein, fällten die letzte Pfahleiche am Bach für Brennholz und richteten uns darauf ein, von Pfannkuchen, gepökeltem Schweinefleisch und Bohnen zu leben. Auf etwas anderes konnten wir nicht hoffen, weil alle essbaren Kreaturen, die nicht längst in Fallen gelandet oder abgeschossen waren, mehr als vier Beine hatten. Genau genommen gab es nur zwei Dinge, die für uns liefen. Die Nachbarn waren richtig nett, und die Komantschen blieben im Winter zu Hause, also konnten wir uns in die Falle hauen, ohne uns Sorgen machen zu müssen, dass wir aufwachten und die Hütte uns um die Ohren brannte.

Mrs. Farley war echt nett und schenkte uns an Weihnachten einen Pekannusskuchen, und Danny half uns, den Ofen zu reparieren, als er in die Luft flog, aber in Wahrheit lebten wir nicht besonders gut. Ich denk da nicht bloß an das schlechte Essen und die Kälte, weil fast alle, die wir kannten, so lebten, sondern ich meine, dass wir uns hängenließen. Wir blieben immer länger wach und spielten Karten und Dame und standen auch immer später auf, wir wurden immer dreckiger, die Hütte genauso, überall lag Staub, und wir wuschen die Teller erst ab, wenn der Dreck so dick drauf klebte, dass ein Maultier darin stecken geblieben wäre.

Wir hätten es besser machen können, schätze ich, aber Bo war erst siebzehn und ich dreizehn, und wie gesagt, wir hofften – aber wenn ihr mich fragt, worauf, das wussten wir nicht so genau. Höchstens auf den Frühling, der vielleicht einen Brief von Flo brachte, in dem stand, dass sie zurückkommen und sich um die Hütte kümmern und Kuchen backen und all so was wollte oder dass wir zu ihr nach Brownsville kommen sollten. Irgendsowas jedenfalls.

Aber wir schleppten uns weiter. Ich bekam heftige Zahnschmerzen, und der Zahn splitterte, als Bo mit der Zange daran zog, und dann musste er ein paar Splitter mit dem Messer rausschneiden, weshalb ich an diese Nacht nicht so gern erinnert werde. Und die Leute um uns waren richtig gut zu uns, wurden dann aber weniger gut, wenn ihr wisst, was ich meine. Wir kriegten Kuchen, wirklich, und wenn wir auf unserem Maultier zu einer Hütte ritten, hieß man uns willkommen und gab uns zu essen, aber je länger der Winter dauerte, desto weniger herzlich war der Empfang. Um die Wahrheit zu sagen – wenn uns die Leute verabschiedeten, klang das herzlicher, als wenn sie uns begrüßten.

Bo fiel das in dieser einen Nacht auf, als wir von den Farleys zurückkamen, und ich seh ihn noch vor mir, im kalten, weißen Mondlicht, wie der Nordwind ihm unter die Krempe seines alten Hutes blies.

«Tatsache ist, Ben», sagte er, «die Farleys haben genug eigene Kinder, um die sie sich kümmern und denen sie die Mäuler stopfen müssen, und mehr Geld als wir haben sie auch nicht.»

Ich sagte, dass das nicht wahr wäre – nicht die Sache mit den vielen Kindern, denn die hatten die Farleys natürlich –, sondern dass sie uns nicht bei sich haben wollten.

«Und außerdem», sagte ich, «werden wir es im Frühling abarbeiten, ihnen zurückzahlen und so.»

Bo schüttelte den Kopf. «Frühling ist Frühling und jetzt ist jetzt. Jedenfalls können wir nichts für sie tun, was sie nicht allein können. Ich sag dir, Ben, im Frühling müssen wir was tun. So können wir nicht weiterleben.» Und als ob das alte Maultier zustimmen wollte, blies es durch die Nüstern und zuckte mit dem Schwanz.

Ich bekam richtig Angst, aber ich sagte: «Wird schon werden, Bo. Es wird alles ganz prima weitergehen.»

Und ich weiß nicht, aber dieser Bo hörte die Angst in meiner Stimme, denn er grinste, und seine Zähne leuchteten. «Das Schlimme an dir ist, Ben, du magst diese Kuchen so gern.»

Er lachte, aber er hatte schon Recht. Ich mochte tatsächlich Kuchen. Ich träumte davon, und mir gefiel der Gedanke nicht, dass ich vielleicht keinen mehr bekam, also war ich für eine Weile richtig trübsinnig.

Dann erhielten wir den Brief von Flo. Ed Payne brachte ihn vorbei, nachdem er aus Sweetwater, der nächsten Stadt, zurückgekommen war, wo er Besorgungen gemacht hatte. Der Brief hatte da schon einen ganzen Monat rumgelegen, aber jetzt lag er hier in unserer Hütte, und Bo und ich sahen ihn an, als wäre er irgendwie verzaubert, und ich schätze, keiner von uns wollte den Zauber brechen, bis Bo schließlich sagte: «Mach ihn auf.»

Ich riss das Papier auf und warf einen Blick darauf, nur einen kurzen Blick, weil ich das Vergnügen in die Länge ziehen wollte, wie man so sagt, aber Bo erklärte, ich sollte mit dem Blödsinn aufhören und ihn lesen. Und das war *mein* Job, weil Bo zwar ein ziemlich guter Reiter war, sich aber wie ein angeseilter wilder Mustang benahm, wenn ihm Buchstaben unterkamen. Also faltete ich den Brief auseinander, legte den Finger auf die Schrift, hüstelte, wie ich das beim Prediger gesehen hatte, wenn er aus der Heiligen Schrift zitierte, und fing an zu lesen, und ich muss sagen, es dauerte nicht lang, weil es nicht viel zu lesen gab.

Jungs tuht mir leid das Ma tod is aba sie waar imer krenklich ich schäze ihr könt selbs auf euch aufbassen jeden fals gibs hier kain Blatz führ euch ich bihn verhairahdet. Un hab ein Baby mein Man is nich schlecht. Un tringt nur zweimahl die Woche Wiski wen ihr die fahrm verkaufn wolt gehört mir rechtmesik ein drittel. Schigt das geld ans Postamt hierin braunsville eure libende schwesder Flo. Mein eheliche Nahme is Schultz.

Also, meine ganzen Träume, Kuchen von Flo zu essen, flogen in einem Schwung zum Fenster raus, und Bo sah ziemlich fertig aus.

«Ist das alles?», fragte er.

«Das ist alles», sagte ich.

«Na, Teufel auch!» Er griff nach dem Brief und starrte auf die Zeilen, obwohl er damit überhaupt nichts anfangen konnte. «Wie hieß das am Schluss?»

«Eure liebende Schwester Flo.»

«Liebende Schwester!» Bo spuckte auf den Ofen. «Von Liebe merkt man in dem Brief nicht viel.»

Ich musste ihm da zustimmen. Es war so viel Liebe drin wie in dem Blick eines Truthahngeiers, der ein neugeborenes Kalb entdeckt hat.

«Und wie nennt sie sich jetzt? Schultz? Ein gottverdammter Holländer.»

«Kann sein», sagte ich. «Oder Deutscher.»

«Holländer, Deutscher, ist doch alles das Gleiche, oder?» Bo nahm den Brief noch mal in die Hand. «Und ein Drittel der

Farm gehört rechtmäßig ihr, hat sie gesagt? Falls wir sie je verkaufen, könnten wir von ihrem Drittel nicht mal die Überweisung bezahlen!»

Er funkelte mich an, als ob ich den verfluchten Brief geschrieben hätte, dabei fühlte ich mich kein bisschen besser als er, eher schlechter, weil ich meine ganzen Hoffnungen in Flo gesetzt hatte. Dann warf ich noch einen Blick auf den Brief, genau wie Bo, aber beim zweiten Lesen kam auch nichts Besseres raus, also steckte ich ihn weg und legte mich aufs Ohr.

Die Kojoten jaulten in der Nacht in voller Lautstärke, und ich war mir nicht ganz sicher, ob vielleicht ein Wolf draußen den Mond anheulte, aber die Kreaturen konnten auch nicht trübsinniger drauf sein als ich, und die Decke stank genauso übel wie das Maultier. Denn seit der Nacht, in der Bo gesagt hatte, dass die Nachbarn nicht ewig so freundlich bleiben würden, hatte ich Angst gehabt, er könnte dasselbe tun wie unser Bruder Keeler, einfach abhauen und in ein Land gehen, wo das Gras grüner ist, und mich mir selbst überlassen.

Zwei

Aber auch dieser Winter ging zu Ende, und das hätte er keine Sekunde später tun dürfen, denn wir hatten kein Mehl mehr, der Kaffee war aufgebraucht, und von dem Schwein war kaum mehr übrig als der Schwanz. Wie auch immer, der Frühling brach aus, die Kornblumen und der Wilde Senf blühten auf und sahen wirklich hübsch aus, obwohl sie noch hübscher ausgesehen hätten, wenn man sie hätte essen können, das konnte man überhaupt nicht, es sei denn, man war eine Ziege. Trotzdem waren sie eine Wohltat für entzündete Augen, bei ihrem Anblick und mit der wärmenden Sonne im Rücken fühlte ich mich besser. Ich begann dennoch Bo ins Visier zu nehmen, für den Fall, dass ihn Frühlingsgefühle packten und er abzuhauen versuchte.

Falls er daran dachte, die Mücke zu machen, ließ er es sich jedenfalls nicht anmerken. Und dann, eines Tages, als der Himmel blau war und die Wiesenlerchen verliebt miteinander zwitscherten und Bo unheilvolle Bemerkungen machte, wir sollten vielleicht zum Bach runtergehen und ein Bad nehmen und so, kam ein Kerl angeritten.

Bo sah ihn als Erster kommen, er hatte nämlich ziemlich scharfe Augen. Er stand auf der Treppe, die Hand über den Augen, und ich ging die Spencer holen, weil man nie wissen konnte, wer sich an jenen Tagen in Texas herumtrieb – heutzutage übrigens auch nicht –, dann entspannte sich Bo.

«Es ist der Prediger», sagte er.

Dieser Prediger hieß Mr. Tyler, und ich hatte ihn zuletzt auf Mas Beerdigung gesehen, als er uns diesen Blödsinn über das Gras erzählt hatte, das man in den Ofen warf. Er war ein baumlanger Kerl, verkündete gewandt das Wort Gottes und war mächtig scharf auf Dollars – für einen Prediger zu scharf, wie ein paar Leute sagten –, und nach Mas Tod hatte uns seine Missus Melasse vorbeigeschickt, dabei aber Schwefel gegen das Fieber druntergemixt, und das Zeug hatte ausgesprochen schrecklich geschmeckt.

Nun, da war er also, schwang eines seiner langen Beine über den Sattel und sagte: «Wie geht's denn, Jungs, ist Gott mit euch?»

Falls er damit meinte, ob wir Kuchen und Kekse hatten, dann war Gott bestimmt nicht mit uns, aber wir erzählten es ihm nicht. Wir murmelten nur so was wie «Tag auch» und baten ihn hereinzukommen, und Bo bot ihm Kaffee an.

«Ist kein richtiger Kaffee», erklärte Bo. «Aus Eicheln.»

Tyler setzte sich und klopfte sich den Staub ab, der in einer dicken Wolke durch die ganze Hütte flog, was bei dem Zustand unserer Behausung aber auch keinen Unterschied machte. «Nehme niemals Aufputschmittel», sagte er. «Wasser, ein Geschenk unseres Herrn, ist gut genug für mich.»

Ich reichte ihm das Kännchen, und er nahm einen Schluck, spuckte ein paar Fliegen aus und sah uns an. «Ihr Jungs seht nicht gerade übermäßig gut aus», sagte er.

Eine besonders höfliche Einleitung war das nicht, aber Recht hatte er schon, wir sahen nicht gerade gut aus. Genau genommen sahen wir mehr wie zwei Herumtreiber aus und nicht wie zwei freie Landbesitzer in Texas.

Bo scharrte mit den Füßen. «Wir wollten uns grade an den Frühjahrsputz machen», erklärte er, und das war mir neu. «Das Geschirr und so.»

Tyler rieb sich seinen großen Zinken. «Da bin ich aber mächtig froh, das zu hören», sagte er, als glaubte er ihm kein Wort. «Reinlichkeit kommt gleich nach der Gottesfurcht. Das solltet ihr Jungs euch merken.»

Bo murmelte, das würden wir tun und dass wir uns auch um die Gottesfurcht kümmern würden, sobald wir Zeit dazu hätten.

«Zeit!» Tylers Stimme klang scharf. «Es kommt mir so vor, als ob ihr Jungs reichlich Zeit hättet.»

«So ist das nicht», sagte Bo. «Wir haben 'ne Menge zu tun, kochen und ... und ...»

Ich wusste, dass Bo sagen wollte «und die Hausarbeit», er

brachte es aber nicht über sich, so wie die Hütte aussah, und eins musste man Bo zugute halten, ehrlich war er bis ins Letzte.

Tyler rümpfte die Nase. «So soll es auch sein. Aber ich hab den ganzen Winter über euch Jungs nachgedacht. Ehrlich. Und ich hab mir gedacht, ihr gehört nicht zu der Sorte von Leuten, die immer auf Nachbarn angewiesen sein wollen, die genauso arm sind wie ihr. Nein, unabhängig wollt ihr sein, genau das.»

Für mich hörte sich das gut an, aber Bo sah nicht so aus, als ob er gerade einen Zehn-Dollar-Schein gefunden hätte. «Was wollen Sie uns eigentlich damit sagen?», fragte er.

Tyler beugte sich vor, stach irgendwie mit seinem Zinken auf Bo ein. «Ich will damit sagen, dass ihr Jungs Bargeld braucht. Dollars.»

Meine Augen traten vor, als Tyler das sagte, und ich dachte, er würde seinen Beutel rausholen und anfangen, uns die Greenbacks auf den Tisch zu blättern, hier und jetzt, und ich schätze, Bo hatte das gleiche Gefühl, denn er sagte: «Also, das ist mächtig nett von Ihnen, Mr. Tyler. Ein bisschen Bargeld ist genau das, was wir brauchen, und sobald ich wieder zu reiten anfange, zahl ich es Ihnen zurück.»

Als Bo das sagte, sprang Tyler so heftig auf, dass eine zweite Staubwolke durchs Zimmer wirbelte. «Jetzt wart mal einen Moment», schoss er los, «ich bin nicht gekommen, euch Geld zu leihen, o nein! Davon halte ich nichts. Ich hab zu viele gute Männer gesehen, die vom rechten Weg abgekommen sind, weil sie geborgt haben. Damit schiebt man das Übel nur von heute auf morgen, man korrumpiert die Seele, das ist der schnellste Weg zum Trinken und Spielen, zum Rauchen, zu Höllenfeuer und Schwefel, zu …»

Bo hob die Hand. «Sparen Sie sich den Sermon, Mr. Tyler. Wenn Sie nicht gekommen sind, um uns Geld zu leihen, warum sind Sie dann hier?»

Tyler schnitt eine Grimasse, er mochte es nicht, wenn man ihn in vollem Galopp bremste, schließlich war er ein Mann des Wortes. Na, ich hatte ihn gehört, wie er bei einem Lagertreffen eine dreistündige Kanonade vom Stapel ließ, als ihn der Heilige Geist am Kragen hatte.

«Also gut», sagte er ziemlich sauer. «Kommen wir zur Sache.» Er klapperte mit den Zähnen und zog ein Blatt Papier unter seinem Hut hervor. «Errgh», gurgelte er. «Was gedenkt ihr hiermit zu tun?»

Bo reichte mir den Zettel, und ich überflog ihn. Einige Wörter waren auch für mich zu schwierig, aber in groben Zügen hatte ich kapiert, was da stand, und als ich fertig war, wurde ich ein bisschen blass um die Nase, und als ich es Bo erklärte, wurde er auch ein bisschen blass um die Nase. Denn bei all der vornehmen Sprache besagte der Zettel nichts anderes, als dass Ma Mr. Tyler fünfzig Dollar schuldete, bar auf die Hand.

«Fünfzig Bucks!», sagte Bo – nun, eigentlich explodierte er. «Wofür um alles in der Welt hat Ma sich die geborgt?»

«Nun, das weiß ich nicht», antwortete Tyler. «Es stand mir nicht zu, danach zu fragen, als ich eurer Ma aus der Güte meines Herzens das Geld geliehen habe. Wissen möchte ich aber, was ihr in dieser Sache zu tun gedenkt.»

«Tun!» Bo funkelte ihn an. «He, Sie wollen doch nicht etwa behaupten, dass wir mit diesem Zettel irgendwas zu tun haben?»

«Das hatte ich allerdings vor», sagte Tyler.

«Dann denken Sie sich was Neues aus.» Bo drehte komplett durch. «Wir haben keine fünfzig Dollar. Genau genommen haben wir nicht mal fünfzig Cents. Ist auch egal, Ma hat sich das Geld gepumpt, und sie ist tot und begraben, also schulden wir Ihnen keinen Penny.»

«Nun, das stimmt», gab Tyler zu. «Ihr nicht. Aber dieses Papier ist ein Rechtsdokument, Bo, und darin steht, wenn eure Ma das Geld nicht binnen zwölf Monaten zurückzahlt, gehört *mir* dieses Land.»

«Was?» Bo traute seinen Ohren nicht und ich meinen auch nicht. «Soll das etwa heißen, Ma hat Ihnen dieses Land für fünfzig Bucks verkauft? Mr. Tyler, Sie haben Narrenkraut gegessen. Sie sind übergeschnappt, jawohl, das sind Sie.»

«Wäre ich, wenn ich behaupten wollte, dass eure Ma das Land verkauft hat. Aber das hab ich nicht gesagt. Ich hab gesagt, sie hat das Land als Sicherheit eingesetzt. So hat sie das gemeint, Bo.

Sie sagte, sie wollte niemandem was schuldig bleiben. Nicht mal einem Mann Gottes.»

«Wie Ihnen», sagte Bo sarkastisch.

«Wie mir.» Tyler nickte.

«Und Sie glauben, Sie kriegen dieses Land für fünfzig Bucks?»

Tyler klapperte wieder so mit den Zähnen. «Hab ich das gesagt? Wofür haltet ihr mich? Dieses Land ist mehr wert, und ich weiß das. Ich will lediglich wissen, was ihr in dieser Sache mit den fünfundfünfzig Dollars zu tun gedenkt.»

«Sie haben fünfzig gesagt.» Bo lief rot an.

«Zehn Monate Zinsen zu fünf Prozent.» Tyler sah zum Himmel auf, wie er es beim Gottesdienst tat, wenn ihn der Geist berührte.

Bo lachte kurz auf, nur hörte sich das eigentlich nicht wie ein Lachen an. Er lief zur Tür und sah hinaus, und ich wusste, dass er kurz davor war, etwas – oder jemanden – zusammenzuschlagen, denn obwohl Bo wirklich ein treuer, gutmütiger Kerl war, konnte er ziemlich bösartig werden, wenn man ihn reizte. Aber als er sich umdrehte, sah er gar nicht wild aus, jedenfalls nicht wilder als ein tollwütiger Wolf.

«Ich hab Ihnen gesagt, dass wir kein Bargeld besitzen», sagte er, «aber wenn Sie dieses Land in Besitz nehmen wollen, blas ich Ihnen das Hirn aus dem Schädel, und bei Gott, das mein ich ernst.»

Tyler schnaubte, es klang genauso wie bei einem Maultier. «Das ist dummes Gerede, Bo, und das weißt du. Also, jetzt setz dich mal für einen Moment und hör auf, wie eine Rakete durch die Gegend zu flitzen. Ich will dir erklären, was ich mir überlegt habe.»

Bo zögerte, als wüsste er nicht, ob er sich setzen oder Tyler eins auf die Nase geben sollte, aber dann setzte er sich, und die Last dieser Schulden schien ihn niederzudrücken.

«So ist es besser», sagte Tyler. «Reden wir wie vernünftige, erwachsene Männer über die Sache. Ich bin kein harter Mann. Wirklich, meine Missus wirft mir immer vor, ich wär zu weichherzig. Also, ich hatte vor, euch fünfzig Dollar zu *geben* und dann das Land zu übernehmen. Das sind dann zusammen

105 Dollar, Bo, und das ist kein schlechter Preis für etwas, was sowieso nicht viel wert ist und was ihr euch nicht leisten könnt und was ich euch hätte wegnehmen können, wenn ich gewollt hätte. Und erzähl nicht mehr, dass du mir das Hirn aus dem Schädel pusten willst, weil du es nicht tust, und wenn ich glauben würde, dass du das tust, denkst du, ich wär so dumm, mir das Land selbst zu holen? Ich würde dieses Dokument jemandem verkaufen, der vorbeikäme, um *dir* das Hirn aus dem Schädel zu pusten. Also reg dich ab und nimm das Geld.»

«Und was weiter?», fragte Bo. «Wir gehen Gold waschen?»

Die Idee kam mir gar nicht schlecht vor. Wir könnten losziehen, das große Geld machen, so viel Kuchen kaufen, wie wir wollten – aber Tyler machte das Indianerzeichen dazu.

«Red nicht so, Bo. Du bist kein Goldsucher. Benutz die fünfzig Dollars, die ich dir gebe, um *mehr* Geld daraus zu machen, indem du das tust, was du kannst. So ist es richtig, und das ist auch der Wille des Herrn. Und wo findet man in unserem großartigen Land das große Geld?»

Bo lachte wieder so unnatürlich. «In Clement County wahrscheinlich nicht.»

Tyler runzelte die Stirn, als wollte er sagen, dass man über Geld keine Witze machte, stimmte aber zu. «Klar, aber ich will euch sagen, wo das Geld ist, Jungs. Oben im Norden, da ist es.»

Bo blinzelte. «Sie meinen am Red River?»

«Nein!» Tyler wurde ungehalten. «Ich meine den wirklichen Norden. *Den* Norden.»

Bo sah Tyler an, als ob dem Prediger ein zweiter Kopf gewachsen wäre. «Sie wollen uns doch nicht etwa sagen, dass wir da hingehen sollen?»

«Genau das will ich», antwortete Tyler.

Da drehte Bo durch, beim Jupiter, aber wie! Er sprang auf, trampelte herum und fluchte. «Da hin? Da sollen wir hingehen und uns unter die mörderischen blaubäuchigen Yankees und diese Nigger mischen? Eher geh ich mit 'ner Klapperschlange ins Bett!»

«Reg dich ab, Bo», sagte Tyler. «Reg dich erst mal ab. Niemand sagt, dass dir das gefallen soll. Ich sage nur, ihr zwei sollt da hingehen und sie ausplündern, so wie sie den armen Süden ausplündern und wie die Heuschrecken über ihn herfallen.»

Bo schüttelte den Kopf. «Das kommt mir total verrückt vor. Wie sollen wir da hinkommen?»

«Da hab ich mir Gedanken drüber gemacht.» Tyler schoss nach vorn. «Hab ich euch nicht gesagt, dass ich mir den ganzen Winter über euch Jungs Gedanken gemacht habe? Ich kenn einen Kerl, der heißt Sam Clark. Er ist Viehtreiber in Coryell County, und er zieht mit einer Herde nach Kansas. Also, so wie ich das sehe, geht ihr zu Sam und bringt ihm einen Brief von mir, den ich euch schreibe, und dann stellt er euch als Reiter ein, weil er mir einen Gefallen schuldet, und ihr nehmt die fünfzig Dollars von mir mit, und Sam zahlt euch einen Dollar pro Tag, und wenn ihr in Kansas ankommt, habt ihr Geld wie Heu.»

«Ach ja?», meinte Bo. «Und dann?»

«Was dann?» Tyler bohrte sich mit einem Finger im Ohr. «Dann kommt ihr zurück, kauft euch selbst ein paar Rinder, treibt sie nach Norden, macht noch mehr Geld, kauft mehr Rinder, und eh ihr's euch verseht, seid ihr eigene Rancher!»

Er lehnte sich zurück, die Hände auf den Knien, und nickte mit dem Kopf, während ich mir vorstellte, wie die Curtis-Jungs in der Welt herumkamen, als richtige Rancher mit einem eigenen, registrierten Brandzeichen und allem.

Aber Bo hatte keine Sternchen vor den Augen. «Wenn das so einfach ist» sagte er, «warum sind Sie nicht mit im Geschäft?»

Der alte Tyler rieb sich die Hände und betrachtete sie, als ob er die Zukunft darin lesen könnte. «Vielleicht bin ich das», erwiderte er mit einem vielsagenden Lächeln, «und vielleicht auch nicht. Auf alle Fälle, das ist mein Angebot, schlagt ein oder lasst es bleiben. Was sagt ihr dazu?»

«Ich weiß nicht», sagte Bo. «Ist irgendwie 'ne ziemlich große Sache, über die wir hier reden. Und außerdem», brach es aus ihm heraus, «woher soll ich wissen, dass dieser Zettel echt ist?»

Dass Bo ziemlich wütend werden konnte, hab ich gesagt, aber auch Tyler konnte sehr scharf werden. Er ging ein paar Schritte auf Bo zu, und ich schätze, nur weil er ein Prediger war, hatte ich bisher nie gemerkt, wie groß er war, aber da merkte ich es. Er war einen Kopf größer als Bo und so breit wie ein Scheunentor, und unter seinen Rockschößen war eine Art Beule, die mir nicht nach einer Bibel aussah.

«Mit dem Schriftstück ist alles in Ordnung», sagte er. «Es ist rechtmäßig, unterzeichnet und beglaubigt. Zweifelst du an meinem Wort?»

Bo war irgendwie verblüfft, schätze ich. «Das tu ich nicht, Mr. Tyler. Wenn Sie sagen, es ist alles in Ordnung, dann ist alles prima. Aber weggehen ... Ich schätze, wir würden einfach gern drüber nachdenken, mehr nicht.»

«Hmm ...» Tyler schnaubte und gurgelte und klackerte eine Weile vor sich hin, als wollte er zu einem Entschluss kommen, und dann nickte er. «Da gibt es nicht viel nachzudenken, und Sam Clark wartet bestimmt nicht auf euch, aber ihr könnt ein paar Tage haben. Aber beeilt euch ein bisschen mit dem Nachdenken. Fünfundfünfzig Dollar oder das Land.»

Er sah sich noch einmal gründlich in der Hütte um, dann stolzierte er hinaus, wir stolperten mehr oder weniger hinter ihm her, und er stieg auf sein Pferd. «Wie gedenkt ihr Jungs euch eigentlich auf so einem Flecken zu ernähren?», sagte er.

Bo zuckte mit den Schultern. «Wir kommen schon klar.»

Tyler blickte auf uns herab. «Habt ihr Jungs schon mal was von Haman gehört?»

Bo runzelte die Stirn. «Haman? Nie gehört. Kommt der aus Clement?»

Tyler schüttelte den Kopf, beklagte unsere Dummheit, und ich schätze, wir waren wirklich zwei dumme Jungs vom Land. «Ihr Jungs solltet die Heilige Schrift lesen», sagte er. «Lest das Alte Testament. Dieser Haman, den hat man am höchsten Baum Persiens aufgehängt, jawohl. Aufgehängt, bis er tot war.»

Bo sah mich an, aber mir fiel nichts dazu ein, also sagte er zu Tyler: «Versteh ich nicht.»

«Nein», sagte Tyler, und seine langen Beine baumelten neben den Steigbügeln. «Dein Verstand reicht aus, um mit zwei Karten drei Buben zu ziehen, aber über die Worte des Herrn weißt du nichts. Nun, ich sag dir was: Vor einem Monat sind ein paar Jungs drüben in Lorenzo wegen Viehdiebstahl aufgehängt worden. Mit Viehdiebstahl bricht man nicht nur die Gesetze unseres großartigen Landes, man bricht auch das zehnte Gebot Moses': Du sollst nicht begehren deines Nachbarn Ochs. Achtet dieses Gebot und all die anderen auch, und denkt über das gute Geschäft nach, das ich euch angeboten habe. Und während ihr das tut, vergesst nicht, dass die Rächer dieser Gebote sich in den nächsten paar Tagen in Clement rumtreiben könnten, so viel Zeit habt ihr, um dieses rechtmäßige Schriftstück einzulösen.»

Dann steckte er die Füße in die Steigbügel, gab dem Pferd die Sporen und ritt davon, ganz zusammengesunken und schwarz, mit gesenktem Kopf, wie eine Krähe auf einem Zaun.

Drei

Wir standen da und sahen dem alten Tyler nach, wie er davonritt, bis er zwischen den hoch geschossenen Baumwollpflanzen am Bach verschwand. Dann ging Bo richtig in die Luft. «Verdammter Mist», fluchte er. «Was zum Teufel hat Ma sich bei so 'nem Deal gedacht?»

Mir fiel darauf keine Antwort ein, und Ma konnte ich nicht fragen, also hielt ich meinen Mund. Dafür machte Bo den seinen auf, als wir wieder in der Hütte waren, und wenn ich seine feurigen Ausdrücke aufschreiben wollte, würde es das Papier versengen, aber als er schließlich fertig war, fragte ich ihn, was er tun wollte.

Er schüttelte den Kopf und seufzte. «Weiß ich nicht. Sieht so aus, als müssten wir fünfzig Mäuse auftreiben oder unser Land verlieren, und die Chancen, das Geld aufzutreiben, sind gleich null, genauso gut könnten wir über den Mond hüpfen.»

Er fluchte noch eine Weile weiter, brütete vor sich hin, dann sagte er: «Wir brauchen jetzt einen Rat. Sattle das Maultier, und dann machen wir uns auf den Weg zu Danny Farley.»

Ich legte dem alten Maultier den alten Sattel auf und schwang mich hinter Bo, dann trotteten wir zu den Farleys rüber. Die Kinder freuten sich, als wir kamen, aber Mrs. Farley wirkte irgendwie kühl und Danny auch, aber als Bo sagte, wir bräuchten einen Rat, wurde die Atmosphäre ein bisschen herzlicher, wahrscheinlich, weil ein Rat nichts kostet. Wie auch immer, Bo erzählte die Geschichte, und als er fertig war, gab es so was wie feierliches Schweigen, wie in einer Kirche.

«Nun, also», sagte Danny schließlich. «Schätze, das schreit nach einem Drink.»

Mrs. Farley stellte eine Kanne mit Maiswhiskey auf den Tisch, und Danny goss sich und Bo ein.

«Verrückte Geschichte, Bo», sagte er. «Hast du dieses Schreiben gesehen?»

«Klar und deutlich», antwortete Bo. «Und Ben hat es durchgelesen.»

Mrs. Farley schüttelte den Kopf. «Was hat sich eure arme Mutter dabei gedacht, das Land einfach so aufs Spiel zu setzen?»

«Ich wünschte, ich könnte Ihnen das erklären, Madam», sagte Bo. «Aber zu der Zeit ging es uns schlecht, also hat sie vielleicht Waren und Saatgut und all so was gekauft, und ich schätze, sie wollte nur das Beste.»

«Nun, ganz sicher wollte sie das», sagte Mrs. Farley, aber in ihrer Stimme lag ein Unterton, der Zweifel aufkommen ließ – und mir fiel ein, wie Ma sich ein neues Kleid zum Thanksgiving Day gekauft hatte.

Aber Bo sagte wieder was, und ich versuchte, so gut wie möglich zuzuhören, während ein halbes Dutzend Kinder auf mir rumkrabbelten und mir im Genick saßen.

«Also, was hältst du davon, Danny?», fragte Bo gerade. «Was sollen wir tun?»

Danny sog an seinen Zähnen, nahm einen Schluck Whiskey, dann sagte er: «Bo, wenn dieses Dokument echt ist, und so wie ich Tyler kenne, ist es das, dann kann man nur zahlen oder gehen.»

«Was wirklich eine Schande wäre», sagte Mrs. Farley.

«Kann man wohl sagen», stimmte Danny zu, «aber ändern tut das an den Fakten nichts.»

«Nein», sagte Mrs. Faley. «Aber warum will er das billige Stück Land unbedingt haben? Sieht nicht so aus, als ob es besonders wertvoll wäre. Entschuldige, Bo, das hätte ich nicht sagen sollen.»

«Geht schon in Ordnung, Madam.» Bo grinste schief. «Es ist wirklich nicht viel wert.»

«Vielleicht sitzen wir auf Gold», sagte ich.

Diesmal grinste Danny. «Hätten wir alle gern, aber unter Texas gibt es nichts außer Steine und Dreck – und wir haben die

Steine. Nein, ich schätze, Tyler will euer Land wegen dem Bach. Er fließt noch, wenn seiner ausgetrocknet ist, und das ist Gold wert für ihn. Und wie auch immer, Bo, die einzige Alternative ist, du nimmst dir einen Anwalt und fichst die Sache durch.»

«Einen Anwalt!» Bo lachte bitter. «Der nächste sitzt fünfzig Meilen weit weg von hier, und außerdem kostet der mehr, als das Land wert ist.»

«Das ist wohl wahr», gab Danny zu. «Von diesen Geiern muss man sich fernhalten, die nagen einen ab bis auf die blanken Knochen. Außerdem ...» Er kratzte sich am Kinn. «Weißt du, vielleicht ist an der Sache ja was dran, nach Norden zu gehen. Vielleicht könnt ihr ein bisschen Geld machen, und ihr seht was von der Welt, solang ihr noch jung seid. Was hältst du davon, Ma?»

Mrs. Farley schüttelte den Kopf. «Gar nichts, Dan ... Aber es sieht so aus, als ob ihnen nichts anderes übrig bleibt, wenn sie das Geld nicht auftreiben können.»

«Keine Chance», sagte Bo. «Also gehen wir. Irgendwie hart, das Land sausen zu lassen.»

«Wo eure Leute seit drei Generationen hier sind», sagte Mrs. Farley. «Das ist eine lange Zeit.»

«Wirklich eine lange Zeit», bestätigte Danny. «Sehr lange.»

Wir saßen irgendwie trübselig herum und schwiegen, dann machten wir uns auf den Heimweg, und ich hab in meinem Leben schon bessere Ritte erlebt, das könnt ihr mir glauben.

Da wir nichts anderes tun konnten, hielten wir uns an Dannys Rat. Wir sagten Tyler, dass wir bereit wären zu gehen, und Bo brachte unser ganzes Zeug zu Mrs. Farley, davon stand nämlich nichts in irgendwelchen rechtmäßigen Dokumenten. Die Leute aus der Nachbarschaft bereiteten uns ein Abschiedsfest, und fast alle kamen, nur Tyler und seine Missus nicht. Es war eine wirklich nette Versammlung, mit Kuchen und Keksen, und alle sagten, wie Leid es ihnen täte, dass wir gingen, aber dass sie glaubten, wir würden das Richtige tun, und wenn *sie* zwanzig Jahre jünger wären, würden sie es genauso machen, weil Clement zwei jungen Männern wie uns nicht viel zu bieten hätte, und da war was Wahres dran. Sie hatten auch ein paar Geschenke aufgetrieben, was ich wirklich nett von ihnen fand, schließlich hatten viele in der Gegend nicht mal zwei Dollar zum Aneinanderreiben, aber wir kriegten jeder ein kariertes Hemd und eine Bandana dazu.

Bo murmelte eine Art Abschiedsrede, die niemand verstand, aber trotzdem bekam er Applaus, und dann sagten wir allen «Macht's gut» und dass wir sie bestimmt wiedersehen würden, und machten uns zum letzten Mal auf den Weg nach Hause.

Es war ein trauriger und lustloser Ritt, die Nachtschwalben schrien, eine Eule folgte uns, und die Kojoten heulten den Mond an. Die Hütte sah jetzt schon verlassen aus, weiß und gespenstisch stand sie im Mondlicht, und ich dachte, es würde bestimmt nicht lange dauern, bis die Buschschwanzratten einzogen.

Ich erzählte es Bo, als wir uns schlafen legten. Er lag eine Weile auf dem Rücken, dann sagte er: «Ben, ich kenn so 'ne Ratte, die morgen einzieht. Aber ich sag dir eins, wenn ich die fünfzig Bucks schon hätte, würd ich die Hütte anzünden, Ehrenwort! Und jetzt lass gut sein, wir haben morgen einen harten Tag vor uns.»

Er rollte sich auf die Seite, und ich wickelte mich in meine Decke, aber ich konnte lange nicht einschlafen. In der Hütte saßen in jeder Ecke Erinnerungen, und in dieser Nacht gab es überall Geister: Pa, der uns sagte, wir sollten anständig sein, bevor er in den Krieg zog; Keeler, der wieder auf seiner Mundorgel spielte; Flo, die beinahe an Scharlach gestorben wäre ... Aber dann schniefte ich einfach nur, und als ich endlich einschlief, träumte ich, dass Ma in einem richtig tollen Kleid rumlief, jammernd und heulend, weil sie die ganzen fünfzig Dollar ausgegeben hatte.

Aber am nächsten Morgen waren die Geister verschwunden, wohin auch immer die verschwinden, und ich und Bo aßen alles auf, was wir in uns reinkriegen konnten, und warteten auf Tyler mit den Dollars.

Es wurde Mittag, bis er auftauchte, und er hatte einen Kerl bei sich, der bestimmt nicht so aussah, als wäre er der passende Begleiter für einen Prediger. Sein Blick war verschlagen, er trug ein Gewehr und einen Sechsschüsser, von dem man nicht den Eindruck hatte, er wäre nur Verzierung. Der Mann blieb im Hof auf seinem Pferd sitzen, während Tyler in die Hütte ging – und als der Prediger sich drinnen umsah, bekam er fast einen Anfall.

«Was soll denn das hier?», schrie er. «Wo sind die Möbel – und wo ist der … der Ofen?!»

Bo grinste und erklärte, die Präriehunde wären mit dem Zeug losgezogen, aber Tyler fand das nicht witzig. Ganz und gar nicht. Er sagte, die Hütte mit allem dazugehörigen Interieur wäre sein rechtmäßiges Eigentum. «Und, Menschenskinder», blaffte er, «von mir kriegt ihr keine fünfzig Dollar.»

«Was?» Bo zog die Augenbrauen zusammen. «Wovon reden Sie? Das Zeug hat uns gehört, jedes kleinste Fitzelchen, ich pfeif auf das ‹dazugehörige Interieur›, was zum Teufel das auch bedeuten soll.»

«Keine Blasphemie in meiner Gegenwart», sagte Tyler. «Denk daran, ich bin ein Prediger des Evangeliums, mein Junge. Ich hab einen Mann dabei, der heute einzieht. Was glaubst du wohl, wo der schlafen soll?»

«Soll er doch auf dem Boden kampieren», entgegnete Bo. «So wie wir in den nächsten drei Monaten.»

Tyler stampfte und tobte eine Weile, beschwerte sich, dass er Möbel kaufen und heranschleppen lassen müsste, und wie viel das kosten würde, aber schließlich beruhigte er sich und sagte, er würde nur zehn Dollar von den fünfzig abziehen und wir sollten Gott dankbar sein, dass wir es mit einem ehrbaren Mann zu tun hätten, also gaben wir unsere Zustimmung, denn was hätten wir schon machen können, solange der Mister draußen vor der Tür sein Gewehr schwang.

Tyler gab uns den Brief für den Treiber Sam Clark, dazu die vierzig Dollar, für die Bo unterzeichnete. Dann verbrannte Bo das rechtmäßige Dokument, und wir gingen hinaus und kletterten mit unseren Bettrollen und der alten Spencer auf das Maultier.

Bo sah auf Tyler hinunter. «Sie sind ein Prediger», sagte er. «Erzählen Sie uns dauernd. Na ja, an Ihrer Stelle würde ich langsam anfangen, an die Ewigkeit zu denken, weil es sein könnte, dass Sie da landen, wenn wir wiederkommen.»

Und dann zogen wir los. Verließen das Land, auf dem wir geboren waren, das Land, das unsere Leute bearbeitet hatten und auf dem sie gestorben waren, und machten uns auf, in eine Zukunft, von der wir nicht wussten, was sie uns bringen würde.

Vier

Tyler hatte uns gesagt, wir würden Clark in einem Ort mit dem Namen Lookout finden, im Norden, also schlugen wir die Richtung ein, ritten manchmal zu zweit auf dem Maultier, und häufiger ging ich nebenher.

Die Reise dauerte eine knappe Woche, und das waren beschwerliche Tage, in denen wir durch eine trostlose Gegend zogen, oft geradezu durch Ödland. Bo und ich schliefen draußen, machten auch kein Feuer, weil uns das vielleicht Gesellschaft eingebracht hätte, und bei jedem Knacken in den Weiden glaubten wir, wilde Komantschen tauchten auf, denn das war die Zeit, wo sie aus der Prärie kamen – wenn das Gras frisch war und sie ihre Ponys füttern konnten. Aber während der ganzen Reise begegneten wir nur einem einzigen Reiter, und wir hielten gewissenhaft Abstand, und auch er hielt Abstand, vielleicht weil Bo die Spencer zog, ganz lässig. Ansonsten sahen wir nur eine Familie in einer Hütte, das waren die ärmsten Weißen, die mir im Leben begegnet sind, trotzdem gaben sie uns Pökelfleisch und Maisbrot und wollten keinen Cent von uns annehmen.

Klar hatten wir als Erstes, nachdem wir von zu Hause fort waren, Tylers Brief aufgemacht, denn Bo meinte, so wie er Tyler kenne, würde drinstehen: «Auf der Stelle abknallen.» Aber der Brief war in Ordnung. Tyler schrieb, wir wären zwei rechtschaffene texanische Jungs, die hart zupacken könnten, und Clark sollte uns anstellen, also gar nicht so übel.

Die ersten paar Tage trotteten wir in finsterem Schweigen dahin, aber mit der Zeit fühlte ich mich besser. Eigentlich war ich aufgeregt, weil ich fremde Gegenden und fremde Leute kennen lernen und ein richtiger Reiter werden würde und all so was.

Obwohl Bo bei der Aussicht aufs Reiten nicht gerade Frühlingsgefühle bekam. Er meinte, den Cowboys zuzusehen wäre wesentlich besser als selbst einer zu sein. Aber ich hörte nicht hin. Ich freute mich darauf, dass ich neue Klamotten, einen richtigen Hut und Reitstiefel kriegte und einen sechsschüssigen Revolver dazu. Doch Bo rümpfte die Nase und sagte, ich sollte meine Hühner nicht zählen, bevor sie geschlüpft wären.

Das war während unserer letzten Nacht draußen, und wir saßen in unsere Decken gewickelt. Ich fragte Bo, wie er das mit den Hühnern meinte, aber er brummte nur und haute sich hin. Ich lag jedoch wach, dachte über diese Hühner nach und versuchte rauszukriegen, was Bo im Kopf hatte, und was ich mir ausmalte, gefiel mir nicht, weil ich den leisen Verdacht hegte, dass er mich nicht in den Norden mitnehmen wollte! Und ich konnte mir noch so oft einreden, dass das kompletter Blödsinn wäre, trotzdem und überhaupt, ich verbrachte fast die ganze Nacht damit, Sterne zu zählen, und deshalb war ich am nächsten Tag hundemüde, als wir über gutes Weideland ritten und schließlich in Lookout ankamen.

Sweetwater übertraf es um Längen, trotzdem war an der Stadt immer noch nicht viel dran, es war ein echtes Kuhdorf mit ein paar Geschäften, einem Mietstall, einem Esslokal, dem Büro des Marshals, ein paar Leuten, die so aussahen, als wären sie lieber woanders, und dazu einem Saloon mit dem Namen «Long Horn», ungefähr der tausendste Saloon in Texas, der so hieß, wie Bo meinte.

Dort sollten wir nach Clark fragen, hatte Tyler uns gesagt, also schlenderten wir rein, und es war der erste Saloon, den ich in meinem Leben betrat, und davon nach Hause zu schreiben lohnte sich nicht, muss ich sagen. Nur eine Theke mit ein paar Flaschen dahinter, ein paar Stühle und Tische, und ein großes Bild, von dem ich erst dachte, dass es einen Sturm in der Prärie darstellen sollte, bis ich dann näher kam und den Titel las: «Davy Crockett auf dem Alamo!»

Der Saloon war leer, vorausgesetzt, man zählte die Millionen Fliegen nicht mit, die herumsurrten, aber als Bo brüllte, kam ein Kerl von hinten. Bo bestellte zwei Bier und meinte, ich könnte das Zeug ruhig mal probieren. Es half gegen den Staub, schmeckte aber scheußlich, und ich sah keinen Sinn darin, Geld dafür auszugeben, wenn Wasser das Gleiche für umsonst tat.

Trotzdem fühlte ich mich irgendwie großartig, wie ich so an der Bar lehnte – na ja, um ehrlich zu sein, schaffte ich es grade, mein Kinn drüberzuheben – und Bier trank, und ich fragte mich, wie lange es noch dauern würde, bis ich mit dem Fluchen anfangen konnte.

Der Barkeeper schlug mit dem Handtuch nach ein paar Fliegen und betrachtete uns eine Weile. «Das Maultier da draußen gehört zu euch?», fragte er.

«Klar», sagte Bo.

Der Barkeeper kaute auf seinem Stumpen. «Ich hab Futter, billiger als im Mietstall.»

Bo sagte, er würde es sich merken. Dann glaubte er wohl, es wären genug Höflichkeiten ausgetauscht, wie Ma immer gesagt hatte, denn er fuhr fort. «Wir suchen einen Viehtreiber mit dem Namen Sam Clark. Haben Sie vielleicht 'ne Idee, wo er sein könnte?»

«Ich könnte mal raten», sagte der Barkeeper. «Aber vom Raten krieg ich immer Durst.»

Bo murmelte irgendwas vor sich hin und knallte ein Zehn-Cent-Stück auf die Theke.

«Sehr nett von dir», sagte der Barkeeper. Er zapfte ein Bier. «Auf euch, Pilger», rief er und nahm einen Schluck.

«Also, wo ist er?», fragte Bo.

«Wo ist wer?», sagte der Barkeeper.

«Verdammt», schnauzte Bo. «Sam Clark.»

«Ach der!» Der Barkeeper lachte und schob den Zehner zurück. «Die Information kostet nichts – noch nicht.» Und zwinkerte mir zu. «Also, Sam … nun …» Er zählte mit seinen Fingern. «Ich schätze, er müsste inzwischen fast am Red River angekommen sein.»

«Was!», schrie Bo. «Was erzählen Sie da?»

«Am Red», wiederholte der Barkeeper. «Er ist mit seiner Herde vor einer Woche losgezogen.»

Ich dachte, Bo wäre komplett durchgedreht. Er schmiss seinen

Hut auf den Boden und schickte ihn mit einem Tritt quer durch den Raum, und seine Ausdrücke hätten in keinem Gottesdienst was zu suchen gehabt, das könnt ihr mir glauben.

Der Barkeeper betrachtete Bo über seinen Stumpen hinweg. «Du bist ziemlich hitzköpfig, mein Sohn. Ich will mich nicht einmischen, aber wo ist dein Problem?»

Bo hörte auf zu fluchen und zu treten und erzählte die Geschichte, und der Barkeeper schüttelte den Kopf. «Ihr seid einfach zu spät gekommen, das ist alles.»

«Blitz und Donner», sagte Bo. «Unten in Clement County haben sie noch nicht mal angefangen, die Frühjahrsherden zusammenzutreiben.»

«Ist das so?» Der Barkeeper zog die Augenbrauen hoch. «Hier oben sind sie damit schon fix und fertig, und Sam ist so früh wie möglich verduftet. Sieht so aus, als ob ihr die Reise umsonst gemacht hättet, Jungs.»

«Das können Sie laut sagen», murmelte Bo.

Der Barkeeper tat das aber nicht, weil ein paar Typen reinkamen, die uns groß anstarrten, und er machte sich daran, sie zu bedienen, jedoch nicht ohne Bo vorher noch ein Bier zu geben.

Wir setzten uns in eine Ecke, und Bo fluchte weiter. «Jesusmaria!» Er spuckte aus und spuckte noch einmal, zischend wie eine Schlange, aber da uns das auch nicht weiterzubringen schien, fragte ich ihn, was wir jetzt tun sollten.

«Ich weiß, was ich gern tun würde», sagte Bo. «Ich würde gern nach Clement zurückreiten und diesem gottverdammten Tyler eins mitten zwischen die Augen donnern.» Er fluchte noch ein bisschen weiter, aber als er sich halbwegs abgeregt hatte, meinte er: «Ich weiß nicht, Kleiner. Irgendwie sitzen wir ziemlich in der Patsche.»

«Seh ich nicht so», sagte ich. «Sicher kommen doch noch mehr Herden hier durch.»

Bo schüttelte den Kopf. «Es funktioniert nicht so, wie du dir das denkst. Herden, die aus dem Süden hier durchkommen, haben schon eine Truppe, und die Herden hier aus der Gegend, na ja, der Boss nimmt die Jungs, die sie zusammengetrieben haben. Und außerdem …» Er verstummte und sah nach unten, als wollte er meinem Blick nicht begegnen.

«Außerdem was, Bo?», fragte ich, und als er nicht antwortete, fragte ich ihn noch mal und noch mal, bis er mürbe und erschöpft war, wie ein zugerittenes Fohlen, denn er seufzte.

«Okay. Okay. Hör jetzt auf zu fragen, ja?» Er nahm einen Schluck Bier und seufzte wieder. «Die Sache ist die – wir hatten diesen Brief für Sam Clark, also dachte ich, wir würden den Job kriegen, aber das Problem ist … Na ja, ich könnte mir vielleicht einen Job angeln … Aber ich weiß einfach nicht, was mit dir werden soll.»

«Du weißt nicht, was mit mir werden soll, Bo?», fragte ich. «Was weißt du da nicht?» Und obwohl ich ihn zweimal fragte, wollte ich die Antwort gar nicht hören.

Bo wollte ebenfalls nicht mit ihr rausrücken, tat es aber trotzdem. Wie erwähnt, er war eine grundehrliche Haut. «Die Sache ist die, Ben, du bist nur ein Kid, und viel ist auch nicht an dir dran, und ich kann mir nicht vorstellen, dass dich irgendein Viehtreiber einstellen will.»

Und ich wusste, dass er genau das sagen würde, und hatte es die ganze Zeit gewusst und hatte es auf keinen Fall hören wollen. Und all meine Ängste, allein gelassen zu werden, blubberten in mir hoch, und ich war ganz zittrig, als ich sagte: «Das stimmt nicht. Ich kann reiten, du weißt, dass ich das kann. Und ich bin auch mächtig stark. Ich kann mich zusammenreißen.» Und dann lief es raus, wie Hochwasser nach einem Sturm. «Bo, du verlässt mich doch nicht, oder? Du wirst mich hier draußen nicht ganz allein lassen? Sag es mir, Bo, das musst du tun. Lass mich hier nicht allein mit nichts als der Hälfte von den Dollars.» Und ich fing an zu heulen! Es ist wahr. Da saß ich, in einem richtigen Saloon, und schluchzte wie ein Baby.

Bo starrte mich an, als würde Immergrün aus meinen Ohren wachsen. «Hör auf mit der Heulerei», sagte er. «Hast du verstanden? Wegen dir schmeißen die uns hier raus. Die wollen keine Heulsusen in Saloons.»

Jetzt war ich es, der ausflippte. Wenn Bos größte Sorge darin bestand, dass man ihn aus dem Saloon schmiss, während seinem eigenen Bruder das Herz brach, dann konnte er hingehen, wo … wo der Pfeffer wächst. Aber als ich aufsah, um es ihm zu sagen, grinste er, so wie er früher immer gegrinst hatte, wenn er sich über mich lustig machte.

«Du schlägst wirklich ganz nach Ma», sagte er. «In deinem Kopf stecken tausend Ideen. Du glaubst, ich würde dich verlassen? Wir sind Brüder, Ben, und wir werden aufeinander aufpassen.» Er lächelte, und er hatte auch wirklich ein nettes Lächeln, aber dann ging die ganze Wirkung wieder flöten, als er einwarf: «Und wie zum Kuckuck kommst du auf die Idee, dass du die Hälfte von den Dollars kriegst?»

Trotzdem hörte ich auf zu schluchzen, putzte mir die Nase und fragte noch einmal, was wir tun sollten.

Bo setzte seinen Hut auf. «Auf jeden Fall werden wir eins tun, wir verschaffen uns 'ne anständige Mahlzeit. Komm schon, vielleicht spendier ich dir sogar ein Stück von diesen Kuchen, auf die du so scharf bist.»

Wir einigten uns mit dem Barkeeper über die Versorgung des Maultiers und gingen dann zu dem Esslokal rüber und aßen jeder ein Steak mit Eiern und Gemüse und gebratenem Hackfleisch und ein großes Stück Melonenkuchen – genauer gesagt, ich aß zwei Stück – und tranken ungefähr sechs Tassen Kaffee. Es war wirklich eine anständige Mahlzeit. Eigentlich war es die erste gute Mahlzeit seit sechs Monaten, und ich fühlte mich danach richtig gut, und das sagte ich Bo.

«Yeah», sagte er, «und das solltest du auch, nachdem du fast einen Dollar verfressen hast. Gibt nichts Besseres, oder?»

Das fand ich auch, und diese Erkenntnis am Ende unseres Menüs kostete uns fast zwei Dollar, und ich fing an zu rechnen. Wenn wir immer so essen gingen, würden unsere vierzig Bucks nicht lange reichen. Bo dachte anscheinend das Gleiche, denn er sagte, wir würden wieder zu den Bohnen zurückkehren, und als die Frau kam, der der Laden gehörte, fragte er sie nach Arbeit in der Umgebung.

Sie machte einen netten Eindruck, sah aus wie eine alte Lady aus einem Bilderbuch über den Westen, mit einem Baumwollkleid und einer karierten Schürze und freundlichen Augen, so wie man sich seine Ma immer gewünscht hat, ihr wisst schon. Sie setzte sich und strich ihre Schürze glatt. «Na ja», sagte sie. «An was für eine Art Arbeit habt ihr Jungs denn gedacht?»

«So ziemlich alles für den Übergang, Madam», sagte Bo.

«Wir könnten in der Stadt einen guten Schuhmacher gebrauchen», sagte die alte Lady.

Bo wurde rot, weil seine Reitstiefel vorne und hinten auseinander fielen, und meine Rindslederstiefel hätte man mit Leichtigkeit einem Maultier überziehen können. «Das liegt nicht so ganz auf unserer Linie, Madam», meinte Bo. «Aber wir kennen uns mit der Farmarbeit aus, und ich kann ziemlich gut reiten.»

Die alte Lady schüttelte den Kopf. «Da gibt es nicht viel in der Umgebung. Ich schätze, es ist genug grobe Arbeit da, aber das meiste erledigen die Niggerfamilien hier, und für einen Niggerlohn wollt ihr sicher nicht arbeiten, oder?»

Bo gab zu, dass wir das nicht wollten, wenn auch irgendwie bedauernd, und die alte Lady sah uns von der Seite an. «Was treibt euch beide eigentlich hierher?», fragte sie.

Kein Mann hätte diese Frage so direkt gestellt, weil er dann vielleicht zur Antwort bekommen hätte, dass die Texas Rangers hinter uns her wären, was ziemlich peinlich gewesen wäre, aber es war in Ordnung, wenn eine alte Lady so was fragte, also erzählte Bo ihr unsere Geschichte.

Als er fertig war, blickte die Lady wirklich trübselig drein. «Das ist aber eine todtraurige Geschichte», sagte sie. «Zwei heimatlose Waisenkinder, die durchs Land ziehen. Also, das ist ganz wie nach dem Krieg, als die Soldatenjungs umhergewandert sind, die ... ihre Familien und ihr Zuhause verloren hatten – alles, was sie besaßen. Das schöne Land ...» Ihre Augen wurden nass und meine auch. Es hörte sich wirklich traurig an, wie aus einer Geschichte, obwohl mir, ehrlich gesagt, die Soldatenjungs piepegal waren. Die Sache mit Bo und mir, die machte mich traurig.

Die Lady schaukelte eine Weile vor und zurück, dann fragte sie uns, ob wir irgendwo untergekommen wären. Bo sagte, das wären wir bis jetzt noch nicht, und die Lady schaukelte weiter. «Es gibt da eine Pension, aber ihr Jungs müsst mit dem bisschen Geld, was ihr habt, bestimmt sparsam umgehen, hmmm ...»

Sie grübelte, als ob sie sich über irgendwas klar werden müsste, und ich hoffte insgeheim, dass sie uns vielleicht adoptieren und sich um uns kümmern wollte, uns die Wäsche waschen und mit Steaks und Keksen und Kuchen und so was füttern würde, aber sie sagte nur: «Hinter dem Haus gibt es eine Scheune, da könnt ihr heute Nacht umsonst schlafen, wenn ihr wollt. Ich muss jetzt den Tisch abräumen.»

Für eine alte Frau sprang sie mächtig behände auf die Füße und fegte uns einfach raus. An der Tür drehte Bo sich um und bedankte sich bei ihr, und mich stieß er an, damit ich das Gleiche tat.

«Ist schon in Ordnung», sagte sie. «Ich würde auch einem streunenden Hund Obdach geben! Sagt mal, warum macht ihr euch nicht auf die Suche nach dem Prediger? Vielleicht weiß er eine Arbeit für euch, und der Marshal, der kennt jeden, weil er auch gleichzeitig der Friseur ist. Sagt ihm, dass ich euch geschickt habe. Die Witwe Hatton.»

Sie schob uns fast durch die Tür, dann rief sie: «Wenn ihr wollt, könnt ihr heute Abend Bohnen essen, nur fünfzehn Cents!»

Wir schlappten die Straße runter. Bo sah nachdenklich aus und ich auch, weil ich die Bemerkung über die streunenden Hunde nicht so nett fand. Bo sagte, wir würden zum Marshal gehen, weil er von Predigern die Nase gestrichen voll hätte, aber als wir beim Büro des Marshals ankamen, war es verschlossen, und an der Tür hing ein Schild: «Bin essen.»

«Also, mir schwant», sagte Bo, «heute ist einfach nicht unser Tag, Ben.»

Das konnte er laut sagen. Es war nicht unser Tag, und es war auch nicht unser Jahr. Es war, als ob uns das Schicksal gezeichnet hätte, so hatte ich mal einen Kerl sagen hören, aber warum es sich gerade uns ausgesucht hatte, das muss mir mal einer erklären.

Vor dem Büro war ein Bretterweg, also hockten wir uns hin und sahen uns Lookout an, und man verstand, warum es so hieß, denn es sah geradewegs zu uns zurück. Ein Ladenbesitzer auf der anderen Straßenseite kam raus und tat so, als ob er den Weg kehren müsste, behielt uns aber im Auge, der Schmied fand uns anscheinend interessanter als das Pferd, das er beschlug, ein Kerl in einem Einspänner fuhr vorbei, kehrte dann wieder um und starrte uns an, und eine Frau, die mit ihren beiden Kindern vorbeikam, beäugte uns und rümpfte die Nase. Und ich schätze, wir gaben ein seltsames Paar ab – Bo sah wie ein richtiger Reiter aus oder vielleicht auch, bei dem Zustand, in dem er sich befand, wie ein Bankräuber, der sich selbst aufgegeben hat, und ich wie ein ungehobelter Junge vom Land, an dem alles, was er trug, entweder zu groß oder zu klein oder zu alt war.

Wir hockten da, Bo hatte das eine Bein von sich gestreckt, in echter Cowboy-Manier. Ich versuchte es auch, fiel aber um, also setzte ich mich einfach. Die Zeit verging, die Sonne brannte auf uns nieder, ein Hund, ein echter Lookout-Hund, kam vorbei und starrte uns ziemlich ausgiebig an, und dann fragte ich Bo, was er dachte.

«Nichts Besonderes», sagte er.

«Wenigstens», sagte ich, «haben wir 'nen Platz, wo wir heute Nacht schlafen können.»

Bo spuckte auf die Straße. «Genau, in einer Holzscheune, und Bohnen gibt's zum Abendessen.»

Ich mochte es nicht, wenn Bo so redete. Ich wollte, dass er lustig war, damit er mich auch aufheiterte, also stachelte ich ihn an.

«Diese Witwe ist wirklich 'ne nette alte Lady», sagte ich.

«Kann sein.» Bo spuckte wieder. «Aber von der Wohlfahrt ist sie jedenfalls auch nicht.»

«Komm schon, Bo», sagte ich. «Sie verlangt nichts dafür, dass wir in der Scheune schlafen.»

«Hab ich gehört», erwiderte Bo. «Und ich hab 'nen großen Haufen Klafterholz daneben gesehen. Ich schätze, wir dürfen heute noch ein bisschen sägen.»

Ich seufzte. «Bo, ich wünschte, wir wären gerade wieder in Clement.»

«Vom Wünschen hast du auch nichts», sagte Bo. «Würde außerdem keinen Unterschied machen. Da haben wir auch kein Zuhause mehr.»

Das gefiel mir nicht. Es gefiel mir ganz und gar nicht. Kein

Zuhause! Auch keine Verwandten, an die wir uns wenden konnten. Wie die Witwe Hatton gesagt hatte, es hörte sich an wie eine Geschichte aus einem Buch.

«Trotzdem», redete Bo weiter, «haben wir hier zwar kein Ass im Ärmel, aber dafür vielleicht eine Königin ausgespielt.»

«Was soll jetzt das Gerede über Poker?», fragte ich ziemlich verblüfft.

Bo sah mich von der Seite an. «Hast du nie was von verwitweten Frauen gehört?»

«Klar», antwortete ich. «Wofür hältst du mich denn? Das sind Frauen, die ihre Männer verloren haben, das ist alles.»

Bo grinste. «Kleiner, wenn du nicht mein leiblicher Bruder wärst, würde ich dich trotzdem mitnehmen, schätze ich, damit du mich aufheiterst, wenn ich Trübsal blase. Hast du noch nie gehört, dass Witwen manchmal ganz lustig werden können?»

Es dauerte eine Weile, bis der Groschen gefallen war, aber dann dachte ich, mich trifft der Schlag. «Bo!», rief ich. «He ... Sag jetzt nicht, dass du vorhast ... Du meinst doch nicht, dass du sie anmachen willst! Bo, sie ist 'ne alte Frau!»

Bo platzte laut heraus, prustend und hustend. «Du musst im Leben noch 'ne Menge lernen, Ben. Ich wette, sie ist keinen Tag älter als fünfunddreißig.»

Er lachte schon wieder aus vollem Hals, und er lachte immer noch, als ich Schritte auf dem Bretterweg hörte, hochsah und in das Gesicht eines Mannes blickte, der uns anstarrte.

Er war nicht groß, aber auch nicht klein, irgendwie breit in den Schultern, und er hatte keinen Revolver, aber an seiner Weste trug er einen Marshalstern.

Er taxierte uns, wie ich das überall, wo ich mich herumtrieb, bei den Gesetzeshütern gesehen habe, als würden sie dich im Gehirn festhalten und vielleicht mit einem Fahndungsbild zusammenbringen, und selbst wenn du so rein wie frisch gefallener Schnee bist, fühlst du dich genauso schuldig wie alle Flüchtigen.

«Ihr Jungs wollt was von mir?», fragte er, und seine Stimme quoll nicht gerade über vor Menschenfreundlichkeit.

Wir sprangen auf und klopften uns den Staub von den Hosen, und Bo sagte, die Witwe Hatton hätte uns geschickt.

«So?» Der Marshal winkte uns in sein Büro. Darin waren ein Schreibtisch mit Rolldeckel, ein Ofen mit einem zerbeulten Kaffeetopf, ein paar Fahndungsbilder, einige Gewehre in einem abgeschlossenen Schrank, ein paar ramponierte Stühle, ein Friseurstuhl, ein Spiegel und ein Waschbecken und im Hintergrund eine Zelle, deren Anblick mir nicht gefiel.

«Reg dich nicht auf», sagte der Marshal. «Da kommst du nur rein, wenn du gegen das Gesetz verstoßen hast. Hast du doch nicht, oder?»

Ich sagte, natürlich hätte ich nicht, und er sagte, dann wäre es in Ordnung, setzte sich in den Friseurstuhl, biss ein Stück Tabak ab, rollte es in der Backentasche herum und spuckte es dann fein säuberlich in einen Spucknapf. «Also, was habt ihr auf dem Herzen?», fragte er.

Bo grunzte vor sich hin, und ich wusste genau, was mit ihm los war. Es war schon das dritte Mal, dass er unsere Geschichte in Lookout erzählen musste, und wir waren grade mal drei Stunden hier. Aber er schlug sich durch und sagte dann: «Das ist alles.»

Der Marshal spuckte noch einmal und sah uns nicht besonders mitleidig an, nicht wie zwei Waisenkinder in einem Sturm. Genau genommen waren seine Augen so kalt wie bei einem Fisch. «Zeig mir mal diesen Brief», sagte er. «Und das Geld.»

Bo gefiel die Sache nicht besonders, aber er drehte sich um und zog das Zeug aus den Geheimtaschen in seiner Hose und reichte es weiter. Der Marshal sah sich beides an, dann gab er die Sachen zurück.

«Wedelt mit dem Geld nicht so rum», sagte er. «Dies ist ’ne anständige Stadt, aber so anständig nun auch wieder nicht.» Er brütete eine Weile vor sich hin und drehte sich mit dem Stuhl. «Nun, Jungs», sagte er schließlich, «ich rate euch weiterzuziehen.»

«Und wohin sollen wir weiterziehen?», fragte Bo.

«Das liegt ganz bei euch», sagte der Marshal. «Aber vielleicht wollt ihr nach Waco gehen.»

«Waco», wiederholte Bo.

«So heißt der Ort.» Der Marshal spuckte noch einmal. «Das

liegt mitten auf dem Chisholm Trail, ist ’ne echte Rinderstadt. Aber das liegt ganz bei euch. Dies ist ein freies Land.»

«Frei», sagte Bo.

«Soviel ich gehört habe.» Der Tabaksaft zischte in den Napf. «Aber ich schätze, ihr habt die Botschaft verstanden.»

«Haben wir», sagte Bo. «Klar und deutlich.»

«Da bin ich beruhigt. Bis dann also.»

Wir sagten «Bis dann», oder jedenfalls ich sagte es, und steuerten auf den Ausgang zu, aber dann fragte der Marshal, ob wir vorhätten, über Nacht zu bleiben, und als Bo sagte, das hätten wir, fragte er, ob wir Waffen bei uns trügen.

«Eine Spencer», sagte Bo. «Und einen Colt.»

«Sehr vernünftig», sagte der Marshal. «Abliefern, pronto. Und macht die Tür hinter euch zu, wenn ihr verschwindet – damit die Fliegen draußen bleiben.»

Bo machte die Tür richtig zu. Genau genommen knallte er sie so fest zu, dass sie fast aus den Angeln geflogen wäre. Dann stolzierte er so schnell die Straße hinunter, dass ich rennen musste, um mit ihm Schritt zu halten, und er stolzierte direkt ins Long Horn und schwang die Flügeltüren so heftig, dass sie mir beinahe die Zähne ausgeschlagen hätten.

«Wieder zurück, Jungs?» Der Barkeeper schlug immer noch nach Fliegen. «Wie gefällt euch Lookout?»

Bo starrte ihn an, griff sich ein Bier, setzte sich in die Ecke und starrte dann mich an.

«Worüber bist du so wütend?», fragte ich.

Er warf mir einen Blick zu, als ob ich nicht ganz dicht wäre. «Bei Josua! Dieser Marshal, du hast ihn doch gesehen, oder?»

«Komm schon, Bo», sagte ich. «Klar hab ich ihn gesehen. Er war doch ganz nett.» Ich lachte. «Und er rasiert die Leute!»

«Dir würd ich gern das Hirn rasieren, falls du eins hast», sagte Bo. «Du hast doch gehört, was er gesagt hat, oder? Ich meine, hast du ihm richtig zugehört?»

«Klar», sagte ich oder vielmehr flüsterte ich. «Er meinte, du solltest auf diese Dollars aufpassen.»

«Ben.» Bo sprach bedächtig weiter, immer noch so, wie man mit einem Idioten redet. «Er hat uns erklärt, wir sollten weiterziehen, in Bewegung bleiben. Er hat es nett verpackt, aber genau das hat er gemeint. Sie schieben uns ab wie ein paar Rumtreiber.»

«Aber wieso?», fragte ich. «Wir tun niemandem was – und wir haben Geld. Er hat es gesehen.»

«Und wenn wir keins hätten, dann wären wir jetzt schon aus der Stadt», sagte Bo. «Die Sache ist die, in einer Stadt wie dieser will man nicht, dass zwei allein gelassene Jungs rumhängen. Wahrscheinlich haben sie Angst, wir würden die Sammelbüchse für die Armen klauen.»

«Oh», sagte ich. Ich kaute das für mich durch, und dann kam mir ein Gedanke, ein wirklich schlimmer Gedanke. «Aber, Bo, das heißt … na ja … Ich meine, wir könnten bis in alle Ewigkeit weiterziehen!»

«Du sagst es.»

Bo trank sein Bier aus, wir holten unsere Bettrollen, parkten die Schießeisen beim Marshal, bekamen eine Quittung und gingen zur Witwe Hatton zurück, und ganz wie Bo gesagt hatte, war da der Holzstoß, und wie durch Zufall lag direkt neben der Scheune eine Schweifsäge und eine Axt, und es war klar, was die Witwe mit ihrer Bemerkung gemeint hatte, dass zwei Jungs aus Texas sicher zu stolz wären, um Almosen anzunehmen.

Wir sägten und hackten, bis es dunkel wurde, dann rief die Witwe, die Bohnen wären fertig. Bo zog sein neues Hemd und die Bandana an, in seinen neuen Klamotten sah er ziemlich scharf aus, und ich dachte, wenn eine verwitwete Frau mit jemandem anbändeln wollte, hätte sie mit Bo keine schlechte Wahl getroffen. Aber ich hatte mich getäuscht, denn als wir zum Essen reinkamen, saß da eine Art menschlicher Gorilla mit einer schicken Weste, schlang ein Beefsteak runter und bekundete ziemlich deutlich: Falls hier irgendeiner anbändeln würde, dann wäre er das. Als wir uns dann in der Scheune schlafen legten, kam mir allmählich der Gedanke, dass ich nicht das kleinste bisschen dagegen hatte, Lookout zu verlassen. Wirklich, nicht das allerkleinste bisschen.

Fünf

Bo musste das Gleiche gedacht haben, denn als es dämmerte, erklärte er mir, dass wir dem hübschen Städtchen Lookout adieu sagen würden. Er meinte, wir könnten ja genauso gut das tun, was der Marshal uns gesagt hatte, und unser Glück in Waco probieren, ich hatte dabei allerdings den leisen Verdacht, dass dieser Gorilla ihn umgestimmt hatte – aber das behielt ich für mich.

Bo ließ fünfzig Cents für Schinken und Eier springen und für all die anderen Zutaten zu so einem Frühstück, er meinte, dass es eine Weile dauern könnte, bis wir wieder was Anständiges zu essen bekämen, aber der Anblick des Gorillas, der schon wieder ein Steak verdrückte und von der Witwe Hatton betüttelt wurde, vermieste es uns ein bisschen.

Sie tüttelte auch um uns herum und erzählte uns, wie Leid wir ihr täten. Trotzdem nahm sie die fünfzig Cents, und als wir rausgingen, um die Schießeisen einzusammeln, bemerkte Bo, dass wir ihr wohl nicht Leid genug täten, um uns zu fragen, ob wir bleiben wollten. «Weil wir mit dem Holz fertig sind», sagte er.

Der Marshal war nicht da, aber ein Kerl, der auf seine Rasur wartete, gab uns die Kanonen, und dann schlappten wir zum Saloon, holten das Maultier von hinten, und der Barkeeper erklärte uns, wie wir den Weg nach Waco erreichen würden. Er meinte, es wäre ein weiter Weg und ein beschwerlicher dazu, womit er mir einen ziemlichen Dämpfer versetzte, und dann fragte er, ob wir den Marshal getroffen hätten.

«Nein, haben wir nicht», sagte Bo. «Warum? Braucht man einen Passierschein, um aus dieser Stadt rauszukommen?»

«Unsinn», sagte der Barkeeper. «Er hat euch bloß gestern Abend gesucht.»

«Ach ja?» Bo griff nach dem Zaumzeug des Maultiers. «Nun, sagen Sie ihm von den Curtis-Jungs, dass er bis in alle Ewigkeit warten kann, wenn er uns wiedersehen will.»

«Hab es nur ausgerichtet», sagte der Barkeeper.

«Klar, ist angekommen.» Bo streifte das Zaumzeug über. «Komm schon, Ben.»

Wir liefen bis zum Ende der Hauptstraße, und fast die ganze Stadt blickte uns nach, das waren ungefähr zehn Leute. Dann stieg Bo auf das Maultier, und wir verließen das Nest.

«Was glaubst du, was der Marshal von uns wollte, Bo?», fragte ich.

«So, wie ich diese Stadt kenne, wollte er von uns 'ne Gebühr für die Aufbewahrung der Schießeisen», sagte er. «Jetzt hör auf zu quatschen und mach, dass du vorwärts kommst.»

Wir zogen weiter, und es war eigentlich eine ziemlich nette Gegend, es gab gutes Gras, Bäche, Bäume und Vögel, die ein Mordsspektakel machten, und so eine Reise an einem hübschen Frühlingsmorgen hätte ein Vergnügen sein können, doch ich fühlte mich nicht wie eine Lerche, das ist sicher. Abgesehen von dem langen Weg, der vor uns lag, machte ich mir Sorgen wegen dem Marshal, ich dachte, vielleicht gäbe es irgendein Fahndungsplakat mit einer Belohnung für zwei Pilger in unserem Alter, tot oder lebendig, und der Marshal hätte sich überlegt, dass die Rechnung doch mit uns genauso gut aufginge wie mit jedem anderen. Während ich also so vor mich hintrottete, guckte ich mir laufend selbst über die Schulter, wenn ihr wisst, was ich meine. Und dann sah ich mich wirklich um.

«Was zum Teufel machst du jetzt schon wieder?», fragte Bo.

«Na ja», sagte ich, «weißt du noch, wie du da hinten über die Ewigkeit geredet hast?»

«Na und?», fragte Bo ganz gereizt.

«Nichts weiter», sagte ich. «Aber ich schätze, der Jubeltag ist gekommen, denn es sieht so aus, als ob uns der Marshal direkt an den Fersen hängt.»

Bo wäre beinahe vom Maultier gefallen, als er sich umdrehte, und das ist nicht gelogen. Der Marshal kam in einem ziemlichen Tempo hinter uns her, winkte mit der Hand, und als er uns erreichte, tobte er wie ein Stier, dem man ein Brandeisen auflegt.

«Ihr Jungs», schrie er, «ihr wusstet, dass ich nach euch gesucht habe. Warum seid ihr nicht zu mir gekommen?»

«Wir waren da», sagte Bo.

«Klar, aber dieser Blödmann Mike Gray hat euch nicht festgehalten.»

«Weshalb festgehalten?» Bo war richtig trotzig. «Wir haben nichts verbrochen, es sei denn, in Lookout ist es ein Verbrechen, wenn man atmet, ohne zu bezahlen.»

«Spiel jetzt nicht den Beleidigten», sagte der Marshal. «Ich bin sechs Meilen weit geritten, um euch einzuholen.»

«Das haben Sie ja jetzt geschafft», gab Bo zurück. «Was können wir also für Sie tun? Einen Haarschnitt brauchen wir heute nicht.»

Der Marshal lief rot an. «Es geht darum, was ich für euch tun kann», sagte er. «Aber ich schätze, ein Schlaumeier wie du braucht keinen Gefallen, was mir nur recht ist.»

Er wollte sein Pferd wenden, aber dann setzte ich meine Sporen ein. «Marshal», sagte ich ganz brav und unterwürfig. «Marshal, wir sind für jeden Gefallen dankbar, und Bo tut es Leid, dass er so mit Ihnen geredet hat. Es ist bloß, weil er ganz schwach vor Sorge ist – stimmt's, Bo?» Und ich versetzte ihm einen anständigen Schlag gegen das Knie, damit er kapierte.

Tat er auch und schlug einen anderen Ton an. «Genau», sagte er. «Das sind wir, Marshal.»

«In Ordnung.» Der Marshal war etwas besänftigt. «Gut. Zufällig zieht eine Herde nicht weit von hier vorbei. Der Trailführer war gestern Abend in der Stadt. Einer seiner Reiter hat sich ein Bein gebrochen, und er sucht einen neuen Mann. Ihr könnt es ja mal versuchen.»

Bo schob seinen Hut zurück. «Also, das ist mächtig nett von Ihnen, Marshal. Das machen wir auf jeden Fall, und wir danken Ihnen ehrlich.»

«Ist schon gut», entgegnete der Marshal barsch. «Wenn ihr da drüben über die Prärie reitet, kommt ihr an einen Bach. Folgt ihm stromaufwärts, dann findet ihr die Herde. Fragt nach Joe Dutton. Denkt dran, ich versprech euch nichts.»

«Erwarten wir auch nicht», sagte Bo. «Aber Sie haben ein gutes Werk getan.»

«Keine Ursache.» Der Marshal spuckte einen Strahl Tabaksaft aus. «Macht euch jetzt auf die Socken, und viel Glück.»

«Ihnen auch», säuselten wir und schwenkten unsere Hüte, als er sich umwandte und in Richtung Stadt zurückritt.

«Also so was.» Bo schüttelte den Kopf. «Wer hätte das gedacht? Da sieht man mal wieder, es gibt doch noch ein paar gute Leute auf der Welt. Also!» Er knallte sich den Hut wieder auf den Kopf. «Worauf warten wir noch? Steig auf!»

Das ließ ich mir nicht zweimal sagen. Ich kletterte hinter Bo in den Sattel, dann trieben wir das Maultier über die Prärie und kamen auch wirklich an den Bach, und vielleicht eine Stunde später wussten wir, dass die Rinder nicht weit sein konnten, denn wir hörten sie brüllen und rochen sie auch, und wenn ihr noch nie tausend Stück Vieh gerochen habt, dann habt ihr was verpasst. Sehen konnten wir die Herde nicht, aber auf einem Felsvorsprung vor einigen Pyramidenpappeln war ein Küchenwagen abgestellt, ein Feuer brannte, und daneben stand ein Koch. Bo ließ mich absteigen.

«Sieht vielleicht besser aus», sagte er, und ich wusste, was er meinte. Bo war von uns beiden der Reiter, und es konnte nicht schaden, einen guten Eindruck zu machen – obwohl ich mich fragte, ob das Maultier dazu besonders geeignet war, und ganz falsch lag ich damit auch nicht, denn als der Koch uns sah, gackerte er los und sagte: «Wo habt ihr euren Pflug gelassen, Jungs?»

Mir schwante nichts Gutes, als ich das hörte, weil Bo normalerweise so schnell aufbrauste, aber er lachte nur ganz ungezwungen, sagte, wir hätten ihn beim Pokern verloren, und schwang sich vom Maultier. Und ehrlich gesagt, sah er nebendran besser aus als obendrauf. Der Koch beäugte uns kritisch, aber ich schätze, er ließ uns durchgehen, denn er sagte, wir sollten uns Kaffee nehmen, und das munterte mich gleich wieder auf. Nach allem, wie es uns in den letzten Tagen ergangen war – ganz allein durch die Gegend ziehen zu müssen, dann das viele Geld in Lookout rausgeschmissen und für die Witwe Hatton noch einen ganzen Berg Holz gesägt –, war es richtig prima, unter seinesgleichen zu sein, wie man so sagt, und für umsonst Kaffee zu trinken. Heutzutage fressen sich die Hunde gegenseitig auf, aber draußen, auf dem guten, alten Weideland, war das damals anders. Dort habe ich nie erlebt, dass jemand, der auch nur halbwegs anständig aussah, von einem Lagerfeuer oder aus einer Hütte vertrieben wurde, und wenn er auch nur Pfannkuchen bekam, und als Almosen wurde das auch nicht betrachtet. Schließlich konnte man nie wissen, wann man selbst derjenige mit dem knurrenden Magen und dem leeren Geldbeutel war.

Dieser Kaffee war auch gut, schwarz wie die Sünde und bitter, und während wir tranken, rührte der Koch in seinem Topf. «Antilopenragout», sagte er, «mit echten Karotten. Wenn ihr bleiben wollt, nur zu.»

«Sehr verbunden», sagte Bo. «Und wir hätten gern was. Es riecht wirklich gut», fügte er hinzu und war dabei ganz diplomatisch, denn das Ragout roch eigentlich nicht so gut. «Aber im Moment sind wir gerade auf der Suche nach Joe Dutton.»

Der Koch, der Charlie McCann hieß, zündete sich mit einem Ast aus dem Feuer einen Zigarillo an, und mir fiel auf, dass er sich nicht viel draus machte, wo die Asche hinfiel, beispielsweise in den Topf. «Da kommt er», sagte er. Er deutete mit dem Ast in die Richtung, und wir konnten drei Reiter erkennen, die sich näherten. «Und er ist wie der Kaffee, den ihr trinkt. Stark und bitter.»

Ich stöhnte, und der Koch grinste. «Ist okay, Kleiner. Joe ist ganz in Ordnung – falls du bereit bist, dir vierundzwanzig Stunden am Tag den Rücken krummzuarbeiten.»

«Im Moment hab ich gerade vor, fünfundzwanzig Stunden zu arbeiten», sagte Bo, als die Reiter ankamen und von ihren Ponys stiegen.

«Mr. Dutton?» Bo trat vor.

«Das bin ich.» Dutton war ein großer Kerl mit einem dicken Schnauzer und ebenso dicken Augenbrauen, die eine Art Gegengewicht zu dem Bart bildeten, und er trug einen todschicken Hut. Er drehte uns einfach den Rücken zu. «Besorg ihnen Ersatzpferde, Tom. Jack, bring mir Kaffee.»

Bo versuchte es noch einmal. «Mr. Dutton.» Aber Dutton

wandte sich wieder ab. «Tom», rief er, «sieh zu, dass sich der Cowboy die rechte Hinterhand von dem Rotschimmel ansieht. Jetzt …» Endlich schenkte er uns Beachtung. «Was wollt ihr zwei?»

Bo machte den Mund auf, klappe ihn aber gleich wieder zu, als dieser Jack, ein wirklich knallhart aussehender Bursche, Dutton seinen Kaffee reichte. Dutton trank einen Schluck, dann sagte er: «Was hast du gesagt?»

Bo schluckte, als ob er sich am Riemen reißen müsste, aber dann erzählte er die Geschichte noch einmal und überreichte Tylers Brief.

Dutton las ihn und sah Bo an, von oben bis unten, von vorne und von hinten, als ob er ein Pferd kaufen würde. Ich dachte tatsächlich, er würde sich auch noch Bos Zähne ansehen. Dann schnippte er mit dem Finger an den Brief.

«Nach dem Schrieb hier bist du ein echter Heiliger.»

Bo wurde rot. «Ich bin nicht heilig», sagte er.

«Ist ziemlich egal, was du bist», stellte Dutton fest. «Die Frage ist, kannst du reiten?»

«Klar», versicherte Bo. «Hab seit drei Jahren mit Vieh zu tun, mehr oder weniger. Hab auch Herden zusammengetrieben.»

«Aber bei einem Viehtrieb bist du noch nicht dabeigewesen, oder?», fragte Dutton.

«Nein, das nicht», gab Bo zu. «Aber Sie haben auch irgendwann mal damit angefangen.»

«Das ist wahr», sagte Dutton. «Nun, vielleicht …» Er kaute eine Weile auf seinem Schnauzer herum, und mein Herz klopfte, weil ich natürlich wollte, dass wir einen Job kriegten – und dann nickte Dutton. «Gut. Einen Dollar pro Tag und deine Verpflegung. Hast du all deine Sachen?»

«Wir brauchen noch das eine oder andere», sagte Bo. «Aber das können wir in Lookout besorgen.»

«Wir?», fragte Dutton.

«Ich und mein kleiner Bruder hier.» Bo deutete mit dem Daumen auf mich.

Dutton sah zu mir herüber, und seine Augenbrauen verschwanden fast unter seinem Hut. «Der?!»

Duttons Brauen steckten zwar fast in seinem Hut, dafür saß aber mein Herz fast in meinen Stiefeln. Es war ziemlich genau so, wie Bo gesagt hatte. Kein Viehtreiber würde mich je bei sich haben wollen, und er hatte zwar geschworen, mich nie zu verlassen, doch das war, als er in einem Saloon vor einem Bier saß, und jetzt bekam er einen Job angeboten. Aber er blieb eisern, mein Bruder Bo.

«Ben ist okay», sagte er. «Ich weiß, er sieht nicht nach viel aus ...»

«Das kannst du laut sagen», bestätigte Dutton.

«Schon klar», stimmte Bo zu, und ich sag euch, langsam wurde ich sauer, wie sie da über mich redeten, als ob ich ein kleines Ferkel wäre, das einen heißen Tag nicht übersteht. Aber Bo fuhr fort: «Er ist drahtig, wissen Sie, und er kann reiten, und überhaupt, er ist mein Bruder, und ich werd ihn nicht verlassen. Kommen Sie schon, Mr. Dutton, diese Herde macht nicht mehr als zehn, zwölf Meilen pro Tag.»

«So?» Dutton runzelte die Stirn. «Das bedeutet zehn, zwölf Stunden im Sattel plus Nachtwache, und das jeden Tag für die nächsten zwei Monate, Sonntag eingeschlossen. Glaubst du, er hält das aus?»

Ich wusste nicht, was Bo dachte, aber je länger Dutton redete, desto mehr sank mir der Mut. Eigentlich dachte ich, dass ich besser dran wäre, wenn ich für die Witwe Hatton Holz sägen würde, aber Bo meinte, ich würde es schaffen, und Dutton rieb sich das Kinn, sah mich ungläubig an, dann sagte er: «Okay, er kann mitkommen.»

Ich dachte, das wär's dann, und ich war froh darüber, aber Bo setzte noch einmal an! «Was soll das heißen?», fragte er. «Kann mitkommen?»

«Was ich gesagt habe.» Dutton wurde barsch. «Er kommt mit und kriegt was zu essen, das ist alles.»

«Aber wie steht's mit Bezahlung?» Bo war sauer, und ich auch, das könnt ihr mir glauben. «Wenn er wie ein Mann arbeiten soll, dann steht ihm auch so viel Geld zu.»

Nur zu wahr, dachte ich, aber ich überlegte auch, dass wir im Grunde besser dran wären, wenn Bo bezahlt würde, als wenn wir beide wieder in der Luft hingen, worauf es meiner Meinung nach hinauslief, denn dieser Dutton war ein zäher Bursche.

Aber statt uns zu erklären, wir sollten uns aus dem Staub machen, sagte er: «Klar, wenn er wie ein Mann arbeitet, kriegt er sein Geld. Bis dahin, schlag ein oder lass es bleiben. Die Herde kommt auch ohne euch aus.»

«Wir schlagen ein», sagte Bo ziemlich schnell, und mir gefiel das «wir» in dem Satz – Bo, der einen Dollar pro Tag kriegte, und ich ohne Bezahlung –, und er und Dutton schüttelten sich die Hände, aber mir gab niemand die Hand. Ich war nur ein Kid und zählte nicht, wie man sieht.

«Gut», sagte Dutton. «Nehmt euch zwei Ponys und besorgt euch eure Sachen. Geht zu Fred Withers in Lookout und sagt ihm, dass ich euch geschickt habe. Er wird euch einen fairen Preis machen. Und seid bei Einbruch der Dunkelheit zurück, sonst komm ich euch holen, verstanden?»

«Verstanden, Boss», sagte Bo, und ich sagte es auch, denn Dutton schien zu der Sorte von Leuten zu gehören, die mit dem Strick schnell bei der Hand sind, wenn es um Pferdediebe geht.

«Und seht zu, dass ihr das alte Maultier loswerdet», sagte Dutton und schritt davon.

«Machen wir.» Bo schnappte sich das Maultier, und dieser Jack, der Dutton den Kaffee gebracht hatte, ergriff das Wort. Er hatte ein gemeines Vogelgesicht, hart, wisst ihr. Und der würde in keinem Aprilschauer aufweichen, so viel war sicher.

«Kann ich mal eure Pistole sehen?», fragte er, noch ziemlich sanft.

«Klar.» Bo gab sie ihm, und Jack betrachtete sie, drehte die Trommel, klappte sie auf, blinzelte den Lauf hinab und drückte mehrmals auf den Abzug. «Schmeißt die in den Fluss», sagte er, «falls ihr euch nicht die Hand wegballern wollt.» Dann bummelte er hinter Dutton her.

«Na, da will ich verdammt sein.» Bo sah zum Koch hinüber. «Wer ist der Kerl?»

«Jack Shears?» Der Koch grinste. «Mein Sohn, ich weiß nicht mehr über ihn als du. Aber wenn er mir was über Waffen erzählen würde, dann würde ich zuhören.»

«So wie das hier, ja?», sagte Bo.

«Genau so wie das. Der hat einen Blick, was? Hier habt ihr was von unserem Fünf-Dollar-Spezialgericht, Jungs.»

Er schöpfte Ragout aus dem Topf, und diese Antilope musste hundert Jahre alt gewesen sein, so zäh war das Fleisch, und während wir es runterwürgten, kam der andere Reiter, Tom, mit ein paar Ponys hergeritten. Wir ließen den Fraß stehen, und Bo stieg auf ein Pony, er ritt ohne Sattel, und ich kletterte auf das Maultier und nahm das andere Pony ins Schlepptau. So ritten wir zurück nach Lookout, und der Unterschied war wirklich unglaublich. Statt zwei Jungs, die verloren rumliefen, waren wir, na ja, zwei echte Reiter mit richtigen Jobs, bei denen Geld reinkam, statt dass man es ausgab oder Essen abstaubte, und ich fragte mich schon, ob Ma uns vielleicht einen Gefallen getan hatte, als sie die Farm an Tyler abgetreten hatte.

Jedenfalls, wir erreichten die Stadt und fanden Fred Withers Laden, und für mich war es wie ein Fest, denn zum ersten Mal in meinem Leben kaufte ich Kleider im Laden. Ich bekam einen Hut, eine Weste, Levis, ein richtig gutes Paar Reitstiefel und texanische Sporen mit großen Rädchen. Ich hatte sie nie gemocht, auch die bestialischen Gebisse nicht, die die Reiter ihren Ponys ins Maul stecken, weil es mir komplett gegen den Strich ging, ein Pony im Maul und an der Zunge zu reißen, aber Bo meinte, ich sollte mal abwarten, bis ich im weiten Land auf einem scheuenden Pony sitzen würde, dann wäre ich froh, dass ich sie hätte. Dann suchten wir uns ein paar Schießeisen aus.

Klingt schaurig, nicht wahr, aber so dürft ihr euch das ganz und gar nicht vorstellen. In Groschenromanen liest man immer von Cowboys, die wild um sich ballern, aber das war überhaupt nicht so. Die meisten Cowboys konnten auf zehn Schritt kein Scheunentor treffen, und sie schossen sich nicht gegenseitig über den Haufen. Meinungsverschiedenheiten wurden auf viel vornehmere Art und Weise gelöst, zum Beispiel indem man sich bis zur Bewusstlosigkeit verprügelte. Aber diese Sechsschüsser waren ganz praktisch, wie ich später herausfand.

Also dieser Withers, das war vielleicht ein Händler. Er versuchte uns ein paar toll verzierte Colts zu verkaufen, behauptete, das wären die besten und nur die besten Reiter würden sie benutzen, und noch mehr von dem Blödsinn, aber Bo sagte, wenn die Schießeisen nur peng machten und nicht explodierten, würde uns das schon reichen, also einigten wir uns auf ein paar gebrauchte Zweiunddreißiger, gaben Bos Colt und die Spencer in Zahlung, und Bo brachte Withers dazu, hinter dem Laden ein paar Kugeln abzufeuern, schließlich wollten wir sicher gehen, dass sie in Ordnung waren.

Aber das war noch nicht alles. Wir gingen zum Sattler, und dort fing Bo erst richtig an zu arbeiten. Es gab da eine Art falsches Pferd, eine Attrappe, und Bo ließ mich jeden Sattel im Laden ausprobieren, fummelte an mir rum, um die Steigbügel zu richten, und ließ mich hinten an der Kruppe sitzen, weil wir einen McClellan-Sattel testeten, den man überhaupt nicht mit den Sätteln vergleichen darf, wie man sie auf der Rennbahn sieht. Denkste, das waren richtige Arbeitssättel, solide gebaut, sicher und bequem wie ein Lehnsessel, wenn sie mal eingeritten waren, und das mussten sie auch sein, weil man manchmal vom Morgengrauen bis zum Einbruch der Dunkelheit drinsaß. Es gab einen alten Cowboy-Song mit dem Titel «Ein Zwanzig-Dollar-Sattel auf einem Fünf-Dollar-Pferd», und da war was Wahres dran, und es machte auch Sinn; ich habe Reiter gesehen, die setzten ihren letzten Fetzen am Leib beim Kartenspiel ein, aber vor ihrem Sattel, da machten sie Halt.

Und das galt für die ganze Ausrüstung eines Cowboys. Kein Stück davon war bloß Verzierung. Diese großen Hüte hielten den Regen und die Sonne und – wichtiger noch – den Hagel ab, denn draußen auf der Prärie gab es Hagelkörner so groß wie Fäuste. Die Tücher vor dem Mund, die Bandanas, verhinderten, dass man Staub schluckte. Und mit hohen Absätzen an den Stiefeln steckte man sicher in den Steigbügeln, und wer je durch ein Dornengestrüpp geritten ist, weiß, wozu Chaps, die ledernen Überziehhosen, gut sind.

Wir mussten auch ein Lasso für mich besorgen, und ihr denkt vielleicht, Seil ist Seil, aber auch da war Bo penibel, obwohl ich nicht ganz verstand, wieso, weil wir kein Vieh zusammentrieben. Aber so war Bo nun mal. Er mochte es, wenn alles stimmte, und er kaufte mir sogar eine Reitgerte, eine Art kurze Peitsche, wie sie die meisten Reiter bevorzugten.

Dann fehlten nur noch Chaps, was ein Problem war, weil mir die im Laden alle nicht passten, aber der Sattler schnitt ein Paar zurecht, und ich war komplett. Ich war auch mächtig stolz, wie ich da stand, rausgeputzt wie ein echter, richtiger texanischer Reiter. Dann fing Bo plötzlich an zu lachen!

«Was ist so verflixt komisch?», fragte ich.

Bo prustete wieder los, platzte fast vor Lachen. «Gar nichts», sagte er, «gar nichts», und lachte immer weiter. «Du siehst bloß so aus wie ein Liliput-Cowboy!»

Ich fand daran überhaupt nichts Komisches, und das sagte ich ihm auch, aber als ich zur Tür ging, rutschte mir mein Pistolengurt einfach die Beine runter, und ich stolperte glatt drüber.

Bo und der Sattler lachten wie die Esel, und ich hätte sie womöglich beide abgeknallt, wenn ich an meinen Revolver gekommen wäre, doch Bo schlug mir auf die Schulter und sagte, ich sollte mir aus dem bisschen Fopperei nichts machen, weil ich mich sowieso dran gewöhnen müsste. Der Sattler stach noch ein Loch in meinen Gürtel, damit er passte, obwohl Bo sagte, es wäre gar nicht wichtig, weil ich ihn ohnehin selten tragen würde. Und als wir nach draußen gingen, wusste ich, was er meinte, denn mehrere Pfund Stahl, die einem von der Hüfte schlackerten, waren nicht unbedingt die bequemste Art, sich fortzubewegen – jedenfalls nicht mit meiner Größe und meinem Gewicht.

Also blieb nur noch eine Sache, die wir erledigen mussten und die mir keinen besonderen Spaß bereitete – wir mussten das Maultier loswerden. Diese Tiere gehören nicht zu den meistgeliebten Geschöpfen Gottes, aber unseres war schon fast solange ich lebte bei uns gewesen, und es war unsere letzte Verbindung mit unserem Zuhause. Aber da konnte man nichts machen, also gingen wir zum Mietstall und boten es zum Verkauf an, und stellt euch vor, der Mietstallbesitzer fing an zu lachen!

An dem Tag gab es in Lookout wirklich 'ne Menge zu lachen, aber Bo grinste nur und sagte, einer Niggerfamilie könnte es noch ein paar Jahre lang gute Dienste leisten, und am Ende kriegten wir zwei Dollar.

«Und ich weiß auch, was wir mit denen machen», sagte Bo. «Wir spendieren uns noch ein Essen. Diese Witwe versteht vielleicht nicht viel von Barmherzigkeit, aber kochen kann sie.»

Ich wollte nicht, weil die ganzen Ausgaben ein Loch in unsere Kasse gerissen hatten, aber Bo meinte nur, was soll's, er würde was essen, also ging ich mit, und danach trank er ein paar Bier mit dem Kommentar, das wären die letzten bis Gott weiß wann. Schließlich gingen wir noch beim Marshal vorbei, um uns zu bedanken, und der sagte, das hätte er gern getan, er würde uns ein Stück zurück begleiten.

Und das war's dann. Wir stiegen auf, und trotz all dem Gelächter fühlte ich mich wirklich ziemlich großartig, wie ich da auf einem echten Rinderpony saß, mich im Sattel zurücklehnte und zur Abwechslung mal auf die Welt runterblickte statt aus dem Dreck nach oben.

Aber eine Sache beunruhigte mich, sie nagte da hinten in meinem Kopf, und ich sagte es. «Bo ...», sagte ich. «Dieser Reiter bei Dutton, nicht der Kerl, der dir das mit den Schießeisen gesagt hat, der andere ...»

«Ja?», fragte Bo irgendwie verschlossen.

«Na ja ...», sagte ich. «Bo, der ist ein Nigger!»

«Ich hab's gesehen», erwiderte Bo.

«Aber, Bo ...» Ich sah ihn von der Seite an. «Bo, ich kann Nigger einfach nicht ausstehen.»

Bo klopfte seinem Pony den Hals. «Meine Lieblingsrasse sind sie auch nicht grade. Aber es gibt sie nun mal bei den Viehherden, ziemlich viele. Auch Greaser gibt's, Mexikaner. Und die Sache ist die, ich würd mich auch nicht zu denen in die Koje legen, aber da draußen ... So ist das eben, und ich schätze, wir müssen einfach damit klarkommen. Runterschlucken, das ist alles.»

Davon wurde mir auch nicht wohler, aber wenn Bo sagte, dass es nun mal so war, dann war es auch so, also hielt ich den Mund und genoss einfach den Ritt über das bezaubernde Land, das purpurn glühte. Die Nachtschwalben riefen, und der Mond ging auf, langsam und stetig, und dann sahen wir den Schein des Lagerfeuers, und es war wie ein Signal, das uns zurief: Kommt schon nach Hause, Jungs.

Sechs

Wir johlten, als wir uns dem Lager näherten, denn das war die Art, wie man sich höflich ankündigte – man klopfte sozusagen an die Tür –, die anderen brüllten zurück, dann ritten wir ein.

Dutton war da, saß mit einigen anderen am Feuer. «Nehmt euch Kaffee», sagte er, und mit dieser Einleitung waren wir einverstanden.

«Das hier ist Bo Curtis, und der kleine Knirps daneben ist sein Bruder Ben. Ihr werdet euch noch besser kennen lernen.»

Wir holten uns Kaffee, und ich war ein bisschen beleidigt wegen dem Knirps, aber ich erinnerte mich daran, was mir Bo wegen der Neckereien erklärt hatte, also sagte ich nichts.

«In Ordnung.» Dutton stand am Feuer, das Licht flackerte in seinem Gesicht, er sah wirklich wie ein Boss aus, und was er sagte, zeigte, dass er es auch war.

«Die Jungs hier kennen die Regeln, aber ich werd sie für euch noch mal sagen, damit es keine Missverständnisse gibt. Erstens: Hier wird nicht getrunken, wenn ihr also irgendwo eine Flasche versteckt habt, lasst sie verschwinden – und damit meine ich nicht in eurem Schlund. Zweitens: keine Kämpfe. Falls ihr was gegen jemanden habt, dann regelt das, wenn ihr ausbezahlt worden seid. Drittens: Jeder reitet da, wo ich ihn hinschicke, und keine verdammten Debatten. Viertens: Je nachdem, wie wir vorankommen, machen wir vielleicht ’ne Pause, aber verlasst euch nicht drauf. Wir haben bereits einen Tag verloren, und wenn wir in einem durchziehen, dann ist das eben so. Fünftens: Glaubt nicht, dass ihr die ganze Nacht gähnend ums Feuer rum sitzen könnt. Licht aus, wenn ich es sage. Sechstens: keine Spiele.»

Wir sagten «Alles klar», obwohl ich nicht behaupten kann,

dass wir vor Freude in die Luft sprangen, aber Dutton war noch nicht fertig. «Das sind die sechs Vorschriften, aber es gibt vielleicht noch eine. Meckert nicht übers Essen. Stimmt's, Charlie?»

«Du sagst es.» Der Koch schlug mit der Suppenkelle an den Kaffeetopf, er schien bereit, einem damit das Hirn durchzuschütteln.

Die Jungs lachten gehorsam, als ob sie das schon mal gehört hätten, der Witz aber immer noch ganz komisch wäre.

«Gut», sagte Dutton. «Irgendwelche Fragen?»

Ich zuckte mit den Schultern, aber Bo sagte: «Nur eine, Boss. Ich würd irgendwie gern wissen, wo wir langreiten.»

«Ach, das. Sicher.» Dutton zeigte auf einen Stern am Himmel. «Siehst du den?»

«Schätze schon», sagte Bo. «Aber die Leute da oben essen doch wohl kein Rind, oder?»

«Könnten sie schon, falls sie einen Funken Verstand haben», entgegnete Dutton. «Nein, das mein ich nicht. Das ist der Polarstern, mein Sohn, und dem werden wir folgen, den ganzen Weg bis Abilene, in Kansas. So, noch 'ne halbe Stunde, Jungs, und dann machen wir Schluss. Ich werd noch einen Blick auf die Herde werfen, und wenn ich zurückkomme, ist Schlafenszeit.»

Er machte sich davon, und die Jungs reckten sich und holten sich noch Kaffee und hießen uns herzlich willkommen, obwohl ich mir ihre Namen da noch nicht merken konnte. Aber anscheinend waren sie ein anständiger Haufen. Ich nahm mir noch was von diesem Antilopenragout – dem Koch hätte Nachhilfe bei der Witwe Hatton sicher nicht geschadet – und lehnte mich an meinen Sattel, dabei hörte ich zu, was die Jungs Bo erzählten.

Diese Herde kam aus dem Süden, ungefähr hundert Meilen von hier. Einige Rancher hatten ihre dreijährigen Ochsen zusammengetrieben, und Dutton war sozusagen ihr Agent, auf Provisionsbasis bezahlt. Die Ochsen besaßen alle ein Herdenbrandzeichen und ihr eigenes, und die Jungs, die ums Feuer rum saßen, waren alle seit dem Zusammentrieb dabei, kannten sich also ganz gut. Jack Shears, der Bo das mit der Pistole gesagt hatte, war ein Fremder, genau wie wir, aber er hielt draußen die erste Herdenwache, zusammen mit dem Nigger, was mir recht war. Ansonsten begriff ich, dass wir nach Nordosten zogen, um auf den Chisholm Trail zu stoßen. Mehr erfuhr ich an diesem Abend nicht, weil Dutton zurückkam, und alle hauten sich hin, bis auf mich, weil Dutton sagte, ich bräuchte diese Nacht keine Schicht bei der Wache zu übernehmen. Er erklärte das in einem Ton, als würde er mir fünfzig Bucks schenken, und nahm sein Präsent dann gleich wieder zurück, als er sagte, ich sollte abwaschen – und ich dachte bei mir, was für ein mustergültiger Einstand in das wilde, aufregende Leben eines Cowboys das wohl sein musste.

Trotzdem erledigte ich meine Pflicht und machte es mir dann neben Bo gemütlich, sah zu den Sternen hoch und fühlte mich richtig gut. Die Sterne leuchteten so hell wie Mädchenaugen, der Wind säuselte in den Pyramidenpappeln, das Feuer glimmte, und ich war randvoll mit Essen, für das ich nichts bezahlen musste. Ziemlich beruhigend eigentlich. Ganz anders als zu der Zeit, wo Bo und ich auf uns selbst gestellt durch die Prärie gezogen waren, kalte Bohnen gegessen hatten und bei jedem Laut aufgesprungen waren. Jawohl, ich war wirklich ein glücklicher Cowboy, und ich schlief wie ein Baby.

Geweckt wurde ich dann aber nicht so. Jemand zog mir die Stiefel an, und Bo packte mich im Genick und stellte mich auf die Füße, und bevor ich mir den Schlaf aus den Augen reiben konnte, hatte ich bereits einen Teller Bohnen intus und eine Tasse Kaffee, die einer gekocht haben musste, der die menschliche Rasse nicht besonders gut leiden konnte.

Dutton stiefelte umher und hörte sich mächtig scharf an. «Kommt schon, ihr Buckaroos», schrie er. «Seht zu, dass ihr fertig werdet. Wenn ihr euch in dem Tempo weiterbewegt, sind wir heute Mittag immer noch hier.»

Also, bei dem Tempo, das wir vorlegten, da rechnete ich mir eigentlich aus, dass wir dann halbwegs in Abilene sein müssten, aber Dutton machte keine Witze. Er leerte den Kaffeetopf ins Feuer, damit es keine Verzögerungen gab.

Als sich die Jungs zu ihren Ponys aufmachten, kam er zu mir. «Hilf Charlie packen», bellte er. «Dann schnapp dir ein Pony und komm zur Herde rüber. Und trödel nicht rum.»

Dutton war rau, und Charlie McCann war kein bisschen anders. Er piesackte mich so, dass ich den Abwasch gemacht, Brennholz auf den Wagen geladen und die Maultiere getränkt und angeschirrt hatte, bevor er mit seinem ersten Zigarillo fertig war. Ich kann euch sagen, ich hatte mir bereits einen Dollar verdient, als ich zur Remuda ging, um mir ein Pony zu holen.

Heutzutage wird 'ne Menge Quatsch über den Cowboy und sein vertrautes Ross geredet, als ob diese Ponys Schmusetiere gewesen wären, aber so war das nicht. Die Sache war die, auf diesen Viehtrieben gab es eine Remuda, die mehr oder weniger eine eigene Herde von Reittieren war. Der Wrangler, ein Cowboy, kümmerte sich um sie, und wenn du ein Pferd brauchtest – und die Ponys wurden bis zu fünf- oder sechsmal am Tag gewechselt –, dann holte er es für dich heraus. Nach einiger Zeit gab es eine Reihe von Ponys, die irgendwie für dich reserviert waren, und die besten Reiter bekamen die besten Tiere. An diesem ersten Tag war es mächtig verwirrend für mich, mir an die hundert Ponys anzusehen, aber der Wrangler, ein alter Kauz namens Amos Day, löste das Problem, genauer gesagt hatte Bo es für mich gelöst, denn er hatte mir eins ausgesucht.

Amos sattelte es, und ich stieg auf und ritt auf die Herde zu – meine Güte, das war ein Anblick! In meinem ganzen Leben hatte ich noch nie so viel Vieh gesehen, über tausend Stück – eintausendzweihundertsiebenunddreißig, erklärte mir Dutton später, und ungefähr vierzig Bucks pro Stück, insgesamt also eine wirklich beachtliche Summe –, alle verteilt über eine Quadratmeile Prärie, aufgescheucht von den Jungs, die um sie herumritten, pfiffen und riefen und ihre Peitschen knallen ließen.

Ich entdeckte Bo, und da mir niemand was anderes erzählt hatte, ritt ich zu ihm rüber.

«Halt dich an meiner Seite», schrie er, «und mach bloß keinen Mist.»

Das hätte Bo mir nicht zu sagen brauchen. Diese Longhorns hatten ihren Namen zu Recht. Das war kein Milchvieh, das waren wilde Bestien, groß wie Häuser, ihre Hörner hatten eine Spannweite von sechs Fuß und mehr. Und da war noch etwas. Bo hatte Dutton erzählt, ich könnte reiten, und das stimmte, wenn damit gemeint war, dass ich oben blieb, solange ein Pferd sich nicht zu schnell bewegte, aber ein Rinderpony, beim Jupiter! Man kam sich vor wie auf einer Katze, so sehr hüpfte und wand und drehte es sich, schoss um die Ochsen herum, wisst ihr, kannte sich besser aus als ich, also konzentrierte ich mich darauf, die Zügel festzuhalten, mit den Beinen seinen Leib zu umklammern, und hoffte das Beste – und langsam verstand ich auch, wozu diese grausamen texanischen Gebisse und Sporen gut waren.

Es ist wahrlich kein Kinderspiel, tausend Stück Vieh aufzuwecken und in eine Ordnung zu bringen, aber die Jungs kamen damit klar. Langsam brachten sie diese Ochsen in Bewegung, so dass sie nicht zu dicht aufeinander liefen, aber auch nicht zu weit verstreut. Und ich musste zugeben, obwohl ich das ganz sicher nicht gern tat und obwohl Bo da draußen ziemlich gut ritt, dass dieser Nigger, Tom Carney war sein Name, aussah, als wäre er auf einem Pferd zur Welt gekommen.

Jedenfalls brachten wir eine Aufstellung in die Herde, und dann kam Dutton auf einem echt guten Pferd angeritten. «Du bleibst hinten», rief er Bo zu, «mit Johnny Merill.» Und dann, zu mir gewandt, als ob ich nicht richtig zählte: «Kleiner, mach dich da runter mit deinem Bruder.» Ich ritt mit Bo die Herde entlang, und er sah nicht gerade begeistert aus. Aber das machte mir nichts. Ich war ein echter Cowboy. Verdiente mein Brot. Ich war jemand. Das dachte ich direkt nach Sonnenaufgang an diesem wunderschönen Morgen. Was ich allerdings bei Sonnenuntergang dachte, war eine ganz andere Sache.

Wenn man's genau nahm, war Viehtreiben ein Job wie jeder andere, ungefähr so romantisch wie Straßenbahnfahren, was mir an jenem Morgen klar wurde. Zu einem Viehtrieb gehörten normalerweise acht Reiter, dazu kamen der Boss, der Koch und der Wrangler. Die Reiter verteilten sich um die Herde. Zwei ritten an der Spitze, genannt Point, dann gab es zwei auf jeder Seite, genannt Flank und Swing, und dann zwei in der Nachhut, hinten, die Drag hießen. Die besten Reiter ritten normalerweise an der Spitze und die schlechten hinten, und es gab sicher angenehmere Orte auf dieser schönen Welt, an denen man sich aufhalten konnte. Wenn ihr je eine Kuh gesehen habt, dann wisst ihr: Was am einen Ende reinkommt, das kommt am anderen wieder raus. Nehmt das mal tausend, dann könnt ihr euch ausmalen, wo ich, Bo und Johnny Merill durchritten – und, Freunde, alle Mücken und Schmeißfliegen von ganz Texas hatten sich anscheinend zu uns gesellt.

Staub gab es auch. Die Herde von Sam Clark war hier langgekommen und hatte den Boden aufgebrochen, und unsere Herde tat das Gleiche, so dass der Staub über der Strecke hing, und wir mussten den ganzen Tag da hindurchreiten, weshalb du deine Bandana segnen konntest, denn hättest du sie dir nicht dicht vors Gesicht gebunden, wärst du an Staub und Fliegen erstickt. Und langsam verstand ich, was Bo gemeint hatte, als er sagte, Cowboys zuzusehen wäre besser, als selber einer zu sein – besonders bei einem Viehtrieb.

Nun, ich sage «treiben», aber das Wort ist vollkommen falsch. Niemand, der noch bei Verstand war, «trieb» das Vieh. Man sah zu, dass die Tiere gingen, langsam und gemächlich, damit sie ihr Fett auf den Rippen behielten, und das war kein Klacks. Diese Rinder mussten sich an den Gedanken gewöhnen, dass sie ihr Zuhause verließen, also musstest du die Biester überreden, damit sie gingen, und ein Longhorn überredest du ungefähr so leicht wie einen Grizzlybären.

Aber die Jungs verstanden was von ihrem Job, Point hielt die Herde auf der richtigen Route in Bewegung, Swing und Flank sahen zu, dass kein Tier sich selbständig machte oder anhielt, um zu grasen, und Bo, Johnny und ich achteten darauf, dass keines zurückblieb und dass irgendwelche Ochsen, die Heimweh verspürten, nicht in Richtung Heimat verdufteten – obwohl mir bei dem Staub und Gestank irgendwie auch danach war. Und mir wurde gar nicht wohler, wenn ich daran dachte, dass dieser Nigger da vorne an der Spitze ritt.

Die Sonne stieg höher, und ich war durstig und kippte gerade Wasser aus meiner Feldflasche, als ein Reiter aus der Staubwolke auftauchte. Es war Joe Collins, der Vorarbeiter, der das Sagen hatte, wenn Dutton weg war; das war tagsüber immer der Fall, weil Dutton mit McCann nach dem Frühstück auf dem Küchenwagen vorausfuhr, um einen guten Platz für die Mittagspause zu suchen – die Pause bekam übrigens die Herde, nicht wir –, und dann weiterfuhr, um das Nachtlager zu bestimmen.

«Wie geht's dem Pony?», fragte Collins, aber nach mir erkundigte er sich mit keinem Wort.

«Hüpft nicht mehr so wild rum wie am Anfang», sagte ich, was stimmte. Diese texanischen Ponys bewegten sich flink und sicher, bekamen aber nur Gras zu fressen, und deshalb konnte man mit ihrer Ausdauer keinen Preis gewinnen. Aus diesem Grund zogen wir auch mit der ganzen Herde Wechselpferde los, ein Trick, den wir den Komantschen abgeguckt hatten; bei denen ritt jeder Krieger mit sechs bis sieben Ponys, die er jede Stunde wechselte.

Collins ließ seinen Blick über mein Pony gleiten. «Stimmt», sagte er. «Wenn es zu heftig anfängt zu schnauben, hol dir ein neues.»

«Mach ich», antwortete ich, und Collins griff nach meiner Feldflasche. Er nahm sie mir ab und schüttelte sie.

«Die ist fast leer», sagte er.

«Klar», stimmte ich ihm zu. «Irgendwie staubig hier hinten.»

Collins warf mir einen strengen Blick zu und gab die Flasche zurück. «Sei lieber sparsam mit dem Wasser.»

Ich grinste, so ganz unschuldig, wisst ihr. «Bin kein Kamel.»

«Nein, aber ein gottverdammter Idiot», brüllte Collins. «Was gedenkst du zu tun, wenn du kein Wasser mehr hast?»

«Schätze, ich hol mir was vom Wagen», antwortete ich.

«Na, dann schätz noch mal neu», sagte Collins. «Der Wagen ist fünf Meilen vor uns, und vor Mittag wirst du den nicht zu Gesicht kriegen, also übe lieber schon mal, ein Kamel zu sein.»

Er galoppierte davon, und ich ritt zu Bo rüber, aber da wurde ich nicht gerade herzlich empfangen. «Was zum Teufel tust du hier?», rief er. «Mach, dass du wieder da rüberkommst.»

«Jetzt hör mal zu, Bo», sagte ich und erzählte ihm von dem Wasser.

Bo funkelte mich über seinem Halstuch wie ein mordlüsterner Bandit an. «Dann hast du eben einen durstigen Vormittag vor dir, stimmt's? Und jetzt zurück an die Arbeit. Das hier ist kein verdammter Kirchgang.»

Klar, dachte ich, und das kannst du laut sagen, ein Kirchgang ist das nicht, obwohl es da einen Ochsen gab, dessen boshafter Blick mich an diesen alten Tyler erinnerte. Trotzdem konnte man nichts weiter tun als durchhalten, und es wurde ein durstiger Vormittag, und selbst der alte Moses war beim Anblick des Gelobten Landes bestimmt nicht mehr erfreut als ich beim Anblick unseres Wagens, der neben einem Bach abgestellt war. McCann kochte, und Dutton rauchte einen echt riesigen Zigarillo.

Collins und der Nigger hatten die Spitze der Herde vom Weg abgeführt, und wir trieben die restlichen Ochsen hinterher, damit sie über Mittag grasen konnten, wie sie es jeden Tag taten. Die Ochsen fraßen, und wir aßen auch, und obwohl es bloß Pfannkuchen und Bohnen und Kaffee gab, schmeckte es mir wie Witwe Hattons Sonntagsbraten. Wir hatten sogar Zeit zum Essen, was aber nicht an Duttons Fürsorglichkeit lag. Diese Ochsen mussten sich die volle Ration reinfuttern, und wenn sie das in fünf Minuten geschafft hätten, dann wären auch wir bis dahin wieder auf unseren Ponys gesessen.

Die Mittagspause gab mir Gelegenheit, die restlichen Jungs zu mustern. Ich kannte den Koch, Charlie McCann; dann Joe Collins; den Nigger, Tom Carney; den harten Brocken Jack Shears; und Johnny Merril, der mit uns die Nachhut gebildet hatte. Aber mit den anderen dreien hatte ich kaum ein Wort gewechselt: mit Bob Bowker, Hank Vale und Gus King. Sie machten dann auch einen netten Eindruck, waren ungefähr in Bos Alter, offen, freundlich und lustig, und zusammen mit Bo waren sie eine Gruppe für sich innerhalb der ganzen Bande, sie foppten sich gegenseitig und machten Witze, während die anderen sich ausruhten. Was den Wrangler anging, Amos Day, den beachtete keiner sonderlich. Ich schätze, das klingt irgendwie sonderbar, weil er doch für unsere Ponys sorgte, aber über die Wrangler rümpften alle immer ein bisschen die Nase, vielleicht weil sie am Ende doch nichts anderes als unsere Diener waren.

Während wir also Pause machten, witzelten und foppten sich die Jungs, keiner achtete auf mich, aber ich hielt die Augen offen, darauf könnt ihr wetten, und als ich sah, wie Dutton in Bewegung kam, machte ich mich auf zur Remuda, nahm mir ein Pony, sattelte es und war draußen im Gelände, bevor die Jungs ihren letzten Becher Kaffee geleert hatten – denn auf gar keinen Fall wollte ich noch mal das Geschirr abwaschen.

Aber abgesehen davon war ich neugierig, wie man mit so einer Herde umging und wann Dutton entscheiden würde, sie wieder in Bewegung zu setzen, und auf diese Frage gab es eine ganz einfache Antwort: nämlich dann, wenn die Tiere anfingen, sich hinzulegen! Sie hatten genug gegrast, wisst ihr, und ist das nicht genauso, wie es uns Menschen geht? Gerade wenn du es dir bequem machen willst, kommt einer und treibt dich wieder hoch.

Und ob sie es nun mochten oder nicht, das passierte den Ochsen. Hatten gerade ihr Mittagessen beendet, und nun war ihnen nach einem Nickerchen, schon kamen die Jungs daher und brachten sie in Bewegung. Aber am Nachmittag war der Viehtrieb einfacher als am Morgen. Die Herde wurde inzwischen durstig und gierte nach Wasser, also musste man sie nicht groß überreden. Genau genommen mussten wir im Laufe des Nachmittags den Ochsen auf den Leib rücken, sie umreiten und zusammendrängen, damit wir mit einer kompakten Herde beim Lager ankamen, die nicht losrannte.

Der Nachmittag war also nicht so anstrengend wie der Morgen, besonders weil ich mich beim Trinken zusammennahm, und wir erreichten das Lager sicher vor Einbruch der Dunkelheit. Dutton erwartete uns, und wir teilten die Herde in Gruppen und tränkten sie, und als das erledigt war und die Ochsen mit Grasen fertig waren und anfingen wiederzukäuen, trieben wir sie in einen Kreis, und Dutton wollte einen *richtigen* Kreis.

«Zieht sie zusammen», rief er. «Zieht sie zusammen!» Genau das taten wir, und das musste man gesehen haben, wie eintausend halbwilde Ochsen einfach so zusammengezogen wurden, und man musste auch die Jungs bei der Arbeit gesehen haben, die genau wussten, wann man auf einen Ochsen zustürzen und ihm eins überziehen musste und wann man sich eher zurückhielt und einen sanft reinholte. Und ich muss wieder zugeben, Tom Carney war der Beste, er war bereit, mitten in die Herde hineinzureiten, um einen bockigen Ochsen umzudrehen, und allzu viele gab es nicht, die da scharf drauf waren. Aber alle wussten, was sie zu tun hatten – außer mir.

Es war schon fast dunkel, als wir die Herde zur Ruhe gebracht hatten, denn es war nicht leicht, Dutton zufrieden zu stellen. Immer wieder galoppierte er um die Herde rum und rief: «Zieht sie fester zusammen», aber irgendwann ließ er es dann doch gut sein. «Wir kriegen's schon besser hin, wenn sie sich dran gewöhnt haben», sagte er. «Ich kenn Leute, die mir widersprechen, aber ich will, dass die Herde fester als 'ne Acht-Tage-Uhr aufgezogen wird. Dann gibt's nicht so leicht eine Stampede.»

Sechs von uns schickte er zum Kochkessel, es gab wieder das Antilopenragout, und er sah uns beim Essen zu, dann erklärte er mir, dass ich auch heute keine Nachtwache zu halten brauchte.

«Na ja, danke, Boss», sagte ich. «Das ist ziemlich nett.»

«Dafür brauchst du dich nicht zu bedanken», sagte Dutton. «Ich will bloß keinen Nichtskönner da draußen. Bleib hier und hilf Charlie.»

Nun, das war besser als der Sattel, also machte ich mich dran, und diese Maultiere wussten nicht, wie ihnen geschah. Ich hatte sie gefüttert und getränkt und angebunden, bevor ihnen klar wurde, dass die Tagesarbeit beendet war, und ich beeilte mich auch mit dem Abwasch, dachte mir, dass niemand einen kleinen Fett- oder Soßenrest hier und da bemerken würde.

Als ich fertig war, setzte ich mich auf die Ladeklappe des Planwagens neben Charlie, der einen Zigarillo rauchte, und kaum hatte ich es mir bequem gemacht, da bat er mich doch tatsächlich, Kaffee für ihn zu holen. Typisch Koch.

«Und hol dir auch welchen, wenn du willst», sagte er. «Das gehört zum Job. Gib den Jungs auch was.»

Ich nahm den Kaffeetopf und schenkte bereitwillig aus, aber eine von diesen Händen, die ihren Becher hinhielt, war schwarz. Ich zögerte da irgendwie, weil es mir zwar nicht so viel ausmachte, die anderen Kerle zu bedienen, aber bei einem Nigger ging mir das einfach gegen den Strich. Mir blieb nicht viel anderes übrig, als einfach einzugießen, und ich weiß nur, dass Carney merkte, was in mir vorging, so wie der mich anstarrte. Aber er nickte bloß, bedankte sich mit einer Kopfbewegung und sagte: «Wie kommst du zurecht?»

«Komm schon klar», entgegnete ich so markig wie möglich, und ich hätte schwören können, dass da ein heimliches Grinsen über Carneys Gesicht lief.

«So soll es sein», sagte er und zündete eine Zigarette an, die er einhändig gedreht hatte, wie die Jungs das so machten.

Ich brachte McCann auch seinen Kaffee und schwang mich wieder auf die Ladeklappe.

«Du kommst also klar?», fragte er.

«Sicher», sagte ich. «Bin bloß ein bisschen durchgewalkt.»

«Das gibt sich», sagte McCann, und ich weiß nicht, ob wir da über die gleiche Sache redeten. «Bis wir das Indianerterritorium erreicht haben, ist das vorbei.»

«Klar», sagte Hank Vale. «Über deinen wund gescheuerten Hintern wirst du dir dann keine Sorgen mehr machen, nur noch über deine Haare.»

Die Jungs lachten, aber McCann sagte todernst: «Das ist die Wahrheit, Kleiner, gleich am anderen Ufer vom Red River, da werden sie warten, sich die Lippen lecken und danach gieren, dass sie dir den Skalp abnehmen können. Frag nur Tom. Er war da. Klar, diese Indianer haben sich nicht mit ihm abgegeben, weil seine Haare kraus sind. Aber du, mit deinen langen, blonden Locken, ich schätze, ein Krieger kann sie sich gut als nette Zierde in seinem Tipi vorstellen.»

«So viel ist sicher», sagte Hank. «Sie werden allesamt Schlange stehen dafür. Wenn ich du wäre, würd ich Charlie überreden, sie dir abzuhacken.»

«Charlie!» Johnny Merill jaulte auf. «Als er mir das letzte Mal die Haare schnitt, war das schlimmer, als wenn er mich skalpiert hätte.»

McCann kicherte. «Deine Ohren sind schließlich beide noch dran, oder? Um dich mach ich mir jedenfalls keine Sorgen, eher um den Kleinen hier.» Er sah mich von der Seite an, als ob er sich für mein Haar interessierte, und ich zog meinen Hut so weit runter, dass ich kaum noch was sehen konnte.

Auf der anderen Seite des Feuers kicherte Carney. «Hör nicht auf sie. Vom Blitz werden mehr Cowboys erschlagen als von Indianern.»

«Und von Rindern überrannt», sagte Johnny.

«Oder sie ersaufen», fügte Hank hinzu.

Dann wurde es plötzlich still, als wollten die Jungs nichts weiter hören, besonders über diesen Punkt nicht, und Tatsache war, dass Cowboys komplett in Panik gerieten, wenn sie an die Gefahr des Ertrinkens dachten. Vielleicht, weil von ihnen kaum einer schwimmen konnte. Dann kehrte Dutton von der Herde zurück und befahl uns allen, uns in die Falle zu hauen, also legten wir uns um, und ich brauchte in dieser Nacht nicht lange Sterne zu zählen, obwohl mir der Kopf schrecklich juckte.

Sieben

Am nächsten Morgen wurde ich wachgerüttelt, und das passierte mir nach so manchem beschwerlichen Tag noch öfter, aber das Leben wurde allmählich leichter, während wir weiterzogen. Ich gewöhnte mich daran, im Sattel zu sitzen, und die aufgeschürften Stellen zwischen meinen Schenkeln heilten ab. Wir alle, Ochsen und Reiter gleichermaßen, gewöhnten uns an die Routine – die Ochsen zu verteilen, mit ihnen zehn, fünfzehn Meilen pro Tag zu wandern, sie zu tränken, grasen zu lassen und zusammenzuziehen, mit dem Leitochsen an der Spitze, einem massigen, schielenden Vieh, das nichts und niemanden in seiner Nähe duldete. Und was vielleicht das Wichtigste war, zumindest was mich betraf – ich lernte, wann ich meinem Pony die Entscheidung überlassen sollte, was es zu tun hatte, und wann ich mich durchsetzen musste, wenn ich auch zugeben muss, dass das Pony in aller Regel die Führung übernahm.

Ich ließ mich auch für die Nachtwache einteilen, und sogar für die mittlere, was bedeutete, dass die Nacht unterbrochen wurde, aber dafür musste ich kein Geschirr abwaschen. Und, ehrlich gesagt, ich mochte die Herde bei Nacht. Die Wache spielte sich so ab: Zwei von uns waren da draußen, ritten im Schritt in entgegengesetzter Richtung um die Herde rum, hielten die Augen offen nach allen möglichen Kreaturen wie Kojoten oder Präriewölfen, die auftauchen, einen Ochsen erschrecken und eine Stampede auslösen konnten.

Immer rundherum ritt man mit dem Pony und sang den Ochsen was vor, und jeder sagte, das würde die Ochsen beruhigen. Aber ich fragte mich manchmal, ob man nicht vielmehr für den Boss sang, damit er wusste, dass man bei der Arbeit wach blieb, denn eins fiel mir ganz sicher auf: Wenn einer von den Jungs zu singen aufhörte, dann wurde Dutton wach!

Aber das war schon was, wenn man nachts draußen bei der Herde war. Wenn der Mond auf die Longhorns herabschien und die Herde wie ein ganzer Wald von Schaukelstühlen aussah, wenn die Ochsen ganz friedlich, wie abwesend, wiederkäuten und schnaubten und vielleicht die Kojoten in die Nacht hinausheulten und man dem Gesang des anderen Reiters lauschte, dessen Stimme über die Herde hinwegschallte. Es war friedlich, wisst ihr, und irgendwie liebevoll, auch wenn die Jungs für traurige Lieder gewiss 'ne Menge übrig hatten, und mit Stoff über arme, sterbende Cowboys war ich für den Rest meines Lebens versorgt. Doch die Zeit bleibt mir in Erinnerung, und ein Reiter wird das Geklingel der Jinglebobs nie vergessen, dieser kleinen Glöckchen, die sich die Jungs gern an den Steigbügeln befestigten.

Aber tagsüber war wieder das Reiten in der Nachhut dran, für mich jedenfalls. Joe Collins wechselte die Jungs von Zeit zu Zeit reihum aus, nur er und Carney ritten immer Point, und ich ritt immer Drag, fraß Staub und schluckte Fliegen und freute mich auf den Abend, wenn die Jungs eine Weile rumsaßen, Märchen erzählten, über das Rancherleben oder über Mädchen quasselten und vielleicht die eine oder andere Runde Poker spielten, wobei sie Streichhölzer einsetzten, da Dutton keine Glücksspiele um Geld erlaubte. Aber je weiter wir kamen, mit jedem Tag dem Red River näher rückten, desto öfter redeten die Jungs über Flussdurchquerungen.

«Was ist da schon dabei?», fragte ich eines Nachts. «Diese Ochsen schwimmen, und die Ponys auch, oder nicht?»

McCann schüttelte den Kopf, voller Mitleid. «Fliegen können sie nicht, Kleiner.»

«Genau, eine Schande ist es, dass Gott dem Vieh keine Flügel gegeben hat», sagte Bob Bowker. «Die Sache ist die, Kleiner, wenn du Pech hast mit dem Fluss, dann reagieren die Ochsen total bekloppt und brechen stromabwärts aus, und du bist mit ihnen im Wasser, und wenn du mit einem Longhorn ins Gehege kommst, dann heißt das adios, amigos.»

«Amen», sagte Johnny. «Ich hab mal den Brazos überquert,

und dabei haben wir einen Reiter verloren. Das war wirklich ’ne traurige Art, in die Ewigkeit einzugehen.»

«Sie haben da jetzt ’ne Brücke», sagte McCann. «Über den Brazos. Stimmt das, Tom?»

«So ist es», bestätigte Carney. «Ein Kerl hat ’ne so genannte Hängebrücke gebaut, die hängt an Seilen. Du zahlst eine Gebühr und führst die Herde rüber, nur ein paar Bosse sind so fies, dass sie ihre Ochsen immer noch durchschwimmen lassen.»

«Ist doch ziemlich unglaublich», sagte Johnny. «Ein paar Dollars zu sparen und dabei vielleicht ein Menschenleben zu riskieren. Trotzdem, schätze, ich bau mir irgendwo ’ne Brücke, lass mich nieder und schau zu, wie die Dollars reinrollen.»

Die Jungs seufzten, als hätten sie eine Vision, dass ihnen die Dollars wie Blätter im Herbst auf den Kopf rieselten, aber der Traum wurde unterbrochen, als Dutton uns befahl, Schluss zu machen.

Es war schwül, also zog ich mir einfach mein Bettzeug über und döste weg, dachte über diese Brücke nach, die ich gern gesehen hätte. Eine richtige Brücke war mir nie vor die Pupillen gekommen, und ich sah schon fast im Traum die Ochsen einen nach dem anderen die Brücke überqueren, angeführt vom alten Noah, als ich merkte, wie jemand meinen Fuß rüttelte.

Zu meinem Befremden war es Dutton, denn normalerweise weckten Carney oder Collins die Männer. «Steh auf», flüsterte er. «Und ohne einen einzigen verfluchten Laut.»

Ich zog mir die Stiefel über, während die ganze Mannschaft das Gleiche tat.

«Gut», sagte Dutton mit äußerst gedämpfter Stimme. «Keinen einzigen Laut. Alle, die Glöckchen an den Stiefeln tragen, machen sie ab. Jetzt schnappt euch eure Ponys und folgt mir.»

Die Ponys für die Nacht standen beim Wagen, und wir holten sie und liefen hinter Dutton her, wie die Indianer. Ich hatte keinen blassen Dunst, was vor sich ging, aber aufregend war es, aufregender, als ich mir das Leben eines Cowboys vorgestellt hatte, und dann, weit ab von der Herde, trafen wir Carney und hielten an – und Hank flüsterte: «Herr im Himmel!» Denn da draußen, am Horizont, leuchtete der Himmel hell auf.

Es waren Blitze. In der Ferne hörte man Donner grollen, und dann leuchtete der Himmel wieder auf, und der Donner krachte diesmal richtig laut, dann kam wieder ein Blitz, blendend hell, und es zuckte in einem fort, blitz, blitz, blitz, und mitten im Blitz leuchtete es. Dann rollte der Donner auf uns zu, und aus der Herde ertönte das Echo. Man hörte, wie die Viecher zu brummen begannen, und schaurig hörte es sich an, es war kein richtiges Brüllen und Muhen, sondern klang, als ob die Ochsen anfingen, ängstlich miteinander zu reden.

Der Himmel leuchtete wieder auf, brannte lichterloh, nur diesmal aus dem Süden, man nannte das einen wandernden Sturm, er tauchte mal hier, mal da auf, übersprang von Zeit zu Zeit hundert Meilen und bereitete sich darauf vor, direkt auf uns drauf zu springen, und ich erinnerte mich an Carney, wie er gesagt hatte, dass mehr Cowboys vom Blitz als von Indianern erschlagen würden! Aber auf Draht war er, das musste man ihm lassen – während wir alle zum Himmel aufsahen, beobachtete er die Herde, und er sagte: «Boss, da drüben sind ein paar Ochsen aufgestanden.»

Waren sie auch. Beim nächsten Blitz konnte man sehen, wie sich die Tiere auf die Knie erhoben, und das Muhen wurde lauter, und mir kam es vor, als würde es nicht mehr lang dauern, bis sie sagten: «Kumpels, hauen wir ab.» Und dann würden wir Probleme kriegen.

Dutton wusste das natürlich. «Jungs», sagte er, «die Herde wird losstürmen. Wir müssen sie vom Fluss fernhalten, also verteilt euch. Leise jetzt.»

Es blitzte wieder, als wir loszogen, diesmal näher, und die Vorstellung, auf einem Pony zu sitzen, mit dem Rücken zum Wasser, und tausend durchgedrehte Ochsen rasten im Dunkeln auf dich zu, war nicht besonders lustig. Ich hatte höllische Angst und sah mich nach Bo um, da packte mich jemand am Arm. Ich zuckte zusammen und fluchte, erst recht, als ich sah, dass es Carney war.

«Kleiner», murmelte er, «sieh bloß zu, dass du hier rauskommst.»

«Was?» Wenn einer von den Ochsen mit mir geredet hätte, wäre ich auch nicht erstaunter gewesen.

«Das ist hier nicht der richtige Ort für dich», sagte Carney. «Hau ab, und ...» Er brach ab. «Lieber Gott, es regnet.»

Das tat es. Erst fielen nur ein paar Tropfen, aber dann kam ein richtiger Regenguss, und ich war nach wenigen Minuten bis auf die Haut durchgeweicht. Carney natürlich auch, aber er beschwerte sich nicht.

«Möglicherweise beruhigt sie das», sagte er.

Nun, der Regen beruhigte die Ochsen wirklich, und der Sturm zog weiter, und obwohl Dutton uns noch eine Stunde draußen ließ, fanden wir das prima, wesentlich besser jedenfalls als eine Stampede. Und als wir ins Lager zurückkehrten, warteten da heißer Kaffee und Bohnen auf uns, und das ist genau einer der Gründe, weshalb ein Koch auf einem Viehtrieb trotz der vielen Klagen zur Krone der Schöpfung zählte.

Aber obwohl wir fast die ganze Nacht draußen zugebracht hatten, wurden wir in der Morgendämmerung geweckt, so wie immer. Als wir weiterzogen, fragte ich Joe Collins, was das mit dem Regen und den Ochsen auf sich hatte, und er sagte: «Also, Kleiner, nicht jeder stimmt mir da zu. Ich hab Typen gekannt, die meinten, Regen würde eine Herde nervös machen. Aber wenn du dich aufregst und dir schüttet einer 'nen Eimer kaltes Wasser über den Kopf, dann regst du dich ab, oder nicht?»

Ich grübelte darüber, während wir die Herde in Bewegung setzten und in der Sonne trocknen ließen, und irgendwie machte es Sinn. Ochsen legen sich hin, wenn es zu regnen anfängt, also dachte ich, würden sie dann auch nicht aufstehen. Ich grübelte auch über Carney. Er hatte mich zur Weißglut gebracht, als er mich angefasst und rumkommandiert hatte. Und ich würde mich nicht von einem Nigger anfassen und rumkommandieren lassen, auf keinen Fall. Was wirklich der dümmste und unwissendste Gedanke meines Lebens war, und dumme Gedanken hatte ich zuhauf. Am Ende des Tages hatte ich mich richtig reingesteigert und war dumm genug, mir einzubilden, ich könnte Carney daran erinnern, dass ich ein Weißer war. Als wir dann aber im Lager ankamen, war ich erstens zu hungrig, zweitens zu durstig und drittens ... na ja, er sah ziemlich kräftig aus und schien außerdem irgendwie Duttons Liebling zu sein.

Ich dachte auch daran, Bo davon zu erzählen, aber wir verbrachten nicht viel Zeit miteinander. Er ritt Swing, und wir hatten unterschiedliche Nachtwachen. Am Ende hielt ich also den Mund wegen Carney, und ich war froh, dass ich es tat. Nicht nur, weil ich sonst ziemlich undankbar gewesen wäre, sondern wegen einer Sache, die sich ein paar Nächte später ereignete, als Dutton und Collins nicht im Lager waren und Johnny und Bo Wache hielten.

Die Jungs ruhten sich aus, als wir ein Rufen hörten und zwei Kerle angeritten kamen.

Sie stiegen von ihren Pferden und kamen ans Feuer, und es wurde merklich kühler, könnte man sagen, weil wir auch schon mal adretteren Zeitgenossen begegnet waren. Sie sahen verlottert und dreckig und unrasiert aus, aber das war es nicht, warum die Begrüßung so kühl ausfiel, denn wir befanden uns mehr oder weniger im gleichen Zustand. Nein, es lag daran, dass die Burschen etwas Großspuriges an sich hatten, was dir den Gedanken aufdrängte, dass du ihnen nicht unbedingt begegnen wolltest, wenn du dich ganz allein in der Prärie bewegen würdest.

Aber, wie schon gesagt, niemand wurde von einem Lager vertrieben, also bekamen sie Kaffee und Schießpulverragout – der Name bedeutet: Frag nicht, was drin ist, sonst geht der Koch in die Luft –, und das schlangen sie runter, als ob sie es nötig hätten.

Einer von ihnen, ein fetter, schmieriger Kerl, wischte sich mit dem Ärmel den Mund ab und rülpste. «Also», sagte er, «das war schon fast die Reise wert. Jawohl, Sirs, ihr habt da 'nen mächtig guten Koch.» Er sah sich um und warf mir einen mächtig verschlagenen Blick zu und zog ein Kartenspiel hervor. «Gibt's hier jemanden, der einem Spielchen unter Freunden nicht abgeneigt ist? Pharao oder Poker? Zehn Cents pro Karte …?»

Sein Angebot wurde abgelehnt, nicht nur wegen Duttons Anordnung, sondern weil er nicht gerade wie ein Genosse aussah, der weiß, was freundlich heißt. Mit ihm zu spielen wäre wie ein Mittagessen mit einem Geier gewesen, wo du selbst auf dem Teller serviert worden wärst.

«Gut, Jungs», meinte der Typ. «Bin nicht beleidigt.» Er steckte die Karten weg und zog eine halbe Flasche Whiskey hervor.

Charlie knurrte. «Kein Alkohol, Mister. Dieses Lager ist trocken. Der Boss erlaubt keinen Schnaps.»

Mit den Zähnen zog der Kerl den Korken aus der Flasche. «Erinnert mich an einen Gemeindeausflug. Aber das soll mir recht sein, bloß reit ich nicht für euren Boss, wer zum Teufel das auch sein mag, also schätz ich, dass seine Regeln nicht für Sam Coles gelten. Das bin ich, und das hier ist mein Kumpel, Bill Smith.» Er lachte wie gestört und hielt die Flasche hoch. «Dann trinken wir auf den guten alten Süden, und zum Teufel mit allen Yankees.»

Da wir selbst auch brave Jungs aus dem Süden waren, konnte ihm keiner widersprechen, aber viele Hurrarufe gab es auch nicht. Vielleicht lag das an der Art, wie er es gesagt hatte, irgendwie spöttisch, und wie einer aus dem Süden hörte er sich auch nicht an. Was Coles ziemlich egal war. Er nahm einen Schluck Whiskey und reichte die Flasche an Smith weiter, falls der so hieß.

Dann meldete sich Charlie, der einigermaßen sauer war, zu Wort. «Wo wollt ihr eigentlich hin?»

«Also», sagte Coles, «ich weiß nicht, ob dich das irgendwas angeht, aber wir haben vor, meine grauhaarige alte Ma zu besuchen, haha ...» Sein Lachen klang ziemlich höhnisch.

«Ist das so?», sagte Charlie. «Ihr habt gar kein Maultier dabei, fällt mir auf.»

Da hatte er Recht. Draußen in der Wildnis brauchte man ein Packtier für die Vorräte und alles, was man so hatte.

«Sieht seltsam aus, stimmt's?», sagte Coles.

«In der Tat.» Charlie hatte einen spitzen Unterton in der Stimme, er hatte nicht gerade viel für diese Macker übrig, die im Lager tranken, auch nicht für ihre höhnischen Bemerkungen über grauhaarige Mas. «Kann schon mal vorkommen. Also, ich hab schon mal ein paar Sattelrutscher kennen gelernt, die sich ohne Maultier in der Wildnis rumtrieben. Draußen auf dem Staked Plain – sie rannten um ihr Leben.»

«He.» Hank mischte sich ein, vielleicht wollte er die Spannung abbauen. «Auf dem Staked Plain. Waren die Kiowa hinter ihnen her?»

«Nein», antwortete Charlie. «Ein Aufgebot vom Sheriff.»

Die Worte plumpsten wie Steine in einen Brunnen. Wisst ihr, erst hört man nichts, dann kommt ein Platschen, und dann gibt es ein Echo, und das Echo kam von Coles.

«Ein Aufgebot, ach ja?» Er nuckelte an der Flasche wie ein Kalb an der Zitze. «Also, hinter uns ist kein Aufgebot her.» Er versuchte es noch einmal mit der Flasche und fluchte, weil sie leer war. «He, du da, Boy», rief er. «In meiner Satteltasche ist noch 'ne Flasche. Hol sie.»

Ich dachte, er würde mit mir reden, und wollte ihm gerade erzählen, er sollte sich zum Teufel scheren, als mir auffiel, dass er Carney meinte.

«Du da», sagte er. «Nigger. Bist du taub?»

Die Jungs murmelten, wie aus Protest, und Charlie rutschte von der Ladeklappe, streitsüchtig, denn Tom war zwar ein Nigger, klar, aber er war so was wie unser Nigger, und den beiden Saukerlen stand es nicht zu, ihn rumzukommandieren. Aber Carney stand einfach auf und sagte: «Jawohl, Boss. Welches Pferd meinen Sie denn wohl?»

«Botengänge sind nicht nötig, Tom», sagte Charlie, aber Carney meinte nur, es wäre in Ordnung, und als Coles erklärte, sein Pferd wäre der Rotschimmel, ging er los und kam nach einer Minute wieder zurück.

«Sie haben zwei Flaschen, Boss», sagte er.

Coles rülpste noch einmal. «Genau, und das ist alles, was wir haben, also pass gut auf sie auf, Boy.»

«Alles, was ihr habt.» Carney schüttelte den Kopf, ganz traurig, dann drehte er die Flaschen um und schüttete das Zeug weg!

Coles bekam Stielaugen, sie wurden genauso groß wie bei einem Ochsenfrosch. Dann fluchte er und sprang vor, griff nach seinem Revolver, aber bevor er ihn halbwegs draußen hatte, verpasste ihm Carney eins aufs Kinn, und Coles steckte noch weitere vier Schläge ein, bis er zu Boden ging.

Dieser Smith fluchte mit, wollte ebenfalls seinen Revolver ziehen, aber Jack Shears sagte bloß: «Rühr dich nicht!»

Er hatte sein Schießeisen bereit, und ich schätze, Smith hörte das Klick-klack, als Jack den Hahn spannte, denn wenn du das Geräusch einmal gehört hast, vergisst du es einfach nicht mehr, und es fällt dir immer auf, egal wie viel Krach sonst drumherum ist.

Smith rührte sich nicht, keinen Zentimeter. Er blieb stehen. Still wie eine Statue. «So läuft das hier also», sagte er.

«So läuft das», bestätigte Jack, und man hörte ihm an, dass er Smith ohne Zögern mitten zwischen die Augen ballern würde.

Coles lag würgend am Boden, während Smith in die Runde blickte, aber er fand kein Mitgefühl – und Charlie hielt das Gewehr im Anschlag. Dann kehrten Dutton und Collins zurück.

«Gebt mir Kaffee», schnappte Dutton – und dann blieb er stocksteif stehen. «Was zum Teufel geht hier vor?», bellte er.

Charlie erzählte ihm die Geschichte, und Dutton schrie Zeter und Mordio. «Was habt ihr euch dabei gedacht, zwei Gauner hier reinzulassen, die zu trinken anfangen!»

«Es war mein Fehler, Boss», sagte Carney.

«Red nicht so 'nen Mist.» Dutton wandte sich an Smith. «Mach, dass du wegkommst, und nimm deinen Partner mit.»

Smith grollte. «Dachte, das ist das Land des weißen Mannes.»

«Kann schon sein», sagte Dutton. «Aber zählst du dich zu den Männern?»

Smith murmelte etwas vor sich hin, aber nicht laut genug, als dass einer es hätte verstehen können, und griff nach Coles, der grollend und stöhnend auf allen vieren kroch. «Der Mann ist schwer verletzt», sagte Smith.

«Er wird noch viel schwerer verletzt sein, wenn du ihn nicht von hier wegschaffst», erklärte Dutton. «Und du auch. Jetzt haut ab.»

Smith zerrte Coles auf die Füße, und sie stolperten davon, aber am Rande des Feuerscheins drehte sich Smith noch einmal um. «Mit dir rechne ich noch ab, Nigger», rief er.

«Das kannst du gleich haben», sagte Carney. «Du kannst dir die Methode aussuchen.»

Smith ging jedoch auf das Angebot nicht ein, und er und Coles verschwanden in die Nacht, und nach einer Weile hörten wir, dass sich ihre Pferde in Bewegung setzten.

Dutton lauschte, dann sagte er: «Jack?»

«Klar.» Jack stand auf. «Ich kümmere mich darum, dass sie auf den richtigen Weg finden.» Er ging zum Pferdepflock, und er sah richtig gefährlich aus. Das lag nicht an seiner Kleidung oder so, er stolzierte auch nicht großtuerisch rum, er hatte bloß so 'nen Ausdruck im Gesicht, als ob er hundertundzehnprozentig sicher wäre, dass er mit allem oder jedem fertig werden würde, was oder wer ihm auch über den Weg lief.

Dann wandte sich Dutton an uns, und da war alles dran. Er beschimpfte uns nach Strich und Faden, Carney auch, aber schließlich beruhigte er sich wieder, bloß Carney nahm er beiseite und unterhielt sich leise mit ihm. Nun, Dutton hatte den Wachplan geändert, so dass ich mit Bo zusammen die zweite Schicht hatte, und wir ritten zusammen hinaus.

Ich war mächtig aufgeregt. Ich hatte noch nie gesehen, dass jemand einen anderen mit einer Waffe bedrohte. Und Carney – wenn mir irgendeiner gesagt hätte, dass ich mal zusehen würde, wie ein Nigger 'nen weißen Mann zusammenschlägt, ohne dass er hinterher seinen Kopf in einer Schlinge wiederfindet, den hätt ich glatt 'nen Lügner genannt. Aber genau das war passiert, Carney hatte es getan, und zwar mit Klasse.

Bo sagte nichts, und als ich ihn ansprach, erklärte er mir, ich sollte den Mund halten, aber als wir Johnny und Bob ablösten, redeten wir dann doch. Normalerweise sagte man beim Wachwechsel bloß «Wie geht's?» und «Gute Nacht», aber diesmal nicht. Bo fing an und erzählte den Jungs, was passiert war.

Bob pfiff durch die Zähne. «Heiliger Josua», sagte er. «Das hätt ich wirklich gern mit angesehen. Tom hat diesen Rumtreiber wirklich zusammengeschlagen?»

«Klar hat er», antwortete Bo. «Ich hab schon einige Faustkämpfe gesehen, aber noch nie, dass jemand so heftig verprügelt wurde.»

«Na», sagte Johnny, «wusstest du nicht, dass Carney früher Berufsboxer war? Er hat es mit jedem aufgenommen, der daherkam.»

«Das kann schon sein», sagte Bo. «Aber ich wette, dass er noch nie 'nen Weißen zusammengeschlagen hat. Sonst hätte er schneller als gedacht 'nen Seiltanz vollführen müssen. In Clement County jedenfalls.»

«Möglich», gab Johnny zu. «Aber ich hab gehört, dass er schon als kleiner Junge zu Dutton kam. Vielleicht hat er für ihn den einen oder anderen zusammengeschlagen.»

«Kann sein», sagte Bob. «Und Jack, hat er wirklich seinen Revolver gezogen?»

«Hat er», bestätigte Bo. «Und er hätte auch geschossen. Wenn der Schuft nur geblinzelt hätte, Jack hätte ihn in die Ewigkeit geschickt.»

«Ich hab über Jack nachgedacht», sagte Bob. «Was glaubt ihr? Ob das Gesetz hinter ihm her ist?»

«Weiß nicht», meinte Bo. «Aber eins sag ich dir, ich werd ihn ganz bestimmt nicht fragen!»

Die Jungs lachten leise und machten sich auf den Weg zum Lager, und Bo und ich setzten uns eine Weile. Alles war friedlich, der Mond schien wie reines Silber, und die Ochsen lagen da, als ob nichts in der Welt sie bekümmern könnte, nur ich dachte über etwas nach, und darüber wollte ich reden.

«Bo», sagte ich, «dieser Carney …»

Bo schob seinen Hut ins Genick. «Ich weiß, was du denkst. Stimmt. Ein Nigger hat 'nen Weißen verprügelt. Kommt einem komplett unnatürlich vor.» Er klopfte dem Pony den Hals. «Ich weiß nicht, Kleiner. Dieser Carney, es scheint so, als ob er hier draußen einer von uns ist. Ich sag dir was.» Er wandte sich um und sah mir direkt ins Gesicht. «Da hinten, ich hätt ihm da auch den Rücken gestärkt.»

«Machst du Witze?!», rief ich.

«Schrei hier nicht so durch die Gegend», sagte Bo. «Willst du die Herde aufschrecken? Aber ich mein's ernst. Ich wär auf den Kerl mit dem Revolver losgegangen, wenn Jack nicht schneller gewesen wäre.» Er seufzte. «Ben, wir begeben uns hier auf neues Terrain, und damit mein ich nicht nur Kansas. Wir müssen ein paar Sachen begreifen, jawohl. Und jetzt mach dich auf den Weg und halt die Ohren offen, falls diese Gauner zurückschleichen und aus lauter Bosheit die Herde zu erschrecken versuchen.»

Er ritt in der einen Richtung um die Herde herum und ich in der anderen, und ich lauschte Bo, der eins von diesen traurigen Liedern sang. Ich sang auch ein bisschen, eine Hymne, «Shall we gather at the river», aber das tat ich mehr für mich als für die Ochsen, denn ich hatte Angst, dass die Kerle Jack abschütteln und zurückkehren könnten, um Rache zu üben. Genau genommen hatte ich so große Angst, dass ich meinen Revolver aus dem Halfter zog, das ich immer am Sattelknauf hängen hatte, aber ich steckte ihn wieder zurück, weil ich noch mehr Angst hatte, er könnte aus Versehen losgehen und mir dabei ins Bein schießen.

Aber niemand kam. Kein Smith und kein Coles kam johlend aus dem Gebüsch und ballerte mit seinem Sechsschüsser in der Gegend herum. Sogar die Kojoten waren still, während ich meine Wache ritt, darüber nachdachte, was Bo mir gesagt hatte, und mir zusammenzureimen versuchte, was es bedeutete, bis mir der Große Bär, der um den Polarstern kreist, verriet, dass unsere zwei Stunden um waren.

Und ich war wirklich froh, dass ich Carney nicht gesagt hatte, Nigger würden mir keine Befehle geben, umso mehr, als er der erste Schwarze war, mit dem ich je ein Wort gewechselt habe. Und das ist so lächerlich, dass ich es kaum in Worte fassen kann.

Acht

Nun, die Begegnung mit den Hombres gab uns reichlich Gesprächsstoff, als wir weiterzogen, diesem Red River immer näher rückten, und ich musste noch mehr über Carney nachdenken.

Ich geb zu, viel Verstand besaß ich nicht, als ungebildeter texanischer Hinterwäldler, aber es reichte aus, um langsam zu begreifen, dass Carney ein ungewöhnlicher Mann war. Als Erster im Sattel und als Letzter aus dem Sattel draußen, und dabei fröhlich – eine Fröhlichkeit, die irgendwie tief in ihm da drinnen verwurzelt war. Ich begann tatsächlich zu vergessen, dass er ein Nigger war, und außerdem sahen wir bei der dicken Staubschicht, die auf uns klebte, mit unseren Bandanas, die wie Masken waren, und unseren über die Augen gezogenen Hüten ohnehin alle gleich aus. Und ohne dass ich es merkte, Bo erging es ebenso, begann ich ihn mit Tom anzureden, ganz wie die anderen Jungs.

Aber inzwischen ritt ich mit lockeren Zügeln. Fühlte mich zuhause auf dem Pony, zuhause bei der Herde und zuhause bei den Jungs, schluckte mit den übrigen – auch mit den besten – zusammen Staub und, um die Wahrheit zu sagen, schätzte mich glücklich, dass ich ein Reiter war. So öde es meistens sein mochte, war es doch noch besser, als in Clement zu hocken, halb verhungert und total gelangweilt, und sich Jahr um Jahr die gleichen Storys anzuhören, bei denen man von Anfang an die Ohren auf Durchzug stellen konnte, es sei denn, man interessierte sich dafür, dass Danny Farleys Maultier den Hund gebissen hatte.

Und dann, nachdem wir ein paar Tage über holpriges Land gezogen waren und ziemliche Mühe hatten, die Herde zusammenzuhalten, erreichten wir den Red River.

Wir kamen gegen Mittag an. Dutton stand auf einem Felsen, und sogar durch den Staub hindurch konnte ich sehen, wie er seinen Hut schwenkte, mit einer Zeichensprache, die wir uns ebenfalls von den Indianern abgeguckt hatten. Ich dachte, wir sollten die Herde vom Weg wegtreiben, aber Joe Collins kam zu uns heruntergerast.

«Haltet sie in Bewegung», brüllte er. «Lasst sie weiterlaufen. Wir gehen rüber.»

Wir hatten etliche Wasserläufe durchquert, aber noch keinen richtigen Fluss, und ich war aufgeregt und fürchtete mich gleichzeitig. Ich hatte einen reißenden Strom erwartet, aber der alte Dutton kannte seinen Fluss und hatte genau die richtige Stelle gefunden, denn der Boden war fest, und als wir am Fluss ankamen, schlenderten die Ochsen einfach so durch. Klar mussten wir sie ein bisschen anschubsen, aber das war überhaupt kein Problem, darin waren wir gut.

Soweit ich weiß, sind Cowboys da immer ein bisschen enttäuscht, aber mir passte es gut in den Kram, im Wasser wollte ich nicht den Tod finden, also pfiff und rief ich und knallte mit meiner Peitsche und erreichte das andere Ufer mit nichts weiter als nassen Stiefeln.

Bo stand am Ufer und sah zu, dass die Herde nicht auseinander lief, denn das konnte immer passieren, und er rief etwas, was ich nicht verstand. Ein bisschen später dann, als wir die Herde vom Fluss weit genug weggeführt hatten, galoppierte ich zu ihm rüber und fragte ihn, was er gesagt hatte.

«Na ja», sagte er mit einem breiten Grinsen auf dem Gesicht, «wir sind raus aus Texas, Kleiner! Jetzt mach dich zurück an deinen Platz, bevor Collins vorbeikommt und dich zur Schnecke macht.»

In zwei Sätzen war ich mit meinem Pony wieder zurück, weil ich nicht wollte, dass Joe mich überrumpelte, aber während wir uns weiter abrackerten, dämmerte mir, was Bo meinte. Raus aus Texas, dem Lone Star State, wie die Leute zu Texas auch sagten. Also, genau genommen, hatte das eigentlich nicht viel zu bedeuten. Das Land, das wir betreten hatten, sah genauso aus, überwuchert mit Hickory und Pyramidenpappeln und all so was, und doch war das was Besonderes – Texas zu verlassen, meine ich.

Über den Red River zu gehen war mehr als einfach nur einen Fluss zu durchqueren. Man überschritt eine Grenze, die zwei Lebensarten voneinander trennte, betrat neues Terrain, wie Bo gesagt hatte, mit allem, was dazugehörte, einem neuen Lebensstil und neuen Denkweisen. Tatsächlich nahmen mich diese Gedanken so sehr gefangen, dass ich die Indianer völlig vergaß, die da rumstreifen sollten, und dann hörte ich komplett auf zu denken, weil es zu regnen anfing.

Regen kennt ihr ja sicher, oder? Da kommt Wasser runter, und man wird nass. Gut. Das ist Regen, aber das war nicht der Regen, den wir abkriegten. Er fiel drei ganze Tage und Nächte lang, war kalt wie das Herz eines Millionärs und manchmal so kalt, dass es hagelte, große Eisbollen, die einem auf den Hut trommelten, als ob da oben irgendein Verrückter säße, der einem das Hirn aus dem Schädel klopfen wollte. Es war so nass, dass Charlie Mühe hatte, das Feuer in Gang zu kriegen, und eines Abends schaffte er es tatsächlich nicht, also bekamen wir kalte Bohnen und keinen Kaffee, und meine Regenjacke ging an den Nähten auseinander, so nass war ich. Bo wollte mir seine Jacke geben, aber die wollte ich nicht annehmen. Ganz nebenbei, nass zu werden war das geringste Problem.

Die Sache war die, diesen Ochsen passten Regen und Hagel ebenso wenig wie uns. Es kostete uns unsere ganze Zeit, dafür zu sorgen, dass sie weiterliefen, und es gab etliche Viecher, die anderer Meinung waren, und wenn du mit gesenktem Kopf daherrittest, damit du nicht blind wurdest, und dir plötzlich sechs Fuß Horn entgegenstießen, dann standen dir die Haare zu Berge und wurden so steif, dass sie dir beinahe den Hut vom Kopf lupften. Und beim Jupiter, da warst du vielleicht dankbar für dein Pony, weil es die Gefahr vor dir erkannte. Doppelte Nachtwachen hatten wir außerdem, vier Männer gleichzeitig, weil es zusätzlich zum Regen auch Blitze gab, und Dutton wollte nicht riskieren, dass er überrumpelt wurde, wenn die Herde erschrak.

Die ganze Zeit schleppten wir uns voran, zogen langsam über

das Land, und eines Morgens hörte es auf zu regnen, der Himmel klarte auf, und die Sonne kam durch. Und was waren wir dankbar, denn da lag der Chisholm Trail, direkt vor unseren Augen!

Das war vielleicht ein Trail. Ein Halbindianer namens Jesse Chisholm hatte ihn als Erster gebahnt, aber inzwischen war er eine halbe Meile breit und tief eingegraben, weil da Millionen von Viechern drübergegangen waren, und wenn er auch nicht so deutlich beschildert war wie die Fifth Avenue in New York City, hatte man trotzdem keine Probleme, ihm zu folgen. Immer an den leeren Dosen vorbei, meistens Tomaten- und Pfirsichdosen, die weggeschmissen worden waren. Die Jungs sagten immer, der Büchsenöffner hat mehr getan, um den Westen zu erobern, als alle Sechsschüsser zusammen. Wirklich, das haben sie gesagt.

Wie auch immer, wir waren auf dem Trail, und es war irgendwie beruhigend zu wissen, dass es vor uns und hinter uns Herden gab – für den Fall, dass die Indianer beschlossen, uns zu überfallen. Aber dazu gab es unterschiedliche Ansichten. Eines Abends quasselten wir, und Amos, der Wrangler, meinte, er hätte es nicht gern, wenn Herden einander zu nahe kämen.

«Kann Probleme geben», meinte er. «Der hinter dir treibt dich an, und dann fängst du an, den vor dir zu hetzen, und die Ochsen geraten durcheinander, und dann gibt's verfluchte Diskussionen über Brandzeichen, welche Ochsen wem gehören. Ich hab's erlebt, dass deswegen Schießeisen gezogen wurden.»

«Genau so ist das», gab Charlie seine Meinung vornehm wie immer zum Besten, und das bedeutete, dass es dann auch so war, wie er es sagte. «Ich war mal mit Fred Cage auf dem alten Sedalia Trail. Er war halb verrückt vom Whiskey, und er trieb die Herde an, als ob wir ein gottverdammtes Pferderennen reiten würden. Wir schoben die Herde vor uns an, und eines Tages kam uns deren Boss mit drei Mexikanern besuchen. Jesus, das waren raue Kerle, halb Wolf, halb Klapperschlange und halb Kaktus.»

«Macht zusammen anderthalb, Charlie», meinte Hank.

Wir lachten, aber Charlie warf Hank einen Blick zu, aus dem zu lesen war, dass er in Zukunft keine vollen Teller mehr kriegen würde. «Was soll's?», blaffte er. «Ich hab doch gesagt, dass sie raue Kerle waren.»

«Klar, Charlie», beruhigte ihn Hank. «Du bist bloß so poetisch.»

«Findest du?» Charlie hörte sich an, als wüsste er nicht so recht, ob das nun ein Kompliment oder noch ein Witz sein sollte, entschied sich dann aber für das Kompliment. «Egal, Fred griff nach der Schrotflinte, und einer von den Ganoven schoss ihm mitten durch die Schulter. Ehrlich.»

«Habt ihr ihm keine Deckung gegeben, diesem Cage?», fragte Bob.

«Den Teufel haben wir getan.» Charlie kaute auf seinem Zigarillo. «Nicht wenn Cage im Unrecht war. Aber trotzdem ist es nicht schlecht, man hat Gesellschaft, wenn sich Indianer oder Viehdiebe in der Gegend rumtreiben.»

«Klar», warf ich ein. «Aber wo sind diese Indianer? Ich dachte, sie würden hier rumstreunen.»

«Tun sie auch, Kleiner», sagte Charlie. «Sie sind in der Nähe. Streiten sich nur, wer von ihnen deine Haare kriegt!» Was seine Art von Witz sein sollte, schätzte ich. Er nahm den Deckel von seinem Bratentopf aus Eisen. «Gut», sagte er. «Futter ist fertig. Falls jemand was will ...» Das war noch so ein Witz.

Ich aß, schlief ein bisschen, hielt Wache und hoffte, jung und einfältig wie ich war, dass wir irgendwo auf der Strecke in den Schlamassel rennen und auf Rumtreiber oder Indianer oder sonst jemanden stoßen würden, damit ich Gelegenheit bekäme, mich an einer echten Schießerei zu beteiligen. Ich und Jack Shears als Helden!

Aber während wir weiterzogen, passierte nichts Außergewöhnliches, die Landschaft war ruhig und angenehm, eine hügelige Prärie mit reichlich klaren Bächen und Bäumen – ja, es gab alles, was man sich wünschen konnte, Schwarzeichen, Pyramidenpappeln, Weiden und Zitterpappeln. Ein Land, auf dem ein Mann sich niederlassen konnte, ihr wisst schon.

Jedenfalls, wir zogen weiter, fünfzehn Meilen bis zum Beaver Creek, nochmal fünfzehn zum Stinking Creek und zum Monument Rock, in den ungefähr eine Million Reiter ihre Initialen geritzt hatten, was ich auch gern getan hätte, aber Dutton trieb uns weiter, den Ostarm des Stinking Creek hinauf. Dann zog sich die Strecke bis zum Rush Creek, wo Dutton die Schrotflinte auspackte und jagen ging, und die Wachteln, die er mitbrachte, hätten gereicht, um ein Rudel Wölfe sattzukriegen.

Wir zogen dann weiter, hatten den Red River schon sechzig Meilen hinter uns gelassen, und als wir den Little Washita durchquert hatten, waren wir nur vier Meilen vor dem eigentlichen Washita River, von dem die Jungs sagten, das wäre eine einfache Durchquerung, über die man sich keine Sorgen machen müsste, und das war sie auch für alle – nur nicht für mich.

Wir hatten die Herde ohne große Schwierigkeiten rübergebracht. Ein paar Ochsen wollten am Südufer nicht weiter, vielleicht weil der Boden mächtig klebte, roter Lehm, den sie aus irgendeinem Grund nicht mochten, aber darunter gab es festen Stein, wenn wir sie also einmal im Wasser hatten, dann würden sie vorwärts kommen, und wir hätten die komplette Herde am Nordufer. Aber da setzte sich einer der Ochsen in den Kopf, ganz allein auf Erkundung zu gehen. Ich kam hinter ihm her, aber er wollte sich nun mal die Füße vertreten, und je näher ich kam, desto schneller wurde er. Diese Longhorns konnten wirklich rennen, so dass ich fast im gestreckten Galopp hinter ihm herraste, als mein Pony in ein Rattenloch oder in irgendeine Erdgrube trat, und wir stürzten beide.

Ich flog wie ein Vogel über die Schulter des Pony und landete mit einem solchen Schlag, dass mir alles, was ich an Verstand hatte, mit einem Mal aus dem Kopf schoss, und ich erinnerte mich an gar nichts mehr, bis ich zu mir kam und sah, wie Tom sich über mich beugte. Ich war völlig benommen, und mein Bein und meine Schulter taten schrecklich weh, außerdem hatte ich das Gefühl, als ob ein furchtbares Gewicht mich zusammenquetschte.

Ich wollte sagen: «Hilf mir», aber ich bekam die Worte nicht raus. Mir gelang so was wie ein Stöhnen, weil Tom mich eine Weile anstarrte, dann zog er seinen Revolver! Jesus, dachte ich, jetzt erschießt er mich. Zur Strafe für die Sklaverei und so – und dann knallte die Pistole, und ich war wieder weg.

Als ich zu mir kam, lag ich neben dem Wagen. Passiert war Folgendes: Mein Pony hatte sich das Rückgrat gebrochen und hatte halb auf mir gelegen, deshalb hatte Tom es erschossen, von mir runtergezerrt, mich über seinen Sattel gelegt und zum Lager gebracht.

Charlie, der auch als Doktor durchgehen konnte, kaum zu glauben, untersuchte mich, sagte, ich hätte mir nichts gebrochen, nur ein paar schlimme Verstauchungen abgekriegt und würde eine Weile nicht reiten können.

«Das ist alles», sagte er. «Kein echtes Problem, Kleiner.»

Nun, für Charlie war das kein Problem, aber für mich war es eins, weil ich annahm, dass Dutton sauer bis zum Anschlag sein würde, aber das war er nicht, jedenfalls nicht richtig.

Klar, er fluchte und grollte, aber das machte er nur so aus Gewohnheit, denn Pferde stürzten nun mal, und Reiter verletzten sich, aber solange keiner Blödsinn trieb, nahm man das eben so hin, das war Berufsrisiko. Also sagte Dutton, ich könnte im Wagen mitfahren, aber so, wie er mich ansah, fragte ich mich, ob ich in der Zeit meinen Dollar bekam – vorausgesetzt, ich bekam ihn überhaupt.

Tom machte sich wieder zur Herde davon, und Charlie betrachtete mich ein bisschen nachdenklich.

«Ich hatte dich für einen halbwegs anständigen Jungen gehalten», sagte er.

«Wieso?», fragte ich. «Bin ich doch auch – und hoffentlich mehr als halbwegs. Was hast du denn?»

«Ist dir nicht eingefallen, dich bei Tom zu bedanken? Das ist alles.»

«He», rief ich. «Mich hat's total gebeutelt und …»

«Und Tom ist ein Nigger.» Charlie nahm sich Kaffee, und mir bot er keinen an. «Mir kannst du nichts vormachen, Söhnchen, ich bin schon zu lange unterwegs. Wenn Tom nicht gewesen wäre, hättest du erdrückt werden können. Er ist dir gefolgt und hat dafür gesorgt, dass du unter dem Pony rauskommst.» Er spuckte aus. «Vielleicht magst du keine Nigger und ich vielleicht auch nicht, aber ab und zu muss man über die Hautfarbe eines Mannes hinwegsehen. Merk dir das.»

«Komm schon, Charlie», sagte ich. «Ich war in den letzten Wochen wirklich freundlich zu Tom.»

«Heiliger Jesus Christus!» Charlie war ehrlich entsetzt. «Du warst freundlich zu ihm. Was glaubst du denn? Meinst du, du tust ihm einen Gefallen? Hör zu, ich, Dutton und Tom kennen uns schon ziemlich lang, und wenn du später mal nur halb so viel darstellst wie die beiden, dann hast du wirklich Glück gehabt. Und damit mein ich nicht die paar Zentimeter mehr, die du vielleicht noch zu deiner mickrigen Figur dazukriegen wirst.»

Er stolzierte davon und fing an, diese weißen Bohnen in den Topf zu schmeißen, und machte sich an die Hausarbeit, bis die Herde aufkreuzte und die Jungs zum Futtern kamen. Sie zogen mich mächtig auf, wisst ihr, sie sagten, ich würde nur so tun als ob und so, das war allerdings nur Spaß, aber eins fand ich komisch: Bo war sauer auf mich! Als ob ich ihn im Stich gelassen hätte! Wie das manchmal mit Verwandten so ist. Was ich dann aber noch tat, war, mich bei Tom zu bedanken. Er zuckte bloß mit den Schultern und sagte nichts dazu. Na ja, ganz so war es eigentlich nicht. Was er sagte, war: «Keine Ursache, Kleiner.» Und das war das erste Mal, dass er so mit mir redete – irgendwie freundlich. Und ich sag euch, das Leben ist manchmal ein ganz schönes Durcheinander, denn ich fühlte mich gut danach.

Wie auch immer, als der nächste Tag anbrach, hoben sie mich in den Wagen, und ich lehnte mich zurück an einen Mehlsack, während wir weiterfuhren, hinter Dutton her, der seinen großen Braunen ritt, sein Tagespferd. Es war auch wirklich ganz nett, nach Wochen im Sattel sich zurückzulehnen, die Welt an sich vorbeiziehen zu sehen, statt tausend Ochsenschwänze vor der Nase zu haben. Es gab auch ’ne Menge zu sehen, wenn man wusste, wonach man Ausschau halten musste. Habichte und Bussarde, die sich in die Lüfte schwangen, Hasen und Kojoten, die sich aus dem Staub machten, und ein paar Gabelantilopen, die gut in den Eintopf gepasst hätten. Und Reisstärlinge und Schwarzdrosseln sangen für uns.

Und ich weiß nicht, ob Charlie gehört hatte, wie ich mich bei Tom bedankt hatte. Jedenfalls schien er nicht böse zu sein, dass ich bei ihm war, obwohl das auch daran liegen konnte, dass er einen Zuhörer für seine Märchengeschichten hatte. Beim Jupiter, wenn man ihn so hörte, hätte man glauben können, dass er sein ganzes Leben damit zugebracht hatte, Kämpfe mit Pistolenhelden und ringenden Bären auszufechten und die halbe Nordstaatenarmee im Krieg zurückzuschießen.

Ungefähr um zehn fand Dutton einen guten Streifen für die Herde zum Grasen, also hielten wir an. Das war auch wirklich ein mächtig nettes Plätzchen, unter einem großen Baum, dessen Namen ich nicht kannte, jedenfalls war er grün und schattig, mit Vögeln drauf, die in den Zweigen hüpften, und ich hab in meinem Leben schon Übleres getan, als da im Schatten zu liegen, während Charlie das Mittagessen vorbereitete. Wir kriegten auch Kaffee, der besser war als gewöhnlich, und mir kam so der leise Verdacht, dass Charlie, wenn er nicht mit uns zusammen war, sich ein paar dickere Scheiben vom Schwein abschnitt als sonst.

Es war also prima, mit Charlie und dem Boss zusammenzuhocken, und als Dutton sagte, er könnte eigentlich losziehen und sehen, ob er ein bisschen Wild auftriebe, da sah ich auf.

«Boss», sagte ich und zeigte nach vorn, weil da draußen drei Reiter auftauchten.

Sie bewegten sich nicht, saßen einfach auf ihren Ponys, und dass sie sich nicht bewegten, war unheimlich, wisst ihr. Jedenfalls kamen sie mir unheimlich vor, und ich schätze, Dutton auch, denn er warf nur einen Blick auf sie und sagte: «Kleiner, greif hinter dich und hol die Schrotflinte und die Winchester raus. Wedel nicht damit rum, leg sie einfach neben dich.»

«Wer sind sie, Boss?», flüsterte ich, mein Mund war ganz trocken.

«Werden wir früh genug erfahren», sagte Dutton. «Jetzt tu, was ich dir gesagt habe.»

Ich griff hinter mich, tastete in unserem Schließkasten herum, und als ich mich wieder umdrehte, kam einer der Reiter im Schritt auf uns zu, und es sah aus, als ob er sich für irgendwas entschieden hatte.

Er ritt langsam und lässig heran, alle Zeit der Welt schien ihm zur Verfügung zu stehen, und als er näher kam, konnte ich erkennen, dass er ein Cowboy mit einem gewöhnlichen Hut und Lederhosen war, aber als er noch näher herankam, sah ich, dass er ein Wildlederhemd trug und in seinem Hutband ein paar Federn steckten, und darunter kamen lange geflochtene Haare zum Vorschein, und man brauchte kein Genie aus Clement County, Texas, zu sein, um zu wissen, dass man das alles zusammen Indianer nannte.

Wisst ihr, mein ganzes Leben lang hatte man mir beigebracht, dass man Indianer fürchten muss, und nach all den Geschichten, die man mir erzählt hatte, besaß ich guten Grund dazu. Danny Farleys Pa war von einem Apachen getötet worden, und dabei hatte er nichts weiter getan, als ein ihm rechtmäßig zustehendes Stück Staatsland abzustecken. Aber ich hatte selbst noch nie einen echten Indianer gesehen und auch noch nie von einem gehört, der sich ganz wie ein Weißer anzog, was ich für einen wirklich schlauen Trick hielt, also stand mir das Haar buchstäblich zu Berge. Aber Dutton schien das nicht zu kratzen.

«Warten wir ab», sagte er und nippte an seinem Kaffee. «Benimm dich ganz natürlich, Kleiner.»

Na ja, wenn ich getan hätte, was mir mein natürlicher Instinkt sagte, wäre ich, trotz wehem Bein und Schrammen und allem, auf die Füße gesprungen und hätte mich wie ein geölter Blitz aus dem Staub gemacht, aber da das nicht in Frage kam, blieb ich, wo ich war, versuchte zu pfeifen, wie die Leute das tun, wenn sie höllische Angst haben, und hielt die Hand an der Schrotflinte, als der Indianer bei uns ankam.

Der Bursche sah ziemlich hart aus, groß, mit hohen Backenknochen und einer platten Nase, als ob ihm jemand mal heftig eine draufgegeben hätte, jemand wie Tom zum Beispiel. Er starrte uns an, und wir starrten zurück, und ich fragte mich, warum in aller Welt er nicht so aussah, wie er sollte – fast nackt und mit Kriegsfarbe bemalt –, da begann Dutton zu sprechen.

«Willkommen, Häuptling», sagte er. «Wie wär's mit 'nem Kaffee?»

Meine Güte, dachte ich, als Nächstes fragt ihn Dutton, ob er bei der Bibelstunde mitmachen will, aber dieser Indianer nickte nur, schwang sich von seinem Pony, nahm einen Becher von

Charlies Höllengebräu, nippte daran, verzog das Gesicht und rührte mit dem Finger in der Luft.

«Gib die Melasse, Charlie», sagte Dutton – Zucker hatten wir nicht dabei – und schüttete sie ihm einfach in den Becher. «Genug so?», fragte er.

Der Indianer nickte und setzte sich. Ich fing langsam an zu glauben, dass wir uns bald über Opas Rheuma unterhalten und die Friedenspfeife rauchen würden, aber der Kerl packte einen Beutel Durham Special aus, besseren Stoff als der, den die Jungs rauchten, drehte eine Zigarette, blies eine Rauchwolke aus und sagte: «Cherokee!»

«Nein wirklich?», entgegnete Dutton.

Der Indianer grummelte und streckte den Becher zum Nachschenken vor.

«Irgendwie nicht ganz euer Territorium, oder?», sagte Dutton. «Ihr lebt weiter im Osten.» Er deutete in die Richtung.

Der Indianer grinste verbissen, als Lächeln konnte man das kaum bezeichnen. «Wir ziehen ein bisschen herum», sagte er in echtem Amerikanisch, genauso wie Dutton redete!

Ich war so verblüfft, dass ich mich an meinem Kaffee verschluckte, aber als ich aufhörte zu husten, wurde ich noch verblüffter, weil dieser Indianer doch tatsächlich Dutton fragte, wie viel Vieh wir hätten. Ich kann euch sagen, das war so, als ob man einen vollkommen Fremden danach fragen würde, wie viel Geld er besitzt, aber Dutton schien kein bisschen sauer zu sein. Er zuckte nur mit den Schultern.

«Wüsste nicht, was euch das angeht», sagte er gleichmütig.

Dieser Indianer hatte immer noch sein Lächeln auf den Lippen. «Steuereintreiber», sagte er. «Für das Volk der Cherokees!» Und er zog eine Art Brief hervor und reichte ihn rüber.

Ich kam mir vor, als ob ich träumte, wisst ihr, aber Dutton warf nur einen Blick auf den Brief und reichte ihn zurück.

«Gut», sagte er. «Du bist also Steuereintreiber. Aber das hier ist nicht euer Gebiet, und deshalb kriegst du auch keine Steuern von mir. Ich könnte euch vielleicht ein bisschen Mehl und Melasse überlassen, vielleicht sogar 'nen Ochsen. Aber das ist alles.»

Dutton klang zäh wie ein alter Ochse, doch der Indianer zuckte mit keiner Wimper. Er drehte sich noch eine Zigarette und zündete sie an, sah zum Himmel auf, als hätte er alle Zeit der Welt, die er vielleicht tatsächlich hatte, und sagte: «Wir schätzen, ihr habt tausend Stück. Zehn Cent pro Stück, das macht hundert Dollar.»

Es kam mir wirklich wie ein Traum vor, besonders, als Dutton sagte, dass er nicht so viel Bargeld bei sich hätte. «Wie auch immer», fuhr er fort, «das hier ist das Gebiet der Osage.»

Der Indianer wedelte mit der Hand, als ob er eine Fliege abwehrte, und das tat er noch einmal, als Dutton sagte, dass er eine Menge Freunde auf dem Trail besäße.

«Reichlich», sagte Dutton. «Den ganzen Trail entlang reiht sich eine Herde an die andere.»

Eigentlich sah der Indianer erfreut aus, als Dutton das sagte, so, als ob noch mehr Geld einrollte, jedenfalls deutete er mit dem Daumen über seine Schulter.

«Ich hab auch Freunde», sagte er.

Wir sahen in die Richtung, in die er gezeigt hatte, und zu den beiden Reitern da oben hatten sich noch ein paar dazugesellt – und vielleicht lag es am Licht, aber sie sahen nicht so zivilisiert aus, was bei unserem Indianer ja halbwegs der Fall war.

«Okay», sagte Dutton. «Ich will keinen Ärger, aber du wirst mir verdammt noch mal keine hundert Dollar aus dem Kreuz leiern. Ich geb dir fünfundzwanzig. Nimm sie oder holt eure verfluchten Tomahawks raus.»

Da fing der Indianer an zu lachen! Lachte laut raus, als ob das ein wirklich guter Witz sei, dann sagte er: «Fünfzig.» Und, heiliger Strohsack, da saßen sie und schacherten wie zwei Ladenbesitzer und einigten sich schließlich auf fünfunddreißig Dollar und ein bisschen Melasse und Tabak und anderes Zeug.

Dutton zog seine Brieftasche vor und händigte ihm das Geld aus, er schnitt dabei ein Gesicht, als würde man ihm die Zähne ziehen, Charlie gab ihm die Waren, und dieser Indianer reichte ihm einen Stock mit einer Kerbe, das war seine Rechnung, und dann grinste er noch mal so und galoppierte mit seinen Kumpels davon.

Wir sahen ihm nach, dann sagte Dutton ein wirklich schlimmes Wort und trat gegen den Wagen! «Gottverdammt!» Er spuckte. «Gottverdammt!»

«Kein Glück gehabt, Boss», sagte Charlie.

«Glück!» Dutton fluchte weiter. «Was zur Hölle tun die Cherokees so weit im Westen?»

«Weiß nicht», sagte Charlie.

«Wisst ihr nicht?» Dutton funkelte uns an, als ob das Ganze unsere Schuld wäre. «Den Teufel tut ihr», polterte er, was irgendwie überflüssig war, aber ich schätze, es erleichterte ihn. «Ich reite zur Herde zurück.» Er funkelte uns noch einmal an, dann saß er auf und ritt davon.

«Blitz und Donner!», sagte ich. «Was bei Sam Hill war das denn?»

«Du hast es doch gesehen, oder?», erwiderte Charlie. «Du hast doch Augen im Kopf.» Es klang ziemlich sarkastisch.

Ich gab zu, dass ich es gesehen hatte, und Charlie grollte. «In den Dreißigern hat der alte Andrew Jackson die Cherokees über den Mississippi geschickt. Hätte sie bis über die Rocky Mountains in den verdammten Pazifischen Ozean schicken sollen, wenn du mich fragst.»

«Aber ich dachte …», hob ich an, wurde aber wie gewöhnlich unterbrochen.

«Ich weiß, was du denkst», sagte Charlie, als ob er Gedanken lesen könnte. «Du hast dir die Witze von den Jungs angehört und geglaubt, diese Indianer hätten alle ihren Kriegskopfschmuck auf und würden johlen und ihre Tomahawks schwenken wie die Komantschen und die Kiowa. Aber diese Cherokees sind nicht so. Sie sind das, was die Indianerfreunde drüben im Osten ein ‹zivilisiertes› Volk nennen. Heiliger Jesus Christus, zivilisiert!» Er spuckte aus, als ob das Wort schlecht schmeckte. «Sie haben ihre eigene Schrift und Schulen und Kirchen und all das, und sie können ziemlich gut Vieh züchten. Hast du gesehen, wie der Kerl die Ochsen abgelehnt hat? Das kommt, weil ihr Vieh besser ist als das, das wir treiben. Sie fordern diesen Zoll, weil sie sagen, es wäre ihr Gras, auf dem unsere Ochsen weiden. Ihrs! Gottverdammt, sie haben alles durchgeplant. Hast du das Kerbholz gesehen? Dutton kann es jedem zeigen, und niemand wird mehr was von ihm verlangen. Klar war Dutton überrascht, hier diesen Cherokee zu treffen. Bisher haben sie sich überall an dem alten Sedalia Trail rumgetrieben, aber hier ...» Plötzlich kicherte er. «Ich frag mich, ob dieser Kerl nicht einfach mal probiert hat, wie weit er kommt!»

«Wie meinst du das?», fragte ich.

«Vielleicht hat er nur geblufft. Nur ein paar von ihnen, die umherziehen und sich überlegt haben, dass sie dem Chef auch gleich das Fell abziehen können. So weit im Westen hab ich wirklich noch keinen Cherokee gesehen.»

«Wirklich?», fragte ich. «Aber warum hat Dutton bezahlt?»

«Ach.» Charlie winkte ab, als ob ihn meine Dummheit entsetzte. «Willst du, dass sie hinter uns herschleichen, die Herde in Panik versetzen und all so was?» Er lachte noch einmal. «Hast du gesehen, mit welchem Gesicht Dutton ihm das Geld gegeben hat?»

«Klar», sagte ich. «Als würde ihm was weh tun. Aber, Charlie, diese Indianer ...»

«Die?» Charlie hörte auf zu lachen. «Da kann man nur eins machen, mit diesem roten Abschaum. Wisch sie von der Erdoberfläche.»

Er hatte zu tun, musste Pfannkuchen backen, und sie wurden grade so fertig, als die Herde um die Mittagszeit eintraf. Es wurde viel über die Cherokees geredet, da könnt ihr sicher sein, und zwar genau das, was Charlie gesagt hatte: Befreit den Erdboden von ihnen, und je schneller, umso besser.

Genau genommen schien diese Aussicht die Jungs zu erregen, als ob sie einen nächtlichen Ausflug in die Stadt vor sich hätten! Sie leckten sich alle die Lippen, alle bis auf Tom und Jack Shears. Sogar Johnny Merill, der gutmütigste Reiter, den man sich vorstellen konnte, zog ein finsteres Gesicht, als gehörten die Cherokees zu seinen persönlichen Feinden, und Joe Collins bekam schlicht Mordgelüste, verfluchte sie, weil sie sich gutes Land aneigneten, das rechtmäßig dem weißen Mann gehörte. So, wie er redete, hätte man glauben können, dass er sich genau da niederlassen wollte, und die Jungs jaulten über die fünfunddreißig Dollar, als hätten sie sie aus der eigenen Tasche bezahlen müssen!

Ich versuchte mein Scherflein dazu beizutragen und erwähnte die Häuser und Kirchen, aber sie sagten, ich sollte den Mund halten, weil ich noch ein Kid wäre, und was zur Hölle ich schon über irgendwas wüsste. Also hielt ich den Mund, aber deshalb hörte ich nicht auf zu denken, und unter anderem dachte ich, dass ich ein bisschen mehr über diese Indianer wissen wollte – und über das ganze weite Land eigentlich auch.

Neun

Also zogen wir mit unserem um fünfunddreißig Bucks erleichterten Boss weiter, wir schafften sechzehn Meilen bis zum Walnut Creek, wofür wir die Herde ein bisschen drängen mussten, und diesen Fluss zu durchqueren war nicht ganz einfach. Nicht gerade schrecklich, aber schlimm genug, um sich zu fragen, ob man die Harfe spielen durfte, wenn man ihn hinter sich hatte. Er war tief und sozusagen turbulent, und die Ochsen mochten ihn kein winziges bisschen, weshalb sie versuchten, stromabwärts auszubrechen. Aber wir kriegten sie rüber, ohne ein Tier zu verlieren, und dann ließ Dutton ein bisschen locker, schlenderte mehr oder weniger bis zum South Canadian, wo uns noch eine üble Durchquerung bevorstand. Dutton sagte, es müsste in den Rockies richtig heftig geregnet haben. Bob Bowker zog es fast aus seinem Sattel, und ein paar Ochsen brachen stromabwärts aus, also mussten sie zurückgeholt werden.

Trotzdem erreichten wir das andere Ufer, und da gab es einen richtig schicken Lagerplatz am Nordufer, und schließlich hatten wir wieder einen Fluss hinter uns gebracht. Ich musste vom Wagen runter, was mich sauer machte, denn ich war immer noch ziemlich wund und verschrammt, aber ich stieg ohne zu murren wieder in den Sattel. Dass ich im Kopf Dollars zählte, braucht nicht erwähnt zu werden.

Hinter dem North Canadian befanden wir uns auf einer hoch gelegenen, welligen Steppe, wo sich das Gras wie Mädchenhaar im Wind kräuselte. Und das sind keine irren Phantasien, bei denen man sich vielleicht Mädchen mit grünen Haaren vorstellte, nein, denn das Gras war goldbraun, beinahe rot, bis in den Herbst hinein, wenn es am Stengel zum besten Heu auf Gottes Erdboden trocknete.

Außerdem wurde es heißer, die Sonne stach auf uns runter, als wollte sie uns austesten, als würde sie einen auf die Probe stellen, wie viel man aushielt, und weiter weg von den Wasserläufen war das Land knochentrocken. Wenn ich mich umdrehte, konnte ich eine Staubwolke von einer anderen Herde sehen, die uns folgte. Vor uns gab es möglicherweise auch eine Staubwolke, aber weil ich hinten ritt, konnte ich nicht so weit sehen.

Aber man kam gut voran, und es gab keine Viehdiebe, keine Banditen, keine Indianer mehr und keine Stampede unter den Tieren. Wie die Jungs sagten, musste Dutton die Herde verhext haben, denn von einem Viehtrieb ohne Stampede hatten sie noch nie gehört. Es gab tatsächlich Herden, die kriegten laufend die Panik und hatten sich's schon richtig angewöhnt. Alles in allem kamen wir also klar, uns allen hingen die Bohnen und Charlies Eintöpfe zum Hals raus, wir gierten nach richtigem Futter, aber ohne Verletzte und ohne einen einzigen Ochsen Verlust spritzten wir durch die Flüsse, durch den Deer, den Kingfisher und auch den Cimarron, von dem man sagte, dass er echt mörderisch wäre, und als wir den hinter uns hatten, ließ Dutton nach der Mittagspause endlich Halt machen. Er wollte der Herde eine Pause gönnen, aber ich konnte mich nicht groß auf die faule Haut legen, weil ich am Flussufer Brennholz sammeln musste.

Klar fluchte ich ein bisschen, murmelte so was wie: Warum bloß immer ich? Trotzdem zog ich los, und als ich zurückkam, saß ein Fremder am Feuer.

Wie sich rausstellte, war es ein alter Kauz, den sie Old Hobs nannten, nichts weiter, einfach Old Hobs. Er war sogar ein uralter Kauz, ganz knochig und vertrocknet, und er lebte mit einer Indianerin weit draußen in der Wildnis. Er hatte Sam Clark gesprochen, gehört, dass wir den Trail raufzogen, und da er Charlie aus alten Zeiten kannte, war er zu Besuch gekommen, um mal wieder mit christlichen Männern zu verkehren und außerdem ein bisschen christlichen Tabak und Kaffee abzukriegen.

Er war alt, aber zäh, wie das bei manchen Kerlen so ist, und einigermaßen liebenswert. Er lehnte sich mit seiner Zigarre zurück.

«Und du hast diese Cherokees bezahlt?», sagte er zu Dutton

und konnte es kaum glauben. «Sie haben euch kommen sehen. Falls irgendwelche Indianer ein Recht auf das Land haben, dann die Osage …» Bei dieser Bemerkung blickte Dutton missmutig drein. «Aber das hat euch einige Schikanen erspart. Es gibt im Moment 'ne Menge Bewegung unter den Stämmen. Sie werden verschoben, weißt du, immer weiter nach Westen gedrängt.»

«Wenn's nach mir geht, schiebt sie in die Hölle», sagte Collins.

«Ansichtssache», gab Old Hobs zu. «Aber wenn du jemanden zu sehr bedrängst, schiebt er möglicherweise zurück.»

«Mich würd nie 'ne Rothaut schubsen», sagte Bob.

«Nein?» Old Hobs klang irgendwie ungläubig, und ich dachte daran, dass die texanische Grenze im Krieg von den Indianern hundert Meilen zurückgeschoben worden war. Old Hobs ging nicht weiter darauf ein. «Sie werden sowieso verschwinden.»

«Wohin verschwinden?», fragte Bo.

«Einfach verschwinden.» Old Hobs machte eine Geste, eine Wellenbewegung mit den Fingern. «Vergehen. Wenn die Farmer hier ankommen.»

Die Jungs fingen schallend an zu lachen. «Farmer?», sagte Bob. «Hab ich richtig gehört? Beim Jupiter, du würdest 'ne Million von ihnen brauchen, um das Land hier auch nur anzukratzen. Wo zur Hölle sollen die herkommen?»

«Sie werden kommen», sagte Old Hobs. «Sie werden der Bahnlinie folgen. Der Osten von Kansas füllt sich im Moment schnell. Es ist freies Land, beinahe, und dafür kommen Leute von weit her. Den ganzen Weg von Europa.»

«Das kauf ich dir nicht ab», sagte Bob. «Da gibt es den verdammten Atlantischen Ozean zwischen uns und denen. Wie wollen die da rüberkommen?»

«Söhnchen», sagte Old Hobs, «hast du schon mal von Schiffen gehört?»

Charlie spuckte aus und fluchte. «Noch mehr Fremde!»

«Waren wir auch mal», sagte Old Hobs mit sanfter Stimme. «Wie auch immer, nehmt die Sache nicht so schwer, Jungs. Wenigstens habt ihr diese Moneten einem Freund ausgehändigt.»

«Einem Freund?», fragte Bo.

«Klar.» Old Hobs zündete sich noch eine von Charlies Zigarren an. «Ihr wart im Krieg Verbündete.»

«Wie?» Bo beugte sich vor, ein paar von den anderen auch, sie waren plötzlich alarmiert. «Was war das?» Bos Frage klang bissig, denn der Krieg zwischen den Staaten war ein wunder Punkt bei uns Jungs aus dem Süden, und man musste aufpassen, was man sagte, wenn man ihn erwähnte. «Willst du behaupten, dass die Konföderierten an der Seite eines Stamms von Rothäuten gekämpft haben?»

Bo war gehässig, aber Old Hobs juckte das überhaupt nicht. «Klar will ich das», sagte er. «Wusstest du das nicht? Du bist immer noch nass hinter den Ohren, Söhnchen. Es gab Indianer, die sich der Union anschlossen, aber auch 'ne Menge Stämme, die sich mit Dixieland verbündeten. In der Kavallerie. Die Yankees hatten sie so lange bedrängt, dass sie dachten, drängeln wir doch ein bisschen zurück.»

«Aber ...» Bo konnte es kaum glauben. «Teufel, sie sind Farbige!»

«Hihi!» Old Hobs lachte auf, er quietschte richtig. «Klar sind sie das, aber sie sehen das nicht so. Außerdem dachten sie, sie hätten 'ne Menge mit euch Jungs gemeinsam.»

«Wie kommst du denn auf so 'nen verdammten Blödsinn?», rief Gus King, und er war richtig sauer.

«Na ja ...» Old Hobs war es anscheinend völlig schnuppe, ob Gus sauer war oder nicht. Wie schon gesagt, er war ein zäher alter Hahn. «Na ja, sie haben ebenfalls Sklaven, und ganz sicher mögen sie auch das weite, offene Land. Genau wie ihr Cowboys.» Er hielt einen Moment inne, und seine scharfen, kleinen Augen stachen aus seinem knorrigen, bärtigen Gesicht hervor. Es sah aus wie bei einem Stachelschwein. «Haben sich die falsche Seite ausgesucht, findet ihr nicht?»

«Was soll das?», warf Gus wieder ein, und er war mehr als sauer, wie wir anderen auch. «Willst du sagen, der Süden war da im Unrecht?»

«Wieso, nein, Jungs», sagte Old Hobs. «Es ist nur so, dass ein paar Leute das Gefühl haben, ihr hättet den Krieg verloren, sonst nichts. Das denken sie jedenfalls dort, wo ihr hingeht.

Aber mir ist das komplett egal, Jungs. Solange mein altes Weib und ich in Frieden bis ans Ende unserer Tage leben können, pfeif ich auf alle Kriege, die jemals geführt wurden. Stimmt's, Charlie?»

«Du sagst es», stimmte Charlie zu, und er und Old Hobs kicherten gemeinsam, als ob sie den lustigsten Witz der Welt von sich gegeben hätten.

Ich war sowieso dran, zur Herde rauszureiten, also machte ich mich mit Gus auf den Weg, der mit mir zusammen Wache hatte. «Ich versteh's nicht, Gus», sagte ich. «Dieser Vogel da hinten. Er lebt mit 'ner Squaw zusammen, sitzt aber bei uns weißen Männern, und keiner sagt ein Wort. Ich sag dir, unten in Clement, wenn da ein Kerl mit 'ner Niggerfrau zusammenleben würde, den würden sie teeren und federn.»

«Klar», sagte Gus. «Aber hier draußen ist das nicht so.»

«Und warum nicht?», fragte ich.

«Weil ...» Gus zögerte, und ich bin mir nicht sicher, ob er wusste, warum, doch er plapperte weiter. «Diese alten Jäger, die sich hier draußen rumtreiben, wenn die sich keine Indianerinnen angeln, könnte sie das ihren Skalp kosten.»

«Sicher», sagte ich. «Aber warum ...»

Gus stöhnte. «Kleiner», sagte er richtig erschöpft, «kannst du mal aufhören, blödsinnige Fragen zu stellen? Warum, warum, warum? Du kannst einen ganz schön mürbe machen. Halt einfach den Mund und reite deine Wache.»

Er ritt weiter, und ich hörte, wie er zu Hank Vale und Bob Bowker, die wir ablösten, sagte: «Diese Rotznase und seine Fragen.» Aber ich machte mir nichts draus. Ich ritt ruhig um die Herde und summte ihnen was vor. Die Welt kam mir ganz schön durcheinander und verrückt vor.

Am nächsten Morgen sagten wir «Mach's gut» zu Old Hobs, und ich wette fünf Bucks, dass er mit Charlie die Nacht bei ein paar Flaschen Fusel verbracht hatte. Wir zogen weiter Richtung Turkey Creek, und, Menschenskinder, was für eine Siedlung von Präriehunden gab es da, über fünf Meilen lang! So viele von den Biestern hatte man noch nie gesehen, und es gab auch Klapperschlangen, denen die Präriehunde irgendwie schmeckten, und wir hätten ihnen sicher auch geschmeckt, also musste man das Lager ordentlich ausräumen, bevor man sich niederließ. Es gab auch Stinktiere, und, wer hätte das gedacht, vor denen hatten Charlie und Collins und Dutton mehr Angst als vor den Klapperschlangen. Die Biester konnten sich nachts an einen ranschleichen und anfangen, an einem rumzuknabbern, was eigentlich nicht so schlimm gewesen wäre, wenn sie nicht alle diese Tollwut gehabt hätten, die Wölfe übrigens auch, und soweit ich von der Seuche gehört hatte, war das das Schlimmste, was man sich einfangen konnte. Dutton sagte, er hätte tatsächlich einen Kerl gekannt, der gebissen worden wäre und bei dem sich die Symptome gezeigt hätten, und der Mann hätte sich selbst erschossen! Und Dutton gehörte auch nicht zu denjenigen, die Geschichten ausschmückten, also gab es amüsantere Dinge, über die man nachdenken konnte, während wir uns zum Hackberry Creek weiterschleppten. Laut Dutton war das ein beliebter Lagerplatz der Osage-Indianer, aber zu dem Zeitpunkt waren keine da, und dann erreichten wir den Skeleton Creek. Ein ganzer Stamm der Osage war da oben gestorben, damals in den Sechzigern, als die Cholera den Westen überschwemmt hatte. Ich und ein paar von den Jungs ritten hin, um einen Blick auf die Knochen zu werfen, und, Indianer oder nicht, es war ein allzu trauriger Anblick, wie da die Knochen in der Dämmerung schimmerten – Schädel, Arme, Beine, auch kleine Knochen waren darunter, was mal Kinder waren, und einige waren angenagt und gebrochen, und alle waren unbeerdigt.

Wir kehrten mit traurigen Gemütern ins Lager zurück, aber Charlie erklärte, wir sollten an die armen Cowboys denken, die an der Cholera gestorben wären, und er erzählte noch eine Menge anderer Geschichten, von denen wir noch trauriger wurden. Aber unsere Stimmung stieg beträchtlich, als wir ein richtig gutes Futter aus wildem Truthahn bekamen, weil Dutton mit der Schrotflinte losgezogen war. Charlie brachte uns auch richtig zum Lachen, erzählte uns von einem Bach am alten Shawnee Trail. Er sagte, ein paar Siedler, die sich '45 nach Kalifornien aufgemacht hatten, hätten ein Klavier mitzunehmen versucht, mussten es aber stehen lassen, als ihre Ochsen starben.

«Ehrlich», sagte Charlie. «Das Klavier stand viele Jahre lang am Bach, und die Indianer gingen immer hin, wenn sie vorhatten, auf den Kriegspfad zu ziehen, setzten sich und spielten darauf, heulend und johlend ...» Das war nun wirklich dazuerfunden, glaube ich, und die anderen glaubten das auch, denn Hank fragte trocken: «Was haben sie denn gespielt, Charlie? Etwa ‹Jingle Bells›?»

Und dann erreichten wir den Salt Fork. Das war ein Nebenarm des Arkansas River, mit reißenden Fluten und Treibsand und richtig verschlammten Ufern, deshalb hatten die Ochsen Probleme, aus dem Wasser zu steigen. Und an der Stelle fing das Glück an, uns zu verlassen.

Dutton ließ uns die Herde vom Trail wegtreiben, während er sich mit Collins und Tom aufmachte, um einen gründlichen Blick auf den Fluss zu werfen, und dann, obwohl Dutton darüber nicht sonderlich begeistert war, zog auch der Rest von uns los, um ebenfalls einen Blick darauf zu werfen, und was wir sahen, gefiel uns überhaupt nicht. Dieser Fluss schien eine Meile breit, ganz bestimmt gab es eine Strömung, das Wasser raste dahin, ganz schlammig und unheimlich, und zu regnen begann es auch. Dutton, Joe und Tom blieben eine ganze Weile zusammen, dann galoppierte Joe in die eine Richtung und Tom in die andere.

«Suchen nach einer anderen Furt», erklärte Charlie, während wir spachtelten.

«Und, beim Jupiter», meinte Amos, «da kann man nur hoffen, dass sie eine finden. Gefällt mir wirklich nicht, die Ponys da rüberzubringen, von den Ochsen ganz zu schweigen.»

Doch alles Hoffen half nichts, weil Tom und Joe nach einer Weile zurückkamen und die Köpfe schüttelten, ganz finster. Sie blickten aber auch nicht finsterer drein als wir, nachdem Dutton uns gesagt, hatte, wir würden rübergehen.

Wir standen in unseren Regenjacken herum, es schüttete, und wir waren sauer, wisst ihr, aber keiner sagte ein Wort, bis Jack Shears vortrat und redete, und das war was Neues, weil er auf der ganzen Tour keine zehn Worte gesagt hatte.

«Wieso so eilig?», fragte er mit seiner ruhigen Stimme.

Dutton funkelte Jack an. «Gar nicht eilig», sagte er. «Ich hab in meinem ganzen Leben noch keine Herde zur Eile angetrieben.»

«Hab ich nicht behauptet», entgegnete Jack. «Aber wir liegen mit unserer Tour gut in der Zeit. Wir könnten ein oder zwei Tage warten, bis der Fluss fällt.»

«Jetzt hör mal zu, Mister», sagte Dutton – oder vielmehr knurrte er. «Dieses Wasser hier hat einen Weg von vielleicht tausend Meilen hinter sich, und ich sag dir, einfacher als jetzt wird es nicht. Wenn wir warten, sitzen wir hier vielleicht wochenlang fest und verheddern uns mit allen verdammten Herden von Texas. Wir gehen rüber, und zwar jetzt. Jeder, dem das nicht passt, kann sich auf den Weg zurück nach Texas machen, verdammt noch mal. Zu Fuß.»

«So?» Jack stand einfach da, aber die Art, wie er dastand, hatte was so Bedrohliches, dass sich einem die Nackenhaare sträubten, und ich sah, wie Collins und Carney sich von Dutton entfernten – nur liefen sie nicht weg, wenn ihr wisst, was ich meine. Wenn also Jack eine Bewegung machte, waren es drei gegen einen – eigentlich sogar vier, denn Charlie war zum Küchenwagen rübergegangen, und Bohnen wollte er da bestimmt nicht holen.

Na ja, Jack war ein harter Kerl, aber so hart nun auch wieder nicht, und als er begriff, dass er die Wahl hatte, den Fluss zu durchqueren oder fünfhundert Meilen per Fuß zurückzumarschieren, blieb ihm nicht viel übrig, also zuckte er mit den Schultern und sagte: «Wenn das so ist ...»

«Genau so ist es», sagte Dutton. «Jetzt bewegt euch.»

Das taten wir, und von der Durchquerung konnte man Albträume kriegen. Wir machten den Wagen fertig, befestigten Tonnen an den Außenseiten und brachten ihn ans Ufer, aber die Maultiere bockten, und ich konnte es ihnen nicht übelnehmen. Sie boten wirklich einen traurigen Anblick, rollten mit den Augen und versuchten umzukehren, während Charlie und die Jungs mit ihren Gerten gnadenlos auf sie einschlugen, und die Maultiere rutschten und schlidderten im Matsch, und als sie schließlich im Wasser waren, ritt Tom flussabwärts neben ihnen und schlug ihnen mit der Gerte übers Maul, um sie in einer geraden Linie zu halten.

Und dann, bei Gott, waren die Ochsen dran, verrückt zu spielen. Sie wären fast durchgedreht, und die Jungs verdienten sich an diesem Tag ihr Brot, sie kämpften, damit ihre Ponys die richtige Richtung beibehielten, von den Ochsen ganz zu schweigen. Aber der Ärger fing erst richtig an, als ein riesiges Vieh, eines von den bösartigsten in der ganzen Herde, komplett ausrastete. Ich weiß nicht wie, aber irgendwie hatte es Halt gefunden, denn es drehte um und verhakte sich mit den anderen Ochsen und drohte die ganze Reihe aufzubrechen – wenn nicht, heiliger Moses, Tom aus dem Sattel gekommen wäre und den Ochsen umgedreht und ihn leibhaftig zum anderen Ufer geritten hätte! Warum er das tat, wo es doch gar nicht seine Ochsen waren, das konnte ich mir nicht erklären.

Nebenbei, meine Ochsen waren es auch nicht, aber ich musste ebenfalls in diesen Fluss, als wir das Ende der Herde endlich im Wasser hatten, und das war auch kein Honigschlecken. Ich schätze, die Ochsen hörten das Brüllen und Schreien vorne und spürten, was sie erwartete, denn etliche beschlossen, dass zum Baden nicht der richtige Zeitpunkt war, kehrten um und kamen auf uns zu.

Wir peitschten auf sie ein und brannten ihnen mit unseren Revolvern eins über ihre Nasen, denn genau dafür waren sie hauptsächlich da. Und ich sage wir, aber hauptsächlich war es Johnny Merill, denn ich hatte nicht mehr als eine Patrone in meinem Zweiunddreißiger, aus Angst, er könnte losgehen und mich treffen, stattdessen drosch ich drauflos und schrie. Aber am Ende mussten Joe und Gus umkehren und uns helfen, und dann ging es in den Fluss, mitten in das Getümmel aus verrückten Tieren und riesigen Hörnern, und das trübe Wasser brauste einem in den Ohren. Menschenskinder, ich glaubte wirklich nicht daran, dass ich es schaffen würde – ich dachte mir, dass ich nicht über den Salt Fork, sondern über den Jordan ging.

Schließlich gelang es uns, die Ochsen rüberzubringen, aber es war wie im Albtraum, und vielleicht nach sechs Stunden, als wir schon völlig durchweicht und bis auf die Knochen durchgefroren waren, hatten wir die Herde zur Ruhe gebracht. Charlie hatte Kaffee für uns fertig, heiß wie der Hades und schwarz wie die Sünde, und den konnten wir gut gebrauchen! Aber noch bevor wir daran riechen konnten, fragte Dutton, wo Tom wäre.

Es war wie eine Bombe, die hochging. Alle redeten gleichzeitig, sagten, sie hätten gesehen, dass er mit dem riesigen Ochsen gekämpft hätte oder dass er am Nordufer gewesen wäre, wo er die Ochsen in die Prärie getrieben hätte, oder dass er wieder in den Fluss zurückgegangen wäre, aber Dutton fiel uns allen ins Wort.

«Heiliger Jesus Christus!», brüllte er. «Ich frag nicht, wann ihr ihn gesehen habt, ich frag, wo er jetzt ist.»

Keiner von uns konnte das so recht beantworten, aber wir alle glaubten ganz gewiss, die Antwort zu kennen. Er war den Fluss runter, hatte sich mit einem toten und ertrunkenen Ochsen verheddert und war selbst genauso tot und ertrunken.

Dutton machte den Mund auf, doch er brauchte gar nichts zu sagen, denn wir alle, ohne Ausnahme, müde und erschöpft wie wir waren, wollten auf unsere Pferde klettern und nach ihm suchen. Aber Dutton hielt uns zurück, und er hatte Recht. Es hatte keinen Zweck, wenn die ganze Mannschaft rumgaloppierte, also saßen Joe, Jack und Bo auf und ritten los.

Wir anderen standen trübselig ums Feuer herum und sahen bei der Kälte auch so aus, aber Dutton war noch nicht fertig. «Johnny», brüllte er, «du reitest mit dem Kleinen zur Herde raus.»

Johnny war genauso sauer, wie Jack gewesen war, und ich dachte, er würde Dutton sonstwohin schicken, aber Charlie sagte in vernünftigem Ton: «Wenn die Herde jetzt nicht bewacht wird, wird sie auseinander laufen, und das ist später dann nur noch mehr Arbeit.»

Also, die Vernunft siegte, was ja nicht immer so ist, aber hätten wir die Herde nicht zusammengehalten, dann hätten wir die ganze Nacht damit verbringen können, sie zusammenzutreiben, und den nächsten Tag vielleicht auch, also holten wir unsere Pferde und ritten hinaus, und Gesang gab es ganz sicher keinen.

Wir brachten unsere Schicht hinter uns, dann kamen Gus und Bob und schüttelten den Kopf, und wir machten uns auf und kriegten was zu essen. Von den anderen gab es keine Spur, und es hatte den Anschein, als ob Tom ertrunken wäre, und das waren wirklich schlimme Nachrichten. Schwarz oder nicht, er war ein richtiger Mann und ein richtiger Reiter gewesen.

Ich schlang meinen Eintopf runter und fragte Charlie, ob er wirklich glaubte, dass Tom tot wäre.

«Wenn er das ist», sagte Charlie, «hoff ich jedenfalls, dass er nicht ans andere Ufer gespült wurde.»

«Was zum Teufel willst du damit sagen?», fragte Johnny, richtig heftig, als ob das irgendein schlechter Witz wäre.

Charlie ließ es sich normalerweise nicht gefallen, dass man so mit ihm redete, aber diesmal reagierte er nicht, sagte nur: «Du willst doch nicht noch mal über den Fluss, oder?»

Johnny runzelte die Stirn. «Wieder rüber?»

«Genau das hab ich gesagt.» Charlie warf mehr Kaffee in den Topf. «Du glaubst doch nicht, dass wir seine Leiche da drüben lassen, ohne ihn zu begraben, oder?»

Johnny antwortete nicht, sah aber noch trostloser aus, und ich fühlte mich genauso. Wir konnten Toms Leiche da nicht liegen lassen, aber mir kam ein wirklich schlimmer Gedanke bei der Vorstellung, wieder in den Fluss zu müssen – der schon im nächsten Moment wieder wie weggeblasen war, weil ich ein Geheul hörte und Bo, Collins, Jack und Tom mit einem halben Dutzend Ochsen angeritten kamen.

Das war eine Erleichterung, die Jungs zu sehen, auch wenn man das nicht hätte glauben sollen, so wie Dutton reagierte.

«Du verdammter schwarzer Eselshengst!», brüllte er. «Wo zur Hölle bist du gewesen?»

«Die Ochsen sind aus der Nachhut flussabwärts ausgebrochen», sagte Tom. «Also bin ich ihnen nach.»

«Ochsen!» Dutton ging richtig hoch. «Für die hast du dein Leben riskiert?»

«Die sind in Abilene vielleicht zweifünfzig wert», sagte Tom.

«Zweifünfzig!» Dutton spuckte aus. «Dafür lohnt sich kein Menschenleben.»

Das haute mich wirklich um. Nach der Art und Weise, wie Dutton uns durch den Fluss gescheucht hatte! Er hatte unser aller Leben riskiert, um die Herde rüberzubringen, und jetzt verfluchte er Tom, weil er sein Bestes gegeben hatte! Aber, dachte ich mir, vielleicht gehörte es zum Job, dass wir alle rübergingen, aber dass Tom stromabwärts ging, war mehr, als man vernünftigerweise erwarten konnte. Und dann blieb mir erst recht die Spucke weg, denn Tom stand da im Regen und sagte: «So viel hat dein Pa für meine Ma bezahlt!»

Einen Moment lang glaubte ich, Dutton würde Tom umbringen, einfach den Revolver ziehen und ihn wegpusten. Sein Gesicht war total verzerrt, und seine Hände zuckten, aber er machte einfach auf dem Absatz kehrt und ging zur Remuda.

Tom nahm sich Kaffee und reichte Jack einen Becher. Sie zündeten sich Zigaretten an, und dann sagte Jack, der, schätze ich, als Einziger den Nerv hatte, diese Frage zu stellen: «Hast du es deshalb getan?»

«Was getan?», fragte Tom.

«Du weißt schon», sagte Jack. «Die Sache mit deiner Ma. Wolltest du 'ne Rechnung begleichen?»

«Was geht es dich an?», meinte Tom, und wenn Jack der Einzige war, der eine solche Frage stellen durfte, dann war Tom der Einzige, der ihm so antworten durfte.

Jack zuckte mit den Schultern. «Gar nichts, schätze ich», sagte er ganz sanft und zahm. «Ich dachte nur, sonst nichts.»

«So?» Tom brütete eine Weile vor sich hin, und, beim Jupiter, er war wirklich ein zäher, gewitzter Kerl, und ich fragte mich, ob er Jack eine verpassen würde, aber er sagte bloß: «Einer wie ich muss vielleicht immer ein bisschen übertreiben.»

«Vielleicht», sagte Jack. «Vielleicht musst du das, eigentlich. Genau.»

Zehn

Hinter dem Salt Fork wurde die Reise ungemütlich. Die Jungs waren mürrisch wegen der Art und Weise, wie Dutton uns vorwärts trieb, dazu hatten wir neun Ochsen verloren, so dass Dutton übelster Laune war, und es sah so aus, als ob jede Aussicht auf einen möglichen Bonus sich wie ein Traum in Luft auflöste.

Solche Regengüsse wie neulich gab es häufiger, und wenn sie aufhörten, kam man sich vor, als würde man durch einen Schmelzofen reiten, und auch das Ungeziefer wurde schlimmer, so dass wir alle fast totgebissen wurden, hauptsächlich von Moskitos, aber Gus hatte sogar einen Stich von einer Schmeißfliege abgekriegt, und danach hatte er Eier unter der Haut, die rausgeschnitten werden mussten. Und obwohl wir uns wegen Gus keine allzu großen Sorgen machten, ging uns das ebenfalls unter die Haut.

Wir trafen auch auf noch mehr Indianer. Das war am Pond Creek, keine drei Meilen hinter dem Salt Fork. Wir überquerten den Black Dog Trail, einen alten Indianerkriegspfad, wo es ein paar Hügel gab, die wie alte Indianergräber aussahen. Die Indianer gehörten zu den Osage. Dutton zeigte ihnen das Kerbholz von den Cherokees, aber sie kümmerten sich nicht die Bohne darum. Sie sagten, es ginge sie nichts an, was die Cherokees täten, und machten ein paar Andeutungen gegenüber Dutton, dass er ein Idiot wäre, weil er bezahlt hatte, obwohl die Cherokees außerhalb ihres Territoriums gewesen waren.

Wobei die Osage zahm waren. Einer versuchte uns zu bluffen, machte ein finsteres, böses Gesicht, aber man konnte auf den ersten Blick sehen, dass nichts dahinter war, und falls sie Gewehre besaßen, hatten sie sie versteckt. Jedenfalls war Dutton nicht in der Stimmung, mit einer Handvoll Wilder zu verhandeln, und wir begegneten ihnen mit so großer Verachtung, dass wir bereit gewesen wären, das ganze Pack niederzuschießen, deshalb bekamen sie noch nicht mal einen Ochsen. Immerhin, als eine Art Friedensangebot, gab ihnen Dutton dann noch etwas Tabak.

Einer von diesen Rothäuten, der trug ein Jackett der US-Kavallerie, und wenn wir davon überzeugt gewesen wären, dass es von einem Weißen stammte, den er getötet hatte, dann wäre er vor seiner Zeit in die Ewigen Jagdgründe eingegangen. Aber als Charlie mit ihm redete, weil er sich einbildete, ein bisschen die Sprache der Osage zu können, sagte dieser Indianer tatsächlich «Scout», also hätte es auch sein können, dass er ein Scout in der Armee gewesen war. Jedenfalls lohnte es sich nicht, ihn deswegen kaltzumachen. Der Kerl wollte mit uns ein Rennen um Ponys veranstalten, aber auch darauf ließ sich Dutton nicht ein, deshalb machte sich der Indianer über uns lustig, ritt zusammen mit einem anderen Kerl um uns herum und zeigte uns Kunststücke, und reiten konnten die beiden. Aber das war nur Schau, sie machten sich einen Spaß daraus, deshalb wurden wir danach nur noch saurer.

Und ich weiß nicht, aber es muss wegen unserem Sauersein gewesen sein, denn Dutton tat was Merkwürdiges. Er gab uns noch eine Verschnaufpause! Einen ganzen halben Tag frei. Und er tat sogar was noch Merkwürdigeres. Wir waren oben am Polecat Creek, wo es wieder Millionen von Präriehunden gab, und er ging den Fluss hinauf zur Jagd, und als er zurückkam, war er ganz aufgeregt und holte die Winchester vor. Beim Jupiter, dachte ich, noch mehr Indianer, aber er sagte, wer wollte, könnte mitkommen, was wir taten, und oben am Fluss gab es ein paar Büffel! Es war mächtig interessant, sie sich anzusehen, ein Bulle mit ein paar Kühen, schätze ich. Ich hatte noch nie welche gesehen, also staunte ich nicht schlecht über die riesigen Biester mit ihren massigen Köpfen, mächtigen Schultern, bedeckt mit krausem schwarzem Haar wie Tom – weshalb die Indianer die Negersoldaten bei der US-Kavallerie Büffelsoldaten nannten.

Ich sah sie mir gern an, wie sie grasten und schnaubten, aber Dutton zog das Gewehr und schoss und tötete einen, und obwohl wir abends Büffelsteak aßen, was mächtig gut schmeckte, schien es eine furchtbare Verschwendung, die halbe Tonne Fleisch da verrotten zu lassen.

Ich sagte das auch, wurde aber, wie üblich, niedergebrüllt. Ein paar von den Jungs meinten: «Was soll's, es gibt Millionen von ihnen.» Obwohl Charlie sagte, das wäre nicht so, jedenfalls nicht da, wo wir sie gesehen hatten, da wären sie fast alle abgeschossen worden, und die Millionen wären weit draußen im Westen.

Aber der Abschuss hatte Duttons Laune verbessert, und die Atmosphäre entspannte sich ein bisschen, also fingen die Jungs wieder an, Witze zu machen und Märchen zu erzählen, die sich aber weniger auf die Vergangenheit als auf die Zukunft bezogen, weil wir das Indianerterritorium fast hinter uns hatten und Kansas näher kamen. Und das bedeutete Abilene, und es bedeutete Saloons und Tanzsäle und Mädchen, und so, wie die Jungs von ihnen redeten, hätte man denken können, dass diese Stadt vor weiblichen Engeln aus allen Nähten platzte.

Trotzdem mussten wir erst dort ankommen, die Herde weiterbewegen, und das Land hob sich, wurde irgendwie höher, wisst ihr. Höher und flacher und irgendwie kahl, und dann spritzten wir durch den Bluff Creek und den Fall Creek, und da waren wir in Kansas und wieder in den Vereinigten Staaten. Und ich sage wieder, weil das Indianerterritorium nicht zu den Vereinigten Staaten gehörte, und genau genommen zählte auch keiner von uns Texas dazu. Ehrlich, wir gingen davon aus, dass Texas nirgendwo dazugehörte. Sogar während des Krieges glaubten wir, dass die Konföderation zu *uns* gehörte.

Trotzdem, da waren wir nun in Kansas. Und wie die Jungs die Erde verfluchten, auf der sie standen. Sie hassten sie sogar mehr als Neuengland, weil sie glaubten, dass der Krieg genau da angefangen hätte, wo diese Sklavenabschaffer aus dem Norden Siedler hingetrieben hatten, damit das Land bei der Abstimmung zum freien Staat und nicht zum Sklavenstaat gewählt wurde, und dass viele arme Farmer aus dem Süden von den Predigern gegen die Sklaverei, etwa von John Brown und seinen Söhnen, im Schlaf umgebracht worden wären. Klar, keiner erwähnte solche Kerle wie Quantrill und seine Bande, die rumgezogen waren und ihrerseits Sklavenabschaffer im Schlaf umgebracht hatten, aber das war nur natürlich, schließlich waren wir selbst aus dem Süden.

Ich fragte mich allerdings, was Tom von dem Gerede dachte, der schließlich selbst ein Neger war und dessen Ma und Pa Sklaven gewesen waren, aber er sagte keinen Piep dazu, als ob die Jungs nicht über ihn reden würden, und ganz falsch war das ja auch nicht. Was mich anging, ich hatte nur im Kopf, was der alte Prediger Tyler uns gesagt hatte: «Geht und beutet den Norden aus.» Und mir juckte es in den Fingern, genau das zu tun – den Norden auszubeuten bis zum Gehtnichtmehr!

Wir waren da auf einer Hochebene, wanderten mit den Ochsen und ließen das Prärieland an uns vorübergleiten, und, Mann, es gab wirklich reichlich davon. Ich hab Leute sagen hören, dass sie die Plains nicht mögen, sie meinten, sie wären öde, immer das Gleiche, wohin man auch schaut, aber mich faszinierte die Prärie, besonders am Abend. Sie hatte was Verwunschenes, in der Art, wie das Gras wogte, und du bekamst einen Eindruck von dem Land, das sich dahinwälzte und wegtauchte, als ob das ewig so weiterging, die ganze Zeit bis ans Ende der Welt, und über all dem war der riesige Himmel, manchmal mit Regenbögen, die sich über hundert Meilen hinwegspannten. Ich konnte mir dann fast vorstellen, wie sich die Indianer gefühlt haben mussten, wenn sie frei und ungehindert über das ganze weite Land zogen, wirklich, und wie sie auf die Idee gekommen waren, die Erde wäre ihre Ma und der Himmel ihr Pa und alle wären Teil eines größeren Gottes. Obwohl der, wer immer er auch war, ganz gewiss eine Schwäche für den Wind hatte, denn der blies vielleicht! Menschenskinder, als ob da ein Riese stünde, der uns mit einem Blasebalg heiße Luft entgegenpustet.

Ein Segen war, dass wir uns jetzt nicht mehr beeilten. Wir machten kurze Strecken und bummelten herum, denn der alte Dutton, der verstand sein Geschäft, und er ließ die Ochsen grasen und sich wieder ein bisschen Fett anfressen, bevor er sie auf den Markt brachte. Also schlenderten wir gerade mal eben, durchquerten den Arkansas River, der uns überhaupt keine Probleme machte, und es war der letzte Fluss, den wir hinter uns bringen mussten, was wir zudem an einem Tag gut schafften, von da ab ging es nur noch bergab bis Abilene, also waren wir bester Laune an diesem Abend. Nur Dutton und Tom waren irgendwie beunruhigt, entfernten sich vom Lagerfeuer, schnüffelten in der Luft und flüsterten miteinander. Hank fragte, was los wäre, und Dutton schüttelte den Kopf.

«Euch Jungs ist nicht aufgefallen, dass es heißer wird?», fragte er.

Es war den ganzen Tag heiß wie im Hades gewesen, und man hätte eigentlich erwartet, dass es am Abend etwas abkühlte, aber jetzt, wo Dutton es erwähnt hatte, merkten wir, es war überhaupt nicht kühler, und die Luft fühlte sich irgendwie anders an, obwohl man schwer sagen konnte, wie anders.

Dutton rieb sich das Kinn. «Könnte ein Sturm aufkommen.»

Wir sahen alle zum Himmel auf, aber der war klar wie Glas, mit Sternen und allem übersät, deshalb machte Dutton erst mal nichts weiter, und das war eine Erleichterung, denn wir dachten, er würde die Wachen verdoppeln. «Aber seid da draußen auf der Hut», sagte er. «Seid verdammt wachsam.»

Wir sagten, das würden wir, und wir meinten das auch so und ritten zurück, und dann ritten wir wieder hinaus, als noch einmal Wachwechsel war, Bo und ich lösten Tom und Jack ab, die immer zusammen Nachtwache ritten.

Sie waren irgendwie ernst, und bevor sie losritten, schnappte mich Tom. «Denk dran, was ich dir mal gesagt habe», sagte er. «Halt dich von Ärger fern.»

Ich war nicht mehr so beschränkt wie damals und hatte keine Abneigung gegen Tom mehr, deshalb sagte ich nur «Ist doch klar» und drehte meine Runde um die Herde. Es war eine seltsame Nacht, heiß und stickig, mit kleinen Windböen, die noch heißer waren, so eine Nacht, die einen rastlos macht, und das ging den Ochsen genauso. Sie taten eigentlich nichts, aber man spürte eine besondere Stimmung. Sie kamen einem einfach unzufrieden vor, also hielt ich Abstand, wollte mir Platz schaffen, falls sie losrannten.

Im Verlauf unserer Wache kühlte es ab, und ich entspannte mich ein wenig, ich lehnte mich im Sattel zurück, ließ die Beine baumeln und sang ein Lied über ein paar arme Cowboys. Und wisst ihr, ich hatte zwar keinen Zeitmesser, aber da draußen bekommst du ein Gefühl für Zeit, also, nur um sicherzugehen, sah ich daher zum Großen Wagen hoch, und der war nicht da, und während ich blinzelte, weil er beim letzten Hochsehen ganz bestimmt noch dagewesen war, öffnete sich der Himmel, als wäre er von einer Axt in zwei Teile gespalten worden, ein Blitz blendete mich, und ein gewaltiger Donnerschlag machte mich taub, und beinahe so schnell wie der Blitz war die ganze Herde auf den Füßen und rannte direkt auf mich zu.

Ich war so verwirrt, dass ich nicht begriff, was geschah, aber mein Pony begriff. Mit zwei Sätzen war es aus dem Weg, es war allerdings nicht weit genug gesprungen, denn die Herde hatte sich geteilt, und die eine Hälfte kam direkt auf mich zu, als ob ihre einzige Absicht darin bestünde, meinem kurzen Leben ein Ende zu bereiten. Also tat ich genau das, was Tom mir geraten hatte, ich haute ab, so schnell und so weit ich konnte, und ich hatte bestimmt eine Meile zurückgelegt, bis ich anhielt. Weit weg zu meiner Linken hörte ich, wie die Ochsen brüllten und ihre Hufe donnerten und wie die Sechsschüsser ballerten, und das Ganze hörte sich mehr nach einem Gefecht an als nach irgend etwas anderem.

Aber ich rechnete mir aus, dass die Ochsen in die richtige Richtung rennen würden – das hieß weg von mir –, also drehte ich und kehrte zurück, johlte und brüllte mir die Kehle aus dem Hals. Ich feuerte sogar eine Ladung aus meinem Revolver ab, nur um die Jungs wissen zu lassen, dass ich bei der Arbeit war. Nicht dass das nötig gewesen wäre, denn keiner kümmerte sich in dieser Nacht um mich. Die Herde war es, die ihnen Sorgen machte, und die rannte in Richtung Süden, als ob sie eine dringende Verabredung in Texas hätte – und zwischen den Ochsen und Texas lag der Arkansas.

Bis dahin hatte ich meine schlimmste Angst überwunden, aber es war immer noch kein Vergnügen, in der Dunkelheit über die Prärie zu galoppieren, ganz davon abgesehen, dass gelegentlich ein Ochse aus der Dunkelheit auf mich zukam, und wenn ihr wissen wollt, was für ein Gefühl das ist, dann stellt euch gelegentlich mal vor einen Expresszug. Aber mein Pony und ich waren in dieser Nacht einer Meinung. Wenn wir etwas sahen, was sich bewegte, bewegten wir uns auch, und zwar schneller und in die entgegengesetzte Richtung.

Trotzdem bewegten wir uns einmal in die falsche Richtung. Eine Gestalt tauchte auf, und wir waren auf dem Sprung, aber es war Collins, der vor Wut und Zorn lauter fauchte als ein Berglöwe. Es tat mir wirklich Leid, ihm zu begegnen, denn ich wusste, dass er sich dahin wenden würde, wo es am schlimmsten war, und ich würde mich ihm anschließen müssen. Genau das tat er, und ich tat es auch, und so war ich auf dem Weg direkt auf die Hauptherde zu, und ich kann euch sagen, die hatte ein Tempo drauf! Ich konnte die weißen Hörner sehen, die auf und ab wogten, und die Funken der Sechsschüsser, wenn ein Reiter über die Nasen der vorneweg rasenden Ochsen schoss, um sie zurückzujagen. Es sah wie ein wildes, sinnloses Gedrängel aus, aber als ich Collins folgte, erkannte ich, dass die meisten Jungs auf unserer Seite ritten und sich gewissermaßen gegen die Herde lehnten, in dem Versuch, sie umzudrehen und zu einem Kreis zu schließen; damit brachte man sie eher früher als später zum Stehen, und außerdem konnte man sie so zusammentreiben.

Ich tat, was ich konnte, das heißt, ich johlte und rief, und das war die Furcht erregendste Nacht meines Lebens, weil immer die Gefahr bestand, dass man abgeworfen wurde und sich das Genick brach oder aufgespießt und totgetrampelt wurde. Ein Segen war, dass wir uns auf der Prärie befanden, wir mussten uns also nicht durch Mesquitenbäume, Chaparrals oder Gestrüpp schlagen. Andererseits lag den Ochsen der Weg frei bis an den Fluss, und wenn sie da ankamen, konnten wir die ganze Herde verlieren.

Wie sich dann herausstellte, verloren wir tatsächlich Ochsen im Fluss, aber den größten Teil der Herde konnten wir wieder zurückjagen. Es gelang uns allerdings nicht, sie zu einem Kreis zusammenzutreiben, und beim Morgengrauen hatte sich die Herde daher endlos über die Prärie verteilt, über Meilen hinweg, und wir mussten uns an diesem Morgen ziemlich abrackern, die Viecher wieder einzusammeln. Genau genommen war es fast Abend, bis wir das erledigt und auch die Ochsen aus dem Fluss geholt hatten, und jeder einzelne Mann, Tom eingeschlossen, brach fast zusammen. Trotzdem gab es in dieser Nacht wieder Doppelwachen, und um die Wache noch ein bisschen beschwerlicher zu machen, sagte Gus: «Und das ist sicher das Ende vom Bonus.» Was es auch war, nachdem wir zehn, zwölf Ochsen verloren und die restlichen Tiere zehn Pfund abgenommen hatten. Rechnet es euch aus: zehn Pfund Rindfleisch bei tausend Ochsen. Einen mächtigen Haufen Rindfleisch macht das.

Obwohl Dutton komischerweise das Unglück, wie man so sagt, philosophisch betrachtete und nur meinte, dass bei einer Herde nun mal eine Stampede ausbrechen könnte, hob das nicht gerade unsere Laune auf der letzten Strecke. Wir zogen über die Hochebene von Kansas, wo die Sonne runterbrannte, als ob sie auch noch an den letzten Zipfel deines Gehirns ranwollte, um ihn zu Kohle zu verbrennen. Tagelang verstopfte der Staub dir Nase und Mund, deine Zunge fühlte sich wie ein Holzklotz an und deine Augen wie zwei Diamanten. Heiliger Jesus, ich dachte an Old Hobs, wie er von diesen Sodbusters erzählt hatte, die hierher kämen, um Farmen zu gründen, und rechnete mir aus, dass ihn das Leben mit den Indianern wohl in den Wahnsinn getrieben hatte. Jeder Mann mit Verstand würde doch lieber in der Hölle leben wollen, wo er wenigstens reichlich Gesellschaft hatte. Uns ging fast das ganze Futter aus, und Dutton wollte uns keine Pause geben, damit wir in die nächste Stadt gehen konnten, also fing ich an zu glauben, dass wir wie dieser alte König in der Bibel enden würden, der schließlich verrückt geworden war und sich von Gras ernährte.

Dann trafen wir eines Mittags beim Küchenwagen ein, und der stand bei einem verschlammten Bach, an dem wirklich fast nichts dran war. Charlie hatte schlechte Laune, und Dutton zog ein finsteres Gesicht.

«Heiliger Strohsack», krächzte Johnny, «was ist denn los?»

Gedanken konnten wir nicht lesen, also wussten wir es nicht, aber wir trieben die Herde ganz niedergeschlagen vom Trail weg und verdrückten die letzten Bohnen. Dann wurde alles noch schlimmer, als Dutton die Stimme erhob, und sein Blick verfinsterte sich noch mehr.

«Also, ihr Buckaroos», sagte er. «Ihr glaubt, ihr hättet harte

Zeiten hinter euch. Eine einzige gefährliche Flussdurchquerung und eine einzige Stampede! Bei Moses, ich war bei Viehtrieben, da war jede Flussdurchquerung gefährlich, die Herde kriegte jede Nacht die Panik, und wir mussten gegen Wölfe und Indianer und Jayhawkers und Farmer und Gott weiß wen kämpfen. Aber dann seid ihr keine Cowboys, sondern ein Haufen Grünschnäbel. Ich kenn Frauen, die besser im Sattel sitzen als ihr! Also, jetzt könnt ihr euch wirklich euer Brot verdienen. Seht ihr das da drüben?»

Er deutete auf die andere Seite dieses Pseudoflüsschens, wo die Prärie irgendwie anstieg.

«Sehen wir», sagte Jack ziemlich schroff, weil er es nicht übermäßig schätzte, wenn man ihn wie ein Schulkind abkanzelte. «Was ist damit?»

«Genau das sollt ihr rausfinden», antwortete Dutton. «Seid ihr alle gerüstet?»

Wir sahen einander an, die Jungs klopften an ihre Holster, und ein paar hüstelten und befeuchteten sich die Lippen, so hier und da, ziemlich nervös, wisst ihr.

Dann redete Jack wieder. «Wenn da was ist, hinter dieser Kuppe, wofür man ein Schießeisen braucht, dann will ich wissen, was es ist, bevor ich da ankomme.»

«Klar.» Dutton schwenkte seine Winchester. «Also, ich sag es euch. Da hinten ist was, vor dem wir nicht weglaufen können, und wenn ihr was essen wollt, müsst ihr ihm entgegentreten. Das könnt ihr mir glauben.»

So gesehen gab es nichts zu diskutieren, also gingen wir zu unseren Ponys zurück und folgten Dutton den Hügel hinauf, nervös bis zum Anschlag. Dann kamen wir oben an und rissen die Augen auf, und Dutton, Joe und Tom fingen schallend an zu lachen. Denn dort, nach all diesen anstrengenden Meilen, schlängelten sich über die Ebene, in der Sonne blinkend, schwarz wie zwei Schlangen, die Schienen der Kansas Pacific-Bahn, und an diesen Gleisen, Meilen entfernt, eigentlich nur wie ein Klecks, aber gerade noch als irgendeine Ansammlung von Gebäuden erkennbar, lag eine Stadt.

«Und das ist es, Jungs», sagte Dutton. «Das ist Abilene.»

GESCHAFFT

Elf

Das war es also, das Ende des Viehtriebs, wenn man die paar Meilen nach Abilene nicht mitzählte, die nicht mehr als ein Bummel sein konnten. Ich malte mir aus, dass wir vor Ende des Tages da unten sein würden, dass wir mit den Mädchen flirten und trinken würden – na ja, ich würde Limonade trinken, aber eine richtig kräftige Limonade – und ins Theater gehen, über die Witze und all das lachen und einfach auf die Pauke hauen würden. Aber man sollte es kaum glauben, der Tag entwickelte sich ganz anders.

Im Viehgeschäft war es so üblich, dass man die Herden draußen in der Prärie ließ, bis der Boss einen Käufer gefunden hatte. Und was waren wir missmutig, als Collins sagte, dass die Herden manchmal monatelang da draußen blieben, weil der Boss vielleicht auf ein gutes Preisgebot wartete oder die Ochsen auf dem Weideland mästete. Der Viehtrieb war also erst vorbei, wenn die Ochsen in die Viehhöfe gingen und ein anderer die Verantwortung übernahm.

Wie auch immer, wir mussten die Herde wieder in Bewegung setzen, weil Dutton sie in der Nähe von besserem Wasser ruhen lassen wollte, also taten wir das, zogen genauso lange Gesichter wie die Ochsen, und sie wurden sogar noch länger, als wir die Viecher zur Ruhe gebracht hatten und feststellten, dass weder Dutton noch der Küchenwagen da waren. Bloß Charlie und der Kaffeetopf! Wir fluchten vielleicht! Nicht gerade übermäßig, nur so viel, dass wir Hitzköpfe die Prärie hätten anzünden können, aber unser Zorn verrauchte, als Charlie erklärte, Dutton wäre in die Stadt gefahren, um uns zu versorgen, und wäre am Abend wieder zurück.

Es war da noch nicht ganz dunkel, und normalerweise wäre ich froh gewesen, mich einfach nur früh hinlegen zu können, aber ich hatte was anderes im Kopf, also redete ich in aller Ruhe mit Bo, und der redete in aller Ruhe mit Tom, und der redete mit Joe.

«Ich weiß nicht.» Joe schob seinen Hut ins Genick, schüttelte den Kopf, aber Tom grinste und sagte: «Komm schon, Joe. Kann nicht schaden.»

«Also ...» Joe zögerte. «Wenn jemand auf die Herde aufpasst ...»

Jack spuckte ins Feuer und meinte, es würde ihm nichts ausmachen dazubleiben, und Amos sagte, er würde auch zur Herde rausreiten, also sagte Joe, das wäre in Ordnung, er würde mit Charlie auf das Lager aufpassen, und wir anderen stiegen auf, ritten ein paar Meilen über die Prärie, zügelten unsere Ponys und sahen hinunter.

«Das ist sie also», sagte Johnny.

«Das ist sie», sagte Tom. «Das ist die Kansas Pacific-Bahn.»

Von Eisenbahnen hatte ich natürlich schon gehört, aber gesehen hatte ich noch keine, und jetzt war ich hier, blickte auf hundert Prozent echte Schienen, und ich muss sagen, viel gab es nicht zu sehen. Bloß die zwei Schienen, die sich auf solchen Balken dahinschlängelten, und, beim Jehosaphat, das waren vielleicht viele! Einfach Millionen, sie stützten diese Schienen, und jeder einzelne Balken kam von Gott weiß woher, weil das Holz in der Prärie nicht mal für 'nen Zahnstocher reichte.

Aber da war sie, die Kansas Pacific-Bahn, teilte die Steppe, und ich dachte daran, was Old Hobs damals im Indianerterritorium über die Eisenbahnen gesagt hatte, die das Ende des freien Westens bedeuteten, und ich fand das sogar noch verrückter als die Sache mit den Farmern. Denn jede Taschenratte hätte die Schienen einfach hochnehmen und wegtragen können. Trotzdem starrten wir alle feierlich nach unten und kamen uns irgendwie blöde vor, denn wenn du erst mal ein Stück davon gesehen hattest, dann hattest du alles gesehen, was es zu sehen gab.

Dann sah Bo sich um. «Und das ist der Telegraphendraht?»

Den starrten wir genauso feierlich an und fühlten uns genauso dumm, denn es gab nicht mehr als einen Haufen Masten, die in der Erde steckten, und Drähte, die dazwischengespannt waren.

«Genau», sagte Tom. «Wenn man die Ohren spitzt, kann man die Nachrichten hören.»

Wir spitzten die Ohren, und es stimmte, jedenfalls glaubten wir das – du konntest die Drähte summen hören, wisst ihr, und das war ein komischer Gedanke, dass du einfach die Stümpfe mit Draht aufstellen und dann eine Nachricht erhalten konntest, so weit wie das Zeug reichte.

«Man kann noch was hören», sagte Tom. «Wenn ihr den Kopf auf die Schienen legt, könnt ihr den Zug kommen hören.»

«Jetzt komm schon», sagte Bo verächtlich.

«Das ist wahr», erwiderte Tom. «So wahr ich hier stehe. Versuch's doch.»

Bo sah Tom an, schaute erst auf die Schienen, dann, unübersehbar deutlich, in beide Richtungen der Strecke, warf sich nieder, schluckte einmal und hielt sein Ohr an die Schiene. «Man hört nichts», sagte er.

«Dann kommt auch kein Zug», sagte Tom. Er drehte sich zu den anderen Jungs. «Los, versucht es auch.»

Ein bisschen blass um die Nase taten sie es auch, und dann war ich dran, aber um nichts in der Welt hätte ich mich da hingelegt, den Kopf auf einer Eisenbahnschiene, und es machte mir nichts aus, dass sie mich für ein Küken hielten, denn ich hatte vor, ein Küken mit Kopf zu bleiben.

Wir starrten noch eine Weile auf die Schienen und lauschten dem Telegraphen, bis Tom meinte, wir müssten zurückreiten. Wir stiegen auf und wollten gerade umkehren, als Tom die Hand hob.

«Hört ihr das?»

Wir spitzten alle die Ohren, aber um ehrlich zu sein, wussten wir nicht, was wir hören sollten, aber dann schnappte ich ein merkwürdiges Schuh-schuh-schuhuh auf, es klang ein bisschen wie eine Schlange, dann ein Tuckern, und dann kam sie – eine richtige Eisenbahn! Jawohl, eine richtige Eisenbahn kam vorbei, stieß Rauchwolken aus, wurde größer und größer, als sie auf uns zukam – und wie unsere Ponys buckelten! So was hatten sie noch nie gesehen, und wir ebenso wenig, aber die Jungs ließ das trotzdem ganz kalt.

«Beim Jupiter», sagte Bo. «Ich dachte, die Dinger machen zwanzig Meilen pro Stunde. Die Schlafhaube schaff ich jederzeit.»

Der Zug erreichte uns, rauchend und zischend und schwankend und ruckend, als würde er gleich aus den Schienen hüpfen, und schrecklich stinkend. Funken flogen aus dem Schornstein. Die Lokführer lehnten sich aus ihrer Führerkabine und winkten uns zu, und die Jungs schossen los, schwenkten ihre Hüte, johlten und jagten neben dem Zug die Schienen entlang.

Zuerst waren sie schneller. Das war vielleicht ein Anblick, wie die Texaner, frei wie die Vögel, am Zug entlangritten, weil er kein bisschen schnell fuhr, aber er fuhr weiter, wisst ihr, und ich schätze, er behielt das Tempo bei, den ganzen Weg bis nach Kansas City. Die Ponys konnten auf Dauer nicht mithalten, und ich glaube, ein echt gutes Pferd, das mit Getreide gefüttert wurde, hätte es auch nicht geschafft. Nach vielleicht einer Viertelmeile waren die Ponys der Jungs ausgepumpt, und sie mussten sie zügeln, während der Zug weitertuckerte, und die Lokführer kehrten die Daumen nach unten. Und sie mussten irgendeine Art Pfeife gehabt haben, denn der Zug gab einen lauten Pfiff von sich, als ob er sagen wollte: «Macht es mal gut, ihr Daumenlutscher!»

Und das war das Ende unseres Ausflugs zur Bahnlinie. Wir ritten die Ponys ganz langsam im Schritt zurück, damit sie ihre Puste wiederkriegten, weil Dutton uns die Hölle heiß gemacht hätte, wenn er gewusst hätte, dass wir mit ihnen ein Rennen geritten waren. Und dieser gemütliche Ritt zurück war wirklich nett. Die Sterne spitzelten hervor, einer nach dem anderen, wie schüchterne Kinder in einer Hütte, wenn ein Fremder zu Besuch kommt, wir alle waren echte Kameraden, und was scherte es uns, dass Tom ein Nigger war. Und viele Meilen weiter hörten wir das traurige Pfeifen des Zuges, das ich richtig zu lieben begann, denn da draußen in der Prärie, wo das nächste menschliche Wesen manchmal vierzig Meilen weit weg war, konnte man ihn manchmal hören – und wenn die Lokführer da draußen ein Licht sahen, dann ließen sie einen Pfiff ertönen –, und danach schlief man besser, und ich schätze, Millionen Amerikanern ging es genauso.

Dann war da noch was, was mich irgendwie bewegte. Wir kamen über einen von den sanften Hügeln, die Prärie war finster und traurig, und der verflixte Wind hatte sich endlich gelegt, so dass es ganz still war. Man hätte ein Blatt fallen hören können – wenn Bäume dagewesen wären –, und weit ab von den Wegen schimmerte ein Licht, ein gelber Punkt, der hätte zu einer Hütte gehören können, und er erinnerte mich an zu Hause, so dass mir ein bisschen weinerlich zumute war, und ich schätze, Millionen Amerikaner fühlten genauso, egal, wo sie sich rumtrieben.

Dann hatten wir den Hügel hinter uns, und unter uns glühte unser Lagerfeuer, und da waren die Herde und der Boss und der Küchenwagen.

Und, Menschenskinder, was für ein Essen wir an diesem Abend bekamen! Dutton verwöhnte uns. Wir kriegten Steak und frische Hühnereier und Gemüse und jeder eine Dose Pfirsiche, so was Gutes hatte ich in meinem ganzen Leben noch nicht gegessen. Gott im Himmel, als mir dieser Saft die Kehle runterrann, dachte ich mir, mein ganzes Leben lang könnte ich mich von nichts anderem ernähren. Das Essen baute uns auf, das könnt ihr mir glauben, und wir waren bester Laune, als Dutton uns zum Schweigen brachte, weil er was zu sagen hatte.

Er lehnte am Küchenwagen und hielt einen Kaffeebecher in der Hand. «Okay, Jungs», sagte er. «Ich schätze, ihr wisst, der Job ist erst gelaufen, wenn die Herde in den Viehhöfen ist. Ich will genau wie ihr, dass das so schnell wie möglich passiert, und ich war in Abilene, um die Preise zu checken, aber ich werd noch nicht verkaufen.»

Wir alle murrten, und Dutton wurde wieder barsch. «Ich hab gesagt, ich verkauf noch nicht, und ich werd erst verkaufen, wenn ich den richtigen Preis kriege. Ich trag die Verantwortung gegenüber den Besitzern dieser Ochsen, also hört auf zu murren. Egal wie, ihr werdet einen leichten Job haben und kriegt außerdem Geld dafür.»

Na ja, das war nicht so schlecht, und Dutton war noch nicht fertig. «Ich bin kein harter Mann», fuhr er fort, und das war wirklich neu für uns. «Und ich weiß, dass ihr scharf drauf seid, in die Stadt zu kommen, deshalb hab ich nichts dagegen, wenn ihr abwechselnd geht, und ich biete euch eine Vorauszahlung. Wie hört sich das an?»

Da brauchte er nicht zu fragen, weil das ganz in Ordnung war, hundert Prozent in Ordnung und prima, obwohl Gus fragte, warum überhaupt jemand die Nacht im Lager verbringen müsste. Er meinte, die Herde würde nirgendwo hingehen, und wenn wir die Ochsen allein ließen, würden sie sich bloß hinlegen. «Dann können wir alle zusammen in die Stadt», schlug er vor. «Genauso, wie wir hier angekommen sind.»

Aber das machte Dutton nicht mit. «Es kommen neue Herden an», sagte er. «Und ich will nicht, dass die Ochsen durcheinander geraten. Außerdem sind in Abilene Nachtwachen für Herden vorgeschrieben.»

Charlie kicherte, und Dutton warf ihm einen wütenden Blick zu. «Also gut», sagte er. «Die Vorschrift ist dazu da, damit die Herden nicht über Äcker trampeln, und auf dieser Seite des Smoky Hill River gibt es kaum Farmen, aber das ist das Gesetz, und ich halt mich dran. Jetzt macht unter euch aus, wer geht und wer nicht, nur für heute Nacht bleibt mit den Wachen alles beim Alten.»

Wir Jungs quasselten eine Weile und beschlossen dann, uns in Dreiergruppen abzuwechseln, und wir zogen Hölzchen – na ja, ich nicht, weil sie selbstverständlich annahmen, dass ich mit Bo ging –, und zum Schluss gewannen Bo und Jack Shears. Am nächsten Morgen hatten wir also Urlaub, und das schmeckte uns prächtig! Schmeckte uns besser als einem Hund der Knochen, wirklich wahr.

Bei Tagesanbruch waren wir auf und mächtig scharf drauf loszukommen, aber Dutton hatte uns noch was zu sagen, während er jedem zehn Bucks gab.

«Lasst euch bloß nicht einfallen, in dieser Stadt johlend wie die Rothäute rumzustürmen. Sie haben Gesetze, und sie haben Gesetzeshüter, einen Kerl namens Hickok, Wild Bill nennen sie ihn, der ist Marshal der Stadt, und er hat sechs Hilfssheriffs. Denkt nicht, das wären zarte Rosenknospen. Und es ist verboten, Handwaffen zu tragen, also parkt eure Schießeisen beim Marshal.»

«Keinen Revolver tragen!» Bo blies die Backen auf. «Das ist kein Sonntagsausflug. Hab gehört, dass es ein paar knallharte Typen in dieser Stadt gibt.»

«Weshalb ich euch sage, dass ihr eure Schießeisen abgeben sollt», erwiderte Dutton. «Wenn ihr Ärger kriegt, geht zu den Hilfssheriffs. Und haltet euch von krummen Kartenspielen fern, von schlechtem Whiskey und schlimmen Frauen. Aber ich schätze, ich könnte genauso gut auch den Mond anheulen.»

Da hatte er wirklich Recht, weil es genau das war, wonach sich die Jungs sehnten und was sie sich auch holen würden, aber ich glaube, Dutton musste es loswerden. Er zuckte mit den Schultern und sagte, das wäre alles dann, und wir machten uns fertig, um aufzusitzen, als Gus sagte: «Was zum Teufel ist das hier?» Angefahren kam eine Art eckiger Wagen mit einem Pferd davor, den ein Kerl mit einem Zylinderhut lenkte, ein Bildermann, der uns fotografieren wollte. Klar wollten wir ein Bild von uns allen, aber mit neuen Klamotten und erst, wenn wir frisch und sauber waren, aber Dutton meinte, dass wir vielleicht nicht noch einmal die Gelegenheit bekämen, wo wir alle zusammen wären, also ließen wir ihn machen. Der Kerl sagte, es wäre in ein paar Tagen fertig. Dann saßen wir auf, und Jack sagte: «Also, Jungs, ziehen wir los und sehen uns den Elefanten an.» Das war damals ein gängiger Ausspruch, wenn man sich was Neues oder Besonderes ansehen wollte, und er rührte von einem riesigen Elefanten her, der drüben im Osten gezeigt wurde.

«Na klar.» Bo grinste und zwinkerte mir zu. «Komm schon, Kleiner, das machen wir. Gehen wir uns den Elefanten ansehen.»

Ich war unheimlich aufgeregt. Wir ritten durch ein paar Herden und spritzten durch den Smoky Hill River, wo Dutton sich von uns trennte und uns erklärte, wenn wir ihn bräuchten, könnten wir ihn beim Drovers Cottage finden, einem protzigen Hotel in der Nähe des Viehhofs, wo die Händler rumhingen. Uns ließ er dahin verschwinden, wo richtig was los war.

Und für uns Curtis-Jungs war das vielleicht eine Stadt! Wir kamen von Osten herein, direkt auf die Texas Street, und so was hatte ich in meinem ganzen Leben noch nicht gesehen. Diese ganzen Saloons und Läden und Büros – und die Straße war voll gestopft mit Fuhrwerken. Da konnte man natürlich gucken und staunen, aber sie schoben mich in einen Friseursalon, wo wir ein heißes Bad und einen Haarschnitt verpasst bekamen. Dann, nachdem wir ungefähr zwanzig Pfund leichter waren, ein ziemlich komisches Gefühl, gingen wir in den Great Western Store, wo wir neue Cowboyklamotten auf Kredit kriegten, den Dutton für uns ausgehandelt hatte, und danach verließen wir den Laden, um die Stadt unsicher zu machen.

Zuallererst gingen wir ins Alamo, das war so ziemlich der berühmteste von allen Saloons, mit einer Bar, die eine Meile lang war, ganz aus glänzendem Holz, mit Spiegeln so groß wie Türen und Bildern von Ladys, die keine Kleider anhatten! Sie sahen auch ziemlich komisch aus, aber Bo sagte mir, ich sollte nicht hingucken, obwohl er 'ne Menge Zeit damit verbrachte, sie anzustarren, wenn er sich nicht gerade selbst in einem von diesen Spiegeln bewunderte. Dann ließen wir uns in richtig bequemen Sesseln nieder, solchen, in denen Millionäre vermutlich den ganzen Tag lang sitzen können, streckten die Beine aus und qualmten dicke Zigarren, und ich schätze, niemand, ganz egal, wie reich er war, fühlte sich besser als wir – na ja, besser als Bo und Jack, weil mir richtig übel wurde, nachdem ich ein paar Mal an meiner Zigarre gezogen hatte, also schmiss ich sie weg.

Das war schon was, sich zurückzulehnen und all die Leute zu beobachten, Leute, wie ich sie noch nie gesehen hatte, Viehtreiber und Händler und Reisende und Reiter, alle total schick rausgeputzt, und alle tranken und brüllten und spielten Karten.

Ich hätte den ganzen Tag da sitzen bleiben können, aber Bo meinte, wir sollten uns vielleicht umsehen und unsere Schießeisen abliefern, obwohl sich niemand beschwert hatte.

Wir gingen raus, und Jack sagte, er wollte eine Weile allein herumziehen und sich vielleicht später wieder mit uns treffen. Ich fragte Bo, wo er hingegangen wäre, aber Bo sagte, ich sollte mich um meine eigenen Sachen kümmern, was ich dann auch tat, und außerdem gab es sowieso so viel zu sehen, dass man sich nicht auch noch mit Jack befassen konnte.

Ich war wie benebelt, wisst ihr! Diese vielen Sachen, und dann der Krach! Wochen und Wochen hatten wir nichts anderes gehört als natürliche Geräusche, wie man so sagt, muhende Ochsen, Vögel, den Wind. Und hier gab es diesen unglaublichen Krawall. Menschenskinder, war das ein Lärm, die Bands in den Saloons, klimpernde Pianos, das Doing-doing der Banjos und die fluchenden Kutscher – und dann das Getöse von plaudernden und rufenden Kerlen, massenweise schlenderten die Leute die Straße auf und ab, texanische Reiter zu Hunderten, echte Jungs aus dem Süden, groß, breit und elegant, und auch Rumtreiber und Nigger und Schlägertypen, die in den Saloons rumhingen und riefen: «Kommt nur rein, Jungs, kommt gleich rein, hier gibt's Mädels und Whiskey und ein anständiges Spielchen. Kommt nur, Pharao, Bingo, Poker.»

Aber da spielten wir nicht, Bo meinte, er würde später ein Spielchen machen, also gaben wir unsere Handwaffen beim Büro des Marshals ab und händigten sie einem Hilfssheriff aus, der, wie Dutton gesagt hatte, kein bisschen wie eine zarte Rosenknospe aussah. Bo fragte ihn, wo dieser Wild Bill Hickok sein könnte, er war neugierig, wie der wohl aussah, wisst ihr, aber der Kerl brummte nur und sagte, er käme erst später vorbei. Also gingen wir und gönnten uns ein Essen mit allen Schikanen und gingen ins Novelty-Theater. Das war vielleicht ein Ding, eine Nummer mit einem Jongleur, einer Sängerin und dem komischsten Typen, den ihr je gesehen habt, und ich lachte, bis mir die Tränen übers Gesicht liefen.

Es wurde wirklich ein ganz besonderer Tag, einer, den ich sicher nie vergessen werde, und ich schrieb ihn mir sozusagen ins Gedächtnis, den 13. Juni 1871, damit er da für immer bleiben würde.

Und dieser Tag hatte für uns gerade erst angefangen, denn wir gingen in den Saloon mit dem Namen «Bull's Head», und Bo holte sich einen Drink, und wir mischten uns unter die Bingospieler. Das war eins der besten Spiele, die ich je gespielt habe, ungefähr fünfzig Reiter mit ihren Karten lauschen den Nummern, die angesagt werden, und du hoffst, dass du eine Reihe vollkriegst, dann rufst du «Bingo» und bekommst ein Bündel Dollars. Ich hätte auch fast eine Reihe vollgekriegt, aber dann sagte Bo, er wollte gern was mit mehr Action spielen, und er holte sich noch einen Drink, redete ein bisschen mit dem Barkeeper, nickte, winkte mir dann zu, ich sollte ihm nach draußen in die Hitze und den Krawall folgen, und entfernte sich von der Texas Street Richtung South Side.

Klingt ganz unschuldig, South Side, oder? Als ob das einfach nur ein anderer Bezirk ist, hört sich vernünftig an, dass jede Stadt einen Norden und einen Süden hat, aber diese South Side war von der Texas Street aus hinter der Eisenbahnlinie, und es war die falsche Seite, von den Schienen aus gesehen. Die Sache war die, dass in diesen Westernstädten die eine Seite sozusagen anständig war und die andere nicht, und die South Side war es nicht, so viel ist sicher. Klar, da unten waren Gesetze in Kraft, die Hilfssheriffs trieben sich rum, aber solange nirgendwo geschossen wurde, na ja, da waren sie bereit, ein Auge zuzudrücken bei dem, was vor sich ging. Obwohl ich an jenem Tag wirklich keine Ahnung hatte, *was* vor sich ging.

Aber als wir die Schienen hinter uns hatten, wusste ich, dass mir die Gegend nicht übermäßig gefiel. Sie war schäbig, es gab keine Läden oder eleganten Saloons, bloß eine Barackensiedlung mit lauter schummrigen Spelunken, die nur so taten, als ob sie Saloons wären. Mit ein bisschen greller Farbe beschmiert, sahen sie richtig billig aus und irgendwie beleidigend, als gäben die Kerle, denen sie gehörten, überhaupt nichts darauf, was man davon hielt, weil sie wussten, dass sie einen am Ende doch drankriegen würden. Und die Aufreißer vor den Spelunken mochte ich auch nicht. Sie waren knallharte Männer, wie erwartet, aber auf die falsche Weise knallhart, schmierig und unrasiert, und wenn du reingingst, riefen sie hinter dir her, verspotteten dich, wo sie nur konnten. Die Gegend sah wirklich nicht einladend aus, und das sagte ich Bo, aber er grinste nur.

«Kleiner», sagte er, «mir wär nach einem Tänzchen! Das würde dir doch gefallen, oder?»

Na ja, es machte mir nichts aus, drunten in Clement war ich

bei ein paar Tanzfesten von Farmern gewesen, also sagte ich okay, und Bo dirigierte mich in eine Art Scheune, und in der wurde auch tatsächlich getanzt, aber mit einem Bauerntanz hatte das wirklich nichts zu tun.

Es gab eine Band – na ja, sie bestand aus einem Fiedler und einem Kerl, der Banjo spielte –, und man zahlte einen Vierteldollar, ging rein, schnappte sich ein Mädchen und hopste herum, mit dem Hut auf dem Kopf und den Sporen an den Stiefeln, und wie da gehopst wurde! Die Jungs hopsten umher, sprangen und rempelten aneinander, die meisten waren betrunken, und man hatte den Eindruck, dass von ihrem Gehopse der Fußboden durchbrechen würde. Bo bedrängte mich zu tanzen, aber ich lehnte ab. Also wirklich, sie hätten mich totgetrampelt, und nebenbei, Mädchen war nicht die richtige Bezeichnung für diese Tanzpartnerinnen. Sie waren älter als die Witwe Hatton, die meisten jedenfalls, und alle mit weißem Puder übertüncht, der so stank, dass einem schlecht wurde, und überall abbröckelte, weshalb man sich wie in einem Schneesturm vorkam.

Meine Vorstellung von Spaß war das nicht. Genau genommen schien es einfach verrückt, hier mitzumachen, wo wir hätten im Alamo sitzen oder Bingo spielen können, aber Bo blieb dabei, tanzte und trank, bis er endlich zu mir rüberkam, knallrot im Gesicht und lachend.

«Da hab ich mir ein paar Gelüste rausgehüpft», sagte er. «Ein paar, haha!» Er lachte, keine Ahnung, warum. «Aber jetzt, Kleiner, werd ich mich mal ein bisschen ans Ausnehmen machen.»

«An was?», fragte ich, irgendwie klang das Ganze schrecklich.

Bo grinste. «Erinnerst du dich an den alten Tyler, als er sagte, wir sollten in den Norden gehen und den Norden ausnehmen, so, wie sie das mit uns gemacht haben? Also, genau das werd ich jetzt tun, weil ich das Gefühl habe, dass heute meine Glücksnacht ist. Eine richtige Glücksnacht.»

Als er das sagte, hatte ich ein ungutes Gefühl, mir war ganz elend. «Bo», sagte ich, «was genau hast du vor?»

«Kleiner», sagte Bo, «ich werd mich an einen Pokertisch setzen.»

Ich hatte mir gedacht, dass er das vorhatte, und danach wurde mir nur noch schlechter. «Bo!» Ich musste schreien, weil es da drinnen so laut war. «Bo, ich glaub nicht, dass Tyler das so gemeint hat.»

«Nein?» Bo hatte ein großes Glas Whiskey in der Hand, und das schüttete er einfach runter. «Schert mich den Teufel, was der alte Habicht gemeint hat. Ich hab mich grade mit 'nem Kerl an der Bar unterhalten, und der sagt, nebenan gibt's ein richtig gutes, anständiges Spiel, und da gehen wir jetzt hin.»

Er gab einen Juchzer von sich und rollte mit den Augen, weshalb mir nichts anderes übrig blieb, als ihm zu Coogan's zu folgen, einer Art Trinkerhöhle nebenan, und schon beim Eintreten wurde mir speiübel, und das Herz rutschte mir direkt in die Stiefel. Den Geruch von der Kneipe mochte ich kein bisschen, und ich meine nicht nur den Gestank von saurem Bier und schlechtem Whiskey. Sie war schlecht beleuchtet, bloß ein paar Sturmlampen flackerten vor sich hin, und es hingen zwar auch ein paar Reiter rum, aber die waren sturzbetrunken, und die anderen Kerle erinnerten eher an diese Rumtreiber, die wir unterwegs getroffen hatten. Eine Frau, die so alt aussah, dass sie unsere Oma hätte sein können, und im Gesicht mehr Farbe hatte als ein Komantsche auf dem Kriegspfad, kam zu uns, lächelte, so dass man ihre faulen Zähne sah, und sagte «Wie geht's» und was Bo doch für ein hübscher Junge wäre und ob ich auf einen Ritt vorbeigekommen wäre oder was. Wirklich, obwohl ich noch nicht in vielen Saloons gewesen war, von denen damals in Lookout und diesen schicken Dingern auf der Texas Street abgesehen, machte dieser den Eindruck, als ob in Wahrheit wir diejenigen waren, die hier ausgenommen werden sollten.

Ich zupfte Bo am Ärmel, weil es mir komplett verrückt vorkam, in so einem Schuppen zu bleiben, wenn man genauso gut woanders sein konnte, aber ein Macker in einem Gehrock und mit einer schmutzigen, grünen Krawatte, an der eine dicke Krawattennadel steckte, gesellte sich auch zu uns, begrüßte Bo überschwänglich und fing an, ihm Schnaps auszugeben. Bo wurde immer betrunkener, und die Alte legte ihm den Arm um den Hals, was mich schlicht entsetzte. Und dann – und in meinem ganzen Leben hab ich mich nie so gefreut, jemanden zu sehen –

ging eine Hintertür auf, und Jack Shears trat ein und knöpfte sich unterwegs die Weste zu.

Also, Jack gehörte nicht zu den Leuten, die ihre Gefühle zeigten, aber er riss seine Augen auf, als er uns da drinnen sah – jedenfalls als er mich sah –, und kam zu uns rüber, und der Kerl und die Frau zogen sich zurück.

Bo schob Jack einen Drink zu, den er annahm, sie redeten eine Weile über die Stadt, Bo erzählte, wie toll wir uns amüsiert hätten, und dann erklärte er, jetzt würde er Poker spielen.

«Was, Poker?» Jack nickte in seiner abgebrühten Art. «Wo denn?»

«Gleich hier», sagte Bo. «Die machen da ein Spielchen.»

Jack sah in eine Ecke, wo gespielt wurde. «Warum hier?», fragte er leise.

Bo grinste und sah dabei auch richtig dämlich aus, gar nicht so wie sonst. «Wegen dem häuslichen Komfort gleich nebendran», sagte er und fing an zu lachen. «Schätze, den hast du schon ausprobiert!»

Ich dachte, vielleicht könnte man hinter der Tür was essen gehen, und fand, dass noch ein bisschen Futter eigentlich nicht schaden konnte, aber gerad als ich sagten wollte, dass ich lieber woanders essen gehen würde, fing Jack wieder zu reden an. «Hast du schon oft gepokert?»

«Klar hab ich», sagte Bo und trank noch mehr Whiskey. «Als ich für die Harvey-Sippe geritten bin, haben wir abends immer gespielt, und ich war mächtig gut.»

«Sicher.» Jack nahm auch noch einen Drink. «Das ist ein Ding.»

«Klar ist das ein Ding.» Bo lachte schon wieder so blöde.

Ein ziemlich Betrunkener rempelte Jack an, und der warf dem Kerl einen von diesen Blicken zu, die er drauf hatte, und obwohl der Kerl so betrunken war, ging ihm auf, was gemeint war, und verdrückte sich.

Dann wandte sich Jack wieder Bo zu. «Meine Sache ist es nicht», sagte er. «Und wenn du deine Moneten loswerden willst, bitte sehr. Aber hier wird anders gespielt als in einer Schlafbaracke.»

«Teufel auch!» Bo wurde langsam wütend. «Willst du damit sagen, ich kann nicht auf mich aufpassen?»

Jack sah sich in dem hässlichen Schankraum um, dann zuckte er mit den Schultern. «In Ordnung», sagte er. «Das ist deine Sache.» Und er verschwand irgendwie in einer Ecke.

«Das ist es allerdings!» Bo brüllte fast.

Also, wie schon gesagt, ich kannte mich mit Saloons nicht besonders aus, und über Spiele wusste ich noch weniger, aber ich war schlau genug, um auf Jack zu hören, wenn er was zu sagen hatte, also packte ich Bo am Arm und sagte: «Hör auf Jack, bitte, Bo!»

Ich schätze, das war ein Fehler. Bo war betrunken, aber kein Idiot, und wenn er auch vielleicht von Jack noch umgestimmt worden wäre, ließ er sich doch von mir nichts sagen. Er schüttelte mich ab, meinte, dass er von einem Kalb, das gerade erst nuckeln gelernt hätte, keine Ratschläge bräuchte, und suchte sich einen Platz am Pokertisch. Und über eine solche Gesellschaft schreibt man seiner Ma besser nichts nach Hause.

Es gab ein paar Reiter, die auf ihr Blatt schielten, als ob sie zehn Karten in den Händen hielten, einen echten Spieler, toll rausgeputzt, aber unten drunter schmuddelig, einen Macker, der alles Mögliche sein konnte, aber einen knallharten Eindruck machte, und neben Bo, rechts von ihm, saß ein Typ mit einem verkniffenen Gesichtsausdruck, der einen Staubmantel anhatte und die Nase oben trug und genauso betrunken aussah wie die Reiter.

«Teilt mir aus», rief Bo. «Und trinkt auf einen Texaner, der ein Ass von einer Zwei unterscheiden kann und gelernt hat, dem einäugigen Buben zuzuzwinkern, als er noch in der Wiege lag.» Und noch anderen Blödsinn sagte er.

Die anderen Typen lachten, nahmen die Drinks an, klopften ihm auf die Schulter, meinten, was für ein feiner Kerl er doch wäre, und der Spieler gab Bo einen aus und erklärte, er würde wie ein mächtig scharfer Spieler aussehen, vor dem sie sich alle in Acht nehmen sollten, und dann machten sie sich dran, Bo bis aufs Hemd auszuziehen.

Klar, zu dem Zeitpunkt wusste ich das noch nicht, dafür weiß ich es jetzt umso besser. Die Reiter waren nicht die Drahtzieher, die waren ohnehin schon fast draußen aus dem Spiel, sondern die anderen drei, die nur so taten, als wären sie betrunken. Erst ließen sie ihn ein bisschen gewinnen, dann ließen sie ihn ein bisschen verlieren, dann gewinnen, dann verlieren, wieder und wieder wurde ausgeteilt, und Bo begann mehr zu verlieren als zu gewinnen, aber von Zeit zu Zeit gaben sie ihm ein gutes Blatt, um ihn grade so bei der Stange zu halten, und dann gaben sie ihm ein richtig gutes Blatt, so ein echt starkes, eines, auf das du jederzeit dein Leben setzen würdest.

Bo starrte auf das Blatt und legte es verdeckt auf den Tisch, brütete eine Weile, wobei er dem Bo, den ich kannte, kein bisschen ähnlich sah, dann zog er sein ganzes Geld heraus, bis auf den letzten Cent, und setzte es ein, und damit meine ich auch die Dollars von Tyler – und er wurde ausgenommen.

Der Typ in dem Staubmantel war es, der legte vier Asse auf den Tisch, wobei er sich Zeit ließ, zog eins nach dem anderen, und als Bo das letzte sah, lief sein Gesicht erst rot dann, dann wurde es weiß, was bei einem Mann ein schreckliches Warnsignal ist, und wie schon gesagt, Bo konnte wirklich ganz schön wütend werden, wenn man ihn reizte. Aber was ihn reizte, war nicht bloß, dass er verlor, auch nicht, dass er betrogen wurde, schätze ich, denn das passiert einem nun mal, und dann schluckt man es einfach wie Medizin runter und hat seine Lektion gelernt. Nein, es war die Art, wie die Kerle sich benahmen, denn ganz plötzlich waren sie nicht mehr betrunken und grinsten Bo hinterhältig an, als wenn es nicht genug wäre, einen armen Cowboy auszurauben, sie mussten es ihm auch noch deutlich zeigen.

Und das brachte Bo in Rage. «Also gut», sagte er, «ihr verdammten großkotzigen Betrüger», und sprang auf die Füße, aber weiter kam er nicht, weil ihn einer von den Raufbolden im Klammergriff packte und ein anderer mit einer Keule dazukam und ausholte. Da ging Jack dazwischen.

Er trug keine Waffe, soweit ich sehen konnte, und auf jeden Schlägertypen wären sicher zwei weitere gekommen, aber sie wichen trotzdem zurück.

«Das ist nicht nötig», sagte Jack. «Er wird sich beruhigen.»

Der Raufbold mit dem Knüppel zögerte und bedachte Jack mit einem ordentlich langen Blick, dann nickte er mit dem Kopf in Richtung Tür. «Schaff ihn hier raus – und sieh zu, dass er nicht wiederkommt.»

«So war es gedacht», meinte Jack und schnappte sich Bo und schob ihn zur Tür. Das, schätze ich, wäre es gewesen, aber die Kerle um den Tisch fingen an, Dixie zu pfeifen, ziemlich höhnisch, und als wir bei der Tür angekommen waren, lachten sie wie diese Hyänen in Afrika, denen sie sicher ähnlich waren.

Als Jack das hörte, erstarrte er ein bisschen, aber dann ging er weiter und schob uns zurück auf die Texas Street und in den Bull's Head, wo er uns Plätze besorgte, was um die Uhrzeit nicht so einfach war, und befahl uns, bloß sitzen zu bleiben, während er uns was zu trinken holte.

Bo sah wirklich ziemlich böse und sauer aus, aber ich war genauso wütend. Unser ganzes Geld weg! Alles in Rauch aufgegangen, einfach so!

Das sagte ich Bo auch, sagte ihm, wie sauer und fuchsteufelswild *ich* wäre, und da ging er richtig auf mich los.

«Halt deine gottverdammte Klappe», sagte er. «Hast du gehört, was ich gesagt habe? Mach sie zu, oder ich mach es für dich. Gottverdammtes Geld ist alles, woran du denken kannst. Du kriegst deinen Anteil von meinem Lohn. Aber halt's Maul.»

Er lehnte sich zurück, und ich hatte ihn noch nie so böse gesehen. Er sah da überhaupt nicht mehr wie Bo aus, sondern wie ein völlig Fremder, starrte auf die Drinks, die Jack brachte, und murmelte vor sich hin.

Jack versuchte ihn ein bisschen zu beruhigen. Er meinte, sie hätten ihn schon mal genauso ausgenommen, aber das wäre so, als ob man für eine Lektion bezahlen müsste, und nach einer Weile wäre es einem piepegal.

«Was soll's», sagte er, «die Nacht ist noch jung, und ich hab noch was übrig. Trinken wir hier noch einen, dann können wir ja im Drovers Cottage vorbeischauen. Kommt ihr mit? Ist ein piekfeiner Schuppen.» So viel hatte er auf dem ganzen Viehtrieb nicht gesagt, aber obwohl Bo andeutungsweise nickte und Zustimmung murmelte, wusste ich, dass er nicht zuhörte, und ich hörte eigentlich auch nicht richtig hin.

Schließlich gab Jack seine Versuche auf, und wir saßen eine

Weile nur da, dann meinte Bo, wir sollten zum Drovers gehen, aber er müsste erst mal nach hinten raus.

Er ging, und wir warteten und hörten einem Niggersänger zu, der den Lärm überbrüllte, bis Jack ungeduldig wurde.

«Geh ihn holen», sagte er. «So wie der aussah, ist er draußen womöglich umgekippt.»

Ich stand auf und versuchte mich durch die Menge an der Bar durchzudrängeln, da hörte ich an der Tür ein Brüllen und Rufen, als ob da ein Kampf im Gange war. Die Typen um mich herum schrien, was los wäre, und ein riesiger Kerl, ein wahrer Kleiderschrank, rief: «Ein Cowboy. Vor Coogan's umgebracht!»

Ich wusste, wer es war, wusste es, ohne nachzudenken, und ich hatte auch Recht, denn als ich da runterrannte, zusammen mit einer ganzen Meute von Reitern, die aus all den überquellenden Saloons stürzten, als gäbe es irgendwo eine Vorstellung ohne Eintritt, fand ich Bo, wie er vor dieser schmierigen, dreckigen Bar lag, mit dem Gesicht auf der schmierigen, dreckigen Straße.

Anschließend verschwammen die Dinge irgendwie. Es gab viel Lärm und Männer und Lichter, aber das Nächste, woran ich mich wirklich erinnere, war, dass ich in einem Gefängnis saß und mit einem langhaarigen, blonden Kerl redete, mit Marshal Hickok. Dann kam Dutton, und es gab noch mehr Gerede, bis Dutton mich zum Drovers Cottage zerrte. Ich erinnere mich, dass ich mich heftig wehrte und sagte, ich wollte bei Bo bleiben, aber sie ließen mich nicht, und als ich im Drovers ankam, gaben sie mir so eine Medizin, die war zum Schlafen, und ich brach einfach auf einem richtigen Bett zusammen, dem ersten, in dem ich je geschlafen habe, aber ich machte mir gar nichts draus.

Am nächsten Tag fanden wir heraus, was passiert war oder was erzählt wurde, dass es so passiert war. Bo hatte den Bull's Head verlassen und war zum Coogan's gegangen, um die Rausschmeißer zu stellen. Die Leute da sagten, der Typ in dem Staubmantel, der Dutch Kessel hieß, wäre rausgekommen, um Bo zu besänftigen, aber Bo hätte ein Schießeisen gezogen, also hätte Kessel ihn in Notwehr erschossen. Sie lieferten eine Pistole ab, von der sie sagten, Bo hätte versucht, sie zu benutzen, aber die ganze Sache war von vorne bis hinten gelogen. Bo war kein Pistolenheld, und er hatte sowieso keinen Revolver getragen, und wo hätte er ihn wohl herkriegen sollen?

Nein, wir vermuteten, dass Bo hingegangen war, gemerkt hatte, dass er es mit echten Killern zu tun bekam, und wieder ging, wofür er dann trotzdem erschossen wurde, und das war glatter Mord. Aber die einzigen Zeugen waren die Kerle in der Bar, und Kessel war aus der Stadt abgehauen, also gab es nicht viel, was man tun konnte.

Obwohl sie sich bemühten. Wie alle Viehtreiber, besaß Dutton einigen Einfluss in Abilene, und den machte er geltend, er sorgte dafür, dass es eine richtige Untersuchung gab, mit Verhören und so, obwohl ich damit nicht behaupten will, dass er sich in dieser Sache groß anstrengen musste. In einer Stadt wie Abilene, mit Gericht und richtigen Gesetzeshütern, nahm man einen Toten nicht auf die leichte Schulter, besonders wenn es ein Reiter war, weil die Stadt vom Viehhandel lebte und die Geschäftsleute, die damit zu tun hatten, nicht in Verruf kommen wollten. Und Marshal Hickok tat, was er konnte, er schickte Hilfssheriffs los, die nach Kessel suchten, und telegraphierte seinetwegen nach Kansas City, und die Sache brach dem Marshal zwar nicht das Herz, aber trotzdem benahm er sich anständig mir gegenüber, sagte, wie Leid es ihm täte, besonders weil sie seit zwölf Monaten keinen Mord in der Stadt gehabt hätten.

Jedenfalls, die gerichtliche Untersuchung fand statt, aber das Urteil blieb offen, das heißt, die Jury konnte sich nicht entscheiden. Und obwohl es in der Stadt brodelte und alle Reiter über den Mord wütend waren, besonders weil dieser Kessel, wie viele Schützen, aus einer großen Stadt kam, New York, wie ich hörte, so verrauchte der Zorn doch wie so oft, wenn es nicht um die eigene Familie geht.

Dann beerdigten wir Bo, und das war ein schrecklich trauriger Tag für mich, obwohl es eine wirklich schicke Beerdigung war, mit einem richtigen Leichenwagen und Pferden mit schwarzen Federn dran. Es gab einen echten Prediger, der Bürgermeister war da, Marshal Hickok, Geschäftsleute mit ihren Frauen und fast alle Reiter in der Stadt, und alle waren ganz still und respektvoll. Die Viehtreiber und Händler zahlten alles, auch eine Gedenktafel, trotzdem blieb ein bitterer Nachgeschmack, wie da für den toten Bo mehr Geld ausgegeben wurde, als er in all den Jahren harter Arbeit verdient hatte.

Um mich machten sie ein bisschen Getue, und sie redeten herum, dass sie einen Fonds für mich einrichten wollten, aber auch daraus wurde nichts. Wobei mir das egal war, weil ich immer nur daran denken konnte, dass Bo tot war und es noch einen Curtis weniger gab und dass ich ihn auf dieser Seite des Jordan nie wieder sehen würde und wie gut er zu mir gewesen war, als wir ganz allein waren, und wie er mir damals in Lookout zum Beispiel gesagt hatte, dass wir Brüder wären und uns um uns kümmern würden unser ganzes Leben lang. Und jetzt war er weggeputzt von einem Kerl, der schlimmer war als eine Klapperschlange.

Und genau da, als sie den Sarg runtergelassen hatten und Dreck draufschaufelten, als alle Reiter sangen «Rock of Ages, cleft for me, let me hide myself in Thee», als mir richtig klar wurde, dass ich Bo niemals mehr wiedersehen würde, da leistete ich einen Schwur! Ich schwor, dass ich Kessel schnappen und das mit ihm tun würde, was er mit Bo getan hatte. Jawohl, Bo war losgezogen, um sich den Elefanten anzusehen, so viel war sicher, und ich würde dafür sorgen, dass Kessel ihn auch zu sehen bekam.

Zwölf

Nach der Beerdigung kehrte ich zur Herde zurück und blieb da, weil ich den Anblick von Abilene nicht mehr ertragen konnte. Die Jungs waren richtig nett, versuchten mich zu trösten, blickten ganz traurig und feierlich drein und sagten, dass sie Kessel baumeln lassen würden, wenn sie ihn in die Finger bekämen. Aber nach ein oder zwei Tagen sahen sie nicht mehr so traurig und feierlich aus. Übelnehmen konnte ich es ihnen nicht, Bo war nicht ihr Bruder, aber es tat weh, wie sie sich gegenseitig veräppelten, als ob nichts geschehen wäre. Und obwohl sie sich Mühe gaben, traurig auszusehen, wenn ich dabei war, merkte ich, dass ihnen das schwer fiel, also fing ich an, Doppelwachen zu reiten, Tag und Nacht, ich ritt um die Ochsen herum, die niemandem was getan hatten, und das tröstete. Aber wenn ich dann daran dachte, dass sie bloß darauf warteten, geschlachtet zu werden, fing ich an zu weinen, weil ich an Bo denken musste. Und, stellt euch vor, die Photographie war nichts geworden, so dass ich noch nicht mal ein Bild hatte, um mich an ihn zu erinnern.

Dann, ein paar Wochen später, erklärte Dutton, er hätte die Herde verkauft und wir würden sie am nächsten Tag zum Viehhof treiben, und das taten wir, wir trieben sie in diese riesigen Korrals, stellten die korrekte Stückzahl fest, wogen sie auf einer gigantischen Waage, schoben sie in die Viehwaggons, und damit war der Viehtrieb wirklich beendet.

Wir kehrten zum Küchenwagen zurück, um unseren Lohn abzuholen. Die Dunkelheit brach herein, und Charlie zündete die Sturmlampe an, und wir standen um ihren Lichtschein herum, während Dutton sein Lohnbuch zog.

«Gut, Jungs», sagte er. «Zahltag!»

Die Jungs johlten, und Dutton fuhr fort. «Ich hatte gehofft, euch ’ne Prämie spendieren zu können, obwohl wir da diese Ochsen verloren haben, aber der Preis war nicht so gut, wie ich mir erhofft habe, also wird es keine geben.»

Da hörten sie allerdings auf zu johlen. Die Jungs sahen genauso trübsinnig aus wie ich, was Dutton verwunderte.

«*Mein* Geld ist es nicht», sagte er. «Ich bin bloß der Viehtreiber, mehr nicht. Wenn wir wieder in Texas sind, werd ich versuchen, den Eigentümern noch ein paar Kröten abzuschwatzen. Aber ihr kriegt euren Lohn, also hört auf, solche Gesichter zu ziehen, als ob ihr lauter kleine Babys wärt. Okay, ich ruf eure Namen auf, und ihr kommt her und unterschreibt oder macht euer Zeichen.»

Einen nach dem anderen ließ er vortreten, und sie bekamen ihren Lohn in bar, und dann, als Letzten von allen, rief er mich auf.

«Kleiner», sagte er, «du weißt, wie sehr uns allen das mit Bo Leid tut, aber … nun ….» Er hustete. «Wie auch immer, als ich dich anstellte, hab ich gesagt, wenn du wie ein Mann arbeitest, wirst du auch wie einer bezahlt, und das hast du getan. Hier ist es also, das Geld. Fünfzig Tage, ein Dollar pro Tag, weniger …» Er schielte in sein Buch. «Weniger zehn Piepen Vorschuss, in Ordnung?»

Ich sagte in Ordnung und unterschrieb, und in dem Buch, da gab es ein paar Kreuze, mir fiel aber auch auf, dass Tom seinen Namen in richtig hübscher Schrift geschrieben hatte, und Dutton gab mir vierzig Dollar.

«Fertig.» Dutton schlug das Buch zu. «Ich schätze, das war’s dann, Jungs. Jetzt könnt ihr gehen und euch aus vollem Herzen besäuseln.»

Da erhob sich eine leise, gereizte Stimme aus der Dunkelheit. «Haben Sie nichts vergessen?», sagte Jack Shears.

Dutton runzelte die Stirn. «Was denn vergessen?»

«Den Bruder vom Kleinen. Er hat den Viehtrieb mit uns mitgemacht.»

«Das weiß ich», sagte Dutton.

«Und wo ist dann sein Lohn?»

Dutton schob den Kopf vor. «Worauf willst du hinaus? Einen toten Mann kann ich doch nicht bezahlen, oder? Nur du bist noch übrig, Kleiner.»

«Nein, können Sie nicht», sagte Jack. «Aber Sie können ihn dem Kleinen geben. Schließlich ist er vor dem Gesetz der nächste Anverwandte, oder?»

«Also, jetzt halt mal die Luft an», sagte Dutton, aber Jack redete weiter. «Das Geld wurde rechtmäßig verdient, also geben Sie es raus – und ich lass nicht mit mir spaßen.»

«Willst du mich einschüchtern?», grollte Dutton. «Falls ja, dann hast du dir den Falschen ausgesucht.» Und das stimmte, es war nicht Duttons Art, vor jemandem zurückzuweichen.

«Ich hab nicht vor, irgendjemanden einzuschüchtern, was zur Hölle auch damit gemeint sein soll», sagte Jack. «Aber ich hab vor, dafür zu sorgen, dass der Kleine nicht übers Ohr gehauen wird.»

Er trat vor, und er hatte seinen Pistolengurt umhängen, mit dem er noch beeindruckender aussah als sonst.

Duttons Gesicht verfinsterte sich. «Hast du was vor?»

«Nein, hab ich nicht», sagte Jack. «Obwohl ... Falls Charlie irgendwie im Sinn hat, nach der Schrotflinte zu greifen, dann soll er das besser vergessen.»

Ich weiß nicht, ob Charlie das im Sinn hatte, aber ich an seiner Stelle hätte es tatsächlich vergessen, so wie Jack sich anhörte. Wie auch immer, und ich war genauso überrascht wie Dutton, Charlie sagte: «Zahl den Kleinen aus.»

Dutton blickte sich um. «Was zum Teufel haben wir hier? Einen gottverdammten Debattierclub?»

«Kein bisschen», sagte Charlie. «Aber in Texas wird sich das nicht gut anhören, wenn du den Kleinen nicht ausbezahlst.»

Vielleicht wäre Dutton vor Jack nicht zurückgewichen, weil er, wie gesagt, wirklich ein zäher Kerl war, und er hätte Tom bestimmt auf seiner Seite gehabt, aber ich schätze, bei dem Gedanken, dass die Leute zu Hause redeten, änderte er seine Meinung. Jedenfalls, er zahlte, und ich bekam Bos vierzig Piepen auch noch, so dass ich achtzig Dollar in meiner Tasche hatte.

In dieser Nacht gingen die Jungs in die Stadt, und obwohl sie mich mitnehmen wollten, ging ich nicht mit, sondern blieb bei Charlie am Feuer. Klar bedankte ich mich bei Charlie, weil er für mich eingetreten war, aber er meinte nur, ich sollte den Mund halten, damit er in Ruhe und Frieden feierlich einen trinken könnte, und feierlich trinken bedeutete bei Charlie, dass er den Mond anheulte und den Rest der Schöpfung verfluchte. Aber das war mir recht, weil ich nachdenken musste, und bis der Große Wagen die halbe Strecke am Himmel hinter sich gebracht hatte, wusste ich, was ich tun würde und wie, und als ich mich aufs Ohr legte, fühlte ich mich so gut wie schon lang nicht mehr.

Wir blieben noch ein paar Tage da draußen, nur ich und Charlie, die Jungs kamen nur zum Schlafen, was sie eher tagsüber als nachts taten, und dann kam Dutton eines Abends mit allen Jungs aus der Stadt angeritten.

«Okay», sagte er. «Ich hab alle Geschäfte erledigt und die Remuda verkauft, das heißt, dass Charlie und ich uns morgen auf den Weg nach Hause machen. Tom kommt mit, das ist sicher, und Amos auch. Was ihr übrigen macht, liegt an euch. Kommt mit oder bleibt hier.»

Die Jungs johlten, und ich schätze, es war Zeit für sie zu gehen, nachdem sie alles ausgegeben hatten. Dann fragte Bob, wo Jack wäre.

«Er wird nicht mitkommen.» Dutton machte eine saure Miene, er war anscheinend immer noch wütend wegen dem Geld. «Jedenfalls, ich verbring die Nacht in der Stadt, bin aber beim Morgengrauen zurück, und wenn ich wiederkomme, ziehen wir los, pronto, und wer bis dahin nicht fertig ist, kann nach Hause laufen.»

Mit diesen Worten saß er auf und ritt los, Tom folgte ihm, was er meistens tat, als wäre er ein Schatten, und die Jungs ließen sich zu einem letzten anständigen Drink nieder, da ein paar Flaschen bereit standen, und erzählten, wie gut sie sich in Abilene amüsiert hätten, und für eine gemischte Gesellschaft wären ein paar von ihren Geschichten sicher nicht ganz geeignet gewesen. Dann brachte Gus die Rede auf Jack und wo er war und wer er war.

«Zum Teufel!» Charlie spuckte ins Feuer. «Ein Kerl wie der

kann überall da draußen Arbeit finden. Vielleicht ist er als Scout zur Armee gegangen oder reitet Wache bei der Eisenbahn, jagt Büffel oder raubt einfach nur 'ne Bank anständig aus!»

Gelächter erhob sich, da keiner ernsthaft was gegen Bankraub hatte, solange die Räuber auch die Schuldscheine verbrannten, was jeder halbwegs anständige Bankräuber tat.

«Egal», sagte Charlie, «so viel ist sicher, 'ne Farm hat er sich nicht gekauft.»

Dafür gab es noch einen Lacher, und Bob sagte, alle Möglichkeiten wären durch.

«Den Teufel sind sie!» Charlie brauste auf, wie immer, wenn er meinte, dass man ihm widersprach – und eigentlich auch dann, wenn man ihm gerade nicht widersprach. «Er könnte auch irgendwo Sheriff sein.»

«Ein Gesetzeshüter!» Gus brüllte vor Lachen. «Charlie, dieser Jack ist eher vor dem Gesetz abgehauen.»

«Das weißt du nicht.» Joe Collins mischte sich ein, und er klang irgendwie wütend.

«Genau wissen kann man das nicht», gab Bob zu. «Aber ...»

«Kein Aber», warf Collins ein. «Sieh zu, dass du nicht einfach so vor dich hinplapperst. Und selbst wenn sie hinter ihm her sind. Was dann? Vielleicht hat er bloß eine Postkutsche überfallen, um sich zu versorgen. Verdammt noch mal, die Hälfte aller Männer, die per Steckbrief im Westen gesucht werden, sind bloß ein paar arme Soldatenjungs, die aus der Armee entlassen wurden und dann feststellen mussten, dass die Beute bei den Drückebergern zu Hause gelandet ist, während sie gegen die verfluchten Yankees kämpften.»

Collins klang reichlich sauer, und ich fragte mich, ob er nicht selbst das eine oder andere Gesetz übertreten hatte, aber Bob lenkte ein. «Teufel auch», sagte er. «Ich wollte doch nichts gegen Banditen sagen. *Ich* hab sowieso nichts, für das man mich überfallen könnte.»

«Schon gut», brummte Joe. «Aber schieß nicht so viele Worte über die Vergangenheit eines Mannes durch die Gegend, sonst könnte es dir passieren, dass irgendjemand dir übers Maul schießt.»

«Wir haben verstanden», sagte Gus und reichte die Whiskeyflasche als Friedensangebot rüber, und es war friedlich, wirklich, wie wir da ums Feuer saßen, während die Nacht kürzer und der Whiskey weniger wurde, bis nur noch ein Drink übrig blieb. Den gab Joe aus, dann sagte er: «Also, Jungs, jetzt sagen wir dem Norden Lebewohl und reiten nach Hause zurück. Aber trinken wir auf Bo Curtis, einen besseren Reiter hat es nie gegeben. Und trinken wir darauf, dass der Hund, der ihn umgebracht hat, bekommt, was ihm zusteht.»

Die Jungs hoben ihre Dosen und murmelten ihr Amen dazu, und wir legten uns schlafen. Die anderen waren bald eingenickt, aber ich lag wach, sah zu den Sternen auf und lauschte dem Wind, und das war schön und erinnerte mich an die erste Nacht, nachdem wir zu dem Viehtrieb gestoßen waren, und wie froh ich damals gewesen war, aber ich fing nicht an zu weinen. Ehrlich nicht, tut mir Leid, dass ich das sagen muss, aber in meiner Seele, da war inzwischen nur noch Eisen, nichts als Eisen.

Dutton war es ernst gewesen, als er sagte, er wäre bei Tagesanbruch zurück, denn die Sonne war noch nicht ganz aufgegangen, da kam er mit Tom angeritten. Er brachte ein paar erstklassige Steaks mit, die wir mit Eiern zum Frühstück aßen, dann räumten wir ein, und die Jungs holten ihre Ponys, aber ich stand bloß beim Wagen.

Dutton sah mich missmutig an. «Komm schon, Kleiner», sagte er. «Hier wird nicht getrödelt.»

«Nein, Sir», erwiderte ich. «Aber die Sache ist die, ich komm nicht mit zurück.»

«Was!» Dutton starrte mich an. «Was zum Teufel meinst du damit? Du kannst nicht hierbleiben.»

Ich zuckte mit den Schultern. «Aber genau das tu ich.»

Dutton murmelte was in seinen Bart, stieg dann von seinem Pferd und kam auf mich zu. «Kleiner», sagte er, und er klang einigermaßen menschlich. «Das hat aber nichts mit Bos Lohn zu tun, oder? Da ging es bloß ums Geschäft, und vielleicht hab ich da 'nen Fehler gemacht.»

«Nein», sagte ich. «Das ist es nicht.»

Dutton sah mich lange an und rieb sich das Kinn. «Du hast doch nicht vor hierzubleiben, um diesen Kessel zu schnappen, oder?»

«Nein.» Ich sah ihm gerade in die Augen. «Es ist bloß so, dass ich in Texas niemanden mehr habe, und auch kein Zuhause, also werd ich hier hängenbleiben und mir das Land ansehen.»

«Das ist kein Land für dich, wo du dich allein rumtreiben kannst. Mach, dass du auf dein Pony kommst. Teufel, ich werd dir schon einen Job besorgen.»

«Danke sehr», sagte ich. «Ich bin Ihnen wirklich dankbar. Aber ich bleibe.»

«Was zum Teufel!» Dutton war außer sich. «He, Jungs», rief er, «kommt her und bringt diesen Esel zu Verstand.»

Die Jungs versammelten sich um mich, redeten auf mich ein und versuchten mich zu überzeugen und drohten mir sogar, wie zum Beispiel Charlie, der bloß meinte, dass es sich nicht lohnen würde, mit mir rumzuargumentieren. «Bindet ihn auf den Wagen», sagte er, aber das war nur Geschwätz, und wir alle wussten es. Sie konnten überhaupt nichts machen, und das war ihnen klar, also mussten sie am Ende aufgeben, besonders als Charlie sagte, es wär ihm schnurzegal, ob ich blieb oder nicht, er würde sich jetzt aus dem Staub machen.

Also gaben sie nach. Sie schüttelten mir die Hand, sagten, wir würden uns irgendwann mal sehen, und stiegen auf, alle außer Tom.

«Kleiner», sagte er, «wenn du Kessel über den Weg läufst, dann halt dich von ihm fern. Diese beiden Schießeisen, die du da hast, mit denen kannst du nichts anfangen. Genau genommen würd ich sie dir gleich abnehmen, wenn ich nicht wüsste, dass du dir jederzeit neue besorgen kannst.»

«Ich such nicht nach Kessel», sagte ich.

«Klar», sagte Tom, obwohl er kein Wort glaubte. «Klar. Also, alles Gute.»

Er streckte die Hand aus, und ich nahm sie, und das war das erste Mal, dass ich einem Nigger die Hand schüttelte, aber ich tat es gern. Dann stieg er auf, und sie ritten los und verließen mich.

Ich stand da in der Prärie, mitten in der sengenden Hitze, und fühlte mich stolz und heldenhaft, so wie du dich fühlst, wenn du dir vorstellst, dass du tot bist und alle stehen um dein Grab rum, heulen und sagen, wie Leid es ihnen tut, dass sie dir all die bösen Dinge angetan haben. So fühlte ich mich, fühlte überhaupt nicht, was ich wirklich war, nämlich ein beschränkter, dummer, ignoranter, gottverdammt blöder Narr.

Aber dieses Gefühl kam unweigerlich angekrochen, als ich mir ansah, was da vor mir lag, zwei Sättel und Bettrollen und Schießeisen und alles, und ich fragte mich, wie um alles in der Welt ich die nach Abilene kriegen wollte, weil jeder von den Sätteln schon so viel wog wie ich. Aber ich hatte nicht vor, die Sachen da draußen zu lassen. Sie waren bares Geld wert, und das würde ich brauchen, weil ich die Jungs von vorne bis hinten belogen hatte. Ich wollte in Abilene bleiben, um Kessel zu schnappen. Ich hatte mir ausgerechnet, dass ein Hund wie er früher oder später zurückkommen würde, weil Cowboys nun mal seine natürliche Beute waren, und er wie ein Kojote hinter einer Herde herschleichen würde. Ich wusste, es war gottlos und falsch, wenn man log, und der Allmächtige würde einen dafür bezahlen lassen, aber ich hoffte, er würde es bis zu dem Zeitpunkt, wo ich vor ihn trat, vergessen haben.

Wie auch immer, ich stand da in der sengenden Hitze und fühlte mich langsam wie das dürre Gras, von dem Tyler uns erzählt hatte, dass es in den Ofen geworfen wird, bis dann eine Art Käfer über die Prärie gekrochen kam, wobei sich schließlich herausstellte, dass es dieser Kerl von Photograph war, der mich aufsammelte, in die Stadt mitnahm und an der Ecke Texas- und Cedar-Street absetzte, wo es einen Sattler gab.

«Tut mir Leid, die Sache mit deinem Bruder», sagte er.

Ich bedankte mich bei ihm und ging in den Laden, und der Ladenbesitzer sagte auch, dass es ihm Leid täte, denn die ganze Stadt wusste, wer ich war, und der Mord an Bo war sozusagen Tagesgespräch. Ich hatte sogar gehört, dass bei Coogan's massenhaft Reiter einfielen, die sehen wollten, wo der Mord passiert war, und das war entsetzlich, weil Coogan aus Bos Mord mehr Geld machte, als er je in seinem Leben verdient hatte.

Jedenfalls, der Ladenbesitzer sagte zwar, dass es ihm Leid täte, aber freigiebiger wurde er deshalb nicht, denn ich kriegte für Bos Zeug bloß ein paar Dollar, weil er meinte, dass ein gebrauchter Sattel, und was ich sonst da hatte, nicht viel wert wäre, was eigentlich auch stimmte. Aber ich kochte, als ich einen Tag später wieder reinkam und feststellte, dass alles groß ausgestellt war mit einem riesigen Schild:

TODTRAURIGE ÜBERBLEIBSEL VON BEAUREGARD CURTIS. IN DIESER STADT ERSCHOSSEN.

Was sozusagen die religiöse Masche war, mit der man Kunden in den Laden kriegte, damit sie was kauften.

Nachdem ich Bos Sachen verkauft hatte, machte ich mich auf die Suche nach einem Zimmer. Als ich beim letzten Mal in der Stadt gewesen war, hatte ich ein Logierhaus gesehen, das nicht den Eindruck machte, als ob die Kakerlaken es davontragen würden, also mietete ich mich da ein, obwohl ich beinahe in Ohnmacht gefallen wäre, als ich den Preis hörte. Weil es nicht viel Sinn machte, den ganzen Tag im Zimmer zu sitzen, ging ich raus, um was zu essen, was auch einen Batzen kostete, und es tat mir weh, dass ich so viel Geld bezahlen musste, nachdem ich auf dem Viehtrieb kostenlos gegessen hatte. Dann tat ich was wirklich Gefährliches. Ich wandte mich in Richtung South Side. Ich weiß nicht, aber ich hatte die dumpfe Idee, ich könnte über Kessel Neuigkeiten erfahren, vielleicht schnappte ich bei den Schlägertypen was auf. Ich lief die Texas Street runter, drängelte mich durch diese Horden von Reitern, die da auf Sauftour gingen, war aber noch nicht weit gekommen, als mich ein Kerl ansprach. Er war kein Reiter, eher einer aus der Stadt.

«He», sagte er. «Bist du nicht der Curtis-Junge?»

Beim Jupiter, dachte ich, Neuigkeiten verbreiten sich schnell, und das war aufregend, wie in so einem Groschenroman – vielleicht mit dem Titel «Der Curtis-Junge in der Stadt»! Ich kam mir richtig großartig vor und richtete mich auf, klemmte die Daumen in den Gürtel und grinste hämisch. «Was, wenn es so ist?», sagte ich.

Im Rückblick kommt mir die Sache so lächerlich vor, dass ich mich frage, warum der Kerl mich nicht auf den Kopf stellte und mir die Rückseite gerbte, aber er sagte bloß, Marshal Hickok wollte mich sehen. «Er sitzt im Alamo», sagte er.

«So?» Ich weiß nicht, aber die Sonne hatte mir wohl einen Stich verpasst, weil ich schon wieder grinste. «Wenn er mich sehen will, ich bin in der Nähe!»

Der Kerl sah verwundert aus. «Söhnchen», sagte er, «wenn der Marshal dich sehen will, würd ich mich an deiner Stelle sputen.» Dann ging er weiter, schüttelte den Kopf und lachte.

Ich schätze, es war sein Lachen, das mir den Sand aus dem Kropf schüttelte, und ich dachte, also gut, wenn der Marshal auf meine Gesellschaft Wert legte, dann war es nur höflich vorbeizuschauen. Tatsächlich, je länger ich darüber nachdachte, desto mehr war ich davon überzeugt, also kehrte ich um und schlenderte zurück zum Alamo, und da war Marshal Hickok wirklich, spielte mit ein paar Kumpels Poker, und wenn ihr es seltsam findet, dass ein Marshal auf diese Weise eine Stadt regiert, kann ich nur sagen, genau so tat er es, ließ seine Hilfssheriffs Streife gehen und saß trinkend und Karten spielend herum, als würde allein der Name Hickok alle Bösewichte in Angst und Schrecken versetzen, und da war auch was dran. Er hatte einen Namen, wisst ihr, obwohl er nicht wie ein wilder Mann aussah, weil er sich immer richtig schick rausputzte, mit Gehrock und verzierter Weste und einer Krawatte und langen, blonden Haaren, um die ihn jede Frau beneidet hätte.

Ich wartete, bis wieder neu gegeben wurde, Hickok hatte gewonnen und strich 'ne ganze Menge Chips ein, dann sagte ich: «Marshal?»

Hickok betrachtete mich eine Weile, als ob er ein Pokerblatt beurteilte, zündete sich einen riesigen Zigarillo an und ließ seinen Blick erneut über mich schweifen, und kalt war der Blick auch, blau und eisig, obwohl das Eisige, wer hätte das gedacht, von seiner Kurzsichtigkeit kam! Wirklich unglaublich. Der meistgefürchtete Mann des Gesetzes im Westen konnte kaum was sehen!

«Was tust du in der Stadt?», fragte er. «Dutton ist abgezogen.»

Also, auch wenn ich dumm war, damit hatte ich gerechnet, draußen in der Prärie hatte ich mich an den Marshal damals in Lookout erinnert.

«Marshal», sagte ich mit trauriger Stimme, «ich bin Waise, und Bo war der letzte Verwandte, den ich hatte ...» Flo ließ ich weg. «Und es kommt mir einfach nicht richtig vor wegzugehen und sein einsames Grab dazulassen, um das sich dann keiner kümmern wird und so.» Den letzten Satz hatte mir Ma mal aus einem ihrer Bücher vorgelesen, wie ich mich erinnerte, und Flo und ich hatten immer dabei geweint.

Aber Hickok weinte kein bisschen. «Und was hast du sonst noch vor, wenn du nicht das einsame Grab deines Bruders pflegst?», fragte er in eisigem Ton.

«Nun, Sir», sagte ich, «ich schätze, ich könnte einen Job kriegen. Ich bin bereit, fast alles zu tun. Ich kann lesen, schreiben und rechnen, Marshal.»

«So?» Hickok klang nicht so, als ob ihn die Nachricht erschütterte. «Hast du eine Waffe?»

«Nein, Sir!» Ich log. «Ich hab sie verkauft. Und ich hab ein bisschen Geld, Marshal.»

Hickok blies einen großen Rauchkringel und musterte mich durch ihn hindurch, wie durch eine Schlaufe am Galgen. «Hast du schon mal von einem weißen Affidavit gehört?»

«Ja, Sir», sagte ich. Diese weißen Affidavits waren Dinger, die die Sheriffs jemandem anklebten, den sie nicht um sich haben wollten, was bedeutete, dass sie ihn abknallten, sobald sie ihn sahen, und das war ungesetzlich, aber sie taten es!

«Okay.» Hickok zog noch einmal genüsslich an seinem Zigarillo. «Du kannst bleiben, aber wenn du zur South Side oder in einen Saloon gehst, kleb ich dir ein weißes Affidavit an. Kapiert?»

Ich hatte kapiert, aber Hickok war noch nicht fertig.

«Falls du irgendwie auf Rache sinnst, schlag dir das gleich aus dem Kopf. In dieser Stadt gibt es nur ein Gesetz, und das bin ich. Hast du das auch kapiert?»

Ich sagte, natürlich hätte ich das, und dass ich von Rache sowieso nichts halten würde, das wäre Sache des Herrn – das fügte ich schnell hinzu, um den Marshal zu besänftigen.

«Gut.» Hickok entließ mich mit einer Handbewegung, aber ein letztes Wort fiel ihm doch noch ein. «Wenn du in einer

Woche keinen anständigen Job hast, schick ich dich mit dem nächsten Trupp nach Texas zurück.»

Außen am Alamo hing ein großes Schild mit der Aufschrift «Prunkvolle Pracht», was wohl eine Art Königspalast bezeichnen sollte, und ich schätze, das war es auch, aber ich verließ die Pracht mit gemischten Gefühlen. Einerseits konnte man die Sache so sehen, dass ich Hickok überredet hatte, mich hierzubehalten. Andererseits machten es mir all die Einschränkungen schlicht unmöglich, etwas über Kessel herauszufinden, und damit stand mir eine ziemlich öde Zeit in Abilene bevor. Die kleinen Städte sind heute immer noch öde genug, aber wenn du in jenen Tagen nicht in Saloons gingst, dann konntest du nirgendwo hingehen außer in die Kirche, und da wollte ich bestimmt nicht hin.

Mir war also traurig zumute, wie ich da stand und all die Jungs sah, die umherschlenderten, und ich hätte mir ein paar Jungs suchen können, die nach Texas zurückgingen, um mit ihnen abzuhauen, aber eine Hand ergriff mich am Ellbogen. Ich zuckte zusammen und drehte mich um, und gepackt hatte mich einer von den Kumpels am Pokertisch des Marshals.

«Mein Sohn», sagte er, «ich hab dich da drin gehört. Hast du die Wahrheit gesagt?»

Ich wusste nicht, was ihn das anging, dachte mir aber, es würde nicht schaden, noch ein bisschen mehr zu lügen, also sagte ich ja.

«Also, dann», meinte der Mann. «Wenn du lesen und schreiben und rechnen kannst, geh die Straße runter bis zum Büro des ‹Chronicle› und bieg dann rechts ab. Du kommst an einem Schlitzaugenrestaurant vorbei, dann ist da ein Laden, der einem Mann namens Besser gehört, Jacob Besser. Kannst du dir das merken? Gut. Sag ihm, dass du einen Job suchst und dass Dave Heaney dich schickt. Ich hab gehört, dass er vielleicht jemanden im Laden braucht.»

Er schlug mir auf die Schulter und war schon wieder im Saloon, bevor ich mich bei ihm bedanken konnte, also schlappte ich zu dem Büro von der Zeitung, fand das Schlitzaugenrestaurant, ganz klar, und nebendran, in einer Seitenstraße der Texas Street, gab es einen Laden, wo quer über einem kleinen Fenster

«Jacob Besser Gemischtwarenhändler» geschrieben stand. Ich spähte hindurch, und der Laden schien nicht viel herzumachen, es war dunkel und alles lag kreuz und quer durcheinander, aber ich trat ein. Es roch wie in einem echten Country Store, nach Kerosin und Mehl und Sämereien, ziemlich muffig, und nach all den Wochen an der frischen Luft machte mich der Geruch richtig depressiv.

Ich rief: «Jemand zu Hause?» Und wäre fast aus den Latschen gekippt, als eine Stimme direkt hinter mir sagte: «Jaah.»

«Ich suche nach Jake Besser», erklärte ich.

«*Jacob* Besser», sagte die Stimme. «Jacob Besser. Was willst du von ihm?»

Also, der Mann hatte einen ziemlich komischen Akzent, weshalb ich schätzte, dass ich es mit einem Ausländer zu tun hatte, und ich dachte, heiliger Judas, warum lernst du nicht richtiges Amerikanisch, aber ich war nicht dazu da, um ihm Sprachlektionen zu geben, also ging ich drüber weg und sagte: «Ich schätze, das erzähl ich Besser, wenn ich ihn sehe.»

«Ich bin Besser», erwiderte der Kerl.

«Oh», sagte ich und sah ihn mir von der Seite an. Meine Augen hatten sich an die Dunkelheit gewöhnt, so dass ich ihn jetzt erkennen konnte, er sah wie ein durchschnittliches Kind der Schöpfung aus, außer dass er eine Glatze kriegte, eine Brille trug und einen üppigen Bart. «Okay, Mr. Besser. Dave Heaney schickt mich. Meinte, Sie hätten vielleicht 'nen Job für mich.»

«Einen Job für dich?» Besser klang ziemlich verblüfft, und ich nehme an, er hatte auch allen Grund dazu, wenn plötzlich ein Kid in Reitstiefeln und mit Sporen und allem aus dem Nichts auftauchte und nach Arbeit fragte. «Was willst du für mich arbeiten? Ich hab kein Vieh.»

«Was soll's», sagte ich. «Machen Sie sich da nichts draus. Ich kann alles, was Sie wollen, schätze ich. Ich kann lesen und schreiben und rechnen und ...» Ich hatte plötzlich eine von diesen Eingebungen, von denen man manchmal liest. «Und ich kann Gewichte. Sechzehn Unzen sind ein Pfund, stimmt's?» Und ich trat zurück, damit er mich bewundern konnte.

Trotzdem schien er nicht zu kapieren. «Versteh ich nicht»,

sagte er. «Du bist ein Cowboy, warum willst du in einem Laden arbeiten?»

Da warf ich all das über Bos einsames Grab und so ein, aber als ich fertig war, sah er noch verblüffter aus als am Anfang. Heiliger Jesus, dachte ich, da hast du gerade mächtig Glück gehabt, kriegst Hilfe von einem Amerikaner, und am Ende sitzt du mit einem verblödeten Ausländer da. «Hören Sie», sagte ich. «Ich will nichts weiter als einen Job. Einen Job.» Das steckte ich ihm gleich zweimal, damit er auch wirklich verstand. Und ich wollte es noch mal sagen, aber er streckte die Hand aus.

«Du hast einen!», sagte er.

Ich sag euch, beinahe wäre ich einfach so umgefallen. «Hab ich?»

«Jaah», sagte Besser. «Ich kann eine Hilfe gebrauchen, und wenn Mr. Heaney sagt, dass du in Ordnung bist, dann versuche ich es.»

«Menschenskinder», sagte ich. «Ich bin Ihnen sehr verbunden, und Sie werden das bestimmt nicht bedauern.»

«Gut.» Besser nickte. «Ein Dollar pro Woche!»

Schon wieder wäre ich beinahe in Ohnmacht gefallen! Einen Dollar! «Was», sagte ich oder schrie ich vielmehr, «davon kann ich mir kein Zimmer bezahlen, und, beim Josua, beim Viehtrieb hab ich so viel pro Tag gekriegt.»

Besser zuckte mit den Schultern und sagte, dass er einen Laden hätte, kein Vieh, meinte aber, ich könnte in dem kleinen Hinterzimmer schlafen, wo er Sämereien und so aufbewahrte, und würde Essen umsonst kriegen, und er würde mir neue Klamotten billiger geben, weil er einsah, dass ich nicht mit Sporen durch den Laden klirren konnte.

Dann wurde es dunkel, und Besser zündete eine Lampe an, die so hell wie ein Glühwürmchen leuchtete, und deutete irgendwie an, dass ich eigentlich auf der Stelle mit dem Geldverdienen anfangen könnte, aber ich fand, dass ich für einen Tag genug getan hatte. Genau genommen war ich so müde, dass ich auf dem Weg zurück zum Logierhaus fast zusammengeklappt wäre. Ich aß bei dem Schlitzauge, und obwohl mir Charlies Fraß daneben wie das Manna des alten Moses vorkam, fühlte ich mich danach ein bisschen besser, und der Kaffee half auch, weshalb ich wieder halbwegs lebendig war, als ich in meinem Zimmer ankam. Aber ich kochte vielleicht, als ich herausfand, dass ich es mit jemandem teilen musste!

Der Kerl war Reiter bei einer Herde, die an diesem Tag angekommen war, ein richtiger Texaner, der mich etwas aufheiterte, als er mir erklärte, dass er nichts weiter im Sinn hätte, als aus diesem Zimmer rauszukommen und einen draufzumachen, und der mir dann einen neuen Schlag versetzte, als er sagte, dass seine beiden Kumpels das Zimmer ebenfalls mit uns teilen würden! Obwohl er ein netter Kerl war. Er meinte, ich könnte mit ihm ausgehen und einen draufmachen, aber ich sagte, ich würde einfach dableiben und mir 'nen ruhigen Abend machen, worauf er schallend zu lachen anfing und ging.

Ich zog einen Stuhl zum Fenster, sah auf die Straße runter, beobachtete die Jungs, die vorbeiflanierten, und lauschte der Pianomusik aus einer Bar, die ausnahmsweise kein «Dixie» war. Ich erinnere mich sogar an die Melodie. Ich schätze, ein echter Musikliebhaber würde dazu einfach Schund sagen, und vielleicht hätte er Recht, aber es war die Sorte Musik, die dich zu Tränen rühren kann, wenn du sie in einer bestimmten Gemütsverfassung hörst.

Und in so einer Verfassung war ich auch, als ich rittlings auf dem alten Stuhl saß, an Bo dachte, der in seinem Grab vermoderte, keine Viertelmeile entfernt, und ich schwor mir außerdem, dass ich mich gut um das Grab kümmern würde. Ich fühlte mich irgendwie dicht am Wasser, aber ich riss mich heftig am Riemen und rechnete mir vor, wie viel Glück ich gehabt hatte, und dachte: Donnerkeil, noch am Morgen warst du mutterseelenallein in der Prärie und hast dich gefragt, was aus dir werden soll, und jetzt sitzt du hier, hast einen Job und musst nicht überall Geld blechen, als ob es auf Bäumen wachsen würde.

Ich dachte darüber nach, wie es wohl sein würde, für den alten Besser zu arbeiten, und musste so herzhaft gähnen, dass es mir beinahe das Gesicht in zwei Hälften gerissen hätte, also rollte ich so müde ins Bett, dass ich gar nicht merkte, wann die Texaner zurückkamen, und wenn einer drei betrunkene Texaner nicht bemerkt, dann muss er schon müde sein.

Und am nächsten Morgen fing ich an, im Laden zu arbeiten.

Dreizehn

Wie ich mir schon gedacht hatte, war der alte Besser Ausländer, ganz klar. Einmal zeigte er mir auf einer Karte, wo seine Heimat lag, genau in der Mitte von Europa. Nach allem, was er erzählte, war das ein mächtig feiner Ort, mit reichlich Gras und Wasser und mit so guter Erde, dass du ein Holzbein einpflanzen konntest, und dann wurde ein Baum draus. Genau genommen hörte es sich so großartig an, dass ich ihn fragen wollte, warum er sich aus dem Staub gemacht hatte, aber ich nahm an, dass sie hinter ihm her waren und ihn per Steckbrief suchten. Entweder das, oder alles, was er erzählte, war glatt gelogen.

In jenen ersten Wochen hatte ich zu viel zu tun, um darüber nachzudenken, wo er hergekommen war oder warum. Wisst ihr, er ließ mich kehren! Kehren und Staub wischen, mit einer Schürze um den Hals gebunden. Ich kam mir wie der größte Idiot der Schöpfung vor, hielt aber durch, denn wenn ich diese Arbeit tat, die nur was für Frauen war, dann zeigte das doch, wie edel ich war und was für ein Opfer ich brachte, damit ich mein Wort halten konnte, den armen Bo zu rächen.

Aber es war das reine Elend, den ganzen Tag drinnen zu sein, in der drückenden Dunkelheit, mit all den üblen Gerüchen, von denen mir schlecht wurde, und die niedrige Decke drückte einem aufs Gemüt, und mir versetzte es jedes Mal einen Stich, wenn Reiter vorbeikamen, alle aufgeputzt in neuen Klamotten, mit Sporen, die in der Sonne funkelten, und frei wie die Eichelhäher. Die Arbeit laugte einen richtig aus. Nicht im Körper, aber im Hirn. Besser, der fluchte oder brüllte nicht wie Joe Collins, aber er trieb mich dauernd an, ohne Unterlass, er scheuchte mich und fragte: «Wo sind die eingelegten Eier? Wie viele? Wie viele

Dosen Tomaten haben wir? Wie viel Köper? Wie viel Melasse?» Es war das nackte Elend, und ich konnte nicht mal fluchen, denn wenn Besser nicht um mich rum war, dann war es seine Missus.

Sie war noch ausländischer als Besser, mit ihrem blonden Haar und den vorstehenden blauen Augen. Meistens saß sie hinten im Laden mit ihrer Tochter, Goblinka oder wie sie hieß. Das ging mir nicht in den Schädel, wirklich. Wenn zum Beispiel ein Mann kam, der sich nur umsah, dann hätte man doch erwarten können, dass Mrs. Besser rumgestrichen wäre und ihm schöne Augen gemacht hätte, wie die Mädels in den Tanzsälen, denn sie sah nicht mal schlecht aus, falls einem zweihundert Pfund Fleisch in Quadratlatschen nichts ausmachten, aber tat sie das jemals? Pustekuchen, sie war wie ihr alter Herr, ewig am Nörgeln über diese Sodbusters, die in den Laden kamen und nach hinten schielten.

Nachdem ich auf einem Fleckchen Erde groß geworden war, das man, wenn man boshaft sein wollte, als Farm bezeichnen konnte, kannte ich diese Kerle und ihre Frauen, das kann man so sagen. Eine Frau um die dreißig, die sah wie neunzig aus und hatte eine Brut barfüßiger Kinder, die ihr am Rockzipfel hingen, und ihr Alter, der war zahnlos und trottete hinter einem Maultier her, warf im Sommer Blasen vor Hitze und kriegte im Winter Frostbeulen, und wenn er sich dann anschaute, was für eine jämmerliche Ernte sie hochzogen – wobei es ein Wunder war, wenn das überhaupt gelang, weil die Heuschrecken alles abfraßen –, dann sah er aus, als wär er vom Blitz getroffen worden.

Aber nach diesen Monaten auf einem Pferd verachtete ich jeden, der sich abstrampelte, und die Farmer taten das, trampelten im Laden herum, murrten über das Wetter und so und bewachten jeden Cent, als ob die Regierung aufhören würde, Geld zu drucken. Also, wenn sie einen halben Liter Essig kauften, konnten sie doch nicht erwarten, dass man ihnen das Glas noch hinterherwarf!

Der alte Besser regte sich über sie auf, und seine Missus regte sich über die Frauen auf, die quasselnd über den Versandkatalogen hingen. In denen konnte man sehen, was Frauen in New York oder London oder Paris anzogen, und dabei sah das Zeug total albern aus. Mrs. Besser hatte sich die Magazine meistens geschnappt, aber ab und zu konnte ich einen Blick drauf werfen, auf die Rückseiten, wo man sah, was Frauen unter ihren Kleidern trugen, und das sah absolut merkwürdig aus, und es wäre grausam gewesen, so was einem Maultier anzuziehen, von einer Frau ganz zu schweigen.

Und die Abende waren genauso ermüdend, das kann man wohl sagen! Zum Abendessen gab es 'ne Art Bohnenkuchen, für den man einen Zehn-Pfund-Hammer brauchte, um ihn kleinzukriegen, und den Kiefer eines Wolfes, um ihn zu verdrücken. Danach ging ich mit Besser in den Laden zurück, wo er dasaß und eine Mehltonne anstarrte, und wenn ich mit ihm plaudern wollte, grunzte er nur, eher wie ein Indianer als wie ein menschliches Wesen. Wirklich, diese Abende waren so ermüdend, dass ich nach der Arbeit erst mal durch die North Side schlenderte, schließlich hatte mir Hickok nicht verboten, dort einen netten, ruhigen Spaziergang zu machen.

Viel zu sehen gab es allerdings nicht, wenn ihr wisst, was ich meine. Es gab Straßen – na ja, da waren Pflöcke, wo eines Tages Straßen sein konnten, falls genügend gutgläubige Trottel rauskamen und die freien Parzellen kauften – und ein paar Holzhäuser, mehr oder weniger zufällig verstreut, und dann gab es die Prärie.

Ich stand meistens da und betrachtete sie, wie sie sich über Tausende von Meilen in der Dunkelheit erstreckte und der Wind von Kansas drüber wegwehte – und ganz verlassen dalag, wollte ich gerade sagen, aber wenn du es genau nahmst, dann waren die Plains geradezu voll gestopft mit Herden und Reitern und Büffeljägern und Soldaten, von Kojoten und Klapperschlangen und Indianern und all dem ganz zu schweigen.

Und trotzdem sah sie verlassen aus, und du hattest das Gefühl, dass sie verlassen war. Ich schaute zum Großen Wagen rauf, der da am Himmel hing, und dachte daran, wie oft ich ihn verflucht hatte, weil er es bequem hatte, wenn er um den Polarstern pendelte, während ich Nachtwache ritt, und dann stellte ich mir irgendwie vor, dass die Jungs einen gemütlichen Ritt nach Hause hatten, um den Küchenwagen herumsaßen, alberten und Charlie quälten, und dann hätte ich am liebsten bei Besser meinen Abschied eingereicht und mich an einen Trupp Richtung Süden gehängt, was ich jederzeit mit Leichtigkeit gekonnt hätte.

Aber dann erinnerte ich mich an meinen Schwur und machte mich auf, zurück in den Laden und in meine Kammer, wo ich mich fühlte wie dieser Daniel in der Bibel, der im Feuerofen von Löwen gefressen wurde, und ich hätte normalerweise nicht da drin geschlafen, aber Besser erlaubte mir nicht, mich draußen hinzulegen. Ich lag da, schwitzte und schlug nach Insekten, dachte an Bo und Kessel, und wie ich ihn mir schnappen würde, und stellte mir vor, wie er ausgestreckt im Staub lag, genauso wie Bo, was vielleicht kein christliches Ende war, mir aber richtig gut passte.

Aber, wie ein Kerl mal zu mir gesagt hatte, als wir uns in New Mexico im Gestänge unter einem Eisenbahnwaggon versteckten und schwarzfuhren: Du gewöhnst dich an alles. Und er musste es wissen, schließlich hatte er zehn Jahre im Staatsgefängnis von Leavenworth hinter sich gebracht hatte, weil er das Haus seines Bosses bei einem Streik in die Luft gejagt hatte, was ihm wirklich Leid tat, ich meine, es tat ihm Leid, weil der Boss nicht mit drin war und weil sie ihn geschnappt hatten. Es ist viel Wahres dran an dem Spruch, und ich hab mich im Lauf meines Lebens wirklich an Dinge gewöhnt, im Vergleich dazu war Bessers Laden geradezu paradiesisch.

Die Lage besserte sich, als eines Tages ein paar Reiter vorbeikamen. Besser feilschte hinten im Laden mit irgendeinem Sodbuster, der sich steinreich vorkam, weil er fünfzig Cents zum Verpulvern übrig hatte, und winkte mir, mich um die Reiter zu kümmern.

Ich war einigermaßen verblüfft, weil ich bis dahin noch nie jemanden hatte bedienen dürfen, ich meine, so richtig bedienen, schlappte aber zu den Jungs rüber und fragte sie, was ich für sie tun könnte.

Na, die Jungs waren noch verblüffter als ich. Sie musterten mich wie ein Kalb mit sechs Beinen. «Texaner?», fragten sie.

Ich sagte: «Klar bin ich das» und dass ich außerdem ein armes Waisenkind war, und erzählte ihnen die ganze Schote mit Bo, und bis ich damit fertig war, heulten sie sich gegenseitig an den

Schultern aus, und ich verkaufte ihnen einen schicken Gürtel, ein Jagdmesser, eine große Schachtel Süßigkeiten und ein Pfund Bull Durham, und dabei hatten sie bloß eine Handvoll davon kaufen wollen!

Sie verließen den Laden, schworen, dass sie mich mehr als zehn Brüder zusammen liebten, und ich überreichte Besser das Geld.

Er warf einen mächtig langen Blick auf den Zaster. «Das war ein guter Verkauf», sagte er.

«Ja, Sir», antwortete ich und rieb ihm noch unter die Nase, dass die Jungs nur reingekommen waren, um zu fragen, wie spät es war.

Besser sagte nichts mehr, aber danach bekam ich ein paar Freiheiten, bediente alle Reiter, die was verlangten, und sogar Sodbusters, vorausgesetzt, sie redeten Amerikanisch. Und wenn Handelsreisende vorbeikamen, durfte ich Besser bei der Bestellung helfen, ich sagte ihm, was die Jungs mochten – Sachen wie Jinglebobs und bunte Tücher und Schmuckstücke, die sie für ihre Liebsten mit nach Hause nehmen konnten. Manches von dem Zeug kaufte Besser, anderes aber auch nicht, er meinte, es wäre zu teuer, so was zu führen, weil das Lager dann zu groß würde.

Er zeigte mir, wie das in seinem Rechnungsbuch funktionierte. Man schrieb den Gewinn in Schwarz und den Verlust in Rot, und der alte Besser, der sah zwar aus, als ob er nicht wüsste, warum ein Huhn über die Straße lief – das heißt, er sah so aus, als wüsste er nicht, dass sie aus Eiern kamen –, aber viel Rot gab es nicht in dem Buch. Und, das musste ich zugeben: Obwohl ich es für jemand anderen tat, hatte das Geldverdienen seinen eigenen Reiz.

Also, an der Arbeit im Laden war was dran, und ich zahlte nichts für ein Zimmer und mein Essen, das allerdings scheußlich war, und wenn ich den Norden auch nicht gerade ausbeutete, wie uns der alte Tyler aufgetragen hatte, ging die Rechnung doch wenigstens auf, außerdem hatte ich die achtzig immer noch im Strumpf – und dazu mein Schießeisen.

Ich übte damit, bereitete mich auf Kessel vor, weil mir das Sorgen machte. Manchmal dachte ich, dass er vielleicht in die

Stadt zurückgekehrt war und sich irgendwo verkrochen hatte, mit einem falschen Schnurrbart getarnt, und dass er von meinem Schwur gehört und beschlossen hatte, mir eine zu verpassen, bevor ich ihn erwischte. Und obwohl ich wirklich um Bo trauerte, der da in seinem einsamen Grab lag, hatte ich es nicht eilig, ihm Gesellschaft zu leisten. Nicht, dass mir irgendwie in den Sinn gekommen wäre, Kessel in einem Duell zu stellen, was sich nur Schreiberlinge ausdenken können, die sowieso alle komplett verrückt sind, wenn sie den ganzen Tag rumsitzen und so tun, als wären sie jemand anders. Nein, ich würde ihn in den Rücken schießen, wie er das mit Bo gemacht hatte, und wenn ihr meint, das wären keine besonders feinen Umgangsformen, dann müsst ihr über den alten Westen noch 'ne Menge lernen.

Aber an Sonntagnachmittagen, die ich mir an Stelle des Sonntagmorgens freigenommen hatte, weil Besser mich sonst nur in die Kirche geschickt hätte, trottete ich mit dem Revolver, ein paar Patronen und alten Dosen weit raus in die Prärie und übte, und nach allem, was ich damit erreichte, hätte ich genauso gut im Laden bleiben und Bohnen zählen können. Die Hälfte der Schüsse ging nach hinten los, ein paar Patronen gingen überhaupt nicht los, und wenn der Revolver wirklich mal schoss, dann verfehlte ich die Dosen um Meilen. Sogar aus einer Entfernung von drei Fuß schoss ich daneben! Aber so war das mit diesen Pistolen, sie hatten Fehlzündungen und hopsten und bockten dir in der Hand und rauchten, so dass du husten musstest und fast blind wurdest.

Aber lächerlich war das auch. Ein Kid, das über Millionen Meilen Prärieland hinwegdonnert und ballert, einfach absolut lächerlich, und die Patronen kosteten außerdem Geld, also hörte ich auf zu üben und kehrte zurück, um anständig und ehrbar zu sein – zumindest zeitweise.

Und diese Ehrbarkeit war in Abilene eine einflussreiche Kraft! Es gab 'ne Menge Leute, und nicht nur Prediger, die hatten viel für Reformen übrig. Ich schätze, es gab fast so viele Reformer wie Barkeeper, aber sie wollten nicht alle das Gleiche reformieren. Ein paar von den Reformern wollten, dass sich die Reiter nett und still benahmen wie in der Kirche. Manche wollten die

Saloons schließen, und andere wollten das wiederum nicht, weil die Stadt Steuergelder von ihnen bekam. Wieder andere wollten die Tanzsäle schließen, wegen der Mädchen, ihr wisst schon. Auch bei den Reformern wurde gemauschelt und geklüngelt, denn je nachdem, auf welcher Seite man war, konnte man mit dem Viehhandel Geld verdienen oder auch nicht. Und es gab ein paar Verrückte, die wollten fast alles schließen, außer der Kirche und den Banken.

Es war wirklich verblüffend. Da trieben sich in der South Side Tausende von angesäuselten Reitern bei den Saloonbesitzern rum, und die Spieler nahmen sie bis aufs Hemd aus, und die Hilfssheriffs streiften mit ihren Sechsschüssern und den Schlagstöcken umher, und was da unten abging, ist nicht gerade der passende Stoff für eine nette Familiengeschichte wie diese hier. Aber in der North Side, da gab es die Reformer – und es gab Enthaltsamkeitstreffen!

Ich war auch mal bei einem, ohne Witze. Francher Washbourne, der Schulmeister, schleppte mich hin, und aus lauter Langeweile ging ich mit, aber ich wäre besser bedient gewesen, wenn ich dem Gras beim Wachsen zugesehen hätte. Geleitet wurde es vom Guttemplerorden, der aus Geschäftsmännern und Kirchenleuten bestand, die den Alkoholkonsum bekämpften, und sie hatten extra einen Kerl aus Akron, Ohio, angeschleppt, damit er gegen den Dämon Alkohol redete, und ich muss schon sagen, reden konnte er. Bei Moses, er ließ sich stundenlang über Wasser aus! Einfaches, normales Wasser, wo es herkam und wie es raufkam und wie es wieder runterkam – was im Sommer von Kansas wirklich ein Witz war – und wie rein es war und wie gut es einem tat, da der Herr es extra für uns alle gemacht hatte. Und dann saßen wir rum und tranken das verfluchte Zeug! Charlie McCann wäre schier ausgeflippt.

Aber die Enthaltsamkeitsreformer waren in Kansas stark. Genau genommen hatten sie vor, den Alkoholhandel komplett abzuschaffen! Zu der Zeit hörte sich das lächerlich an, aber sie meinten es ernst, ganz sicher. Obwohl ich meinen Ohren nicht traute, als ich das zum ersten Mal hörte.

Besser war nicht da, und ich kontrollierte die Lieferung einer

Medizin, die garantierte, «alle bekannten Krankheiten zu heilen», als Mrs. Christopher, die Frau eines Reverends der Stadt, eintrat.

Ich sagte «Guten Morgen, Madam», und sie sagte «Guten Morgen», aber nicht gerade mit überschwänglicher Herzlichkeit, weil sie mich immer dazu überreden wollte, dass ich zur Kirche ging, und etwas unterkühlt war, weil ich es nicht tat. Sie ging in den hinteren Teil des Ladens, wo Mrs. Besser mit Goblinka saß.

Ich kontrollierte weiter und überlegte, ob ich die Medizin selbst ausprobieren sollte, und Mrs. Christopher fing an zu reden, leise – sie flüsterte, würde ich sagen.

Also, Lady, dachte ich, da spielst du ein verlorenes Spiel, wenn du das versuchst, weil Mrs. Besser sowieso fast kein Amerikanisch verstand. Es war wirklich komisch. Ich wusste, Mrs. Christopher wollte nicht, dass ich hörte, wovon sie redete, aber um nichts in der Welt hätte sie Mrs. Besser aus dem Laden gekriegt, solange ihr alter Herr nicht da war, also musste Mrs. Christopher einfach laut und deutlich reden, und das war genauso komisch.

Die Sache war die: Zwei Spielern mit den Namen Thompson und Coe gehörte der Saloon Bull's Head, und da gab es ein großes Schild, auf dem ein Bulle quer darüber gemalt war, und die anständigen Ladys der Stadt mochten es nicht, weil sie es unanständig fanden, und davon redete Mrs. Christopher.

«Sehen Sie», sagte sie und versuchte ihre Stimme zu dämpfen, «aus unserer Frauen-Kirchengesellschaft haben deswegen einige bei der Stadtverwaltung vorgesprochen, und sie sollten Marshal Hickok wirklich dazu zwingen, dieses … dieses Bild zu übermalen. Aber nichts passiert, einfach gar nichts, und warum wir dem Marshal Monat für Monat all das Geld von unseren Steuern zahlen, will mir nicht in den Kopf, also unterzeichnen wir Frauen diese Petition, und wir wollen, dass Sie sie auch unterzeichnen.»

Ich schielte über meine Schulter und sah, wie Mrs. Besser mit ihren großen, vorstehenden Augen vor sich hin stierte. «Was ist?», fragte sie. «Petition?»

Mrs. Christopher blickte missbilligend drein. «Na ja, das ist … das ist wie ein wichtiger Brief.»

«Aber warum ich schreibe einen wichtigen Brief?», fragte Mrs. Besser in ihrem gottserbärmlichen Genuschel, das sie für Amerikanisch hielt.

«Sie müssen den Brief nicht *schreiben*», sagte Mrs. Christopher. «*Ich* habe ihn geschrieben. Sie müssen ihn nur unterzeichnen.»

«Unterzeichnen?» Mrs. Besser wedelte mit den Armen, als glaubte sie, Mrs. Christopher würde von ihr die Zeichensprache der Indianer verlangen. «Was Zeichen?»

Mrs. Christopher gab eine Art Ächzen von sich. «Ihren *Namen*», sagte sie. «Schreiben sie einfach ihren Namen hierhin. *Unterzeichnen* Sie, wegen dem Zeichen – dem Schild mit dem Bild, meine ich.»

«Welches Bild?» Mrs. Besser sah sich um, als glaubte sie, Mrs. Christopher würde davon reden, dass der Laden ein bisschen Farbe gebrauchen könnte, und ich fing an zu lachen. Ich versuchte, ein Husten draus zu machen, und schoss nach draußen, wo ich loskicherte wie ein Trottel, bis ein vorbeilaufender Kerl mir einen Schlag auf den Rücken verpasste, der mich fast bis ins Indianerterritorium schickte.

Ich beruhigte mich wieder und ging zurück, tat so, als würde ich immer noch husten, und Mrs. Christopher, die warf mir einen Blick zu, als hätte sie mir am liebsten einen Tomahawk in den Schädel gerammt.

«Junger Mann», sagte sie, «hast du nicht irgendetwas im Hof zu erledigen?»

«Nein, Madam», sagte ich, weil ich die Szene um keinen Preis verpassen wollte. «Ich muss diese Regale fertigmachen. Mr. Besser hat mir das ganz besonders aufgetragen.»

Mrs. Christopher warf mir wieder diesen Blick zu, und es sah aus, als ob sie mir diesmal zwei Tomahawks reinrammen wollte. Aber da konnte sie nichts machen, also – und das musste man ihr lassen, Pioniergeist besaß sie – wandte sie sich wieder Mrs. Besser zu.

«Wir wollen hier eine nette Stadt aufbauen», sagte sie. «Nett.

Für anständige Leute. Denken Sie nur, wenn Ihre Tochter hier … äh …?»

«Goblinka», sagte Mrs. Besser.

«Natürlich, Goblinka …»

«Braves, riesiges Mädchen sie ist!», sagte Mrs. Besser, und beinahe hätte ich eingeworfen, dass sie das hätte laut sagen können.

«Ja.» Mrs. Christopher warf einen Blick auf Goblinka. «Ja, das ist sie bestimmt.»

«Sie kriegt guten Mann!», sagte Mrs. Besser.

Also, ich duckte mich unter den Tresen und stopfte mir die Faust in den Mund, um mir das Lachen zu verkneifen. Und es wurde noch schlimmer!

Mrs. Christopher sagte, sie wäre sicher, dass Goblinka einen guten Mann kriegen würde, fuhr aber dann fort. «Sie wollen doch nicht, dass sie die Texas Street hinuntergeht und das Bild sieht, nicht wahr?»

«Goblinka nie geht diese Straße runter», kreischte Mrs. Besser. «Was soll sie da?» Und dann fing sie auch noch an, mit Goblinka zu quasseln, und Goblinka quasselte zurück, und man brauchte die Sprache nicht zu kennen, um zu wissen, was sie sagte, und ich hatte richtig getippt, denn Mrs. Besser wandte sich mit knallrotem Kopf wieder Mrs. Christopher zu.

«Warum Sie sagen, Goblinka geht die böse Straße runter. Sie nie geht da lang!»

In dem Moment gab Mrs. Christopher auf, sie war einfach erschöpft. Sie tat einen tiefen Seufzer. «Mrs. Besser, ich habe bestimmt *nicht* gesagt, dass Goblinka da *gegangen* ist. Ich habe nichts weiter gesagt, als dass wir wollen, dass das Bild übermalt wird und die Stadt anständig wird für ehrbare Bürger und dass die Saloons geschlossen werden! Aber ich werde mit Mr. Besser darüber sprechen.» Dann ging sie hinaus, und sie war röter im Gesicht als Mrs. Besser.

Donnerwetter, Lady, dachte ich, du hast wohl Narrenkraut gekaut. Die Saloons schließen! Tausende durstiger Texaner ziehen umher, und du willst sie vom Trinken abbringen! Das war die dümmste Idee, die ich je gehört hatte, aber ich hakte sie unter weiblicher Blödheit ab, woran man lediglich sieht, dass ich über

Frauen noch 'ne Menge lernen musste. Aber in dem Moment hatte ich keine Zeit, mir darüber Gedanken zu machen, weil Mrs. Besser auf mich zukam, und sie war wütend!

«Warum sie sagt, Goblinka böses Mädchen?», fragte sie. «Warum sagt, sie geht die böse Straße runter?»

Mittlerweile kam ich klar mit ihrem Kauderwelsch, also beruhigte ich sie. «Sie nicht sagt, Goblinka böses Mädchen», erklärte ich ihr. «Sie sagt Texas Street böski.» Und dabei kam ich mir sehr edel und gut vor, weil ich Mrs. Christopher in Schutz genommen hatte, obwohl sie mir, nachdem ich nicht mehr in die Kirche kam, keine Limonade mehr gab, wenn ich ihr Waren vorbeibrachte. Und mein Verhalten zeigte also, dass ich trotz allem ein Christenmensch war, denn natürlich hätte es mich gereizt zu behaupten, dass Mrs. Christopher Goblinka als ein schlechtes Mädchen bezeichnet hatte.

Vierzehn

Jedenfalls war die Geschichte zum Schießen und möbelte das Leben in diesem verdammten Laden ein bisschen auf, aber ansonsten war das schon ein ödes Dasein, und der traurige Höhepunkt der Woche war samstags, wenn die Farmer reinkamen und, was wohl ein Witz sein sollte, Kaffee und so weiter kauften, und zwar in so kleinen Mengen, dass man sie nur mit einem Vergrößerungsglas sehen konnte. Dann saßen sie herum, ließen überall Müll liegen, meckerten über die Herden, die ihr Land zertrampelten und das Texasfieber anschleppten, und danach fingen sie an, über die Eisenbahngesellschaft zu fluchen, und damit hatten sie gar nicht mal so Unrecht. Diese Gesellschaft hatte sie mit billigem Land hergelockt, sie hatte überall im Osten und auch da drüben in Europa Flugblätter angeklatscht, auf denen sie Kansas wie eine Art Paradies auf Erden anpries, und dann nahm sie die Farmer bei den Transportkosten aus.

Aber diese so genannten Farmer waren mir piepegal, genau wie all die Reformer, wenn ich daran dachte, dass ich in den Viehhandel einsteigen würde, wenn ich Kessel geschnappt hätte. Davon träumte ich immer, müsst ihr wissen. Wie ich mir Ochsen kaufen und zu Geld kommen würde und am Ende ein wichtiger Mann wie Major McCoy oder Shanghai Pierce wäre. Und was das für wichtige Männer waren!

Im Drovers Cottage hingen sie immer rum, komplett rausgeputzt für Millionen Dollar, lümmelten sich in großen Lehnsesseln und schlürften Drinks mit richtigem Eis, das vom Republican River rangeschafft wurde. Ich warf manchmal einen Blick rein und ging dann in den Laden zurück und sah mir diese Sodbusters an, und sie waren einfach nur zu bedauern, wenn sie darüber redeten, wie sie den Viehhandel abschaffen würden, kaum zu glauben, wo der doch die Dollars in die Stadt brachte, und es war wirklich entsetzlich, ihnen zuzuhören.

Aber für mich war der Samstag ein hervorragender Tag, obwohl ich mit den Farmern fertig werden musste, die sogar noch weniger Zähne als Dollars hatten, weil Samstag der Tag war, wo ich ausging, um mir was Gutes zu tun!

Yeah, wenn die Farmer verduftet waren und ich den Laden aufgeräumt hatte, bekam ich ein paar Stunden frei, und vielleicht denkt ihr, na ja, ich wäre ins Novelty-Theater geschlichen, um mir ein Varieté anzusehen, oder um die South Side rumgekrochen, um Neuigkeiten über Kessel in Erfahrung zu bringen, aber da liegt ihr so weit ab wie Alaska, denn ich ging am Samstag Abend zum Schlitzauge und gönnte mir ein Essen im Restaurant!

Das könnt ihr mir glauben, ganz genau wie Bronco Billy ging ich da hin und ließ einen Vierteldollar springen für ein Rindergeschnetzeltes – jedenfalls hieß es beim Schlitzauge so, obwohl mir manchmal so war, als ob es vor ein paar Tagen noch lange Ohren gehabt hätte und in der Prärie rumgehoppelt wäre, aber es war Fleisch, und auf jeden Fall war es mal ’ne nette Abwechslung, was zu essen, ohne voll gequatscht zu werden.

Es gab noch einen Grund, weshalb ich hinging, ich hatte nämlich einen Kerl kennen gelernt, der da ab und zu einkehrte. Er hieß Henry, Henry Schneider. Er war auch ein Ausländer, obwohl er fast so gut Amerikanisch sprach wie ich, und das musste er auch, wenn man bedachte, dass er Drucker beim mächtigen «Abilene Chronicle» war.

Das war die Zeitung der Stadt, und das war schon was, das könnt ihr mir glauben. Sie gehörte einem Kerl namens Vear Porter Wilson, der einen Trupp Farmer angeschleppt hatte, die am Buckeye Creek siedelten. Sie gehörten alle zu Wilsons eigener Kirche, der Universal Church of America, von der ich noch nie gehört hatte, und abgesehen von seinen Sodbusters hatte auch sonst niemand davon gehört. Aber sonntags stand er oben in seiner Kanzel und brüllte von der Erlösung und von Tugendhaftigkeit und was auch immer. Und montags saß er dann in seinem Büro und schrieb die unglaublichsten Lügen, die man je gelesen hatte, zum Beispiel über Abilene, was das für eine großartige und glorreiche Stadt wäre, mit den ehrbarsten Geschäftsleuten der Welt und den unschuldigsten Mädchen und dem reinsten Wasser und der besten Erde und so. Wenn man sein Zeug las, musste man denken, in der Stadt gäbe es überall Marmorpaläste und Museen und Parks mit schattigen Bäumen, obwohl das Holz weit und breit nicht höher als ein Knirps war, und ansonsten gab es nichts weiter als 'ne Handvoll Schuppen, die jeder Zyklon, der was auf sich hielt, ohne großes Aufhebens weggeblasen hätte. Aber so schrieb er nun mal, und drüben im Osten gab es 'ne Menge Trottel, die diese Lügen lasen und dann herkamen, und genau deshalb schrieb er auch, weil er nämlich bei den Landverkäufen mitmischte, und je mehr Leute kamen, desto mehr Geld kriegte er für die Stadtparzellen. Und das ist der Grund, weshalb alle Zeitungen im Westen existierten.

Auf alle Fälle, das war die Zeitung, für die Henry arbeitete. Ich lernte ihn allmählich kennen, sagte zuerst einfach nur «Hallo», wenn ich ihn sah, später winkte ich ihm durch die Tür des «Chronicle» zu, und schließlich setzte ich mich neben ihn, wobei ich selbstverständlich davon ausging, dass er sich über meine Gesellschaft freuen würde, obwohl er, schätze ich, mehrmals in sich hineingeflucht hatte, wenn er mich kommen sah. Aber er war wirklich ein netter alter Knochen. Er erzählte mir, dass er den Artikel gesetzt hatte, als Bo umgebracht worden war, und er sah auch traurig darüber aus, als wüsste er, wie es ist, wenn man Verwandtschaft verliert. Er verstand auch, was das für uns bedeutete, unser Land zu verlieren, er meinte, es wäre eine traurige Sache, wenn man den Ort verlassen müsste, an dem man geboren ist, und da er ein Ausländer war, schätze ich, stimmte das auch. Und so, wie er als Ausländer wirkte, dachte ich, er wäre vielleicht ein Kumpel von Besser, aber er sagte, er käme aus Deutschland, und das wäre ein ganz anderes Land. Über Bessers alte Jagdgründe rümpfte er sogar ein wenig die Nase – über Besser auch, wenn ich es recht bedenke.

Nun, an dem Samstag Abend, nachdem Mrs. Christopher dagewesen war, dachte ich, ich geb ihm was zu lachen, also erzählte ich ihm von dem Schild und der Petition. «Das ist ein Ding, findest du nicht?», sagte ich und wischte mir die Augen.

Aber Henry, der brüllte nicht gerade los vor Lachen, sondern lächelte nur leise, aus Höflichkeit, könnte man sagen. «Hmm», brummte er und zog seine große Pfeife hervor, stopfte sie mit fast einem halben Pfund Tabak, zündete sie an und stieß Rauch aus, als wäre er eine menschliche Lokomotive.

Ich hustete und wedelte den Rauch weg. «Wie meinst du das mit dem Hmm? Die Jungs reiten tausend Meilen bis hierher, und ganz bestimmt sind sie nicht scharf auf ein Enthaltsamkeitstreffen. Bei Gott, ich war auf einem, und das war der schrecklichste Abend meines Lebens.»

Henry grinste. «Du wirst noch schlimmere erleben.»

«Das hoff ich ehrlich nicht», sagte ich und meinte es auch ehrlich. «Aber wenn sie die Saloons und Tanzsäle schließen, werden die Herden einfach woanders hingehen. Was soll's, die Eisenbahn baut gerade eine Seitenlinie nach Wichita.»

«Kann sein», gab Henry zu und zündete seine Pfeife wieder an, was diese Pfeifenraucher andauernd machen und was sie einen mächtigen Haufen Streichhölzer kosten muss.

«Da gibt es kein Kann-sein», sagte ich. «Wer gibt denn hier Hunderte von Dollars aus? Die Reiter sind es, niemand sonst.»

«Das ist wahr», sagte Henry. «Aber Steuern zahlen sie nicht, stimmt's?»

Beim Jupiter, dachte ich, der alte Henry ist gar nicht so schlau, wie ich geglaubt habe. «Klar zahlen sie keine Steuern. Sie leben nicht hier, deshalb nicht. Man muss irgendwo wohnen, wenn man Steuern zahlt – in Amerika.» Ich sagte das, weil Henry es als Ausländer vielleicht nicht wusste. «Jedenfalls gibt es nichts, *wofür* man in dieser Ecke Steuern zahlen kann.»

«Es gibt den Richter», meinte Henry, «und den Stadtschreiber und den Lehrer und Marshal Hickok und die Hilfssheriffs und die Landregistratur …»

Ich seufzte. «Henry, die haben doch nichts zu tun mit uns Reitern, und erzähl mir nichts über das Gesetz. Unser Land hat es nicht gerettet. Genau genommen hat es dabei geholfen, es uns wegzunehmen. Und für Bo hat es auch nichts getan. Jedenfalls machen die Gesetzeshüter Geld für die Stadt.»

«Glaubst du?», sagte Henry.

«Klar», sagte ich. «Sie jagen ein paar arme Reiter ins Bockshorn, die nichts weiter tun, als sich ein paar schöne Stunden zu machen, und stecken sie ins Loch und brummen ihnen 'ne Geldstrafe auf, und was passiert mit dem Geld? Die Gesetzeshüter kriegen die Hälfte, und der Rest geht an die Stadt.»

«Ja.» Soweit stimmte Henry zu, musste er auch, weil es wahr war. Er steckte den Finger in den Pfeifenkopf, und warum er sich nicht verbrannte, muss mir einer verraten. «Bloß die Steuerzahler sehen das anders. Wenn es keine Cowboys gäbe, bräuchte man keine Gesetzeshüter.»

Ich hatte es aufgegeben, den Leuten zu erklären, dass Cowboys Reiter waren, also seufzte ich nur. «Henry, die Hilfssheriffs braucht man sowieso nicht.»

Henry blinzelte mich durch den Rauch an, das schien er nicht zu schlucken.

«Na ja», gab ich zu, «vielleicht übertreiben die Jungs ein bisschen, aber sie meinen es nicht böse. Diese anständigen Ladys wie Mrs. Christopher, hast du je gesehen, dass sich ein Reiter ihnen gegenüber schlecht benommen hat?» Und dazu brauchte er nichts zu sagen, weil die Jungs absolut höflich waren, es waren die Tanzmädchen, die die Ladys verhöhnten. «Ich sag ja nicht, dass mal einer von den Jungs angesäuselt ist und auf einen Wegweiser aus der Stadt raus schießt, aber sie laufen ganz bestimmt nicht durch die Gegend und bringen Leute um. Das tun solche Kojoten wie Kessel.»

«Klar», sagte Henry. «Aber wenn hier keine Cowboys wären, gäbe es auch keine Kessels, oder nicht?»

Du lieber Himmel, dachte ich, du drehst aber auch alles rum. Ich atmete tief durch, was ich gleich bereute, denn ich atmete so viel Rauch ein, dass es einen Ochsen umgehauen hätte. «Henry, du kannst reden, bis du blau anläufst, aber die Reformer werden den Viehhandel nicht abschaffen.»

«Nein», sagte Henry. «Aber die Farmer werden es tun. Sie haben Stimmrecht, und wenn sie sich mal organisiert haben ...»

«Organisiert!», schrie ich auf. «Hast du organisiert gesagt? Henry, wenn ich mir die Kerle angucke, die können sich doch noch nicht mal einigen, wo die Sonne aufgeht. Dann können sie erst recht keine Herden aufhalten. Jedenfalls, das ist ein freies Land. Frei!» Und verrückt war das schon – obwohl ich keinen einzigen Ochsen mein eigen nannte und in einem Laden arbeitete, regte ich mich komplett auf! Aber es war nicht bloß wegen dem Vieh. Es war wirklich ein freies Land. Ein Land zum Reiten, frei wie ein Vogel konntest du reiten, den Horizont vor Augen, der nirgendwo endete, denn wenn du da ankamst, erstreckte sich das Land weiter bis zu einem nächsten Horizont, und du brauchtest nichts weiter als ein gutes Pferd, ein Gewehr und eine Bettrolle, und die ganze verdammte Welt gehörte dir. Und dann kamen diese Farmer von Gott weiß woher hereingeströmt, wühlten das Land auf – und wofür? Damit der Wind alles davonwehen konnte, nur dafür. Und ich weiß nicht, aber ich fühlte mich richtig mies dabei. Ich schätze, ich war deshalb so wütend, weil ich in dem Laden und in der North Side festsaß, während Kessel frei umherzog. Wie wenn man etwas tun will und nichts machen kann. Und ich ließ meine Wut einfach an den Sodbusters aus.

«Sie haben einfach nichts zu melden, das ist alles», sagte ich.

«Nichts zu melden?»

«Genau», sagte ich. «Und sie werden nie was zu melden haben.»

Henry sagte nichts dazu, sah mich nur nachdenklich an, warf einen Blick auf seine Uhr, die so groß wie eine Wassermelone war, winkte das Schlitzauge heran und zahlte. Er wollte auch für mich bezahlen, wie immer, was ich aber nicht zuließ, denn er hatte Steak und Eier und Gemüse und so, und mich dafür zu revanchieren konnte ich mir nicht leisten. Also zahlte ich mein Essen selbst, und wir gingen raus.

Er wandte sich in Richtung Texas Street, und wie üblich begleitete ich ihn, bis wir an die Ecke kamen, wo er stehen blieb, weil er wusste, dass ich nicht weiter durfte, und er fand das richtig und meinte, der Marshal hätte Recht, die South Side wäre nicht die richtige Gegend für mich, und das konnte er prima sagen, wo er doch selbst genau da hinging.

Er lehnte an der Hauswand des «Chronicle» und zündete seine Pfeife wieder an. Das Zündholz flammte auf, und auf der Straße sowie unten in der South Side flammten die Lichter auch auf, sie färbten den Himmel rot und gelb, die Musik von Pianos und Bands und Banjos ertönte, man hörte das Rufen und Johlen, und es war wie in einer von diesen Städten in der Bibel, die runterbrannten und sich in Salz verwandelten, weil die Leute zu sehr auf den Putz gehauen hatten. Bloß Lasterhaftigkeit und Sünde, das hatte für sie gereicht, und Reverend Christopher und die Reformer meinten, für Abilene würde das auch reichen, aber mir hätte es nichts ausgemacht, ein bisschen bei dem Spaß mitzumachen, bevor es passiert wäre.

Henrys Pfeife brannte, und er lehnte noch immer an der Wand. «Nichts zu melden», sagte er. «Nun, Ben, überall auf der Welt sind diese Leute, von denen du glaubst, dass sie nichts zu melden haben, und sie tun nichts anderes als Schlange stehen, um hierher zu kommen, und wenn sie kommen, dann wird das alles hier» – er deutete mit seiner Pfeife in Richtung South Side – «das alles verschwinden.»

«In Ordnung», sagte ich. «Dann gehen wir woanders hin. Es gibt reichlich Land.»

«Ja», sagte Henry. «Das ist Amerika, reichlich Land. Es gefällt dir hier nicht – also zieh weiter. Reichlich Wald, also rode ihn ab. Reichlich Wild und Büffel, also schieß sie nur weiter ab. Zieh weiter, finde einen besseren Ort, dann zieh wieder weiter.»

Menschenskind, dachte ich, wovon redet der? Ich meine, er hörte sich richtig sauer an über irgendwas, und ich hätte beinahe gesagt, dass es nicht *sein* Land war, es war unseres, und wir konnten damit machen, was bei Sam Hill wir wollten, aber ich sagte bloß: «Was ist daran falsch? Am Weiterziehen.»

«Was damit …» Er blickte an mir herunter, dann schüttelte er den Kopf. «Nichts, schätze ich. Vergiss, was ich gesagt habe. Aber was passiert, wenn das Land ausgeht? Also, gute Nacht, Ben, du gehst besser rein. War nett, mit dir zu reden.»

Ich sagte, es wäre auch mächtig nett gewesen, mit ihm zu reden, und ich weiß nicht, aber da war etwas in meiner Stimme, eine Art Schwermut, denn er zögerte.

«Viele Freunde hast du hier nicht, oder?», fragte er.

«Null Freunde», sagte ich, und das stimmte, denn ich hatte gar keine. Alle in Abilene waren zu jung für mich oder zu alt, und für die, die ungefähr so alt waren wie ich, für die war ich zu alt. Millionen Jahre zu alt.

«Hmm …» Henry zündete seine Pfeife wieder an. «Kannst du Dame spielen?»

Ich sagte, klar könnte ich, wenn ich jemanden finden würde, der gegen mich spielt.

«Komm irgendwann vorbei, und wir spielen gegeneinander», sagte Henry. «Bei mir zu Hause.»

Ich sagte, ich wäre für das Angebot sehr verbunden, was ich auch war, und dass ich frei bekäme und am nächsten Abend kommen würde, aber Henry grinste bloß und sagte, ein anderer Tag würde ihm besser passen.

«Ich geb dir Bescheid», sagte er. «Meine Wirtin macht mächtig gute Kekse.»

Dann schlenderte er davon, auf die hellen Lichter zu und all diesen Spaß, und ich schlenderte auch davon, zu Besser und den Mehltonnen zurück.

Fünfzehn

Also, ein Damespiel war immerhin etwas, worauf ich mich freuen konnte, obwohl es auch zeigt, was für ein aufregendes Leben ich führte, wenn ich über ein Damespiel mit einem alten Knacker in Freudengeheul ausbrach, oder?

Es waren die Abende, die mich fertig machten. Tagsüber war alles nicht so schlimm, besonders wenn Besser mich losschickte, um Waren auszuliefern, auch wenn ich da nirgendwo großartig rumkam, denn du konntest die ganze verdammte Stadt zu Fuß in zehn Minuten ablaufen. Und hatte ich alles abgeliefert, zum Beispiel ein paar Eier für eine Lady, die sich zu fein dafür war, das Zeug in aller Öffentlichkeit selbst rumzutragen, dann nahm ich mir frei und ging zur Bahnstation runter, und dort war ich wirklich gern. Ich sah den Viehhändlern zu und beobachtete die Lokomotive, wie sie einfuhr, zischend und fauchend, und dabei mit der Glocke bimmelte, um Köter oder Betrunkene, die vielleicht auf den Schienen dösten, zu warnen, und die Lokführer steckten die Köpfe zum Führerhaus raus, als wären sie Gott der Allmächtige, wofür sie sich auch hielten. Und ich sah mir die Leute an, die eilig aus- und einstiegen, alle möglichen Leute, Handelsreisende und Spieler, Präriepolitiker, Prediger auf dem Weg zur Rettung einiger Seelen – und wenn sie schon mal unterwegs waren, verdienten sie sich nebenbei auch ein paar Kröten – und junge Soldaten, die sich erst einen Drink genehmigten, bevor sie sich einen Haarschnitt verpassen ließen, einen Sioux-Schnitt, meine ich, oben in den Black Hills.

Ich fragte dort nach Kessel herum, den jeder kannte, aber niemand hatte was von ihm gehört, und in mir regte sich der Verdacht, dass sie auch nie was von ihm hören würden. Trotzdem hatte ich vor, meinen Schwur zu halten, jedenfalls bis Oktober, bis die Viehtriebsaison vorbei war, danach wollte ich mich auf den Weg machen, nach Texas oder woanders hin.

Aber dann, abends, kroch die Dunkelheit herein, und ich stand gähnend im Laden und sah Goblinka an und fragte mich, ob sie wohl auch so einen Panzer unter ihrem Kleid trug. Einmal, als sich ihre Alten beide wie durch ein Wunder im Hinterzimmer aufhielten, versuchte ich sogar, mit ihr zu flirten! Ich erinnerte mich daran, was Bo mir mal über Mädchen erzählt hatte. «Sag ihnen einfach was Nettes über sie», hatte er erklärt, und daran wollte ich mich auch halten, das Problem war nur, dass an Goblinka nicht sonderlich viel dran war, was einem gefallen konnte. Abgesehen von der Tatsache, dass sie ein Mädchen war, gab es eigentlich nur eins, was sie vorweisen konnte, und darauf schoss ich mich ein, noch dazu in diesem ausländischen Kauderwelsch.

«Goblinka», sagte ich, «sicher issto duo gerno.»

Sie starrte mich bloß an, mit diesen großen, vorstehenden Augen, die wie zwei riesige Blaubeeren aussahen, die in einem Pfannkuchen steckten, also versuchte ich es noch mal.

«Vielo», sagte ich. «Geschmacko bueno. Vielinski.» Aber sie sagte immer noch nichts, also dachte ich, was soll's, wenn du zu blöd bist, um deine eigene Sprache zu verstehen, dann kannst du dir jemand anders zum Flirten suchen. Und ich kehrte zu der ausgesprochen interessanten Aufgabe zurück, Fliegen aus einer Schmalztonne zu fischen, die wir reinbekommen hatten.

Und dann passierte etwas, was das Leben insgesamt interessanter machte. Ein Handelsreisender kam herein. Nun, die Tatsache an sich war nicht interessant, weil diese Leute sich massenweise im Westen rumtrieben und alles verkauften, von Strumpfhaltern bis zu Gesangbüchern, und ihr könnt mir glauben, wenn nur eine einzige Familie da draußen in der Prärie hängen blieb, kam früher oder später einer von den Kerlen vorbei und klopfte an ihre Tür.

Dieser hier war ein typisches Exemplar seiner Gattung, total leutselig, einer, der dir ständig Honig um den Bart schmiert, und er sagte, Besser hätte so einen schicken Laden und Goblinka wäre so ein hübsches Mädchen, das muss man sich mal vorstellen! Er war außerdem ein feiner Pinkel, er trug eine Reihe modischer Klamotten aus Chicago mit sich rum, die er mit uns durchging, und erklärte, so gutes Zeug würde es auf der ganzen Welt nicht noch einmal geben, und er würde sie zu den günstigsten Preisen anbieten. So redeten die Kerle, immer nach dem Motto: Das Schwein, das am lautesten quietscht, kriegt den meisten Fraß. Aber während er sich ausließ, warf ich einen gründlichen Blick in seinen Katalog, und da gab es ein paar Reiterhüte, die es wert waren, dass man zweimal hinsah.

Schließlich war der Kerl mit seinem Getöse fertig, Besser brummte, er müsste darüber nachdenken, der Kerl meinte, das wäre ihm recht, sehr recht, er würde wieder vorbeischauen, dankte Besser für seine Zeit, was ich in Abilene zum ersten Mal hörte, als ob Zeit Geld kostete, und verschwand. Dann sah Besser mich an und sagte, vielleicht würde er es mit ein paar von diesen Sachen probieren.

«Vielleicht», sagte ich. «Die sind nicht schlecht, und diese Hüte ...»

«Naain.» Besser hatte fast keinen Hals, wenn er also den Kopf schütteln wollte, musste er ihn wie ein Büffel rollen. «Wir machen keine Sonderverkäufe.»

«Wenn wir es aber täten», sagte ich, «könnten wir mächtig viel Profit machen. Und wenn nicht, na ja, wir könnten sie mit Leichtigkeit zum Einkaufspreis verkaufen, also verlieren wir nichts.»

«Naain! Naain!» Besser rollte wieder seinen Büffelkopf, aber ich blies noch einmal in dasselbe Horn, ohne dass ich wusste, warum, denn eigentlich konnte mir das piepegal sein. Vielleicht dachte ich, wenn genug Geld in der Luft herumflog, würde was davon an mir kleben bleiben.

«Man sollte ein paar Dollars dafür springen lassen», sagte ich nachdrücklich. «Man muss Geld ausgeben, wenn man was verdienen will, oder nicht?»

«Jaah», stimmte Besser zu, denn er war es gewesen, der mir das erzählt hatte. Er grübelte eine Weile und kratzte sich in seinem Bart. «Hast du Geld?»

So eine Frage wurde dir da draußen normalerweise nicht gestellt, es sei denn, jemand hielt dir einen Sechsschüsser unter die Nase, aber ich murmelte nur, dass ich vielleicht ein paar Dollar hätte.

Der alte Besser sah mich an, und ich hatte das Gefühl, er hätte in meine Socken gespickt, wo ich mein Geldbündel aufbewahrte, obwohl ich keine Ahnung hatte, wie er das geschafft haben sollte, denn ich zog sie so gut wie nie aus. «Vielleicht solltest *du* diese Hüte kaufen», meinte er.

Menschenskinder! Ich und Hüte kaufen! Demnächst sollte ich ihm wohl noch was dafür bezahlen, dass ich in seinem Laden arbeiten durfte. «Kommen Sie, Mr. Besser!», sagte ich. «Der Laden gehört Ihnen.»

«Jaah», bestätigte Besser, und das musste er wohl, aber er kniff wieder die Augen zusammen, kratzte sich noch ein bisschen im Bart und sagte dann: «Aber du kaufst die Hüte, legst sie im Laden aus, und wir machen beim Gewinn fifty-fifty.»

Ich traute meinen Ohren kaum. «Sie meinen wie Partner?»

Besser nickte, das heißt, er kippte seinen ganzen Körper nach vorne. «Aber nur bei den Hüten.»

«Himmel», sagte ich. «Weiß nicht, ob das gut ist.»

«In Ordnung. Vergessen wir es.» Er reichte mir ein Papier. «Jetzt kümmere dich um diese Bestellungen.»

Ich ging ins Lager und fing an, die Sachen zusammenzustellen, Tüten mit Erbsen und Kaffee und Zucker, und ich zitterte!

Es war verrückt, aber jedes Mal, wenn ich die Schütte in den Sack steckte, dachte ich an den Gewinn, den ich machen könnte. Dann steckte ich sie noch mal rein und dachte daran, wie viel ich dabei verlieren könnte! Ich hatte keinen einzigen Cent auf den Tisch gelegt, aber ich war komplett aufgewühlt, und mir war ganz schlecht. Ich sagte mir immer wieder, dass es absolut lächerlich war, auch nur daran zu denken, diese Hüte zu kaufen, aber ich konnte die Idee einfach nicht aufgeben, denn nachdem sie sich einmal festgesetzt hatte, blieb sie auch sitzen, und bis ich mit den Bestellungen fertig war, wünschte ich mir, dieser Handelsreisende wäre nie aufgetaucht, und dass ich außerdem meine verdammte Klappe gehalten hätte.

Aber es wurde Mittag, und die Idee war immer noch da, und es war, als ob jemand in meinem Kopf redete, der sagte: «Ben Curtis, hier ist eine Chance, leichtes Geld zu verdienen. Ben Curtis, du kannst ein bisschen leichtes Geld verdienen!» Ja, da war sie, die Chance, zu dem Ausnehmen zu kommen, nach der ich mich natürlich sehnte, also fragte ich Besser schweißgebadet wie im Fieber, ob er mir ein bisschen freigeben könnte, woraus er eine große Sache machte, als überlegte er, wie viel er mir dafür vom Lohn abziehen könnte – der doch so niedrig war, dass nur ein Genie den Betrag hätte ausrechnen können. Aber am Ende gab er sein Okay, also zog ich die alberne Schürze aus und ging nach draußen, zum Great Western Store.

Der Great Western Store gehörte ganz allein einem Kerl mit dem Namen Karatofsky, noch einem Ausländer, kaum zu glauben, und das war vielleicht ein Laden! Genau genommen musste man eher Warenhaus dazu sagen, und ein Mensch konnte einen ganzen Tag darin zubringen und davon träumen, was er kaufen könnte – falls er seine eigene Goldmine besaß. Aber die hatte ich nicht, und auch nicht den ganzen Tag Zeit, also ging ich in die Hutabteilung, und, herrje, was die da für Hüte hatten! Zylinderhüte, Strohhüte, welche mit schmalen und welche mit breiten Krempen, Sombreros für die Mexikaner, sogar Hüte für Maultiere und Pferde! Und Hüte für Reiter.

Ich sah sie mir genau an, verglich Preise und Qualität, so gut ich konnte, und probierte ein paar auf. Ich war ganz vertieft darin, probierte verschiedene Stile und betrachtete mich damit im Spiegel – was wirklich komisch aussah –, bis mich ein Angestellter rauswarf.

Ich stand auf der Straße, mitten zwischen den vorbeilaufenden Jungs und den paradierenden Tanzmädchen, im Durcheinander von Wagen und Karren und Maultier- und Viehtreibern, die höllisch fluchten, aber ich schenkte ihnen keine Beachtung. Nein, ich dachte bloß an die Hüte und an Geld. Ich hielt nicht mal nach Kessel Ausschau, was ich sonst immer tat, wenn ich ausging, und dann sagte ich zu mir: «Ben, was du hier brauchst, ist ein Rat, und wenn man jemanden fragen will, wie man Geld verdient, braucht man jemanden, der welches verdient.» Und der Einzige, den ich kannte, der genau das tat, war dieser Dave Heaney, der Grundstücksmakler, der mich bereits in Bessers Laden vermittelt hatte, also kämmte ich mir mit den Fingern, so gut es ging, die Haare und machte mich auf den Weg zu seinem Büro.

Es war ein richtiges Westernbüro, vier Wände, die versuchten, sich gegenseitig am Umfallen zu hindern, mit Karten dran, auf denen die für Farmen abgesteckten Parzellen des Staates, genannt «Plats», eingezeichnet waren, und ein großer Safe und ein Schreibtisch mit Rolldeckel.

Heaney war da und nahm sein Mittagessen ein, das aus Eiern und Grünzeug bestand, und dazu trank er Wasser, da er zu diesen Guttemplern und Weltverbesserern und so gehörte – was ihn nicht davon abhielt, in die Saloons zu gehen, weil er, wie viele Geschäftsmänner, seine Finger auch im Viehhandel hatte.

Ich entschuldigte mich und fragte, ob er etwas Zeit für mich hätte, da ich einen Rat bräuchte.

Er sah mich mit eiskalten Augen an. «Bist du in Schwierigkeiten?»

«Nein, Sir!», antwortete ich. «Ganz bestimmt nicht. Die Sache ist die, ich denke darüber nach, mein eigenes Geschäft zu gründen, und ich dachte, dass ich erst mal Sie fragen sollte, nachdem jeder in der Stadt erzählt, wie clever Sie sind.» Was ich einschob, damit er sich gut fühlte.

Heaney grinste. «Also, ich weiß nicht», sagte er. «Aber ich schätze, das eine oder andere weiß ich schon. Ja, Geschäfte …» Er senkte die Stimme, wurde ganz leise und ehrfürchtig, als ob dieses Wort heilig wäre, was es für manche Leute auch war. Dann schob er sein Futter beiseite, stand auf und griff nach den Aufschlägen seines Mantels, und wenn du merkst, dass ein Kerl das macht, dann weißt du, dass du die Ohren voll gedröhnt kriegst, solange der Kerl Puste hat.

«Lass dir von mir was über Geschäfte sagen, mein Sohn», sagte er. «Geschäfte sind das Herzstück dieses großartigen Landes und dieses redlichen Staates Kansas. Geschäfte haben Amerika groß gemacht und werden dafür sorgen, dass es groß bleibt, und warum? Warum? Warum?»

Ich wollte sagen, dass ich nicht wüsste, warum, warum,

warum, und es mir auch wurstegal wäre, weil ich bloß wissen wollte, ob ich diese Hüte kaufen sollte. Aber einen amerikanischen Geschäftsmann bremst man nicht so leicht in seinem Redefluss, und ich muss zugeben, der alte Heaney konnte besser quasseln als ein Prediger, er erklärte, dass Geschäfte ehrbar und aufregend wären, was mir wirklich gefiel, und dann erzählte er, welches Wagnis die Grenzposten und Pioniere eingegangen wären und wie sie die Wildnis gezähmt hätten, gab aber zu, dass noch ein bisschen zu zähmen übrig blieb, und das musste er auch, wenn man bedachte, dass immer noch fast überall Millionen wilde Indianer rumstrichen.

Trotzdem, es hörte sich ziemlich gut an, und dann sagte er: «Und *warum* ist der amerikanische Geschäftsmann ein echter Nachfahre dieser tapferen Eroberer und wagt sogar mehr als sie? Mein Sohn, das liegt daran, dass die Eroberer zwar ihr Leben aufs Spiel gesetzt haben, aber der moderne amerikanische Geschäftsmann hat den Mut, sein Kapital zu riskieren!»

Es dauerte eine Weile, bis das bei mir angekommen war, aber dann wäre ich am liebsten aus dem Büro geflohen wie eine Fledermaus aus der Hölle, weil ich zwar bestimmt nichts dagegen hatte, als mutig und risikofreudig angesehen zu werden, aber ich wollte auf keinen Fall hören, dass ich vielleicht mein Geld verlieren könnte! Nein, ich wollte hören, wie man welches macht, und ich hatte gerade vor, mich bei ihm zu bedanken und abzuhauen, als er sich setzte, mich mit dem Blick eines Mannes bedachte, der weiß, wovon er redet, und sagte: «Also, mein Sohn, was hast du vor?»

Ich erzählte es ihm, und er nickte. Dann sagte er: «Wie viel Geld hast du denn genau?»

Heiliger Glimmstengel! Das wollte anscheinend jede Küchenschabe in der Stadt wissen, aber Heaney meinte, er würde es für sich behalten, also erzählte ich es ihm mehr oder weniger, das heißt, eher weniger als mehr, wenn ihr versteht, und Heaney zog die Augenbrauen hoch.

«Steht ein Senkrechtstart bevor», sagte er. «Na gut, es gibt Millionäre in diesem Land, die in deinem Alter nicht so viele Cents hatten. Ja …» Er spielte eine Weile mit seiner Gabel. «Jetzt sag ich dir, was du tun musst. Du investierst die Hälfte von dem, was du hast, in die Hüte und sagst Besser, dass du mit siebzig Prozent vom Gewinn einverstanden bist – bloß sag ihm nicht, dass ich das gesagt habe.» Er warf mir einen verschwörerischen Blick zu. «Darin könnte deine finanzielle Zukunft liegen.»

«Das ist es, was mir Sorgen macht», sagte ich. «Ich meine, was ist, wenn Karatofsky von den Hüten erfährt und anfängt, billiger als ich zu verkaufen?»

«Hmm-hmm.» Heaney spielte weiter mit seiner Gabel. «Also, das ist es, was ich mit dem Wagnis gemeint habe. Aber ich an deiner Stelle würde mir nicht allzu viele Sorgen darüber machen, ob Karatofsky dich unterbietet.»

«Würden Sie nicht?», fragte ich und dachte mir, dass Heaney auch nicht an meiner Stelle war.

«Nein.» Heaney winkte ab. «Nutz einfach deine Chance. Fünfzig Cents.»

«Fünfzig Cents?», fragte ich.

«So ist es», sagte Heaney. «Da du gerade erst anfängst, halbiere ich mein Beratungshonorar. Viel Glück wünsch ich dir.»

Viel Glück! Menschenskinder, ich würde so viel Glück brauchen, wie man in Kansas nur kriegen konnte. Ich hatte mit meiner Karriere als Geschäftsmann noch gar nicht angefangen und war schon fünfzig Cents los. Und nur fürs Reden! Ich nahm mir vor, wenn ich mich im Geschäftsleben niedergelassen hatte, dann würde ich auch anfangen, Ratschläge zu verschleudern, und für den Anfang würde ich nur einen Vierteldollar kassieren.

Dann passierte etwas, was mir jeden Gedanken an Dollars und Cents mit einem Schlag vertrieb. Ich war auf dem Weg zurück in den Laden, immer noch abwägend, was ich tun sollte, als eine ganze Horde von Kerlen wie in Panik geratene Rinder an mir vorbeistürmte. Sie schrien aufgeregt durcheinander, rannten zum Bull's Head, wo sich ein weiterer großer Haufen Reiter und Tanzmädchen und alle möglichen Leute versammelt hatten, und die waren genauso aufgeregt.

Wie schon gesagt, der Bull's Head gehörte Thompson und Coe, die eigentlich zwei zwielichtige Zeitgenossen waren, und man munkelte, dass Thompson unten in Louisiana ein paar

Typen umgebracht hätte. Es gab böses Blut zwischen ihnen und Hickok, und nicht nur deshalb. Die einen sagten, dass Coe ein krummes Pharaospiel laufen hätte, andere, dass es um Frauen ging, aber was es auch war, sie hassten sich wie die Pest.

Auf alle Fälle, ich stand auf dem Gehweg dem Saloon gegenüber, von der Menge eingequetscht, und auf der anderen Straßenseite stand der Marshal.

Ich war überrascht, ihn überhaupt da zu sehen, denn wenn er früh aufstand, dann war es vier Uhr nachmittags. Aber da stand er, richtig schick aufgemotzt, hatte eine Art Cape über seiner schillernden Weste, und das blonde Haar floss unter seinem Zylinder hervor. Ihm gegenüber stand Frank Blaine, und dahinter waren Thompson und Coe und spähten über die Flügeltüren des Saloons.

Blaine war Rausschmeißer im Bull's Head, er sah schlimmer aus als jeder Reiter, der von einem Schlägertyp zugerichtet worden war – und in seiner Pfote hielt er eine Pistole. Er jaulte und heulte wie ein Wolf, aber als er eine Pause einlegte, um Luft zu holen, sagte Hickok ganz kalt und bedrohlich: «Schmeiß die Pistole auf den Boden!»

«Wer sagt das?», schrie Blaine, was blödsinnig war, weil man glasklar erkennen konnte, dass es der Marshal gewesen war.

«Das verstößt gegen die Stadtverordnung», sagte Hickok. Damit konnte man eigentlich niemandem einen Schrecken einjagen, und Blaine hatte er ganz bestimmt nicht beeindruckt, denn der erzählte Hickok, was er mit seinen Stadtverordnungen machen könnte, und ich war froh, dass Mrs. Christopher nicht da war, um seinen Vorschlag mit anzuhören.

«Also gut», sagte Hickok. «Dann nehme ich dich mit, und du weißt, was das bedeutet.»

«Das schert mich einen Dreck», röhrte Blaine. «Ich hab schon ganz andere Männer als dich vorm Frühstück verspeist, genau genommen hatte ich sie *zum* Frühstück.»

Und das gab einen Lacher! Es war verrückt. Da stand ein Betrunkener und fuchtelte mit einem Revolver herum, und diese Dinger gingen laufend aus Versehen hoch, und ihm gegenüber stand der schreckliche Wild Bill Hickok, und wir lachten, als ob wir es mit zwei Komödianten aus dem Novelty-Theater zu tun gehabt hätten! Es lässt sich einfach nicht in Worte fassen, wie viel Dummheit in den Menschen steckt. Nicht, dass ich irgendwie anders war. Es brauchte einige harte Zeiten, um mir Pferdeverstand einzuprügeln. Harte Zeiten und auch ein paar Morde.

Aber wir alle starrten den Marshal an, warteten darauf, dass er die Initiative ergriff, und das tat er. «Blaine», sagte er. «Du bist laut und deutlich gewarnt worden.» Und er trat vor, auch er hatte einen Revolver.

Und die Sache war die: Hickok war rechtmäßiger, eingeschworener, bezahlter Marshal, vereidigt von einem ordentlichen Richter, er war im Besitz eines Sterns und hatte das Recht, diesen Sechsschüsser zu tragen und ihn zu benutzen, während für Blaine, und für jeden anderen übrigens auch, die Benutzung einer todbringenden Waffe mit einem kostenlosen herzhaften Frühstück enden konnte – und danach brauchte er nie wieder ein Lunch. Also war der Mann des Gesetzes im Vorteil. Selbst wenn er nicht gewann, hattest du verloren.

Dann trat Hickok vor, langsam, und das sah auch wirklich bedrohlich aus, und man merkte, dass Blaine zu grübeln anfing, mit grauem, verschwitztem Gesicht, während Hickok ganz cool blieb. Er ließ sich Zeit, und das war es, was einen Mann des Gesetzes wirklich ausmachte, das und die Fähigkeit, einen Mann zu erschießen, danach einen trinken zu gehen, zu Abend zu essen und Witze zu erzählen.

«Lass sie fallen», sagte Hickok und ging einen Schritt weiter. «Lass sie fallen.» Und nur für eine Sekunde sah es so aus, als ob Blaine es nicht tun würde. Sein Arm zuckte, und er betrachtete ihn, als gehörte er zu jemand anderem, und seine Schulter ging rauf und runter, aber dann hatte ihn Hickok unter Kontrolle, er bedrängte ihn, und Blaine gab ein ächzendes Stöhnen von sich und ließ die Waffe fallen.

Und man sollte es nicht glauben, die Leute stöhnten auch, sie waren enttäuscht! Und zwar deshalb, weil sie bis ans Ende ihrer Tage davon hätten erzählen können, von dem Schusswechsel zwischen Bill Hickok und Blaine, um die Mittagszeit in den Straßen von Abilene.

Aber noch war nicht alles vorbei, denn als Blaine da stand, schmierig und triefend von dem Fusel, den er ausschwitzte, und tatsächlich auf die Waffe zeigte, als wollte er sagen: «Sieh her, ich hab getan, was du mir gesagt hast», da machte Hickok ihn fertig, er schlug ihm seinen großen Colt von der Seite an den Kopf und brachte ihn wie einen erschossenen Büffel zum Umfallen, wie das alle Männer des Gesetzes taten, um zu zeigen, wer die Stadt regierte. Und wisst ihr, die Reiter, die zusahen, denen machte es nichts aus, dass Blaine was einstecken musste, denn er hatte vorher selbst ausgeteilt, aber sie zischten und pfiffen, weil ihnen die Einschüchterung nicht gefiel, sie wussten, dass ihnen das auch passieren konnte, und die Männer des Gesetzes mochten sie auch nicht.

Hickok funkelte uns an, den gefallenen Feind zu seinen Füßen, wenn man es poetisch ausdrücken wollte, und er sah nicht so aus, als ob es ihm große Mühe machen würde, zu uns rüberzukommen und uns ebenfalls fertig zu machen, und falls ihr das vielleicht für zu heldenhaft haltet, dann kann man noch hinzufügen, dass ein paar seiner Hilfssheriffs mit Schrotflinten und Schlagstöcken eingetroffen waren.

«Geht auseinander», knurrten sie. «Geht weiter. Kommt schon, haut ab.» Und das taten wir auch, denn keiner von uns hatte Lust, fünf Bucks für eine dicke Beule am Kopf und eine Nacht im Loch zu bezahlen. Und ich hab schon Gesetzeshüter erlebt, die einem Mann befohlen haben, den Hut vom Kopf zu nehmen, bevor sie ihm eins draufgaben, nur um sicherzustellen, dass die Beule auch groß genug wurde.

Wir gingen auseinander, alle quasselten aufgeregt, und ich machte mich auf den Weg zurück in den Laden und versuchte, nicht in Hickoks Nähe zu kommen, und, verflixt noch mal, da trat mir jemand auf die Ferse, so dass ich mich langlegte, und als ich mich wieder aufrappelte, starrte Hickok direkt auf mich runter. Sein Blick war so finster, als wäre er jederzeit bereit, jedem und allem das Lebenslicht auszupusten. «Du», sagte er. «Bist du nicht der Texanerjunge?»

«Ja, Sir», antwortete ich. «Das bin ich wirklich, und ich …»

«Yeah.» Hickok fiel mir ins Wort. «Hab ich dir nicht gesagt, du sollst dich nicht in der Nähe von Saloons rumtreiben?»

«Ja, Sir», sagte ich. «Und das tu ich auch. Ich tu das wirklich. Aber manchmal muss ich diese Straße runter … Bestellungen abliefern und so … Nur tagsüber …»

«Tagsüber?» Hickoks Augen sahen komisch aus, und er schwankte, stand schwankend mit dem Revolver in der Hand da, und ich dachte, Menschenskinder, der ist betrunken! Und das machte mir Angst, weil man nie wissen kann, was ein Betrunkener tun wird. «Tagsüber», sagte er noch einmal. «Wolltest du nicht hierbleiben, um das einsame Grab deines Bruders zu pflegen?»

«Stimmt genau, Marshal», sagte ich und hoffte, dass er nicht weiter darüber nachdachte.

Hickoks Augen schienen klarer zu werden, und er hörte auf, so furchtbar zu schwanken. «Kann keine Pflege erkennen.»

«Nein, Sir», sagte ich. «Tut mir Leid, Marshal. Bin unter die Geschäftsleute gegangen, deshalb. Hüte …»

Aber ich kam nicht dazu, mehr zu erzählen, denn Hickok fegte mich weg wie eine Fliege und röhrte zu Coe und Thompson rüber, die ihre Köpfe wieder aus dem Saloon raussteckten: «Seht zu, dass das verdammte Schild übermalt wird, oder ich komme, um mir euch beide vorzuknöpfen!» Dann ging er mit den Hilfssheriffs davon, die Blaine an den Füßen hinter sich herzogen.

Und stellt euch vor, genau in dem Moment kam ein Fuhrwerk mit einer ganzen Horde neuer Siedler und all ihrem Zeug vom Bahnhof herauf, und die machten vielleicht Augen! Mann, wie da der Marshal mit einer Pistole wedelte und die Hilfssheriffs mit ihren Schrotflinten entlangspazierten und Blaines Kopf auf der staubigen Straße dotzte, sah das Ganze nicht wie eins von den Plakaten der Kansas Pacific-Bahn aus, und sie zogen ein Gesicht, als ob sie sich wünschten, sie hätten eine Rückfahrkarte gelöst, woher auch immer bei Sam Hill sie gerade gekommen waren.

Ich ging zurück in den Laden, mein Kopf juckte, und Besser juckte auch irgendwas, er brummte vor sich hin, dass ich so lang weggewesen wäre. Als ob weniger Kunden in den Laden gekommen wären, weil ich nicht da war, und ich wie ein menschlicher Magnet funktionierte. Aber er beruhigte sich, als ich ihm erzählte, dass ich die Hüte kaufen würde, nur auf die Siebzig-dreißig-Teilung wollte er sich nicht einlassen, bei sechzig-vierzig einigten wir uns, weshalb ich mir mächtig schlau vorkam und mir die fünfzig Cents, die ich ausgegeben hatte, nicht mehr ganz so weh taten.

Aber ich war den ganzen Nachmittag unruhig, wartete darauf, dass dieser Handelsreisende wiederkam, wusste immer noch nicht so ganz, dachte, es wäre noch Zeit, meine Meinung zu ändern, und hätte es auch beinahe getan, aber als er dann endlich kam, mit einer Fahne, als hätte er versucht, alle Saloons der Stadt leerzutrinken, überreichte ich ihm die Dollars und unterschrieb auf der gepunkteten Linie – und dann ging es mir besser!

Ja, es war, als hätte ich etwas geschafft, wirklich etwas geschafft. Mein ganzes Leben lang hatte ich getan, was man mir gesagt hatte, immer war jemand anders der Boss gewesen, und jetzt war ich meinen eigenen Weg gegangen. Genau genommen waren nicht mehr als ein paar Monate vergangen seit meiner Zeit als barfüßiger Junge auf einer Farm, der keinen einzigen Dime besaß, und wenn ich nicht gerade jemanden ausgeraubt hätte, dann hätte ich keine Möglichkeit gehabt, jemals mehr als zwei Bucks aneinander zu reiben, und jetzt, beim Jupiter – war ich ein amerikanischer Geschäftsmann!

Sechzehn

Jawohl, ich war ein amerikanischer Geschäftsmann, edel und wagemutig und alles, aber um die Wahrheit zu sagen, fühlte ich mich nicht besonders mutig und risikofreudig. Genau genommen ging es mir schlimmer als in dem Moment, wo der alte Tyler uns das Schriftstück gezeigt hatte. Ich machte mir Sorgen, sorgte mich, ob ich diese Hüte verkaufen könnte, wenn sie kämen, denn ja sagen ist eine Sache, aber dann was tun ist etwas ganz anderes, besonders wenn es die eigenen Dollars sind, die man auf das Pferd gesetzt hat. Es kam so weit, dass ich von diesen Hüten träumte, lächerliche Träume, in denen Hasen mit den Hüten auf dem Kopf durch die ganze Stadt hoppelten!

Es waren schweißtreibende Tage für mich, schweißtreibende Tage und schweißtreibende Nächte, meistens war mir schlecht, und wenn ich mal schlafen konnte, dann träumte ich diese verrückten Träume. Und es war wirklich seltsam, während ich wartete, zogen sich die Tage, als ob jeder einzelne ein Jahr dauern würde, doch der Oktober, wo die Viehsaison endete und daher keine Nachfrage nach Hüten zu erwarten war, schien auf mich zuzurasen!

Jeden Tag trotteten Besser oder ich zur Bahnstation, und jeden Tag trotteten wir ohne Hüte zurück, und dabei kochte die Stadt über vor Reitern, die alle ihr Geld loswerden wollten, und ich hatte nichts, was ich ihnen verkaufen konnte! Ich sag euch, das Leben kann manchmal schrecklich hart sein. Na, und als ich dann das tat, was der Marshal mir aufgetragen hatte, nämlich Bos Grab zu pflegen, wofür ich dem alten Besser ein altes Einmachglas abschwatzte – er verlangte einen ganzen Nickel dafür! – und ein paar Blumen aus einem so genannten Garten pflückte, die ich auf das Grab stellte, da wurde das Glas gestohlen! Kaum zu übertreffen, wirklich. Ich war ehrlich froh, dass ich kein großes Glas genommen hatte, denn das hätte mich zehn Cents gekostet.

Aber, und das ist schrecklich, so viel machte mir Bo nicht aus, und Kessel auch nicht. Mir war alles egal außer der Möglichkeit, ich könnte mein Geld verlieren. Und ich will euch was erzählen, das werdet ihr kaum glauben.

Ein Zirkus war in die Stadt gekommen, aber auch das konnte mich nicht aufheitern. Ich saß zwischen all den Reitern, die sich über den Clown schieflachten und dem Seiltänzer applaudierten, bloß aus dem Reiter ohne Sattel machten sie sich nichts, sie meinten, auf einem Rinderpony würde er diese Tricks nicht hinkriegen. Es gab sogar einen Löwen, einen gefährlichen, menschenfressenden Löwen, **UNTER GROSSEN KOSTEN DER DIREKTION DEN WEITEN WEG VON AFRIKA BIS HIERHER GEBRACHT**, stand auf den Plakaten, aber er sah so gefährlich wie eine Taschenratte aus. Sein Fell ging ihm überall aus, seine Zähne auch, schätze ich, und die Löwenbändigerin, die den Zirkus leitete, die war so hässlich, dass es aufregender gewesen wäre, wenn der Löwe *seinen* Kopf in *ihr* Maul gesteckt hätte.

Aber ist das nicht ein Ding, wenn man einen Zirkus nicht aufregend findet? Beim Jupiter, vor gar nicht langer Zeit wäre er mir wie eine Art Wunder vorgekommen, und jetzt interessierte er mich kaum.

Und meine Niedergeschlagenheit wurde noch schlimmer, als ich im «Chronicle» las, dass die letzten Herden den Red River durchquert hatten. Ich wollte Besser dazu bringen, dass er an diese Firma in Chicago schrieb, sie sollten die Hüte schnell schicken, aber er sagte bloß, dass man Firmen Zeit geben müsste, um zu liefern.

«Klar», sagte ich, «Ihnen kann das egal sein. Ihr Zeug ist für die Farmer, und die sind den ganzen Winter hier. Meine Sachen sind für die Reiter, die sind es nicht. Und was passiert, wenn wir auf den Hüten sitzen bleiben?»

Besser starrte mich an und brummte aus seinem Büffelhals: «Was meinst du damit, *wir* bleiben darauf sitzen? *Du* bleibst darauf sitzen.»

Also weiter so, Bruder, dachte ich, der Weihnachtsmann bist du nicht gerade. Und ich wünschte, ich hätte den Mund gehalten.

Nichts konnte mich aufheitern. Ich sah Goblinka nicht mehr an und ging nicht mehr zum Schlitzauge, um einen Vierteldollar zu sparen, was bedeutete, dass ich Henry nicht mehr traf, und er fragte auch nicht nach mir, obwohl er bloß ein paar Türen weiter arbeitete.

Heiliger Glimmstengel, so schnell werd ich diese Tage nicht vergessen, wie ich im Laden stand und Fliegen totschlug, während ich darauf wartete, dass Besser von der Bahnstation zurückkam, wie er seinen Büffelkopf rollte und ich dann wusste, dass ich auf den nächsten Zug warten musste, und das kam mir wie eine Million Jahre vor, und ich dachte, dass der Handelsreisende mich zum Narren gehalten hatte, und schimpfte mich den größten Idioten diesseits des Red River.

Außer meiner Investition interessierte mich nichts. Nicht einmal die schollenbrechenden Farmer, diese Sodbusters, die eine Vereinigung gründeten, um den Viehhandel kaputt zu machen, oder die Reformer, die die Saloons und die Tanzmädchen ausrotten wollten. Sogar als es noch mehr Ärger zwischen dem Marshal und Thompson und Coe gab, scherte mich das nicht.

Jim Edwards, der Eis in der Stadt verteilte, erzählte mir davon, als ich den Gehweg fegte – die sinnloseste Beschäftigung, der du in Abilene nachgehen konntest, denn sobald du den Staub weggefegt hattest, wurde er wieder zurückgeweht –, Jim Edwards blieb also mit seinem Wagen direkt neben mir stehen.

«Sie übermalen das Schild am Bull's Head», rief er.

Na, meinetwegen konnten sie sämtliche Saloons und ganz Abilene rosa und lila anmalen, wenn sie wollten, und das sagte ich auch.

«So?», meinte Jim. «Dann geh mal hin und sieh es dir an. Sie malen mit Terpentin drüber, aber das Bild kann man immer noch genauso gut erkennen. Wenn das keine Schote ist!»

Vielleicht war das komisch, aber ich konnte nicht darüber lachen, und mir war noch weniger zum Lachen, als der alte Besser von der Bahnstation anrollte, ein Gesicht zog, als ob seine Ma gerade gestorben wäre, und mir einen scharfen Blick zuwarf, der mir sagen sollte, wie ich dazu käme, tatsächlich mit jemandem zu reden und außerordentlich wertvolle Zeit zu vergeuden.

Edwards machte sich aus dem Staub, und ich ging rein, um ein paar Kerosinbehälter zu überprüfen, die ausliefen und ziemlich schrecklich stanken, während Besser eine Zeit lang Papierkram erledigte, Rechnungen und so weiter. Dann sah er auf und warf mir noch einen prüfenden Blick zu, zog die Brauen zusammen, so dass ich glaubte, er würde mich gleich in Stücke reißen, und wollte gerade zu ihm sagen, ich hätte versucht, Edwards was zu verkaufen, als er sagte: «Hüte!»

Ja, sie waren angekommen. Beinahe wär ich aus dem Fenster gesprungen, um sie am Bahnhof abzuholen, und wie großartig ich mich fühlte, als ich dann all die Schachteln sah und den Lieferschein unterschrieb, richtig wichtig, als hätten all die riesigen Geschäftsgehirne drüben im Osten Überstunden nur für mich gemacht!

Wieder im Laden, öffneten Besser und ich die Kartons, und ich muss sagen, es war ein mächtiger Haufen Hüte, der Laden quoll fast über, aber sie gehörten mir, und abgesehen von meinen Klamotten, dem Sattel und dem Revolver waren sie das Einzige, was ich in meinem Leben je besessen habe. Ich liebte sie tatsächlich so sehr, dass ich sie nur ungern verkaufen wollte!

Natürlich verflüchtigte sich das Gefühl nach ungefähr fünf Minuten, also stopfte ich einen ins Fenster und trat zurück, um ihn zu bewundern, wisst ihr. Dann hatte ich eine Idee, eine Art Geistesblitz überkam mich. Ich nahm ein Stück Karton und schrieb in großen Buchstaben drauf: **HÜTE**. Aber das schien nicht genug, also pinselte ich **BILIGE HÜTE** hin, was irgendwie auch nicht richtig aussah, und schließlich holte ich noch einen Karton und schrieb: **DIE BESTEN UND BILIGSTEN HÜTE IN** – ich wollte Abilene schreiben, dachte aber, wozu die Hüte hinterm Busch verstecken, also schrieb ich **KANSAS** und malte den Preis darunter. Eigentlich wollte ich in den Vereinigten Staaten schreiben, fand dann aber, ich sollte nicht übertreiben.

Ich war unendlich stolz. Alle zehn Sekunden schlich ich mit dem Besen nach draußen, tat so, als würde ich mich daranmachen, den Gehweg zu fegen, aber ich wollte nur einen Blick auf das Schild werfen, und alle zehn Sekunden rechnete ich damit, dass ein Haufen Reiter vorbeischlendern und mich mit Geld beschmeißen würde.

Doch keiner kam. Als Dave Knights, der bei der First National Bank of Kansas arbeitete, vorbeischaute, um Tabak zu kaufen und ich versuchte, ihm einen zu verkaufen, indem ich sagte: «Haben Sie schon diese neuen Hüte gesehen, sind gerade aus Chicago angekommen, beste Qualität diesseits des Missouri», da antwortete er, er wäre nicht interessiert, und versuchte doch tatsächlich, mir eine Krawatte zu verkaufen, die er nicht gebrauchen konnte. Die Leute hatten vielleicht Nerven!

Die Sache war die, ich hatte zwar nicht damit gerechnet, die ganzen Hüte am ersten Tag zu verkaufen, aber ein paar schon – na ja, wenigstens einen. Doch der Tag verging, und es hatte noch nicht mal jemand einen anprobiert, weshalb ich mich wieder niedergeschlagen fühlte. Ich zündete die Lampe an, die den kleinsten Docht hatte, den man sich vorstellen kann, und ging wieder nach draußen, stand in der Dämmerung und hielt nach einem späten Kunden Ausschau.

Normalerweise mochte ich diese Tageszeit irgendwie. Es wurde ein bisschen kühler, und die Leute zündeten ihre Lampen an, das Licht strömte aus den Fenstern und schien tröstlich, wisst ihr, anheimelnd könnte man sagen, aber in dem Moment tröstete es mich nicht, nicht solange mich dieser Hut aus dem Fenster wie ein Totenschädel angrinste, und ich schimpfte mich noch einmal den größten Idioten, als Dave Heaney vorbeikam.

Ich rangierte nicht allzu hoch in der gesellschaftlichen Liste von Abilene, weshalb nur wenige Geschäftsleute je das Wort an mich richteten, es sei denn, sie wollten mich in die Kirche treiben, aber Heaney sprach mich an, was nur recht und billig war, schließlich gehörte ich zu seinen Kunden.

«Was macht der Huthandel, mein Sohn?», fragte er. «Sind sie schon da?»

Heiliger Strohsack, dachte ich, wenn du das Schild da nicht erkennen kannst, solltest du ein paar Dollars für eine Brille springen lassen, aber ich sagte bloß, dass sie heute mittag angekommen wären. «Und ich hab noch keinen verkauft», fügte ich ein bisschen vorwurfsvoll hinzu.

Der alte Heaney grinste, keine Ahnung, was daran witzig war. Dann zeigte ich ihm das Schild, und er hörte auf zu grinsen.

«Mein Sohn», sagte er. «Das war der richtige Ansatz. Aber ich will dir einen Tip geben. Mach sie einen Cent billiger. Verkauf niemals was zu einer glatten Summe. Die Leute kaufen Sachen für neunundneunzig Cents, die sie für einen Dollar nicht kaufen. Und warte nicht auf Kundschaft. Geh los und such sie dir, verstehst du? Sei Amerikaner, mach dich auf und unternimm was!» Und er schlug mir auf den Rücken, was da draußen jedermann ständig tat und wirklich ärgerlich war.

Aber nach diesem Rat, für den ich sogar nichts bezahlt hatte, war ich nicht mehr ganz so niedergeschlagen, und bevor ich mich aufs Ohr legte, schrieb ich ein neues Schild und ging mit dem Preis um einen Cent runter, so dass die Hüte erstaunlich viel preiswerter aussahen – und diesmal stimmte die Rechtschreibung auch. Als ich mich hinlegte, fühlte ich mich alles in allem besser und amerikanischer, denn am nächsten Morgen würde ich mich wirklich aufmachen und etwas unternehmen. Jawohl.

Und das tat ich. Ich hatte den Plan schon ausgetüftelt, bevor es Frühstück gab, besser gesagt, was Mrs. Besser sich unter einem Frühstück vorstellte, das ich aber runterschlang, und dann stand ich an der Tür, um Kunden zusammenzutrommeln. Die Lage des Ladens war für den Viehhandel ungünstig, deshalb kamen nur wenige Reiter vorbei. Wenn welche kamen, stürzte ich mich wie ein geölter Blitz auf sie. Doch keiner zeigte Interesse. Genau genommen, und das ärgerte mich wirklich, lachten mich die meisten einfach aus, als ob ich Witze mit ihnen machte! Als dann dieser Tag zu Ende war, ging es mir schlechter als in der Nacht zuvor, weil ich nicht nur niedergeschlagen war, sondern schlicht ausgelaugt von all dem Sich-Aufmachen und Unternehmen, und ich hatte keinen einzigen Hut verkauft, und mir kam der entsetzliche Gedanke, dass es mir auch nie gelingen würde.

Das war schlimm genug, und die folgenden Tagen wurden sogar noch schlimmer, was ich nicht für möglich gehalten hätte.

Als die Hüte angekommen waren, schienen es schon mächtig viele zu sein, aber im Lauf der Zeit kam es einem so vor, als ob sie mehr würden und sich über Nacht vermehrten! Außerdem war es verrückt, dass ich mich gequält hatte, als die Hüte nicht gekommen waren, und jetzt, wo sie da waren, quälte ich mich sogar noch mehr! Als dann Henry eines Tages vorbeikam und sagte, er hätte mich lange nicht gesehen und ob ich am nächsten Samstag zum verabredeten Damespiel kommen wollte, wusste ich nicht, ob ich ja oder nein sagen sollte, weil das bedeutete, dass ich nicht im Laden war und vielleicht ein Geschäft verpassen könnte! Aber er meinte nur, er würde es mir überlassen, und sagte, obwohl er sich freundlich bedankte, nein, im Augenblick bräuchte er grade keinen Hut.

Das war am Dienstag, und am Samstag hatte ich immer noch keinen Hut verkauft, und der Samstag war schlicht fürchterlich. Die Sodbusters strömten in den Laden und murrten ständig über das Vieh, und sie redeten wirklich davon, sich in der Farmervereinigung richtig zu organisieren und zusammen mit den Reformern dafür zu sorgen, dass die Herden draußen blieben, was sie auch tun konnten, wenn sie sich alle einig waren, besonders wenn man daran dachte, dass Kansas innerhalb der Quarantänegrenze lag, nur waren eben die Beamten bisher bestochen und sahen darüber hinweg. Es war unglaublich, wisst ihr. Da saß ich nun mit all den Millionen Hüten, die mehr gekostet hatten, als die meisten Farmer je in ihrem Leben zu sehen bekamen, und sie redeten davon, meine Kunden aufzuhalten, und sie hatten die Stimmen, um das durchzusetzen, und ich hatte überhaupt keine, und das nannten sie Demokratie!

Natürlich redeten sie nicht nur über Vieh, sie hatten auch andere fesselnde Themen, wie zum Beispiel Heuschrecken, was mich noch mehr auf die Palme brachte, denn eigentlich war ich nicht all die Meilen hierher gereist, um mir das Gerede über Insekten anzuhören, und sie konnten hervorragend lang darüber reden, Stunden um Stunden, bis sie abdampften und sich auf den Weg in ihre Unterschlupfe in der Prärie machten, denn nicht ein Einziger unter Hundert konnte sich Bauholz für ein Haus leisten.

Ich folgte ihnen nach draußen, bloß um sicherzugehen, dass sie nicht leichtsinnig wurden und zum Beispiel in die South Side zum Tanzen gingen, und ich stürzte mich auf einen betrunkenen Reiter, der sich verlaufen hatte, um ihm einen Hut zu verkaufen, aber er lachte bloß und schlurfte weiter. Ich rief ihm noch hinterher, reichlich wehleidig: «Mister, schon gut, aber wenn Sie irgendwelche Männer treffen ... Sagen Sie ihnen ... die besten und die billigsten ... Und hoffentlich kriegst du eine übergezogen!» Das Letzte flüsterte ich mehr, falls er kehrtmachte und mir eins überzog.

Ich ging wieder hinein, in diese muffige Dämmerung, wo Besser wie eine große alte Spinne neben einer Mehltonne saß, und, Hut hin oder her, verdammt noch mal, noch einen Abend konnte ich da drinnen nicht zubringen, also wusch ich mich, klopfte meine Sachen aus und marschierte zu Henry rüber.

Er hatte ein Zimmer gleich neben der Bahnstation bei Pat Brady und seiner Missus. Pat bediente den Telegraphen an der Bahnstation, und er ließ mich manchmal in seinen Schalter, dann beobachtete ich das Telegraphending, wie es auf und ab pickte, wie ein Huhn, das eifrig am Fressen war. Und da zuzusehen, das war schon was. Nur ein kleiner Schlegel, der vor sich hinklapperte und Nachrichten sendete, direkt von New York City nach San Francisco – wenn die Sioux die Telegraphenmasten nicht niederrissen.

Mrs. Brady war ich nie begegnet, aber Pat war in Ordnung, und wisst ihr, da ging ich nun zu ihrem Haus, um Dame zu spielen und Kekse zu essen, und trotzdem ging es mir miserabel, absolut miserabel, und auch, als ich einfach nur durch die North Side schlenderte, fühlte ich mich nicht besser. Genau genommen ging es mir da sogar schlechter. An einigen Holzhäusern waren die Läden noch nicht geschlossen, also konnte ich reinschauen und die Geschäftsmänner sehen, die Geld verdient hatten, statt es zu verlieren, und noch welches dazuverdienten, dasaßen und den verlogenen «Chronicle» lasen oder sich über ihr Futter hermachten, während ihre Frauen um sie rumfuhrwerkten. Im Haus von L.A. Bourroughs, der ein großer Reformer war, spielte jemand auf einem von diesen Harmoniumdingern 'ne Hymne oder so, und ich wanderte hier durch die Straßen. Ich fühlte mich ausgeschlossen, genauso schlecht wie damals, als Bo und ich durch Lookout gegangen waren, aber ich hatte mich seitdem verändert. Wie schon gesagt, Eisen hatte sich in meine Seele geschlichen, ich war verbittert, gemein und neidisch und hinter Geld her. Ich war einem Wolf ähnlicher als einem menschlichen Wesen, einem Wolf, der sich herumschlug und geiferte und darauf wartete, seine Fänge in die Beute zu schlagen – und gerade da wusste ich es plötzlich, wer meine Beute sein würde.

Siebzehn

Er erwartete mich, unschuldig wie ein Säugling, lehnte am Lattenzaun und rauchte seine Pfeife so friedlich, wie man es sich nur denken konnte, und hatte keine Ahnung, was auf ihn zukam.

Wir begrüßten einander, und er sagte, er hätte mein Schild gesehen, das heißt, er war so ziemlich der einzige Kerl in der Stadt, dem es aufgefallen war.

«Yeah», sagte ich. «Ich bin unter die Geschäftsleute gegangen.»

«Ein Geschäftsmann, das ist schon was.» Henry nickte, aber ich war mir nicht sicher, ob in seiner Stimme vielleicht ein Unterton war, der mir nicht gefiel, etwas Belustigtes vielleicht, weshalb ich noch gemeiner und saurer wurde.

«Kann man so sagen», antwortete ich. «Man muss was wagen. Risiken eingehen und so.»

«Kann ich mir vorstellen», meinte Henry. «Hast du schon welche verkauft?»

«Nicht so ganz», sagte ich. «Aber ich hab sie noch nicht lang. Wird noch kommen. Ich werd sie alle verkaufen und einen riesigen Gewinn machen.» Und dann tischte ich ihm die dickste Lüge meines Lebens auf. «Dann kauf ich neue und verkauf sie! Mach noch mehr Profit!»

«Profit, ja?», sagte Henry.

«Klar.» Ich gab meiner Stimme einen knallharten Klang. «Das ganze Leben dreht sich um Profit.»

Henry strich sich am Hosenboden ein Zündholz an und steckte seine Pfeife in Brand, er betrachtete mich über die Flamme und ich weiß nicht, aber er hatte einen Blick wie ein Kerl, der gerade ein Ass zu seinem Straight-flush gezogen hat. «So kann man es sehen», gab er zu. «Dann komm rein, und wir feiern ein bisschen.»

Wir gingen rein, und das Haus war mächtig hübsch, hatte dunkelrote Vorhänge und richtige Tapeten an den Wänden mit großen rosa und roten Blumen drauf, und ein echter Teppich ganz in Blau und Orange lag da. Pat arbeitete noch spät in der Station, aber Mrs. Brady war zu Hause. Sie war eine richtige Hausmutter, ganz ausgetrocknet, wie die Frauen im Westen waren, aber mit einem netten Lächeln, und, Leute, die konnte vielleicht kochen! So guten Kuchen und Kekse hatte ich noch nie gegessen, so dass ich mich fragte, ob sie wohl ein Waisenkind zum ermäßigten Preis aufnehmen würde. Ich aß, bis ich beinahe platzte, dann grinste Henry und sagte, wir sollten vielleicht Dame spielen, und nahm mich mit auf sein Zimmer, auf das ich neugierig war.

Nun, das Zimmer war nicht größer als meins, aber meinem so unähnlich wie der Knast einem Palast. Es gab ein Bett, aber da lag eine elegante Decke drüber, und es gab einen kleinen Tisch mit einer weißen Decke, einen Lehnstuhl, eine Lampe mit grünem Schirm und Bücher – Menschenskinder, es gab Millionen davon, alle auf Regalen aufgereiht, und ich nahm an, dass Henry sich was nebenbei verdiente, indem er sie verkaufte. Es gab auch Bilder an der Wand, eine Stadt, die aussah wie in einem Märchenbuch, lauter Türme und so, ein anderes mit einem richtig schönen Fluss und ein großes Bild von einem behaarten Kerl, der hässlichsten, haarigsten Kreatur, die mir je unter die Augen gekommen war. Mir schoss durch den Kopf, Henry zu fragen, von welchem Baum der geklettert wäre, aber ich dachte, er könnte mit Henry verwandt sein, und ich wollte ihn nicht kränken.

«Gefällt dir mein kleines Zimmer?», fragte Henry.

«Klar», sagte ich.

«Ich hab schon in schlimmeren gewohnt.» Er lächelte, und ich dachte, darauf könnt ich wetten, nämlich welche mit Gitterstäben an den Fenstern.

«Setz dich.» Er fing an, das Damebrett aufzubauen. «In den Lehnstuhl.»

Ich bedankte mich und ließ mich hineinsinken, das feine Zimmer machte mich ein bisschen nervös, aber ich hatte das Polster gerade berührt, als etwas quiekte und fauchte und eine Kreatur zwischen meinen Beinen hindurchsprang und unter dem Bett verschwand. Beim Jupiter, ich war schon fast an der Tür, als Henry auflachte und mir zurief, ich sollte dableiben.

«Dableiben?», sagte ich. «Was um alles in der Welt war das?»

Henry bückte sich und langte mit dem Arm unters Bett, was ich für hundert Bucks nicht getan hätte, und zog eine Katze hervor. Na ja, ich sage Katze, aber es war eher ein Kätzchen, braun und weiß, mit grünen Augen und echt langen Barthaaren.

«Hier.» Henry reichte es mir rüber, und ich versichere euch, so was Niedliches hatte ich noch nie gesehen, und es spielte mit mir, versuchte, unter mein Hemd zu kriechen, und leckte mir die Nase. Es war wirklich toll, denn obwohl es im Westen vor Ungeziefer wimmelte, sah man nur selten Katzen in der Stadt, wegen diesen verfluchten Kojoten, die in der Nacht umherstrichen und die Abfälle durchstöberten, und ich schätze, sie hielten Katzenfleisch für 'ne nette Bereicherung der Speisekarte.

«Gefällt es dir?», fragte Henry.

«Und wie.» Ich streichelte das Kätzchen, und, was soll ich sagen, es rollte sich einfach auf meinem Schoß zusammen und schlief ein! «Und es mag mich», sagte ich. «Wie heißt es?»

Henry lächelte wieder sein leises Lächeln. «Karl. Willst du was trinken?»

Ich sagte ja, und er ging hinaus, und ich lehnte mich zurück, und das war schon was, allen Ernstes. Ich hätte dankbar sein sollen, aber das war ich nicht. Der Neid, der an mir nagte, war immer noch da, und wie ich da in dem vornehmen Zimmer saß, wurde er nur noch schlimmer. Als Henry dann mit meiner Kräuterlimo wiederkam und einem Getränk für sich selbst, das nicht wie Limonade aussah, und in richtige Gläser einschenkte, das Damebrett aufbaute, Weiß auf meiner Seite, da sagte ich, so beiläufig wie möglich: «Wie wär's, wenn wir um 'nen Zehner spielen? Die Reiter machen das immer so.»

Henry zündete seine riesige Pfeife an. «Zehn Cents … Ich weiß nicht. Bist du gut bei diesem Spiel, Ben?»

Na, also das war ich wirklich! Ich und Bo hatten es drüben in

Clement zigtausendmal gespielt. Genau genommen hatte Bo mir das Spiel beigebracht, und er war damals zu Hause bestimmt der beste Damespieler gewesen. Aber das sagte ich Henry nicht. Von wegen. Bo hatte mir beigebracht, dass es sich manchmal bezahlt machte, wenn man sich dumm stellte, und ich rechnete mir aus, dass dies eine solche Gelegenheit war. Ziemlich ekelhaft, oder? Aber so, wie ich die Dinge sah, besaß Henry ziemlich viel, und ich besaß nichts außer den Hüten, also nahm ich mir vor, ein bisschen für Ausgleich zu sorgen.

«Ich hab schon manchmal gespielt», gab ich zu, «aber das ist schon lang her. Genau genommen kann ich mich kaum erinnern, wie man zieht.»

«Ist das so?» Henry schüttelte den Kopf, aber ich konnte sehen, dass er erleichtert war, und ich dachte mir, weiter so, du bist also auch nicht besser als wir alle, besonders, als er sagte, in Ordnung, er würde um einen Zehner spielen.

Wenn man Weiß hat, ist das fast so, als würde man in der Herde Point reiten, als hätte man die Führung, und mir fiel gleich auf, dass Henry überhaupt nicht gut spielte, aber ich ließ mich von ihm eine Weile rumschubsen, schubste ein bisschen zurück, damit es nicht zu einfach aussah, dann ließ ich ihn gewinnen.

Henry lehnte sich zurück und rieb sich die Hände. «Eins zu null für mich», sagte er.

«Genau», nickte ich grollend. «Du hast gut gespielt. Noch mal das Gleiche?»

«Okay.» Henry wollte unbedingt, und ich ließ ihn wieder gewinnen, nur damit er glaubte, er könnte mich jederzeit schlagen.

«Heiliger Strohsack.» Ich hörte mich verzweifelt an. «Da hast du Glück gehabt, Henry. 'nen Haufen Glück.»

«Das war kein Glück.» Henry hörte sich ziemlich selbstgefällig an. «Vielleicht sollte ich dir Unterricht geben, haha.»

«Solltest du vielleicht.» Ich lachte mit, aber ich lachte mir ins Fäustchen, dachte mir, Bruder, du wirst dich noch wundern! «Ich sag dir was, also, das mit dem Zehner ist nicht besonders aufregend. Spielen wir um einen Dollar.»

«Ein Dollar!» Henry sog an seinen Zähnen. «Das ist ein ziemlich hoher Einsatz, Ben. Ich bin kein Spieler.»

«Blödsinn, ich auch nicht», sagte ich. «Ich schätze, du hast einfach nur Glück, weiter nichts.»

«Vielleicht ...» Henry zögerte, dann zuckte er mit den Schultern. «Also gut, ein Dollar. Aber mach mir keine Vorwürfe, wenn du verlierst.»

«Ich mach niemandem Vorwürfe», sagte ich. «Ich nehm die Dinge, wie sie kommen. Spielen wir.»

«Gut.» Henry hatte Weiß, weil er vorher gewonnen hatte, also war er am Zug, aber ich blockierte ihn und schob ihn über das Brett, war hinter dem Dollar her, aber ich wollte nicht zu offensichtlich spielen, denn schließlich wollte ich danach noch mehr, und ich hatte ihn, ich hatte ihn genau da, wo ich ihn haben wollte, als er einen Zug machte, wie ich ihn noch nie gesehen hatte, noch dazu war es ein ziemlich dummer Zug, aber das Spiel rutschte mir einfach aus den Fingern, und ich verlor!

Ich starrte auf das Brett und traute meinen Augen nicht. Ich hatte das Spiel absolut sicher in der Tasche gehabt, aber da saß ich, wieder geschlagen und um einen Dollar erleichtert. Gottverdammt, ein Wochenlohn war weg, dazu zwanzig Cents, und wir hatten noch keine Viertelstunde gespielt.

«Dieser Zug», sagte ich.

«Von welchem Zug redest du?», fragte Henry.

«Dieses hornochsige Ding, das du da gedreht hast.» Ich zeigte auf das Feld.

Henry schüttelte den Kopf. «Kann mich nicht erinnern. Ich zieh einfach dahin, wo ein Feld frei ist. Vielleicht hast du Recht, ich hab bloß Glück.» Und dann fing er an, die Steine wegzuräumen!

«Jetzt warte mal», sagte ich. «Warte bloß mal einen Moment.»

«Du willst noch weiter?» Henry hörte sich ein bisschen verwundert an.

«Klar will ich», sagte ich und meinte es auch so.

«In Ordnung.» Henry schüttete die Steine wieder aus. «Aber diesmal spielen wir um nichts, oder?»

«Zur Hölle damit.» Ich brauste auf, schließlich war ich nicht so dumm, ein Huhn zur Hälfte zu rupfen und es dann mit meinem Geld abhauen zu lassen. «Ein Dollar.»

Henry blies die Luft aus den Backen, stimmte aber zu, und diesmal schlug ich ihn. Er versuchte den gleichen Zug noch einmal, ich setzte aber ein paar Spezialzüge ein, die mir Bo gezeigt hatte, klemmte ihn in einer Ecke fest und wischte ihn weg.

Ich war mächtig erfreut. Ich hatte gewusst, dass ich ihn schlagen konnte, und ich hatte meinen Dollar wieder, aber bis jetzt hatte ich noch kein Geld gewonnen, also sagte ich: «Henry, wir sind fast gleich gut, du und ich, du bist nur ein bisschen besser. Lass uns diesmal um ... zwei Dollar spielen.»

«Was sagst du da?» Henry zog die Augenbrauen so weit hoch, dass sie ihm beinahe über den Kopf bis hinten in seinen Kragenknopf gekrochen wären. «Ben, das ist mir zu heiß, und ich schätze, für dich ist das auch zu heiß.»

Diese Bemerkung gefiel mir nicht das allerkleinste bisschen. Nicht die Bohne. Wenn er gewann, machte es ihm nichts aus, um einen Dollar zu spielen, aber jetzt, wo er wusste, dass ich ihn fertigmachen konnte, wollte er kneifen – und sagte, das wäre zu heiß für mich! Gottverdammt noch mal, ich war ein wagemutiger Geschäftsmann, und ich hatte mit diesen Hüten einen Haufen mehr als zwei Piepen riskiert. «Für mich ist das nicht zu heiß», sagte ich.

Henry rieb sich das Kinn und zog an seiner Pfeife, als ob der Mittagszug einfuhr. Kriegte es wohl mit der Angst zu tun, schließlich war er bloß Drucker beim «Chronicle» und hatte nie was gewagt und riskiert und alles. Er sah zur Decke rauf und auf das Brett runter, trommelte mit den Fingern auf dem Tisch, total nervös, dann trank er einen Schluck von seinem scharfen Schnaps und sagte: «Ben, bist du sicher, dass du das Spiel kaum kennst?»

Und ist das nicht verrückt, diese Bemerkung ärgerte mich, wie er an meinen Worten zweifeln konnte!

«Ich bin nicht besser, als du bis jetzt gesehen hast», sagte ich ziemlich grob.

«Also gut dann.» Henry hatte wohl seine Nerven wieder im Griff. «Spielen wir. Um fünf.»

«Gut.» Ich streckte die Hand aus, um zu ziehen, und dann hatte ich begriffen. «Fünf!», schrie ich. «Hast du fünf gesagt?»

«Genau das hab ich gesagt», meinte Henry. «Wenn du allerdings aussteigen willst …»

«Zur Hölle damit», sagte ich – na ja, ich knurrte eher, weil es mich wütend machte, dass er mir unterstellte, ich wollte kneifen. Aber fünf Dollar! Bei allen lebendigen Schlangen, meine Knie klapperten so laut, dass man sie in der South Side hätte hören können.

«Geht es dir gut, Ben?», fragte Henry ganz freundlich.

«Ob es mir gut geht? Na klar tut es das», sagte ich. «Warum auch nicht. Fangen wir an.»

«Gut», sagte Henry – und fegte mich vom Brett, ohne auch nur ins Schwitzen zu kommen.

Achtzehn

«Also, verflixt! Verflixt und zugenäht!» Ich starrte auf das Brett, konnte es nicht glauben, feuerrot im Gesicht, wutentbrannt. «Du hast mich übertölpelt! Du hast einen Trottel aus mir gemacht.»

Henry lehnte sich zurück und warf einen Blick in seinen Pfeifenkopf, als wäre es wichtig, dass er noch brannte. «Schätze, das hab ich auch», sagte er ganz kühl, während ich kochte vor Wut.

Ich wollte was sagen, konnte aber kein Wort rausbringen. Ich konnte es einfach nicht glauben. Fünf Bucks weg, einfach so. Da hatte ich Henry für einen dämlichen alten Holländer gehalten und war wie der grünste Schnabel, der jemals eine Antilope für ein Pony mit einem Stuhl auf dem Kopf gehalten hat, über den Tisch gezogen worden. Mir war danach, Henry eine Kugel auf den Pelz zu brennen, und ich weiß nicht, aber wenn ich eine Waffe getragen hätte, dann hätte ich es vielleicht auch getan. Schließlich quetschte ich ein paar Worte hervor. «Du hast mich über den Tisch gezogen. Du hast mich zum Trottel gemacht – und ich dachte, du wärst mein Freund.»

«So?» Henry spuckte einen von den kleinen Tabakkrümeln aus, die den Pfeifenrauchern immer in den Mund kommen. «Und ich dachte, du wärst meiner. Ich hab dich zu einem freundschaftlichen Spiel eingeladen, und du hast versucht, mich auszunehmen. Irgendwie ein bisschen schwach, findest du nicht?»

So gesehen war es das schätzungsweise auch, aber deshalb ging es mir nicht besser. «Du hast so getan, als könntest du nicht gut spielen», sagte ich. «Kannst du aber doch.»

«Na, und du hast so getan, als ob du ein schlechter Spieler wärst», erwiderte Henry in einem ganz vernünftigen Ton, der einen rasend machte. «Aber du spielst gut. Wenigstens glaubst du das, aber ich könnte dir drei Steine abgeben und dich mit verbundenen Augen schlagen, wann immer es mir passt. Ben, ich hab dieses Spiel gelernt, als du noch nicht auf der Welt warst.»

«Okay», sagte ich. «Okay. Du bist schlauer als ich und hast vielleicht fünf Bucks gewonnen, aber dafür hast du einen Freund verloren.»

Ich schmiss das Kätzchen einfach von meinem Schoß und wollte zur Tür, und dann sagte Henry: «Was ist mit den fünf Dollars und den zwanzig Cents?»

Ich sah ihn ganz verächtlich an. «Du kriegst sie.»

«Das ist gut.» Henry hob das Kätzchen auf. «Es bestand kein Grund, diesem kleinen Geschöpf wehzutun.»

Nun, an diesem Abend war *mir* wehgetan worden, aber was er da sagte, tat mir noch viel mehr weh, verletzte mich irgendwo tief drinnen, denn dem Kätzchen wollte ich nicht mehr wehtun als mir selbst – genau genommen lieber mir selbst –, also murmelte ich, dass es mir Leid täte, und das tat es auch, ehrlich.

Henry streichelte das Kätzchen. «In Ordnung», sagte er. «Jetzt setz dich hin!» Und seine Stimme klang eisenhart, wie bei einem Menschen, der daran gewöhnt ist, Männern zu sagen, was sie tun sollen, und die ihm auch folgten. Das überraschte mich, nachdem er mir immer so sanft vorgekommen war. Und ich gehorchte, ich setzte mich, obwohl ich nicht sicher bin, ob sich irgendwo ganz hinten in meinem Hirn der Gedanke einschlich, ich könnte drum herumkommen, die Dollars zu bezahlen.

«So.» Henry legte seine Hand flach auf den Tisch. «Du und ich, wir müssen miteinander reden, Ben. Reden wir über Geld.»

«Über Geld?»

«Genau.» Henry drehte seine Hand um, die Handfläche nach oben, und unter der Lampe sah man diese Tinte, mit der er arbeitete. «Geld. Es kann seltsame Dinge mit Menschen anstellen, wie es mit dir heute Abend passiert ist.»

Ich machte den Mund auf, um etwas zu sagen, aber er hob einen Finger.

«Hör mich zu Ende an. Du kamst hierher und dachtest, du könntest mich betrügen. Glaubst du, ich hätte das nicht bemerkt? Du warst gierig, Ben, und ich will dir was sagen: Gier macht die Leute dumm. Aber ich möchte dich etwas fragen. Wer war der letzte Kerl, den du kennst, der so ausgenommen wurde wie du heute Abend?»

Ich wollte sagen, ich wüsste nicht, über wen bei Sam Hill er reden würde, und dass es mir auch egal wäre, aber dann begriff ich, und ich schätze, man konnte es sehen, denn Henry nickte.

«Genau», sagte er. «Du weißt schon. Niemand anderes.»

Ich reckte das Kinn vor. «Willst du damit sagen, dass Bo dumm und gierig war?» Und ich war kurz davor, ihm eine zu verpassen, das könnt ihr mir glauben.

«Ben!» Henry schlug richtig mit der Hand auf den Tisch. «Ich hab deinen Bruder nicht mal gekannt. Alles, was ich über ihn weiß, ist, dass er tot ist, und er wurde getötet, weil er glaubte, er könnte mit Spielen Geld machen, und Spielen ist nichts anderes als Gier. Das ist es, was ich dir sagen will. Geld kann Leute auseinander bringen. Wir hätten einen schönen Abend haben können – vielleicht hättest du sogar lernen können, wie man Dame spielt. Aber am Ende wolltest du mich sogar umbringen. Ich hab es gesehen. Ich hab es deutlich in deinem Gesicht gesehen. Denk darüber nach.»

Das tat ich, und vielleicht war sogar was Wahres daran. Aber, trotz und alledem, Geld. Nach allem, was ich und Bo durchgemacht hatten, konnte ich mir nicht vorstellen, dass es auf der ganzen weiten Welt was Besseres als hartes Bargeld gab, eine Winchester vielleicht ausgenommen, wenn man auf dem Weg zum Friseur war – einem Komantschenfriseur, mein ich. «Du willst doch nicht behaupten, dass man ohne Geld leben kann, oder?», fragte ich.

«Nein.» Henry lächelte wieder sein leises Lächeln. «Ohne Geld kann man nicht leben. Aber wenn du *nur* dafür lebst, dann lohnt es sich für dich nicht zu leben.»

«Das glaubst du?» Ich ließ meinen Blick durch den Raum mit all den Büchern und Bildern schweifen, und Henry, der war ein gerissener alter Fuchs, denn er wusste, was ich dachte.

«Du siehst dir ein ganzes Leben an», sagte er.

«Ein Leben?» Ich schnallte es nicht.

Henry machte eine Handbewegung. «Ich hab mein ganzes

Leben lang gearbeitet, und das ist alles, was ich habe. Alles, abgesehen von ein paar Dollars auf der Bank. Nicht viel, wenn ich es recht bedenke.»

Ich gab Bessers Büffelgrunzen von mir, denn das war eben Henrys Ansicht. Aber drüben in Clement, da hatten unsere Leute drei Leben lang gearbeitet, und uns war am Ende ein altes Maultier geblieben. «Klar», sagte ich ein bisschen sarkastisch.

Henry zog wieder die Augenbrauen hoch. «Ich sage nur, dass Menschen mehr wert sind als Geld.»

«Kommt auf die Leute an», sagte ich.

Henry seufzte. «Ich weiß, was du meinst. Es gibt welche, auf die ich nicht scharf bin.» Er seufzte noch ein bisschen, streichelte das Kätzchen, dann, irgendwie plötzlich, sagte er: «Ben, magst du Sarsaparillenlimo?»

Also, ich kann euch sagen, Sarsaparillenlimo mochte ich am allerliebsten. Ich meine, sie schlug Kräuterlimo um Längen, aber da ich so dickschädlig wie ein Missourimaultier, war, sagte ich, ich würde nichts trinken.

«Nein?» Henry lehnte sich vor, seine Brillengläser blinkten im Lampenlicht. «Ich hab sie extra für dich besorgt.»

Es war hart zu widerstehen, wie der alte Kerl mich anflehte, aber ich schüttelte immer noch den Kopf.

«Na, dann.» Henry klang betrübt, aber nicht sehr, und er begann die Damesteine einzuräumen, ließ sie einfach einen nach dem anderen in die Schachtel fallen, er schien es nicht eilig zu haben, aber falls unser Treffen vorbei sein sollte, dann hatte er etwas zu tun und ich nicht, und das Verfluchte war: Obwohl ich immer noch kochte, wollte ich nicht, dass es zu Ende ging. Bei Sam Hill, was hatte ich schon, zu dem ich zurückkehren konnte? Aber da war noch etwas. Ich war zu Bescheidenheit und Ehrlichkeit erzogen worden, und in aller Regel ließ ich einen Kerl wissen, woran er mit mir war, und obwohl ich das heute Abend nicht getan hatte, ging ich davon aus, dass ich zu meinen Prinzipien zurückkehren würde – gegenüber Henry jedenfalls.

«Es ist wegen dem Geld, das ich dir schulde», sagte ich. «Ich kann einfach mit niemandem trinken, dem ich Geld schulde.»

Vielleicht hätte ein Feuerwerk unter Henrys Stuhl ihn noch höher hüpfen lassen, aber das bezweifle ich.

«Was!», schrie er. «Gott im Himmel! Hab ich dir das nicht gerade gesagt? Genau das hab ich dir gesagt. Schon wieder lässt du zu, dass sich Geld zwischen uns stellt. Ich *will* die Dollars nicht. Ich würde sie nicht nehmen, selbst wenn du sie mir jetzt geben würdest.» Er murmelte plötzlich was auf Ausländisch, ich schätze, er fluchte, dann beruhigte er sich endlich. «Ben», sagte er, «wenn ich sage, dass es mir Leid tut und wir uns die Hände reichen, trinkst du dann Sarsaparilla und hörst auf, über Geld nachzudenken?»

Er streckte seine Pfote aus, und ich dachte, was soll's, ich konnte fünf Dollar und zwanzig Cents sparen *und* die Sarsaparilla trinken, und vielleicht hatte er sogar Recht, also streckte ich meine Pfote auch aus, und wir schüttelten sie.

«So ist es besser», sagte Henry. «Jetzt hol ich die Drinks.»

Er reichte mir das Kätzchen, das an dem Abend wirklich was mitmachte, und ging hinaus. Ich spielte ein bisschen mit dieser kleinen Katze, rollte ein bisschen Papier über den Boden und sah zu, wie sie hinterhersprang. Es machte Spaß, und ich dachte, wenn sie mir gehörte, würde ich ihr ein paar Tricks beibringen, als Henry mit den Drinks und noch mehr Keksen und mit Milch für das Kätzchen zurückkam.

Wir drei hauten rein, das Kätzchen war ganz wild auf die Milch, und da ich der Gast war, hielt ich es für meine Pflicht, ein bisschen zu schwatzen, also fragte ich Henry nach den Büchern, fragte ihn nicht, wie viel er damit verdiente, ich war höflich und wollte nur wissen, ob er davon welche gelesen hätte.

Ich weiß nicht, was daran komisch war, aber Henry grinste und meinte, das hätte er, und er würde mir gern mal welche leihen, bloß wären sie auf Ausländisch. «Die meisten auf Deutsch», sagte er. «Ein paar auf Französisch.»

Als ich das hörte, lenkte ich meine Aufmerksamkeit auf die Bilder, die er da hatte, und ich sagte, wie prima das Land bei dem Fluss aussähe und wenn ich da leben würde, würde ich mir eine Siedlerparzelle besorgen und Vieh züchten.

«Sieht so aus, als könnte ein Mann da in Saus und Braus leben», sagte ich. «Keine Indianer, die sich rumtreiben?»

«Nein.» Henry zündete eine andere Pfeife an, als würde er das Pferd wechseln.

«Wie kommt ihr mit Zyklonen und so was zurecht?»

«Gibt kaum welche», sagte er.

«Heuschrecken?»

Er schüttelte den Kopf. «Nicht der Rede wert.»

Na, da schüttelte ich den Kopf, ich war verblüfft. Ich meine, das hörte sich so an, als hätten sie da 'ne Art Paradies, also, nachdem wir wieder Freunde waren, fragten ich ihn geradeheraus: «Henry, warum kommen diese Ausländer hierher? Ich weiß, das Land kostet hier fast nichts, aber das liegt doch nur daran, dass jemand, der richtig im Kopf ist, keinen roten Cent dafür bezahlen würde. Beim Jupiter, es ist schlechter als in Clement County.»

«Glaubst du?», fragte Henry.

«Ich glaube nicht, ich weiß es», sagte ich. «Vom Gras abgesehen ist auf diesem Land noch nie was gewachsen, und jetzt wächst auch nichts drauf, und das wird es auch niemals tun.»

«Kann sein.» Henry paffte eine Weile vor sich hin, dann legte er den Kopf schief, was er immer machte, wenn er einem anscheinend zustimmte, aber kurz davor war, eine Diskussion anzufangen. «Kann sein. Ich weiß nicht viel über Landwirtschaft. Es ist nicht nur das freie Land, obwohl das eine große Anziehungskraft hat, Ben. Aber es gibt andere Freiheiten, die dazugehören.»

«Und was wären das für welche?»

«Nun, die Freiheit, offen seine Meinung zu sagen, die Freiheit, zu schreiben, was man will. Weißt du, dass es andere Länder auf dieser Welt gibt, Ben, wo man zwar eine Schusswaffe besitzen darf, aber keine Druckerpresse? Nicht mal eine kaputte wie die alte Armeepresse beim ‹Chronicle?›» Er hörte sich irgendwie betrübt an, als er das sagte. «Sonst setzt dir jemand den Fuß auf deinen Nacken.» Und plötzlich klang er richtig wild, als würde ihm jemand den Fuß auf seinen Nacken setzen, ohne dass er viel dagegen tun konnte.

Ich hätte ihn da gern ausgequetscht, vielleicht hätte ich erfahren, warum er nach Amerika gekommen war, aber da zog er seine große Uhr heraus.

«Ben», sagte er, «von mir aus kannst du so lang bleiben, wie du willst, aber musst du nicht zurück?»

Ich wollte es zwar nicht gern sagen, gab aber zu, dass dem so war, weil ich wusste, dass Besser zwar bis spät abends offen ließ, doch wenn er dann abschloss, würde er bis zum Morgengrauen nicht mehr aufmachen, egal für wen, also sagte ich, ich würde mich besser aus dem Staub machen, und das war schade. Aber so war das nun mal, also ging ich hinaus, nachdem ich das Kätzchen ein letztes Mal gekrault hatte – und wie gern hätte ich es mitgenommen –, bedankte mich bei Mrs. Brady für die Verpflegung und ging mit Henry zum Tor.

Die Nacht war ganz schön heiß. Eine von diesen Nächten in Kansas, in denen ein Gewitter in der Luft lag und jeden Moment hereinbrechen konnte, und wenn du dir das Haar kämmtest, knisterte es und stand dir zu Berge. Ich dachte an den kühlen Fluss auf dem Bild und wie es wäre, unter einem der schattigen Bäume zu liegen und die Angel nach einem Wels ausgeworfen zu haben.

«Henry», sagte ich, «von dem Zeugs mit der Freiheit versteh ich nicht viel, aber mir ist trotzdem schleierhaft, wieso diese doofen Ausländer alles im Stich lassen und hierherkommen.»

«Hmm.» Henry lehnte am Tor, seine Pfeife glühte rot. «Ich schätze, alle Ausländer sind doof, was, Ben?»

«Wieso, klar», hob ich an, und dann hätte ich mir die Zunge abbeißen können. «Herrje, Henry. Nicht alle Ausländer.» Klar, natürlich, er war ja auch einer. «Nein, ich dachte bloß an diese Sodbusters. Aber wenn du es genau nimmst, sind alle Sorten von Leuten schlau. Also, ich kannte mal 'nen Nigger», fuhr ich fort und dachte dabei an Tom Carney, «der war fast so schlau wie ein Weißer.»

Mir war überhaupt nicht klar, warum, aber es musste wohl daran liegen, dass alle Ausländer merkwürdig sind, denn der alte Henry fing an zu lachen, lachte richtig, lachte sich halb kaputt, wischte sich die Augen und so. «Ben», sagte er, «du bist wirklich 'ne Nummer. Das kann man wohl sagen. Du musst unbedingt wiederkommen. Und jetzt geh.»

Ich sagte gute Nacht, bedankte mich bei ihm und marschierte los, aber etwas ging mir nicht aus dem Kopf, und ich wusste, ich hätte sonst tagelang drüber gegrübelt, also kehrte ich um. «Henry», sagte ich, «entschuldige, dass ich frage, aber der Typ an der Wand, der mit den vielen Barthaaren, ich hab mich gefragt, ob er ein Verwandter von dir war. Vielleicht» – dein Pa wollte ich nicht sagen, ich nahm an, er würde sauer werden – «vielleicht dein Onkel?»

«Nein.» Henry hörte plötzlich auf zu lachen. «Nein, er ist ein Schriftsteller. Ein deutscher Schriftsteller. Mit dem Namen Marx. Und jetzt gute Nacht.»

Ich schlenderte davon, drehte mich nach ein paar Schritten um und winkte, obwohl er mich nicht sehen konnte, aber dafür sah ich das rote Licht leuchten, wo Henry stand, trottete ein paar Schritte weiter und wandte mich wieder um, und da war das Licht weg.

Und es war seltsam. Dieser Abend mit Henry, der so schrecklich angefangen hatte, er war zu einem der schönsten meines Lebens geworden, und so nett, wie Henry zu mir gewesen war, dazu das Essen und das Kätzchen, da waren all meine Sorgen und Nöte aus meinem Kopf verschwunden. Aber als ich das kleine rote Licht nicht mehr sah, fühlte ich mich ganz verlassen, aus dem Leben eines anderen ausgeschlossen, als ob Henry einfach in das feine Haus zurückgegangen wäre und mich komplett vergessen hätte, so, als ob ich überhaupt nicht zählte.

Ich wurde wieder ganz niedergeschlagen. Diese Hüte fingen wieder an, mich zu bedrücken, so dass ich bei meiner Rückkehr in den Laden todtraurig war, und wenn du in diesem Laden warst, dann war dir auch nicht unbedingt danach, den Herrgott zu preisen.

Der alte Besser war da, saß wie üblich in der Düsternis, starrte ins Leere, und der Himmel weiß, was ihm durch den Kopf ging, vielleicht überlegte er, wie er aus Heuschrecken Geld machen könnte.

Wir brummten uns gegenseitig was zu, dann stellte er sich auf seine kurzen Beine und wollte gerade zuschließen, als ein Kerl hereinkam.

Ich warf einen Blick auf ihn und dachte, beim Jupiter, ein verspäteter Künstler! Er war ganz zerfleddert und sah ziemlich kaputt aus, wie diese Rumtreiber, denen wir auf dem Trail begegnet waren, außerdem trug er einen Revolver! Ich wollte gerade nach den Sternen greifen und sagen, dass er den ganzen verdammten Laden haben könnte, aber von meinen Sachen die Finger lassen sollte, weil ich ein Waisenkind wäre, als er sagte: «Hab gehört, hier gibt's billige Hüte!»

Heiliger Moses, fast wäre ich auf der Stelle in Ohnmacht gesunken, wie die Ladys das alle Naslang tun – na ja, zumindest in den Romanen tun sie das andauernd, obwohl ich in Wirklichkeit noch nie eine habe umfallen sehen.

«Billige Hüte», krächzte ich. «Mister, ich hab die besten Hüte und ...» Ich versuchte mich an das Zeug zu erinnern, was der Handelsreisende gesagt hatte, aber mir fiel kein einziges Wort ein! Aber es war auch nicht wichtig, weil der Hombre einfach sagte, ich sollte ihm einen geben, und er rammte ihn sich auf den Kopf, zahlte und verschwand, stürzte raus, als ob sie hinter ihm her wären. Doch als er bei der Tür angekommen war, rief ich: «He, Mister!»

Er drehte sich blitzartig um, als wollte er ziehen, fragte aber bloß, was ich wollte, und ich fragte ihn, woher er von den Hüten wüsste.

«Hat mir ein Kerl in einer Bar erzählt, ein Cowboy», sagte er und ging zur Tür hinaus.

Jehosaphat, das war ein Ding. Da war ich komplett niedergeschmettert gewesen, und dann kam einfach dieser Kerl herein, kam aus der Dunkelheit und verschwand auch wieder dorthin, und wo er hinwollte, das könnt ihr genau wie ich auch nur raten. Was für ein starkes Stück, ein mysteriöser Mann, von denen reichlich viele umherwanderten, Männer wie Jack Shears, aber mir kaufte er einen Hut ab!

Wie der alte Tyler immer vorbrachte: Der Herr verfolgt sein Ziel auf geheimnisvollen Wegen. Aber ich hatte es geschafft. Mein erster Verkauf! Ich hatte gewagt und riskiert, und es hatte sich bezahlt gemacht, das Geld hielt ich zum Beweis in der Hand. Es war, als ob ich auf die Goldmine von El Dorado gestoßen wäre. Allmächtiger Gott, es war in Ordnung, wenn Henry sagte, dass Geld nicht zählte, aber für mich zählte es ganz bestimmt in jener Nacht. Meine ganze Niedergeschlagenheit war plötzlich wie weggeblasen. Ich legte mich mit dem Gefühl von einer Million Bucks aufs Ohr und verbrachte den größten Teil der Nacht damit, mir auszurechnen, wie lang es dauern würde, bis ich so viel verdient hatte, was nach meiner Schätzung gar nicht so lang dauern konnte, und ich nahm mir fest vor, am nächsten Tag, ja, da würde ich Abilene zeigen, wie man sich aufmachte und etwas unternahm, so was hatte die Stadt noch nicht gesehen.

Neunzehn

Der Kerl, der gekommen war, war wie ein Zeichen, ein Zeichen, wie es diese Leute damals in der Bibel am Himmel sahen, und es sagte mir, ich würde meine Hüte verkaufen.

Ehrlich, ich fühlte mich richtig religiös, besonders weil Sonntag war, obwohl ich auf den auch hätte verzichten können, denn die Stadt war ruhig, die Reiter verschliefen den Tag, die ehrbaren Leute gingen alle zur Kirche, und die Sodbusters draußen in der Wildnis trafen sich zum Gebet und riefen Gott um Regen an, wenn auch der Herr in diesem Punkt ein bisschen schwerhörig zu sein schien. Klar hatte ich nichts gegen Gebetstreffen, aber diese Frömmigkeit hinderte mich an meinen Geschäften. Ich wollte eine lebhafte Stadt. Lebhaft und dynamisch.

Ich war mit Besser allein im Laden, denn Mrs. Besser und Goblinka hörten sich einen ausländischen Prediger an, der sich in der Stadt aufhielt. Um die Zeit rumzukriegen, schilderte ich Besser, was Mrs. Brady für gutes Essen aufgetischt hatte. Das rieb ich ihm richtig unter die Nase. «Und dieser Henry», sagte ich, «das ist ein echt netter Kerl. Freigiebig,» erklärte ich wieder mit Nachdruck.

Beeindruckt war er nicht. Er grübelte eine Weile, kaute an einem Strohhalm. Dann sagte er etwas Seltsames. «Dieser Henry Schneider ist ein schlechter Mann!»

«Wollen Sie mich auf den Arm nehmen?», fragte ich.

«Naain!» Bessers Gesichtszüge waren nicht sehr ausdrucksvoll, er sah normalerweise entweder nur trübsinnig oder ausgesprochen trübsinnig aus, aber in dem Moment guckte er richtig grimmig. «Er will den Leuten Geld wegnehmen.»

«Was!», sagte ich. «Meinen Sie, er ist ein Bandit?» Menschenskinder, dachte ich, der alte Henry ein Räuber! Nicht, dass es mir viel ausgemacht hätte, schließlich trieben die sich millionenfach im alten Westen herum. Was soll's, die meisten Gesetzeshüter waren in ihrer Freizeit Räuber. Aber wenn ich an Henry dachte, war das einfach lächerlich. «Mr. Besser», sagte ich, «ich schätze, wir reden über einen ganz anderen Mann.»

«Naain», sagte Besser. «Es ist derselbe Mann. Frag meinen Bruder.»

«Sie haben einen Bruder?» Da bekam ich noch etwas zum Staunen. Als ob mir ein alter, vermooster Baumstumpf erzählte, er hätte eine Familie.

«Klar», sagte Besser. «Brusik. Er lebt in Dodge.»

Dodge! Bald würde mich aber auch nichts mehr überraschen auf dieser Welt, wenn das so weiterginge. Ich meine, Dodge, das war wirklich wild und verworren. Es gab keine Eisenbahn und eigentlich auch keine Stadt. Nur ein Fort und ein paar Läden für die Büffeljäger. Beim Jupiter, da trieben sich richtig wilde Indianer rum, Cheyenne und Komantschen und Pawnees und so. «Was macht er da?», fragte ich.

«Er ist Händler», antwortete Besser. «Häute und Felle. Er kennt diesen Schneider aus Chicago. Schneider arbeitete bei einer Zeitung für die Deutschen. Die sagten, Geschäfte wären schlecht für Arbeiter. Schneider sprach bei Versammlungen am Haymarket, erklärte den Arbeitern, sie sollten streiken. Er sagte, sie sollten mehr Lohn kriegen. Deshalb musste er gehen.»

«Gehen?», fragte ich. «Wieso sollte er deshalb gehen?»

Besser spuckte den Strohhalm aus. «Es gab Leute, die hinter ihm her waren.»

«Wirklich?», sagte ich. «Was für Leute?» Ich glaubte kein Wort.

«Viele Leute.» Besser machte die Büffelrolle und blickte finster drein. «Detektive!»

«Mr. Besser», sagte ich auf dem Weg zur Tür, «Sie übertreiben doch nur. Erzählen mir, die Gesetzeshüter wären hinter Henry her! Mich können Sie nicht auf den Arm nehmen.»

Besser kraulte sich im Bart, als ob da sein Hirn säße und er es wachrütteln wollte. «Keine richtigen Gesetzeshüter», sagte er. «Privatdetektive. Männer von Pinkerton. Die großen Firmen da unten, die Fleischfabriken und die Eisenbahngesellschaft, die bezahlen sie, und vielleicht machen sie mit Henry Schneider einen Ausflug auf dem Michigansee.»

Ich schüttelte den Kopf. «Wieso sollten sie das tun?»

Besser kraulte sich weiter im Bart. «Sie nehmen Schneider mit auf ihren Ausflug, bloß kommt er vielleicht nicht mehr zurück.»

«Sie meinen, sie bringen ihn um!», sagte ich – na ja, besser gesagt schrie ich. «Bloß weil er sagt, die Männer sollten mehr Lohn kriegen!»

«Er hat Ärger gemacht», sagte Besser. «Großen Ärger.»

«Na, warum suchen die Detektive hier nicht nach ihm?», fragte ich ein bisschen wütend. «Er versteckt sich nicht gerade.»

Besser winkte ab. «Hier stört er sie nicht. Er macht ihnen keinen Ärger. Aber uns macht er Ärger.»

«Uns?»

«Uns.» Besser hörte sich richtig böse an. «Kerle wie der, die machen Ärger, und die Amerikaner sagen, die Ausländer sind alle gleich, alle gegen Geschäfte, also geht wieder dahin zurück, wo ihr herkommt. Ja. Mehr sag ich nicht.»

«In Ordnung.» Ich nahm mir den Besen und ging nach draußen, richtig nachdenklich. Ich meine, diese Neuigkeiten über Henry, das war wie ein Schuss in den Fuß. Der alte Besser gehörte nicht zu den Leuten, die einen nur so zum Spaß auf den Arm nahmen, so, wie er es sagte, meinte er es auch. Aber Detektive hinter Henry her! Und nur, weil er sagte, die Leute sollten mehr Lohn kriegen! Ich hätte nichts dagegen gehabt, wenn er Besser gebeten hätte, meinen Lohn raufzusetzen, obwohl ich zugeben musste, dass Henry falsch lag, wenn er gegen Geschäfte war, schließlich war ich selbst ein Geschäftsmann. Klar, das Gerede, er würde dafür sorgen, dass die Amerikaner keine Ausländer mochten, war blanker Unsinn, denn sie brauchten keinen Henry, um diese Ausländer nicht zu mögen, so wie die dauernd zusammenhockten und in einer Sprache quasselten, die kein anständiger Mensch verstand, statt wie normale Leute freundlich zu sein. Außerdem, die Hälfte aller verdammten Geschäftsmänner der Stadt waren Ausländer, wie Karatofsky und Lebold, der große Landverwalter, und keiner hatte was gegen sie!

Aber je länger ich darüber nachdachte, desto weniger lächerlich kam es mir vor. Ich hatte im «Chronicle» über Ärger mit den Arbeitern drüben im Osten gelesen und über Leute, die rumliefen und Häuser in die Luft jagten. Anarchisten nannten sie die, und vielleicht war Henry einer von denen, weshalb er sich in Abilene aufhielt und sich mit den übrigen Kerlen zusammentat, hinter denen das Gesetz her war. In der Tat, das machte den Westen aus, gewissermaßen – dass es Kerle gab, hinter denen sie her waren, und Rumtreiber aller erdenklicher Art, einfach Rumtreiber, die wie Steppenläufer umherstrichen, solche wie Jack Shears oder der Hombre, der in der vergangenen Nacht den Hut gekauft hatte. Oder auch Rumtreiber wie mich, zumindest wie ich einer war, bevor ich Geschäftsmann wurde.

Wie auch immer, Mrs. Besser und Goblinka kamen zurück, und wir aßen zu Mittag, und wisst ihr, meistens ist das Mittagessen am Sonntag besser als an anderen Tagen, aber bei Bessers war es sogar noch schlimmer, kaum zu glauben. Hatte mit ihrer Religion zu tun, mit Büßen oder so ähnlich, doch warum sie mich in ihre Buße mit einbezogen, war mir schleierhaft.

Aber ich kriegte es runter und ließ den Nachmittag vorübergehen, hauptsächlich schlug ich Fliegen tot und dachte über Henry nach, da betrat kein Geringerer als Tom McInnery den Laden.

Er war Geschäftsmann, genau wie ich, machte aber in Stiefel, Lone Star-Reitstiefel, und damit machte er auch einen gewaltigen Haufen Geld.

Ich sagte «Guten Tag», richtig respektvoll, aber er sauste auf den alten Besser zu, schüttelte ihm die Hand und schlug ihm auf den Rücken und gab ihm eine Zigarre, die Besser nahm, obwohl er nicht rauchte, ich schätze, er hatte vor, sie für einen Zehner zu verkaufen.

McInnery redete auf Besser ein und erzählte ihm, was für ein prima Typ er wäre und wie die Farmer, die so genannten, Besser respektieren würden, und vielleicht sollte Besser seinen Einfluss nutzen und die Farmervereinigung davon abhalten, die Vorlage für die Quarantänegesetze einzubringen, und er sagte, dass alle, Geschäftsleute und Farmer, an dem Viehhandel verdienten, weil die Reiter doch einen Haufen Eier und Gemüse aßen.

«Da fällt mir ein», sagte er, «vor ein paar Tagen hab ich zu Mrs. McInnery gesagt, warum kaufen wir nicht mehr von unseren Lebensmitteln bei Mr. Besser!» Wobei ich dachte, Bruder, du musst mit dem alten Judas persönlich verwandt sein.

Besser gab den Büffelgrunzer von sich, von dem auf der ganzen Welt niemand hätte sagen können, was er bedeutete, aber das brauchte man nur Mr. McInnery zu überlassen, denn er erwiderte darauf: «Also, ich bin froh, dass Sie mir zustimmen. Und sagen Sie, ein paar von uns Geschäftsleuten treffen sich nächste Woche, um all das zu besprechen, und ohne Sie wären wir einfach nicht repräsentativ.» Und er raspelte 'ne Menge mehr Süßholz und ließ seine Lügen vom Stapel, bis er endlich abzog.

Der alte Besser saß da, und ich stand da und schlug meine millionste Fliege tot, aber interessant war das schon. Da gab es Geschäftsleute wie McInnery, die mit dem Viehhandel Geld verdienten, und es gab ein paar Farmer, die auch Geld damit verdienten, wie er gerade gesagt hatte, indem sie Eier und Grünzeug verkauften. Aber es gab andere Geschäftsleute, wie den alten Heaney, die Geld an den Farmern verdienten und noch mehr verdienen würden. Insofern waren die Leute in Abilene uneins, einige wollten, dass die Herden weiterhin kamen, und andere wollten die Quarantänegesetze einführen und das Vieh verbannen, und vielleicht würdet ihr nicht drauf kommen, dass die Leute, die gegen das Vieh waren, auch zu den Reformern gehörten, oder? Nein, würdet ihr nicht.

Aber ich war vor Neugier ganz hippelig, deshalb sagte ich: «Gehen Sie zu der Versammlung, Mr. Besser? Wäre ein Spaß, die Leute zu treffen, und sind alles große Tiere.»

Besser grunzte nicht mal, also nahm ich an, dass diese außerordentlich brillante Konversation hier zu Ende war, und ich wollte aus lauter Langeweile schon das Fenster putzen, als er sagte: «Spaß? Für Spaß hab ich keine Zeit» – das war typisch für ihn – «aber vielleicht geh ich hin.»

«Sie sind gegen diese Reformer und die Vereinigung zum Schutz der Farmer?» Ich war überrascht, weil ich wusste, dass er so was wie ein Freund der Sodbusters war, genauer gesagt von denen, die zwei Cents besaßen, um sie aneinder zu reiben, aber es freute mich, denn ich wollte, dass der Viehhandel am Leben blieb.

«Naain!» Besser machte die Büffelrolle. «Ich hab dir gesagt, dass Besser kein Geld mit Vieh verdient. Aber ich geh hin, und McInnery, der kauft bei mir, und ich verdien an ihm.»

Er gab ein seltsames quietschendes Geräusch von sich, und mir wurde klar, dass er lachte! Genau, er lachte, und das war erstaunlicher als Blondins verrückter Seiltanz über die Niagara-Fälle. Und als Mrs. Besser und Goblinka aus ihrem Zimmer kamen, quasselte er mit ihnen, und sie lachten auch, als ob sie die komischste Geschichte der Welt gehört hätten, seit Grandpa seinen Bart in der Mangel eingeklemmt hatte.

Es war widerlich, wisst ihr. Dollars zu verdienen war eine Sache, und McInnery war nur gekommen, um Besser zu benutzen, denn normalerweise hätte er ihm nicht mal «Guten Tag» gesagt. Aber das Lachen und Gackern war einfach ekelhaft, mir wurde so schlecht, dass ich den Besen nahm, vor die Tür ging und so tat, als wollte ich den Gehweg kehren, und wenn ich jedes Mal auch getan hätte, was ich nur vorgaukelte, dann wäre bald kein Weg mehr dagewesen. Ich stand da herum und beobachtete fasziniert, wie sich Joe Everts Hund kratzte, als ein Reiter die Straße runterkam, also versuchte ich es wieder mit der Mach-dich-auf-und-unternimm-was-Tour und fragte ihn, ob er einen Hut haben wollte, und er sagte: «Klar!»

Wie schon gesagt, es war ein Tag voller Wunder. Ich hatte Millionen von Kerlen gefragt, ob sie einen Hut kaufen wollten, und war immer nur ausgelacht worden, und jetzt sagte dieser Kerl ja, obwohl er einen aufhatte, der für mich ganz okay aussah. Aber wir gingen hinein, und er kaufte einen Hut und rammte ihn direkt auf den, den er trug, gab mir einen Zehndollarschein und ging, ohne auf sein Wechselgeld zu warten!

Klar, er war so besoffen, wie man nur sein kann, ohne umzufallen, und ich schätze, er wusste nicht mal, dass er einen Hut kaufte. Aber ich sag euch was, ich lief ihm mit dem Wechselgeld nicht hinterher, und ich erzählte Besser auch nicht, wie viel ich bekommen hatte, und mein Verhalten widerte mich selbst an.

Tatsache, Besser hatte mich angewidert, und jetzt verhielt ich mich genauso. Eher schlimmer, denn McInnery kannte den Einsatz, aber dieser Betrunkene, das war, als würde man einem Blinden Geld abnehmen – und außerdem war er ein Reiter.

Aber als die Dämmerung hereinbrach, wie man so schön sagt, fühlte ich mich irgendwie anders. Diese Dollars waren mächtig beruhigend, und ich dachte, was soll's, der Reiter hätte sein Geld ohnehin in einem Saloon verschleudert. Bis zum Mittag war ich sogar so weit, dass ich glaubte, ihm einen Gefallen getan zu haben, ich malte mir aus, er hätte sich auf ein krummes Pokerspiel einlassen und getötet werden können, genau wie Bo.

Mir ging aber noch was anderes durch den Kopf, eine wirklich schlimme Sache. Auf dem Rindfleischmarkt gab es eine Flaute, die Preise waren schlecht, weshalb die Treiber die Herden draußen in der Prärie hielten, also platzte die Stadt vor Reitern aus allen Nähten – aber vor Reitern, die kaum genug Geld für ein Bier hatten und schon gar keins für einen Hut. Es war mächtig seltsam, als ob die Leute drüben im Osten beschlossen hätten, nichts mehr zu essen, aber im «Chronicle» stand, die Geschäfte im Osten gingen schlecht und 'ne Menge Leute wären arbeitslos, deshalb konnten sie sich kein Rindfleisch leisten.

Und dann passierte etwas, was wie ein Zyklon all meine anderen Gedanken davonblies.

Am darauf folgenden Tag räumte ich im Hinterhof Müll weg, der sich dort stapelte. Ich kann nicht gerade behaupten, dass meine Gedanken ganz von dieser interessanten Aufgabe gefesselt gewesen wären, denn sie kreisten hauptsächlich um Hüte und Henry und Detektive und all das Zeug, und als ich eine kleine Pause machte, fiel mir eine Ausgabe des «Chronicle» in die Hände, die mir entgangen war, mit einem richtig komischen Artikel über das Alphabet, etwa: «Warum ist der Buchstabe B wie Feuer? Weil er aus Oil Boil macht!» Und so weiter, und der lenkte mich wirklich von meinen ganzen Sorgen ab, die mich verfolgten, als ich das Grunzen hörte, und dann war der alte Besser da, der mich finster anblickte.

«Bin fast fertig, Mr. Besser», sagte ich. «Hab einen Blick in die Zeitung geworfen, um zu sehen, ob was über die Marktpreise drinsteht.» Ich wollte ihn besänftigen, aber er sah nicht besänftigt aus. Von wegen, er sah mich mit verhängnisvollem Blick an und sagte: «Da ist ein Hilfssheriff, der nach dir fragt!»

«Nach mir?», sagte ich. «Er fragt nach mir?»

«Jaah.» Besser funkelte mich an. «Was hast du angestellt?»

Also, Menschenskinder, es gab nicht viel, was ich in Abilene anstellen konnte, wenn man vom Flirten mit Goblinka absah, und damit war ich nicht weit gekommen, aber trotzdem bekam ich Angst und fühlte mich grenzenlos schuldig. Aber ich ging in den Laden zu dem Hilfssheriff, Elmer Moore, der einer Präriebiume kein bisschen ähnlich sah, und fragte ihn, was los wäre. Er sagte es mir nicht, grunzte nur, dieses Grunzen war anscheinend ansteckend, und sagte, Marshal Hickok wollte mich sehen!

Jerusalem, das machte mir Angst, und ich wurde weiß um die Nase, folgte Elmer die Straße runter bis zum Alamo, wo Hickok Poker spielte. Seine Schießeisen hingen hinter ihm am Stuhl, sofort bereit zum Einsatz, obwohl er sie in Wirklichkeit kaum brauchte. Ein Marshal vor ihm, Ben Thompson – «Bär» hatten sie ihn genannt –, hatte sogar überhaupt keine Schusswaffen getragen, weil er meinte, sie würden nur Schießereien und Morde herausfordern, er hatte alle Auseinandersetzungen und Meinungsverschiedenheiten mit den Fäusten ausgetragen. Allerdings muss ich gestehen, dass er am Ende erschossen wurde, aber das war außerhalb der Stadt und eher ein Unfall als sonst irgendwas. Und eine Sache ist sicher, als John Wesley Hardin, der ein schießwütiger Killer war, schlimmer noch als Kessel, als der in die Stadt kam und mit seinen beiden Sechsschüssern am Gürtel herumstolzierte, was klar gegen die Stadtverordnung verstieß, trat Hickok nicht gegen ihn an. Denkste, Tatsache ist, am Ende tranken sie zusammen!

Aber wie auch immer, da saß Hickok, und da stand ich, schwitzte wie im Fieber und fragte mich, was ich falsch gemacht hatte. Und plötzlich kam es mir – es ging um den Reiter, dem ich sein Wechselgeld nicht gegeben hatte! Beim Jupiter, ich verfluchte mich selbst! Ich stand da und schwor, dass ich in meinem Leben nie wieder schwindeln würde, und hoffte mit ganzem Herzen, dass der Marshal das Spiel gewann, damit er guter Laune war.

Der Zufall wollte es, er knackte den Pot und machte auch um die zwanzig Dollar, und ich beugte mich vor und sagte ganz heiser: «Marshal?»

Hickok lehnte sich zurück und zündete sich eine Zigarre an, die ihn um die zwanzig Cents zurückwerfen musste, und starrte mich mit seinen kalten blauen Augen an, und ich kam mir vor, als ob ich in die zwei Läufe einer Schrotflinte blicken würde.

«Marshal», sagte ich, «es tut mir wirklich Leid mit dem Reiter, kein Witz. Ich hab nach ihm Ausschau gehalten, um ihm sein Wechselgeld zu geben, und ich bin ein ehrlicher Geschäftsmann, und ich hab mich um das Grab meines Bruders gekümmert, hab ich wirklich, nur hat jemand das Einmachglas mitgehen lassen, was ich Ihnen berichten wollte, es hat fünf Cents gekostet ...» Und mir ging irgendwie die Puste aus, wie einem durchgegangenen Pferd, während Hickok und die anderen Kerlen mich rätselhaft anstarrten, und das konnte ich ihnen nicht übel nehmen, weil ich mir selbst ein Rätsel war.

Hickok lehnte sich zurück, zog heftig an seiner Zigarre, nahm einen großen Schluck Whiskey und sagte: «Kleiner, ich weiß nicht, was zur Hölle du da redest, aber ich hoffe für dich, dass du anständig warst, denn du weißt, was dir blüht, wenn du es nicht warst ...» Er hatte immer noch diesen eisigen Blick, wie wenn er mich auf der Stelle fertigmachen wollte. «Aber ich hab Neuigkeiten für dich über Dutch Kessel!»

Bei allen lebendigen Schlangen! Mein Herz wäre mir beinahe direkt aus dem Mund gehüpft. Kessel! Dieser Killer, der irgendwo die Straßen unsicher machte! Das bedeutete, dass ich meinen Revolver hervorholen und mich auf den Weg machen musste, um mein Rachegelübde zu erfüllen, und das würde ich tun, oder ich dachte zumindest, dass ich es tun würde, was keinesfalls das Gleiche ist, aber ich hatte es jedenfalls vor, selbst wenn ich dafür meine Hüte zurücklassen musste, und ich schätze, man konnte diese Rachegedanken in meinem Gesicht lesen, denn Hickok sah mich wieder eisig an.

«Ich weiß, was du denkst», sagte er. «Du glaubst, du kannst 'ne Horde Texaner zusammentrommeln und 'ne Krawattenparty feiern.» Das zeigte, dass sogar ein gewiefter Kerl wie Hickok sich manchmal nicht im Zaum halten konnte, aber dumm war die Idee eigentlich nicht, und ich dachte darüber nach, wie man so eine Party organisieren konnte, als Hickok fortfuhr: «Du kannst die Idee vergessen, und vergiss sie gleich und für immer, weil *ich* das Gesetz in dieser Stadt bin, und weil …» Er zog noch einmal an seiner Zigarre. «Und weil Kessel tot ist!»

«Tot?», krächzte ich. «Tot?»

«So ist es, Kleiner.» Hickok tunkte das Ende seiner Zigarre in den Whiskey. «Ein Viehhändler ist gerade aus St. Louis angekommen. Anscheinend war Kessel da drüben und hatte ein krummes Pokerspiel laufen, und einer von diesen Herren dort in Missouri hat eine Ausnahme gemacht und ihm 'ne Kugel verpasst. Das war's also, Kleiner. Du und dein Bruder, ihr könnt euch beide zur Ruhe setzen. Ja, ich schätze, man kann sagen, dass ihm am Ende Gerechtigkeit widerfahren ist.»

Zwanzig

Jehosaphat! Kessel tot! Klar, ich war froh, aber die ganze Stadt schien genauso froh zu sein. Major McCoy schob mir fünf Bucks zu, als ob ich Kessel selbst erschossen hätte, und richtig wichtige Kerle wie L.A. Burroughs und T.C. Henry und Lebold schüttelten mir die Hand. Reverend Christopher fing mich ein, versuchte mich in die Kirche zu bringen, damit ich dem Herrn für seine mannigfaltige Gnade dankte, als ob es der Reverend selbst gewesen wäre, der ihn getötet hatte. Ich zog los und leistete mir ein riesiges Steak mit Eiern und allem Drum und Dran zur Feier des Tages, und das Schlitzauge berechnete nichts für Kuchen und Kaffee, und er zischte und grinste mich an, was schätzungsweise heißen sollte, dass auch er froh war, aber so viel, wie ich verstand, hätte er mir genauso gut sagen können, dass er mir gern ein Hackebeil in den Schädel hauen würde.

Und ich verkaufte die Hüte! Jedes einzelne Stück. Die Reiter kamen und schrien danach als Erinnerungsstücke, und man glaubt es kaum, sie wollten, dass ich meinen Namen reinschrieb! Das lag daran, dass der alte Vear Porter Wilson eine Story über das Ganze im «Chronicle» laufen ließ. Sie stand auf der ersten Seite in großen, schwarzen Lettern. **GERECHTIGKEIT SIEGT** war da zu lesen und ’ne Menge Zeugs, wie schade es wäre, dass ein verkommener Spieler **GERECHTIGKEIT GEÜBT** hatte und nicht das Gesetz, und dass Trinken und Spielen und, stellt euch vor, Rauchen auch, glatt schrecklich wäre und immer zu einem **SCHÄNDLICHEN ENDE** führen würde, was mir übrigens nicht recht war, weil es doch nahelegte, dass Bo ein solches Ende gefunden hatte, und außerdem stimmte es nicht. Menschenskinder, Major McCoy spielte selbst auch und trank und ging mit Tanzmädchen, und besser als er konnte man gar nicht leben.

Aber in Wirklichkeit verkaufte ich die Hüte, weil Henry abdruckte, dass ich sie hatte! Keine Frage, der alte Wilson war außer sich, denn das war kostenlose Werbung, was für Wilson einem Bruch mit allen zehn Geboten auf einmal gleichkam. Aber Henry machte das nichts aus. Er erklärte mir, Wilson würde ihn nicht feuern, weil gute Drucker westlich des Missouri nicht gerade auf Bäumen wachsen würden, und außerdem, auch wenn Wilson die Produktionsmittel besitzen würde, wäre er es, der sie kontrollierte, was mir zwar genauso viel sagte wie das Zischen des Schlitzauges, aber den alten Henry amüsierte es ziemlich.

So war das. Ich war frei. Richtig frei, denn während der ganzen Zeit, die ich in Abilene verbracht hatte, na, da war ich zwar im Laden mächtig beschäftigt gewesen und war im Begriff, ein wagemutiger Geschäftsmann zu werden, und vielleicht hatte ich um Bo nicht so sehr getrauert, wie ich es hätte tun sollen, nicht so wie die Leute, von denen man in Büchern liest, aber die ganze Zeit hatte dieser Schwur an mir gezerrt wie ein totes Huhn, das man einem Hund um den Hals bindet, wenn er die Küken angefallen hat, Tag und Nacht hatte er an mir gezerrt, und es hatte kein Entrinnen gegeben.

Und es war seltsam. Einerseits war eigentlich nichts passiert. Ich war immer noch ein Kid, das seinen Lebensunterhalt zusammenkratzte, aber ich fühlte mich anders. Ich schätze, ich fühlte mich wie die Sklaven nach ihrer Befreiung. Sie mussten immer noch Baumwolle pflücken und pflügen, und für den Unterschied, den das machte, hätte der alte Lincoln auch seinen Atem sparen können – unten in Dixieland jedenfalls –, aber trotz und alledem war etwas mit ihnen passiert. Ich schätze, ich fühlte mich wie einer von diesen Niggern, denn wenn es ihm nicht gefiel, wo er war, dann konnte er seine Habe zusammenraffen und sich dahin aufmachen, wo er verflucht gern leben wollte – falls die Leute ihn da haben wollten, und das verringerte die Auswahl schon beachtlich.

Aber so war das mit mir, ungefähr. Bo konnte in Frieden ruhen. Ich hatte die Hüte verkauft, hatte die Tasche voller Piepen und war frei wie ein Vogel. Aber das Erste, was ich mit meiner Freiheit anfing, war, mir einen Tag freizunehmen! Besser war sauer darüber, aber mir war das schnurzegal, ich zog meine Reitersachen an, ging zum Mietstall runter und lieh mir ein Pony.

Ein sonderlich gutes Reittier war es eigentlich nicht, es war durch einen Viehtrieb ausgelaugt worden. Genau genommen machte mich das ein bisschen nachdenklich, aber wieder im Sattel zu sitzen und zur Abwechslung mal auf die Welt runterzusehen, statt zu allem, was daherkam, aufzublicken, und die Zügel in *meiner* Hand zu halten, das machte schon einen Unterschied.

Ich ritt Richtung Südwesten, durch den Smoky Hill River oder besser gesagt durch das, was nach einem heißen Sommer davon übrig war, und hinaus in die Ebene, durch die Herden, die sich dort aufhielten, und, Menschenskinder, das waren vielleicht viele Rinder! Es sah aus, als könnte ein Eichhörnchen auf ihren Rücken den ganzen Weg bis nach Texas hüpfen, ohne einmal den Boden zu berühren. Da draußen waren Reiter und Küchenwagen, aber ich hielt nicht an, ließ mich nur vorwärts treiben, bis es außer mir nur noch die Prärie gab, ich war ganz für mich allein und betrachtete das Land, wie es sich schimmernd vor mir ausbreitete, das Gras war gelb unter dieser Sonne, denn obwohl es schon fast Herbst war, brannte sie noch immer herunter, als ob sie ganz persönlich etwas gegen Menschen hätte.

Verrückt war es, schätze ich, aber ich hielt dort draußen an, mitten in der kahlen Prärie und unter dieser Sonne, lehnte mich lässig gegen die Kruppe zurück, den Hut über die Augen gezogen, der Schweiß lief mir bis in die Stiefel. Um mich her war das träge Summen der Insekten, Habichte kreisten am Himmel, die Sonne glühte, und die Hitze schlug einem von der Erde direkt wieder entgegen, und währenddessen saß ich da und dachte nach, Bilder zogen mir durch den Kopf, wie die großen, langsamen Wolken, die wir im Herbst in Texas haben, vage Gedanken und so, zogen vorüber, zogen weiter, die Augen klappten mir zu, und dann war es, als schwebte ich, schwebte geradewegs mit den Habichten in den Himmel, als ob ich da oben ein anderer wäre, jemand, der auf einen Jungen mit einem Pony runterblickt, und dann schien ich höher zu schweben, hoch wie ein Adler, und der

Junge wurde kleiner und kleiner, bis er nur noch ein Punkt war, ein Fleck in der endlosen Prärie, ein Nichts. Ein Nichts, das eine Brise in einem Hauch hätte fortblasen können, wie wenn es nie existiert oder, falls doch, nichts bedeutet hätte.

Einige kleine Vögel, die unter dem Pony tschilpten, weckten mich, und ich ritt zum nächsten Küchenwagen. Es war ganz wie in alten Zeiten. Ein paar Reiter lagen ausgestreckt im Schatten, und ein Koch, der Charlie McCanns Bruder hätte sein können, jähzornig und voll gepumpt mit Fusel, gab mir einen Teller Eintopf und Kaffee. Die Herde hatte den ganzen weiten Weg von Corpus Christi unten am Golf bis hierher zurückgelegt, dagegen nahm sich unser Viehtrieb wie ein Spaziergang aus, und die Jungs waren einfach nur erschöpft, ausgemergelt und zerlumpt, da die Herde noch nicht verkauft war und die paar Dollars, die ihnen ihr Boss gegeben hatte, in dem einen oder anderen Saloon draufgegangen waren, und das tausend Meilen von zu Hause entfernt! Ich fragte, wie es ihnen ginge, und sie fragten, wie es mir ginge, aber in Wahrheit hatten wir uns nichts zu sagen, also sagte ich Lebewohl und machte mich auf den Weg in die Stadt zurück, hinter dem Schatten meines Ponys her.

Ich hielt einmal an, bei einer Hütte, und bat um Wasser. Die Leute gaben es mir, eine echte Präriefamilie, die in einem mit Grassoden gedeckten Unterschlupf lebte, eine Frau, die schlicht durchgedreht aussah, und ein Mann, der sie bald eingeholt haben würde, aber sie gaben mir das Wasser nicht im Geiste christlicher Nächstenliebe, eher als ob sie wünschten, es wäre vergiftet. Ich schätze, das lag an meinem Reiteroutfit, und wenn du dir ihre armselige Ernte ansahst und dir vorstelltest, dass ein paar umherwandernde Ochsen sie in der Nacht zunichte machen konnten, dann war es ihnen eigentlich nicht zu verdenken. Aber ich trank das Wasser, und ich war ein verdammter Narr gewesen, darum zu bitten, wo doch die nächste Wasserstelle eine halbe Meile entfernt lag. Mit einem Pferd nicht der Rede wert, aber ein weiter Weg zu Fuß, mit einem Eimer in der Hand.

Es wurde dann schon fast dunkel, ganz purpur und blau, und die Farben schienen direkt aus der Erde aufzusteigen. Ein paar Sterne ließen sich blicken, und es gab Glühwürmchen, die in den

Wacholderbüschen am Smoky Hill River glimmten. Ein Zug, der nach Osten in Richtung Kansas City unterwegs war, ließ seinen langen, traurigen Pfiff ertönen, und als ich den Fluss durchquerte, konnte ich Abilene sehen, und auch die Stadt leuchtete.

Das Pony brauchte Futter, aber ich stoppte und sah mir die Lichter an, die Lagerfeuer flackerten, und dahinter leuchteten Laternen, wo die Siedler verhungerten und wahnsinnig wurden. Es war genauso wie damals, als Bo und ich angekommen waren, und ich weiß nicht, ob die Indianer es nicht doch richtig machten, wenn sie in der Sonne saßen und ihre Visionen kriegten, ich jedenfalls hatte das Gefühl, dass die Stunden da draußen mir irgendwie gesagt hatten, was ich tun sollte, obwohl ich nicht groß nachgedacht hatte. Aber ich wusste jetzt, als ich mir die Lichter ansah und all die leere Finsternis dahinter, was ich tun würde.

Die Sache war die: Ich hätte zurückgehen und einen Reiterjob annehmen können, aber wenn man es genau betrachtete, was hatte man davon? Klar, man hatte seine glorreichen Tage, wenn man wie ein König durch die Rinderstädte strich, aber dann ging es zurück, und man war kaputt, wie diese Kerle, denen ich gerade begegnet war, wartete auf den nächsten Viehtrieb und verbrachte dann drei Monate damit, sich das falsche Ende eines Ochsen zu betrachten. Oder ich konnte mir vielleicht etwas Land kaufen, aber Leute, das hatte ich schon hinter mir. Ich wusste genau, was Landwirtschaft bedeutete – sechs Tage in der Woche schuftete man sich den Buckel krumm, und dann, wenn Sonntag war, saß man auf einer Stufe und hoffte und betete, dass ein Gesicht vorbeikam, das man noch nicht kannte, und die ganze Zeit blies einem der Wind das Land weg und den gesamten Verstand aus dem Kopf.

Andererseits gab es Städte wie Abilene, wo was los war, dauernd neue Gesichter, eine Zeitung, auch wenn sie lauter Lügen verbreitete, ein Theater, die Bahnstation … Zum Beispiel die Reiter, die kehrten in irgendeine gottverlassene Schlafbaracke zurück und protzten damit, dass sie Abilene mit all seiner Pracht gesehen hatten, wie man so sagt, während ich einfach hier leben konnte, die ganze Zeit. Ich schätze, was ich wirklich dachte, war, dass es ganz einfach mehr Spaß machte, in einer Stadt zu leben.

So hatte ich mich also entschieden, während ich durch die Dämmerung ritt und die Beine des Ponys von Goldrute gelb eingestaubt wurden. Ich würde in der Gegend bleiben und abwarten, was passierte, denn eines war sicher, es war ein großes Land, wo fast alles geschehen konnte, wie zum Beispiel, dass aus einem dummen Landjungen wie mir ein echt amerikanischer Geschäftsmann wurde.

Aber da hatte ich was zum Nachdenken. Ich konnte weiter in einem Laden arbeiten, vielleicht mit einem wichtigen Kerl wie Karatofsky, oder in die Landvermessung gehen oder Pat Brady dafür bezahlen, dass er mir zeigte, wie man das mit dem Telegraphen machte. Ich konnte sogar ins Zeitungsgewerbe gehen, wenn man davon absah, dass der Geruch von Öl und Tinte einfach zu scheußlich war.

So lagen also die Dinge, aber anscheinend gibt es Zeiten, wo du alles tun kannst und doch nichts tust, und so war das bei mir. Ich trödelte so vor mich hin, arbeitete im Laden, investierte eine Weile nichts mehr, entspannte, wie man so sagt, kehrte und verkaufte im Laden, ging zum Schlitzauge und besuchte auch Henry zu Hause. Er zeigte mir, wie man Schach spielt, was mächtig kompliziert war, obwohl ich ziemlich schnell kapierte, worum es ging, außer bei diesem Springer, der überall herumhüpfte wie ein gutes Rinderpony, das von einer Bremse gestochen wurde. Wir saßen in seinem Zimmer mit der Katze und den Bildern und den Büchern, und ich hätte eine Million Dollar dafür gegeben, Henry nach den Detektiven und Chicago zu fragen, sagte aber nie einen Pieps. Komisch, nicht wahr? Aber Henry hatte etwas an sich, was einem nicht gerade Mut machte, ihm Fragen zu stellen, jedenfalls nicht solche Fragen.

Die Tage kamen und gingen für mich, und wo ich doch wollte, dass was los war – in der Stadt war 'ne Menge los. Die ganzen Kämpfe zwischen den Reformern und den Saloonbesitzern gingen ihrem Höhepunkt entgegen. Man konnte es beinahe hören, wie in einem Kessel, wo es zu kochen anfängt. Und ich war mittendrin, als der Kessel überkochte.

Einundzwanzig

Wie das Ganze überkochte, das lässt sich vielleicht mit dem Aufflackern eines Feuers vergleichen, wenn man ein letztes Scheit hineinlegt, und das passierte auf der Stadtverordnetenversammlung im September.

Die Reformer waren stärker geworden und jaulten über die Sünde und all diese Sachen, obwohl ich nicht sicher bin, ob es die Sünde war, die sie so fertig machte, oder die Steuern, die sie für die Gesetzeshüter zahlen mussten, und die meisten Reformer verdienten Geld an den Farmern, nicht am Viehhandel, deshalb konnte es ihnen nicht egal sein, ob die Herden nach Abilene kamen oder nicht. In Wirklichkeit waren sie zwar auch gegen das lasterhafte Sündigen, aber gegen den Viehhandel hatten sie mehr, denn schließlich wollten sie, dass mehr Sodbusters ins Land kamen, und es stimmte, in jenen Tagen, bevor dieser Kerl namens Glidden den Stacheldraht erfand, gab es, böse gesagt, nichts, was Viehhandel und Landwirtschaft miteinander verband.

Also, auf der Stadtverordnetenversammlung ritten die Reformer Major McCoy glatt über den Haufen und kriegten eine Anordnung durch, die besagte, dass zwar nicht die Bars eingestampft werden mussten, aber die Tanzsäle geschlossen wurden und die Tanzmädchen die Stadt zu verlassen hätten!

McCoy und die Saloonbesitzer tobten, sie erklärten, die Mädchen hätten ein Recht zu leben, wo sie wollten, schließlich wäre dies ein freies Land, und in dem Punkt hätte ich ihnen sagen können, dass sie ihren Atem verschwendeten, wenn ich daran dachte, wie ich und Bo aus Lookout rausgeschmissen worden waren. Und mehr passierte nicht, sie tobten, denn es gab tausend Möglichkeiten, wie die Stadtverordneten die Mädchen loswerden konnten, zum Beispiel, indem sie ihnen eine hohe Kopfsteuer aufbrummten oder irgendwas anderes. Und jedenfalls war es eher die Frage, ob sie geschubst wurden oder von allein fielen, denn einige der Mädchen zogen sowieso weg, nachdem es weniger Reiter in der Stadt gab, und die übrigen waren ohnehin meistens pleite.

Trotzdem gefiel es den Mädchen nicht, dass sie rausgeschmissen wurden, was ich ihnen wirklich nicht übelnehmen konnte. Als sie dann doch gingen, machten sie daher einen Umzug daraus, überquerten die Schienen, die Grenze zwischen North Side und South Side, und paradierten direkt die Texas Street entlang, ganz rausgeputzt und angemalt, und die Reformer und die ehrbaren Leute fluchten vielleicht! Redeten, dass sie die Luft verpesteten! Und als sie auf den Zug kletterten, waren alle Reiter und Viehtreiber da, um sie zu verabschieden, die Band aus dem Novelty-Theater spielte, und als die Mädchen dann wegfuhren, konnte man sie fast bis Kansas City kreischen hören.

Das war also das Ende der Tanzmädchen. Die Hilfssheriffs, die in der South Side Streife gingen, wurden gefeuert, und die Reformer brüsteten sich, als wenn sie einen mächtigen Sieg errungen hätten, aber es war seltsam, die Mädchen nicht mehr um sich zu haben. Das Gras wuchs auf den Straßen da unten hinter den Schienen, und es gab keine Musik und kein Gejohle. Anständig war es wirklich, aber fade, fade wie Pfützenwasser.

Und die Reformer ritten ihre Prinzipien. Sie hoben die Geldstrafen für Leute an, die sich vielleicht ein bisschen rüpelhaft benahmen, und sie zwangen Thompson und Coe, das Schild richtig zu übermalen – und sie setzten ein Theaterstück an!

Ich glaubte es nicht, als ich hörte, was sie vorhatten. Henry hatte mir davon erzählt. Ich lief ihm auf der Straße in die Arme, und er sagte, sie würden Plakate dafür drucken. «Die Guttempler veranstalten es», erklärte er.

Ich lachte laut los. «Henry», sagte ich, «du bist auf dem Holzweg. Diese Templer sind *gegen* Theater, wie sie gegen das Trinken sind.» Das stimmte, die Templer waren sogar noch schlimmer als die anderen Reformer, weil sie gegen alles Mögliche waren, woran man Spaß hatte.

Aber es stimmte. Sie spielten das Stück tatsächlich am Novelty-Theater, und der Eintritt war frei! Na ja, man musste nichts bezahlen, um reinzukommen, aber dafür hatten sie eine Kollekte, um die ich mich drückte. Das Stück hieß «Zehn Nächte in einer Bar», was sich für ein Stück der Guttempler komisch anhörte, aber wenn man es gesehen hatte, wusste man, warum es so hieß.

Erst hielt Reverend Christopher eine Rede, die genauso schlecht war wie die von dem Kerl aus Ohio, sie handelte nur von dem Bösen im Alkohol, und dann setzten sie uns das Drama vor. Es handelte von einem Kerl, der, wie Lebold, ein anständiger, gottesfürchtiger Geschäftsmann war und heimlich zu trinken anfing, obwohl einem nicht gesagt wurde, warum er zu trinken anfing – mein Tip war, dass er seine Missus nicht mehr aushielt, deren Vorstellung von Vergnügen darin bestand, laut aus der Bibel vorzulesen. Und dann fing der Kerl an, in eine Bar zu gehen, benahm sich wie ein richtiger Kerl und haute auf die Pauke, aber die Trunksucht kam über ihn, weshalb er sein Geschäft und all sein Geld und sein Haus verlor. Er hatte ein kleines Mädchen, das den Löffel abgab, weil sie nicht genug zwischen die Zähne bekam, denn ihr Pa gab alles Geld für den Suff aus, und eines Nachts kam er aus der Bar zurück, und sie lag im Sterben und redete davon, dass sie in eine bessere Welt gehen würde, mit Engeln und so, die auf sie warteten, und ihr Pa sagte: «**VERZEIH MIR, MEIN GELIEBTES KIND**», was sie tat, und dann starb sie. Es war traurig mit anzusehen. Sogar ein paar Reiter weiter hinten, die losgelacht hatten, schluchzten, und sie schluchzten immer noch weiter über ihren Drinks später im Bull's Head.

Noch was anderes war an der Sache interessant. In diesem Theater, wenn sie da ein Varieté auf dem Programm hatten und die Darbietungen möglicherweise schlecht waren, dann machten die Reiter es wett, sie lachten und machten Witze und Blödsinn, als ob sie sich prima amüsierten. Die Leute in dieser Vorstellung dagegen, die waren ganz trübsinnig, wie in der Kirche, und als ein Kerl hereinrauschte, der so aussah, als hätte er sogar *zehntausend* Nächte in einer Bar verbracht, wurden sie richtig frostig und unangenehm und ließen ihn vom Marshal festnehmen, obwohl er bloß beim Anblick der Bühnendekoration geglaubt hatte, er wäre wirklich in einer Bar, und auf die Bühne geklettert war und einen Schuss Fusel bestellt hatte.

Dann, kaum zu glauben, hielt der Reverend noch eine Rede, er erklärte, er hoffe, dass wir alle eine äußerst wertvolle moralische Lektion gelernt hätten und uns vom Alkohol fernhalten würden und in den Guttemplerorden eintreten würden, was schlicht lächerlich war, wenn man bedachte, dass außer den paar Reitern keiner da war, der trank.

Das war die Art von Ehrbarkeit, die in Abilene Einzug gehalten hatte, nachdem die Reformer die Fäden in der Hand hatten. Aber ihr Sieg, der hinterließ einen schlechten Nachgeschmack bei den Verlierern, was wohl bei allen Siegen das Gleiche ist, schätze ich. Die Gewinner fühlen sich großartig, aber die Verlierer sind ganz sauer und verdrießlich, und in der Tat gab es mehr Vandalismus, nachdem die Mädchen gegangen waren, als vorher. Typen galoppierten die Texas Street runter, was verboten war, zerbrachen Fensterscheiben und schossen auf das Plakat, auf dem «Schießen verboten» stand. Nichts Tragisches, aber Zeichen könnten es gewesen sein. Zeichen von Widerstand.

Ich erwähnte es Henry gegenüber. Wir hatten Schach gespielt, und ich hatte mir dabei immer noch die Fragen nach den Detektiven verkniffen, und obwohl er mich geschlagen hatte, waren wir auf zwölf Züge gekommen, eine Art Rekord für uns, und jetzt standen wir an der Gartentür, wie üblich.

«Ich weiß, was du meinst,», sagte Henry. «Das kann allerdings der Fall sein. Wenn es nicht viel gibt, was man tun kann, kommt manchmal Vandalismus auf. Obwohl …» Wie immer sagte er erst eine Sache, dann drehte er sie um und sagte genau das Gegenteil. «Obwohl man Vandalismus auch kriegt, wenn es 'ne Menge zu tun gibt. Ja, das ist ein Problem. Aber vieles von dem, was hier vor sich geht, ist nur Widerstand. Verstehst du, was ich meine?»

Ich schätze, das tat ich. «Es ist überhaupt nicht mehr wie früher», warf ich ein.

Henry grinste. «Da ist was dran. Und ich schätze, es wird keine Zukunft geben.»

«Glaubst du nicht?», fragte ich.

«Nein.» Henry zog ein paar Mal an seiner Pfeife. «Diese Stadt ist fertig, Ben. Fertig als Rinderstadt. In diesem Winter werden sie über die Quarantänegesetze abstimmen, und so klar wie Kloßbrühe werden sie sie durchbringen. Nächstes Jahr wirst du hier keine Herden zu sehen kriegen. Die Kansas Pacific-Bahn bereitet sich schon darauf vor, die Viehhöfe nach Ellsworth zu verlegen.»

Es überraschte mich nicht, diese Worte von ihm zu hören, denn im Laden wurde viel darüber geredet, und der «Chronicle» war voll davon. «Dann wird es ziemlich trist werden», sagte ich.

«Trist ist das richtige Wort», pflichtete Henry mir bei. «Es wird wie auf einem Friedhof sein.» Er seufzte. «Hast du schon mal in einer kleinen, ruhigen Stadt gelebt, Ben?»

Ich lachte. «Henry, das hier ist die einzige Stadt, in der ich je gelebt habe.»

Henry zündete seine Pfeife wieder an. «Ich schon. Ich hab mal einen Winter in einer verbracht. Weißt du, wie das war? Das war, als würde man hier mitten im Sommer in die Prärie hinausziehen und unter zehn Wolldecken leben. So war das.»

«Henry», sagte ich, «ich hab nicht die leiseste Ahnung, wovon du redest. Erst redest du vom Winter und dann über Wolldecken, unter denen man sitzt. Kannst du nicht einfach Amerikanisch reden?»

«Okay», sagte Henry. «Versuchen wir es mal so: Wenn du unter diesen Decken sitzt, würdest du ersticken, oder? Langsam. Was machen die Cowboys mit wilden Pferden, wenn sie sie zusammentreiben?»

«Das sind Mustangs, Henry», sagte ich. «Aber die brandmarken sie.»

«Und wie heißt das Ding, wo sie sie hineintreiben?»

«Ein Korral», sagte ich.

«Und was machen sie, wenn sie einen Mustang nicht zähmen können?»

«Brechen», sagte ich, ein bisschen irritiert, dass ein cleverer Bursche wie Henry die Wörter nicht kannte. «Sie brechen ihren Willen. Und, na ja, wenn das nicht geht, dann erschießt man sie, Henry.»

«Genau.» Henry zündete ein Streichholz an, es flackerte und beleuchtete sein Gesicht, und ich bin mir nicht sicher, ob da nicht ein bitterer Zug zu erkennen war. «Genau das machen sie in Kleinstädten. Dich einfangen, dich brandmarken, und wenn sie deinen Willen nicht brechen können …»

«Komm schon, Henry», sagte ich. «Die Leute laufen doch nicht durch die Gegend und erschießen andere Leute.»

«Nein.» Henry blies das Streichholz aus und zerbrach es. «Nur so eine Redensart. Also, gute Nacht dann.»

Ich sagte gute Nacht und machte mich auf den Weg, da fiel mir was ein, also kehrte ich um, aber Henry lehnte nicht mehr am Gatter wie sonst. Er war gegangen.

Ich schlappte nach Hause, aber so, wie die Dinge jetzt lagen, nach Kessels Tod, hatte der Marshal mir die Fesseln abgenommen, ich ging die Texas Street runter, obwohl es schon Nacht war. Es hatte im Novelty-Theater eine Vorstellung gegeben, eine der letzten, mit Komikern und Jongleuren und Sängern, die behaupteten, sie hätten vor den **GEKRÖNTEN HÄUPTERN EUROPAS** gesungen, womit Könige und Königinnen gemeint waren, wie mir ein Kerl erklärt hatte, und ich schätze, damit übertrieben sie ein bisschen. Also, jedenfalls dann, wenn das die gleiche Show war wie die, die ich mal für eine Freikarte gesehen hatte. Entweder sie übertrieben, oder diese gekrönten Häupter waren schlicht Halbidioten, was sie wahrscheinlich sowieso waren.

Also, ich hatte gerade das Novelty-Theater hinter mir gelassen, und da kam mir eine Gruppe von Leuten die Straße rauf entgegen, hauptsächlich Reiter, die zum letzten Mal einen draufmachten, bevor sie nach Hause zogen. Sie machten ein bisschen Krawall, sangen und schrien und verfluchten den Norden im Allgemeinen und die Reformer und die Farmer im Besonderen und ließen den alten Rebellenruf ertönen. Und angeführt wurden sie von Phil Coe aus dem Bull's Head, der genauso besoffen war wie die anderen Typen. Und um die Sache noch schlimmer zu machen, war da einer von diesen Hunden, die der Fluch aller Rinderstädte waren, die kläfften und nach allem schnappten, was sich bewegte, und dieser machte keine Ausnahme.

Gerade als die Menge sich dem Alamo näherte, sprang dieser Hund Coe an. Noch dazu war es ein großer Hund, und jedenfalls waren Hundebisse ernst zu nehmen, weil, wie viele andere Tiere da draußen, die Hunde die Tollwut übertrugen. Coe schlug nach dem Hund aus, aber der fiel ihn noch einmal an, also zog Coe eine Pistole und schoss auf ihn!

Er verfehlte ihn, wie man erwarten konnte, und der Hund rannte weg, aber der Pistolenschuss holte Marshal Hickok vor die Tür, der im Alamo gesessen hatte, wo sonst.

Er hielt die Flügeltüren auf, das Licht strömte heraus, und seine Gestalt zeichnete sich ganz unheimlich vor dem Licht ab, und was noch unheimlicher war, das Piano im Alamo hörte auf zu spielen, und der Krawall auf der Straße ebbte ab.

Hickok stand da, schwarz vor dem Licht. «Wer hat den Schuss abgefeuert?», röhrte er.

Niemand antwortete. Die Reiter standen einfach da, starrten den Marshal an, und das musste man ihm lassen, er war allein und stand ungefähr zwanzig Kerlen gegenüber, aber er würde von seinem Stern Gebrauch machen, wie man damals sagte. «Ich sagte, wer hat gefeuert?», röhrte er noch einmal und hörte sich richtig gemein an, als ob er beim Pokern gerade am Gewinnen war und die Wut kriegte, weil man es abbrach. «Gottverdammt, ich blas euch kochendem Haufen das Tageslicht aus.»

Also, die Jungs waren zwar besoffen, aber nicht so sehr, als dass sie nicht gewusst hätten, wann ein Mann meinte, was er sagte, und schlichen langsam rückwärts, sagten aber nichts.

«Gut», röhrte Hickok. «Ihr habt es so gewollt.»

Er trat einen Schritt vor, aber gleichzeitig zur Seite, womit er zeigte, dass er sein Geschäft verstand, denn er war aus dem Licht, und dann tat Phil Coe etwas wirklich Verrücktes. Er trat vor. «Ich hab auf einen verrückten Hund geschossen», sagte er und hielt seine Pistole in die Luft.

Das ist so eine Sache, wisst ihr. Vielleicht hatte ihn Hickok falsch verstanden, vielleicht wollte er Coe sowieso erwischen, oder vielleicht glaubte er wirklich, Coe würde auf ihn zielen, aber ganz egal wie, er zog *seine* Pistolen, und dann, ich weiß nicht, ob es ein Unfall war, weil diese Schusswaffen ja auch von allein losgehen konnten, und wenn nicht, dann war Coe verrückt, aber Coe feuerte. Er schoss auf Hickok, der keine sechs Fuß von ihm entfernt war, und verfehlte ihn, und das war das Vorletzte, was er in seinem Leben tat, denn Hickok schoss zurück und erwischte ihn im Bauch.

Coe schrie auf und ging in die Knie, schoss wieder, und die Kugel ging Gott weiß wohin, dann fiel er auf die Hände, krallte sich ganz furchtbar in den Dreck und kotzte, und dann, man kann es kaum glauben, kam ein Mann aus einer Gasse neben dem Novelty. Hickok schwenkte herum, ballerte auf ihn, und der Mann ging ebenfalls zu Boden.

Und jemand schrie: «Verflucht noch mal, Hickok, du hast Mike Williams erschossen!»

Hatte er auch. Mike, der Rausschmeißer im Novelty war und gleichzeitig Hilfssheriff, war mit der Schrotflinte rausgekommen, um Hickok zu helfen. Und bei Moses, was war das für ein schrecklicher Anblick, wie die beiden Kerle da starben, stöhnend und würgend, und ihr Leben aushauchten, alles bloß wegen einem Hund.

Mir wurde schlecht, ich erinnerte mich an Bo und wie er auf der Straße gestorben war. Und jetzt waren noch zwei Kerle verschwunden, gerade so, als ob es sie nie gegeben hätte, und vielleicht war dieser Coe kein großer Verlust für die menschliche Rasse – trotzdem war er ein menschliches Wesen, und es schien nicht recht, dass er wegen eines Hundes tot sein sollte.

Jedenfalls sagte ich das zu Henry, aber er ließ das nicht gelten. «Wo Gewehre sind, werden Menschen getötet», sagte er. «Dafür sind die Gewehre da. Um Menschen zu töten.»

Und dabei wurde ich nachdenklich. Ich dachte über Gewehre nach und über Töten und Kerle, die schrien und in den Dreck sabberten, und mir war zum Kotzen schlecht. Ich holte sogar meine Pistole hervor und nahm mir vor, sie in den Smoky Hill River zu schmeißen, tat es aber nicht. Stattdessen verkaufte ich sie für drei Dollar an Sam Naylore. Wie schon gesagt, Geld konnte einen einnehmen.

Aber von der Schießerei wurde nicht nur mir schlecht. Es gab ’ne Menge Leute im Land, die sich genauso fühlten, und ein paar von denen, die die Reformer bisher nicht unterstützt hatten, waren plötzlich auf ihrer Seite und sagten, dass das Geld, das der Viehhandel einbrachte, die Schießereien und Morde nicht wert wäre, das waren besonders die, die von dem Geld nur ein bisschen bekamen. Wie L.A. Burroughs, der Landverwalter, sagte, machte es nicht viel Sinn, wenn wir das Gesetz hatten, aber keine Ordnung, und Ordnung verlangte auch Anordnungen, wenn ihr wisst, was ich meine.

Sie hielten Gericht über die Morde. Klar, Hickok wurde freigesprochen. Gerechtfertigter Totschlag nannten sie es, denn Coe hätte keine Handwaffe tragen dürfen, es war dennoch so, wie ich schon sagte, die Gesetzeshüter hatten die Oberhand, egal, wie man es drehte.

Aber nachdem die Aufregung vorbei war, hatte ich mich immer noch nicht entschieden, was ich machen sollte. Das Zeug, das Henry mir erzählt hatte, über das öde Leben in einer Kleinstadt, beschäftigte mich einigermaßen, obwohl ich bereit war, einen Teil der Langeweile in Kauf zu nehmen, wenn dafür niemand mehr getötet wurde, aber ich sehnte mich nicht gerade nach einem Winter im Laden, insbesondere, weil Henry davon redete, er würde vielleicht abhauen, also hätte ich dann überhaupt keine Gesellschaft, es sei denn, ich ging zur Kirche oder zu den Guttemplern.

Aber dann nahm das, was man Schicksal nennt, die Dinge in die Hand, und ich sag euch, dieses Schicksal kann manchmal mächtig seltsam sein. Wie schon irgendwo in einer Hymne steht, Gottes Wege sind wunderbar, und es war wunderbar, wie mir neue Karten zugespielt wurden, denn es war eine alte Witwe und eine Kuh, die mein Leben in eine neue Richtung lenkten, abseits von allen Pfaden, die auf mich warteten.

Das spielte sich so ab: Ich hing mit dem Besen in der Hand vor dem Laden rum und überlegte, was ich mit meinen Dollars machen sollte, als eine Art Spektakel beim Büro des «Chronicle» losging, und ich wollte gerade runterpesen, um zu erfahren, worum es ging, da rannte ein Kerl vorbei, mit ganz wildem Blick, und rief mir zu: «Chicago ist abgebrannt!»

Ich rechnete mir aus, dass er einfach besoffen sein musste oder blöde, aber er war nichts von beidem. Es stimmte, Chicago war tatsächlich abgebrannt!

Menschenskinder! Ich meine, ich war niemals auch nur in der Nähe dieser Stadt gewesen, aber ich hatte reichlich von ihr gehört. Das war wirklich eine Stadt, eine richtige Stadt, in der Hunderttausende von Leuten lebten. Ich meine, es war so eine Stadt, wie sie der alte Vear Porter Wilson aus Abilene machen wollte, mit echten Marmorpalästen und allem, und sie war einfach in Rauch aufgegangen!

Mann, das gab vielleicht ein Gerede. Na, die Leute redeten von nichts anderem. Sogar die Sodbusters, die normalerweise nur über Geld oder Heuschrecken sprachen, redeten davon. Und der Reverend Christopher hielt extra eine Messe, er erklärte, es wäre das Werk Gottes, wegen all der Sünden, die da drüben begangen worden wären, und das Gleiche könnte Abilene auch noch passieren, was mich nachdenklich machte, wisst ihr – Chicago musste offenbar ein paar wirklich große Sünden begangen haben, wenn es auf dem Racheplan des Herrn ganz oben, noch vor Abilene, rangierte.

Der Reverend sagte, es war das Werk Gottes, aber es gab ’ne Menge Leute, die sagten, es wären die Anarchisten gewesen, die alle Ausländer waren und an nichts glaubten, nicht an das Wort Gottes, nicht an Besitz und nicht einmal an die Ehe, und damit waren sie schlimmer als die Papisten, über die Tyler immer gebrüllt hatte. Sie waren sogar schlimmer als diese Mormonen, das muss man sich mal vorstellen, weil die doch immerhin ans Heiraten glaubten, auch wenn sie gern mehr als ein Pferd im Stall hatten und dafür verurteilt wurden, und das zeigt, dass du in dieser Welt kaum gewinnen kannst. Wenn du mit der einen Frau, mit der du zusammenlebst, nicht verheiratet bist, liegst du falsch, und wenn du mit mehr als einer verheiratet bist, liegst du auch falsch. Aber von diesen Anarchisten sagte man, sie wären sogar noch schlimmer. Die waren schlimmer als die Heiden!

Wirklich, das ist irgendwie kaum zu glauben, aber das sagten sie jedenfalls. Die Anarchisten behaupteten sogar, wir würden von den Affen abstammen, wer hätte das gedacht, und das erinnerte mich an das Bild bei Henry an der Wand, und der «Chronicle» meinte, sie wären überall, was eigentlich ziemlich aufregend war, wenn man sich vorstellte, wie sie sich überall im Land rumtrieben, schlimmer als Komantschen – oder Republikaner. Nach allem, was mir der alte Besser erzählt hatte, nahm ich an, dass Henry einer war. Aber ich hielt meinen Mund, denn so, wie die Leute redeten, musste jeder Anarchist, der sich in Abilene rumtrieb, irgendwann den texanischen Seiltanz tanzen. Und selbst als sich rausstellte, dass der Brand in Chicago von der Kuh einer alten Witwe verursacht worden war, die in einer Scheune eine Laterne umgetreten hatte, sagten die Leute: «Na ja, wer kann die Laterne da hingestellt haben, wenn nicht die Anarchisten?»

Insofern bot uns das große Feuer die Gelegenheit, über was anderes als Reformen und Quarantäne zu reden, aber das Reale an der Sache war, dass es in Abilene Leute gab, Geschäftsmänner, die wegen dem Feuer Geld verloren hatten. Ich fand sogar heraus, dass die Firma, von der ich die Hüte bekommen hatte, abgebrannt war, also hatte ich Glück gehabt, dass der Brand nicht früher stattgefunden hatte, denn dann wäre ich die Dollars losgewesen, die ich ausgegeben hatte.

Jedenfalls legte sich die Aufregung, obwohl der alte Vear Porter Wilson weiterhin im «Chronicle» schrieb, wenn die Bürger sich nicht an die Feuerverordnungen hielten und den Müll wegräumten, würde Abilene auch in Rauch aufgehen – worum sich kein Mensch scherte, in der Annahme, dass der Ärger immer irgendwo anders losgeht. Tut er aber nicht, weshalb die Kuh der alten Witwe mein Leben veränderte.

Kurze Zeit nach dem Feuer war ich mit dem alten Besser im Laden. Er hatte sich merkwürdig benommen, zumindest was ich für ausländisch-merkwürdig hielt, als ob er eine große Sache im Kopf gehabt hätte, von der ich angenommen hatte, dass es ein gigantischer Deal sein musste, wie zum Beispiel, dass er sich ein paar neue Besen kaufen wollte, aber an diesem Abend benahm er sich noch merkwürdiger, schielte zu mir rüber, sah dann weg und murmelte vor sich hin. Es war ein bisschen beängstigend, als ob er verrückt würde, er schielte und murmelte, und ich fing langsam an, mir zu wünschen, dass ich mein Schießeisen in Reichweite hätte, und dann winkte er mich zu sich. Ich ging, hielt mich aber auf der anderen Seite der Mehltonne, für alle Fälle, und fragte ihn, was ich für ihn tun könnte.

Er brütete eine Weile, dann sagte er: «Ich hab dich hier aufgenommen. Jaah. Hab dir einen Job gegeben, ein Zimmer und Essen!»

Essen, dachte ich. Heiliger Strohsack, wenn er das meint, was ich gegessen habe, dann bin ich ein Ziegenbock, aber ich sagte nichts, grunzte nur zurück.

«Jaah», sagte Besser. «Und du hast Geld an mir verdient!»

Blitz und Donner! Ich und Geld an ihm verdient! Es war komplett umgekehrt, und das sagte ich ihm.

«Jaah, jaah.» Er winkte diese interessante Information beiseite. «In Ordnung, wir haben beide Geld verdient.» Er brütete wieder, seine Lippen bewegten sich, und ich war auf dem Sprung zur Tür hinaus, um den Marshal zu holen, als er sagte: «Ben ...» Was mich ehrlich beeindruckte, wenn man bedachte, dass er normalerweise bloß «He» zu mir sagte und ich schon fast glaubte, dass ich so hieß. He Curtis.

«Ben», sagte er, «das Feuer in Chicago war ehrlich schlimm.»

«Schätze, ja», stimmte ich zu.

«Jaah.» Er zerrte an seinem Bart, wie wenn er ihn abreißen wollte. Dann sagte er in einem Tonfall, als würde man ihm langsam die Zähne ziehen. «Das Feuer war schlimm für mich!»

«Was!» Ich sag euch, ich hätte beinahe angefangen zu lachen. «Sie haben dabei Verlust gemacht? Sie?»

«Jaah!» Er sagte was in Ausländisch, und ich hätte nicht mal raten wollen, was es auf Amerikanisch hieß, und dann erzählte er mir, was passiert war, und stellt euch vor, er und sein Bruder, Brusik, die hatten ein Gebäude in Chicago besessen, das runtergebrannt war, und die Versicherungsgesellschaft war auch in Rauch aufgegangen, weshalb sie von denen auch kein Geld kriegen konnten.

«Also, das ist Pech, Mr. Besser», sagte ich und versuchte, nicht zu lachen. «Aber man kann nicht immer gewinnen.»

«Naain! Naain!», brüllte er plötzlich. «Das ist ...» Und dann erzählte er mir die ganze Sache – er hatte das Gebäude in Chicago beliehen, um am Chapman Creek Land zu kaufen, und seine

Rate wurde fällig, wenn er also die Zinsen nicht schnell bezahlte, stand ihm bevor, alles zu verlieren, was er besaß!

«Das ist wirklich hart», sagte ich, denn eigentlich wollte ich nicht, dass ihm was zustieß, nahm aber an, dass dunkle Machenschaften im Gange waren, nachdem das Land eigentlich richtigen Siedlern zur Verfügung stehen sollte. «Aber Sie können doch mehr Geld leihen. Es gibt doch die Bank, und es gibt 'ne Menge reiche Leute in der Stadt. Sie stehen doch zur Zeit so gut mit Tom McInnery?»

Der alte Besser, er schüttelte den Kopf. «Der ist es, dem ich das Geld schulde. Aber sieh mal, es ist schon Geld unterwegs zu mir, aus Pennsylvania und vom Alten Kontinent, aber es wird zu spät ankommen.»

«Mist», sagte ich. «Sagen Sie einfach der Bank und den Leuten Bescheid, die werden verlängern.»

Besser warf mir einen Blick zu, einer von den Blicken, die sagten, wenn du das glaubst, dann glaubst du alles. «Ben», sagte er, «ich brauche nicht viel Geld.»

Genau da kriegte ich ein echt komisches Gefühl, als wenn ein Skorpion meinen Rücken runterlief, und ich begann zurückzuweichen, aber Besser fixierte mich mit seinen Knopfaugen. «Ben, du hast doch ein bisschen Geld!»

Ich zuckte, als hätte mich der Skorpion an der Stelle gestochen, wo es am meisten wehtat. «Herrje», sagte ich, «ich hab fast überhaupt kein Geld, und verleihen ...» Ich hatte einen meiner Blitzeinfälle. «Meine Ma hat immer gesagt, ich sollte nie was verleihen. Nie verleihen und nie borgen. Ich musste es ihr versprechen, und das kann ich nicht brechen. Nein, Sir, nie im Leben.»

Zu lesen, was Besser dachte, war nicht einfach, aber eins zu fünfzig glaubte er mir kein Wort, und er hatte Recht, aber er versuchte es noch mal, flehte richtig.

«Es sind bloß ein paar Dollar. Nur ein paar. Nur einhundert Dollar!»

Da lachte ich laut. Nicht grausam, sondern bedauernd. «Mr. Besser», sagte ich, «für Sie sind das vielleicht nur ein paar Dollar, aber für mich nicht. Und ich hab es Ihnen gesagt, ich verleih kein Geld.»

Besser verzog das Gesicht, er kaute auf seinen Lippen und so, und ich schätze, es war auch hart für ihn, es gab nicht viele Dinge, die schlimmer waren als um Geld zu bitten, wenn man pleite war, und es ausgeschlagen zu bekommen.

«In Ordnung», sagte er schließlich. «Dann gehst du.»

«Sie meinen, ich bin gefeuert?», fragte ich.

«Jaah», knurrte Besser. «Du ziehst aus. Gleich!»

Also hatte das Schicksal ausgeteilt, es hatte mehr oder weniger entschieden, was ich tun sollte, und ich weiß nicht, ob es mir Leid tat. Irgendwie hatte ich mich an Besser und den Laden gewöhnt, aber es war ein großes Land, und 'ne Menge Dinge warteten auf mich, also zuckte ich nur mit den Schultern und sagte, das wäre für mich in Ordnung und würde mir nichts ausmachen. Ich wollte gehen und meine Bettrolle und mein Zeug zusammensuchen, aber Besser sagte: «Warte. Warte.»

Auf was warten, dachte ich, es gab da nichts, worauf ich hätte warten können, aber Besser sagte, ich bekäme einen Kaffee!

Menschenskinder, ich glaubte, er wäre verrückt geworden, erst feuerte er mich, dann gab er mir Kaffee, und als Goblinka ihn reinbrachte, war er ganz eklig, mit Sahne und Zucker drin, wie ihn die Ausländer trinken, wenn sie es sich leisten können. Wenn man den von Besser bekam, war das, als ob man Schaumwein mit Major McCoy und den großen Viehhändlern trank. Und stellt euch vor, Goblinka brachte auch Kekse, von denen ich nicht mal wusste, dass sie sie hatten!

«Setz dich, Ben», sagte Besser, was ich tat, und wir tranken eine Weile Kaffee, verlegen, könnte man sagen, dann, als ich mich gerade aufmachen wollte, hüstelte Besser, räusperte sich und sagte: «Wenn du mir das Geld leihst, mach ich dich zu … zu … Ich mach dich zu meinem Partner!»

Ich konnte kaum glauben, dass er das gesagt hatte. Partner! Mir sollte die Hälfte vom ganzen Laden gehören?! Sogar bei so einer Bruchbude wie der von Besser!

«Wollen Sie mich auf den Arm nehmen?», sagte ich. «Partner? Wir sind richtige Partner?»

«Sicher», sagte Besser.

«Na, dann», sagte ich, «das ist was anderes. Natürlich …» Ich ließ meinen Blick durch den Laden schweifen. «Klar, als Partner würde ich hier im Laden einiges verändern. Vielleicht …»

«Naain! Naain!» Besser war ganz aufgeregt. «Nicht Partner in diesem Laden! Der kann uns nicht alle ernähren. Ich meine, du gehst und machst mit Brusik einen Laden auf, in Dodge!»

Ich lachte bloß. «Das ist absolut lächerlich. Ich hab keine Ahnung von Häuten und Fellen.»

«Brusik aber», sagte Besser. «Er weiß alles. Aber du eröffnest da einen kleinen Laden. Verdienst eine Menge Geld. Jaah.»

«Ja, ja», sagte ich. «Warum machen wir nicht in Ellsworth einen Laden auf? Sie sagen, dass der Viehhandel nächstes Jahr dort hingeht.»

«Brusik wohnt da nicht. Er wohnt in Dodge», antwortete Besser. «Sieh mal, du gehst da hin, ich helf dir und bring dir bei, wie man einen Laden richtig gut führt. Das ist ein gutes Geschäft.»

«Vielleicht», sagte ich, und es reizte mich. «Vielleicht. Und ich sag nicht nein, und ich sag nicht ja. Bevor ich das eine oder das andere sage, geh ich und lass mich beraten.»

Besser gefiel das nicht. Es gefiel ihm überhaupt nicht. «Ich will nicht, dass man über meine Geschäfte redet», sagte er.

«Das wird nicht passieren», beruhigte ich ihn. «Es wird so verschwiegen sein, wie es nur geht. Und wenn Sie diese Dollars von mir wollen …»

Ich brauchte den Satz nicht zu beenden. Ich hatte ihn in der Zange. Ich hatte ihn sogar so sehr in der Zange, dass ich ihn noch um einen Kaffee erleichterte, bevor ich zur Tür hinausschlenderte, um den alten Heaney aufzusuchen.

Er hatte jemanden bei sich, also kickte ich eine Weile die Fersen aneinander und betrachtete eine Karte, die er vor seinem Büro an die Wand gepinnt hatte, und sie war auch ganz interessant. Die Grundstücke der Farmer waren darauf eingezeichnet, und ich wunderte mich, wie viele dazugekommen waren, seit ich das letzte Mal einen Blick darauf geworfen hatte. Du konntest sozusagen dastehen und zugucken, wie die freie Fläche vor deinen Augen verschwand. Und das war eine Sache. Wenn die Reiter die Stadt erreichten, dann konntest du sie nicht übersehen, außer du warst blind und taubstumm. Aber diese Sodbusters, die wurden hereingetrieben, als ob sie unsichtbar wären, so dass du sie kaum bemerktest, trotzdem kamen sie, und du brauchtest nicht viel Verstand, um zu sehen, dass über kurz oder lang das ganze Land abgesteckt war.

Nach ein paar Minuten kam der Besucher heraus, und Heaney bat mich herein. Ich erzählte ihm meine Geschichte, und als ich geendet hatte, lehnte er sich zurück, sah mich mit festem Blick an und pulte nachdenklich in seinen Zähnen.

«Mein Sohn», sagte er. «Ich will dich nicht ausnehmen, aber das hört sich nach einem Fünf-Dollar-Rat an. Bist du bereit, so viel zu bezahlen?»

Jehosaphat! Fünf Bucks! Ich fühlte mich so miserabel, wie Besser sich schätzungsweise fühlen musste, aber es gab keinen anderen Ausweg, also reichte ich ihm den Geldschein, und der glitt in seine Westentasche, als ob er genau wüsste, wo es nach Hause ging.

Heaney kippte auf seinem Stuhl zurück, wie das die Leute im Westen taten – das heißt, wenn sie einen Stuhl zum Draufsitzen hatten. «Mein Sohn, was hast du gesagt, wo du herkommst?»

«Clement», sagte ich. «Clement County in Texas.»

«Und du bist mit einer Herde hierhergezogen?»

«Ja, Sir», sagte ich.

«Und dein Bruder» – er senkte die Stimme, ganz ehrfürchtig, als ob er über Geld redete – «er wurde umgebracht. Stimmt das?»

«Klar stimmt das», sagte ich.

«Und du hast keine Verwandten?»

«Keine, die man erwähnen müsste.»

Heaney seufzte. «Mein Sohn, ich schätze, der Herr hat ein Auge ganz speziell auf dich geworfen.»

«Hat er?» Ich war überrascht, ich dachte, so wie unsere Leute ins Gras gebissen hatten, musste er uns komplett vergessen haben.

Heaney gab zu, dass der Herr die ganze Zeit über auf alle ein Auge hatte, deren Barthaare zählte und so weiter. «Aber», sagte er, «ich hab so das Gefühl, als ob er dich auf die Wege der Rechtschaffenheit und Glückseligkeit führt.»

«Sie meinen, es ist ein gutes Geschäft?», fragte ich.

«Nun ...» Heaney verzog sein Gesicht. «Nun, so würde ich die Werke und Taten des Herrn nicht unbedingt beschreiben, aber es könnte sein, dass an der Sache was dran ist. Es ist so, man kann mit Büffelfellen gutes Geld verdienen, und neben dem Handel einen Laden laufen zu lassen ist überhaupt keine schlechte Idee. Und Dodge, das könnte man im Moment als unberührtes Gebiet bezeichnen, aber wenn die Siedler ankommen ...» Seine Stimme erstarb, als ob er eine Vision hätte, so wie ich draußen in der Prärie. «Nun, ein Kerl, der den Fuß in der Tür hat, könnte einen mächtigen Haufen Geld verdienen. Jawohl!»

«Klar», sagte ich. «Aber glauben Sie, dass ich damit fertig werde, wo doch jeder erzählt, wie knallhart es in diesem Camp zugeht?»

«Mein Sohn», sagte er, «dieser Brusik wird dich unterstützen, aber ich schätze, du würdest auch mit dem großen Häuptling Red Cloud ganz allein fertig werden. Jetzt wollen wir uns das Geschäft mal ein bisschen näher betrachten, denn Bessers Angebot ist keine zehn Cent wert.»

Er zog ein besonderes Stück Papier heraus und kritzelte eifrig, und als er fertig war, hatte ich einen echten, hundert Prozent vergoldeten Vertrag, aus dem sich kein Gorilla hätte herauswinden können. Aber, wie das immer so ist – wenn du dich gerade sicher fühlst, kommt der große Haken an der Sache, denn Heaney sagte: «Ich hab mein Möglichstes getan. Aber wenn Besser Pleite geht, bevor das Geld aus dem Osten hier eintrifft, könntest du deine Moneten verlieren. Falls er Pleite geht, werd ich für dich tun, was ich kann, doch möglicherweise stehen die Gläubiger in der Schlange vor dir. Aber es ist das Risiko wert, und wenn ich zuerst davon erfahren hätte, hätte ich vielleicht selbst versucht, in Aktion zu treten.»

Ich zögerte. «Glauben Sie nicht, ich sollte mein Geld lieber in Vieh investieren?» Das sagte ich so wehmütig wie möglich.

Heaney winkte ab. «Was du hast, ist nicht der Rede wert, wenn es um Rinder geht. Nein, geh nur forsch voran und unterschreibe.»

Das tat ich, und Besser unterschrieb auch, obwohl er fast einen Anfall bekam, als er den Vertrag sah, denn der alte Heaney hatte mein Geld nicht etwa als Darlehen für einen Anteil an irgendeinem gottverlassenen Schuppen in Dodge ausgeschrieben. Von wegen, er beteiligte mich auch an Bessers Laden hier mitten in Abilene! Mit richtiger Bürgschaft, wie er sagte. Echte Sicherheit.

Besser war vielleicht wütend! Aber wenn er nicht am nächsten Tag Pleite gehen wollte, konnte er nichts dagegen tun, er bestand allerdings darauf, dass dieser Vertrag ein Geheimnis zwischen uns dreien blieb, hinter seinem Bart steckte also doch noch etwas anderes, so etwas wie Stolz oder so. Er setzte seinen Namen mitten auf die gepunktete Linie, während Heaney ihn wie ein Habicht beobachtete.

Ja, Besser war sauer, aber Heaney meinte, er hätte Glück, dass ich sein Partner wäre.

«Merken Sie sich meine Worte», sagte er. «Dieser Junge wird etwas aus sich machen. Also, der ist scharf wie eine Peitsche!»

Zweiundzwanzig

Etwas aus mir machen! Das hörte sich gut an, und ich nahm an, dass ich auf dem Weg dazu war. Menschenskinder, so wie ich vom Fleck kam, würde ich Präsident der Vereinigten Staaten sein, bevor ich einundzwanzig wurde, und wenn das nicht, dann Präsident einer Bank, mindestens!

Aber erst musste ich richtig lernen, wie man einen Laden führt, ich quetschte aus Besser alles raus, was er wusste, und las ein Buch, das mir der alte Heaney verkauft hatte, «Kaufmann werden leicht gemacht», das doch tatsächlich fünfundzwanzig Cents gekostet hatte. Der Kerl, der es geschrieben hatte, wusste also, wie man zu Geld kommt. Ich steckte meine Nase hinein und erfuhr, was Gewinn und Verlust bedeutet, was Prozentsätze sind, und ich las die praktischen Tips im hinteren Teil, zum Beispiel höflich zu Kunden sein, selbst wenn man ihren Anblick nicht ertragen kann, was ich an unseren Kunden ausprobierte – ich schleppte für die Weibsleute Stühle heran, die ich abstaubte, bevor sie sich setzten, und hielt ihnen die Tür auf, wenn sie abzogen, verbeugte mich und sagte: «Vielen Dank für Ihren Kauf, Madam, und wir hoffen, Sie beehren uns bald wieder», was bei diesen Frauen die blanke Verschwendung war, und sie sahen mich an, als ob ich nicht ganz dicht wäre, aber es war ein gutes Training für mich.

Und ich fing an, zur Kirche zu gehen! Auch wenn niemand wusste, dass ich Partner in einem Laden war, hielt ich es für sinnvoll, mich unter das ehrbare Volk zu mischen, wobei ich mich allerdings zu Tode langweilte. Ich wäre auch unter die Reformer gegangen, falls noch etwas dagewesen wäre, was man hätte reformieren können, und ich ging sogar in die Bibelstunde!

Zuerst ging ich hin, weil ich dachte, es könnte da ein paar Mädchen geben, aber es gab kein einziges, und, ich schätze, ihr werdet euch wundern, aber ich ging weiter hin, aus dem einzigen Grund, weil der Reverend da nachdrücklich erklärte, wenn der Herr meinte, dass du gut und heilig und all so was warst, dann würde er dich bevorzugen, er würde nicht bloß davon reden, dass du eine Harfe und ein paar Flügel kriegst, wenn du den Löffel abgibst. Von wegen, der Herr meinte, dass du auch deinen Teil von all dem bekamst, was hier auf Erden abging, solange du es noch genießen konntest, wie der alte Laban mit seinen Schafen, die immer mehr wurden. Und die Kerle in dieser Bibelstunde, Geschäftsmänner wie L.A. Burroughs und T.C. Henry, die redeten eine Menge über Gewinne und Landpreise und Zinssätze, weshalb das so gut war wie eine kaufmännische Schule. Besser sogar, denn sie kostete nichts!

Henry hörte davon, dass ich in die Stunde ging, und eines Abends, nachdem wir Schach gespielt hatten und plauderten, sagte er, er hätte gehört, ich wäre religiös geworden.

«Quatsch.» Ich wand mich in meinem Sessel. «Sag so was nicht, Henry. Ich bin nicht zu den Holy Rollers gegangen. Es ist interessant, das ist alles. Die Bibel, die erzählt nicht nur von den wunderbaren Taten des Herrn. Sie zeigt dir auch, wie du auf dem Weg zur Erlösung Geld verdienen kannst. Wenn du Geld verdienst, zeigt das, dass der Herr mit dir ist – und was bei Sam Hill grinst du so?»

«Nichts», sagte Henry schnell. «Überhaupt nichts. Aber steht da nicht auch was in der Bibel, dass es gut ist, arm zu sein?»

«Henry», sagte ich, «da musst du was falsch verstanden haben. Mit den Armen in der Bibel sind nicht die gemeint, die so arm wie die Sodbusters sind oder wie wir drüben in Clement. Die meinen die Armen im … im …»

«Im Geiste?»

«Genau die», sagte ich. «Wie Geister und so. Wenigstens sagt der Reverend das, und der muss es wissen.»

«Schätze schon», gab Henry zu. «Eigentlich eine praktische Mischung. Erlösung *und* Geld verdienen.»

«Klar doch», sagte ich. «Der Reverend meint, deshalb ist dieses Land hier das großartigste, das es je gegeben hat, weil die Geschäftsleute die Lehren des Herrn befolgen.»

Henry sprang plötzlich auf und schoss nach draußen, und vielleicht täuschte ich mich, denn er hustete, aber für mich hörte es sich mächtig nach Lachen an. Ich war aber auch nicht sonderlich begeistert, wie ich da saß und versuchte, den schrecklich haarigen Kerl an der Wand nicht anzusehen, den ich mir nicht für Geld an die Wand gehängt hätte. Aber als Henry zurückkehrte, verzog er keine Miene, und er hatte Kekse und Sarsaparilla mitgebracht, ein wenig Milch für das Kätzchen und Schnaps für sich selbst. Er schenkte ein, und über seine Schulter sagte er zu mir: «Zur Zeit scheinst du auch mächtig scharf auf Geschäfte zu sein, Ben.»

«Kann sein», antwortete ich und fragte mich, ob er mir eine Anarchistenrede halten wollte, und wenn er das wollte, dann würde ich ihm ein paar echt amerikanische Worte zurückgeben, freundlich allerdings, nur um ihn auf den rechten Weg zurückzubringen. «Ist doch nicht verboten, oder?»

«Dies ist ein freies Land», sagte Henry, aber die Frage war damit nicht so ganz beantwortet. «Ich dachte bloß, du wärst scharf drauf, zu den Cowboys zurückzukehren.»

«Den *Reitern*», sagte ich, und ehrlich gesagt fühlte ich mich ein bisschen unwohl, weil ich Henry ganz bestimmt nicht belügen wollte, aber die ganze Wahrheit wollte ich ihm auch nicht sagen. «Vielleicht», sagte ich.

«Hmm.» Henry bedrängte mich nicht, also aßen wir auf und schlenderten zum Tor runter.

Henry lehnte am Gatter und zündete wie gewöhnlich seine Pfeife an. «Angenehme Nacht», stellte er fest.

War es auch. Eine richtig klare Nacht. Kühl nach der glühenden Sommerhitze, mit einer sanften Brise und dem Sichelmond, der über uns hinwegzog.

«Erinnerst du dich an die erste Nacht?», sagte Henry. «Als wir Dame gespielt haben?»

Natürlich erinnerte ich mich, obwohl ich das nicht wollte, und ich war froh, dass es dunkel war, weil er so nicht sehen konnte, wie ich knallrot anlief.

«Wir sind ein Stück weitergekommen», meinte Henry.

«Klar.» Ich beeilte mich, ihm zuzustimmen, wollte vom Thema wegkommen, und die Sache schien mir ohnehin schon eine Million Jahre her zu sein. «Spielen Schach. Also, so schnell, wie wir vorwärts kommen, werd ich dich vielleicht bald schlagen.»

Henry sagte eine Weile nichts, paffte bloß vor sich hin, einen Arm ließ er lässig über das Tor hängen. Dann drehte er sich um und sah mich fest an. «Ben», sagte er traurig. «Ben, wir werden nicht mehr lang zusammen Schach spielen.»

Menschenskinder, dachte ich. Er hat sich von mir abgewandt weil ich Geschäftsmann geworden bin und ganz religiös, woran du sehen kannst, wie schlecht die Anarchisten sind, aber dann nahm er seine Pfeife aus dem Mund, betrachtete sie, steckte sie wieder zurück und sagte: «Ich geh fort, Ben.»

«Fort?», sagte ich mit gleichförmiger Stimme, ich hatte irgendwie gewusst, dass das kommen würde.

«Ja.» Henry zog eine Schachtel Streichhölzer heraus. «Ich hab dir erzählt, dass mir der Winter in einer kleinen Stadt nicht behagt. Jetzt hab ich einen neuen Job.»

«In Chicago!», platzte ich heraus.

«Oh.» Henry warf mir einen langen Blick zu. «Hat jemand geredet, Ben? Nein, sag es mir nicht, es hat keine Bedeutung. Jedenfalls geh ich nach New York City, sobald Wilson einen neuen Drucker gefunden hat. Aber die Sache ist die …» Er zündete das Streichholz an und begann an der Pfeife zu ziehen, bis sie glühte. «Die Sache ist die, wenn du willst, komm doch mit. Sieh dir das Land an, lerne drucken …»

Lieber Gott! Wenn er das vor dem Brand von Chicago gesagt hätte, dann hätte ich ihn vielleicht beim Wort genommen. Ich meine, New York City! Wenn auch nur die Hälfte von dem stimmte, was die Leute davon erzählten, lohnte sich die Reise, einfach nur um die Stadt zu sehen. Blitz und Donner, sie sagten, New York wäre größer als Kansas City und Topeka zusammen, selbst wenn man noch Abilene dazuschmiss. Aber es war zu spät, und das sagte ich ihm.

«Das ist bestimmt ein mächtig nettes Angebot», sagte ich. «Ist es wirklich, aber es geht nicht, ich bin schon gebunden.»

«Bist du? Mit Bessers Laden?» Henry hörte sich richtig enttäuscht an, und das wollte ich nicht. Ich wollte einfach nicht, dass er wegging und dachte, ich wäre bloß ein Angestellter, und ich sagte mir, hol's der Teufel, es ist kein großes Geheimnis, also erzählte ich es ihm.

«Ich mach 'nen Laden auf», sagte ich. «In Dodge.»

Beim Jupiter! Ich dachte, Henry würde tot über mir zusammenbrechen! Er musste sich am Rauch seiner Pfeife verschluckt haben, und zur Abwechslung schlug mal ich jemandem auf die Schulter, bis er wieder einigermaßen beieinander war.

«Dodge?» Er schnappte nach Luft. «Hast du Dodge gesagt?»

«Genau so heißt der Ort», antwortete ich.

«Ben.» Henry hustete immer noch. «Musst du jetzt gleich nach Hause?»

Ich sagte, eigentlich nicht, denn nachdem ich jetzt ein Partner war, hatte ich meinen eigenen Schlüssel.

«Dann solltest du besser wieder reinkommen», sagte Henry richtig grimmig.

Wir gingen rein, und Henry rief nach Mrs. Brady, um sie zu fragen, ob sie etwas Kaffee auftreiben könnte, und er saß mir gegenüber und zog so fest an seiner Pfeife, dass ich dachte, er würde zusammen mit ihr in Flammen aufgehen, bis Mrs. Brady mit dem Kaffee kam.

Dann starrte er mich an, und ich meine auch starren. «Hab ich dich richtig verstanden?», wollte er wissen.

«Klar.» Ich erzählte ihm die Geschichte, nichts von dem Darlehen an Besser, weil das geheim war, sondern stellte es so dar, dass ich mich einfach eingekauft hatte. «Das ist 'ne große Chance», sagte ich.

«Aber ...» Henry murmelte was auf Ausländisch vor sich hin, dann kehrte er zum Amerikanisch zurück und wiegte den Kopf. «Dieses Dodge ... Ben, das ist ein wilder Ort. Weißt du, worauf du dich da einlässt?»

«Ich schätze schon», sagte ich. «Ich hab mir einen Geschäftsberater genommen, der sagt, es ist ein gutes Geschäft.»

«Aber du bist bloß ein Junge», sagte Henry.

Ich wurde einigermaßen wütend, als er das sagte. «Ich bin kein

Junge. Na ja, ich bin auch kein erwachsener Mann, noch nicht, aber ich hab einiges gesehen. Ich komm allein zurecht. Und außerdem, dieser Brusik ist da.»

«Brusik!» Henry murmelte wieder was auf Ausländisch. «Dieses Dodge ist kein Ort für dich.»

«Das ist ein Ort, wo man Geld verdient», sagte ich. «Wenn ich meine Karten richtig ausspiele, also, dann kann ich ein richtig hohes Tier werden, so wie Joe McCoy.»

«McCoy», sagte Henry.

«Genau», sagte ich. «Könnte ich etwa in New York das große Geld machen?»

«Vielleicht nicht», gab Henry zu. «Aber es gibt da andere Sachen ...»

«Ja doch, natürlich gibt es die», fiel ich ihm ins Wort, weil ich ihm da zustimmen wollte. «Zum Beispiel schicke Klamotten anziehen, Steaks essen, wann immer du Lust dazu hast, Leuten erzählen, was sie tun sollen, und Wein und so 'n Zeug trinken. Das weiß ich, Henry. Aber du brauchst Geld, wenn du all die Sachen machen willst. Und ich will sie machen.»

Ich hatte angenommen, dass das reichte, um jedermann zufrieden zu stellen, aber der alte Henry saß da, schüttelte den Kopf und sah trübselig vor sich hin. Er versuchte ein paar Mal, mich von meinem Plan abzubringen, und ich weiß nicht, ob er sich zu sehr anstrengte, denn ich wurde richtig besessen, und schließlich sagte er, wenn ich mich dazu entschlossen hätte, gäbe es nichts weiter zu sagen, also begleitete er mich noch einmal zum Tor.

«Ist schon gut», sagte ich. «Du musst dir keine Sorgen machen. Und sag mal, bevor wir beide gehen, kriegen wir vielleicht noch ein paar Spiele zustande. Was meinst du?»

«Das hoffe ich.» Henry streckte die Pfote aus. «Gute Nacht.»

Ich gab ihm die Hand und schlappte in den Laden zurück und legte mich aufs Ohr. Aber ich lag wach, grübelte und fragte mich, ob die Detektive Henry entdeckt hatten und er deshalb abhauen musste. Und noch ein Gedanke kam mir, und zwar was Henry zu mir gesagt hatte, als ich ihn kennen lernte, dass in Amerika jedermann umherzog, und so, wie er es gesagt hatte,

hatte es sich angehört, als ob er meinte, das wäre falsch, und jetzt tat er es selbst! Ich nahm mir vor, ihn darauf anzusprechen, wenn wir uns das nächste Mal trafen, aber bevor ich mir ausgedacht hatte, was ich sagen würde, kam der alte Sandmann vorbei, und bei mir gingen die Lichter aus.

In Abilene gingen auch fast alle Lichter aus. Die letzten Herden kamen an, und die letzten Jungs wurden ausbezahlt. Der Marshal ebenfalls, nachdem er nicht mehr gebraucht wurde. Gebäude wurden auch abgerissen, und die Leute zogen weiter nach Ellsworth. Über die Quarantänegesetze war noch nicht abgestimmt worden, trotzdem wusste man, woher der Wind wehte. Die Geschäftsleute waren schlau genug, um die Schrift an der Wand zu sehen. Eigentlich hätte man blind wie eine Fledermaus sein müssen, um sie nicht zu sehen. Und es gab noch mehr Anzeichen. Ein Farmer namens Tom Elliot, der zu den so genannten echten Farmern gehörte, gutes Land und Milchkühe besaß und gutes Geld damit verdient hatte, dass er den Viehhändlern Gemüse und alles mögliche verkaufte, dem starben ein paar seiner Kühe, und er behauptete, es wäre das Texasfieber gewesen, und wollte Schadensersatz aus dem Fonds, den McCoy und die großen Viehhändler angeblich gegründet hatten, und er bekam keinen Cent, weil überhaupt kein Geld in dem Fonds war! Also trat Elliot der Vereinigung gegen den Viehhandel bei, und wenn Leute wie er dagegen waren, konnte man wetten, dass es mit den Herden hier sowieso zu Ende ging, und das bedeutete, dass die Landesabstimmung unter Dach und Fach war. Aber, und das ist eigentlich komisch, mir gab es Auftrieb, denn wenn Abilene bloß eine Farmerstadt wurde, dann ging es mir wie Henry, und ich war froh, dass ich ging.

Es passierte noch mehr. Pat Brady erzählte mir, er würde von hier wegziehen und nach Denver gehen, der Grund war die bevorstehende Schließung der Telegraphenstation, und er erzählte mir, dass die Geschäftsleute in Ellsworth Moses George, dem das Drovers Cottage gehörte, viertausend Bucks geboten hatten, damit er dort hinzog!

Da hatten wir es also. Das alte Abilene verschwand vor unseren Augen. Mit all den Löchern entlang der Texas Street und der

Cedar Street sah es langsam tatsächlich so aus wie die Zähne der Sodbusters, voller Lücken, und über das, was übrig blieb, brauchte man nicht nach Hause zu schreiben.

Trotz und alledem war es nicht mehr mein Problem. Mir war es piepegal, ob der nächste Zyklon, der vorbeikam, den ganzen Müll hochhob und draußen in den Great Lakes versenkte. Ich konzentrierte mich auf den Laden in Dodge. Ich und Besser, wir steckten die Köpfe zusammen und heckten aus, was wir drinhaben wollten. Wir bestellten ein Zelt und einen Ofen und einen Haufen Zeug, das bei Reverend Christopher keine Zustimmung gefunden hätte, wie Whiskey, Tabak und Munition. Und wenn ich mir die Listen ansah, hoffte ich, dass Brusik da draußen genug draufhatte, um mit der Sorte von Kunden fertig zu werden, die wir anscheinend bekommen würden.

Nun, wir schickten die letzten Bestellungen auf den Weg, und dann war der Moment gekommen, wie man so sagt. Es gab eigentlich keinen Grund, länger in Abilene rumzuhängen, wenn ich nicht bis zum Thanksgiving Day bleiben wollte, wo die Kirche ein Essen veranstaltete, an dem ich gern teilgenommen hätte, denn diese Kirchenfrauen konnten ganz bestimmt kochen, und ich fand, dass der Reverend mir noch einiges an Futter schuldete, so oft wie ich in seiner Kirche gewesen war, aber es war noch zu lange hin. Und in Wahrheit wollte ich nicht gehen, bevor Henry weg war, also sagte ich Besser, ich würde ihm früh genug Bescheid geben, und ging zum «Chronicle», um Henry zu fragen, wie die Dinge standen.

Ich schielte ins Büro, wo Vear Porter Wilson an seinem Schreibtisch saß und Lügengeschichten kritzelte, vermutlich erzählte er, sie würden in Kansas jetzt Ananasfarmen gründen, und winkte Henry zu, der die alte Armeepresse ölte. Er kam an die Tür, wischte sich die Hände ab und sagte: «Wollte bei dir vorbeischauen. Wie wär's, wenn du heute Abend rüberkommst? Ich erzähl dir dann, was passiert.»

Ich sagte, das würde mir prima passen, ging wieder zum Laden zurück und verbrachte den Nachmittag damit, mir Bessers Rechnungen gründlich anzusehen und Goblinka zu beobachten, die ihrer Mutter mit jedem Tag ähnlicher wurde, irgendwie anschwoll, versteht ihr? Als es dann dämmerte, ließ ich das Abendessen aus und ging zu Henry.

Ich klopfte an die Tür, und Henry öffnete, aber als ich eintreten wollte, hob er die Hand. «Komm rein», sagte er. «Aber du wirst einen ziemlichen Schock erleben.»

Ich bekam wirklich einen gewaltigen Schock, denn dieses Zimmer, von dem ich erzählt habe, dass es das hübscheste war, das ihr je gesehen habt, so gemütlich, wie die verlogenen Magazine von amerikanischen Heimen immer behaupten, jetzt war es so kahl wie nur irgendwas. All die Bücher waren weg und die Bilder, es bestand nur noch aus einem nackten Raum mit einem Stuhl und einem Bett. Und bei einem Zimmer sollte man meinen, es würde größer aussehen, wenn das ganze Zeugs draußen ist, aber das war bei diesem nicht der Fall. Es sah kleiner aus, als würde mehr als bloß alte Bücher fehlen, übrig blieb einfach nur ein Zimmer in einem Holzhaus in Kansas.

Henry breitete die Arme aus. «Tut mir Leid, Ben», sagte er. «Ich hab alles gepackt. Aber mach dir nichts draus. Wir spielen ein bisschen Schach, und Mrs. Brady hat für uns was Besonderes gekocht, also lassen wir es uns gutgehen. Setz dich. Setz dich hin.»

Er drückte mich in seinen besten Sessel, die Katze sprang mir auf den Schoß, wir holten das Schachbrett heraus und spielten die besten Spiele unseres Lebens. Ich erfand sogar ein Spiel! Und Henry, der konnte Leute imitieren! Menschenskinder, ich wäre beinahe vor Lachen geplatzt, wie er McCoy und Shanghai Pierce und Burroughs und all die führenden Bürger nachmachte. Also, er hätte im Novelty-Theater auf die Bühne gehen können, wann immer er wollte, und das sagte ich ihm.

«Bloß so zur Unterhaltung», sagte er, aber er sah mächtig erfreut aus. «Jetzt spiel ich dir was anderes vor.»

Er ging zu einer Kiste rüber und holte eine Quetschkommode heraus, die man Konzertina nennt, und spielte darauf! Mann, der konnte Melodien rausquetschen, er gab auf der Stelle ein richtiges Konzert, spielte «Swanee River» und «I'm a girl from the Bowery», und manche Lieder sang er ausländisch, obwohl ich zugeben muss, dass er mit seinem Gesang bei einem Trupp Reiter keinen Applaus abgekriegt hätte.

Wirklich, das war eine Party, die wir da feierten, und das Futter – das war wirklich was Besonderes. Steak und Zwiebeln und ein Kuchen mit Pfirsichstückchen drin und ein richtiger Apfelkuchen. Mensch, war ich froh, dass ich das Abendessen ausgelassen hatte, ich schlang alles in mich rein und lehnte mich dann zurück, trank Sarsaparilla, bis Henry meinte, es wäre Zeit.

Ich wollte nicht, dass er das sagte. Ihr wisst, wie das ist, man lässt es sich gutgehen, und man will nicht, dass es aufhört, also sagte ich, Heiliger Jesus, wir könnten länger aufbleiben, aber Henry sagte nein, jetzt ist Schluss – und so, wie er es sagte, meinte er es auch.

«Okay», sagte ich ganz betrübt, in der Hoffnung, er könnte seine Meinung doch noch ändern. «Aber, Henry, lass uns noch mal so 'nen prima Abend machen, bevor wir abfahren. Ich geb was dazu fürs Essen ... Nein?»

«Nein.» Henrys Miene war feierlich. «Tut mir Leid, ich kann nicht. Die Sache ist die, Ben, ich ... Na ja, ich fahre morgen!»

«Morgen!» Ich konnte es gar nicht fassen. «Du fährst ab?»

«Ja», sagte Henry. «Wilson hat einen neuen Mann, der unterwegs ist. Ich hab es dir nicht gesagt, weil ich diesen Abend nicht kaputtmachen wollte.»

«Du meinst ...», sagte ich. «Du meinst, dies ist ... ist ... das letzte Mal?»

«Das letzte Mal hier.» Henry sah richtig traurig aus, aber trauriger als ich war er auch nicht, denn ich fühlte mich leerer als dieses Zimmer.

«Herrje», flüsterte ich leise, suchte irgendwie nach Worten, konnte aber keine finden.

«Ich weiß, wie du dich fühlst.» Henry lächelte zaghaft. «Aber sag mal, bringst du mich an den Zug?»

«Klar mach ich das», sagte ich.

«Fein.» Henry lächelte wieder. «Ich nehm den Zug um drei nachmittags nach Osten. Wir wär's, wenn wir uns um zwölf an der Bahnstation treffen würden? Wir können zusammen essen und reden.»

Ich sagte, das wäre schön, und es heiterte mich ein bisschen auf, verschob den Abschied von Henry und verschaffte mir etwas, worauf ich mich freuen konnte. Wie ich immer sage, er war ein schlauer alter Fuchs.

Ich streichelte die Katze zum letzten Mal, bedankte mich bei Mrs. Brady, und wir gingen ans Tor, und es fiel mir schwer zu glauben, dass es das letzte Mal war. Aber wir trödelten nicht herum. Henry sagte einfach ganz kurz gute Nacht und ging wieder rein, er überließ mich mir selbst. Und ich sag euch, ich war zwar ein erfolgreicher amerikanischer Geschäftsmann, und ich würde ein noch erfolgreicherer werden, aber als ich zum Laden zurücktrottete, fühlte ich mich überhaupt nicht danach. Ich fühlte mich bloß wie ein Kind ohne Freunde. Ohne einen echten Freund jedenfalls, jemanden, der gut zu mir war, weil er nett war, und, verflucht, jemanden, der über etwas anderes als über Geld reden konnte.

Der Wind wehte wieder, wirbelte Schund und Müll auf. Er hatte was Schneidendes an sich, wie wenn er dir sagen wollte, dass er in nicht allzu ferner Zeit scharf genug sein würde, um dich in Fetzen zu reißen. Es gab auch eine Sternschnuppe, die vom Himmel fiel, sie schien zu müde zu sein, um da oben zu bleiben, und ich dachte, Moses, sogar die Sterne halten es nicht lang an einem Fleck aus. Und als ich im Bett lag, war ich ganz traurig, ich konnte mich kaum erinnern, wann ich mich zum letzten Mal so gefühlt hatte.

Aber am nächsten Morgen fühlte ich mich fröhlicher, vielleicht weil die Tatsache, dass ich jemanden an den Zug brachte, mich bedeutend machte, also erledigte ich schnell, was ich zu tun hatte, und war ungefähr eine Stunde zu früh an der Bahnstation. Und diese Station, die neben dem Gerichtsgebäude der Stolz und die Freude von Abilene war, sah bereits ein wenig verlassen aus, Teile waren abgefallen und nicht wieder instand gesetzt worden, das Schild des Bosses hing nur noch an einem Nagel über seinem Büro. Also, es waren sogar ein paar Kerle da, die anfingen, Teile der Viehhöfe abzureißen! Ich steckte den Kopf zu Pat in die Kabine und fragte ihn danach.

«Klar», sagte er. «Sie ziehen mit nach Ellsworth. Bloß ein paar Rinderpferche bleiben hier.»

Dann kam Henry, ein bisschen früh, worüber ich froh war, er

trug eine Stofftasche und ein paar Pakete, und ich verfluchte mich, weil ich nicht bei Bradys vorbeigegangen war, um ihm zu helfen.

Aber Henry machte kein Aufhebens davon und nahm mich mit ins Drovers Cottage, und auch da gab es Veränderungen. Es war immer noch schick, mit Spiegeln und hübschen Sesseln und echten handgemalten Ölbildern und so, aber es war ein bisschen ausgeblichen und verstaubt. McCoy saß mit ein paar Kerlen da, aber sogar er sah eingeschrumpft aus, und obwohl ein Spielleiter am Pharaotisch saß, gab es keine Kunden. Es gab auch keine Reiter, keine Tanzmädchen, keine Band. Nur ein alter, schwarzer Schulmeister war da, der die Elfenbeinwürfel klingeln ließ, aber halbherzig, als ob er die Zeit totschlug.

Aber das Futter war in Ordnung und reichlich. Und Henry war gut, er plauderte locker, wo er schon überall gearbeitet hatte, bedeutete mir, dass es noch nicht zu spät für mich wäre, meine Meinung über Dodge zu ändern, aber als auf der großen Uhr im Saloon der Zeiger der Drei immer näher rückte, konnte ich meinen Mund nicht länger halten. Es gab da eine Frage, die ich einfach stellen musste, sonst wäre ich geplatzt.

«Henry», sagte ich, «bist du ein Anarchist?»

«Ach …» Henry hatte seine Pfeife angezündet und sah mich durch den Rauch hindurch an, richtig scharf, wie bei unserem ersten Treffen, dann sagte er etwas, was mich wirklich überraschte: «Was ist, wenn ich einer bin?»

Das verwirrte mich irgendwie, und ich wusste nicht, was ich sagen sollte, um bei der Wahrheit zu bleiben, also murmelte ich vor mich hin, wenn er einer wäre, dann wäre es irgendwie komisch, wo ich doch ein Geschäftsmann wäre, die die Anarchisten alle in die Luft jagen und umbringen wollten, aber er wäre richtig freundlich zu mir gewesen.

Henry trank Whiskey, echten Whiskey aus einer Flasche, und er nahm einen Schluck und zündete eine große Zigarre an, die er sich zur Abwechslung besorgt hatte. «Du warst kein Geschäftsmann, als ich dich kennen gelernt habe», sagte er.

«Henry!» Ich war ziemlich verletzt. «Heißt das, du magst mich jetzt nicht mehr?»

Henry lachte nicht richtig, aber er war kurz davor. «Ich schätze, ich kann deine geschäftlichen Aktivitäten überschauen. Sagen wir es so, Ben. Ich bin dafür, dass die Leute gerecht behandelt werden. Ich mag es nicht, wenn Kinder zwölf Stunden am Tag arbeiten, auch bei Frauen und Männern mag ich es nicht. Ich mag nicht zusehen, wie die Siedler von der Eisenbahn übers Ohr gehauen werden, und ich mag keine Millionäre.»

«Aber ich will einer werden», sagte ich. «Einer von diesen Millionären.»

«Klar», sagte Henry. «Also, wenn es so weit ist, vielleicht denk ich dann anders über dich. Bis dahin …»

Er beendete den Satz nicht, weil da dieser Pfiff ertönte, der Zug lief fast pünktlich ein, was eine Art Wunder war, da die Wege dieser Züge ebenso wunderbar waren wie die des Herrn.

«Zeit, sich aufzumachen.» Henry steckte die Whiskeyflasche in seine Tasche. «Hier.» Er reichte mir ein Blatt Papier. «Das ist eine Adresse in New York City. Falls du je deine Meinung änderst und kommen willst, schreib mir. Schreib mir auf jeden Fall.»

Wir gingen nach draußen und schoben die Taschen in den Zug, und ich weiß nicht, aber ich hätte keinen großen Schubs gebraucht, um auch in den Zug zu steigen. Dann ertönte der laute Ruf des Kontrolleurs: «Alleees einsteigeeen!»

Henry und ich schüttelten uns die Hände. «Mach's gut dann», sagte er. «Ach, das hätte ich beinahe vergessen. Das ist für dich, ein Andenken.» Er reichte mir eines der Päckchen.

«Danke, Henry», sagte ich und war richtig wütend auf mich, weil ich ihm keines besorgt hatte, auch wenn mir nicht recht klar war, was das hätte sein sollen, wenn nicht Mehl und Erbsen.

«Gut.» Henry schwang sich auf den Waggon. «Wir sehen uns.»

«Klar», sagte ich. «Klar, ganz bestimmt.» Und dann fiel mir etwas ein. «Henry, wo ist die kleine Katze?»

«Karl?» Der Zug pfiff und setzte sich in Bewegung, also musste ich neben den Schienen herlaufen, um das Gespräch weiterzuführen. «Wollte ich nicht sagen, Ben. Sie ist tot. Heute morgen gestorben. Jemand hat sie vergiftet.»

«Vergiftet!», schrie ich. «Warum? Warum?»

«Jemand mochte die Anarchisten nicht besonders, schätze ich», rief Henry, und dann war er weg, der Zug wurde schneller und ruckelte davon in Richtung Kansas City und nahm den besten Freund mit sich, den ich je hatte, und zur Hölle damit, dass er was gegen Geschäfte hatte.

Ich schleppte mich zum Laden zurück und fühlte mich vielleicht traurig! Ich ging direkt in mein Zimmer und fing einfach an zu heulen. Lächerlich, findet ihr nicht? Ich, der mutige und risikofreudige Unternehmer, flennte da vor mich hin wie eine Heulsuse. Aber ich tat es, und an die kleine Katze zu denken half mir kein bisschen. Na, und als ich dann allmählich wieder trocken wurde, nahm ich mir vor herauszufinden, wer das getan hatte, um den Kerl ebenfalls zu vergiften.

Ich war wirklich völlig durcheinander, fast so sehr wie bei Bos Tod. Fast hätte ich sogar vergessen, das Päckchen aufzumachen, das Henry mir gegeben hatte, und als ich es dann öffnete, hätte ich beinahe wieder angefangen zu heulen, weil er mir das Schachspiel geschenkt hatte.

Ich blieb in diesem Zimmer, war so traurig, wie man nur sein kann, bis ich die Stille nicht mehr aushielt und in den Laden ging. Die Bessers waren alle da, redeten nicht und taten auch sonst nichts, saßen bloß rum wie drei Klöße, und das konnte ich genauso wenig aushalten. Der bloße Gedanke daran, voll gesabbelt zu werden, machte mich verrückt, also sagte ich: «Mr. Besser, gibt es irgendeinen Grund, weshalb ich noch länger hierbleiben sollte?»

Besser brütete eine Weile und kratzte sich im Bart, was er auch getan hätte, wenn man ihn gefragt hätte, ob Fliegen Flügel haben, dann sagte er, nein, gäbe es nicht, und das hörte sich so an, als ob er mich nicht mehr sehen könnte, was schätzungsweise stimmte, und je früher ich den Abgang machen würde, desto lieber wäre es ihm, seiner Missus, Goblinka und ganz Abilene.

«Je eher du gehst, desto eher verdienen wir Geld», gab er zu.

Das «wir» gefiel mir, außerdem stimmte es, und ich tat das Richtige. Meine Sachen zu organisieren, das würde mich vom Grübeln abhalten, und ich hatte 'ne Menge zu tun – den Sattel zu verkaufen, gute, warme Kleider zu besorgen und bei Heaney vorbeizuschauen, um ihn zu meinem ständigen Geschäftsberater zu machen. Ich würde ihm all die Dollars schicken, die ich verdiente, und er würde die Scheinchen dann anlegen, damit die Zinsen anrollten wie die Kühe zum Melken.

Ich verabschiedete mich von den Leuten, die ich kannte, wie dem Reverend und den Kerlen in der Bibelstunde, die nur «Also, na so was!» und «Viel Glück» sagten, aber in einem Ton, als ob sie sich wunderten, dass ich mir die Mühe machte, ihnen davon zu erzählen. Ich sagte sogar dem alten Vear Porter Wilson Bescheid, dass ich wegging, denn der «Chronicle» hatte eine Rubrik über prominente Leute, die kamen oder gingen, aber er versuchte bloß, mir ein Abonnement zu verkaufen. Ich hätte es auch dem Schlitzauge erzählt, wenn er dagewesen wäre, aber er war weg, wahrscheinlich versuchte er die Reiter in Ellsworth abzuknallen. Eigentlich waren die Bradys die Einzigen, die wirklich nett zu mir waren, und als mein Zug ging, rief Pat an der Bahnstation hinter mir her und gab mir ein großes Paket mit Essen von seiner Missus. Ich tat noch etwas, und das war interessant. Ich ging zu dem ausländischen Prediger, den die Bessers aufsuchten, und zeigte ihm die Adresse, die Henry mir gegeben hatte, was ich deswegen tat, weil sie zum Teil ausländisch war. Und diesem Prediger gefiel gar nicht, was er sah! Falls es Predigern erlaubt wäre zu fluchen, hätte er es getan, er war stinksauer und sagte, das wäre der Name einer Zeitung drüben im Osten, die wäre schlecht und gottlos, und ich sollte mich schämen, dass ich da überhaupt jemanden kannte!

Damit war alles gelaufen, bis auf eine Sache. Ich ging zu Bos Grab.

Ich muss zugeben, dass ich mich nicht so viel darum gekümmert hatte. Man konnte es kaum erkennen, weil der Stein von Unkraut völlig überwuchert war. Und ich muss außerdem zugeben, dass ich nicht besonders viel spürte, als ich da stand. Ich meine, ich wusste, dass ich schluchzen sollte und so weiter, und ich gab mir auch Mühe, mich so zu fühlen, aber es war einfach nur, als ob ich es spielte. Bo war gegangen, sonst nichts, verschwunden, und obwohl ich mich ziemlich deutlich an ihn erinnerte, an sein Gesicht und alles, war es, wie wenn ich durch das falsche Ende eines Fernglases gesehen hätte.

Wie auch immer, als endlich der Dienstag da war, der Tag, an dem der Zug nach Westen durchfuhr, sah ich mich zum letzten Mal im Laden um. Wie schon gesagt, es war einfach ein gewöhnlicher Laden, und ich schätze, es gab sie zu Tausenden über die Vereinigten Staaten verteilt, alle genau gleich: düster, eng und voll gestopft, und der Ladenbesitzer lebte nicht besser davon als die Leute, an die er verkaufte, wenn überhaupt. Nichts dran an ihnen, wisst ihr? Aber was mir in diesem Laden passiert war, hatte mein Leben mehr verändert als alles andere, schätze ich. Und als ich ging, war das kein bisschen dramatischer als bei meiner Ankunft. Ich sagte «Also dann», und die Bessers grunzten zurück, und ich hätte genauso gut rausgehen können, um den Gehweg zu fegen, bei all dem Gefühl, das sie zeigten. Dann ging ich zur Bahnstation, kaufte mir eine Limonade im Drovers, und um Mittag ratterte der alte Zug ein – der eine ganze Ladung Einwanderer dabei hatte –, und ich stieg ein, die Pfeife ertönte, die Glocke klingelte, und ich sagte der großartigen und glorreichen Stadt Abilene Lebewohl.

PLEITE

Dreiundzwanzig

Ich fuhr mit dem Zug bis Hays City, von wo mich ein Ochsenkarren mitnahm, der Vorräte über die Prärie transportierte. Es regnete, als wir losfuhren, und hörte auch nicht wieder auf, also war es nett und lustig, sich auf den Santa Fe Trail zuzuschleppen, zusammen mit einem Haufen Fuhrleute, in deren Vorstellung ein Frühstück aus einer halben Flasche Fusel bestand, das Mittagessen aus der anderen Hälfte und das Abendessen nochmals aus einer ganzen Flasche. Aber ich hatte reichlich Gelegenheit, mich diebisch über das Geschäft zu freuen, das der alte Heaney für mich abgeschlossen hatte, und es sah so aus, dass ich einen Anteil an Bessers Laden in Abilene bekommen hatte, und mit ihm zusammen würde ich einen Laden in Dodge aufmachen, von dessen Gewinn ich auch noch den größeren Teil kriegte! Und Brusik dort, der würde den Handel mit Fellen besorgen und mir zeigen, wie das funktionierte, also konnte ich ebenfalls ein Fellhändler werden, und ich würde mir auch hier einen Anteil an den Gewinnen sichern! Erstaunlich, nicht wahr, dass mir all das zufiel, bloß weil der alte Besser so dumm gewesen war, in Grundstücke zu investieren? Da hatte er wirklich dran glauben müssen, aber mir würde das nicht passieren, nein, niemals! Ich würde dem alten Heaney meine Gewinne überlassen, die er für mich in mächtig gute Anteile und so investieren würde, er würde mein Geld für mich arbeiten lassen, könnte man sagen. Klar, ein paar Bucks würde ich beiseite schaffen, damit ich immer Bargeld zur Hand hatte, und was die beiden Bessers mit ihrem Gewinn taten, wieso, da sollten sie sich selbst drum kümmern.

Mit solchen angenehmen Gedanken beschäftigte ich mich, bis wir Dodge erreichten. Als wir dort ankamen, kletterte ich vom

Karren, und dieses Kaff war wirklich ein einmaliger Anblick für wunde Augen, haha! Es gab ein paar Zelte, die an einem niedrigen Felsvorsprung klebten, Maultiergespanne und Ochsenkarren, auf denen sich die Felle türmten, steckten im Schlamm, die Fuhrleute fluchten ohne Unterlass, und Betrunkene lungerten herum, bis an die Zähne mit Pistolen bewaffnet!

Beim Jupiter, da stand ich im eisigen Regen, starrte auf den übelsten Ort, den ich je gesehen hatte, dessen Einwohner anscheinend aus einem Käfig abgehauen waren, und versank allmählich im Schlamm, bis mir auffiel, dass ich mich besser in Bewegung setzte, wenn ich nicht verschluckt werden wollte.

Ich ging die Straße runter, die man aus reinem Sarkasmus so nennen konnte, weil du dir vorkamst, als würdest du durch Melasse waten, nachdem den Leuten anscheinend nie der Gedanke gekommen war, dass man einen Gehweg bauen könnte. Ich suchte jemanden, den ich nach Brusik fragen konnte, jemanden, der halbwegs menschlich aussah und mich nicht schnappen würde, um mir Arme und Beine abzubeißen. Ich schielte in eines der Zelte, das eine Art Saloon darstellte, obwohl es mehr wie in einer Irrenanstalt aussah, in der man den Irren erlaubte, so viel Alkohol in sich reinzuschütten, wie sie schlucken konnten, und noch dazu Pistolen und Messer zu tragen. Ich beschloss, mir den Laden zu schenken, und schleppte mich weiter, bis mir ein Kerl begegnete, der einen einigermaßen zivilisierten Eindruck machte, weil er sich vielleicht in den letzten zwei Wochen einer Rasur unterzogen hatte, und ich fragte ihn, wo ich wohl Brusik finden könnte.

«Brusik ...» Er sah mich neugierig an. «Geh in der gleichen Richtung weiter, dann findest du ihn.»

«Danke, Mister», sagte ich und war dankbar für ein freundliches Wort.

«Mooar», sagte der Kerl. «Josh Mooar. Biste mit Brusik verwandt?»

«Ich bin sein Partner», sagte ich.

Dieser Mooar schüttelte verblüfft den Kopf, wenn er auch nicht so verblüfft war wie ich, und er ging in der einen Richtung weiter, ich in der anderen. Ich quälte mich durch die Pampe und fand mich dann in der offenen Prärie wieder, soweit man sie im strömenden Regen erkennen konnte.

Moses, ich fluchte vielleicht, weil ich annahm, Mooar hätte mich in die Irre geschickt, und ich trug ihn in mein schwarzes Buch ein, darauf könnt ihr wetten, dann kehrte ich um und schleppte mich zurück, bis ich ein paar Kerle an der Seite eines Zeltes entdeckte, die neben einem mit Fellen voll gepackten Karren standen. Ich schnappte mir einen von ihnen, zog an seiner Regenjacke, und als er sich umwandte, sagte ich richtig bissig: «Mister, ich will Brusik Besser, und ich will keine dummen Witze. Bloß Besser, sonst nichts.»

Ich nahm an, dass ich deutlich genug war, aber der Kerl schlug sich mit der Hand an die Stirn und taumelte rückwärts. «Heiliger Jesus Christus!», rief er. «Seht mal, wen wir hier haben! General Däumling, oder tut er nur so, als ob er ein Knirps wäre?»

Der andere Kerl kam heran, und sie fingen an, mir den Kopf zu tätscheln, und redeten sinnloses Zeug, sie hätten gar nicht gewusst, dass Brusik einen kleinen Jungen hätte, oder ob ich ein Waisenknabe wäre, der sich im Sturm verlaufen hätte, und ich wollte gerade aufgeben und mir ein nettes, stilles Plätzchen suchen, wo ich mir eine Kugel in den Kopf jagen konnte, als der Stapel Felle sich zu bewegen begann und etwas darunter hervorkam, bei dessen Anblick ich dachte: Menschenskinder, ein Büffel, den sie vergessen haben abzuknallen! Dann sah ich, dass es so etwas wie ein Mensch war – na ja, es hatte wenigstens keine vier Beine und keine Hörner –, und es sagte: «Wer fragt nach Brusik Besser?»

Ein Blick, und ich hätte beinahe gesagt, ich nicht, aber ich stammelte: «Ben Curtis ist es, der nach Ihnen fragt.»

Er quasselte auf mich ein, ganz echt im Besser-Stil, und mir kam der schreckliche Verdacht, dass er noch nie von mir gehört hatte und das ganze Geschäft mit dem Laden bloß dazu dagewesen war, um mich loszuwerden, und ich dachte daran, nach Abilene zurückzukehren und Besser auf die Reise in das Land zu schicken, wo die kleinen Kerle mit den Heugabeln um ein großes Feuer hüpfen, aber da hellte sich das Büffelgesicht auf.

«O jaah», sagte er. «Bin gleich für dich da.» Und er tauchte wieder in die Felle, während ich im Regen stehen blieb, vor Kälte und Nässe schlotternd und hungrig wie ein Wolf, bis er fertig war mit seiner komischen Beschäftigung und irgendeinen Deal mit den Kerlen ausgehandelt hatte. Dann kam er zu mir.

«Wir gehen rein», sagte er.

«Klar», sagte ich. «Vielleicht können Sie mir freundlicherweise sagen, wo genau das sein soll?» Denn ich sah nichts, wo man hätte hineingehen können, wenn ihr wisst, was ich meine.

«Gleich hier.» Brusik schob sich auf die andere Seite des Karrens und verschwand in einem Loch, das wie der Eingang zum Bau einer riesenhaften Taschenratte aussah! Ich fragte mich, ob er vielleicht unter der Hand ein bisschen Gold schürfte, aber er rief mir zu, ich sollte ihm folgen, und als ich das tat, traute ich meinen Augen kaum.

Drinnen gab es ein grob gezimmertes Bett, einen alten Reisekoffer, einen verbeulten Ofen, das Ofenrohr steckte in ein paar Holzteilen, die die Decke darstellten, und der Fußboden war einfach nur flüssiger Schlamm.

«Was zur Hölle ist das?», fragte ich. «Ich meine, was soll das darstellen?»

Brusik zuckte und bespritzte mich mit Wasser. «Hier wohne ich.»

Ich schnappte heftig nach dem, was in dieser Bude für Luft gehandelt wurde. «Sie meinen, Sie *wohnen* hier?»

«Klar», sagte Brusik. «Was glaubst du, wo sonst?»

«Zur Hölle, weiß ich doch nicht», sagte ich. «Haben Sie keine Hütte?»

«Hier gibt es keine Hütten», sagte Brusik. «Bauholz ist zu teuer.»

Da überkam mich ein wirklich unheimliches Gefühl. Ich sah mich um und sagte: «Sie meinen, *ich* muss auch hier wohnen?»

Brusik nickte. «Wenn du dir nicht einen eigenen Unterschlupf graben willst.»

«Graben …», setzte ich an, dann überkam mich ein anderes unheimliches Gefühl. «Wo ist dieser verdammte Laden?»

«Noch nicht angekommen», sagte Brusik.

«Nicht angekommen!» Ich war wütender als ein Hornissenschwarm. «Wie meinen Sie das? Ich und Besser haben unsere Bestellung vor einer ganzen Weile abgeschickt.»

Brusik legte seine Stirn in Falten, er schien sich zu fragen, was der Wirbel sollte. «Du kommst zu früh. Wenn das Zelt ankommt, machen wir den Laden auf.»

«Jehosaphat», knurrte ich. «Wollen Sie damit sagen, es ist noch gar nichts angekommen?»

«Noch nicht.» Brusik kümmerte das überhaupt nicht, und ich dachte mir, Mann, mach nur so weiter, deine Dollars sind es nicht, die da drinstecken. Aber ich war einfach zu erschöpft, um mich in dem Moment damit zu befassen.

«Ich will was zu essen», sagte ich. «Wo isst man am besten?»

«Nirgendwo», sagte Brusik. «Es gibt bloß Hoover, und der ist furchtbar.» Und er lachte! Und ich weiß nicht, aber sein Lachen tat mir gut. Ich grinste sogar, obwohl ich eine Sekunde vorher noch geglaubt hätte, dass ich es im Leben nie wieder tun würde.

«Ich nehm dich mit», sagte Brusik. «Ich will auch was essen.»

Wir patschten die Straße hinunter und gingen in das Zelt, in das ich reingeguckt hatte und in dem lauter Betrunkene saßen, die einen Höllenspektakel machten und spielten. Wir setzten uns an einen Tisch, der aus einem Stück bretthart getrockneter Büffelhaut bestand, und warteten, bis ein Kerl mit einer riesigen Zigarre im Mund vorbeikam. Er sah fettiger als eine Bratpfanne aus und fragte uns, was wir wollten. Nun, er sagte es mehr, als dass er fragte. «Rücken oder Zunge?», sagte er.

Wir bestellten Büffelrücken, und ich sagte, dass ich noch Kartoffeln dazu wollte und reichlich Kaffee, und Brusik bestellte sich einen kleinen Whiskey, ungefähr ein Viertel, den er in sich reinschüttete, worin er sich deutlich von seinem Bruder unterschied, und ich lehnte mich zurück und sah mich um. Das war vielleicht ein Laden. Reverend Christopher wäre tot umgefallen, wenn er das gesehen hätte, soweit man in dem Qualm etwas sehen konnte. Ich war ziemlich froh, dass der alte Brusik gleich hier neben mir saß, denn er sah nicht danach aus, als ob man sich gern mit ihm anlegte, wenn es sich vermeiden ließ.

Der Kerl kam zurück, und wir machten uns über das Futter

her, und es kam einem vor, als würde in Kansas eine Art Wettbewerb stattfinden, wer am schlechtesten kochen konnte, das Schlitzauge oder dieser Bursche, und dieser hier hätte um Längen gewonnen. Aber es war heiß, und das brauchte ich, und solange Brusik sitzen blieb und Fusel kippte, beschloss ich, mir einen Nachtisch zu genehmigen, ich bekam Pfirsiche aus der Dose, die köstlich waren, und als ich fertig war, fühlte ich mich eine Million mal besser als eine Stunde zuvor. Bis die Rechnung kam, von der mir eine Million mal schlechter wurde.

«Was soll das hier?», sagte ich. «Ich hatte nicht vor, den Schuppen zu kaufen.»

«Steht zur Zeit auch nicht zum Verkauf an», antwortete der Kerl. «Aber der Kaffee macht fünfzig Cents, ein Dollar für die Pfirsiche, drei für die Kartoffeln und zwanzig Cents für den Rücken. Das elegante Ambiente kostet nichts.»

Ich konnte nichts weiter tun als blechen, aber ich war sauer, wie ihr euch denken könnt. Als wir zurückgingen, fragte ich Brusik, warum er mir nicht gesagt hatte, wie teuer das Essen ist.

«Jaah», sagte er. «Essen ist hier reichlich teuer. Muss alles herangeschafft werden. Büffelfleisch, das ist billig. Man muss übrigens viel Leber essen, sonst kriegt man Skorbut. Alle Zähne fallen dir aus! Hahaha!» Er fing schallend an zu lachen, keine Ahnung, was daran so komisch war. Dann, ohne ein weiteres Wort, fiel er auf seine Koje und fing an zu schnarchen!

Nachdem ich nichts weiter tun konnte, wickelte ich mich ein, so gut es ging, und legte mich hin, mitten in den Dreck, lauschte Brusiks schrecklichem Schnarchen, verfluchte mich, weil ich Kartoffeln und Pfirsiche bestellt hatte und weil ich überhaupt nach Dodge gegangen war, und hoffte bloß, dass sich keine Schlangen und Stinktiere hereinschleichen würden, um mich zum Abendessen zu verspeisen.

Das war vielleicht eine Nacht. Nach der Nacht, in der Bo umgebracht worden war, die schlimmste meines Lebens. Ich saß hier fest mit einem Kerl, der den Whiskey wie erfrischendes Wasser in sich reinschüttete, kein Laden da, keine Waren, und das nach all dem Geld, das ich vorgestreckt hatte! Und dieses Kaff! Im Vergleich dazu kamen dir Vear Porter Wilsons Lügen über Abilene wie die reine Wahrheit vor. Sogar Bessers Laden war dagegen wie ein Traum von der süßen Heimat. Und dann gab es doch Henry! Ich hätte genau in diesem Moment in New York City sein können, statt in einem Loch in der Erde zu schlafen, wo es mir so vorkam, als würden die gottverdammten Käfer über mich hinwegkrabbeln.

«Ben», sagte ich zu mir. «Du bist der größte Idiot der ganzen Schöpfung. Aber wenn der Morgen graut, wirst du mit dem ersten Karren hier abhauen, selbst wenn du all die Dollars abschreiben musst. Jawohl, das wirst du tun – abhauen!»

Vierundzwanzig

Aber als es dämmerte, dachte ich über all die Dollars nach, die ich investiert hatte, und ich hatte so das Gefühl, wenn ich abhaute, dann wäre das ganze Zeug, das ich bestellt hatte, plötzlich heimatlos. Ich nahm mir vor durchzuhalten, bis die Waren ankamen, um sicherzustellen, dass sie von ihrem rechtmäßigen Pa in Empfang genommen wurden, Ben Curtis. Dann würde ich einen Ausverkauf organisieren und dorthin gehen, wo das Gras grüner war, und soweit ich sehen konnte, war das überall in den ganzen Vereinigten Staaten der Fall.

Also harrte ich aus, versuchte den Unterschlupf so gemütlich zu machen, wie es ging, zimmerte ein unförmiges Bett zusammen – und was das Holz kostete! –, hängte außerdem noch eine alte Regenjacke auf, damit das Wasser nicht mehr auf mich runterlief, und dann machte ich mich daran, mit Büffeln Geld zu verdienen.

Büffel. Aus diesem Grund waren wir da, und aus diesem Grund war auch das Camp da, ansonsten gab es nämlich nichts außer dem Indianerreservat und Fort Dodge, fünf Meilen entfernt, und ein paar verstreuten Siedlern, die sich verlaufen haben mussten, andernfalls wären sie hier sicherlich nicht gelandet.

Aber wenn man in der Wildnis ein Geschäft aufziehen wollte, war Dodge gar kein schlechter Ort, um damit anzufangen. Der Santa Fe Trail kreuzte in der Nähe den Arkansas River, also gab es Wagenzüge, die auf dem Weg nach Colorado durchkamen, und dort würde auch die Atchison, Topeka & Santa Fe-Bahn vorbeiführen, eines Tages, und südlich des Flusses gab es Büffel.

Nördlich davon gab es auch Büffel, bis hoch nach Kanada, aber das Gebiet südlich vom Arkansas war irgendwie leicht zu handhaben, wisst ihr? Es gab das Camp für die Versorgung, man organisierte sich einen Karren, ein Gespann mit Ochsen oder Maultieren, heuerte ein paar Abdecker an, kaufte sich eine 50er Sharps, und bingo!, schon stand man in der Bank ohne Safe!

Klar, weißen Jägern war es nicht erlaubt, südlich vom Arkansas River zu jagen. Das war in einem Vertrag verboten worden, den General Sherman mit den Komantschen und den Kiowa und den anderen Wilden 1867 bei Medicine Lodge geschlossen hatte, aber auf Gottes Erdboden war noch nie ein Vertrag unterzeichnet worden, der einem Mann im Weg stand, wenn er Geld machen wollte – nicht, wenn dieser Vertrag zwischen einem weißen Mann und einem roten Mann ausgehandelt worden war.

Aber ich und Brusik, wir brachen keinen Vertrag, weil wir nicht jagten, deshalb. Wir blieben einfach im Camp, und die Jäger würden die Felle anschleppen und uns verkaufen oder vielleicht einem anderen Händler, denn es gab einige in der Stadt, und ab und zu kamen noch ein paar nach Dodge, und das machte uns nichts aus, weil es reichlich Felle gab, denn Millionen von Büffeln streiften umher, und das ist bestimmt nicht übertrieben. Einer von diesen Jägern, Sam Dawson, sagte einmal zu mir: «Kleiner, falls du je Lust hast, Büffeljäger zu werden, kommst du mit mir, und ich zeig's dir, dann hast du 'nen Job fürs Leben.»

Ich bedankte mich höflich bei ihm, das kostete schließlich nichts, lehnte aber ab, weil mir klar war, dass ein Winter dort draußen in der Weite nicht unbedingt das war, was ich mir unter gemütlich vorstellte. Die Sache war die, im Sommer, wenn die Büffel das Fell wechselten, waren die Felle ganz sehnig und keine zehn Cent wert, aber wenn der Winter kam und die Felle – Decken, wie man sie richtig nannte – in erstklassigem Zustand waren, dann war es Zeit zu jagen und Dollars zu machen, und wenn du das Risiko eingingst, Hände oder Füße durch Frostbeulen zu verlieren – oder vielleicht sogar das Leben –, hattest du die große Chance, und die Jäger nutzten sie.

Wie auch immer, unser Zeug war endlich angekommen, und so brachten ich und Brusik tatsächlich unser Ladengeschäft in Gang. Jedenfalls nannten wir es so, aber es hatte überhaupt keine

Ähnlichkeit mit dem, was ihr euch vielleicht darunter vorstellt, und meiner Vorstellung entsprach es auch nicht.

Wir hatten nämlich ein Zelt. Es war am First ungefähr sieben Fuß hoch, fünfzehn Fuß lang und zehn breit, mit einem Ofen in der Mitte und unserem Unterschlupf am hinteren Ende. Es war kein Palast, aber gerade richtig für uns, denn die Jäger, die brauchten was zu essen und Munition und all so was, aber einen Tropfen wärmende Flüssigkeit verschmähten sie auch nicht, also war der Stolz der Unternehmung, auch wenn wir uns um unsere Warenbestände so ordentlich wie möglich kümmerten, ein riesengroßes Fass Fusel. Die Jäger saßen an unserem Ofen, hatten es warm und gemütlich und tranken unseren Whiskey umsonst. Jedenfalls glaubten sie, dass sie das taten, denn wenn sie am nächsten Morgen aufwachten, waren sie nicht in dem Zustand, dass sie sich an irgendwas erinnern konnten, sie wussten nur, dass wir ihnen die Felle zu einem fairen Preis abnahmen!

Wir hatten sogar richtige Stammkunden. Kerle, die hübsch einen trinken wollten, in aller Ruhe, bevor sie zu George Hoovers richtigem Alkoholzelt gingen, um hübsch im Lärm einen zu trinken, wo man noch eine kleine Schlägerei umsonst dazukriegte. Die Jungs kamen vorbei und saßen mollig warm, sie schütteten zusammen mit Brusik das Zeug runter, der Regen trommelte aufs Dach, und das Feuer glühte rot, und insgesamt war das keine üble Art, sich die Zeit zu vertreiben.

Und diese Kerle konnten richtig interessant sein. Ich meine, es gab auch schlimme Hombres im Camp, Männer von der Sorte, die dir die Kehle aufschlitzten, weil sie deine Stiefel haben wollten, und davon ausgingen, dass sie dir einen Gefallen getan hatten, weil sie dir die Ohren nicht gleich mit abgeschnitten hatten. Aber unsere Clique, das waren Leute, die sich da draußen ihren Lebensunterhalt verdienten, sonst nichts, und die konnten das eine oder andere erzählen. Also, Sam Fuller, der war in China gewesen, und wenn der ein paar Schluck Fusel intus hatte, konnte er meterweise Poesie ausspucken. Eines Nachts rezitierte er eine Rede aus einem Stück, das Hamlet hieß, wo ein alter Kauz seinem Sohn Ratschläge gibt und der sich aus dem Staub macht, und wie Josh Mooar sagte, der Kerl, der das geschrieben hatte, der hatte einiges an Grips im Kopf.

«Das ist es», sagte er. «Verleih nichts und borg dir nichts. Verbrenn dir nicht das Maul, aber wenn dir ein Kerl eine verpassen will, dann gib ihm Saures. Das musst du dir merken, Kleiner.»

Ich sagte, klar würde ich das, besonders den Satz über das Verleihen, und im Camp musste man sich das merken, denn die harten Fälle, die probierten das aus und fragten nach Kredit.

Sicher, genau genommen lebten wir vom Kredit, aber man musste wissen, bei wem man sich darauf einließ. Man musste sie kennen und ihnen trauen können, was bei den normalen Kerlen funktionierte, aber bei den Strolchen, die herumhingen und nichts taten, soweit man sehen konnte, außer trinken und spielen, da war das eine andere Sache, weshalb mir niemand zu sagen brauchte, dass ich ihnen aus dem Weg gehen musste.

Jedenfalls verbrachte ich die meiste Zeit im Zelt, weil die Tage bitter kalt wurden, und die Nächte wurden noch schlimmer, gelegentlich schneite es, und der Wind hatte wieder angefangen zu blasen, rüttelte am Zelt und heulte, als ob er sagen wollte: «Haha! Väterchen Frost ist aufgewacht und kommt, um dich zu holen. Hörst du mich? Um dich zu holen!»

Mann, ich war froh, dass ich da nicht draußen jagte, vielleicht in einem Tal eingeschlossen und drumherum diese riesigen Büffelwölfe, die in der ganzen Gegend heulten und gern ein paar Menschen gehabt hätten, um ein bisschen Abwechslung in ihren Speiseplan zu bringen. Das war eine Zeit des Sterbens, es war aber auch die Zeit, wo du draußen sein musstest, um zu jagen, und auch im Camp war es eine Zeit des Sterbens. Diese üblen Kunden, die sich Tag und Nacht betranken, also, wenn du nur ein falsches Wort sagtest oder die falsche Karte zogst, schon tauchte bei denen ein Messer oder vielleicht ein Sechsschüsser auf, und es gab Typen, die sich einen Dreck daraus machten, ob sie einem anderen die Kerze auspusteten oder nicht. Und ich sah einen, dem sie ausgeblasen wurde.

Ich war, weil wir Vorräte brauchten, auf dem Weg zu Moses Cagney, der ein Maultiergespann besaß. Und als ich an Hoovers Zelt vorbeiging, kam ein Kerl rausgestolpert, der sich mit der

Hand den Bauch hielt. Ich achtete nicht auf ihn, dachte, es wäre bloß noch ein Betrunkener, da rülpste er, richtig heftig, nahm die Hände weg, und das Blut schoss aus seinem Bauch. Nicht bloß ein paar Tropfen, nein, es sah mehr nach einem ganzen Eimer roter Farbe aus, die jemand in den Schnee gekippt hatte.

Sie holten den Doktor aus dem Fort, aber da war nichts mehr zu machen, und er starb, einfach so, und weshalb? Wegen einem blödsinnigen Streit, ob Maultiere bessere Zugtiere waren als Ochsen. Komplett sinnloser, dummer, krankmachender Blödsinn, und dafür starb ein Mann. Und die anständigen Kerle, die zuckten bloß mit den Schultern und sagten, der Bursche wäre kein Verlust für die menschliche Rasse, und da war auch was Wahres dran. Aber er war tot und wurde weggeschleppt in ein Tal, wo sie ihn in die Erde steckten. Das war, bevor sie anfingen, Leute auf dem Felsvorsprung hinter dem Camp zu beerdigen, am Boot Hill, wie sie ihn später nannten, weil angeblich so viele mitsamt ihren Stiefeln da verscharrt wurden, aber wenn ihr mich fragt, haben sie sie ohne Stiefel unter die Erde gebracht, denn Stiefel waren teuer, versteht ihr?

Aber nichts geschah wegen dem Mord, rein gar nichts. Und als ich meinte, das wäre ziemlich jämmerlich, dass niemand dem Hombre am Grab ein Gebet gesprochen hätte, zog Josh Mooar, der gerade da war, seine Augenbrauen hoch und sagte, dass mich niemand davon abhalten würde zu tun, was recht war.

«Und das würd ich auch», sagte ich. «Ich kenn einiges aus der Bibel. Aber ich weiß nicht, wo er begraben ist.»

«Da mach dir nichts draus, Kleiner», sagte Ray Huntley, eine Art Teilzeitjäger, der für jeden, der ihn anheuerte, auch ein bisschen arbeitete. «Geh einfach raus und sprich ein Gebet. Wenn dieser Hombre nicht unter dir liegt, jede Wette, dass es ein anderer tut!»

Die Kerle grinsten und lachten, und wie sollte ich das verstehen? Unsere Clique bestand aus anständigen Männern, aber wegen dem Mord stand ihnen kein einziges Haar zu Berge.

«Aber, bei Sam Hill», sagte ich, «was ist mit dem Gesetz?»

«Zum Teufel.» Ray spuckte auf den Ofen. «Glaubst du, der Sheriff in Hays City wird einhundert Meilen weit reiten, bloß weil ein Maultiertreiber bekommen hat, was ihm zustand?»

«Vielleicht nicht», gab ich zu. «Aber was ist mit der Armee? Keine fünf Meilen entfernt gibt es 'ne ganze Schwadron Kavallerie.»

Beim Jupiter! Als ob ich ein Feuerwerk hochgejagt hätte! Ich wurde sofort niedergeschrien, und Sam Dawson sah mich richtig böse an.

«Zur Hölle mit der Armee», sagte er. «Das hier ist eine Demokratie, und ich brauch ganz bestimmt keine verdammten Soldaten, die mir sagen, was ich tun soll.»

«Aber ...», hob ich an und wurde sofort wieder unterbrochen.

«Lass mich bloß in Ruhe mit deinen verdammten Abers», schrie Sam. «Die britische Arme ist auf uns rumgetrampelt, bis wir sie weggeblasen haben, und ich war drei verdammte Jahre in der verdammten US-Armee in dem gottverdammten Krieg, und ich hab genug gottverdammte Befehle für den Rest meines gottverdammten Lebens abgekriegt! Wir sind Zivilisten, und wir kümmern uns selbst um unsere Angelegenheiten, und die gottverdammten Soldaten sollen sich um ihre kümmern.»

«Aber was sind ihre Angelegenheiten denn?», fragte ich schnell.

«Die gottverdammten Indianer loszuwerden», sagte Ray Huntley. «Statt sich zu ihren gottverdammten Kindermädchen zu machen.»

«Kindermädchen!» Moses Cagney lachte. «Die Armee hat sie seit dem Krieg niedergemetzelt.»

«Sind doch immer noch genügend übrig, oder?», meinte Ray. «Jesus, sie teilen im Fort kostenlos Essen an sie aus.»

Nun, da hatte Ray Recht. Es gab da einen Stamm Osage-Indianer, die sie aus dem Osten von Kansas vertrieben und denen sie gottverlassenes Reservationsland nördlich von uns gegeben hatten, um Platz für die Sodbusters zu machen, und ab und zu teilte die Armee Rindfleisch und Bier an sie aus – als Teil des Deals, sozusagen, obwohl ich wette, Dave B. Heaney hätte was Besseres für sie ausgehandelt. Aber sie waren zahm, Wolldeckenindianer wurden sie genannt, während weiter westlich Prärieindianer frei wie die Büffel umherzogen, die sich schlicht weigerten, in irgendein Reservat zu gehen, und weiße Männer anfielen, genau wie die Komantschen in Texas. Und die US-Armee da draußen in der Wildnis, nun ja, die schoss sie einfach nieder, einfach so – das heißt, wenn sie sie zu fassen kriegte.

«Egal.» Ray nahm einen Schluck zur Beruhigung. «Das hier ist eine Demokratie, und, wie Sam sagt, wir können selbst auf uns aufpassen.» Er stand auf und schielte aus dem Zelt. «Das Wetter schlägt um, schätze ich. Gehe vielleicht in den nächsten Tagen ein bisschen jagen.»

Und was er zum Schluss gesagt hatte, traf beides ein. Der Kerl, der zugestochen hatte, der wurde in finsterer Nacht von jemandem mit einer Schrotflinte umgepustet ... Und das Wetter klarte auf, also zogen etliche Männer los, um Büffel zu jagen, weshalb wir mehr Proviant als Whiskey verkauften, auch wenn man sagen muss, dass der ebenfalls zum Proviant gehörte.

Wir beluden die großen Karren und sahen zu, wie sie aus der Stadt rollten, den Fluss durchquerten und über die eisenharte Prärie krochen, und Menschenskinder, war das kalt! Der Arkansas fror bis auf den Grund zu, und wenn du dumm genug warst, Metall mit bloßen Händen anzufassen, riss es dir die Fetzen aus dem Fleisch. Und es war still, als ob sogar die Geräusche eingefroren waren. Und die Sonnenaufgänge und -untergänge waren vielleicht was! Du hattest eine feuerrote Sonne vor Augen, der Himmel verwandelte sich in Ultramarinblau, und darunter erstreckte sich die schneeweiße Prärie bis in die Unendlichkeit. Der Anblick und die klare Luft konnten dir zu Kopf steigen und dich ganz poetisch machen, wenn du nicht aufpasstest. Manchmal passierte mir das, aber meistens poetisierte ich nicht viel rum. Ich studierte mehr, knöpfte mir «Kaufmann werden leicht gemacht» vor und rechnete auch ein bisschen.

Die Sache war die, wir verdienten zwar Geld und mussten dafür auch nicht viel tun, aber über den Profit brauchte man nicht nach Hause zu schreiben, und ich hoffte, wir würden eine Menge mehr verdienen, wenn die Eisenbahn kam und die Siedler und so, aber Josh Mooar goss kaltes Wasser über meine Hoffnung.

«Die Santa Fe-Eisenbahngesellschaft ist in Schwierigkeiten», sagte er. «Denen geht das Geld aus, hab ich gehört, also weiß der

Himmel, wann sie hierherkommt, wenn überhaupt. Und wenn sie dann kommt, und ich meine, falls sie kommt, dann liegt da 'ne Menge von Kansas zwischen hier und Abilene, was sich erst mal füllen muss. Eigentlich ...», und er sagte das ganz gelassen, «eigentlich glaub ich nicht, dass wir jemals irgendwelche nennenswerten Siedler hierherkriegen werden. Das Land eignet sich einfach nicht für Ackerbau.»

Also, er hatte leicht reden, aber mir war heiß unterm Kragen. «Beim Jupiter», sagte ich, «mein Geschäftsberater hat mir da was anderes erzählt.»

«Kleiner», meinte Josh, «ist mir piepegal, was dein Berater dir erzählt hat. Ich sag bloß, was ich weiß.»

Da hatte ich allerdings dran zu kauen. Ich hatte mir ausgerechnet, wenn die Bahnlinie kam, würde das Camp so aussehen wie Abilene, bevor die Reformer es ruinierten, es würde jede Menge Saloons und Tanzsäle geben und ein Theater und alles, was dazugehört, und es würde mich auch niemand davon abhalten hinzugehen. Aber Jahre mit ... nun, mit gar nichts waren alles andere als verlockend. Nein, ich hatte nicht vor, den Rest meiner Tage in einem Camp zu verbringen, von dem der größte Teil einem Zoo ähnelte und wo sich im Sommer sowieso nicht viel abspielte. Also dachte ich darüber nach, und dann schrieb ich einen Brief an den alten Heaney und fragte ihn nach den goldenen Möglichkeiten, von denen er geschwafelt hatte. Es wurde auch ein schicker Brief, gespickt mit Zehn-Dollar-Wörtern, um zu zeigen, dass all die Abende, an denen ich die Bibel studiert hatte, nicht umsonst gewesen waren – und ich legte auch kein Honorar bei.

Ich wollte den Brief dem nächsten Trupp nach Great Bend mitgeben, aber das Wetter schlug um. Diese klare Eiseskälte war vorbei, als die Blizzards angebraust kamen, und was waren das für Schneestürme! Moses, es gab Tage, da war es schon ein Wagnis, kurz nach draußen zu gehen, weil der Schnee so dicht fiel, dass man darunter ersticken konnte, und deshalb hätte ein Trupp es niemals bis zur Poststation dort oben geschafft.

Und der Blizzard blies weiter, die ganze Weihnachtszeit über, während die Offiziere da oben im Fort ein Fest veranstalteten.

Von uns waren allerdings nicht viele eingeladen, was ich ihnen nicht verdenken konnte, stattdessen veranstalteten wir unser eigenes Fest, bei dem sich alle bis zur Bewusstlosigkeit betranken und verprügelten und aufeinander einstachen und Hymnen sangen, was mehr ein Witz war, und sie feierten das Fest gleich durch bis Neujahr, damit keine Müdigkeit aufkommen konnte.

Und ich schätze, ihr wisst, wie das ist. Neujahr ist vorbei, und du glaubst, der Frühling steht gleich an der nächsten Ecke, dabei wartet der schlimmste Teil des Winters nur noch darauf, über dich herzufallen, und Menschenskinder, das Wetter wurde schlimmer und schlimmer, also konnte ich meinen Brief nicht abschicken, und dann passierte etwas, was das Bild komplett veränderte.

Ein paar von uns saßen im Zelt, verfluchten das Wetter und die Armee und die Indianer, während ich draußen herumlief und in das Zeltdach stieß, um den Schnee loszuwerden, als kein anderer eintrat als Eugene LeCompt.

Eugene war Agent für einen Pelzhändler namens Lobenstein in Leavenworth, einen mächtig großen Händler noch dazu. Klar, wir waren wirklich überrascht, Eugene zu sehen, aber er sagte, er wäre auf dem Schwanz des Schneesturms gekommen, und das wäre ein Kinderspiel gewesen. Er witzelte weiter, meinte, die Männer sollten bitteschön draußen auf der Jagd sein, sonst müsste der alte Lobenstein noch verhungern, und das wollten wir doch nicht, wo er wirklich so ein guter, aufrechter Kerl wäre, was stimmte, ganz sicher. «Und wie ich sehe, trinkt ihr gerade einen Schluck von Brusiks Fusel», sagte er. «Also, Jungs, ihr könnt einen auf meine Rechnung trinken, wenn ihr nicht zu stolz dazu seid.»

Sam Fuller, der grinste und sagte: «Nun, wir trinken einen auf deine Rechnung. Wir nehmen sogar so viele Drinks wie du ausgeben willst, schließlich sind wir keine pappmäuligen Hurensöhne der Enthaltsamkeit. Aber damit es keine Missverständnisse gibt, ich hab 'ne ordentliche Abmachung mit Brusik und dem Kleinen.»

«Das geht in Ordnung», sagte Eugene. «Es laufen genügend Geschäfte. Du kannst trotzdem einen auf mich trinken. Du kannst sogar zwei haben. Und du kannst sogar das Fass leertrinken, und ich bezahl bis zum letzten Tropfen!»

Er grinste über das ganze Gesicht, und die Jungs sahen ihn nachdenklich an.

«Wo ist der Haken?», fragte Sam.

«Kein Haken», antwortete Eugene. «Gieß noch mal ein, Kleiner.»

Ich schenkte nach, dann noch einmal, und Eugene grinste weiter, bis Sam schließlich meinte: «Eugene, ich weiß, dass du das Herz auf dem rechten Fleck hast, und du bist nett zu Witwen und Waisen und so weiter, aber würde es dir was ausmachen, uns zu erklären, warum genau du grinst wie ein Idiot? Hast du geerbt? Gibt es 'ne gottverdammte Goldmine in der Gegend, von der wir nichts wissen?»

«Ja, nun ...» Eugene grinste weiter. «Vielleicht ist da wirklich eine! Vielleicht hab ich hinter dem Unterschlupf vom alten Brusik gegraben und ein dickes, großes Nugget gefunden, haha!» Er lachte, weil Brusik beinahe aus der Haut gefahren wäre und ich auch, und ich dachte, vielleicht gibt es da tatsächlich eine Goldmine.

«Haha!», lachte Eugene weiter. «Aber, Jungs, vielleicht haben wir eine Goldmine bekommen!»

«Okay, okay», sagte Sam. «Wir haben also eine Goldmine. Jetzt hör auf mit den Witzen und sag uns, was los ist.»

Eugene lächelte, ein geheimnisvolles Lächeln, das einen verrückt machte. «Also, die Sache ist die. Ich hab euch was zu lesen mitgebracht. Das mögt ihr doch, oder? Zeitungen und so!»

«Du weißt verdammt genau, dass wir sie mögen», sagte Sam. «Aber sind das Witzblätter, oder warum bist du so verdammt komisch?»

«Ich will mal so sagen», meinte Eugene. «Es ist zum Lachen, aber es ist nicht komisch. Seht es euch an.»

Er gab uns eine Zeitung, und Sam, der ziemlich gut lesen konnte, fuhr mit dem Finger über den Teil der Seite, der angestrichen war. «So», sagte er. «Irgendeine gottverdammte britische Firma hat ein paar Häute gekauft. Was soll ich jetzt machen? Mir den Bart abrasieren?»

«Lies einfach weiter, Sam», sagte Eugene. «Lies einfach weiter.»

Sam las. Er legte den Finger wieder auf die Seite und las weiter, und als er fertig war, warf er die Zeitung in die Luft und stieß einen Schrei aus, mit dem er jeden Kerl hätte aufwecken können, der weniger als sechs Fuß unter dem Dreck von Kansas lag.

«Gottverdammt!», schrie er. «Gottverdammt! Es *ist* eine Goldmine. Heiliger Herr Jesus Christus, wir sind reich!»

«Und ohne zu buddeln», sagte Eugene.

Fünfundzwanzig

Reich geworden, und ohne zu buddeln! Ich sag euch, das ganze Camp ging auf Zechtour und hörte eine ganze Woche nicht auf, und es gab noch nicht mal eine Messerstecherei, was eine Art Wunder war, schätze ich.

Und worum ging es bei der Feierei? Ich wusste es erst selbst nicht. Als die Jungs rausrannten, um einen draufzumachen, warf ich einen Blick in die Zeitung, las den Teil, den LeCompt angestrichen hatte, und sagte, dass ich es nicht kapierte.

Der alte Brusik, der auf dem Weg nach draußen war, um sich an den Festivitäten zu beteiligen, warf mir einen mitleidigen Blick zu. «Rohleder», sagte er. *«Rohleder.»*

Ich zuckte mit den Schultern. «Und?»

«Igrumglinski», murmelte Brusik, oder so ein ähnliches Wort, vielleicht eine ausländische Bezeichnung für ‹wie kann man nur so blöd sein›. «Was für Häute kriegen wir jetzt? Das sind *Decken*. Häute mit Wolle dran, stimmt's?»

«Stimmt», sagte ich.

«Und die Felle sind *Winterfelle*, richtig? Weil dann das Fell dick ist. Die Sommerfelle taugen nichts, weil sie ganz dünn sind, richtig?»

«Richtig», sagte ich noch einmal.

«Jaah.» Brusik kippte einen gigantischen Schluck Fusel ab. «Jetzt sagt diese englische Firma, dass sie Rohleder kaufen. So viel Rohleder, wie sie kriegen können.»

Damit waren wir anscheinend wieder da, wo wir angefangen hatten. «Okay», sagte ich. «Na und?»

«Gottkristuskowski!» Brusik wurde richtig wütend. «Na, rohes Leder. Es ist egal, wie das Fell aussieht. Sie wollen bloß das

Leder. Wir haben einen Markt für *Rohleder*. Die Jäger können im Winter *und* im Sommer schießen. Die ganze Zeit!»

Und da hatte er allerdings Recht. Diese Briten, sie hatten einen Weg gefunden, Büffelleder zu verwenden. Die Sache war die, wir verkauften die Felle für Mäntel und Decken und solches Zeugs, aber sie taugten nicht für Leder, weil sie ganz schwammig waren, porös, wie sie es nannten, was ein Zehn-Dollar-Wort für nicht wasserdicht war. Aber die Briten hatten diese Methode erfunden, sie zu gerben, das heißt, sie machten Leder draus, das man für alle möglichen Sachen verwenden konnte. Nicht unbedingt für Sohlen, dafür war es zu weich, aber für Überzüge, Reitstiefel, Besätze für Soldatenmäntel und ich weiß nicht wofür noch. Außerdem hatte irgendein Deutscher herausbekommen, wie man die Häute schnell trocknen konnte, denn unsere Leute trockneten sie nach der Methode der Indianer, was ewig dauerte, aber nach dieser neuen Methode, mit Chemikalien, also das ging praktisch im Handumdrehen!

Also hatte LeCompt Recht. Wir waren reich, und da gab es noch etwas. LeCompt, der erzählte uns, dass die Eisenbahngesellschaft, die alte Atchison, Topeka & Santa Fe-Bahn, wieder angefangen hatte, Schienen zu legen, und diesmal in Windeseile, denn wenn sie bis Ende 1872 die Grenze nach Colorado nicht erreichte, würde sie das ganze Regierungsgeld verlieren, das sie dem Volk abgegaunert hatte.

Also, die beiden Sachen zusammen brachten mich richtig heftig ins Grübeln. Mit den Häuten konnte man eine Menge Geld machen, und nachdem wir jetzt das ganze Jahr über Gelegenheit dazu hatten, war das eine Versuchung zu bleiben, und wenn die Eisenbahn kam, dann war das sicher ein großer Unterschied, also zerriss ich den albernen Brief an Heaney, lehnte mich zurück und wartete, dass die Zeit des Abschlachtens begann.

Und das tat sie, aber sie begann nicht mit einer großen Explosion. Es spielte sich anders ab. Der Frühling kam, und die echten Jäger, statt alles aufzugeben und da oben in den Dakotas auf Goldsuche zu gehen oder Postkutschen zu überfallen oder sonst irgendwas, sie blieben in der Gegend und jagten weiter nach

Büffeln, und man könnte sagen, das Echo der Schüsse hörte man im gesamten Westen, und es gab 'ne Menge Kerle, die hatten die Nachricht verstanden, die da hieß: «Pilgrims, macht euch auf in Richtung Dodge, da gibt's leichtes Geld zu verdienen.»

Und sie machten sich auf, und, Leute, man fragte sich, von woher bei Sam Hill sie alle gekommen waren. Das Camp war vorher bestimmt kein Rosenbeet gewesen, wo Engelchen umhertrippelten, aber die Kerle waren immerhin Jäger gewesen, richtige Jäger, die einem Gewerbe nachgingen, oder normale Fuhrleute, und du kanntest sie, wusstest, wer sie waren und für wen sie arbeiteten. Aber diese neuen Burschen, die hereinströmten, Menschenskinder, bei denen bekamst du Albträume, obwohl du hellwach warst! Man konnte sie schwerlich zur menschlichen Rasse zählen, wenn man davon absah, dass sie auf zwei Beinen rumliefen. Und bei denen passierte es mir, dass ich zum ersten Mal ein Gewehr auf einen Mann richtete.

Folgendes spielte sich ab. Im Camp grassierte ein Fieber, ein richtig schlimmes Fieber, an dem Leute starben. Typhus, sagte einer, und als das Wort fiel, schienen die Leute erleichtert, als wenn man mit dem Namen auch schon das Heilmittel hätte! Der alte Brusik lag krank darnieder, ich schätze, mit der gleichen Krankheit, obwohl er nicht im Sterben lag, aber er lag eingepackt im Unterschlupf. Also, eines Tages, der Tag war auch gar nicht so schlecht, die Sonne schien, und die Vögel zwitscherten, Brusik schwitzte hinten vor sich hin, und ich kümmerte mich um den Laden und las in «Kaufmann werden leicht gemacht» und dachte daran, mir bald ein schwierigeres Buch zu besorgen, eines Tages also kamen zwei Typen herein und sagten, sie hätten ein paar Häute zu verkaufen.

Die zwei sahen fürchterlich aus, und entsprechend sah auch ihr Fuhrwerk aus – sie hatten zwei Pferde und einen heruntergekommenen Karren mit drei Maultiere davor, die ziemlich schlimm behandelt worden waren, sie waren offensichtlich ausgepeitscht und ziemlich geschunden worden, und dem einen hing das Auge heraus. Und die Häute, die die Kerle dabeihatten, die waren gewissermaßen perforiert, was klar bewies, dass diese Burschen keinen Büffel umlegen konnten, es sei denn, sie schossen hundertmal drauf, und die Häute waren noch nicht mal richtig getrocknet.

Ich hatte inzwischen 'ne ganze Menge über Häute gelernt, also ging ich hinaus und warf einen Blick auf diese Häute und erklärte, ich wäre nicht interessiert.

«LeCompt ist in der Gegend», sagte ich, «vielleicht kauft er sie euch ab», und hoffte, dass sie abzogen.

Aber die Burschen funkelten mich an, und der eine von ihnen, er hatte dicke Furunkel im Gesicht, sah bedrohlich auf mich runter, blies mir seinen Whiskeyatem ins Gesicht und spielte mit seinem Jagdmesser herum.

«Wir wollen mit keinem gottverdammten LeCompt Geschäfte machen. Wir haben dich gefragt, kapiert?»

«Ich hab verstanden», sagte ich, und wie ein echter Trottel trat ich den Rückzug zum Zelt an, und die Burschen folgten mir auf den Fersen und drängten mich ins Zelt rein, und genau da wollte ich nicht sein.

«Okay», sagte der Kerl mit den Furunkeln. «Wir haben da draußen dreißig Häute. Wir nehmen zwei Dollar fünfzig pro Stück *und* eine Verkaufsurkunde.»

«Mister», sagte ich, «auf der ganzen weiten Welt wird niemand zwei fünfzig dafür zahlen.»

«Außer dir», sagte der Pickelige.

«Außer mir», stimmte ich zu. «Aber wir haben nicht so viel Bargeld hier. Sie müssen einen Schuldschein nehmen.»

«Einen Schuldschein, was?» Der Pickelige nahm sich einen kräftigen Schluck Fusel, kippte ihn runter und sagte: «Wir handeln nicht gegen Schuldscheine. Bargeld aufs Fass. Und sieh zu, dass du fertig wirst.» Dabei wedelte er mit dem Jagdmesser zwei Zentimeter unter meiner Nase herum.

«Okay», sagte ich. «Okay, ich schreib die Verkaufsurkunde.» Und ich trat hinter unseren Tresen, griff nach unten und kam mit der Schrotflinte wieder hoch!

Klingt richtig romantisch, oder? Aber ich fühlte mich nicht romantisch. Ich hatte so große Angst, dass ich kaum aufrecht stehen konnte. Meine Beine schlotterten, und überhaupt schlotterte alles an mir, was schlottern konnte. Das Problem war, die Burschen schlotterten leider nicht! Der Pickelige lachte sogar!

«Du denkst doch nicht daran, das Ding zu benutzen, oder?», sagte er so spöttisch, wie es nur ging.

«Ich denke doch», krächzte ich. «Macht, dass ihr hier rauskommt, oder ich schieß euch in Fetzen!»

«So?» Der Pickelige bleckte die Zähne, die er noch hatte, wie ein tollwütiger Hund. «Du Hurensohn …»

Er zog seinen Sechsschüsser und kam auf mich zu. Ich schloss die Augen und, stellt euch vor, zog beide Abzüge, und das Gewehr ging los wie eine Kanone. Ich flog nach hinten, es gab einen heftigen Knall, eine schwarze Rauchwolke stieg auf, etwas wie ein Elefant trampelte über mich drüber, fluchend und schreiend, und ich kam auf die Füße und, beim Jupiter, das Zelt war halb heruntergekommen, das Ofenrohr geplatzt, und unter der Plane strampelte Brusik!

Moses, wie das da drinnen aussah. Die Sache war, dass ich den Ofen in die Luft gejagt hatte, und Brusik hatte den Krach gehört, den auch nur ein Toter hätte überhören können, war wie durch ein Wunder geheilt und kam mit einer Axt hereingeschossen, weshalb man glauben konnte, da drinnen hätte ein Erdbeben stattgefunden, was irgendwie auch stimmte, denn wenn Brusik mal in Gang kam, war er so was Ähnliches. Ich wühlte mich durch das Chaos, um an Brusik ranzukommen, der ausgestreckt dalag, aber während ich ihn betatschte, packte mich eine große Hand am Kragen und zog mich raus, und die Hand gehörte Charlie Rath, einem unserer Kunden, der mit noch ein paar Kerlen aufgetaucht war.

Sie räumten den größten Teil des Durcheinanders beiseite, wickelten Brusik in ein Büffelfell und bugsierten ihn zurück in den Unterschlupf, dann fragten sie mich, was zum Teufel los wäre.

Ich hatte einen Schock, einen richtigen Schock, deshalb dauerte es eine Weile, bis sie die Geschichte aus mir rauskriegten. Die Jungs hörten zu, ernsthaft, und das war auch richtig so, denn dass ein Ladenbesitzer bedroht wurde, das war was Neues, sogar im Camp.

«Sie hatten Pferde?», fragte Frank Finlay, und als ich ihm das bestätigte, meinte er, er hätte zwei Kerle gesehen, die sich Richtung Arkansas aus dem Staub gemacht hätten.

«Zu dunkel, um jetzt nach ihnen zu suchen», sagte er. «Na, heute Nacht wird dir sowieso nichts passieren, und wir kommen morgen wieder vorbei. Aber behalt das Schießeisen bei dir, und zwar geladen.»

Die Jungs schlappten fort, eifrig redend und plappernd, und ich legte mich in meine Koje mit der Schrotflinte neben mir. Ich war zu Tode erschrocken. Erschrocken und erschüttert, aber hauptsächlich dachte ich darüber nach, ob ich den Rumtreiber irgendwie absichtlich verfehlt hatte, als ich losballerte, weil ich es nicht glauben wollte, dass ich einen Menschen töten könnte. Einmal dachte ich, es wäre Absicht gewesen, dann wieder, dass es Zufall gewesen war, aber während ich da neben dem stöhnenden und grunzenden Brusik lag, hoffte ich, dass ich nie wieder in eine solche Verlegenheit kommen würde.

Aber diese Hoffnung verflüchtigte sich am nächsten Tag. Ich war dabei, den Laden in Ordnung zu bringen und Brusik mit heilsamen Suppen zu versorgen, womit ich Whiskey und Bohnen meine, als Finley vorbeikam.

Er sah sich im Zelt um, das vom Ruß schwarz wie die Nacht und außerdem völlig durchlöchert war, und grinste. «Bist du okay, Kleiner? Wie geht's Brusik?»

Ich sagte, er würde sich ganz gut machen, und Frank lachte. «Mit Dollars und Cents kriegt man jede Krankheit in den Griff. Ist besser als jede Medizin. Schade, dass er die Hurensöhne nicht umgebracht hat.» Er goss sich Whiskey ein und dachte eine Weile nach. «Beim nächsten Mal kriegen wir sie sowieso.»

«Beim nächsten Mal?!» Ich wäre beinahe aus den Stiefeln gefahren. «Willst du etwa damit sagen, dass sie wiederkommen werden?»

«Warum nicht?», meinte Frank. «Wenn man's genau nimmt, haben sie eigentlich nichts Schlimmes getan. Haben bloß 'nen bestimmten Preis für ihre Häute verlangt.»

«Frank», rief ich total verzweifelt, «die Kerle wollten uns ausrauben, ganz sicher, und hätten uns durchlöchert, wenn es nötig gewesen wäre.»

«Klar», sagte Frank. «Aber das interessiert kein Gericht.»

Ich wurde nur noch verzweifelter. «Wir haben kein Gericht.»

«Das ist wahr», stimmte Frank mir zu. «Ist ein Glück für uns, dann wird auch nicht lang rumgefackelt, wenn wir die Burschen kriegen.»

«Du glaubst, wir kriegen sie?», fragte ich. «Wahrscheinlich sind sie inzwischen schon fast in El Paso.»

«Das glaub ich nicht.» Frank schüttelte den Kopf. «Sie haben was hiergelassen.»

«Was hiergelassen ...» Erst begriff ich nicht, aber dann fiel der Groschen. «Das Fuhrwerk und die Maultiere.»

«So ist es, Kleiner.» Frank spuckte einen Strahl Tabaksaft aus. «Aber mach dir keine Sorgen, beim nächsten Mal sind wir auf sie vorbereitet. Holen wir den alten Brusik aus dem Unterschlupf und bringen ihn an die frische Luft.»

Das taten wir, legten Brusik auf ein Fell, mit reichlich von diesen heilsamen Suppen in erreichbarer Nähe. Dann schlenderte Frank davon, und ich machte mich daran, gründlich nachzudenken. Nun, wenn ich nachdenken sage, klingt das ziemlich schmeichelhaft. In Wahrheit hatte ich schreckliche Angst! Ich meine, falls die Burschen zurückkamen, würden sie nicht gerade hereinspazieren und sagen: «Entschuldige, dass wir ein bisschen Staub aufgewirbelt haben, aber können wir unser Fuhrwerk wiederhaben, und, ach ja, hier hast du fünf Bucks für den Ärger.» Pustekuchen, sie würden mitten in der Nacht zurückgeschlichen kommen, uns die Kehlen durchschneiden, bis aufs Hemd ausrauben und dann ihr Zeug schnappen.

Das waren wirklich schöne Aussichten – nervenaufreibend, könnte man sagen –, und meine Nerven gingen dabei ziemlich drauf. Es war nicht leicht, sich zu konzentrieren, wisst ihr. Ich hatte mich an den schwierigen Summen am Ende von «Kaufmann werden leicht gemacht» versucht, und die ganze Zeit dachte ich an die Burschen, wartete, dass sie kamen, und stellte mir vor, dass sie oben auf dem Felsvorsprung lagen und uns beobachteten. Genau genommen sagte ich zu Frank, wenn er so scharf drauf wäre, die Strolche zu schnappen, sollte *er* sich doch um das Fuhrwerk kümmern, aber darauf wollte er sich nicht einlassen. Er meinte, es wäre besser, wenn es bei mir wäre, da ich nur ein Kid wäre, würden sie ihr Glück eher bei mir versuchen! Moses, nachts lag ich wach, bei jedem Geräusch glaubte ich, die Mörder kämen jetzt, um über mich herzufallen, und, um die Wahrheit zu sagen, ich hoffte, sie würden endlich kommen und die Sachen stehlen. Und wie ich mir den alten Marshal Hickok und seine Hilfssheriffs herbeisehnte! Wie ein Hund den Knochen, genau so!

Aber eine Sache tat ich doch. Ich nahm mir ein paar Einmachgläser und stopfte einen Stapel Dollars rein, das war mein Anteil am Bargeld, das wir eingenommen hatten, und als Brusik draußen in der Sonne lag, grub ich ein Loch unter meiner Koje und beerdigte sie, und danach war ich ein bisschen erleichtert.

Und die Erleichterung wuchs, als ein paar Tage vergangen waren und niemand gekommen war, um das Fuhrwerk zu holen, und dann war eine Woche vorbei und noch ein paar Tage. Brusik ging es besser, und ich war froh darüber, seine Anwesenheit beruhigte mich, und ich begann langsam zu denken, zur Hölle mit Frank, ich verkauf das Fuhrwerk einfach. Immer wieder kamen Leute, die es gern für wenig Geld genommen hätten, bis plötzlich, am helllichten Tag, als Brusik gerade in Hoovers Alkoholzelt etwas für seine Genesung tat, ein Kerl auftauchte, den ich vorher noch nie gesehen hatte.

Er sah wie ein gewöhnlicher, normaler Bürger aus – genauer gesagt, er brauchte nur einen Haarschnitt, eine Rasur und ein Bad, und seine Kleider waren völlig durchlöchert. Nichts Außergewöhnliches, wisst ihr, und er redete anständig, sagte guten Tag, bestellte einen Drink und setzte sich ganz entspannt hin.

Ich fragte ihn, was ich für ihn tun könnte, und er sagte: «Gib mir noch was zu trinken, mein Sohn, vielleicht können wir handelseinig werden.»

«Klar», sagte ich. «Dazu sind wir Geschäftsleute da. An was für eine Art Handel dachten Sie denn? Häute?»

«Ja», sagte er. «Häute. Und Pferde.»

«Tut mir Leid, Mister.» Ich schüttelte den Kopf. «Pferde haben wir nicht im Sortiment.»

«Nein, aber Maultiere habt ihr doch, oder?», fragte er.

Genau in dem Moment passierte etwas in meinem Hals, als ob mir jemand einen Holzpflock hineingerammt hätte. «Maultiere?», krächzte ich.

«Genau.» Der Kerl klang kühl und unbeteiligt. «Ihr habt ein Fuhrwerk vor der Tür, oder?»

«Ja», sagte ich. «Das haben wir, aber es gehört mir nicht.» Und dann sagte ich: «Da müssen Sie mit meinem Part…, ich meine, mit meinem Boss reden. Ich weiß gar nichts über das Fuhrwerk. Ich arbeite hier bloß.»

Feige, findet ihr nicht? Hinterhältig bis zum Gehtnichtmehr, aber schließlich wart ihr ja nicht an meiner Stelle. Und ich stand ganz allein diesem Kerl gegenüber.

«Ja, Sir», plapperte ich. «Arbeite hier bloß. Der alte Brusik … Ich meine Mr. Besser, mit dem müssen Sie reden …» Und währenddessen überlegte ich mir, ob ich einen Satz durchs Dach machen könnte, um abzuhauen. Aber dieser Typ, der steckte sich bloß einen Zigarillo in den Mund, zündete ihn an, blies Rauch aus und sagte ganz gelassen: «Gut, reden wir mit ihm.»

«Sie meinen, ich kann gehen?», fragte ich ungläubig.

«Klar.» Der Kerl reagierte genauso ungläubig. «Warum um alles in der Welt nicht? Geh und hol ihn.»

Das ließ ich mir nicht zweimal sagen, glaubt mir. Wie ein geölter Blitz schoss ich aus dem Laden, und fünf Minuten später kam ich mit Brusik und Frank und den anderen Kerlen zurück, die sich bewaffnet hatten, als ob sie den zweiten Bürgerkrieg anzetteln wollten, und der Typ war vielleicht überrascht, als wir hereinplatzten und er in die Mündungen von einem halben Dutzend Knarren blickte. Aber er blieb dennoch gelassen.

«Was zur Hölle soll das, Jungs», sagte er. «Haben wir schon den 4. Juli?»

«Aus Witzbolden machen wir uns nichts», sagte Frank. «Du hast nach dem Fuhrwerk gefragt?»

«Klar», antwortete der Typ. «Warum nicht? Es gehört mir!»

«Dir!» Frank war verblüfft und wir anderen auch. «Du sagst, es gehört dir?»

«Das hab ich gesagt», bestätigte der Kerl. «Ich bin von Texas gekommen, und meine beiden Abdecker haben sich mit dem Fuhrwerk und mit fast allem, was ich hatte, aus dem Staub gemacht. Hab mir ausgerechnet, dass sie diese Richtung einschlagen, also bin ich auch gekommen, und jetzt will ich dieses Fuhrwerk wieder und die Maultiere und die Häute. Na, ich will sie nicht gerade wieder zurück, eher will ich sie verkaufen.»

«Nun, also ...» Frank wurde etwas unsicher, und das aus gutem Grund, so ein Diebstahl kam nicht gerade selten vor – Abdecker waren meistens üble Kunden, und sie taten so was, wenn ihnen der Verstand ausging.

«Hast du eine Verkaufsurkunde für das Fuhrwerk?», fragte Charlie.

«Nein, hab ich nicht», sagte der Typ. «Hab ich nicht gerade gesagt, dass ich ausgeraubt worden bin?»

«Und warum haben sie dir keins übergezogen, als sie das taten?», fragte Charlie.

«Weil ich draußen im Gelände war, deshalb. Und als ich zurückkam, waren sie abgehauen.»

«So?» Ein Jäger namens Elmer Skite beugte sich vor. «Wo ist dann dein Gewehr?»

Also, das war eine mächtig gewitzte Frage. Denn wenn dieser Kerl auf der Jagd gewesen war, als die Burschen das Fuhrwerk stahlen, hätten sie es ihn nicht auch noch wegnehmen können. Die Jungs fingen an, den Kerl böse anzustarren, aber den schien das kein bisschen zu beeindrucken.

«Bin ein paar Indianern in die Hände gefallen. Schoschonen», sagte er. «Die haben mir mein Gewehr abgenommen.»

«Du hast dein Büffelgewehr einem Schoschonen gegeben?», sagte Charlie, und er funkelte ihn wütend an, wofür er allen Grund hatte.

«Glaubst du, ich hätte es gern getan?», schnauzte der Kerl. «Das oder meine Haare. Was hättet ihr getan?» Er sah uns mit verkniffenen Augen an, und das musste man ihm lassen, er ließ sich nicht leicht aus der Fassung bringen. «Wenn ihr mit der Untersuchung jetzt fertig seid, wär ich euch dankbar, wenn ihr euch alle zum Teufel scheren würdet, damit ich mich um meine Angelegenheiten kümmern kann.»

«Wann die Untersuchung fertig ist, entscheiden wir», sagte Frank. «Wir werden uns darüber beraten.» Er ging nach draußen, wir anderen hinterher, und er sagte über seine Schulter hinweg: «Sie bleiben schön sitzen, Mister, und nehmen Sie sich noch einen Whiskey!» Was mächtig großzügig von ihm war, schließlich gehörte er uns.

Nun, wir standen zusammen abseits vom Zelt, und ich schätze, in Wahrheit wusste niemand genau, was er denken sollte. Wie Frank sagte, die Geschichte war wasserdicht, aber Elmer glaubte sie nicht.

«Zur Hölle», sagte er. «Das Märchen mit den Abdeckern würde ich noch schlucken, aber die Sache mit den Schoschonen … Jesus Allmächtiger, sie hätten in Wahrheit sein Gewehr *und* sein Haar genommen. So, wie er das erzählt hat, hört sich das nach ’ner gottverdammten Teeparty an, die sie da draußen abgehalten haben.»

«Da ist was dran», bemerkte Frank. «Also, was machen wir jetzt?»

«Ich weiß ganz genau, was wir machen», sagte Elmer. «Wir stellen ihm noch eine Frage. Nach gutem texanischem Brauch.»

Und das taten sie, und da lernte ich diese texanische Frage kennen. Sie war so einfach wie das ABC, denn man brauchte bloß ein Pferd, ein Seil und einen Baum, und es gab zwar keine Bäume in Dodge, aber die Jungs gaben sich mit einer Firststange in Hoovers großem Zelt zufrieden. Sie legten das eine Ende des Seils darüber, setzten den Kerl rücklings auf das Pferd, und sein Hals war durch das andere Ende des Seils mit der Firststange verbunden.

«Und jetzt», sagte Elmer, «fragen wir dich höflich und zum letzten Mal, was ist passiert?»

Moses, war das ein furchtbarer Anblick. Dieser arme Schlucker da auf dem Pferd, schwitzend und mit bleichem Gesicht, und er hatte sich in die Hosen gemacht, weshalb es fürchterlich stank.

«Ich hab die Wahrheit gesagt», stöhnte er. «Es ist die Wahrheit. Ich bin Jack Wilson aus Selma, weiter nichts. Allmächtiger Jesus Christus, was tut ihr da?» Und so ging das weiter, bis Elmer vortrat, mit einer Peitsche in der Hand. «Okay, Mr. Jack Wilson aus Selma», sagte er. «Du sagst uns, wo sich die Abdecker verstecken, und wir lassen dich laufen. Du hast mein Wort.»

Der Kerl verdrehte den Hals in der Schlinge, seine Augen quollen hervor, und er stöhnte: «Hilfe, hilfe.» Dann hob Elmer mit richtig grimmigem Blick die Peitsche, und der Mann schrie auf, wie ich nie zuvor einen Mann habe schreien hören.

«Schon gut», schrie er. «Schon gut. Ich sag's euch. Ich sag's euch.»

Das tat er auch. Die Geschichte war die, dass er mit den zwei anderen Burschen als Abdecker für einen Amateurjäger aus Selma gearbeitet hatte, und den hatten sie umgebracht, wobei er schwor, er hätte mit dem Mord nichts zu tun gehabt. Aber er sagte uns, wo sich die beiden anderen Rumtreiber aufhielten, und die Männer zogen los, um sie zu suchen, und fanden sie – ohne dass sie allerdings mit ihnen zurückgekommen wären … Und diesen Wilson, wie er sich nannte, den ließen sie laufen, was ihm aber nicht gut bekam, denn er begegnete zwei anderen Kerlen in der Prärie, die mit ihm das machten, was er zuvor mit anderen gemacht hatte, bloß waren die schneller mit dem Heimzahlen.

Sechsundzwanzig

Alle drei Typen bekamen das, was ihnen zustand, das will ich nicht bestreiten. Man könnte sagen, es war wie bei Kessel – die Gerechtigkeit hatte gesiegt, aber mir war nicht wohl dabei. Ich meine, mal angenommen, der Kerl hätte die Wahrheit gesagt. Er hätte trotzdem gebaumelt. Also war es vielleicht Gerechtigkeit, aber es war eine harte Gerechtigkeit und für meinen Geschmack ein bisschen zu hart.

Aber wie auch immer, die Mord- und Totschlagsfront beruhigte sich ein bisschen, jedenfalls für eine Weile. Klar, in Sachen Prügeleien und Messerstechereien war reichlich was los, und draußen in der Prärie gab es Kerle, die nicht mehr aufwachten, aber diese Beinahe-Hinrichtung hatte hingehauen, und im Vergleich zu vorher war die Stimmung im Camp wie in einer Sonntagsschule, und die Aufmerksamkeit wandte sich, wie diese Collegeprofessoren sagen würden, einer höheren Ebene zu, nämlich dem Geldverdienen und der Fertigstellung der Bahnlinie, was uns noch mehr Geld einbringen würde.

Die Eisenbahn lockte wirklich Leute ins Camp. Ein Kerl namens Henry Sitler baute ein richtiges Haus aus Erde, so, als ob er vorhatte hierzubleiben, ein neues Saufzelt wurde eröffnet, und dann schafften zwei Kerle namens Brown und Stewart Bauholz aus Russell, Kansas, ran und bauten einen einstöckigen Saloon, wo sie Whiskey für fünfundzwanzig Cent pro Schuss verkauften.

Das tat uns unheimlich gut, wo wir doch unseren Jägern die Drinks fast für umsonst ausgaben, damit sie auch weiterhin ihre Felle bei uns ablieferten. Und wie sie das taten! Sie zogen los, «bumm, bumm» ballerten die Gewehre, und zurück kamen die Felle, sogar von Kälbern, weshalb ich eine Frage bei Charlie

Rath loswerden musste, der wirklich was von der Büffeljagd verstand.

Charlie hörte zu, lachte dann und schlug mir auf die Schulter, diese ärgerliche Angewohnheit war doch tatsächlich im ganzen Westen verbreitet.

«Da musst du dir keine Sorgen machen», sagte er. «Wenn du rausgehen und dir die Büffel ansehen würdest, also eine gottverdammte Armee würde keinen Eindruck auf sie machen. Diese Tiere wird es bis in die Ewigkeit geben. Hör also nicht auf die verdammten Narren in Topeka.»

Das beruhigte mich, weil ich angefangen hatte, mir Sorgen zu machen, die Büffel könnten möglicherweise ausgerottet werden. Das war auch der Grund, weshalb Charlie Topeka erwähnt hatte, denn die Sache war die, dass es drüben im Osten von Kansas und überall im Osten Leute gab, die sich genau deshalb Sorgen machten und die Gerichte dazu bringen wollten, die Büffeljagd generell zu verbieten.

Im Camp war das wirklich ein wunder Punkt. Wenn man mit ein paar Leuten ruhig bei einem Drink saß und dann diese Tierschützer erwähnte, war das, als ob eine Anarchistenbombe hochging. Ich probierte es sogar einmal mit Absicht, nur damit ich was zu lachen hatte.

«Ich hab von diesen gottverdammten Idioten gehört», sagte Moses Cagney. «Städter! Jesus, die würden einen Büffel auch nicht erkennen, wenn er ihnen durch ihr verfluchtes Fenster springt.»

Die Jungs gaben mit großem Gejaule ihre Zustimmung, und es klang wie bei einem Rudel Wölfe.

«Wollen einem Mann den Lebensunterhalt wegnehmen», warf Charlie ein. «Und was das für Typen sind …»

«Und Frauen», fügte Sam Fuller hinzu.

«Genau, und *Frauen.*» Charlie spuckte das Wort aus, als ob es giftig wäre. «Jesus, die sind schlimmer als die Männer. Und alle sind sie Niggerfreunde, und wenn die nicht gewesen wären, hätte es keinen Krieg gegeben, und sie sind …»

«Außerdem Indianerfreunde», sagte Sam.

«Genau!», röhrte Charlie. «Verdammte Indianerfreunde! Und

wenn du mich in Herrgottsnamen einen Satz zu Ende sagen lassen würdest ...»

«Würdest du sagen, dass sie darauf aus sind, den Schnaps abzuschaffen», sagte Sam mit todernstem Gesicht, während wir in Lachen ausbrachen, weil es so komisch war, obwohl ich mir nicht sicher bin, ob Charlie den Witz verstand.

Diese Tierschützer waren ein wunder Punkt, das ist sicher, aber wie Charlie sagte, die setzten sich auch für die Indianer ein, und das machte die Kerle wirklich wütend. Herrje, so wie sie redeten, hätte man glauben können, die Indianer würden wie die Millionäre leben, und das von unseren Steuern, obwohl im Camp niemand tatsächlich welche bezahlte, soweit ich weiß. Und was das gute Leben anging – nun, diejenigen, die mir begegnet sind, die lebten nicht gut. Klar, das waren alles so genannte Wolldeckenindianer aus dem Reservat, die vor dem Fort rumlungerten und auf Zuteilungen warteten, und das waren die erbärmlichsten Kreaturen, die man jemals gesehen hatte, und sie taten keiner Fliege was zuleide. Aber als ich das zu den Jungs sagte, wurde ich niedergebrüllt – was sonst!

«Das sind keine echten Indianer», knurrte Charlie. «Hast du jemals einen Prärieindianer gesehen?»

«Ich bin Osage begegnet und Cherokees», sagte ich. «Auf dem Chisholm Trail.»

«Zur Hölle, die sind halbwegs zivilisiert», erwiderte Charlie. «Wart bloß ab, bis du einen richtig wilden siehst, einen Komantschen oder Kiowa.»

«Okay», sagte ich. «Was sind das für welche?»

Charlie kaute eine Weile Tabak, dann spuckte er aus. «Kleiner, ich will mal so sagen. Wenn dir je einer begegnet, braucht dir das keiner zu sagen.»

Nun, die Büffel- und die Indianerfreunde waren zwei brandheiße Themen, wie man so sagt, aber wirklich geredet wurde über die Eisenbahn, an der wieder gebaut wurde, und soweit wir das mitkriegten, schmissen die Schienenleger die Schienen nur so hin, aber kurz vor den sechs Hütten, die irgendein Optimist Hutchinson City genannt hatte, hatten sie aufgehört, weil ein Schiff, das Schienen aus England geladen hatte, draußen im Atlantik gesunken war. Aber die Eisenbahn würde kommen, kein Zweifel, was mächtig aufregend war. Noch dazu hatte ich meine eigenen Aufregungen. Ich bekam einen Brief! Einen richtigen Brief, von Henry! Den ganzen weiten Weg von New York City losgeschickt, und er erreichte mich tatsächlich so weit draußen im Westen!

Der Brief war irgendwie trocken, genau wie Henry, es stand drin, dass er für diese deutsche Zeitung arbeitete, eine neue Katze hatte, eine ganze Weile nichts in die Luft gejagt hatte, hoffte, dass ich nicht skalpiert worden war, und er schrieb, wann immer ich mal eine große Stadt sehen wollte, könnte ich kommen und bei ihm wohnen. Und am Ende des Briefes stand: «Komm, wenn du deine Million zusammenhast – und wenn du das nicht schaffst, bist du trotzdem willkommen.»

Es war wirklich klasse, so einen eigenen Brief zu kriegen. Als ob ich immer noch einen Freund hätte. Einen richtigen Freund. Einen, der nichts von mir verlangte und sich die Mühe machte, diesen Brief zu schreiben und ihn über den halben Kontinent zu schicken. Und ich beschloss, ich würde mir New York City ansehen – wenn ich meinen Haufen zusammenhatte.

Und ich verdiente tatsächlich Geld. Genau genommen kam man kaum drum herum. Mehr und mehr Kerle gingen auf die Jagd, und das Geld, das wir verdienten, brachte es mit sich, dass weitere Geschäfte aufmachten. Nun, bis Juli hatten wir eine Schmiede, einen Gemischtwarenhändler, einen Lebensmittelhändler und sogar einen Friseurladen, und dieser Friseur hat vermutlich in seiner ersten Woche genug Bärte rasiert, um eine Million Sessel damit zu polstern. Es wurde sogar gemunkelt, dass ein Restaurant eröffnen wollte und ein Tanzsaal! In der Tat kamen zwei Mädchen an, Nell Saintclair und Nell Pool, quasi vorab vor dem Tanzsaal. Um quasi das Wasser zu testen.

Jawohl, große Zeiten standen bevor, und was dann kam, hätte ich mir nicht träumen lassen, denn im Juli, mitten in der sengenden Hitze, händereibend und breit grinsend, trat der alte Heaney in unser Zelt!

Wir platzierten ihn in unserem besten Stuhl, dem einzigen mit vier Beinen, und Brusik bot ihm einen Schluck Fusel an, den er schaudernd ablehnte – und ich hätte im Camp sicher zehn Cent pro Kopf kassieren können, wenn ich ihn dazu gebracht hätte, das öffentlich vorzuführen –, aber er sagte, ein Glas erfrischende Limonade würde er zu schätzen wissen. Ich erklärte ihm, dass wir diese spezielle Form der Erfrischung nicht auf Lager hätten, also einigten wir uns auf Kaffee, und wir quatschten eine Weile. Er erzählte mir, wie die Dinge drüben im Osten lagen. Außer Landverkäufen tat sich in Abilene nichts, und er wollte bald noch ein Büro in Newton eröffnen, nachdem die Siedler bereits so weit vorangekommen waren, dass sie Quarantänegesetze in Ellsworth durchsetzten, kaum zu glauben. «Und Goblinka wird sich verheiraten!», sagte er.

Die Vorstellung fesselte mich einigermaßen, ich fragte mich, wer wohl dämlich genug war, sich von ihr einfangen zu lassen, aber Heaney meinte, es wäre auch ein Ausländer, was passte, und nachdem der gesellschaftliche Teil abgehandelt war, bedeutete er Brusik, dass wir gern ein wenig unter uns wären. Höfliche Redewendungen waren nicht Brusiks Sache, also sagte ich ihm einfach, er sollte verschwinden, was er tat, und wir kamen zur Sache.

Heaney hatte einen Haufen Papiere und Belege von der Bank mitgebracht, aus denen man erkennen konnte, wie ich vorankam, und ein Rechnungsbuch von Besser, aus dem hervorging, was ich da verdiente. Also mit diesem und jenem, dazu dem bisschen Bargeld, das ich in den Einmachgläsern unter meiner Pritsche beiseite geschafft hatte, wurde langsam was aus mir. Wirklich, ich nahm den Norden aus wie nur irgendwas. Aber ich vermutete, dass Heaney nicht den ganzen Weg auf sich genommen hatte, um mir Sachen zu zeigen, die er hätte schicken können, und ich behielt Recht, denn er warf mir einen seiner gottgefälligen Blicke zu.

«Ben», sagte er, «ich hab dich doch richtig beraten, oder?»

Ich sagte ja, das hätte er, und dass ich zwei Ohren hätte, mit denen ich weiteren Ratschlägen lauschen könnte.

Heaney rieb sich wieder die Hände. «Nun», sagte er, «werde ich dir ein paar Insiderinformationen zukommen lassen. Insiderinformationen, und die, Ben, sind wertvoller als Gold!»

Wertvoller als Gold! Menschenskinder, dachte ich, erzähl mir mehr davon, und ich brauchte Heaney nicht anzufeuern.

«Ben», sagte er. «Du weißt, wenn die Eisenbahn irgendwo ankommt und eine Station gebaut wird, dann ist das der richtige Ort, wo man sich aufhalten sollte.»

«Klare Sache», antwortete ich. Keine Station, keine Stadt. Keine Stadt, kein Handel. Kein Handel, kein Geld. Kein Geld, keine Stadt. Es war so was wie die Geschichte des Westens, weshalb sich die Leute wie Hund und Katz bekriegten, um eine Station zu bekommen.

«In Ordnung.» Heaney sah nach hinten über die Schulter und senkte die Stimme. «Also, zufällig weiß ich, dass die Santa Fe-Bahn vorhat, genau hier eine Station einzurichten. Der Platz ist ideal. Wasser vom Fluss, das Fort, und all das freie Land für die Siedler.»

«Die», sagte ich. «Die kommen bis zum Sanktnimmerleinstag nicht, soweit ich weiß.»

«Oh, sie werden kommen», meinte Heaney. «Vielleicht dauert es noch ein bisschen, aber sie werden hier ankommen. Genau genommen könnte das vor ihnen eine große Rinderstadt werden. Die Viehtriebe werden weiter nach Westen abgedrängt, also könnte das ein mächtig netter Ort für die Herden sein, sobald die Büffel abgeschossen sind. Aber mach dir deshalb keine Sorgen, Ben. Die Sache ist die …» Er beugte sich vor, richtig vertraulich. «Colonel Dodge, da drüben im Fort, er wird eine Interessengemeinschaft auf die Beine stellen, um eine Stadt zu gründen!»

«Heiliger Strohsack!», sagte ich. «Sie meinen eine richtige Stadt? Mit Stadtrat und allem?»

«Genau das meine ich», sagte Heaney. «Du weißt, wie das abläuft, wenn man eine Stadt gründet?»

Also, so ungefähr wusste ich das, aber der alte Heaney erklärte es mir genau. Du hattest einen Staat, wie Kansas hier, der halbwegs leer war. Ein Teil des Landes war Indianerreservat, aber das meiste gehörte der US-Regierung, abgesehen von den Millionen Morgen, die sie der Eisenbahngesellschaft abgetreten hatte, damit die die Bahnlinie baute. Und die Regierung war bereit, es spottbillig an Siedler zu verkaufen, und wenn das passierte und sechshundert Leute in einem Gebiet wohnten, dann wurde das Gebiet zum Verwaltungsbezirk des Staates, in dem es lag, und wenn du mal einen Bezirk aufgebaut hattest, konntest du eine Gemeindegesellschaft gründen und der Regierung das Land abkaufen und eine Stadt aufbauen, was bedeutete, dass du Stadtsteuern erheben und ordentliche Gesetzeshüter einstellen durftest – eigentlich genau wie in Abilene –, und wenn du Glück hattest, konntest du die Stadt zur Bezirkshauptstadt machen und dann richtig Geld verdienen mit Landverkäufen und Handel.

«Also», sagte Heaney, «das ist es, was der Colonel und seine Kumpels vorhaben. Und wenn die große Station hier entsteht, wird diese Stadt boomen, deshalb denke ich, wir sollten uns in Bewegung setzen und handeln. Was hältst du davon?»

Für ein gottverdammtes Ammenmärchen hielt ich das Ganze, weil es nicht einmal annähernd sechshundert Leute in der Gegend von Dodge gab, es sei denn, man zählte die unter der Erde mit, aber darüber sah ich zunächst mal hinweg. «Sie haben da was vergessen», sagte ich. «Ich bin nicht alt genug, um Land zu kaufen.»

«Nun, das stimmt wohl», gab Heaney zu. «Aber ich bin es.» Und er grinste hinterlistig. «Die Sache ist die, Ben, ich kauf die Anteile in meinem Namen, aber du gibst ein bisschen Geld dazu … Warte», sagte er, weil ich ihn gerade höflich darüber informieren wollte, dass er nicht zu glauben brauchte, ich würde da zustimmen. Es sei denn, er wäre so verrückt wie ein Hase im Frühling, und dann würde ich mir einen neuen Berater suchen, und zwar pronto.

«Warte», sagte Heaney noch einmal. «Du bist dann mein stiller Partner, wie wir Geschäftsmänner das nennen. Ich werde saubere Geschäftsunterlagen ausarbeiten, damit ich dich nicht beschwindeln kann – was ich ohnehin nie tun würde, Ben. Also, wir kaufen Anteile bei der Gemeindegesellschaft und haben die erste Wahl bei den Baugrundstücken, erstklassigen Grundstücken, denn je mehr Anteile wir kaufen, desto mehr Grundstücke werden wir haben. Wir kaufen das Land, auf dem du jetzt bist, und du kannst auf einem von den anderen Grundstücken noch einen Laden aufmachen – und es gibt kein Gesetz, das verbietet, zwei Läden zu führen –, bezahlst mir Miete, die in unsere kleine Partnerschaft einfließt, und wenn die Eisenbahn hier ankommt, können wir die anderen Grundstücke entweder erschließen oder für richtig guten Profit verkaufen.»

«Oder jeden einzelnen Cent verlieren», sagte ich.

«Ben!» Heaney verzog schmerzerfüllt sein Gesicht. «Hab ich dir nicht gesagt, dass man ein kleines Risiko eingehen muss, wenn man richtig Geld verdienen will? Und hab ich dich jemals fehlgeleitet? Nun, hier ist eine Chance, richtig Geld zu machen, und Ben ...» Er betrachtete mich irgendwie mit Humor. «Ben, du hast inzwischen genug Geld, um ein Spiel zu wagen. Aber wenn du nicht interessiert bist, na ja, nichts für ungut, dann such ich mir einen anderen Partner.» Aber er hatte genug geredet. Ich spürte das Knistern der Dollarscheine schon an Ort und Stelle, also erklärte ich dem alten Heaney, er könnte sich gleich aufmachen und so viele Anteile kaufen, wie er bekam, vielleicht eine Million.

Er haute ab, und ich strich im Laden herum, aufgeregt, wisst ihr, und ich war noch aufgeregter, als er zurückkam und übers ganze Gesicht grinste, was mir sagte, dass der Herr ebenfalls auf uns herabgrinste, und ich hatte Recht, weil der Colonel und die anderen Kerle, die die Interessengemeinschaft aufbauten, gesagt hatten, wir könnten sofort mit ihnen ins Geschäft kommen!

An dem Abend schickten wir Brusik weg und steckten die Köpfe zusammen, und Heaney erzählte mir von den Plänen für die Gemeindegesellschaft. Sie hatten vor, sechshundert Anteile zu je zehn Bucks zu verkaufen, dann 320 Morgen Land einzukaufen, und ein Grundstück würde fünfzig Bucks kosten. A. A. Robinson, der Chefingenieur der Santa Fe-Bahn, würde die Sache überwachen, damit alles seine Ordnung hatte. Heaney und ich hatten eine Mütze voll Anteile und bekamen mindestens ein Grundstück in Vorzugslage garantiert, direkt an den Schienen, wenn sie soweit waren.

Buffalo City würde die Stadt heißen, und Heaney besaß einen groben Plan von ihr. Es gab die Front Street, wo die Läden sein sollten, und die Spruce Street und die Maple und die Walnut und die Cedar Street, richtig hübsche Namen, und ein paar Grundstücke waren reserviert für eine Schule und eine Kirche – als ob die Reformer hier einen Schatten warfen. Aber ich hatte ein richtig gutes Gefühl, als ich auf die Karte sah. Es war ein nobles Gefühl, beim Fortschritt dabei zu sein, richtig nobel, dabei zu helfen, wie eine ganze neue Stadt aus dem Nichts aufgebaut wurde – und dabei verdiente man noch Geld! Und, wie ich zu Heaney sagte, wir brauchten nur noch eine verlogene Zeitung, so was wie den «Abilene Chronicle», der die Welt wissen lassen würde, was für eine schicke Stadt wir haben würden.

Aber eine Sache beunruhigte mich, und das ließ ich am nächsten Morgen raus, als ich Heaney an seinem Fuhrwerk verabschiedete.

«Es ist wegen Brusik», sagte ich. «Sollten wir Brusik nicht mit ins Geschäft nehmen?»

Heaney bekam einen etwas verträumten Blick. «Du musst die Sache so sehen, Ben. Wenn wir Brusik einbeziehen, beziehen wir auch den alten Jake Besser ein. Also, wenn ...»

Aber ich fiel ihm ins Wort, das war etwas, was mir einleuchtete, man hatte Dollars, und wer einem welche gab, verlor dafür an Macht. «Mr. Heaney», sagte ich, «der alte Besser ist mir piepegal, solang er nur weiter in Abilene Geld für mich verdient.»

«Also ...» Heaney grinste. «Ich schätze, so sieht ein kluger Geschäftsmann die Dinge. Und wenn die Bessers nicht schlau genug sind, um sich einen Geschäftsberater zu leisten, ist das ihre Sache, nicht wahr? Nebenbei ...» Er kletterte auf den Wagen, und zwar ziemlich flink für einen alten Kauz, und sah hinunter. «Sie haben dir nichts von Goblinkas Heirat erzählt, oder? Vielleicht haben sie auch andere kleine Geheimnisse, was? Nein, behalten wir das hier für uns. Ganz gemütlich. Mach's gut.»

Da war was dran, ganz sicher, also sagte ich in Ordnung und gab ihm die Hand und sah dem Wagen nach, wie er Richtung Hutchinson City losbrauste, dann kehrte ich um und ging zum Laden zurück. Unterwegs blickte ich mich im Camp um, und, Leute, war das ein Anblick, bloß ein paar Holzhäuser und Zelte, die unter der brütend heißen Sonne schmorten, und ich dachte an den Plan – Chestnut Street! Walnut! Spruce! – und dabei kein einziger gottverdammter Baum auf hundert Meilen. Als würde ein Haufen Bekloppter zusammensitzen und sich die verrückten Namen ausdenken. Sie hätten sie Whiskeystraße und Messerstechergasse nennen sollen. Ich musste lachen, aber solange diese Namen Trottel anlockten, die die Grundstücke kauften, war es mir recht. Sie hätten die Stadt sogar Neu Jerusalem nennen können, und ich hätte dafür gestimmt.

Um die Trottel anzulocken, brauchten wir die Bahnlinie, und die kam auch. Die Schienenleger hatten wieder angefangen und schmissen zwei Meilen Schienen pro Tag hin, die Masterson-Brüder, Bat und Ed, die später berühmte Gesetzeshüter wurden, richteten die Strecke, und ein Trupp Iren knallte die Schienen hinter ihnen auf die Erde, und ein Kerl erzählte mir, dass es bei der Art und Weise, wie sie die Schienen verlegten, ein Wunder wäre, wenn ein Zug wirklich darauf fahren könnte.

Das beunruhigte mich, wisst ihr, und ich erwähnte es gegenüber einem Kerl namens Hermann Fringer, der einen Drugstore eröffnet hatte, aber er lachte mich bloß aus.

«Kleiner», sagte er, «klar wird ab und zu ein Zug von den Gleisen hüpfen, aber solange gelegentlich einer ankommt, ist alles in Ordnung. Also, wie wär's mit einem Los für unsere Lotterie?»

Die Sache war die, wenn der erste Zug ankam, würden wir ein großes Fest feiern, so eins, wie wir es am 4. Juli immer hatten, mit Maultierrennen und Schießwettbewerben und Futter, das nichts kostete, aber Hermann hatte eine Superidee. Man bezahlte einen Dollar und bekam einen Schein, auf dem notiert war, wer als Erster aus dem Zug steigen würde, und wenn das stimmte, was draufstand, kriegte man den ganzen Pot.

Es gab einen Haufen Scheine mit Namen drauf, zum Beispiel Soldat, Handelsreisender, Jäger und so weiter, was alles ganz passabel klang, aber ich zog einen englischen Herzog und wusste noch nicht einmal, was das war, aber als es mir einer sagte, drehte ich beinahe durch. Hermann versuchte mich zu beruhigen, behauptete, diese Herzöge kämen am laufenden Band vorbei, um zu jagen, aber ich war so sauer, dass er meinte, ich könnte für fünfzig Cents noch ein Los haben, und da zog ich einen Whiskeyvertreter mit rotem Bart und grüner Krawatte, was irgendwie realistisch klang.

«Und in einer Woche wissen wir Bescheid», sagte Hermann. «Nur noch eine Woche, mehr nicht.»

Ich glaubte ihm, obwohl es kaum zu glauben war, wenn ihr wisst, was ich meine. Nur noch sieben Tage, und dann waren wir an die Zivilisation angebunden, und alles hing an einer Handvoll Iren, die, soweit ich gehört hatte, nicht mehr Amerikanisch sprachen als Mrs. Besser und sich mit ihrem eigenen fahrenden Saloon draußen unter der brennenden Sonne dahinschleppten, und in ein paar Tagen, mehr oder weniger, würden Fahrgäste ankommen, die Champagner tranken!

Und ich weiß nicht, ob ich das wirklich glaubte, bis ich eines Abends auf einen kleinen Felsvorsprung hinauswanderte. Von dort aus konntest du mächtig weit sehen, wenn es auch nichts zu sehen gab außer der Prärie, die sich endlos vor dir erstreckte, ohne Baum oder Hütte, nur Truthahngeier waren da, die über dir kreisten und darauf warteten, dass du tot umfielst, was dir in der stickigen Hitze leicht passieren konnte, oder vielleicht wurdest du von Wölfen gefressen oder von Indianern angefallen, die schlechte Laune hatten. Ich stand da oben und dachte nach, genauer, ich dachte nach, wie ich mehr Geld verdienen könnte, und sah hinaus in die hereinbrechende Dunkelheit, und das war ganz trübsinnig und öde, nirgends ein schimmerndes Licht, das dir sagte: «Jemand zu Hause. Wenn du dich verlaufen hast, kein Grund, sich zum Sterben hinzulegen. Halt noch ein paar Meilen durch und iss was.» Oder wenn du doch ein Licht sahst, dann kam das eher von ein paar Pferdedieben oder Banditen, die dich umbringen würden, weil sie deine Stiefel haben wollten, aber nicht einmal das gab es, bloß das Land, das diese düstere purpurne Farbe annahm, von der ich immer ganz depressiv wurde. Und ich wollte mich gerade dahin verdrücken, wo es Lichter und Leute gab, als ich eine Art Pfeifen hörte, was eine Nachteule hätte sein können, war es aber nicht, denn dieses Pfeifen, wenn man das einmal gehört hatte, dann verwechselte man es nie wieder mit was anderem. Und ich dachte, heiliger Moses, jetzt ist es sicher, dass sich die Welt verändern wird, denn in weiter Ferne da draußen, aber nicht zu weit weg, da war ein Zug, der diese alte Pfeife tuten ließ.

Siebenundzwanzig

Ich schlief den Schlaf der Gesegneten und Gerechten in jener Nacht, träumte von meinem eigenen Laden und dem Geld, das ich verdienen würde, und, wenn ich abkassiert hätte, wie ich mich dann schick anziehen und vielleicht nach Clement County zurückkehren würde, um den Leuten zu zeigen, wie ein richtiger Ausbeuter aussah – und vielleicht sogar mit dem alten Tyler reinen Tisch machen würde. Aber wie das immer so ist, gerade wenn du denkst, du könntest dich gemütlich zurücklehnen, kommt was aus dem Stuhl und pikst dich da, wo es am meisten weh tut. Und in dem Fall gab es zwei Sachen, die mich piksten.

Die eine Sache: Der Zug, den ich gehört hatte, war ein Rangierzug gewesen, der Zeug für die Bahnlinie brachte, also kein richtiger Zug, und er sprang von den Schienen, so dass die Arbeit aufgehalten wurde. Und dann gab es Schwierigkeiten mit dem Stadtplan.

Die Sache war die, wir lebten im Ford County. Na, wir würden im Ford County leben, wenn die mal gegründet war, aber die Landregistratur in Topeka wollte uns nicht anerkennen, weil es keine sechshundert Leute gab, die in unserem Bezirk lebten. Also, da wir kein Bezirk waren, wollte kein Richter unseren Plan für die Stadt unterzeichnen!

Ich regte mich ziemlich darüber auf, aber Bob Wright, der Kantinenwirt, meinte, ich bräuchte nicht ins Schwitzen zu kommen.

«Es gibt immer einen Weg, um kleine Schwierigkeiten zu umgehen», sagte er, und ich dachte mir, genau, und es ist seltsam, wie gut ihr gesetzestreuen, ehrbaren Bürger die kennt. «Warte nur, bis der erste Zug ankommt.»

«Bob», meinte ich, «es kommt mir so vor, als ob ich da schon zehn Jahre drauf warte.»

Wright lachte. «Ich weiß, wie du dich fühlst. Aber immer mit der Ruhe. Diese Schienenleger können jeden Tag fertig werden. Wirst schon sehen.»

Würde ich sehen, hatte er gesagt, und wie ich das sah! Diese Mastersons kamen und planierten und bereiteten alles vor, und hinter ihnen kamen die Schienenleger. Sie arbeiteten wie die Teufel, aber am folgenden Samstag Abend, Blitz und Donner, da führten sie sich auf wie menschliche Vulkane. Das Camp hatte schon so manche Keilerei erlebt, aber verglichen damit waren das Nähkränzchen von Ladys gewesen. Es waren die Fuhrleute und die Schienenleger, die aufeinander losgingen, da die Fuhrleute ihre Beschäftigung vor ihren Augen verschwinden sahen, wie man so sagt, was einfach lächerlich war, weil alle Kämpfe der Welt die Eisenbahn nicht aufhalten konnten. Als ein paar von den Kerlen behaupteten, die Bahnlinie würde nie die Coloradostrecke erreichen, weil die Komantschen drüber herfallen würden, na, wenn man sich daraufhin die Reaktion dieser Iren ansah, dann konnten einem die Indianer sogar ein bisschen Leid tun.

Und dann kam der große Tag! Ein Zug, ein richtiger Sonderzug, in Flaggen und Fahnentücher gehüllt, puffte heran und brachte wichtige Leute und eine richtige Band, die sich das Hirn aus dem Schädel blies. Der Vorsitzende der mächtigen Atchison, Topeka & Santa Fe-Bahn hielt eine Rede darüber, wie seine glorreiche Firma dem Goldenen Westen Frieden und Wohlstand bringen würde, die Soldaten im Fort schossen eine Kanone ab, und dann dampfte der Zug zurück.

Aber dieser Sonderzug war nicht das Entscheidende. Wir warteten auf den ersten richtigen Zug, und als der ankam, feierten wir wie verrückt, besonders Hoodoo Brown, der die Lotterie gewann, weil er das Los hatte, dass der Erste, der ausstieg, ein Grundstücksmakler sein würde. Und, stellt euch vor, es gab tatsächlich einen englischen Herzog! Jedenfalls sagte er, dass er einer wäre, obwohl er kein bisschen anders als alle anderen aussah, er redete bloß irgendwie komisch. Wegen der Jagd gekommen, sagte er, und da war er nicht der Einzige. Es gab Kerle, die glaubten, sie könnten damit ein Vermögen machen, und Spieler, die wiederum glaubten, sie könnten aus denen ein Vermögen rausholen.

Aber schließlich waren wir ja alle aus diesem Grund hier, und die Eisenbahn half uns beim Geschäftemachen. Wir bekamen tatsächlich einen Boom! Drei weitere Läden wurden eröffnet, und ein paar Kerle, A.J. Anthony und Bob Wright, holten ihre Frauen her, und Charlie Rath und ein Typ namens Fred Zimmermann folgten ihrem Beispiel. Man konnte sie zum Tee besuchen, ganz vornehm, genau wie in der North Side in Abilene! Sie redeten sogar schon über ein paar Reformen! In dem Laden!

Ich will auch gar nicht behaupten, dass sie da falsch lagen. Denn mit den Zügen kamen auch andere Typen. Harte Fälle, und ich meine nicht die harten Fälle, an die wir bereits gewöhnt waren. Bei diesen neuen Burschen kam es einem so vor, als ob die Leute drüben im Osten grade Frühjahrsputz gemacht und sie den ganzen Weg bis zu uns rübergefegt hätten.

Es gab auch 'ne ganze Menge von ihnen, die in einem Schuppen mit dem Namen Essington Hotel hausten, benannt nach demjenigen, der ihn zusammengehauen hatte, und dort hatten sie ihre Festung. Sie verschanzten sich da, taten unreformierte Dinge, die ihr euch selbst vorstellen müsst, weil ich sie euch nicht nennen werde, und 'ne Menge unreformierte Dinge spielten sich plötzlich wieder ab. Pferde und Maultiere kriegten auf einmal Sehnsucht nach weiten Ebenen und befanden sich am Morgen nicht mehr da, wo sie sein sollten, und es gab Überfälle, weshalb man nachts nicht mehr sicher rumlaufen konnte, und ein paar Jäger gingen verloren, was diese Burschen den Indianern in die Schuhe schoben, obwohl Indianer normalerweise nicht mit einer Wagenladung Felle abhauten.

Und diese Typen waren ekelhaft. Sie banden einem Hund einen Feuerkracher an den Schwanz, so dass er verrückt wurde, und den Kerl, der den Hund aus seiner elenden Lage befreite, schlugen sie zusammen. Pure, sinnlose Grausamkeit. Und sie wurden dreister, verlangten Sachen auf Kredit, in der Hauptsache Fusel, mit dem Hinweis, wenn sie nicht bekämen, was sie verlangten, na schön, dann könnte man selbst was umsonst bekommen, zum Beispiel eine Bleivergiftung. Aber am traurigsten war, dass ein Schneider getötet wurde. Er war sanft und mild wie Buttermilch gewesen und wäre besser zu Hause geblieben, aber sie erwischten ihn, raubten ihn aus und erschossen ihn.

Es war wirklich unglaublich. Da waren wir nun, bauten eine Stadt mit einer Eisenbahn und allem, und fünf Meilen weiter gab es die Kavallerie der Vereinigten Staaten, doch die hätte genauso gut auf dem Mond sein können, so viel, wie sie uns nützte.

Ein paar von den Neuankömmlingen, A.J. Anthony und Dan Wolf, machten sich auf den Weg zum Colonel, aber als sie zurückkehrten, waren sie niedergeschlagener als vorher.

«Gütiger Gott.» Der alte Anthony war mal Prediger gewesen und redete deshalb so komisch. «Gütiger Gott, der Colonel will keinen Finger krumm machen, solange er keinen Befehl von Washington bekommt!»

«Klar, was hattest du erwartet, zum Teufel?», meinte Charlie Rath, der kein Prediger gewesen war. «Er wird sich nicht gegen Zivilisten wenden.»

«Wir könnten dem Gouverneur eine Petition schicken», schlug Anthony vor.

«Genau.» Charlie lachte verhalten. «Und auf die Antwort können wir bis zum zwanzigsten Jahrhundert warten, lassen uns inzwischen rumschubsen und bis aufs Hemd ausplündern, und als Nächstes kriegt einer von uns eine verplättet.»

«Aber was sollen wir tun?», fragte Anthony.

«Vielleicht hab ich 'ne Idee», sagte Charlie.

Er erklärte uns seine Idee am Abend. Es gab eine Art Versammlung, sie wurde in der Hauptsache von der alten Truppe abgehalten, ein paar von den Neuankömmlingen waren nicht eingeladen. Das Treffen fand in unserem Zelt statt, und die Jungs saßen um das Fass herum, während Charlie seinen Plan erklärte.

«Die Sache ist die, Jungs», hob er an und genehmigte sich einen Schluck, um sich die Kehle zu schmieren. «Die Sache ist die, von diesen Burschen gibt es zu viele, um so vorzugehen wie bisher.» Er erklärte nicht, was er mit diesem Vorgehen meinte, aber das war für uns auch nicht nötig. «Und sie haben eigentlich nichts zu verlieren, also trampeln sie über uns weg. Aber wir haben etwas, was sie nicht haben.»

«Und was soll das sein?», fragte Sam Fuller.

«Wir haben Geld», meinte Charlie.

Mehr brauchte er nicht zu erklären. Er meinte damit, wir sollten mit diesem Geld noch ein paar harte Fälle anheuern. Wie er sagte, falls diese blöde Gesetzgebung uns zu einer richtigen Stadt gemacht hätte, dann wären wir auch in der Lage gewesen, ganz legal Männer des Gesetzes einzustellen, wie Hickok drüben in Abilene.

«Ich weiß nicht.» George Smith, der mit J.B. Edwards zusammen ein Lebensmittelgeschäft führte, schüttelte den Kopf. «Das Gesetz darf das, aber selbst jemanden einstellen ...»

«Zur Hölle mit diesem rechtmäßigen Gesetz», sagte Charlie. «Feuer muss man mit Feuer bekämpfen, so ist das eben.»

«Genau.» Hermann Fringer erhob seine Stimme. «Aber wer mit dem Feuer spielt, verbrennt sich die Finger.»

Nun, es gab 'ne Menge Gequatsche und ein Hin- und Hergezerre, aber am Ende entschieden die Kerle, den Plan weiter zu verfolgen, sammelten Geld, und dieses Geld wurde dazu verwendet, noch ein paar harte Männer zu engagieren, wenn auch ganz diskret. Sie liefen nicht einfach los und erklärten irgendeinem Revolverhelden: «Da, Jack, hast du fünfzig Bucks, und jetzt plätte dem Kerl da drüben eine über.» Von wegen, sie engagierten sich die Hilfe wie überall sonst, wo man eine Arbeitskraft für einen Laden oder einen Saloon sucht. Nur dass die Hilfskräfte in dem Saloon nicht direkt arbeiteten. Sie saßen da bloß trinkend herum und bekamen umsonst zu futtern und spielten Karten – verloren allerdings nie!

Und es funktionierte sogar – wenigstens für uns Geschäftsleute. Klar, es passierte reichlich viel, Fremde wachten mit einer dicken Beule am Kopf auf und stellten fest, dass sie ganz plötzlich verarmt waren, und es wurden auch ein paar Leute richtig umgebracht, aber wir konnten in Ruhe Geld verdienen und in Frieden schlafen.

Ich bekam auch ein Holzhaus. Ich legte das Geld aus, und wir bauten das Zelt dahinter auf. Brusik fragte mich irgendwie misstrauisch, wer die Balken bezahlte, und ich antwortete ihm, ich würde zahlen, von meinem Gewinn, und wenn er mir nicht glauben wollte, könnte er das ja mit seinem Bruder abklären, denn der gute Brusik, der konnte zwar mächtig scharf mit Dollars umgehen, wenn es um Felle ging, aber nur noch irgendwie vage, sobald sie im Hauptbuch eingetragen waren. Jedenfalls ließ er mein Argument durchgehen.

Und ich sag euch, wer immer auf die Idee mit den Holzhäusern gekommen ist, er war genialer als Henry Ford. Du schriebst einfach an eine Firma in Kansas City, und die schickten dir ein Gebäude in jeder gewünschten Größe, das ganze Bauholz zugeschnitten, durchgeplant und nummeriert, so dass du einfach den Rahmen aufbauen und Latte 1 an Pfeiler 1 nageln konntest und so weiter, und in ein paar Stunden hattest du ein schickes Gebäude, das du als Haus oder als Laden oder was du wolltest verwenden konntest, und, Leute, das war vielleicht ein Unterschied. Und wenn ihr mir nicht glaubt, probiert mal, eine Weile in einer Lehmgrube oder einer Grassodenhütte zu wohnen, wie das die meisten Sodbusters taten, mit Schlangen und Käfern und Insekten, ganz zu schweigen von dem Wasser, das da reinlief.

Ich war auch wirklich froh, dass ich in das Holzhaus investiert hatte, denn der Winter von '72 auf '73 war so ziemlich der schlimmste, den es dort je gegeben hatte. Beim Jupiter, als ob uns die gottverdammten Briten oben in Kanada heimzahlen wollten, dass wir sie in der Revolution besiegt hatten, indem sie uns all ihren Schnee und Eis und Wind herschickten.

Es schneite und stürmte und fror, dann stürmte es wieder, und ich kann euch sagen, das war vielleicht ein Gefühl, in dem Laden zu sitzen, neben dem glühenden Ofen, zu wissen, dass man in Sicherheit war, zu plaudern oder die Geschäftsbücher durchzugehen und zuzugucken, wie sich die Dollars stapelten. Aber ich konnte keinen von den Kerlen überreden, Schach zu spielen.

Es war eigentlich verrückt. Klar, wir waren rau, aber wir wussten uns zu benehmen, und wir saßen zusammen und redeten oder besuchten ehrbare Ladys, denen wir zuhörten, wenn sie sich über die Kirche unterhielten, die sie an der Ecke Spruce Street und First Avenue bauen würden, wo es nichts als Prärie gab, unter der die Taschenratten lebten, während es draußen nicht bloß schlechtes Wetter, sondern auch schlechte Männer gab. Und wie schlecht die waren. Irgendein Kid, ungefähr so alt wie ich, spazierte in die Stadt, und ein richtig brutaler Kerl namens Sherman schoss es tot, aus Lust und Laune, und Tom Essington, dem das Essington Hotel gehörte, der verfluchte seinen Koch einmal zu viel, woraufhin dieser Koch ihn totschoss!

Also, während dies und das passierte, tobte der Winter sich aus, und ich brachte ihn millionenmal besser hinter mich als alle Winter in Clement, denn obwohl ich mich im Camp langweilte, langweilte ich mich mit Geld, während ich mich zu Hause immer nur ohne Geld gelangweilt hatte, und ich überlasse es euch zu erraten, welcher Zustand der beste ist für einen Pilger, wenn er dieses irdische Jammertal durchschreitet.

Dann flogen die Gänse nach Norden, Blumen blühten auf und knospten oder was immer die tun, die Züge fuhren beinahe nach Plan, haha, das war ein Witz, und man konnte wieder Kleider abwerfen und wie ein Mensch statt wie ein alter Bär rumlaufen, aber es heizte sich noch mehr auf als nur das Wetter.

Eines Tages war ich an der Station Sam Fuller in die Arme gelaufen, der richtig finster dreinblickte, und es stellte sich raus, dass er um fünfzig Dollar beklaut worden war, und derjenige, der sie ihm geklaut hatte, war ein Kerl namens Cox, der eigentlich zu diesen harten Fällen gehörte, die sich um uns kümmern sollten!

An jenem Abend gab es in George Smiths Laden eine von den Versammlungen, die eigentlich gar keine Versammlung waren, und Charlie sagte zu Sam, er sollte sich keine Sorgen machen, wir würden sein Geld zurückbekommen und Cox abschieben.

«Und was stellst du dir vor, wie das gehen soll?», fragte Sam.

Charlie zuckte mit den Schultern. «Wir sagen den anderen Typen, dass sie das erledigen sollen.»

«Klar», meinte Sam. «Bloß stecken die alle mit drin.»

«Dann …» Charlie zuckte mit den Schultern. «Dann holen wir noch mehr Hilfe, genau wie vorher.»

«Und sind wieder genau da, wo wir angefangen haben», sagte Sam und stieß einen mächtig schlimmen Fluch aus.

Er hatte Recht, und niemand konnte widersprechen, und die Männer blickten vielleicht finster drein, weil sie offensichtlich direkt aus der Bratpfanne ins Feuer gehüpft waren. Dann ergriff Hermann Fringer das Wort.

«Kumpels», sagte er, «ich will nicht behaupten, dass wir was falsch gemacht haben. Aber so, wie ich die Sache sehe, werden wir als Stadt registriert, was nicht mehr lang dauern kann, Herrgott noch mal, bei dem Geld, das wir dem Richter bezahlen, und wo so viele Leute ankommen, und dann heuern wir ein richtiges Gesetz an. Ich hab gehört, dass Hickok, der in Abilene Marshal war, in Arizona sitzt und nichts weiter tut als Poker spielen.»

«Kleiner.» Charlie wandte sich an mich. «Geh nach draußen und stell dich an die Tür. Lass keinen rein. Kapiert?»

Ich sagte, das hätte ich, und ging auch raus, bloß ließ ich mein Ohr am Schlüsselloch, darauf könnt ihr wetten. Sie redeten leise, aber nicht so leise, dass ich sie nicht verstand. Ich hätte sogar beinahe gebrüllt, sie sollten leiser reden! Aber was ich hörte, war wirklich interessant.

«Noch mal zu diesem Gesetz, über das du redest», sagte Sam. «Sieh mal ...» Er hüstelte, als hätte er eine trockene Kehle, und dann hörte ich ein Gluckern, und niemand musste mir sagen, was das bedeutete. «Sieh mal, Cox hat mir zwar nicht mit seinem Sechsschüsser vor der Nase gewedelt. Aber ... aber ...»

«Aber was, Herrgott noch mal?», fragte Charlie

«Er ...» Sam zögerte. «Er hat ein paar Andeutungen gemacht. Über Kerle, die in den letzten paar Monaten die Stadt verlassen haben.»

«Na und?» Das war George. «Heiliger Jesus, hier kommen und gehen andauernd Leute.»

«Stimmt.» Sam hörte sich wirklich verärgert an. «Aber er sagte, er wüsste, wo diese Kerle jetzt sind.»

Eine Minute lang herrschte Totenstille, dann sagte George: «Jesusmaria!» Und die anderen da drinnen sagten das Gleiche oder was Ähnliches, und ich sag euch, auf ihre Art waren sie zähe Brocken. Hatten draußen in der Prärie überwintert, und einige von ihnen hatten Indianer besiegt oder waren Soldaten im Krieg gewesen, aber sie hatten Angst, und ich wusste, warum.

Die Kerle, die Cox Sam gegenüber erwähnt hatte, die kampierten nicht *in* der Prärie, sie kampierten *unter* der Prärie, und weiter würden sie nicht kommen, es sei denn, jemand kam und grub sie wieder aus. Und wenn das jemals passierte, zum Beispiel wenn dieser Jemand einen Stern an seiner Weste stecken hatte … Nun, das Land da draußen war zwar wild und rau, aber es gehörte immer noch zu Kansas, wo die Gesetze des Staates galten, und wer konnte wissen, ob nicht ein paar gottverdammte Reformer zu gackern anfangen würden, dass wir schlimmen Alkoholverkäufer Mörder bezahlt hätten, um unschuldige Leute umbringen zu lassen, und dafür konntest du mehr bekommen als einen Klaps übers Handgelenk. Wenn dir dafür nicht das Seil mit der schicken Schlaufe blühte, dann zumindest einige elende Jahre im Staatsgefängnis.

Insofern hatten die Kerle da drinnen den Fuchs am Schwanz erwischt und wussten nicht, wie sie ihn wieder loslassen sollten, und sie waren ganz besorgt, was ich ihnen nicht übelnehmen konnte, und es blieb ihnen nichts anderes übrig, als zu sagen, sie würden darüber nachdenken. Sie schworen also alle, den Mund zu halten und die Sache für sich zu behalten, und machten sich aus dem Staub, beunruhigt bis ins Letzte.

Ich machte mich auch aus dem Staub, war aber, um ehrlich zu sein, nicht besonders beunruhigt. Ich war nie mit der Bürgerwehr unterwegs gewesen, und ich hatte mit keinem von diesen harten Fällen auch nur gesprochen. Natürlich hatte ich Geld dafür gegeben, aber ich dachte mir, ich könnte immer sagen, dass ich geglaubt hätte, es wäre für einen guten Zweck. Da zeigte sich, es hatte was für sich, wenn man bloß für ein Kid gehalten wurde!

Aber war das nicht ein Ding? Da wuchs diese Stadt vor den eigenen Augen, und die Leute redeten über Schulen und Kirchen und Zivilisation, und währenddessen liefen die ganze Zeit ordentliche Geschäftsleute über die Straße – die eine, die es gab – und machten sich über Leichen Gedanken, die da draußen in der einsamen Prärie vor sich hin moderten! Und ich sag euch was. Ich war nicht gerade das, was man religiös nennt, jedenfalls nicht richtig religiös, aber ich musste an etwas denken, worüber wir in der Bibelstunde in Abilene geredet hatten. In der Bibel hat der

Herr gesagt, wenn du ein Haus bauen willst, siehst du besser zu, dass es auf Fels und nicht auf Sand gebaut ist, sonst kommst du in Schwierigkeiten. Klar, so wie der Reverend das erklärt hatte, meinte das, man sollte anständig leben und eins sein mit dem Herrn und Seinem Werk, aber es meinte auch, wer ein Geschäft betrieb, musste es anständig führen, zusehen, dass die Bücher stimmten und so und dass man nicht zu viel Kredit gab, und wenn man es tat, musste man sichergehen, dass man eine Sicherheit kriegte, etwa die Farm des Kerls oder was auch immer. Womit ich meine, diese Geschäftsleute in der Stadt hatten irgendwie ihr Geschäft auf den Grund eines Friedhofs gebaut, und ich schätze, ihr wisst, was mit dem irgendwann passiert. Er gibt nach, oder nicht?

Auf alle Fälle, ich ging davon aus, dass die anderen das Problem hatten, und kümmerte mich weiter um meine Geschäfte und hielt mich von den Strolchen fern, von denen es reichlich gab, besonders um das Essington Hotel herum – das hieß jetzt Peacock, nach dem Kerl, der es gekauft hatte, nachdem Essington umgebracht worden war – und in der Umgebung von Tom Shermans Bar, was mich einigermaßen verblüffte, wo der doch zu den unangenehmsten, gemeinsten Kerlen gehörte, die ich je gesehen hatte. Man hätte annehmen können, dass sich die Burschen von ihm ferngehalten hätten, aber das taten sie nicht. Wie man so sagt, gleich und gleich gesellt sich gern.

Es war also 'ne Menge los in der Stadt, besonders zwischen den Soldaten und den Rüpeln. Damit hatte es Folgendes auf sich: Der Colonel war stinksauer auf die Kavalleristen geworden, die sich im Fort besoffen, weshalb er Bob Wright verbot, dort Alkohol zu verkaufen, also mussten die Jungs in die Stadt kommen, wenn sie durften – denn sie benahmen sich wie Schuljungs, die nur zum Spielen gehen, wenn der Lehrer es erlaubt –, und gaben ihr bisschen Sold in den Bars aus. Es gab immer Ärger, wenn sie kamen, weil man sie verachtete, aber es lief meistens nur auf eine Schlägerei hinaus, ab und zu mal auf eine Messerstecherei, und der Colonel sah einfach nicht hin. Bis dann etwas passierte, bei dem er hinsehen musste.

Im Fort gab es schwarze Kavalleristen, die selten in die Stadt kamen, es sei denn, sie hatten vor, sich die Welt durch eine Schlinge hindurch anzusehen. Aber ein paar von den schwarzen Bediensteten kamen in die Stadt, erledigten Botengänge für die Offiziere, und niemand kümmerte sich um sie, nicht mehr als um ein Maultier, das man aus dem Weg peitscht, wenn es sich nicht bewegt, nur dass die Schwarzen mehr Verstand besaßen als die Maultiere und sich aus dem Weg eines Weißen machten, *bevor* sie eins übergezogen bekamen – bis auf den einen, der es nicht tat.

Es war gerade Anfang Juni, heiß wie in der Hölle, und dieser schreckliche Wind blies und blies und reizte die Nerven der Leute bis zum Anschlag. Aber mir ging es ziemlich gut, weil ich grade aus Fred Zimmermanns Laden kam und der mir erzählt hatte, dass die Gemeindegesellschaft einen Richter in Ellis County gefunden hätte, der meinte, Dollarscheine wären glücklicher, wenn sie alle zusammenblieben, das heißt zusammen auf seinem Bankkonto, und dieser Richter würde vorab den Stadtplan unterzeichnen, was für mich und Heaney einen mächtig netten Profit bedeutete, egal, wie man die Sache betrachtete.

Ich lief also die Front Street runter, rieb mir wie der alte Heaney die Hände und dachte darüber nach, ob ich bei Mrs. Anthony vorbeischauen und mir ein kostenloses kühles Getränk leisten sollte, als ich eine Horde Rowdys vor Shermans Fuselfabrik entdeckte. Sie kletterten auf dem Fuhrwerk eines Schwarzen namens Bill Tayler herum, dem Diener von Colonel Dodge aus dem Fort, der sich in seiner Freizeit um Transporte kümmerte. Dieser Taylor, den kannte jeder, und alle mochten ihn irgendwie, denn er war ein ruhiger, höflicher Kerl, der wusste, wo er hingehörte, nämlich niemals dahin, wo sich ein Weißer aufhalten wollte.

Diese Rowdys waren alle betrunken und machten furchtbar Radau, also lief ich zu den Schienen rüber, um ihnen aus dem Weg zu gehen, da trat Bill Taylor aus Hermann Fringers Drugstore. Ich konnte nicht alles verstehen, was gesagt wurde, weil die Besoffenen schrecklich fluchten, aber sie schienen von Taylor zu verlangen, dass er sie irgendwo hinfuhr, und er lehnte ab, was ihm zustand, aber in dem Fall nicht besonders gescheit war, denn zwei der Rowdys waren Cox und sein Handlanger Scott, der gemein bis ins Letzte war.

Cox hatte die Zügel ergriffen, brüllend und fluchend, und Taylor hielt eines der Maultiere am Zaum. Dann schrie Cox: «Nimm die Finger von dem Zaumzeug, Niggerboy.»

Ich verstand nicht, was Taylor sagte, weil diese Farbigen immer leise und demütig mit weißen Männern redeten, aber er ließ das Zaumzeug nicht los. Dann brüllte Cox: «So, müde sind sie?», womit er die Maultiere meinte, schätze ich. «Ich verschaff ihnen 'ne Pause, 'ne ordentlich lange Pause!» Und stellt euch vor, er sprang runter, zog seinen Sechsschüsser und schoss einem der Maultiere in den Kopf!

Es war einfach unglaublich, wisst ihr. Aber es kam noch schlimmer, denn Taylor, der trat zurück, lief weg und tauchte in Fringers Laden unter, aber Cox und Scott rannten hinter ihm her und zerrten ihn raus, wobei Cox brüllte: «Du schwarzer Hurensohn», und er hielt seine Pistole an Taylors Schläfe und schoss auf ihn!

Dieser arme Taylor ging zu Boden. Dann, während Taylor dalag, trat Scott vor und schoss ebenfalls auf ihn. Dann schlugen sich die beiden Mörder gegenseitig auf die Schulter, als ob sie eine glorreiche Tat vollbracht hätten, johlten und kreischten und latschten ins Peacock, mit ihrem Schlägertrupp im Gefolge.

Es war einfach kaltblütiger Mord ohne Sinn und Verstand. Wisst ihr, manchmal wurde jemand umgebracht, weil vielleicht zwei Betrunkene aneinander gerieten, die beide bewaffnet waren, und wie Henry gesagt hatte, wo man Gewehre hatte, wurden Menschen umgebracht, weil die Gewehre dafür gemacht wurden, aber da gab es wenigstens so was wie einen Grund. Aber das hier … Bloß ein Kerl, der gesagt hatte, dass seine Maultiere erschöpft wären, und dafür wurde er durchlöchert, und man konnte nicht behaupten, Taylor wäre unverschämt gewesen und hätte nur bekommen, was er verdient hatte, denn er war es nicht gewesen. Und was es noch schlimmer machte, falls das überhaupt möglich ist, das war die Tatsache, dass anständige Leute auf der Straße gewesen waren und keinen Finger gerührt hatten, mich eingeschlossen. Wir hatten nämlich Angst, Angst vor diesen Mördern. In diesen Zeiten machten Waffen die Gesetze, aber die Waffen waren in den Händen der falschen Leute.

Und kaum zu glauben, als die Armee versuchte, etwas zu unternehmen, gab es noch mehr Ärger! Der Colonel kam mit einem ganzen Trupp Soldaten in die Stadt, und Cox zeigte ihm die Leiche, die immer noch dalag, bloß hatte ein Christenmensch ein Büffelfell drübergeworfen, und Cox sagte doch wirklich: «Genau da, ich schätze, das war mein Schuss!»

Klar war der Colonel sauer. Er verhaftete Cox, doch Scott erwischte er nicht, der hatte sich hinter einem Eiskasten im Peacock versteckt. Aber Cox zeigte den Colonel an wegen unrechtmäßiger Verhaftung, mit der Begründung, ein Soldat hätte nicht das Recht, Zivilisten zu verhaften, woraufhin der Colonel Ärger bekam! Und als dieser Colonel Soldaten in die Stadt schickte, die dort patroullierten, um ein bisschen für Frieden zu sorgen, mussten sie rausgeschafft werden, weil sie die ganze Zeit betrunken waren, und der Colonel bekam noch mehr Ärger.

Aber dieser Mord hatte etwas Gutes. Scott machte sich aus dem Staub, und Cox wurde mit einem zivilen Haftbefehl eingelocht, nachdem also die Anführer aus dem Weg waren, blieben die anderen Schlägertypen unter sich. Und dann, nachdem dieser Richter schließlich den Plan unterzeichnet hatte, was er ein paar Wochen später tat, hatten wir den Eindruck, wir könnten uns ein richtiges Gesetz anschaffen und die Waffen in die Hände der richtigen Männer legen. Und ich weiß genau, dass Mrs. Anthony und Mrs. Wright sich an die Senatoren des Staates wandten mit der Anfrage, ob wir einen richtigen US-Marshal direkt in die Stadt bekommen könnten, und nachdem ich gesehen hatte, was die Frauen in Abilene geschafft hatten, ging ich davon aus, dass es nicht lange dauern konnte, bis wir ihn hatten.

Also, in Dodge – na ja, Buffalo City nannten wir die Stadt zuerst, aber das mussten wir ändern, weil das Postamt meinte, es gäbe noch eine Siedlung in Kansas mit dem gleichen Namen –, in Dodge brodelte es zwar noch, aber es kochte nicht mehr über, und wir konnten uns wieder unseren Geschäften zuwenden.

Der Preis für Felle fiel ein bisschen, nachdem es reichlich Leute gab, die losballerten, aber man konnte immer noch mächtig viel Profit machen, also war ich richtig zufrieden, saß in meinem schicken Laden, freute mich über das Geld, das ich in Dodge verdiente, und den Profit, den der alte Heaney für mich mit seinen Investitionen drüben im Osten machte, kommandierte Brusik herum, weil ich mehr Verstand im kleinen Finger hatte als er in seinem ganzen massigen Körper, kriegte gut zu essen, war höflich bis ins Letzte zu den Ladys und pries mich glücklich, dass ich mutig und risikofreudig gewesen war, als ich die Chance bekommen hatte.

Und die ganze Zeit, während ich ein üppiges, bequemes und elegantes Leben führte, tickte eine Uhr vor sich hin, aber eine Uhr, wie sie die Anarchisten verwenden, in eine Bombe gestopft, und die lag zweitausend Meilen weit weg in New York City. Und im September 1873 war die Uhr bei zwölf angekommen – und die Bombe ging hoch.

Achtundzwanzig

Die Bombe ging hoch und pustete mich weg und eine Menge mehr Leute, und am Ende pustete sie die Büffel und die Indianer weg und den Kerl, der die Bombe hatte hochgehen lassen, na, und ich hatte nicht einmal von ihm gehört!

Ich war auf dem Weg zur Bahnstation, wo ich sehen wollte, ob Waren angekommen waren, als ich Eugene LeCompt begegnete, dem Felleinkäufer für Lobenstein. Er sah nicht besonders gut aus, also fragte ich ihn, ob er zu viel Fusel getrunken hätte, aber er ging auf mein Gefrotzel nicht ein.

«Das ist nicht der richtige Zeitpunkt für Witze», blaffte er. «Hast du nichts davon gehört? Jay Cooke ist gescheitert!»

Er eilte weiter, und ich ging zur Station und fragte mich, wer bei Sam Hill Jay Cooke war und wo er gescheitert war. Ich fragte den Angestellten dort danach.

«Machst du Witze?», fragte er.

«Nein, kein bisschen», antwortete ich. «Bloß eine einfache Frage, aber wenn du mir keine klare Antwort drauf geben kannst, ist mir das auch recht.»

«So? Na ja, du wirst schon bald selber drauf kommen», meinte der Angestellte. «Und dein Zeug ist nicht angekommen, und zur Hölle mit dir.»

«Und zur Hölle mit dir», sagte ich und machte mich aus dem Staub. Auf dem Rückweg begegnete ich ein paar Kerlen, die mir zuriefen, dass Cooke gescheitert wäre, also rechnete ich mir aus, das müsste irgendeine Art Witz sein, der kursierte, und dachte nicht weiter darüber nach.

Brusik stand vor dem Laden und feilschte um ein paar Felle, die jemand gebracht hatte. Als er mich sah, streckte er seinen

Daumen aus. «Da will jemand mit dir reden», sagte er. «Drinnen.»

Ich sagte in Ordnung und ging rein, und da saß dieser Kerl, er hatte einen Konfektionsanzug an, trank von unserem besten Whiskey, der aus einer Flasche kam, nicht aus dem Fass, und rauchte eine Zigarre, die so lang war wie ein Springfield-Gewehr. Ich dachte, das müsste irgendein Geschäftsmann sein, und sagte ihm, wer ich war, und er sah mich überrascht an.

«Du bist ein bisschen jünger, als ich dachte», sagte er.

«Ist das so?», sagte ich. «Nun, ich bin es trotzdem. Was kann ich für Sie tun?»

«Ich heiße Stokes», sagte der Kerl. «Tom Stokes, aus Iowa. Ich muss mit dir über ein kleines Geschäft reden. Über diesen Laden. Er gehört dir, nicht wahr?»

Ich warf dem Kerl einen flüchtigen Blick zu, dachte mir, vielleicht war er von der Landregistratur in Topeka, und fragte, worum es ging.

Stokes setzte sich auf einen Stuhl und kippte nach hinten. «Ich hab vor, hier selbst einen Laden zu eröffnen, so wie die Dinge liegen.»

«Dies ist ein freies Land», sagte ich.

«Das isses», gab Stokes zu. «Aber so frei nun auch wieder nicht. Zum Beispiel muss man Land kaufen.»

«Scheint mir auch so», stimmte ich zu. «Dann tun Sie das doch und kaufen sich ein Grundstück und bauen sich 'nen Laden.»

«Hab ich vor», sagte Stokes. «Hab alles fertig, Holzschuppen und alles, bestens ausgestattet. Da gibt's bloß einen Haken, weißt du?»

«Nein, weiß ich nicht», antwortete ich. «Und ganz unter uns, zwischen Ihnen, mir und Buffalo Bill, mir ist es auch piepegal.»

«Klar», meinte Stokes. «Ich verstehe. Aber ich glaube, es sollte dir nicht – piepegal sein.»

«Und warum bei Sam Hill sollte es das nicht?», sagte ich, in dem knallharten, fiesen Ton, wie der in Dodge angesagt war, obwohl es nicht hundertprozentig funktionierte, wenn ich ihn anschlug.

«Warum?» Stokes kippte wieder auf diese beunruhigende

Weise nach hinten und schwankte. «Weil dieser Laden hier auf meinem Grund und Boden steht!»

«Was!», rief ich, und meine Augen wären mir fast aus dem Kopf gesprungen.

«Das ist Tatsache», sagte Stokes.

«Mister ...» Ich holte tief Atem, dann schrie ich: «Brusik, komm rein, und zwar schnell.»

Brusik kam schnell rein – für seine Verhältnisse – und stellte sich drohend hinter mich. «Also, Mister», sagte ich. «Verschwinden Sie, und wenn Sie noch mal hier auftauchen und versuchen, mich aufs Kreuz zu legen, dann wird das Ihr letztes Mal sein. Jetzt hauen Sie ab.»

Stokes sah zu Brusik hoch, dann hob er die Hand. «Okay. Ich bin nicht gekommen, um mich auf einen Bärenkampf einzulassen. Aber wenn ich weg bin, solltet ihr hier einen Blick draufwerfen.» Er überreichte mir ein paar Papiere. «Wenn du dich ein bisschen beruhigt hast, können wir vielleicht miteinander reden. Wenn nicht ...»

«Was?», sagte ich, irgendwie knurrend. «Was dann?»

Stokes zuckte mit den Schultern. «In dieser Stadt scheint es mit dem Gesetz nicht weit her zu sein, aber der Staat nimmt es da genauer. Wie auch immer, du kannst ein paar Tage darüber nachdenken und mir dann Bescheid geben, wie du mich bezahlen willst!»

Er machte sich aus dem Staub, und ich starrte auf die Tür, zu verblüfft, um irgendetwas anderes zu tun, bis Brusik sagte: «Was hat er gemeint, Ben? Schuldest du dem Typen Geld?»

«Den Teufel tu ich», sagte ich. «Ich hab ihn in meinem ganzen Leben noch nie gesehen. Bloß ein Betrüger, der es mal probiert.»

Damit war Brusik zufrieden und ging nach hinten raus, aber ich starrte auf diese Papiere, und ich muss sagen, sie wirkten unheimlich, ein Haufen dicker Papiere, die ganz legal und gestempelt aussahen, und in mir kroch ein schauriges Gefühl hoch, wie wenn du einfach weißt, dass du irgendein verdammtes Ungeziefer gesehen hast, eine Tarantel zum Beispiel, die aus einer Ecke gekrabbelt kommt, aber du willst lieber nicht richtig hinsehen, für den Fall, dass du dich nicht getäuscht hast.

Ich wollte mir auch die Papiere nicht genauer ansehen, aber ich wusste, dass ich es tun musste, also begann ich, sie durchzugehen, und obwohl da 'ne Menge Wörter standen, die sogar ich nicht verstand, wie «kostspielige Grunddienstbarkeiten», gab es 'ne Menge Wörter, die ich sehr wohl verstand, und als ich diese Papiere ganz durchgeackert hatte, war ich ganz blass um die Nase, denn was am Ende dabei rauskam, war, dass dieser gottverdammte Ingenieur von der Eisenbahn, A.A. Robinson, die Stadt falsch vermessen hatte, so dass alle Grundstücke verwechselt worden waren, und der Boden, auf dem wir saßen, gehörte Stokes, und er verlangte Miete für das Grundstück für die ganze Zeit, seit wir hier waren, und mit dieser Miete hätte man halb Kansas City und Kansas kaufen können, *und*, man konnte es kaum glauben, aber es stand da schwarz auf weiß, er verlangte von mir noch ungefähr eine Million Dollar – für die «kostspieligen Grunddienstbarkeiten», was immer das auch war.

Ich hatte Angst, versteht ihr? Zitterte, so dass diese verfluchten Papiere wie Blätter im Wind flatterten. Klar, ich wusste, dass es eigentlich nichts gab, wovor man Angst haben musste, nachdem dem alten Heaney das ganze Land gehörte und so weiter, aber wie an Weihnachten war das nicht gerade. Das lag an diesen offiziellen Schriftstücken … Und dieser Stokes, der schien sich ziemlich sicher gewesen zu sein … Und dann dachte ich, worüber zum Teufel machte *ich* mir eigentlich Sorgen? Ich würde meinen Geschäftsberater informieren, und dann konnte der sich sein Geld verdienen. Und wisst ihr, was ich tat? Ich schickte ihm ein Kabel! Jawohl, ein richtiges Kabeltelegramm. Ich ging zur Bahnstation runter und kam mir auch mächtig wichtig vor, denn ich schickte zum ersten Mal in meinem Leben eins. Mir wurde dann schlecht, als ich erfuhr, wie viel es kosten würde, aber Keith Willis, der Telegraph, zeigte mir, wie man die meisten Wörter wegließ, und meinte, ich könnte in ein paar Stunden nachfragen, er würde mir dann Bescheid geben.

«Und sag mal», meinte er, «hast du das von Jay Cooke gehört?»

Ich antwortete, alle Jay Cookes auf der Welt wären mir schnurzegal, und ging zurück und begann, einige Waren einzuräumen. Aber ich war nicht bei der Sache, und das ist die Wahrheit. Ich verwechselte Bohnen mit Trockenerbsen und 45er Patronen und ich weiß nicht was alles, bis jemand den Kopf zur Tür reinstreckte und sagte, es wäre ein Telegramm für mich angekommen.

Ich rannte wie verrückt zur Station runter, dachte, nun wären all meine Sorgen vorüber, und riss Keith das Telegramm aus der Hand, und was stand da? Da stand: «Hinhalten. Schicke Papiere. Dringend.»

Ich stand unter der Lampe und fragte mich, was bei Sam Hill das zu bedeuten hatte. Wen oder was sollte ich hinhalten und weshalb? Außerdem war das Telegramm gebührenfrei geschickt worden, so dass ich dafür bezahlen musste! Wieder im Laden angekommen, fühlte ich mich richtig schlecht. Ich brütete vor mich hin und war beinahe so weit, zu einem der Gründer der Gemeindegesellschaft zu gehen, vielleicht zu Henry Sitler oder sogar zu Colonel Dodge, rechnete mir dann aber aus, dass es besser war, wenn ich meine Karten vorläufig dicht bei mir behielt.

Wenn ich bedachte, dass es in diesen Rechtsdokumenten um Geld ging, hielt ich es für besser, erst mal zu prüfen, wie viel ich besaß, also machte ich mich daran, meine Bücher durchzugehen. Wir hatten natürlich ’ne Menge Schulden, Geld, das wir Firmen drüben im Osten bezahlen mussten. Klar, wir hatten auch ’nen Haufen Kredite, Geld, das uns die Jäger schuldeten und so, dazu das Geld, das Heaney für mich investiert hatte, aber irgendwie erschienen mir die Kredite nicht so überzeugend wie die Schulden, wenn ihr wisst, was ich meine.

Und dieses «dringend» in dem Telegramm machte mir Sorgen. Ich hatte mir Worte wie «Mach dir nichts draus» gewünscht, damit ich mir keine Sorgen mehr zu machen brauchte, aber je länger ich darüber nachdachte, desto dringender kam mir das ganze Unternehmen vor. Ich lag fast die ganze Nacht wach, war noch beunruhigter als bei der Sache mit diesen Hüten, und als es dämmerte, dachte ich, zum Teufel damit, warum sollte ich mich vor Sorgen vorzeitig ins Grab bringen? Heute fuhr ein gottverdammter Zug!

Ich grub also ein Einmachglas aus, nahm mir vierzig Bucks,

steckte sie mit den Papieren zusammen in eine Tasche, legte einen Sechsschüsser obendrauf und erklärte Brusik, ich würde Heaney aufsuchen. Er quasselte etwas, worauf seine Schwester stolz gewesen wäre, seine Schwägerin auch, aber ich hämmerte ihm in den Schädel, dass er unter keinen Umständen den Laden verlassen dürfte und dass ich mit dem nächsten Zug nach Westen wieder zurückkäme, dann ging ich zur Bahnstation, um den Zug in Richtung Osten, nach Newton, zu erreichen, und ein paar Leute auf der Straße riefen mir doch tatsächlich zu, ob ich das von Jay Cooke gehört hätte, aber ich nahm immer noch an, dass irgendein Witz in der Stadt umging, und in dem Moment war ich ganz bestimmt nicht zu Witzen aufgelegt.

Es dauerte ungefähr zwölf Stunden bis Newton, wenn der Zug nicht entgleiste, dreißig Tage dagegen, wenn man als Siedler mit einem Fuhrwerk unterwegs war, und es war überhaupt keine Sache, in einem Eisenbahnwaggon zu sitzen, selbst wenn alle Bänke kaputt, die Fenster zerschlagen und alle Insassen betrunken waren. Und allein durch die Tatsache, dass ich im Zug saß, ging es mir besser, einfach weil ich in Bewegung war, ich ließ meine Sorgen hinter mir und war unterwegs zu jemandem, der das Problem aus der Welt schaffen würde. Jedenfalls war es das erste Mal seit fast zwei Jahren, dass ich Dodge verließ, deshalb tat mir die Reise gut, und während wir auf den gottserbärmlichen Schienen durchgerüttelt und geschüttelt wurden, dachte ich an das ganze Geld, das ich hatte investieren lassen, und als wir dann Newton erreichten, war ich richtig fröhlich.

Als ich aus dem Zug stieg, wurde ich an alte Zeiten erinnert, womit ich Abilene meine, bevor es geschlossen wurde, mit den riesigen Viehhöfen, den Reitern, die durch die Straßen schlenderten, und der Musik, die aus Dutzenden von Tanzsälen dröhnte. Ich bekam etwas Heimweh, als ich mich streckte, hustete säckeweise Asche aus und fragte den Bahnvorsteher, wo ich den alten Heaney finden könnte.

Er besaß einen Schuppen, den gleichen wie in Abilene, schätze ich, und er war da, saß hinter einem Schreibtisch, auf dem sich Papiere und Dokumente türmten, und seine Glatze glänzte wie eins von den Hühnereiern, die er so gern aß.

«Wie geht's, Mr. Heaney?», sagte ich.

«Wie geht's», antwortete er, dann sah er auf und zog die Augenbrauen hoch, dass sie beinahe bis zu seinem Kragenknopf wanderten. «Ben!», sagte er. «Ben!»

«Hallo, Mr. Heaney», sagte ich.

«Hallo!», kam es wie ein Echo von ihm zurück.

«Ich hab die Papiere mitgebracht.»

«Papiere?», fragte er.

«Genau, wegen dem Laden. Sie haben geschrieben, Sie bräuchten sie dringend. He!» Ich trat einen Schritt vor. «Sie haben sie doch nicht vergessen, oder?»

«Vergessen?» Schon wieder klang das wie ein Echo. «Nein, nein. Natürlich nicht. Nein, wirklich nicht.»

«Das hoff ich aber auch», sagte ich. «Die Sache ist ernst.»

«Ernst. O ja. Ja, das ist sie. Ernst. Wirklich ernst.»

Der alte Heaney hatte was in seinem Blick, das mir kein bisschen gefiel, sein Gesicht zuckte, könnte man sagen, und dann zog er eine Flasche Bourbon hervor und goss sich einen Schluck ein, den sich der alte Brusik zweimal angesehen hätte. Heaney, der ein Antialkoholiker und ein Reformer und all so was war! Ich starrte auf die Flasche, dachte aber, dass das seine Angelegenheit war, und wandte mich wieder den meinigen zu.

«Mr. Heaney», sagte ich, «an diesen Papieren hängen Hunderte von Dollars, und Sie haben gesagt, Sie bräuchten diese Papiere dringend, deshalb bin ich mit dem Zug gekommen, was mich zehn Bucks gekostet hat, und dieser Stokes, der redet von Zinsausgleich und ‹kostspieligen Grunddienstbarkeiten›, was auch immer bei Sam Hill das ist – und worüber zum Teufel lachen Sie!»

Denn das tat er, er lachte, bis er fast platzte, bloß war das kein richtiges Lachen, es klang eher wie bei einer von den Hyänen, von denen man immer hört. Ich sah wirklich rot! «Hören Sie auf!», schrie ich. «Haben Sie gehört? Hören Sie auf damit!»

«Hiiihiiihii.» Ein furchtbares Winseln brach aus ihm heraus. «Zehn Dollar hast du gesagt? Weh o weh. Zehn – hast du es nicht gehört?»

«Was gehört?», rief ich.

Heaney bekam wieder Luft und nahm noch einen Schluck. «Von Jay Cooke!»

Ich ging vielleicht an die Decke! «Verdammt noch mal!», blaffte ich. «Was soll das mit diesem Cooke? Interessiert mich einen Dreck, dieser gottverdammte Hurensohn Cooke.» Und ich zog doch tatsächlich diesen Colt aus meiner Tasche und richtete ihn direkt auf ihn. «Wenn Sie nicht sofort mit diesem verdammten Witz aufhören, blas ich Ihnen das Hirn aus dem Schädel!»

Ehrlich, ich benahm mich wie ein Verrückter und wedelte mit dem Colt, den ich kaum gerade halten konnte, unter Heaneys Nase herum, wie ein nervöser Schuldeneintreiber bei seinem ersten Job! Und Heaney, der sah mir nur gerade ins Gesicht und sagte: «Tu dir keinen Zwang an. Du ersparst mir einen Haufen Ärger!»

«Was?» Ich nahm diesen dämlichen Revolver herunter. «Mr. Heaney», sagte ich, «würden Sie mir freundlichst erklären, was bei Sam Hill hier vor sich geht?»

Heaney riss an seinem Kragen, als ob er am Ersticken wäre, dann goss er sich noch einen Drink ein und nahm einen kräftigen Schluck. «Ja», sagte er. «Ich trinke! Dave B. Heaney!» Und plötzlich sah er wie ein alter Mann aus, ein richtig alter Mann, ausgezehrt und zusammengeschrumpft und geschlagen. «Ben», sagte er, «Jay Cooke, das ist ein großer Finanzier in New York City. Ein sehr großer, Ben. Und er ist Bankrott gegangen, und wir sind mit ihm Bankrott gegangen.»

Ich begriff nicht ganz, was er sagte, es klang, als ob Besser da quasseln würde, aber ich lachte auch ein bisschen, nicht herzlich, bloß um guten Willen zu zeigen, wie ein Handelsreisender gegenüber einem langweiligen Kunden. «Ja, klar», sagte ich. «Bankrott, Jay Cooke, haha. Jetzt zurück zu diesen Papieren …»

Heaney sah mich an, und ich spürte ein schreckliches Kribbeln. «Sie machen Witze mit mir, nicht wahr?», fragte ich.

Heaney schüttelte den Kopf und nahm noch einen Drink, seine Hand zitterte heftig, und ich beobachtete, wie dieser Whiskey in ihn reinfloss. Es war, als würde ich träumen und er würde sich einen Spaß mit mir machen, weil in der Flasche in Wirklichkeit nur gefärbtes Wasser war.

«Nein, Ben», sagte er. «Das ist kein Witz.»

«Aber mein ganzes Geld», sagte ich. «Auf der Bank ...»

Das Zucken setzte wieder ein, Heaney schien seinen Mund nicht unter Kontrolle bringen zu können. «Die Bank ist auch pleite!», sagte er und fing dröhnend an zu lachen.

Verdammt, ich wäre beinahe über den Schreibtisch gesprungen und hätte ihn erwürgt, aber ich beherrschte mich und sagte ganz heiser: «Wie zum Teufel kann eine Bank Pleite gehen? Erklären Sie mir das mal, und bei der heiligen Dreifaltigkeit, strengen Sie sich bloß an, denn falls nicht, das schwör ich bei Gott, dann haben Sie Ihr letztes Ei gegessen.»

«Gut», sagte er. «Okay. Okay, ich erklär es dir.»

Und das tat er, er erklärte, dass all das Geld, das ich verdient und gespart und gehortet hatte, bei einer Bank in Aktien und Anteilen investiert worden war. «Was ich dir hier und jetzt belegen kann, Ben», sagte er und deutete mit einer Handbewegung auf diese Papiere. «Ich bin grundehrlich vorgegangen ...» Dann erzählte er weiter, von diesem Cooke, der ein millionenschwerer Banker und Finanzier war, dem überall Firmen gehörten und der spekulierte, aber er war Pleite gegangen und all die Firmen mit ihm, weshalb diese Zertifikate und Papiere wertlos geworden waren!

«Und er war ein aufrechter Mann», sagte Heaney. «Gläubig und moralisch. Ein Pfeiler der Kirche.»

«Zur Hölle damit!» Inzwischen sah ich richtig rot. «Ich hab mein Geld keinem gläubigen, kirchentreuen Hurensohn in New York anvertraut. Ich hab es Ihnen gegeben.»

«Ben.» Heaney zuckte inzwischen richtig heftig, so ziemlich überall. «Ben, du hast mich nicht richtig verstanden. Ich hab das Geld aus deiner Partnerschaft bei der Bank angelegt, und diese Bank hat bei Cooke investiert, um viel Profit zu machen. *Viel* Profit.»

«Mr. Heaney», sagte ich, und meine Stimme kratzte richtig. «Sehen Sie diesen Schreibtisch? Sehen Sie, was da draufliegt?»

«Das seh ich», antwortete Heaney.

«Gut», sagte ich. «Das da ist ein sechsschüssiger Colt, und der sagt genau in diesem Moment, wenn die Bank mir mein Geld nicht zurückzahlt, dann wird es der Kerl, der es dort hingebracht hat, mir zurückzahlen. Haben Sie das verstanden?»

«Ich hab verstanden», sagte Heaney. «Aber das ändert nichts, Ben. Ich bin genauso pleite. Ausgelöscht, und die Hälfte der Vereinigten Staaten mit uns!»

Und es stimmte, und ich musste es schlucken, trotzdem wollte ich mich erst davon überzeugen. Heaney nahm mich mit zur Bank, und die war geschlossen. Er nahm mich sogar mit zu einigen anderen Geschäftsleuten, und die waren genauso abgebrannt. Sogar Besser drüben in Abilene war pleite! Und die Sodbusters, nun, die waren bloß ruiniert, sonst nichts. Ruiniert und von Gläubigern von ihrem Land vertrieben!

Aber ich konnte es trotzdem nicht glauben. Genau wie bei Bos Tod, ich wusste, dass es so war, doch während wir durch die Stadt liefen, dachte ich immer wieder, dass alles ein Irrtum war. Okay, dieser verdammte Cooke war Pleite gegangen und all die anderen Kerle mit ihm, aber *mein* Geld war irgendwo anders aufbewahrt worden.

Trotzdem kapierte ich es allmählich, als ich die abgebrannten Geschäftsleute sah, bei denen die Luft raus war, und ich kapierte noch mehr, als wir wieder im Büro ankamen und ich mir Heaney ansah. Er hatte wirklich viel von der Mach-dich-auf-und-unternimm-was-Stimmung verbreitet und war mutig und risikofreudig und all so was gewesen, aber dort in der gedrückten Atmosphäre, Mann, da sah er aus wie neunzig, sein Gesicht war zerfurcht, sein Körper ganz eingefallen, und seine Hände zitterten so sehr, dass er sich den ganzen Fusel über die Weste kleckerte.

Ich kann euch sagen, wenn ich mir nicht selbst so Leid getan hätte, hätte er mir vielleicht Leid getan, und ich hätte ihn einfach da sitzen gelassen, damit er sich antütern und all seinen Kummer und sein Leid vergessen konnte, aber ich hatte selber Kummer und Leid, also redete ich wieder auf ihn ein.

«Okay», sagte ich. «Dieses investierte Geld ist dann wohl in den Wind geschrieben ...» Was ich immer noch nicht richtig glauben konnte, wisst ihr. «Aber was ist mit dem Laden und diesem Stokes?»

«Haha.» Heaney lachte schon wieder so scheußlich, dann hustete er und versuchte sich zusammenzureißen. Er klopfte auf die Papiere, die auf seinem Schreibtisch verstreut lagen. «Die Sache ist die, Ben ... Dieser Stokes ... Na ja, er hat Recht. Dodge ist falsch aufgezeichnet worden, und dein Laden sitzt auf seinem Grund, und wenn du diese Miete nicht nachzahlst, dann hat er ein Pfandrecht drauf – das heißt, er kann es behalten, bis du diese kostspieligen Grunddienstbarkeiten bezahlst!»

«Ich kann's einfach nicht glauben», sagte ich. «Ich kann's einfach nicht.»

«So ist das Gesetz, Ben», sagte Heaney.

«Aber diese Miete, die er verlangt ... Allmächtiger Herrgott!», rief ich. «Das ist ... das ist ...»

«Das ist 'ne Menge», sagte Heaney, als ob ihn das gar nichts anginge.

«Gottverdammt, so viel kann ich in Jahren nicht bezahlen!» Ich schrie – und dann kam mir eine Idee! Jawohl, ich sah Licht am Ende des Tunnels. «Sagen Sie mal, wenn unsere Grundstücke an der falschen Stelle sind, dann haben wir doch auch welche an der richtigen Stelle, oder? Ich meine, irgendein gottverdammtes Grundstück muss uns da doch gehören, und außerdem, wir haben doch Anteile bei der Gemeindegesellschaft!»

Leute, dieses Licht da in der Finsternis wurde von Minute zu Minute heller, aber das Licht am Ende des Tunnels, wie man so sagt, das entpuppte sich als Zug, der direkt auf mich zukam, denn Heaney schüttelte den Kopf. Also, er schüttelte ihn ein bisschen mehr, denn von dem ganzen Fusel wackelte er ohnehin.

«Ben», krächzte er. «Ben.» Und ich schwöre, er schrumpfte da tatsächlich, wurde kleiner, während ich ihn ansah. «Mein Sohn, ich hab die Anteile auf Raten gekauft.»

«Was zum Teufel soll das heißen?», fragte ich und hatte das Gefühl, dass ich selber anfing zu schrumpfen.

«Das heißt ...» Heaney grinste wie ein Totenschädel. «Das heißt, ich hab bloß fünf Prozent angezahlt. Bloß eine Vorsichtsmaßnahme, Ben, in unserem eigenen Interesse, das ist alles. Eine Anzahlung, verstehst du? Der Rest muss bezahlt werden ... muss bezahlt werden ...»

«Muss wann bezahlt werden?» Nun, ich fragte, und es hörte

sich an, als ob ich den Mund voller Dreck und Kies hätte, aber ich schätze, ich wusste die Antwort, bevor ich die Frage gestellt hatte.

«Gestern», sagte Heaney.

Er griff wieder nach der Flasche, und ich weiß nicht, ich hätte am liebsten nach dem Colt gegriffen und ihm den Kopf weggepustet, schätze ich, und ich wette eins zu hundert, jedes Gericht im Land hätte mich freigesprochen und mir den Kopf getätschelt, aber was zum Kuckuck hätte das genützt. Und ich war einfach ausgepumpt, einfach komplett ausgepumpt und ganz traurig. Als Heaney seinen Schluck nahm, direkt aus der Flasche, sagte ich sogar: «Mr. Heaney, meinen Sie nicht, Sie sollten mit dem Zeug langsam tun?» Und er antwortete bloß: «Wozu?»

Darauf wusste ich keine Antwort, und während draußen die Reiter einen draufmachten, wild wie die Mustangs und frei wie die Vögel, und irgendeine Band vor sich hinplärrte, saßen der alte Heaney und ich also im Dunkeln in diesem schäbigen Büro, zwei echt amerikanische Geschäftsmänner, pleite. Ich verbrachte die Nacht in diesem Büro, und am nächsten Tag erwischte ich den Zug Richtung Westen nach Dodge. Es gab sowieso keinen Grund, länger in Newton zu bleiben. Am nächsten Morgen erklärte Heaney mir das mit den kostspieligen Grunddienstbarkeiten, was bloß eine schicke Umschreibung für Bauen auf dem Grund eines anderen war, und er schrieb einen Brief, von dem er meinte, vielleicht könnte man Stokes damit bluffen, obwohl er keine großen Hoffnungen hegte.

«Aber du musst so viel verkaufen, wie du kannst», sagte er.

«Und wie geht's dann weiter?», fragte ich. «Soll ich dann verduften?»

Er zuckte zusammen und stand bloß da in seinem Büro aus Schindeln, das am Auseinanderfallen war, genau wie er. «Mach einfach das Beste draus. Und, Ben, deine Ausdrucksweise ist ziemlich miserabel!»

Darauf konnte ich nichts erwidern, ohne noch schlimmere Ausdrücke zu benutzen, also sagte ich nichts. Einfach gar nichts.

Er begleitete mich zur Bahnstation. «Was haben Sie jetzt vor?», fragte ich ihn.

«Ich?» Er hatte wieder so ein gezwungenes Lachen. «Also, ich schätze, Dave Heaney hat es in sich, noch mal von vorn anzufangen. Dies ist ein großes Land, groß genug für einen Mann, um zehnmal sein Glück zu machen. Wir werden es beide schaffen, Ben. Jawohl!»

Die Lokomotivenglocke läutete, und der Kontrolleur rief: «Alleees einsteigeeen.»

«Denk dran, Ben», sagte Heaney, als ich einstieg. «Du musst dich nur aufmachen und was unternehmen. Das sind die Worte. Mach-dich-auf-und-unternimm-was.»

Aber er sah nicht so aus, als ob er sich aufmachen und etwas unternehmen könnte. Er sah aus wie ein Kerl, der bereit ist, sich hinzulegen und liegen zu bleiben, er war ganz verlottert und zittrig und verdreckt, und bevor der Monat rum war, bekam er noch 'ne Menge mehr Dreck ab, denn er ging hinaus in die Prärie und blies sich das Hirn aus dem Schädel.

Mir war selbst auch so zumute, während sich der Zug über das Land schleppte, und bis wir das gottverlassene Ödland hinter Hutchinson erreicht hatten, war mir wirklich klar geworden, dass ich pleite war. Richtig pleite. Beim Jupiter, noch vor ein paar Tagen hatte ich wie dieser alter König Geld gescheffelt, der alles, was er anfasste, in Gold verwandelte, und jetzt war ich wieder da, wo ich angefangen hatte, war bloß ein umherstreunender Junge, der außer seinem Namen nur noch die Kleider besitzt, die er am Leib trägt – und außerdem Schulden hat.

Es wurde dunkel, und das Land sah noch düsterer aus. Hunderte von Meilen dieses Land, und nirgendwo ein Licht, und wenn da eins gewesen wäre, dann hätte es von einer Horde Diebe stammen können – aber falls die vorgehabt hätten, eine Bank auszurauben, dann hätte ihnen wenigstens ein Schock bevorgestanden.

Wir erreichten Great Bend, und ich sehnte mich zwar nach einem Kaffee und nach was zu futtern, aber ich wagte nicht auszusteigen, weil da draußen vielleicht welche von meinen Gläubigern an der Station rumlungerten. Und als wir dann nach einem Ruck weiterzuckelten, war der Zug voller Betrunkener, die blödsinnige Lieder sangen und über ein Pokerspiel debattierten, so dass ich noch nicht mal schlafen konnte, bloß einnickte und wieder aufwachte und mich beim Aufwachen fragte, wo ich war, mich dann an meine Sorgen erinnerte und es mir direkt bis in den Magen schlecht wurde. Und ich glaube nicht, dass es in den ganzen Vereinigten Staaten von Amerika oder sogar auf der ganzen gottverdammten Welt eine erbärmlichere Kreatur als mich gab, als ich in Dodge aus dem Zug stieg, und außerdem regnete es auch noch in Strömen.

Ich patschte zum Laden, und ich fühlte mich auch nicht fröhlicher, als ich Brusik da sitzen saß, mit einem Becher Fusel in der Pranke. Er grinste mich hoffnungsvoll an, und ich hatte einige Mühe, ihm in den Schädel zu hämmern, dass wir pleite waren.

«Aber der Laden lief doch gut», sagte er immer wieder. «Richtig gut. Du hast mir das gesagt ...» Als ob ich daran schuld wäre, dass Cooke gescheitert war. Er wiederholte es wieder und wieder, sein Gesicht wurde röter und gemeiner, so dass ich richtig Angst bekam, ob er nicht vielleicht doch richtig zuschlagen konnte.

«Jedenfalls», sagte ich zum Schluss, «wenn du mir nicht glaubst, dann schick doch deinem Bruder da ein Kabel, aber schick es nicht gebührenfrei, weil der auch pleite ist.»

Darüber kam er ins Grübeln, er murmelte in seinem ausländischen Kauderwelsch vor sich hin, dann sagte er: «Aber was machen wir? Was tun wir jetzt?»

«Brusik», sagte ich, «ich für meinen Teil, ich nehm jetzt 'ne Mütze Schlaf.» Dann aß ich eine Dose Bohnen, kalt, und haute mich hin.

Es war eine Nacht voller Albträume. Immer wieder träumte ich verrückte Sachen von Heaney und Cooke und Geld, und als ich aufwachte, fühlte ich mich, als wären zehn Herden im Galopp über mich hinweggetrampelt.

Der Anblick beim Aufwachen war auch nicht übel. Brusik lag auf dem Boden, eine halb volle Flasche von unserem besten Whiskey neben sich und noch eine leere, und mit seinem Schnarchen hätte er die Wände einreißen können. Ich ließ ihn liegen, kochte Kaffe und saß da und lauschte dem Regen, der heruntertrommelte, und hoffte, dass es weiterregnen würde, wie bei der Flut vom alten Noah, damit all meine Sorgen wegschwimmen würden. Aber der Kaffee brachte mich wieder ins Leben zurück, und ich begann nachzudenken, und was ich dachte, machte Sinn.

Die Richtung, in die ich dachte, war folgende: Ich würde alles verkaufen, was wir besaßen, selbst wenn ich weniger als den Einkaufspreis dafür bekam, was wirklich eine Sünde war, und mit diesem Geld und dem Bargeld unter meiner Pritsche hätte ich eine ganz hübsche Summe beisammen. Dann würde ich vor meinen Gläubigern abhauen und irgendwo weit weg von vorne anfangen können, vielleicht könnte ich in den Black Hills Gold suchen oder – und da schlug es bei mir ein wie ein Blitz aus heiterem Himmel – nach New York City gehen und den alten Henry aufsuchen! Vielleicht sogar mit dem Drucken anfangen, wie er. Was Brusik anging, das war zwar traurig und alles, aber er musste einfach selbst sehen, wie er mit dem Leben zurechtkam.

Und das war der Punkt, wo ich den größten Fehler meines bisherigen Lebens beging. Ich hatte angefangen zu träumen, vor Aufregung, wisst ihr, wie ich in die Stadt zu Henry gehen würde, mit seiner neuen Katze spielen und ihn vielleicht im Schach besiegen würde! Heiliger Strohsack, mir kam sogar in den Sinn, dass diese Prediger vielleicht Recht hatten, dass die Wege des Herrn unergründlich waren und so und dass Er vielleicht gerade jetzt dem alten Heaney und Besser nicht mehr Beachtung schenkte als den Spatzen, aber ein Auge auf Ben Curtis hatte.

Also, obwohl es wirklich düster im Laden war, wurde ich wieder fröhlich, und ich war beinahe so weit, mich aufzumachen und mir ein dickes Büffelsteak zum Frühstück zu besorgen und mit dem Verkauf der Waren anzufangen, als die Tür aufging, und herein kam Stokes!

Ich sprang auf, erschrocken, als ob ich mich irgendwie schuldig fühlte, und das entging ihm nicht, darauf könnt ihr wetten, aber er redete nicht darüber, setzte sich bloß auf das Fass mit den Krachern und zündete sich eine Zigarre an.

«Hab gehört, dass du wieder da bist», sagte er. Er warf einen Blick auf Brusik, der platt auf dem Boden lag, was er nicht weiter beachtenswert fand, und das war es in Dodge auch nicht, dann hob er die Whiskeyflasche auf. «Zu schade zum Wegwerfen.»

«Bedienen Sie sich», sagte ich.

«Sehr großzügig von dir.» Er nahm einen Schluck. «Hast du mit deinem Geschäftsberater gesprochen?»

«Worauf Sie wetten können», sagte ich. «Das ist ein mächtig cleverer Kerl. Er hat mir sogar einen Brief für Sie mitgegeben.»

«Nun, das ist wirklich nett.» Stokes nahm noch einen Schluck. «Ich liebe es, wenn ich Post bekomme. Lass mal sehen.»

Ich reichte ihm den Brief, und er las ihn langsam durch – nicht, dass er Probleme mit den Buchstaben gehabt hätte, er genoss ihn bis ins Letzte und las einige Passagen laut vor.

«Forderung unbegründet ... Billigkeit ... ordentliches Verfahren ... *dazugehörig*, das ist ein gutes Wort. Mit *Dilligenz* bedrängen – ein echtes Zehn-Dollar-Wort, das da. Forderung deshalb abgelehnt, Gegenforderung folgt.» Er hatte fertig gelesen und steckte den Brief in seine Tasche. «Das ist wirklich ein großartiger Rechtsberater, den du da hast.»

«Einfach der beste von ganz Kansas», sagte ich. «Fragen Sie, wen Sie wollen.»

«Sicher.» Stokes sah sich die Flasche an, bemerkte, dass sie leer war, und ging hinter die Theke, lässig wie sonst was, und holte sich eine neue.

«Denken Sie dran, wem dieser Laden gehört, Mister», sagte ich so knallhart, wie ich konnte.

«Mach ich», entgegnete Stokes. «Ich weiß mich hoffentlich zu benehmen.» Er öffnete die Flasche und blinzelte mich durch sie hindurch an. «Schade, dass dein Rechtsberater Pleite gegangen ist!»

«Woher bei Sam Hill ...» Ich brach ab, aber es war zu spät und machte sowieso keinen Unterschied.

«Man kann in beide Richtungen telegraphieren», sagte Stokes. «Wie auch immer, mein Sohn, wir haben genug Köder gesammelt, fangen wir an mit dem Fischen.»

Das war mir recht. Er würde mir ein Angebot für den Laden machen, da war ich mir ganz sicher. Der Brief, wisst ihr? Der Bluff hatte anscheinend auf Anhieb geklappt. «Klar», sagte ich. «Machen Sie mir ein Angebot, und dann sehen wir, ob die Fische anbeißen.»

Stokes grinste. «Netter Vorschlag, schätze ich, aber ich hatte mir das anders vorgestellt. Ich dachte, du würdest mir ein Angebot machen!»

Mir fiel die Kinnlade runter, ich schätze, bis auf den Boden, jedenfalls tat es einen Schlag, aber das konnte auch mein Herz gewesen sein, das mir direkt in die Stiefel rutschte und dann mitten durch sie hindurch, auf dem Weg zu was auch immer auf der anderen Seite der Welt. «Ich?», fragte ich.

«Schätze schon», sagte Stokes. «Mein Sohn, anscheinend hast du es noch nicht ganz kapiert. Dieser Laden gehört mir, mit allem, was drin ist. Klar, wenn du bereit bist zu zahlen, kannst du ihn gleich wiederhaben.»

«Über diese Art Witze», sagte ich, «kann ich überhaupt nicht lachen.»

«Das ist kein Witz.» Stokes hatte aufgehört zu grinsen. «Also, ich mach eigentlich nie Witze über Geld.»

«Aber dieser Brief», hob ich an.

«Dieser Brief hat gar nichts zu bedeuten», sagte Stokes. «Und das weißt du, und ich weiß es, und derjenige, der ihn geschrieben hat, der weiß es auch. Wenn du vor Gericht gehen willst, ist das deine Sache. Aber im Moment bist du draußen.»

«Mister», sagte ich, und ich zitterte vor Wut. «Mister, ich werd nicht gehen, und wenn Sie versuchen wollen, mich dazu zu bringen, dann werd ich …»

«Du wirst überhaupt nichts tun», sagte Stokes. «Du bist pleite. Aber ich bin kein harter Mann» – er wollte mich wohl zum Narren halten – «deshalb geb ich dir fünfzig Dollar, damit du ein bisschen Ellenbogenfreiheit hast.»

Er sah mir in die Augen, und ich sah ihm in die Augen, und er sah eiskalt aus, aber mir war heiß.

«Ich geh nicht», sagte ich. «Mach ich nicht. Ich hab fast mein ganzes verdammtes Leben lang gehungert, und ich werd nie wieder hungern. Und, Mister, wenn der aufwacht …» Ich zeigte auf Brusik. «Dann werden Sie sich wünschen, Sie hätten noch nie von diesen verdammten kostspieligen Grunddienstbarkeiten gehört.»

Stokes seufzte und schnippte mit dem Finger an die Whiskeyflasche, so dass ein leises Ping ertönte. «Mein Sohn, die Welt ist hart für uns Pilger, und ich hab auch einige Zeit gehungert. Aber jetzt raus mit dir. Und was diesen Büffel hier angeht, ich bin schon öfter mit Bullen wie diesem fertig geworden, und ich schätze, ich schaff es wieder. Und wenn ich nicht mit ihm fertig werde, dann kenn ich Typen, die es können. Also, gehst du jetzt?»

«Nein», sagte ich. «Ich geh nicht.»

«Okay.» Stokes seufzte, als ob er eine öde Aufgabe zu erledigen hätte. «Kommt rein», rief er, und zwei Männer traten ein. «Schätze, du kennst diese Jungs?»

Ich kannte sie. Der eine war Jack Bridges und der andere Levi Richardson, einer der bösartigsten Männer in der Stadt, ein Killer – und er hatte tatsächlich schon Leute gekillt.

«Jack hier», sagte Stokes, «der ist bevollmächtigter US-Marshal. Wusstest du das?»

Ich wusste es ganz sicher nicht und sagte das auch.

«Zeig dein Papier, Jack», sagte Stokes.

Jack sah ein bisschen verlegen aus, zog aber ein Papier heraus, und es war echt, wenigstens soweit ich sehen konnte.

Ich lachte bitter. «Menschenskinder», sagte ich. «Das Gesetz! Es war keins da, als Leute umgebracht wurden, aber wenn's drum geht, einen unschuldigen Geschäftsmann und außerdem einen Waisen loszuwerden, dann …»

«Spar dir das», sagte Stokes. «Da ist dein Geld. Raus, sofort.»

Mir blieb nichts anderes übrig als zu gehen. Stokes erlaubte mir, meine Habseligkeiten zu packen, aber er stand direkt hinter mir, als ich sie aus dem Unterschlupf holte, und das war der Punkt, wo ich diesen Fehler begangen hatte. Es gab keine Möglichkeit, meinen Zaster rauszuschaffen, ohne dass er es mitkriegte, und er hätte mich sicher nicht damit hinausspazieren lassen. Verdammt, anstatt so blödsinnig von Henry und von New York City zu träumen, hätte ich meine Dollars ausgraben sollen.

Also musste ich gehen, und dann warfen sie Brusik hinter mir her, der so betrunken war, dass er nicht wusste, wie ihm geschah, und das war's. Erstaunlich, nicht? Ich hatte den Laden und die Dollars verloren, und es gab überhaupt nichts, was ich in dieser gottverdammten Situation tun konnte.

Klar, ich erzählte es den Leuten, dachte, sie würden Stokes in die Prärie schaffen und dort eine Teeparty abhalten, aber nichts da! Charlie Rath sagte mir, wenn dieser Stokes ein Räuber gewesen wäre, hätten sie sich sofort um ihn gekümmert, aber was er getan hatte, war völlig legal, weshalb ihnen nichts einfiel, wie sie mir aus der Patsche helfen konnten. Außerdem hatten sie ihre eigenen Probleme mit diesen Grundstücken, da sie *alle* durcheinander gewürfelt waren und die eine Hälfte der Stadt von der anderen Hälfte der Stadt kostspielige Grunddienstbarkeiten verlangte! Und er erzählte mir noch was. Wir saßen in Hermann Fringers Drugstore. Charlie und Hermann waren beide schon zweimal bei Stokes gewesen, weil sie ihn dazu bringen wollten, mir ein bisschen mehr Geld zu geben, was er aber nicht tat, keinen einzigen Dime! Und Hermann, der sagte: «Kleiner, Stokes hat uns deine Bücher gezeigt, und du hast wirklich 'nen mächtigen Haufen Schulden.»

«Stimmt», sagte ich. «Aber *mir* schulden die Leute auch 'ne Menge.»

«Das ist richtig», gab Hermann zu. «Aber die Leute, die dir Geld schulden, die werden nicht grade nach dir suchen, oder? Was aber diejenigen sicher tun werden, denen du Geld schuldest. Kapiert?»

«Und weiter?», sagte ich. «Ich kann da keinen Unterschied erkennen. Ich hab kein Geld.»

«Äh-hä», grunzte Charlie, und Hermann hielt eine Weile den Blick starr auf eine Flasche von Professor Blitzsteins Wunderallheilmittel gerichtet. Dann sagte Frank: «Die Sache ist die, Kleiner, diese Gläubiger, die könnten sich ... na ja ... aufregen. Und die Wahrheit ist ... nun ... Wenn ich du wäre, ich würde mich lieber woanders aufhalten, meine ich.»

Das sagte er, und ich wusste, was er meinte – nachdem er es mir einmal verklickert hatte –, und ich hätte seinen Rat auch befolgt, wenn ich gekonnt hätte. Aber da waren noch diese Dollars unter dem Laden. Die würde ich nicht zurücklassen, ehrlich nicht, aber mir fiel auch nichts ein, wie ich drankommen konnte. Bei Moses, wie sehr fluchte ich über mich, weil ich sie nicht ausgegraben hatte! Aber vom Fluchen wurde es auch nicht besser, und

Brusik half das genauso wenig, obwohl er andauernd am Fluchen war, wenn er die Gelegenheit dazu hatte. Jedenfalls erzählte man mir das, denn ich sah zu, dass ich nicht da war, wo er sich aufhielt, wenn ihr versteht, was ich meine, obwohl ich nicht dahinter kam, weshalb er auf mich sauer war. Auf Jay Cooke oder Stokes oder Heaney hätte er sauer sein sollen, aber bei dem einen Mal, wo ich ihm das zu erklären versuchte, sagte er, er würde mir Arme und Beine ausreißen und sie mir in den Schlund stopfen. Komplett unvernünftig.

Das war die Zwickmühle, in der ich steckte. Wenn ich in Dodge blieb, dann würde Brusik mit mir machen, was er wollte – und falls er nicht, dann ein anderer –, aber wenn ich abhaute, dann konnte ich diesen Dollars wohl einen Abschiedskuss zuwerfen, ich wusste es einfach. Aber nachdem ich ein paar Tage in der Stadt herumgelungert hatte, löste sich dieses Problem von selbst für mich, wenn auch – und das soll sich nicht undankbar anhören – mit einer Antwort, die ich überhaupt nicht gern hörte.

Ich war bei Hermann im Laden, und er sah mich allmählich so an, als wäre er froh, wenn ich meine Zeit woanders verbrächte. Da kam Sam Dawson rein, der Jäger, der angeboten hatte, mir seinen Job beizubringen, als ich damals in Dodge ankam, und er war ein zäher Bursche, aber geradeheraus. Er kaufte Hermann ein paar Medikamente ab und plauderte eine Weile, dann machte er sich auf. Im Gehen deutete er mir mit einer Kopfbewegung an, ich sollte mit nach draußen kommen. Ich folgte ihm, weil ich in jenen Tagen froh war, wenn ich mit irgendjemandem reden konnte, und bei ihm wusste ich mit Sicherheit, dass ich ihm nichts schuldete.

«Ich hab gehört, dass du dich in gewisse Schwierigkeiten gebracht hast», sagte er.

Ich war wirklich verärgert und stellte die Dinge richtig. «*Ich* hab mich nicht in Schwierigkeiten gebracht. Dieser gottverdammte Jay Cooke hat mich da reingezogen. Er und dieser gottverdammte Ingenieur, der die Pläne für diese Stadt gezeichnet und sie falsch gemacht hat, und es ist ein Wunder, dass seine Bahnstrecke nicht in die falsche Richtung geht. *Die* sind es, die mich in Schwierigkeiten gebracht haben.»

«So?» Sam hörte sich nicht sonderlich überzeugt an. «Na ja, wie auch immer, was hast du vor?»

«Ich will dir die Wahrheit sagen», antwortete ich. «Ich weiß es einfach nicht.»

Sam sah mich mit festem Blick an. «Ich will dir was sagen, Kleiner. Ich geh in ein paar Tagen wieder raus auf die Jagd. Wenn du willst, kannst du mitkommen. Ich bezahl dich.»

«Ich?», sagte ich. «Jagen!»

«Nein.» Sam schüttelte den Kopf. «Es sei denn, du hast hundertfünfzig Bucks für 'ne Sharps. Ich erledige das Jagen und du –»

«Jetzt wart mal, Sam.» Ich musste ihm ins Wort fallen. «Ich dank dir für dein Angebot, aber häuten …»

«Nicht häuten.» Sam schüttelte den Kopf. «Ich hab schon zwei Abdecker. Ich brauch jemanden, der kocht und sich um die Maultiere kümmert und all so was. Teufel auch, du weißt, worum es geht.»

Das wusste ich allerdings. Ich wusste, mir stand ein Sklavenleben bevor, genau das, aber ich sagte es nicht, denn an dem Angebot war was dran. Wenn ich mit Sam ging, war ich aus der Stadt, aber in der Nähe, und verdiente ein bisschen Geld. Doch es gab da noch eine Frage, die ich stellen musste, und das tat ich. «Warum ich?», fragte ich.

«Ich will mich nicht zu deinem Kindermädchen machen, falls du das denkst», sagte Sam. «Der Punkt ist, dass ich dich kenne. Reicht dir das?»

Das reichte mir. Es gab Dinge, die musste man nicht aussprechen. Da draußen in der echten Wildnis, nur mit zwei Abdeckern als Begleitung, war es mächtig beruhigend, wenn du jemanden hattest, der darauf achtete, was sich hinter deinem Rücken abspielte – das heißt, falls du jemanden bekamst, der das für dich machte.

«Was ist mit deinem bisherigen Koch passiert?», fragte ich.

«Ist Goldschürfen gegangen», sagte Sam.

Ich tat so, als müsste ich noch überlegen, aber ich hatte mich schon entschieden. Die Arbeit wurde bezahlt, die Rechnung ging auf, ich kannte Sam, und es gab schlimmere Typen, die sich in der Gegend herumtrieben, also nahm ich an.

«Okay», sagte ich. «Warum nicht?»

«Genau», sagte Sam. «Warum eigentlich nicht?»

Wenige Tage später saß ich auf einem großen Planwagen, peitschte auf vier riesige Missourimaultiere ein, hinter mir hockten zwei schrecklich gemein aussehende Kerle auf der Laderampe, und Sam ritt auf einer großen, kräftigen braunen Stute vor uns her. Wir spritzten durch den Arkansas River auf die weiten Ebenen zu, wo die Büffel umherzogen, ganz zu schweigen von den Komantschen und den Kiowa und den Cheyenne und ungefähr einer Million anderer Kerle mit Federn im Haar. Ehrlich, das Ganze erinnerte mich ziemlich an das Motto der Siedler: «Wir trauten dem Herrn, unserm Gott, und waren in Kansas bankrott.» Und zieh weiter, Bruder.

MORDSZEITEN

Neunundzwanzig

Also hieß es raus, Jungs, raus über den Arkansas River und weiter raus in das Land, wo die Büffel zogen, aber wir streiften nicht ziellos über die Ebenen. Wir jagten an den Wasserläufen, wo die Büffel gern tranken und sich im Schlamm wälzten, oder an den Salzlecken, weil sie ab und zu gern Salz mochten, und wenn Sam seine Opfer gefunden hatte, schlugen wir ein Lager auf und waren im Geschäft.

Es war ein erbärmliches Geschäft, muss ich sagen. Sam baute dann einen Dreifuß auf und schulterte sein großes 50er Sharps-Gewehr, machte das Leittier der Herde aus, was einem Kerl mit seiner Erfahrung gelang, schoss ihm zwischen die Lichter, und dann fiel es einfach um. Die anderen Büffel liefen umher, und Sam erschoss noch einen, dann noch einen – man nannte das einen Stand –, und diese Büffel waren einfach zu blöd, um zu kapieren, was los war, deshalb grasten sie einfach weiter, bis keiner mehr auf den Füßen stand.

Ich weiß nicht, warum, aber Büffel beachteten Männer zu Fuß kaum, also griffen sie einen nicht an, und diese Sharps, sie hatte ein tiefes, weiches Bumm, beinahe beruhigend, weshalb die Biester nicht erschraken. Und dieses Gewehr traf auf eine erstaunliche Entfernung, auf achthundert Yards ohne Probleme. Einen Mann, der eine Meile weit weg war, konnte man mit einer Sharps tatsächlich umbringen, und daher sagten die Indianer, dass sie heute schoss und morgen tötete, der Jäger war also in Sicherheit. Diese Büffel wussten einfach nicht, wovon sie getroffen wurden, und das Ganze war ungefähr so aufregend und gefährlich, als ob man Kühe auf einer Koppel erschossen hätte.

Dann kam das Häuten. Klar, ich hatte schon vorher gesehen,

wie gehäutet wurde, angefangen vom Hasen bis zum Ochsen, aber einen Büffel zu häuten war was ganz anderes.

Diese Abdecker schlitzten sie um den Hals, am Bauch und um die Beine herum auf, dann banden sie das Fell am Maultier fest und rissen es runter. Aber das war es nicht, wovon einem so schlecht wurde, das war bloß eine lästige Aufgabe, grässlich war vielmehr das, was übrig blieb, diese Fleischberge, die noch mit den Köpfen dran vor sich hin moderten.

Es war wirklich schaurig, und manchmal hattest du das Gefühl, dass dich diese Köpfe ganz vorwurfsvoll ansahen, und das ist gar nicht so phantastisch, wie es sich anhören mag. Die Büffel, die kamen dir einfach nicht wie normale Tiere, etwa Hirsche oder Rinder, vor. Die Indianer verehrten sie. Vielleicht, weil sie von ihnen lebten, aber ich bin mir nicht sicher, ob da nicht noch was anderes dran war. Wenn du sie sahst, besonders im Gegenlicht – schwarz, mit riesigen, zerzausten Köpfen, stampfend und mürrisch –, kamen sie dir wie Traumgestalten vor, unwirklich, wisst ihr. Und da draußen, unter dem weiten Himmel, nun, ich weiß nicht, aber jeder konnte so weit kommen, dass er sie verehrte.

Aber Traumgestalten hin oder her, wenige Millimeter Blei hauten sie um, so dass sie nie wieder aufstanden, und wieder floss Bargeld in die Kasse.

Klar, die zwei Burschen, die wir dabei hatten, erledigten das Häuten, aber ich musste helfen, die Felle zum Lager zurückzuschaffen und abzuschaben, was genauso ekelhaft war, all die Fett- und Fleischfetzen loszuwerden. Dann mussten wir die Felle ausbreiten und festpflocken – und wenn Sam Glück gehabt hatte, waren mehrere Morgen mit ihnen bedeckt –, und wir mussten Gift gegen Ungeziefer drüberschütten, was bedeutete, dass diese Biester vielleicht davon abgehalten wurden, die Häute zum Mittagessen zu verspeisen, aber dafür schlugen sie unsere Richtung ein. Sie bedeckten uns, wisst ihr. Verdammt, ich hatte das Gefühl, als bestünden unsere ganzen Kleider nur aus Ungeziefer, und die meisten Insekten waren so boshaft, dass sie dich stachen und bissen und an dir rumfraßen, aber diese Schraubfliegen, heiliger Strohsack, wenn du Pech hattest, legten sie ihre

Eier in dich ab und dann – na ja, ich muss wohl nicht weiter erzählen.

Es gab Tag und Nacht keinen Frieden. Nachts war es sogar noch schlimmer, weil diese Abdecker bei uns im Lager schliefen. Die Sache war die, nicht jeder hätte diese Arbeit erledigt, und die Kerle, die es taten, die könnte man als Horror auf zwei Beinen bezeichnen, und da bildeten die beiden, die wir dabei hatten, keine Ausnahme.

Einer von beiden, Pike, war nur halbwegs bei Verstand, und sein Partner war auch nicht gerade eine große Leuchte, aber der war auf eine andere Art verrückt. Stellt euch vor, sie nannten ihn Red Dog, obwohl Mad Dog eigentlich sogar besser gepasst hätte. Aber diese Strolche hatten alle Spitznamen, hauptsächlich weil sie nicht wagten, ihre wirklichen Namen zu benutzen – die standen wahrscheinlich auf irgendeinem Fahndungsplakat –, aber vielleicht auch deshalb, weil sie allmählich keine menschlichen Wesen mit menschlichen Namen mehr waren. Oder anders gesagt, es war wie bei den Pennern und Landstreichern, mit denen ich zusammengelebt hatte – weil sie nichts besaßen, sehnten sie sich nach etwas, was sonst niemand hatte, und mehr als ein Spitzname war da nicht drin.

Aber wie dem auch sei, diese beiden waren schrecklich, sie redeten über Frauen, als ob *die* Tiere wären, und darüber, wen sie umgebracht hatten und was sie mit Indianern angestellt hatten oder wenigstens angeblich mit ihnen getan hätten, und das war wirklich entsetzlich, schlimmer als alles, was ich je gehört oder geträumt hatte, und es zeigte, selbst wenn sie das alles nie getan hatten, was in ihren Köpfen vorging. Und ich musste für sie kochen! Ich, der ich mal mein eigenes Geschäft gehabt hatte!

Wisst ihr, zu dem Zeitpunkt, im Spätherbst, war das Wetter klar, kristallklar, und der Himmel bei Nacht, nun, man konnte sich nicht vorstellen, wie viele Sterne dort vor sich hinglitzerten. Ich hatte die Sterne immer gemocht, mich gefragt, was sie wirklich waren und ob Leute wie wir darauf lebten, arbeiteten und sich sorgten und vielleicht wegen einer Bank Pleite gingen. Unten in Clement hatte ich nach ihnen Ausschau gehalten, und auch auf dem Viehtrieb, alle waren sie freundlich gewesen wie

Nachbarn, die auf einen Besuch vorbeikamen. Aber in den Nächten da draußen, da erschienen sie mir mehr wie die kalten Augen eines Spielers oder eines Gesetzeshüters, wie sie auf einen hinunterstarrten und sich einen Dreck drum scherten, was aus einem wurde. Und die riesigen Büffelwölfe, die in der Dunkelheit heulten, trugen auch nicht gerade dazu bei, dass man sich geborgen fühlte.

Aber diese klaren Tage und Nachte glitten vorüber, und wir bekamen Regen, wodurch es echt gemütlich wurde, und dann, an einem elenden, durchweichten Nachmittag, als wir gerade über eine lang gestreckte Anhöhe krochen, hörten wir einen lauten Schuss.

Die Abdecker und ich, wir sahen uns an, und trotz all ihres draufgängerischen Geredes sahen sie so verängstigt aus, wie ich mich fühlte, weil dieser Schuss nicht aus einer Sharps kam. Es war ein Gewehr gewesen, sicher, aber unter den Typen da draußen, die andere Gewehre benutzten, waren welche, die man nicht gerade auf einen Drink in seinem Tipi willkommen hieß.

Sam hatte sein Pferd gezügelt, er hielt den Kopf gesenkt und lauschte. Dann krachte das Gewehr zum zweiten Mal.

«Ihr Jungs wartet hier», sagte er. «Ich seh mal nach.»

Er ritt den Hügel hinauf, stieg kurz vor dem Horizont vom Pferd und bewegte sich dann zu Fuß vorwärts. Ich fuhr mir über die Lippen, die sich irgendwie trocken anfühlten, als Sam seinen Hut abnahm und in einem großen Bogen schwenkte, was hieß, okay, kommt rauf. Wir folgten ihm und fühlten uns millionenmal besser.

Bis wir die Anhöhe erklommen hatten, war Sam wieder aufs Pferd gestiegen und in ein flaches Tal hinuntergeritten, und es war irgendwie schwer auszumachen, was da vor sich ging. Er redete mit ein paar Männern, die mit den Armen ruderten, als ob sie miteinander stritten. Ich dachte, wenn ich auf ihn aufpasste, dann würde er auch auf mich aufpassen, also nahm ich mir die Schrotflinte und schlug mich zu ihm durch und war ziemlich verblüfft, denn unten in dem Tal stand ein Gespann, ein alter Einspänner, der es selbst die Texas Street in Abilene runter kaum geschafft hätte, mit einem alten Pferd davor, das sicher nicht mehr lange leiden musste. Und wenn ich verblüfft war, dann war Sam das auch. Er redete mit den Männern, die ausgezehrt aussahen und ganz gelb im Gesicht waren und zerdrückte alte Hüte und alte Mäntel der US-Armee trugen.

«Auf der Jagd?», sagte Sam gerade. «Ihr jagt Büffel? Verhungern werdet ihr. Verhungern und erfrieren.»

«Mister», antwortete einer der Kerle, «da, wo wir herkommen, da waren wir am Verhungern und Erfrieren.»

«Und wo soll das gewesen sein?», fragte Sam.

«In Grant County», sagte der Kerl. «Wir hatten Farmen, aber die haben wir verloren, nachdem die Banken Pleite gingen und so, also sind wir hierher gekommen.»

Sam schüttelte den Kopf. «Wisst ihr, worauf ihr euch einlasst? Wie um alles in der Welt wollt ihr durch den Winter kommen?»

«Genauso wie zu Hause», sagte der andere Kerl. «Bauen uns einen Unterschlupf.»

«Und mit denen da wollt ihr Büffel jagen?» Sam deutete auf die Gewehre, die die beiden trugen, ein altes Springfield-Gewehr und ein anderes, mit dem man Vögel abschießen konnte. «Ihr werdet fünfzig Tiere verletzen, bevor ihr das erste tötet.»

«Klar», sagte der Erste. «Also, das bedeutet Geld in der Tasche, und das ist mehr, als wir irgendwo anders bekommen.»

Sam sog an seinen Zähnen. «Ihr wisst, dass es da draußen Indianer gibt ...»

Der zweite Kerl lachte, bloß hörte es sich nicht wie Lachen an, wenn ihr wisst, was ich meine. «Weiße Männer haben uns schon das Fell über die Ohren gezogen, also versuchen wir es jetzt mal mit diesen Rothäuten.» Er sah Sam richtig böse an. «Sie warnen uns ziemlich viel, Mister. Sie haben doch nicht etwa vor, uns aus dieser Prärie hinauszuwarnen, oder? Denn dieses Land hier, das gehört niemandem, und die Büffel gehören auch niemandem.»

«Würde ich nicht leugnen», sagte Sam.

«Also gut, dann», sagte der Kerl.

«Also gut.» Sam saß auf. «Viel Glück. Heiliger Jesus, ihr werdet es brauchen.»

Wir zogen weiter, Sam schüttelte den Kopf, und darüber konnte man wirklich nur den Kopf schütteln, wie diese zwei

Farmer, genauso pleite wie ich, sich abmühten, um sich mit Büffeljagd über Wasser zu halten, was ich auch machte, aber ich hatte eine echte Ausrüstung dabei und einen Mann, der wusste, was er tat. Aber diese beiden, beim Jupiter! Den Winter da draußen mit so einem Einspänner zu verbringen!

Ich freute mich allerdings auch nicht gerade auf den Winter, und ich freute mich noch weniger, als wir weiterpatschten, das Wetter wurde schlechter, Schneeregen und Hagel droschen auf uns hernieder, und unsere Felle waren durchweicht und wurden immer ekliger. Ich brütete und dachte darüber nach, wie ich mein Geld aus dem Laden herauskriegen könnte. Dann kam mir eine Idee. Sie gehörte nicht zu meinen besten Geistesanwandlungen, aber sie war besser als nichts, und ich war gerade so weit, dafür meinen Abschied einzureichen, als mir der Geistesblitz mit einem Schlag aus dem Kopf gepustet wurde.

Wir waren ziemlich weit nach Süden gekommen, zogen zu einem Wasserlauf, von dem Sam wusste, dass sich dort gern reichlich Büffel aufhielten, und wo Sam sich hinter eine alte Pyramidenpappel hocken und sie abknallen konnte, es war so einfach wie einer Lady die Hand zu küssen, als kein Geringerer als Charlie Rath aufkreuzte.

Er hatte sich auf den Fellhandel verlegt, und wie manche von den Agenten war er herausgekommen, um zu kaufen und uns Proviant und Munition zu bringen, was uns Jägern den weiten Weg nach Dodge oder Adobe Walls oder wohin auch immer ersparte.

Charlie war mit einer Reihe von Fuhrwerken und ein paar grobschlächtigen Fuhrleuten rausgekommen, die mit Messern und Pistolen von oben bis unten behängt waren, und zusammen mit unseren Abdeckern machten sie einem Fass Erleuchtungssaft, das Charlie mit rausgebracht hatte, den Garaus und gaben sich höflicher Konversation hin, beispielsweise wer wen in Dodge erstochen hatte. Ich braute Kaffee zusammen und brachte ihn Sam und Charlie, die ein Geschäft per Handschlag besiegelten, und wenn ihr gehört hättet, wie hoch der Preis war, dann wüsstet ihr auch, warum die Geschäfte dort draußen so abgeschlossen wurden, denn falls Sam das Geld an Ort und Stelle bekommen hätte, dann hätten er und ich nach Charlies Abgang vielleicht noch fünf Minuten gelebt, eher weniger, denn Sam hatte über zweihundert Büffel in jenem Monat, als wir draußen waren, abgeknallt – bei einem Dollar fünfzig pro Fell.

Sie schütteten ihren Kaffee runter, dann öffnete Charlie eine Flasche echten Kentucky-Bourbon, den er zufällig bei sich trug, und wir ließen uns zum Plaudern nieder, redeten über die große weite Welt und wie viel Geld wir aus ihr rausholen konnten, und Charlie erwähnte diesen gottverdammten Jay Cooke.

«Klar hat er die Farmer schwer getroffen», sagte Charlie. «Leute kriegen gekündigt und verlieren ihr Land. Passiert überall im Land.»

«So isses.» Sam trank genießerisch an seinem Bourbon, als ob er aus flüssigem Gold wäre. «Wir haben vor kurzem ein paar Bauerntrottel getroffen.»

«Dürre Kerle», sagte Charlie, «mit einem runtergekommenen Pferd und einem Einspänner?»

«Die waren es», antwortete Sam. «Was machen die jetzt?»

«Machen!» Charlie fing an zu lachen. «Jesus, die strampeln sich ab wie ein Einbeiniger in einem Sumpf. So was hab ich seit dem Krieg nicht mehr gesehen. Sie hatten noch einen Hut voll Mehl übrig, keine Bohnen, kein Schweinefleisch, keinen Kaffee. Wenn die noch länger Büffelsteaks essen, wachsen ihnen Hörner aus den gottverdammten Köpfen.»

Er lachte wieder, und Sam lachte mit, aber man konnte nicht behaupten, dass er es aus vollem Herzen tat.

«Hatten sie auch Felle?», fragte er.

Charlie spitzte die Lippen, als wollte er keine voreiligen Schlüsse ziehen. «Na ja … Würde sagen, schon. Einige waren völlig durchlöchert, andere so schlecht getrocknet, dass sie aussahen, als ob ein Kojote dran rumgekaut hätte. Aber sie hatten auch welche, die ich ihnen abgekauft habe. Ich muss sagen, wie gut, dass es hier draußen reichlich Büffel gibt, weil wirklich viele Kerle auf der Jagd sind, verstehst du?»

«Klar», stimmte Sam zu, aber er sah mächtig nachdenklich aus, und sein Blick veränderte sich auch nicht sonderlich, als Charlie eine neue Flasche anbrach.

Die Jungs machten die Nacht durch, im allgemeinen Einvernehmen, dass ein einziger Mond nicht reichte, zwei waren schon besser, aber wenn man sich lang genug an den Fusel hielt, sah man auf einmal drei, und das hieß dann, Zeit fürs Bett. Also gab es am nächsten Morgen einige Brummschädel, trotzdem schafften wir es, die restlichen Felle auf Charlies Fuhrwerken unterzubringen.

Dann saß Charlie auf seinem Pferd auf. «Bis zum nächsten Mal», sagte er. «Ach, Sam, du hast nicht zufällig gesehen ...» Und er machte eine komische Geste, indem er die Hand an seinen Bauch legte und sie dann in einer schlängelnden Bewegung bis zu seiner Brust hochführte.

Sam blickte verärgert drein, keine Ahnung, warum. «Nichts dergleichen», antwortete er.

«Na gut.» Charlie trieb sein Pferd ein paar Schritte voran. Dann, anscheinend hatten wir einen Tag für seltsames Verhalten, hielt er an und rief mich zu sich. «Ich muss dir was erzählen, Kleiner», sagte er.

Man sagt, die Hoffnung pflegt in der menschlichen Brust Sprünge zu tun oder irgend so was Poetisches, und ich bekam mächtig viel Hoffnung, als Charlie das sagte, ich dachte, vielleicht würde er mir ein paar gute Nachrichten bringen, vielleicht hatte jemand Stokes totgeschossen und ich konnte meinen Laden wiederhaben. Diese Hoffnung sprudelte mir in der Tat aus den Ohren, aber als ich hörte, was er zu sagen hatte, sprudelte sie direkt wieder hinein.

«Kleiner», sagte er, «es geht mich zwar nichts an, aber ich sollte es dir sagen. Da hat ein Kerl sich in Dodge nach dir umgehört.» Er biss ein Stück von einem Tabakstreifen ab und beugte sich hinunter, ganz vertraulich. «Die Sache ist die, Kleiner, dieser Kerl, der tut ganz unschuldig, aber er kommt von Pinkerton!»

«Einer von Pink... – fragt nach mir?» Ich schnappte nach Luft. «Weshalb um alles in der Welt? Ich bin kein Anarchist. Ich schulde bloß ein bisschen Geld.»

«Klar», meinte Charlie. «Aber dieser Agent, der hat auch nach anderen Leuten gefragt, die im selben Boot sitzen.»

Ich lachte ganz verbittert. «Das macht keinen Unterschied,

überhaupt nicht. Ich hab kein Geld, wenn er mich also findet, hat er da nichts davon.»

Charlie spuckte einen dicken Strahl Tabaksaft aus. «Kleiner», sagte er, «ganz so ist das nicht. Diese Geldleute mögen es nicht, wenn schlechte Schuldner frei herumlaufen. Das bringt die anderen auf Ideen. Wenn sie dich kriegen, könnten sie dich in den Knast stecken.»

«Gottverdammt», sagte ich. «Diesen Jay Cooke, den sollten sie da einsperren.»

«Vielleicht», sagte Charlie. «Aber keiner hat verraten, wo du bist. Sie werden es auch nicht tun, weil keine Belohnung für dich ausgesetzt ist. Sogar Stokes hat die Klappe gehalten.»

«Sollte er auch besser tun», sagte ich. «Nachdem er mir meinen Laden gestohlen hat.»

«Das ist wohl wahr», gab Charlie zu. «Auf alle Fälle, Kleiner, ich will damit sagen, du hältst besser hier aus, bis sich alles abgekühlt hat.»

Er ritt davon, und, Leute, ich war vielleicht fröhlich! Da aushalten! Beim Jupiter, womöglich war ich ewig auf der Flucht, genau wie ich zu Bo gesagt hatte, damals in Lookout, und zog vierzig Jahre durch die Wildnis, und selbst dann würde auf der anderen Seite des Jordan ein gottverdammter Pinkerton-Mann auf mich warten, um mich einzubuchten. Ich war total niedergeschlagen, und dieser Geistesblitz, wie ich mein Geld aus dem Laden rauskriegen könnte, nun, der erlosch einfach. Und dann fing es an zu regnen!

Ich ging zum Planwagen zurück, wo Sam gerade aufsaß, um nach Büffeln Ausschau zu halten, und dann machte es klick.

«Sam», sagte ich und hielt sein Pferd am Halfter. «Diese Schlangenbewegung mit den Fingern, die Charlie für dich da gemacht hat. Was war das?»

«Das geht dich nichts an», sagte Sam.

«Okay», sagte ich. «Kam mir bloß komisch vor, weiter nichts. Solche Zeichen zu machen – ach so!» Ich blickte zu Sam auf. «Ach so, Zeichen. Das war ein Indianerzeichen.»

«So, und was für eines?» Sam versuchte, sein Pferd abzuwenden, aber ich hielt die Zügel fest.

«Hast du Indianer gesehen?», fragte ich.

Sam fluchte in seinen Bart. «Red leise», sagte er. «Willst du den beiden Abdeckern Angst machen?»

Himmelherrgott, denen Angst machen! Ich war es, der Angst kriegte, und das sagte ich ihm.

«Also gut», sagte Sam. «Vor einer Woche hab ich ein paar Arapaho gesehen.»

«Arapaho», wiederholte ich.

«Genau.» Sam zog den Hut tiefer ins Gesicht, als Schutz vor dem Regen. «Nichts, worüber man sich Sorgen machen müsste. Teufel auch, die sind zivilisierter als diese beiden ...» Er machte eine Kopfbewegung zu den Abdeckern hin.

Mann, dachte ich, das will nicht viel heißen. Und zivilisiert – so, wie Sam redete, hätte man denken können, die Arapaho würden anfangen, Opernkonzerte zu veranstalten. Doch das war es nicht, worüber ich mir Sorgen machte.

«Aber das Zeichen», sagte ich. «Waren das Arapaho?»

Sam fluchte wieder, aber ich schätze, er wusste, dass ich die Zügel nicht loslassen würde, bis ich eine ehrliche Antwort bekam, also drehte er sich halb zur Seite, damit die anderen ihn nicht sehen konnten.

«Das hier ...» Er machte das Schlängelzeichen noch mal. «Das sind Komantschen – erschrick nicht, verflixt. Ich bin keiner. Sie verehren Schlangen, weil die listig sind und ohne Warnung zuschlagen, und dieses Zeichen ist eine Schlange. Aber Teufel auch, ich hab keine gesehen. Sie wandern nicht so weit rauf.»

«Weshalb hat Charlie dich dann gefragt?», wollte ich wissen.

Sam sah richtig sauer aus. «Jesus, hat dir nie einer gesagt, dass es nicht klug ist, wenn man zu viele Fragen stellt? Er hat einfach gefragt, weiter nichts. Jetzt lass die Zügel los, oder ...» Und mehr brauchte er nicht zu sagen.

Moses, was für ein Tag. Mein Geistesblitz war erloschen, Pinkerton-Männer, die hinter mir her waren, womöglich gottverfluchte Komantschen, die umherstreiften ... Ich hatte gesagt, dass ich in einer Wildnis lebte, und gottverdammt, das tat ich, und ich musste mittendrin bleiben, von Männern festgehalten, die ich noch kein einziges Mal gesehen hatte!

Das waren vielleicht Gedanken, sie ließen mich die ganze Zeit nicht los, weshalb ich nicht darauf achtete, was um mich herum vor sich ging, ich erfüllte nur meine Aufgaben und versuchte den Abdeckern aus dem Weg zu gehen, aber im Verlauf des Tages fing ich doch an, auf sie zu achten, was daran lag, dass sie reichlich viel zankten und stritten. Klar, für sie war das so normal, wie es das Knurren für Hunde ist, da sie nicht in der Lage waren, wie Menschen zu reden, aber wie sie das taten, das wurde schlimmer und schlimmer.

Ich hörte sie eines Tages, draußen, wo Felle abgezogen werden mussten, nachdem Sam einen großen Abschuss gemacht hatte. Pike jammerte vor sich hin, dass er die ganze Arbeit machen müsste, und Red Dog knurrte zurück.

«Halt deine gottverdammte Klappe», sagte er. «Mir geht's nicht so gut mit diesen gottverdammten Bauchschmerzen.»

Das konnte man sich leicht vorstellen, zu dem Leben da draußen gehörten Bauchschmerzen automatisch dazu, wegen dem schlechten Wasser und noch schlechterem Futter, aber er sah wirklich nicht gut aus, irgendwie grün unter seiner sonnengebräunten Haut, und beim Abendessen fiel mir auf, dass er die Hände kaum bis zum Mund bekam, so sehr zitterten sie – und dabei aß dieser Kerl doch mit seinen Händen.

Am nächsten Morgen ging es ihm auch nicht besser, er wollte nicht aus seinem Zelt rauskommen, also musste ich mit Pike los, worüber ich sauer war. Sam war weitergezogen, aber ziemlich in der Nähe waren ein paar Jäger, und wir konnten ihre Sharps krachen hören, also machte ich mir da keine allzu großen Sorgen wegen der Komantschen.

Wir arbeiteten, bis es dunkel wurde, dann kehrten wir zurück. Sam war bereits im Lager und ließ es sich gut gehen, was eine mächtig nette Art zu leben war, wenn man genug Zaster besaß, um sich damit eine Truppe zu finanzieren. Von Red Dog war keine Spur zu sehen, aber ich brutzelte ein Essen zusammen, bloß Brei, Fett und Bohnen, das wir runterschlangen, und ich machte gerade Kaffee, als Red Dog aus seinem Zelt gekrochen kam.

Ich achtete nicht auf ihn, ich glaubte, er würde sich vielleicht besser fühlen, als er sich auf die Knie erhob und, gottverdammt, eine Pistole in seiner Hand hielt!

Beim Jupiter, wir starrten ihn an und dachten, er wäre verrückt geworden – oder noch verrückter, sollte ich besser sagen –, denn während er mit diesem Sechsschüsser herumfuchtelte, murmelte und fluchte er vor sich hin, und zwar ziemlich heftig.

Die Wahrheit war, keiner von uns wusste, was zu tun war, außer abhauen, so weit wie möglich, aber so, wie Red Dog mit dieser Pistole fuchtelte, wagten wir nicht, uns zu bewegen, um ihn nicht auf uns aufmerksam zu machen, wisst ihr.

Aber irgendwer musste was tun, und Sam versuchte es. «Was zum Teufel soll das?», sagte er. «Hast du einen Albtraum? Leg die Waffe weg.»

Das sagte er, aber sicher wünschte er, er hätte es nicht getan, denn Red Dog fuhr zu ihm herum, die Pistole in beiden Händen haltend.

«Du Hurensohn», krächzte er. «Du diebischer Hurensohn. Glaubst du, du kannst mich rumkommandieren? Denk dir was anderes aus. Pike, hol die Schrotflinte. Wir machen mit diesen beiden Schluss und werden reich!»

Also, ich weiß nicht, ob Red Dog einen Albtraum hatte, aber ich fühlte mich ganz bestimmt wie in einem. Dieser verrückte Kerl hier, der schwenkte die Waffe, und das Licht des Feuers flackerte auf ihm wie bei einem Bild aus solchen religiösen Büchern, und so musste es an dem Ort aussehen, den Sam und ich bald besuchen würden.

«Pike!», rief Red Dog. «Du tust jetzt, was ich sage, du gottverdammter Maulesel, sonst geht's dir genauso.»

Pike stöhnte, genauso verängstigt wie wir anderen. Dann sagte Sam: «Tu, was er sagt!»

Ich ging davon aus, dass wir jetzt zwei Verrückte hatten, als Sam das sagte, aber da lag ich falsch, denn als Pike aufstand, mit komplett wackligen Beinen, sah Red Dog zu ihm rüber, nicht mehr zu mir, und ich verpasste ihm den Kaffee ins Gesicht. Dieser Kaffee kochte nicht, und wenn er gekocht hätte, dann hätte ich ihn nicht schütten wollen, aber er war heiß und lief Red Dog lang genug in die Augen, so dass Sam über das Feuer springen konnte wie ein verfluchtes Känguru, ihm die Waffe aus der Hand trat und einen Schlag auf den Kopf versetzte, der ihn zu Boden warf, und bevor er da angekommen war, hatte ich mir die Schrotflinte geschnappt und auf Pike gerichtet, für alle Fälle.

Pike hob die Hände so hoch, dass er fast den Mond hätte greifen können, und es sah aus, als hätte er darin einige Erfahrung, und während er schrie: «Nicht schießen! Nicht schießen!», lag Red Dog stöhnend am Boden, und Sam fluchte wie der Teufel.

«Was zur Hölle geht hier vor sich?», röhrte er, und wer hätte das gedacht, Pike ging auf die Knie und betete! Betete um sein Leben!

«Ich war's nicht», stammelte er, «ich schwör bei Gott, ich war's nicht», jammerte er vor sich hin, bis Sam sagte, wenn er nicht die Klappe hielte, würde er sie ihm stopfen, für immer.

Red Dog war k.o., aber wir fesselten ihn trotzdem, dann machten wir uns an Pike, und nach allem, was wir aus ihm rauskriegten, hatte Red Dog uns zusammen mit Pike umbringen wollen, anschließend wollte er mit ihm die Ausrüstung und die Felle nach Süden bis Fort Supply schaffen.

Sam ließ ihn ausreden, dann sagte er, richtig grimmig: «Du hast dir nichts anmerken lassen, oder?»

Pike stotterte so furchtbar, dass er kaum reden konnte, aber er bettelte noch ein bisschen und sagte schließlich: «Ich hab mich nicht um ihn gekümmert. Ihr wisst doch, wie die Kerle reden. Und, heiliger Jesus, ich hab ihm doch nicht geholfen, oder? Ich hab gar nichts getan.»

Nun, hatte er nicht, und das war Tatsache, und ich schätze, Sam glaubte ihm, denn er ließ von ihm ab, um nach Red Dog zu sehen, dem man auf den ersten Blick ansah, dass er für eine Weile keine Schwierigkeiten machen würde. Er sah wirklich krank aus, und das lag auch nicht bloß an dem Schlag, den er an den Kopf bekommen hatte. Er zuckte richtig wild, und sein Gesicht hatte eine komische Farbe. Aber Sam riskierte nichts. Wir schleppten den Kerl zum Wagen rüber, banden ihn an ein Rad und warfen ihm einen Mantel über.

Dann wandte sich Sam an Pike. «Geh in dein Zelt», sagte er. «Und, Jesus steh mir bei, wenn ich dich auch nur atmen höre, puste ich dich mit einer Schrotladung voll.»

Pike kroch davon und tauchte einfach in seinem Zelt unter. Dann machte ich noch mal Kaffee, und Sam und ich setzten uns ans Feuer und schütteten Whiskey in das Getränk.

«Dieser verrückte Hurensohn», sagte Sam. «Dreht so ein Ding und ich hätte mich beinahe zum Trottel gemacht.» Er brütete eine Weile, war richtig sauer, dann sagte er: «Das hast du gut gemacht, Kleiner. Wenn du nicht so schnell gewesen wärst, der Himmel weiß, was passiert wäre.»

Ich fand auch, dass ich ziemlich gut gewesen war, aber ich zuckte bloß mit den Schultern, als ob nichts dabei gewesen wäre. «Was hast du mit ihm vor?»

«Darüber mach ich mir morgen Gedanken», sagte Sam.

«Und Pike?»

«Der ...» Sam zögerte. «Ich schätze, er hat zum ersten Mal in seinem Leben die Wahrheit gesagt. Jedenfalls wird er allein bestimmt keine krummen Dinger versuchen. Auf jeden Fall anzeigen. Wir haben morgen was zu tun.»

Der nächste Morgen war wieder trist, grau und windig, dicke Wolken flitzten über uns hinweg, und es war kalt. Nicht richtig eisig, aber da war so eine dünne Kälte, die dir sagt, dass der Winter auf dich zukommt, und ich war froh, mich an das Feuer zu setzen, das Pike angezündet hatte, und mir von dem Kaffee zu nehmen, den ebenfalls Pike gekocht hatte. Er war eifrig darauf bedacht, alles zu tun, was man wollte. Eifrig und kriecherisch.

Ich wärmte mich ein bisschen, dann ging ich zum Wagen, wo sich Sam Red Dog ansah. Und, Herrjemine, der war vielleicht in einem Zustand! Sein Zucken war noch schlimmer geworden, und schwarzes Zeug floss ihm seitlich aus dem Mund.

«Was hat er?», fragte ich.

Sam schüttelte den Kopf und wandte sich an Pike, der sich nach vorn beugte. «Ist er gebissen worden, weißt du was, vielleicht von einem Stinktier?»

«Er hat nichts davon gesagt», antwortete Pike.

«Dann ist es keine Tollwut», sagte Sam. «Glück für ihn.» Er zündete sich eine Zigarre an. «Könnte dieses Gift von den Fellen sein. Ich hab das schon öfter gesehen, aber noch nie so schlimm.

Normalerweise kriegt man bloß Bauchweh, aber dieser Kerl, ihr habt ja gesehen, wie er isst, und er wäscht sich nie … Na ja, geben wir ihm was.»

Er wühlte im Wagen herum und holte eine Medizin und Whiskey.

«Wird er davon gesund?», fragte Pike.

«Woher zum Teufel soll ich das wissen?», entgegnete Sam. «Ich bin kein Hellseher.»

Er schüttelte das Zeug auf, und diese Medizin, die war wirklich stark. Ich hab sie mal probiert, und sie war stark genug, um dir die Schädeldecke zu heben, hinterher wurdest du allerdings ziemlich schläfrig davon.

«Hier», sagte Sam und hielt Pike die Flasche hin. «Schütte sie ihm rein.»

«Ich?!» Pike schlotterte fast so sehr wie Red Dog.

«Er war doch dein Kumpel, oder?», rief Sam. «Jetzt mach schon, sonst …»

Er brauchte den Satz nicht zu beenden. Pike hatte mehr Angst vor Sam als vor dieser Krankheit. Der Abdecker beugte sich vor, hielt sich so weit entfernt, wie es ging, und schüttete Red Dog ungefähr ein Viertel der Mixtur in den Schlund, woran der beinahe erstickt wäre.

«Okay.» Sam trat zurück. «Frühstücken wir.»

Ich ging zum Fluss runter und wusch mir die Hände, und wie ich sie wusch. Ich schrubbte sie, bis fast keine Haut mehr dran war, aus Angst vor dem Gift, wisst ihr. Und Sam befahl Pike, das Gleiche zu tun, weil der nicht genug Verstand besaß, um selbst drauf zu kommen. Dann futterten wir, und diese Medizin war wirklich gut, denn als wir mit dem Essen fertig waren, schlief Red Dog wie ein Baby.

«Okay», sagte Sam. «Schaff ihn in sein Zelt, und dann an die Arbeit.»

Pike ging, um die Ausrüstung zu holen, und Sam sah mich an. «Wir haben da ein kleines Problem», sagte er. «Mir fehlt ein Abdecker.»

«Ist mir irgendwie auch schon aufgefallen», sagte ich ironisch und wusste, was jetzt kam.

«Schon gut.» Sam wollte mich besänftigen. «Ich weiß, dass du dich dafür nicht verdingt hast, aber wie wär's damit?»

«Herrje», sagte ich. «Ich weiß wirklich nicht. Häuten ...»

«Mach dir wegen dem Gift keine Sorgen», sagte Sam. «Das passiert fast nie, wenn man vorsichtig ist.»

«Kann sein», erwiderte ich. «Ich hab bloß nie vorgehabt, Abdecker zu werden, weiter nichts.»

«Ich hatte auch nie vor, Büffeljäger zu werden», meinte Sam. «Ich war auf dem Weg nach Kalifornien, als ich hier ankam. Aber was meinst du dazu?»

«Ist auch kein Job, aus dem ich mir was mache», sagte ich.

«Aus dem Job würde sich niemand was machen, der Verstand hat. Ich mach mir auch nicht viel aus der Büffeljagd, aber es ist ein Job, und er macht sich bezahlt. Sieh mal, ich such mir 'nen neuen Abdecker, sobald ich kann – und ich koche auch.»

Ich nahm mir Zeit mit der Antwort. Natürlich hatte ich nicht vor, ihn hängenzulassen, weil mir gar nichts anderes übrig blieb, wenn ich mich irgendwo in der Nähe von Dodge und von diesen Einmachgläsern aufhalten wollte. Aber ich nahm an, wenn ich so tat, als wäre ich schwer zu kriegen, bekäme ich mehr, und das bekam ich auch, zwanzig Cents pro Fell statt fünfzehn, also sagte ich, ich würde es riskieren, und fing eine ganz neue Karriere an. Als gottverfluchter Abdecker.

Dreißig

Wie gesagt, wir saßen in der Wildnis, aber es war eher, als ob man in einen Sumpf gezogen wurde, bei all dem Schleim und dem Blut, dem schrecklichen saugenden Geräusch, das die Häute von sich gaben, wenn sie abgezogen wurden, und dem Regen, der uns in dieser Trostlosigkeit überschwemmte, so dass wir nie richtig trocken wurden. Und Red Dog, den hörten wir stöhnen und kotzen. Er lag im Sterben, starb einfach, während wir ihn über die Prärie schleppten, und in Wahrheit wünschten wir uns nur eins für ihn, dass er dieses Sterben hinter sich brachte und es vorbei war, damit wir ihn loswurden.

Furchtbar, nicht wahr? Aber so war es nun mal, jedenfalls ganz sicher für mich. Was zur Hölle hatte ich mit diesem Kerl zu tun? Bloß ein Saukerl, der versucht hatte, uns umzubringen, und wahrscheinlich wegen Mord und Quälerei an einem Dutzend Orten gesucht wurde. Jedenfalls konnten wir nichts mehr für ihn tun, und wir hatten genug Arbeit, nachdem uns ein Abdecker fehlte.

Auf jeden Fall hatte ich nur die Männer von Pinkerton im Kopf – und diese zwanzig Cents pro Fell. Ich stürzte mich richtig aufs Häuten, ließ nicht zu, dass ich langsamer wurde, und Pike auch nicht. Jeder Büffel, den Sam schoss, wurde von uns gehäutet und getrocknet, jeder einzelne. Ich kam sogar so weit, dass ich mich ärgerte, wenn Sam eine Pause einlegte, weil das für mich weniger Cents bedeutete.

Pike wagte eines Tages einen schwachen Protest, sagte, wir würden zu viel arbeiten, aber ich brachte ihn zum Schweigen. Und ich brachte ihn sogar dazu, dass er all die Drecksarbeit machte, die Gedärme und Eingeweide ausnahm, und ich ließ ihn das Gift verteilen, darauf könnt ihr wetten. Er versuchte auch dagegen zu protestieren, aber ich hatte ihn im Griff, was keine große Kunst war. Einmal aufgestampft, und er kuschte, und wenn ihr diese Typen nicht kennt, braucht ihr in eurer Stadt bloß mal in eine Bar auf der falschen Seite der Schienen zu gehen, dann lernt ihr sie kennen. Klar, vielleicht lernt ihr dort auch die Typen kennen, die euch zum Kuschen bringen, aber das ist eine andere Geschichte.

Dann starb Red Dog. Wir hatten gegessen, und Pike ging, um ihm die Medizin zu geben, und als er sich über ihn beugte, gab er einen lauten Schnarcher von sich und hatte seine Chips abkassiert, und wir waren lediglich erleichtert, dass er sich im Guten aufgemacht hatte, und verärgert, weil wir ein Grab ausheben mussten, und es hätte nicht allzu viel gefehlt, dann hätten wir ihn einfach da draußen zurückgelassen.

Aber wir taten es – gruben ein Grab, meine ich – und wickelten ihn in eine Decke, und ich wette, jeder von uns dachte, so eine Verschwendung für eine gute Decke, und rollten ihn rein. Ich schätze, Sam meinte etwas sagen zu müssen, also murmelte er das Gebet des Herrn, und dann sagte er: «Also, ich schätze, du bist zu Lebzeiten einigen Richtern durch die Lappen gegangen, aber du wirst einem begegnen, dem du nicht entwischen kannst. Mach's gut, wie bei Sam Hill du auch geheißen haben magst.»

Pike schaufelte das Loch zu, wir markierten es mit ein paar Büffelhörnern, und am nächsten Tag brachen wir das Lager ab und zogen weiter.

Wir wandten uns nach Süden und folgten einem langen, gewundenen Bach, ließen uns südwärts treiben wie die Gänse, die da hinunterzogen und am Himmel schrien, und ich hätte eigentlich nichts dagegen gehabt, mit ihnen zu fliegen, denn so viel war sicher, das Wetter schlug um, der Regen war zeitweise eher wie fliegendes Eis. Aber Sam, er zog jetzt jeden Tag los, Regen oder nicht, nachdem wir dort auf reiche Jagdgründe gestoßen waren, und Pike und ich hackten und schlitzten, und ich freute mich auf den Zeitpunkt, wo ich meinen Kredit in Bargeld umtauschen konnte. Dann kam Charlie wieder angerollt.

Wir waren richtig froh, ihn zu sehen, weil uns allmählich das

Futter ausging, und außerdem waren wir froh, noch ein menschliches Gesicht zu sehen, und der alte Rath, der brachte Zeitungen mit raus und Magazine, mit denen wir uns die Zeit vertreiben konnten.

Es gab die übliche Sause, aber ich schnappte mir Charlie und fragte ihn, wie die Dinge mit meinem kleinen Problem drüben in Dodge lagen.

«Also», sagte er, «dieser Pinkerton-Mann, der ist weg. Doch das heißt nicht, dass deine Schulden mitgezogen sind. Ich an deiner Stelle, Kleiner, ich würde noch eine Weile hier draußen bleiben. Genau genommen würde ich so lange bleiben, wie ich könnte. Was soll's denn auch? Du hast alles, was du zum Leben brauchst. Jedenfalls ...» Er sah mich scharf an. «Warum zum Teufel willst du zurückkommen? Ich an deiner Stelle, ich würde die Stadt vergessen. Dies ist ein großes Land, also nutz die Chance.»

Die Frage war unangenehm, wegen dem Zurückkommen, weil ich nicht vorhatte, ihm von diesem Geld zu erzählen, das ich vergraben hatte und das Teil der Idee war, die er mir bei seinem letzten Besuch aus dem Kopf geschlagen hatte, und ich versuchte mir eine glaubhafte Lüge auszudenken, da fing er an zu lachen.

«Du bist doch nicht verliebt, oder? Hast ein Auge auf Nell Saintclair geworfen?»

Ich wurde rot, und er lachte mich aus und schlappte zu Sam zurück, um abzurechnen, und am nächsten Morgen lachte er immer noch über mich. Ein paar von diesen Kerlen hatten wirklich einen einfachen Humor. Aber er hörte auf zu lachen, als er zu Sam sagte, er würde versuchen, einen Mann zu finden, der bereit wäre rauszukommen und mitzuarbeiten.

«Bis zum nächsten Mal hier draußen, Jungs», sagte er. «Der Herr und das Wetter seien mit euch.» Und er und seine Männer setzten die starken Ochsenkarren in Bewegung.

Und dann spielte ich eine kleine Karte von ganz unten aus dem Haufen aus, in der Nacht hatte ich nämlich ein bisschen nachgedacht. «Hab ich richtig verstanden, dass er noch mal rauskommt?», fragte ich.

«Klar», sagte Sam. «Warum?»

«Wird vielleicht ein bisschen spät im Jahr, oder?», fragte ich.

«Na und?» Sam stand da, und der Hagel trommelte ihm aufs Gesicht, ohne dass er blinzelte, er sah aus, als ob er aus Stein wäre.

«Na, und wann fahren wir zurück?», sagte ich.

Sam rollte seine Zigarre im Mund hin und her, und es war ein Wunder, wie er sie bei dem Wetter am Brennen hielt. «Reden wir heute Abend drüber», sagte er.

«In Ordnung», meinte ich. «Heute Abend.»

Er ritt los, begab sich auf die Suche nach Büffeln, während wir uns an die Arbeit machten und Felle wendeten, bis es dunkel wurde. Sam kehrte zurück, machte uns was zu futtern, das heißt, wir teilten uns die Aufgaben inzwischen, und läutete dann Feierabend. Pike kroch in sein Zelt, und Sam und ich krochen in unseres. Sam hatte eine Flasche vom guten Kentuckywhiskey, den Rath mitgebracht hatte, er schüttete welchen in seinen Kaffee, zündete sich eine Zigarre an und lehnte sich zurück. Er machte es sich richtig gemütlich, was ich ihm höflicherweise erlaubte, ehe ich sagte: «Wegen der Sache von heute Morgen.»

«Das», sagte Sam. «Was ist damit?»

«Ich hab gefragt, wann wir irgendwo einkehren», sagte ich. «Schließlich ist es schon fast Winter.»

Sam antwortete nicht, er lehnte sich mit seinem Whiskey und der Zigarre zurück und brachte mich langsam zur Verzweiflung.

«Wir gehen doch zurück, oder?», sagte ich. «Ich meine, du hast doch nicht vor, für den Rest deines Lebens hier draußen herumzuziehen?»

«Nein.» Sam gab zu, dass er das nicht vorhatte. «Aber hier gibt es die Büffel, also wird jetzt Geld verdient.» Er schüttete noch mehr Whiskey in seinen Kaffee, schließlich war er ein vorsichtiger Mann. «Willst du weg?»

«Also, jedenfalls hab ich nicht vor, meine Hände und Füße durch Frostbeulen zu verlieren», sagte ich.

Sam verzog das Gesicht. «Wird nicht passieren. Die Kerle, die so was abkriegen, sind einfach nur dumm. Nein, wenn das Wetter richtig übel wird, verkriechen wir uns.»

«Verkriechen!», rief ich aus.

«Genau.» Sam hörte sich ein bisschen gereizt an. «Das ist überhaupt nicht so, wie du dir das vorstellst. Ich kenn da einen Bach, wo ich mir 'nen Unterschlupf gegraben habe. Hab da fast den ganzen letzten Winter verbracht. Gutes Jagdgebiet, reichlich Büffel. An klaren Tagen gehen wir zur Arbeit raus. An schlechten Tagen bleiben wir ganz gemütlich drin.»

Diesmal verzog ich das Gesicht. «Gemütlich! Ich hab in einem Unterschlupf gelebt, als ich nach Dodge kam. Wenn das ein gemütliches Leben war, dann hab ich zwei Köpfe.»

«Dieser Unterschlupf ist prima», sagte Sam. «Ganz mit Fellen ausgekleidet, und ich hab 'nen richtigen Ofen und 'ne Pritsche ...» Er fuhr fort, das Loch in der Erde wie einen gottverdammten Königspalast in der Prärie da draußen hinzustellen, während ich dachte, Mannomann, Sam, du hast den falschen Job. Du solltest Zeitungsverleger werden, denn du könntest Vear Porter Wilson Tips geben. «Zur Hölle, was hast du eigentlich vor im Leben?», fragte er zum Schluss.

«Weiterleben», antwortete ich.

«Himmeldonnerwetter!» Sam wurde wütend. «Du wirst nicht sterben. Hab ich dir nicht gerade gesagt, dass ich schon mehrere Winter da draußen verbracht habe? Und glaubst du vielleicht, die Indianer würden weiterziehen? Die sitzen in diesen verfluchten Tipis, nett und behaglich, rauchen ihre verfluchten Pfeifen und lassen es sich gutgehen und ...»

«Und schmieden Pläne, wie sie uns umbringen können», sagte ich.

Sam lachte tatsächlich darüber. «Ich hab nicht gesagt, dass sie das nicht tun», gab er zu. «Aber ihre Überfälle machen sie im Sommer. Also, der Winter ist wirklich die sicherste Jahreszeit, um sich da draußen aufzuhalten.» Das hörte sich so an, als ob wir wegen unserer Gesundheit da draußen wären. «Was zum Teufel willst du sonst noch?»

Also, ich wusste, was ich sonst noch wollte, nämlich mehr Geld, aber das wollte ich nicht so direkt ansprechen. Ich wollte, dass Sam es sagte, dann konnten wir so feilschen wie beim letzten Mal, deshalb sagte ich bloß: «Die Sache ist die, diese Art, mir meinen Lebensunterhalt zu verdienen, gefällt mir kein bisschen.»

«Glaubst du, mir vielleicht?», sagte Sam. Er seufzte. «Das hatten wir alles schon, als Red Dog starb.»

«Klar», sagte ich.

«Na also, und da hab ich dir erzählt, dass ich mir dieses Leben nicht ausgedacht habe, die Büffeljagd. Man ist auch nichts weiter als ein Metzger, genau genommen.»

Mann, dachte ich, so geht das. Da erzähl ich ihm von meinem Problem, und jetzt erklärt er mir seins! Das war was, was mir in meinem Leben ständig passierte. Und ich wollte gerade sagen, dass ich seine zarten Gefühle wirklich respektieren würde und wie schlimm das für ihn wäre, dass sie verletzt wurden, als er sagte: «Jetzt hör mir zu Ende zu, Kleiner. Hör mir bloß zu.» Er schüttete noch Whiskey in seinen Kaffee und vollbrachte da irgendwie ein Wunder, indem er das eine Getränk in ein anderes verwandelte. «Ich hab es dir schon damals erzählt, als du mit dem Häuten angefangen hast – ich war auf dem Weg nach Kalifornien, als ich mich aufs Schießen verlegte.»

«Klar», sagte ich. «Kalifornien …» Das Märchen kam mir bekannt vor.

Ich schätze, Sam hörte den Unglauben in meiner Stimme, weil er an seinen Zähnen sog, als ob seine Geduld auf eine Probe gestellt würde. «Ich war auf dem Weg», sagte er, «und ich komm noch hin. Aber ich will dir erzählen, wie ich da hinkomme.»

Ich hätte beinahe selbst angefangen, an den Zähnen zu saugen, schließlich redete ich, damit ich einen Cent mehr pro Fell bekam, und nicht, um mir irgendeinen verfluchten Tagtraum anzuhören, aber ich ließ es laufen und sagte nichts.

«Ich hab Folgendes vor», sagte Sam. «Bis zum nächsten Jahr will ich weiterschießen, dann kassier ich ab, geh da runter und kauf mir ein Stück Land.»

«Für Vieh, meinst du?», sagte ich verblüfft.

«Genau, für Vieh. Richtiges Vieh, keine Longhorns. Bisschen züchten und Mastvieh halten. Die Leute da unten mögen genauso gern Rindfleisch wie im Osten. Das Klima ist auch echt in Ordnung, so gut wie perfekt. Obst …»

Seine Stimme wurde immer leiser, und ich dachte, vielleicht warst du mal Verleger, und ich wollte gerade sagen, alles gut und schön, aber können wir wieder zum Geschäft kommen, als er sich mir zuwandte und sagte: «Ich dachte, du könntest doch mitkommen.»

Ich sag euch, selbst wenn zehn Indianer ins Zelt gesprungen wären und ihre Tomahawks geschwungen hätten, hätte ich nicht mehr erschrecken können. Ich hätte beinahe das blöde Zelt über uns zum Einstürzen gebracht. «Ich!», rief ich. «Mit dir nach … nach …»

«So ist es», sagte Sam.

Ich legte mich zurück und lauschte dem Hagel, der an unserem Zelt rüttelte, und vielleicht hört sich das verrückt an, aber ich wurde ganz traurig, richtig niedergeschlagen, wie wenn dein Freund einen gemeinen Trick an dir ausprobiert hat – sagen wir, du setzt deinen letzten Vierteldollar auf einen Außenseiter, und dein Freund sagt zu dir, der wäre als Erster eingelaufen, obwohl es nicht stimmt. Verrückt, nicht wahr, aber so fühlte ich mich. Ich drehte mich sogar weg, bis Sam mir in den Rücken pikste.

«Was um alles in der Welt ist los mit dir?», fragte er.

«Meinst du das wirklich?», sagte ich, ohne mich umzudrehen.

«Teufel auch, du hast doch Ohren, oder?» Sam pikste mich noch mal.

«Klar», sagte ich. «Ich hab dich gehört. Sicher.»

«Also, schon gut.» Ich hörte, wie die Whiskeyflasche wieder gegen den Becher klimperte. «Mach doch, was du willst. Wenn dir das Angebot nicht passt …»

«Das isses nicht», sagte ich.

«Was um alles in der Welt ist es dann?»

Ich drehte mich um und sah ihn an. «Warum ich?», fragte ich.

Sam seufzte. «In Ordnung. Sieh mal, du bist kein schlechter Kerl, wenn auch ein bisschen ungläubig für dein Alter. Aber ich weiß nicht, ob ich dir das übel nehmen kann, nachdem du ein paar Mal gebissen worden bist. Aber du kannst arbeiten, hast schon mit Vieh zu tun gehabt, und du hast uns beiden einen Gefallen getan mit Red Dog. Ehrlich, wir könnten beide vor uns hinmodern wie der alte John Brown, wenn du nicht Courage gehabt hättest. Aber schon gut. Nur, damit du weißt, dass ich ehrlich zu dir bin, es zahlt sich aus in dieser Welt, wenn man einen Kumpel hat, und außerdem werden wir jeden Cent brauchen, den wir kriegen können. Das ist das ganze Angebot. Also, was hältst du davon?»

Also, was ich dachte, war, dass der Weihnachtsmann angekommen war, das dachte ich, denn die Sache mit dem Geld war Augenwischerei. Was ich einbrachte, war nichts im Vergleich zu dem, was er kriegte, also war das Angebot vielleicht sogar echt, vielleicht war ich kein schlechter Kerl, und vielleicht war es eine Chance unter Millionen, nach Kalifornien zu gehen. Und wisst ihr, ich hatte von diesem Ort geträumt seit dem Tag, an dem Keeler sich dahin aufgemacht hatte. Es musste wirklich was dran sein, Sonnenschein und gutes Wasser, dieser Pazifik, der drumherum plätscherte, keine wilden Indianer, bloß eine Handvoll Mexikaner zum Rumkommandieren, und all die Orangen und so Zeug, und das erzählten Männer, keine verlogenen Eisenbahnagenten.

Genau, das dachte ich, aber bevor ich etwas sagen konnte, zuckte Sam mit den Schultern. «Hat keine Eile», sagte er. «Denk ein paar Tage drüber nach. Genau genommen kannst du drüber nachdenken, solange du willst, denn ich gehe, egal, was passiert, aber es könnte sein, dass ich einen anderen Kumpel finde, falls du zu lange nachdenkst.»

«Nein!» Da sprang ich auf. «Nein. He, ich komme mit dir. Klare Sache.»

«Wirklich?», fragte Sam. «Weißt du auch genau, worauf du dich einlässt? Wir jagen weiter bis zum nächsten Winter. Kein Rückzug.»

«Klare Sache», sagte ich. «Bestimmt.»

Das hatte ich gesagt. «Bestimmt.» Aber ich will euch die Wahrheit sagen: Ich meinte es nicht so. Es war sozusagen gelogen. Ich sage sozusagen, weil ich bereit war, mit Sam mitzugehen, aber falls ich mein Geld aus dem Laden kriegte, nun, dann würden die Dinge vielleicht anders liegen. Mit dem Geld würde ich nach New York gehen können, wenn ich wollte, das war käseleicht, und vielleicht sollte man das tun, denn bei dem Gedanken, noch ein ganzes Jahr weiterzujagen, wurde mir schlecht.

Klar, mit dem Geld konnte ich mir auch ein Gewehr kaufen. Dann konnten Sam und ich wirklich Geld machen. Aber, wohin ich auch sprang, so wie ich die Sache sah, landete ich immer im Rosenbeet. Es war also gar nicht so schlimm, bei diesem Wetter, das immer schlechter wurde, weiterzuziehen, und wir konnten wirklich das tun, wozu wir da waren: töten.

Töten und töten, die Büffel abknallen, während die Kälte kälter wurde und der Wind dir ins Fleisch schnitt, so dass du dem Herrgott dafür danken konntest, dass er die Wölfe erschaffen hatte, damit du einen Wolfspelz bekamst. Wir töteten uns durch bis zu Sams Unterschlupf.

In Wirklichkeit war der Unterschlupf nicht so, wie er dargestellt worden war, wie fast alles im Westen, aber schlecht war er auch nicht, und als wir den Ofen repariert und zum Brennen gebracht und ein paar Büffelfelle aufgehängt hatten, war er genauso gut wie der damals, als ich in Dodge angekommen war. Als es kalt wurde, wurde er sogar besser, wenn man bedachte, dass es allmählich keine Käfer und kein Ungeziefer mehr gab, weil sie erfroren, und gar nicht so viel Wasser reinlief.

Es gab andere Jäger da unten, weshalb man das Gefühl hatte, in einer Art großem Lager zu sein. Die meisten hatten nicht gerade viel Ähnlichkeit mit der Sorte von Kerlen, die sonntags abends in einem Salon singen, dass sie sich danach sehnen, den Jordan zu überschreiten und sich eine Harfe zu schnappen. Sie erinnerten eher an Kerle, die andere gern da rüberschickten. Aber im Großen und Ganzen waren sie nicht schlecht – Gesellschaft, wisst ihr –, und wir waren so viele, dass es sich die Indianer zweimal überlegt hätten, ob sie uns überfielen.

Und es gab Tage da draußen, an denen es klar und still war, und die Luft war so trocken, dass man am Morgen nach ein paar Atemzügen schneller auf den Beinen war als nach einem Schluck Fusel, und man fühlte sich gut, voller Leben, und nachdem die Käfer tot waren, war das Häuten auch nicht mehr so schrecklich.

Nun, ich sag das so, aber ich schätze, es lag eigentlich daran – und etwas anderes konnte es nicht sein –, dass ich abhärtete, wie das einem eben so passiert. Ähnlich, wie mir das ein Kerl mal erzählte, der im Krieg in der Armee gewesen war. Als der zum ersten Mal einen Toten gesehen hatte, bei Antietam, kotzte er überall hin, aber nachdem er ein paar mehr zu Gesicht bekommen hatte, machten sie ihm nicht mehr aus als Holzklafter. Und so ging es mir mit den Büffeln. Ich gewöhnte mich schlicht und einfach daran, sie tot daliegen zu sehen, sie waren mir piepegal, ich fand es lediglich schade, dass uns nichts einfiel, wofür man ihre Köpfe verwenden konnte.

Und als das Wetter dann umschlug, als Väterchen Frost richtig zum Zuge kam und diese Blizzards von Kanada einfielen, nun, da taten wir das, was Sam gesagt hatte. Verkrochen uns, und während Pike in die Luft starrte, plauderten Sam und ich oder spielten Schach! Richtig, ich brachte es Sam bei, und wer hätte das gedacht, er wurde besser als ich! Wirklich, und ich hatte es ihm beigebracht! Und bei Dame schlug er mich auch.

Charlie Rath kam auch vorbei, und er brachte uns noch jemanden mit, einen von den stillen Wanderern, die für ein bisschen Geld bereit waren, fast alles zu tun. Hack hieß er, sagte er. Er störte nicht und nahm uns ein bisschen Arbeit ab, obwohl ich immer noch mitging zum Häuten – wegen der Dollars, wisst ihr.

Rath brachte auch Neuigkeiten. «Erinnert ihr euch an die beiden Kerle, die ihr im letzten Herbst getroffen habt? Die Jäger?»

«Klar», sagte Sam. «Wie kommen sie zurecht?»

«Prima. Einfach prima. Also, die sind ihre Sorgen los.»

Ich dachte, vielleicht waren sie auf Gold gestoßen oder so, aber Sam schüttelte den Kopf.

«Einfach so?», fragte Sam.

«Einfach so», sagte Rath. «Steif wie Bretter. Was von ihnen übrig war.»

«Sind sie …?» Sam griff sich ins Haar.

«Nein», meinte Rath. «Nebenbei, die roten Teufel haben sich für den Winter verkrochen. Anscheinend sind die zwei Kerle einfach in ein Unwetter geraten, weiter nichts. Wisst ihr, was wir bei ihnen gefunden haben? Seht mal her!»

Er reichte uns eins von den Flugblättern, wie sie die Eisenbahngesellschaft überall in den Staaten verteilte, und ich weiß nicht, wer das geschrieben hatte oder wer bei Sam Hill verstehen sollte, was da draufstand, weil das meiste genauso gut in Ausländisch hätte geschrieben sein können, aber Sam konnte die Wörter aussprechen, ohne sich dabei die Zunge zu brechen.

«Hört euch das an», sagte er. «‹Kommt nach Kansas, dem Italien von Amerika, wo der altehrwürdige Winter sich endgültig dem lachenden Frühling unterworfen hat!› Heiliger Jesus Christus. Der Kerl, der das geschrieben hat, kann besser lügen als Ananias! Der lachende Frühling! Seht euch das an!»

Er lachte bitter, und ich lachte auch, während ich mich umsah – zehn Fuß tiefe Schneewehen und ein Wind, der kalt genug war, um einen in zwei Hälften zu schneiden. «Und die beiden Kerle haben dafür bezahlt.»

«Schätze, so isses», bestätigte Rath. «Also, macht's gut. Bis zum nächsten Mal, falls ihr nicht vorher zurückkommt.»

Wir sagten auch bis dann und gingen in unseren Unterschlupf, und Pike, der ein kleines bisschen getrunken hatte – das heißt eher mehr als nur ein kleines bisschen –, meinte: «Was für blödsinnige Kerle. Schätze, die wurden von Wölfen gefressen, falls sie sich nicht gegenseitig gefressen haben.» Und er lachte wieder so dämlich, als ob das komisch gewesen wäre.

Aber Sam ließ es nicht durchgehen. «Das ist kein Witz», sagte er. «Zwei arme Teufel sind tot, wegen einem verlogenen Schreiber. So ist das.»

Pike verzog das Gesicht. «Sie haben's doch nicht anders gewollt, oder?»

«Sie haben versucht, ihren Lebensunterhalt zu verdienen», sagte Sam. «Und womöglich haben sie Familien, die auf sie warten. Frauen und Kinder, die auf irgendeinem armseligen Stück Land verhungern, das sich nicht zu pflügen lohnt.»

Damit war Pike das Maul gestopft. Er war überrascht, dass Sam so scharf reagierte, und ich war es auch, sentimental konnte man ihn eigentlich nicht nennen. Aber über die Familien dieser Kerle zu reden – das war etwas, woran man selten dachte, wenn man hier draußen jagte. Es gab überhaupt kaum Frauen und Kinder im Westen von Kansas, und wem man begegnete, der zog meist auf die eine oder andere Art herum, ohne Ziel, wie Pike oder Hack oder Sam – oder eigentlich auch wie ich. Genau genommen waren wir alle einsam in einem einsamen Land.

Und es war ein einsames Land. Man konnte da draußen trübsinnig werden, melancholisch, wie man so sagt, allein die Größe bedrückte einen, drückte auf das Gemüt, so dass man permanent traurig sein konnte, was auch geschah, weshalb so viele Kerle an der Flasche hingen oder einfach nur durchdrehten. Frauen übrigens auch. Und diese Traurigkeit überkam mich in jener Nacht. Ich lag eingerollt in ungefähr zehn Büffelfelle da, während die anderen um mich herum schnarchten, und ich dachte an diese beiden da draußen, die tot und kalt waren, und an ihre Frauen, die auf einen Brief warteten. Und dann fiel mir Bo ein, und ich fing beinahe an zu weinen, und wenn ich allein gewesen wäre, hätte ich es vielleicht auch getan.

Aber als der nächste Morgen kam, machte ich mich da draußen ans Häuten und Schälen und dachte nicht mehr an die beiden Kerle. Ich dachte daran, dass ich genug Geld verdienen wollte, damit es mir nie so erging wie ihnen. Einfach nie. Das dachte ich, und ich dachte die ganze Zeit daran, während uns der Winter fest im Griff hatte, und dann lockerte er allmählich wieder seinen Griff, obwohl man da draußen glaubte, dass das nie passierte. Aber, wie auf dem Flugblatt stand, der altehrwürdige Winter unterwarf sich dem lachenden Frühling, was konkret bedeutete, dass es regnete und der Schlamm in den Unterschlupf schwappte. Dennoch steckten ein paar Blumen ihre Köpfe raus, wie Betrunkene, die aus einem Saloon rausgeflogen waren und ihre Köpfe durch die Tür schoben, um zu sehen, ob man ihnen vergeben hatte, und ich, Pike und Hack, wir blickten uns an, wie zum Zeichen, dass es vielleicht doch Zeit für eine Pause wurde. Sagten wir auch, während Sam draußen war, jagte und jagte, als ob er vorhätte, die komplette Büffelpopulation der Vereinigten Staaten allein auszurotten, und dann kam er eines Tages zurück, ließ seine Sharps fallen und sagte: «Seht zu, dass die Felle abgezogen und getrocknet werden, und wenn sie fertig sind, na ja, dann werfen wir einen Blick auf Dodge.»

Wir johlten, johlten einfach, Hack und ich, und Pike, der sagte: «Willst die Puppen tanzen lassen, was, Boss?»

Aber Sam starrte auf ihn runter, das konnte er, wie Jack Shears, und sagte: «Die Puppen tanzen lassen, Blödsinn. Der einzige Grund, weshalb ich zurückgehe, ist, dass die Sharps ausgeleiert ist.»

Und das war tatsächlich passiert. Er hatte so viel geschossen, dass die Züge in den Gewehrläufen ausgeleiert waren, so dass mit ihnen nicht mehr viel anzufangen war. Man konnte das irgendwie schwer begreifen, diese Sharps waren die besten Gewehre, die je gemacht wurden, aber es stimmte, woran man sehen konnte, wie viele Büffel Sam getötet hatte, und das kann ich euch aus Sams Rechnungsbuch genau sagen: Wir ließen eintausenddreiundvierzig tote Büffel zurück, als wir uns auf den Weg machten, zurück zum Arkansas und den wunderbaren, leuchtenden, geheimnisvollen, gottverlassenen Schuppen und falschen Fassaden entgegen, die sich Dodge nannten.

Einunddreißig

Wir durchquerten den Arkansas und stießen östlich von Dodge auf die Eisenbahnschienen der Santa Fe-Linie, weshalb wir einen interessanten Anblick verpassten, von dem ich euch später berichten werde. Aber die Sache war die, ich machte mir ernsthaft Sorgen. Vielleicht stimmte, was Charlie gesagt hatte, und die Lage war nicht mehr so brenzlig, und es warteten keine Pinkerton-Männer mehr auf mich, um mir Eisen anzulegen, aber vielleicht stimmte es auch nicht. Jedenfalls wollte ich nichts riskieren, deshalb rammte ich mir meinen Hut bis über die Augen und zog mir die Bandana über die Nase.

Sam sah mich total verwundert an. «Wozu um alles in der Welt tust du das?», fragte er. «Du siehst wie ein Ganove aus.»

«Also …» Ich zögerte einen Moment, dann dachte ich, was soll's, soll er doch die Geschichte erfahren, also erzählte ich ihm alles, und er fing schallend an zu lachen!

«Da gibt es nichts zu lachen», sagte ich. «Verflucht, womöglich verschleppen sie mich nach Leavenworth.»

Sam verkniff sich das Lachen. «Mach dir keine Sorgen, Kleiner, ich schätze, wir kriegen dich da raus.»

«Aber was ist mit dem Geld, das ich schulde?», fragte ich.

«Das geht auch in Ordnung», antwortete Sam. «Keiner kann dir Geld abnehmen, das du nicht hast!»

Ich wurde rot im Gesicht, und Sam hob die Hand. «Ich hab zu dir gesagt, dass du ein ungläubiger Kerl bist, und das bist du wirklich. Dir steht Geld zu, aber wenn ich es bei mir behalte, kann es dir keiner wegnehmen, oder? Jetzt komm schon, in Herrgottsnamen. Du warst es doch, der aus dem Jagdgebiet wegwollte.»

Wir schleppten den Wagen aus dem Schlamm und fuhren die Front Street runter, an den Bahnschienen entlang, bis zu Charlie, und das war eine Überraschung. Vor gar nicht langer Zeit hatte er bloß einen Schuppen besessen, und jetzt, heiliger Strohsack, stand da ein echt großes Gebäude mit *zwei* Stockwerken, genau so ein Haus, wie ich es hätte besitzen können, wenn dieser verdammte Stokes nicht gewesen wäre.

Es gab einen Stall hintendran, wo wir die Maultiere bei einem Kerl abgaben, dann luden wir die Felle ab, und Sam und Charlie gingen den geschäftlichen Teil durch.

«Okay», sagte Charlie nach der üblichen Feilscherei. «Ich hab deine Abrechnung fertig, und du kannst dir den ganzen Papierkram ansehen, wenn du willst. Aber hier hast du hundert als Anzahlung ...» Er fischte eine Rolle Geldscheine hervor, an der eine Ziege erstickt wäre. «Und ich schätze, du trinkst einen mit mir?»

«Klare Sache.» Sam gab Pike und Hack jeweils zwanzig und sagte, er würde sie später wiedersehen, denn er brauchte diese Kerle zwar bei der Jagd, aber er hätte sich nicht mit ihnen zum Trinken zusammengesetzt und ich ebenso wenig. War nicht unser Standard, wisst ihr. Dann machten wir uns zu dritt auf den Weg ins Peacock.

«Hat sich einiges verändert in der Stadt», meinte Charlie. «Noch ein Laden, Fred Zimmermann vergrößert sich, und zwei Kerle namens Cutler und Wiley haben dieses riesige Ding da drüben gebaut. Das ist das Lager für die Eisenbahn. Ihr werdet alles zu sehen kriegen, aber ich schätze, zuerst die Erfrischungen, was?»

Das konnte er laut sagen, aber als wir an dem Häuserblock in Richtung Peacock vorbeihetzten, kamen uns weniger die Gebäude als vielmehr die Leute fremd vor. Das übliche Gesindel lungerte herum, Jäger und Abdecker waren da, aber die meisten Kerle, denen wir begegneten, hatten noch Stroh im Haar, echte Söhne Jakobs, direkt von der Farm, die herumliefen, als ob sie sich verlaufen hätten, und so angezogen waren, als ob sie zum Melken gingen.

«Hab schon gesagt, dass viel Betrieb ist», sagte Charlie, als wir uns im Peacock niedergelassen hatten. Er und Sam genehmigten sich eine Prise und ich mir ein Bier. Ich war überrascht, dass sie welches anboten, aber Charlie erklärte, dass es seit der Ankunft der Eisenbahn nicht mehr schwierig war, welches beizuschaffen, was man auf den alten Fuhrwerken unmöglich schaffen konnte, und deshalb hatte sich auch der Whiskey als Getränk im Westen so ausgebreitet.

Egal, wir kippten einen Drink ab, dann schüttelte Sam den Kopf, total verwundert. «Was geht hier draußen bloß vor sich?», fragte er. «Wer sind diese Kerle? Sind das Siedler?»

Charlie lachte. «Das sind Ex-Siedler. Sie strömen nur so herbei, mit der Eisenbahn, mit Karren, Fuhrwerken. Weiß der Himmel, wie sie es bis hierher geschafft haben. Es sind sogar welche zu Fuß von irgendwoher gekommen. Jesus, da lachen doch die Hühner. Seht euch das an!»

Er deutete auf die Türen, die weit offen standen, um den Qualm rauszulassen und den Gestank, von dem zugegebenermaßen ein Teil von mir stammte, und da draußen kriegte man wirklich was zu sehen. Die Straße war völlig überfüllt mit Kerlen, die umherliefen und sich vorwärts schoben, die sich anschrien und brüllten, und einige steckten ihre Köpfe kurz in den Saloon, nervös, als ob sie Angst davor hätten, erschossen zu werden, oder, vielleicht noch schlimmer, als ob sie bezahlen müssten fürs Gucken.

«Jesus», sagte Sam. «Das sind alles Bauerntrottel. Was machen die da bloß?»

Charlie schrie nach einer neuen Flasche. «Was ihr da seht, Jungs, ist eine Parade. Die erstaunlichste Parade in der Geschichte.»

«Na gut», sagte Sam. «Und wessen Parade soll das sein, um Himmels willen?»

Charlie grinste und knallte die Flasche auf den Tisch. «Die Parade der Jäger!»

Sam bekam seinen Drink in die falsche Kehle und wäre beinahe erstickt. «Lass die Witze», rief er, dann prustete er los.

«Ist kein Witz.» Charlie strahlte uns an. «Die Trottel da draußen sind zum Jagen rausgekommen. Zum Büffeljagen!» Er lachte, lachte tief aus dem Bauch heraus und freute sich über seine eigenen Witze. «Und sie sind bankrott, bevor sie angefangen haben! Seit letztem Winter kommen sie reingeschneit. Erinnert ihr euch an die Bankenpleite, als Jay Cooke Bankrott ging?»

Erinnern! Das würde ich bestimmt nie vergessen. Wenn dieser aufrechte, stocknüchterne, gläubige, kirchentreue, gottesfürchtige Hurensohn nicht gewesen wäre, hätte ich in diesem Moment in meinem eigenen Laden gesessen.

«Die Pleite hat wirklich viele Leute getroffen», sagte Charlie. «Und diese Hinterwäldler da draußen, die haben ihre Farmen verloren, also sind sie hier rausgekommen, um ihr Glück zu versuchen.»

Sam war echt entsetzt. «Jesus, wie wollen die den Weg bis zum Jagdgebiet schaffen, und von was zur Hölle wollen sie leben, falls sie da ankommen? Das ist schlicht Selbstmord, wie bei diesen beiden, die im letzten Winter erfroren sind.»

«Klar», sagte Charlie. «Aber jetzt ist Frühling, und der Sommer kommt bald, deshalb glauben sie, dass sie es schaffen. Man braucht bloß ein Gewehr. Nach allem, was man von ihnen hört, sind noch Millionen unterwegs hierher. Einfach verzweifelt, weiter nichts. Kämpfen verzweifelt ums Überleben. Kann man ihnen nicht vorwerfen.» Er stand auf. «Ich muss mich noch ums Geschäft kümmern. Wir sehen uns später – vielleicht wenn ihr beiden ein Bad hinter euch habt.»

Er lachte wieder und schlappte nach draußen, schlug dabei fast jedem in der Bar auf die Schulter und rief und lachte, und Sam und mich ließ er mit der Flasche zurück, und Sam sah reichlich nachdenklich aus.

«Irgendwas nicht in Ordnung?», fragte ich.

Sam schüttelte den Kopf. «Nichts von Bedeutung.» Er trank sein Glas leer und stand auf. «Zeit für ein Bad und einen Haarschnitt, und das gilt für dich genauso wie für mich. Gehen wir.»

Wir gingen hinaus, und es war wirklich komisch, da gab es ein paar Kerle, die ich richtig gut kannte, und Mrs. Zimmermann ging an mir vorbei, aber keiner sagte «Hallo». Ich nahm an, dass sie mich schnitten, weil ich nicht mehr auf der Liste der guten Gesellschaft stand, aber beim Friseur sah ich in den

Spiegel und erkannte mich selbst nicht mehr! Menschenskinder, mir starrte eine dreckige, zerzauste, verklebte, blutbefleckte Kreatur mit Haaren bis auf die Schultern und einem von Wind und Rauch geschwärzten Gesicht entgegen – Stonewall Jackson hätte sich vor Angst in die Hosen gemacht und ich mir beinahe auch.

Das war auch wirklich ein Schock festzustellen, dass ich nicht besser aussah als Red Dog oder Pike, und als ich eine Stunde später den Laden verließ, war mir klar, dass ich nicht länger wie diese Abdecker sein wollte. Auf keinen Fall. Ich hatte beschlossen, diese Idee, die mir draußen in der Wildnis gekommen war und die ich nach Charlies Nachricht wieder über den Haufen geworfen hatte, nun in die Tat umzusetzen, und falls es klappte, würde ich mit der Jagd Schluss machen, und zum Teufel mit den Träumen von Kalifornien. Ich würde die andere Richtung einschlagen, die Richtung, die zu Henry und in ein zivilisiertes Leben führte, denn ich sah nicht bloß aus wie ein Abdecker, ich hatte das Gefühl, wenn ich weitermachte, würde ich am Ende auch einer sein, und damit wurde ich zu einem dreckmäuligen, whiskeysaufenden, kampflustigen Wilden, der mit einem Messer im Bauch endete.

So verließ ich also den Laden, sagte zu Sam, dass ich ihn später wieder treffen würde, holte tief Luft und machte mich auf die Suche nach Stokes.

Er war nicht schwer zu finden, hockte im Laden, und ich war vielleicht sauer, dass er da hockte! Er hatte ihn aufgemöbelt, was ich auch getan hätte, hatte ausgebaut und das Warenangebot vergrößert, es gab alles von der Sharps bis zur Bratpfanne – und es gab sogar Stokes selbst, er war fein rausgeputzt und blickte zufrieden drein, aber unter all den schicken Klamotten wirkte er doppelt so hart wie Nägel.

«Na, da schau her», sagte er, als ich eintrat. «Das ist doch der Kleine. Du siehst aus, als könntest du ein paar neue Sachen gebrauchen. Ich kann dir ein mächtig nettes Angebot machen.» Er redete, als ob ihm der Laden tatsächlich gehörte!

«Ich such keine Klamotten», sagte ich. «Und wenn, würde ich bestimmt nicht hier danach fragen.»

Stokes lächelte scheinheilig und zog an seiner Zigarre. «Du klingst so, als wärst du sauer.»

«Stimmt», sagte ich. «Ich bin sauer.»

«Kann ich verstehen.» Er nickte. «Aber was hier passiert ist, war nichts Persönliches, bloß ein Geschäft. Du hast doch nicht von mir erwartet, dass ich auf mein Geld verzichte …»

«Vergessen Sie's», sagte ich. «Vergessen Sie's einfach.»

«Einverstanden.» Stokes hörte sich ehrlich an. «Aber wenn du nichts kaufen und dich nicht beschweren willst, weshalb bist du dann gekommen?»

Ich holte noch einmal tief Luft und fing an zu schwitzen, weil ich anfing, mit dem Feuer zu spielen, und nicht vorhatte, mich zu verbrennen. «Ich will ein Angebot machen», sagte ich.

«Ein Angebot?» Stokes zog die Augenbrauen hoch, schenkte sich einen Drink ein und bot mir auch einen an, aber ich lehnte ab. «Ich höre», sagte er.

«Also gut.» Ich holte wieder tief Luft, so tief, dass ich fast die ganze Luft von Kansas verbrauchte, aber ich unterbreitete mein Angebot, und als ich fertig war, holte Stokes auf eigene Rechnung tief Luft.

«Da komm ich nicht mit», sagte er.

«Brauchen Sie auch nicht», sagte ich schnell und drängte ihn, weil ich ihm keine Zeit geben wollte dahinterzukommen. «Sagen Sie einfach ja, dann kriegen Sie fünfundzwanzig Bucks, und die Sache ist absolut legal. Aber Sie müssen jetzt sofort ja sagen.»

Stokes starrte in sein Whiskeyglas, und ich konnte sehen, wie es in seinem Hirn ratterte, weil er dahinterkommen wollte, wo der Haken war, und er war vielleicht der abgebrühteste Bursche diesseits des Missouri, aber trotzdem fing er an zu schwitzen. Schließlich hätte man mit fünfundzwanzig Dollar für nichts und wieder nichts auch ein waschechtes Collegegenie verblüffen können. Mir brach zwar ebenfalls der Schweiß aus, aber ich muss sagen, ich behielt die Nerven.

«Also gut.» Ich ging zur Tür. «Wenn Sie nicht wollen …» Und ich hatte schon die Hand am Türgriff, da legte er los.

«Gut! Gut!», sagte er. «Ich hab keinen blassen Dunst, was hier abgeht, aber wenn alles legal ist, bin ich dabei.»

«Ihr Ehrenwort», sagte ich.

Er schluckte heftig. «Ehrenwort. Also, worum geht's?»

«Also», sagte ich und freute mich, dass ich wenigstens einmal meinen Spaß hatte. «Also, öffnen Sie einfach die Tür zum Unterschlupf, und dann werden Sie sehen.»

Und dann hatte er kapiert, und ihm fiel die Kinnlade runter. «Ich will verflucht sein», sagte er. «Du hast da drin Geld verbuddelt.»

«Genau», sagte ich und dachte, sieh zu, wie du damit fertig wirst, Hurensohn, der du bist.

Stokes war wütend, so wütend, wie ein Kerl nur sein kann, aber er zog einen großen Schlüssel aus seiner Tasche und öffnete ein riesiges Vorhängeschloss an der Tür zum Unterschlupf. «Holen wir es», sagte er. «Du verfluchter Kojote.»

Er winkte mich rein, aber bevor ich eintrat, log ich, ganz beiläufig. «Nur, damit Sie Bescheid wissen, ich hab ein paar Kumpels auf der anderen Straßenseite, die wissen, dass ich hier bin. Abdecker. Kapiert?»

«Ich hab's kapiert», sagte Stokes. «Du hast wirklich ein weites Herz, mein Sohn.»

«Klar», sagte ich. «Und wenn Sie es mit solchen Leuten zu tun hätten, wie ich sie um mich habe, dann hätten Sie das auch.» Mit diesem mächtig guten Witz trat ich ein, und da erlebte ich vielleicht eine Überraschung. «Beim Jupiter», sagte ich. «Sie haben ihn umgebaut!»

Hatte er auch, der Raum war dreimal so groß wie zu der Zeit, in der ich mit Brusik darin gehaust hatte, mit Brettern ausgeschlagen, einer Decke und einem Holzfußboden.

«Genau, ich hab umgebaut», sagte Stokes. «Ich besitz 'nen richtigen Laden. Also, wo ist dieser gottverdammte Schatz vergraben?»

«Ich muss nachdenken», sagte ich, obwohl mir das schwerfiel. Ich ging ein paar Schritte in die eine Richtung und noch ein paar zur Seite, bis ich genau an der Stelle stand, wo meine Pritsche gewesen war und der Zaster vergraben lag, und, beim Jupiter, ich fühlte mich großartig! Ich sah mich bereits im Zug nach New York, wo ich während der ganzen Fahrt Limo und

Bier trinken würde. «Geben Sie mir eine Schaufel und ein Brecheisen!»

Stokes reichte sie rüber, und ich machte mich an die Arbeit und dachte, was in der Heiligen Schrift stand, stimmte doch nicht, dass man Schätze nicht dort vergraben soll, wo sie von Motten zum Abendessen verspeist werden. «Auf geht's», sagte ich und begann die Planken rauszureißen.

Ich hatte eine Stelle freibekommen und fing an zu graben. Dann grub ich tiefer. «Muss sie doch tiefer vergraben haben, als ich dachte», sagte ich und grub weiter, aber da war nichts! «Vielleicht war es da drüben», sagte ich. «Ein Stück in die Richtung ...» Und ich fing an, dort Planken rauszureißen und zu graben, dann weiter weg, dann auf der anderen Seite davon, grub schneller und schneller, stürzte mich darauf, riss noch mehr Planken raus und grub tiefer, während Stokes mich verwundert beobachtete, und das musste er auch, denn so, wie ich mich anstrengte, wäre ich bald außer Sichtweite gewesen!

«Was soll das!», brüllte Stokes. «Was glaubst du wohl, was du da tust? Soll das ein schlechter Witz werden?»

«Witz!» Ich war fuchsteufelswild. «Nein, das ist kein gottverdammter Witz. Ich hab das Geld genau hier vergraben, unter meiner Pritsche.»

«Hast du auch wirklich auf dieser Seite geschlafen?», fragte Stokes.

«Sicher, das weiß ich genau», schrie ich. «Ich weiß, wo ich geschlafen hab. Ich hab den Zaster genau hier versteckt.»

«Nun, da ist er jetzt nicht», sagte Stokes. Und als er das sagte, kam mir ein schrecklicher Gedanke. Wirklich schrecklich. Ich nahm das Brecheisen fest in die Hände und funkelte Stokes an. «Sie ...», sagte ich, aber Stokes schüttelte den Kopf.

«Ich nicht. Glaubst du, ich würd mir von dir meinen Laden kaputt machen lassen, wenn ich es hätte?»

Dann schnippte er mit den Fingern. «Verflucht! Das müssen die Männer gewesen sein, die ich mir für diese Arbeit geholt habe.»

«Und was für Männer waren das?», fragte ich, bereit, mir sofort eine Schrotflinte zu schnappen und nach ihnen zu suchen.

«Vom Eisenbahnbau», sagte Stokes. «Jesus, ich hatte den Eindruck, dass sie mächtig zufrieden mit sich aussahen, als sie abhauten.»

Und das war das Ende meiner unglaublich brillanten Idee. Die Heilige Schrift hatte dann doch Recht gehabt. Diese verfluchten Motten waren in der Nacht gekommen, hatten genagt, und sie hatten die Dollars bekommen und waren weggeflogen, bloß waren es gottverdammte irische Motten gewesen, die inzwischen auf dem Weg nach Denver waren.

Ich hätte den Mond anheulen können, und Stokes war vielleicht sauer, weil sein Raum aussah, als ob eine Meute Verrückter da einen draufgemacht hätte, und seine fünfundzwanzig Dollar hatte er auch verloren. Aber er war nicht halb so wütend wie ich, noch dazu musste ich die Löcher wieder zuschaufeln und die Planken einsetzen, und ich fluchte dabei. Ich fluchte pausenlos und hundsgemein, und als ich den Laden verließ, tat ich etwas Hundsdämliches, was Red Dog nicht anders getan hätte. Ich ging in George Hoovers Alkoholzelt und trank Whiskey, Mengen von Whiskey, und ich weiß nicht genau, was dann passierte, aber ich wachte im Hinterzimmer von Nell Saintclairs Schuppen auf, mein Kopf fühlte sich an, als ob eine Axt darin steckte, meine Rippen taten mir weh, und mein Gesicht war ganz taub. Was nicht ganz so seltsam wie all das andere war, denn anscheinend war ich in eine Schlägerei mit einem menschlichen Riesen geraten, der mir eine solche Tracht Prügel verpasst hatte, wie Jack Johnson sie austeilt.

Eugene LeCompt fand mich und nahm mich mit zum Peacock und lieferte mich bei Sam ab. Sam reagierte ganz mitleidig und väterlich, erklärte, man sollte mir einen Tritt in den Hintern verpassen, dass ich bis nach Wyoming fliegen würde, weil ich so ein Trottel gewesen wäre. Tröstlich, findet ihr nicht? Aber er schüttete Kaffee in mich rein und zwang mich, ein paar Rühreier zu essen, so dass ich wieder rückwärts vesperte, dann steckte er mich in unser Zimmer, wo ich einfach einmal rund um die Uhr schlief.

Ich fühlte mich großartig, als ich dann aufwachte. Erstaunlich großartig. Ich hatte eine riesige Beule auf der Stirn, meine Lippen waren aufgeplatzt, meine Augen waren blau und schwarz und gelb, und eine Seite tat mir so weh, dass ich kaum laufen konnte. Und kein Geld! Moses, mir wurde gleich wieder total schlecht. Aber das geschah mir ganz recht, wenn ich daran dachte, wie ich Sam wegen Kalifornien belogen hatte, obwohl ich jetzt auch froh war, dass ich ihm nicht die Wahrheit gesagt hatte. Wenigstens gab es so noch irgendeine Zukunft, die mir winkte.

Sie winkte auch schnell, und das war keineswegs nur negativ, weil es mich ablenkte. Als ich Sam in Shermans Bar begegnete, befahl er mir, ich sollte mir neue Klamotten besorgen und was ich sonst noch brauchte, und zwar schnell.

«Wir ziehen morgen los, frühzeitig», sagte er.

Ehrlich gesagt, ich hörte das gar nicht ungern. Ihr wisst, wie das ist, es gibt Orte, mit denen verbindet man schlechte Erinnerungen, so dass man sie nie mehr wiedersehen will, und so waren meine Gefühle für Dodge. Also sagte ich okay, fragte ihn aber, warum er es so eilig hätte.

«Wirst schon sehen», sagte Sam. «Los, mach deine Besorgungen, tu dir was Anständiges zu essen rein und hau dich aufs Ohr.»

Ich tat alles, was er mir gesagt hatte, wobei ich mir einige Hänseleien wegen meinem Gesicht anhören musste, und plötzlich kam mir der Gedanke, dass es möglicherweise Brusik gewesen war, der mich zusammengeschlagen hatte, aber als ich nach ihm fragte, stellte sich heraus, dass er angefangen hatte, für Lobenstein in Leavenworth zu arbeiten.

Aber am folgenden Morgen fühlte ich mich etwas besser und schaffte es, ein Frühstück runterzubringen, Steak und Eier, Dosentomaten, Bratkartoffeln und warme Plätzchen, dann machte ich mich auf zu Charlies Laden.

«Und ich muss dir was von deinem Geld abziehen», sagte Sam, «nachdem wir ohne dich aufladen mussten. Trotzdem …» Er ließ den Satz im Sand verlaufen. «Da gibt es noch was. Hack kommt mit raus, aber der Himmel weiß, wo Pike steckt. Jedenfalls, ich hab mir ’nen neuen Mann besorgt. Er hat keine Erfahrung, aber …»

Mehr brauchte er nicht zu sagen, denn der neue Mann kam hinter dem Fuhrwerk hervor.

«Heiliger Strohsack!», sagte ich. «Ein Bauerntrottel!»

War er auch wirklich, schlaksig und bleich, mit großen Händen, die der Ausgleich dafür waren, dass ihm die Zähne fehlten. Ich meine, wenn man ein Stück auf die Beine stellen wollte, in dem einer einen Farmer spielt, dann wäre er der richtige gewesen, um ihn darzustellen, falls ihr wisst, worauf ich rauswill.

Aber Sam meinte, der Kerl könnte mit Maultieren umgehen und mit Fellen, und er wäre zwar nie draußen in einem Jagdgebiet gewesen, aber an ein hartes Leben gewöhnt. Dass er höchstwahrscheinlich billig war, soll nicht erwähnt werden – ich meine, Sam erwähnte es nicht.

«Er scheint ein ganz anständiger Kerl zu sein», sagte Sam, als ob dieser Bauerntrottel gar nicht dagewesen wäre. «Ehrlich und so. Ihr werdet miteinander auskommen. So.»

Er saß auf, Hack und ich bestiegen den Wagen, und der Bauer griff nach dem Gebiss des Maultiers. Wir verabschiedeten uns von Charlie, und Sam sagte: «Auf geht's.»

Und das war das Ende meines unterhaltsamen Besuches in Dodge. Achtundvierzig Stunden nacktes Elend!

Zweiunddreißig

Sam hatte beschlossen, dass wir unser Glück in den westlichen Jagdgebieten versuchen sollten, also fuhren wir die Front Street runter, und da bot sich uns dieser interessante Anblick, von dem ich euch erzählt habe, dass wir ihn auf der Hinfahrt nach Dodge verpasst hatten. Es gab einiges Durcheinander auf der Straße – Wagen und Fuhrwerke, wohin man auch blickte –, aber als wir am Fluss ankamen, wurde es noch schlimmer. Manche Karren waren richtig gut ausgerüstete Gespanne, wie unserer, aber die meisten waren irgendwie zusammengeschustert, so was Verrücktes hatte man noch nicht gesehen. Alles, was Räder hatte, war vertreten. Ein paar Fuhrwerke hatten Hühner an Bord, und Ziegen trotteten hinterher, und aus einem starrten sogar Kinder hinten raus! Menschenskinder, da unten sah es aus wie beim Wagenrennen eines Camps, und diese abgebrannten Farmer fuhren raus auf die Jagd, genau wie Charlie gesagt hatte.

«Ich will verdammt sein.» Sam schob seinen Hut ins Genick. «So was hab ich nicht mehr gesehen, seit diese Mormonen vor etlichen Jahren mit ihren Planwagen nach Salt Lake City gezogen sind. Na, schwing die Peitsche, Hack.»

Wir trieben die Maultiere durch den Fluss, fuhren mitten durch die Mitleid erregenden Karren und hatten am anderen Ufer die meisten abgeschüttelt, aber wir hatten noch keine Meile zurückgelegt, als wir bei einem Wagen ankamen, der umgekippt war, und daneben standen ein paar völlig verdutzte Kerle.

«Seht euch das an», sagte Sam. «Jetzt schon kaputt!»

Wir lachten, bloß der Bauer nicht. «Packen wir mit an?», sagte er.

Sam sah verwundert auf ihn herunter. «Mit anpacken?»

«Klar», sagte der Bauer. «Nachbarschaftshilfe. Zu Hause haben wir das immer so gemacht.»

«Nachbarschaftshilfe!» Sam wäre beinahe vom Pferd gefallen. «Also, du bist hier nicht in deinem gottverdammten Hungerland oder wo du auch herkommst. Das hier ist ein Jagdunternehmen, Mister, und keine gottverfluchte Barmherzigkeitsexpedition. ‹Nachbarschaftshilfe›. Jesus im Himmel, du musst noch 'ne Menge lernen.»

«In Ordnung», sagte der Bauer. «Vielleicht muss ich das. Aber deshalb braucht sich keiner über mich lustig zu machen, und gotteslästerliche Reden kann ich auch nicht leiden.»

«Du magst nicht ...», hob Sam an, dann lachte er und drehte sich zu mir. «Erklär besser du ihm, worum's im Leben geht, Kleiner.»

Und dazu hatte ich genug Zeit, schließlich mussten wir erst mal bei den Büffeln ankommen, bevor wir auf sie schießen konnten. Deshalb wollte Sam auf Erkundung ausreiten, und wir sollten ihm folgen, und es gab 'ne Menge von solchen vermodernden Wagentrümmern, aber es gab keine Spur von dem, wonach wir jagten.

Sam sah allmählich ziemlich nachdenklich aus. «Kaum ein einziger zu sehen», sagte er eines Abends. «Letztes Jahr hab ich sie hier ohne Probleme abgeknallt.»

«Das liegt an diesen gottverdammten neuen Jägern», sagte Hack und deutete auf den Bauern.

«Glaub ich nicht», sagte Sam. «Die haben kaum angefangen. Schätze, die Herden sind weitergezogen, wo es besseres Gras gibt oder so. Wir ziehen einfach auch weiter.»

Nun, das taten wir, und das war gar keine schlechte Art zu reisen, man saß auf dem Wagen, über sich den knallblauen Himmel und die Vögel, die vor sich hinträllerten. Genau genommen erinnerte es mich an die Zeit, als ich mir auf dem Trip nach Norden das Bein verletzt hatte, und mir kam in den Sinn, dass ich zwar meine Rücklagen verloren hatte, dass es mir aber immer noch besser ging als damals in Clement und ich mich außerdem auch auf einiges freuen konnte. Und ich saß *auf* dem Wagen, und das hatte schon was mächtig Nettes, da oben zu sitzen, während der Bauer zu Fuß ging und vor sich hin murmelte.

Und der konnte vielleicht murmeln. Er hieß Abel, stellt euch vor, nach dem Kerl in der Bibel, der von seinem Bruder abgemurkst worden war. Und wenn ich der Bruder vom alten Abel gewesen wäre, ich hätte vielleicht das Gleiche mit ihm gemacht, denn er war zwar kein schlechter Kerl – genau genommen war er ein guter Kerl –, aber was der redete! Er redete uns fast die Beine weg, wenn er so dahintrottete und über sich selbst brummte, als ob sein Leben seit der Schöpfung das wichtigste wäre.

Er hatte in Ohio auf einer Farm gearbeitet und dann sein Glück mit einer vom Staat erworbenen Parzelle in Ostkansas versucht, aber sein Glück verließ ihn, als dieser Jay Cooke scheiterte, obwohl ihm jeder Trottel hätte sagen können, dass es ihn sowieso verlassen hätte.

«'s war überhaupt nich so, wie's auf'n Plakaten stand», so redete er, «'s war» und solche Sachen, was sich wirklich komisch anhörte. «Pflug ging kaputt, konntich dann 's Getreide nich einkriegen, un die Kuh kratzte ab, einfach so, un Gemüse gingen auch nich anzubaun, mustich dann die Frau un Kinner da sitzen lassen» – und immer so weiter, aber das war schon okay, schließlich war das ja ein freies Land, bis eines Abends Hack eine Flasche mit dem alten Gebräu auspackte und Abel sagte: «Wärich Ihn' verbunden, wennse …» Na, jetzt hab ich genug geschrieben, wie er redete. Er sagte also: «Ich wäre Ihnen dankbar, wenn Sie den harten Alkohol nicht trinken würden, solange ich hier bin.»

Kein Witz, das hat er gesagt, und Hack, dessen Blut zu neunzig Prozent aus Alkohol bestand, starrte ihn mit glasigen Augen an. «Was war das?»

«Trinken.» Abel wackelte mit dem Kopf wie eine Sonnenblume im Wind. «Das ist eine gottlose Sünde. Das Getränk hat der Teufel gebraut», faselte er weiter wie die Enthaltsamkeitsreformer drüben in Abilene. «Wer das trinkt, wandert direkt in die Hölle, und ich will mit Sündhaftigkeit nicht in Berührung kommen …»

Aber weiter kam er nicht, weil Hack das Hackebeil ausgepackt hatte und ihn noch vorher in die Hölle schicken wollte.

Sam setzte dem Ganzen dann ein Ende. «Schluss damit», sagte

er. «Wir sind hier, um die Büffel umzubringen, nicht uns gegenseitig. Falls wir die gottverdammten Biester finden.»

Und daran hing es. Wir waren schon eine Weile draußen und hatten noch keine gesehen, für die es sich lohnte, ein Lager aufzuschlagen. Dafür brauchten wir einen guten Stand – einfach nur von Zeit zu Zeit den einen oder anderen aufzulesen lohnte sich bei unserer professionellen Truppe nicht.

Dann kehrte Sam eines Abends mit fröhlicherem Gesicht zurück. «Da sind welche am Anfang des nächsten Bachs», sagte er. «Schon gejagt, aber ich schätze, wir sind am Rand einer richtigen Herde. Also haut euch hin, wir werden sie morgen finden.»

Uns allen ging es besser, als wir das hörten, besonders Abel und Hack, die noch keinen Dime verdient hatten. Und am nächsten Tag waren wir noch viel fröhlicher, als wir einen Haufen Büffel entdeckten, die in zerklüftetem, von kleinen Bächen durchzogenem Gelände weideten.

Zeit für das «Bumm» der Sharps, na klar. Sam hatte seinen Dreifuß aufgestellt und knallte die Biester ab, und das war absolut klasse. Sie fielen um, und wir zogen sie ab, und vielleicht war das Mitleid erregend, aber in unseren Herzen gab es kein Mitleid, außer an einem Tag, als ich mit Abel eins der Tiere häutete, und es war eine trächtige Büffelkuh. Und das war ein Mitleid erregender Anblick, das kleine Biest im Bauch seiner Ma zu sehen, das noch nicht mal richtig Gestalt angenommen hatte.

Mir wurde ein bisschen mulmig, aber Abel, der wäre fast in Streik getreten.

«'s is nich recht», sagte er zu Sam. «'s is überhaupt nich recht.» Und er sagte es Sam ins Gesicht.

Sam ging richtig in die Luft, als er das hörte. «Zur Hölle mit allem, was recht ist», brüllte er.

Er war richtig wütend, aber das musste man Abel lassen, da blieb er standhaft.

«Es ist nicht recht, ein trächtiges Tier zu töten», sagte er, dickköpfig wie ein Maultier.

Sam wurde nur noch wütender, und ich schätze, es fehlte nicht viel, und er hätte Abel eine aufs Maul verpasst. «Hör auf, auf die Tränendrüsen zu drücken», schrie er. «Was soll's denn, die Kälber werden geboren, und wenn sie aufgewachsen sind, werden sie doch abgeknallt, oder nicht?»

«Kann sein», sagte Abel. «Aber es ist auch gar nicht sinnvoll, sie so abzuschlachten. Wenn ihr trächtige Kühe abknallt, wo soll dann die nächste Generation herkommen?»

«Verdammt noch mal!» Sam ließ die Schultern hängen, was bedeutet, dass man selbst eine reingehauen bekommen hat. «Wenn ich die Büffel nicht erwische, dann tut das ein anderer, aber wenn dir das nicht passt, dann verschwinde hier einfach.»

Und das war's dann. Der alte Abel, er musste aufhören oder den Mund halten, und einen Augenblick lang dachte ich, er könnte den Bettel hinschmeißen. Er stand da, blutüberströmt und schon verdreckt, ein Jagdmesser in der Hand, und er war wirklich ein anständiger Kerl, so, wie er dachte, aber er machte nicht den Abgang. Nein, er tat, was wir alle taten, dachte an die Dollars und Cents, und schließlich zuckte er mit den Schultern, nicht gleichgültig, sondern ohne Hoffnung. Resignierte, wie man so sagt.

«Gut.» Sam funkelte ihn an. «Jetzt mach dich ans Häuten und hör um Himmels willen auf mit der verdammten Brummelei.»

Er stampfte davon, kochte bis zum Anschlag, und ich, Hack und Abel machten uns an die Arbeit, und Abel murmelte immer noch, dass es nicht recht wäre, machte aber trotzdem mit, genau wie ich.

Und es war wirklich seltsam. Als Sam bei Dunkelheit zurückkehrte, schob er sein Essen beiseite und zog eine Flasche heraus, was er dort draußen selten tat, und machte sich über sie her. Und als er die Buddel ex hatte, stürzte er sich auf eine neue!

«'s is nich recht, 's is nich recht», machte er sich über Abel lustig. «Lass ich mir doch nicht von einem gottverdammten Bauerntrottel erzählen, was recht und was unrecht ist», grummelte er, mit einem bösen Seitenblick auf Abel. Und dieser Narr, statt abzuwarten, bis sich der Sturm gelegt hatte, sagte doch tatsächlich, es wäre auch nicht recht!

Ich trat ihm gegen den Knöchel, wollte ihn freundlich warnen, aber dieser Esel war so blöd, er fuhr mich an!

«Warum machst du das?», sagte er. «Warum trittst du mich?»

«Tritt er dich, ach ja?», brüllte Sam. «Heiliger Jesus, *ich* könnte dir eine treten, und beim Herrgott, wenn ich mit meiner Flasche fertig bin, dann tu ich das vielleicht auch.»

Das sah wirklich nach Ärger aus, also versuchte ich, ein bisschen Frieden zu stiften. «Er meint es nicht so, Boss», sagte ich. «Er weiß noch nicht, wo's langgeht. Ist bloß ein blöder Hinterwäldler, das ist alles.»

Ich wollte den Zündstoff rausnehmen, aber kaum zu glauben, Abel ging wieder hoch! «Du wagst es, mich einen blöden Hinterwäldler zu nennen?», sagte er. «Ich bin ein friedlicher Mensch, das bin ich, und ich halte nichts von Gewalt, aber ich stürz mich auf dich, das mach ich wirklich. Du nimmst das zurück, hast du verstanden?»

Menschenskinder! Ich wollte ihm aus der Patsche helfen, und er drohte, mir eine zu verpassen! Und Sam machte mit!

«Genau», sagte er. «Halt deine gottverdammte Klappe, sonst verpass ich dir 'ne Tracht Prügel, schlimmer als die, die du in Dodge abgekriegt hast. Du bist auch kein so großes Licht.»

Da wurde ich ebenfalls wütend, aber weil ich Gewalt genauso wenig mochte wie Abel und annahm, dass ich zusammengeschlagen würde, wenn ich blieb, ging ich richtig entsetzt weg und stellte mich zu den Maultieren, und die waren ruhig, und wie das mit großen Tieren manchmal ist, sie halfen mir, mich zu beruhigen.

Es war auch eine wunderbare Nacht, wie du sie in Kansas kriegst und sonst nirgendwo. Es gab Millionen Sterne, und der alte Mond stand da oben, sah so nah aus, dass du das Gefühl hattest, du könntest den Arm ausstrecken und ihn kneifen, und er versilberte die Prärie, was seltsam ist, denn der Mond ist doch gelb, und das erinnerte mich daran, was Ma immer gesagt hatte: «Die Erde ist silbern, aber der Himmel ist golden» – was um alles in der Welt das auch bedeutete.

Wie auch immer, ich wurde ein bisschen ruhiger, und dann, weil ich die ganze Zeit über große Angst hatte, dass so eine gottverdammte dicke Klapperschlange ein Stück aus mir rausbiss, ging ich zum Feuer zurück.

Dieser Trottel Abel hatte sich aufs Ohr gehauen, und Hack schlief auf dem Wagen, aber Sam war noch wach, er rückte der

Flasche richtig zu Leibe. Ich nahm mich also in Acht und ging in einem Bogen um ihn herum auf das Zelt zu, da rief er mich zu sich. Ich ging hin, aber immer bereit, mich zu verdrücken, darauf könnt ihr wetten. Doch Sams Laune hatte sich gebessert, wie das bei manchen Kerlen so ist, wenn sie trinken, etwa bei diesen Betrunkenen, die dir schluchzend am Hals hängen und dir erzählen, wie Leid es ihnen tut, dass sie ihrer alten, grauhaarigen Ma nie gesagt haben, wie sehr sie sie lieben, und dann beschließen sie plötzlich, dass deine Nase in die falsche Richtung zeigt, und wollen sie dir neu ausrichten.

Aber Sam war in keiner von diesen Stimmungen – irgendwo dazwischen, schätze ich –, er brütete über seinem Drink. Er meinte, ich sollte mir einen Kaffee nehmen, was ich tat, um nicht auch da noch Streit anzufangen, und wir saßen eine Weile zusammen und beobachteten das Feuer.

Dann spuckte Sam seine Zigarre aus. «Eigentlich hat er Recht», sagte er. «Gottverdammmich. Ich hab hier draußen fünf Jahre lang gejagt, und ich weiß: Was wir da tun, ist nicht richtig. Jim Bridger dachte jedenfalls ganz bestimmt so.»

Ich brauchte nicht zu fragen, wer Jim Bridger war, das war nämlich so ungefähr der beste Scout und Jäger, den es je gab, außer vielleicht Kit Carson und dem so genannten Buffalo Bill Cody, und hinter diesen dreien kam lange nichts.

«Ehrlich», sagte Sam. «Jim begegnete irgendeinem gottverdammten Herzog auf einem Jagdausflug, und dieser Duke und seine Kumpels hatten annähernd dreitausend Büffel abgeknallt! Bridger meinte, das wäre nicht recht. Er hat deswegen sogar an den Gouverneur von Kansas geschrieben, aber nichts ist passiert. Das ist Abschlachten, sonst nichts, aber was zur Hölle kann ich da machen? Wenn ich nicht jage, tun es tausend andere Kerle. Verflucht, anscheinend sind die halben Vereinigten Staaten hier draußen. Also ...» Er brütete ein bisschen weiter, sah zu, wie das Feuer ausging. «Geh schlafen», sagte er schließlich. «Morgen gibt's Arbeit. Sind 'ne Menge Büffel in der Gegend. Ich kann sie riechen. Genau.» Er leerte seine Flasche. «Ein Abschlachten ist es trotzdem.»

Er hatte auch Recht. Es war wirklich ein Abschlachten, und

wir alle waren Schlächter, lebten in einem Meer aus Blut und Hitze, und immer ertönte das Bumm, Bumm, Bumm von dieser alten Sharps, wie ein Ruf, der niemals aufhörte.

Und wir waren bloß eine Truppe in einer Frontlinie, die sich über fünfhundert Meilen erstreckte, und hinter uns gab es Kerle, die sogar zu arm waren, um sich ein Gewehr zu leisten – und die sammelten Knochen! Ganze Familien von diesen verdammten Vogelscheuchen sammelten Knochen, weil die Geld wert waren, bloß ein paar Cents pro Tonne, aber es gab einen Markt dafür. Diese Knochen wurden zu Dünger zermahlen, und, kaum zu glauben, so schicke Tassen und Untertassen wurden draus gemacht. Ehrlich, da gab es einige von den alten Ladys drüben im Osten, die erzählten, dass die armen Büffel gerettet werden müssten, und dabei tranken sie ihren Tee aus Tassen, die man aus Büffeln gemacht hatte!

Jawohl, das war wirklich ein Töten. Es gab Tausende von Kadavern da draußen, Tausende und zehnmal Tausende und zehnmal Zehntausende, die in der Sonne verrotteten, mit Maden, die drin herumkrochen. Büffelwölfe und Kojoten fraßen sich voll, so dass sie ihre Bäuche kaum vom Boden hochkriegten, und der Himmel war voller Geier und Habichte, so dass man sich beinahe in ihrem Schatten niederlassen konnte. Und wir Metzgerjungens sorgten täglich für neue Kadaver. Dann kam Charlie Rath raus.

Wir hörten auf zu schießen und zu häuten. Sam legte das Gewehr nieder und wir unsere Messer, benommen sahen wir Rath an, als wäre er ein Geschöpf aus einer anderen Welt.

«Wie steht's denn so, Jungs?», sagte er. «Wart wohl fleißig.»

«Was ist los?» Sam legte eine Hand hinter sein Ohr, wie viele von den Jägern, die von der Knallerei ihrer Gewehre taub wurden.

«Fleißig!» Rath rieb sich die Hände. «Genau genommen seht ihr so aus, als ob ihr Jungs zu einem Schluck Ihr-wisst-schon-was nicht nein sagen würdet, wovon ich zufällig ein Fass dabeihabe. Wie hört sich das an?»

Nun, das hörte sich nicht schlechter an als knisternde Dollarscheine, also genehmigten wir uns ein paar Drinks, ich auch, die ich aber mit Wasser verdünnte, bis kaum was anderes mehr drin war.

«Also, dann», sagte Rath, nachdem wir unseren Fusel abgekippt hatten und ganz entspannt dasaßen. «Habt reichlich Felle für mich? Wenn ihr ein paar von denen gesehen hättet, die mir auf meiner Reise angeboten wurden, Jesus, die Großmutter von diesem Bauern könnte besser schießen, und bestimmt haben sie am Schluss mehr verdorbene als brauchbare Felle.»

«Verfluchte Farmer», sagte Sam.

«Genau das sind sie», stimmte Rath ihm zu. «Und ständig kommen welche dazu.»

«Jesus», stöhnte Sam. «Noch mehr! Es muss doch was geben, um sie aufzuhalten.»

«Wie soll das denn gehen?», fragte Rath.

«Teufel, weiß ich nicht.» Sam nahm einen kräftigen Schluck. «Wenn man dafür sorgt, dass sie eine Genehmigung brauchen. Die Armee einsetzt …»

«Die Armee!» Rath verschluckte sich an seinem Fusel. «Diese Kerle sind nicht draußen, um Leute davon abzuhalten, dass sie Büffel schießen. Jesus, die würden eher Leute aufhalten, die versuchen, sie aufzuhalten, wenn du weißt, was ich meine. Zur Hölle, man sagt, dass die Soldaten unten in Fort Supply an jeden umsonst Munition austeilen, der zum Schießen rausfahren will. Essen auch.»

Bei diesen Worten stellte Abel die Ohren auf. Aber wie! «Umsonst!», krächzte er. «Essen umsonst! Wollt ihr mir alle erzählen, dass die Armee Essen für gar nichts verteilt?»

Rath grinste. «Willst du auch was abhaben?»

«Nein, will ich nicht», sagte Abel. «Ich habe noch nie Almosen angenommen, solange ich lebe. Davon halte ich nichts. Ein Mann sollte sich sein Brot verdienen. Ich schätze, es ist eine Schande, wenn die Armee Essen umsonst ausgibt! Das ist Geld aus der Tasche von Steuerzahlern, genau das, und verführt bloß zum Müßiggang.»

Rath starrte Abel an wie eine menschliche Missgeburt. «Meint der das ernst?», fragte er. Und es war auch verrückt – Abel, der ganz zerlumpt war und außer seinem Namen kaum mehr als ein paar Cents besaß, predigte uns vom Steuerzahlen, wie einer von den Prophetenkauzen in der Bibel, und neben ihm saß Hack und soff Fusel wie diese Heiden, denen alles egal ist.

«Achte nicht auf den», sagte Sam. «Der weiß nicht, worum es geht.»

«Und worum geht es hier?», sagte Abel. «Sag mir doch mal, worum es geht, sag's mir …»

«Wenn du um Himmels willen mal eine Minute die Klappe halten würdest, dann sag ich's dir», brüllte Sam. «Sie wollen die Büffel loswerden, verstehst du? Die Regierung und die Armee. Wenn du die Büffel losbist, dann bist du auch die Kerle mit den Federn im Haar los – und damit meine ich keine Verrückten. Sie lassen die Kerle verhungern. Ich hab gehört, dass die Armee Waffen an Jäger austeilen will. Und ich weiß nicht, aber vielleicht ist da was dran, wenn sich diese Indianer über das Abschlachten beschweren.»

«Was dran?» Rath warf Sam einen scharfen Blick zu. «Du wirst doch nicht etwa weich, oder?»

«Den Teufel tu ich», sagte Sam. «Aber so wie die Jagd abläuft … Und was passiert nördlich von hier?»

«Das Gleiche», meinte Rath. «Und an der Bahnlinie, na ja, wenn sie auf eine Herde stoßen, dann halten sie den Zug an und erschießen die Büffel vom Fenster aus. Als Sport bezeichnen sie das. Sie häuten sie nicht mal. Kein Witz, die Santa Fe-Bahn und die Kansas Pacific-Bahn, die setzen extra Büffelzüge für Leute ein, die aus dem Osten auf Urlaub kommen. Sogar aus Europa.»

«Also, da muss was passieren», sagte Sam.

«Haben sie versucht.» Rath goss Fusel nach. «Vorlagen an die Staatslegislative, an den Kongress, aber die landen bloß in der Schublade und werden vergessen. Und da ist auch was dran. Herrgottnochmal, Millionen von Leuten wollen hier rauskommen. Die werden sich von ein paar tausend Wilden, die ihnen im Weg stehen, nicht aufhalten lassen.»

«Schätze, da hast du Recht», sagte Sam. «Gib mal den Fusel.»

Sie tranken weiter, ununterbrochen, aber nicht gierig, und ich trank mit, bis sich mein Kopf und die Sterne drehten, und ich drehte mich direkt bis ins Zelt.

Wir luden Rath am nächsten Morgen auf und winkten ihm

zum Abschied, und Sam hatte auch keine gute Laune, und es war nicht bloß der Whiskey, der ihm wehtat, es war auch der Preis, den Rath für die Felle geboten hatte. Sam schimpfte und fluchte, aber das half auch nichts. Der Preis war gemacht, und Rath redete zwar viel, was er und Sam für gute Kumpels wären, aber er legte nicht einen Cent obendrauf.

«Angebot und Nachfrage», sagte er. «Angebot und Nachfrage. Wenn dir ein andrer Händler einen besseren Preis bietet, dann nimm den. Aber das wirst du nicht schaffen. Im Moment ist das Angebot größer als die Nachfrage.»

Das war ein Argument, und dagegen konnte man nichts anderes tun als wieder an die Arbeit gehen. Also, ich sage Arbeit, aber, wie ein Gewerkschaftler mir mal gesagt hat, es gibt zwei Sorten von Arbeit. Es gibt die Arbeit, die man gern tut, und die, die man tut, um leben zu können, und was wir taten, war Letzteres, weiter nichts.

Wir waren wieder zu diesem Wahnsinn zurückgekehrt und stürzten uns nur so drauf. Wir hatten das zerklüftete Land hinter uns gelassen und befanden uns auf den Great Plains. Da gab es vielleicht Büffel, und auf die stürzten wir uns, wie gierige Kerle, die alles in sich hineinschlingen, bevor ihnen das Futter ausgeht, und ich schätze, genau das taten wir – wir rafften, was das Zeug hielt, solang noch was davon da war, genau wie alle anderen da draußen. Wir waren ihnen begegnet, und obwohl von den Kerlen sich einige brüsteten, wie viele Abschüsse sie gemacht hatten, wofür sie eine Revolverkanone gebraucht hätten, gab es auch andere Jäger, wie Sam, und die redeten zwar über Büffel, aber sie sahen sich nicht in die Augen, wie wenn sie sich schämten, vielleicht.

Und dann, als ob die Hitze und das Ungeziefer und der Gestank von verwesendem Fleisch nicht schon genug gewesen wären, was man aushalten musste, kamen auch noch die Heuschrecken.

Es gab immer viele von ihnen, aber das waren bloß ein paar Insekten mehr, und nachdem sie Gras und so Zeug fraßen und nicht uns, kümmerten wir uns kein Stück um sie, aber diese, Menschenskinder! Sie kamen in Wolken, Billionen von ihnen, in riesigen Wolken, schwankten und drehten sich am Himmel wie Zyklonen, und wenn sie landeten, waren sie überall, krochen über dich, über dein Essen, in deinen Haaren, über die ganzen Felle, hüpften vor sich hin, und, verflucht noch mal, du konntest hören, wie sie kauten, all diese Millionen Kiefer. Ich war mit allen möglichen Arten von Ungeziefer groß geworden, aber diese Biester waren etwas komplett anderes. Wir trafen sogar einen Mann, der meinte, er wäre beinahe verdurstet, weil sie ein Wasserloch verstopften, auf das er sich verlassen hatte!

Dann mischte sich Abel ein. «Hoffentlich ziehen sie nicht nach Ostkansas», sagte er. «Für die Leute da wäre das einfach verheerend.»

«Ist mir komplett egal, wo sie hinziehen», sagte der Mann. «Sollen sie die verflixten Farmer doch aufessen, wenn sie bloß mich in Frieden lassen.»

Wir lachten ein bisschen, aber Abel lachte nicht mit.

«So komisch ist das nicht», sagte er. «Na ja, das ist wie mit den Plagen in der Heiligen Schrift. Erst die Banken pleite und jetzt das, lauter Plagen aus dem Osten und dem Westen. Für diese armen Farmer, die ausgehalten haben, ist das der Ruin.»

«Was zum Teufel hat das mit dir zu tun?» Hack redete auch mal, und sogar richtig brutal. «Du hast doch gar keine gottverdammte Farm.»

«Nein, hab ich nicht», sagte Abel. «Aber ich schaff mir wieder eine an, das mach ich. Diese Tiere hier, die wir abschlachten, die werden nicht ewig dasein, aber dann bauen wir was an. ‹Gesegnet ist die Frucht der Erde› – so steht es in der Bibel. Jäger wird es keine mehr geben, aber Farmer werden immer da sein.»

«Farmer!», sagte der Mann. «Hier? Mein Gott, sieh dich mal um.»

So gesehen war das in der Tat lächerlich. Man brauchte sich wirklich bloß umzusehen in dieser Wildnis, die da in der Sonne vor sich hin brutzelte, mit diesen Millionen von herumhüpfenden Heuschrecken.

Aber Abel blieb standhaft. «Lacht ihr nur», sagte er. «Aber das Lachen ändert daran auch nichts.»

Und ich weiß auch nicht, schließlich war er wirklich blöd,

trotzdem überkam mich das Gefühl, dass er Recht hatte. Er erinnerte mich an den alten Hobs, den Squawmann, den wir auf dem Viehtrieb getroffen hatten, und was er gesagt hatte. Erst würde die Eisenbahn kommen, und dann würden die Büffel ausgerottet und die Indianer, und dann würden die Siedler kommen, und das wäre das Ende einer ganzen Welt. Wir hatten ihn da ausgelacht, und so ganz richtig hatte er es nicht zusammengekriegt, aber wenn ich mir diesen Abel ansah, diesen langen, zerzausten, gottserbärmlichen Strich in der Landschaft, war ich mir nicht mehr so sicher. Er war gerade hartnäckig und dumm genug, um zu versuchen, in der Prärie und den Plains seinen Lebensunterhalt zusammenzukratzen. Er und Millionen mit ihm.

Nun, der Jäger verließ uns, und wir zogen weiter, und während die Sonne runterbrannte, erschienen uns Trugbilder, wir sahen Büffel ziehen und grasen, was sie aber gar nicht konnten, weil sie tot waren. Und dann sah ich eines Tages etwas, von dem ich ehrlich hoffte, dass es ein Trugbild war. Ehrlich, von ganzem Herzen und mit ganzer Seele.

Ich war mit Sam losgezogen. Er meinte, ich sollte mitkommen und mein Glück mit der Sharps versuchen, weil er dachte, wenn wir zu zweit schossen, könnten wir mehr Geld machen, was auch vernünftig klang. Noch eine Sharps bedeutete zwar, dass hundertfünfzig Bucks zwischen mir und dem Büffelabschuss standen, aber er nahm an, die Investition könnte sich lohnen, wenn ich mit der Sharps umgehen konnte. Ich hatte ihn nicht bedrängt, es mir beizubringen, denn nach diesem Erlebnis mit der trächtigen Kuh wurde mir bei dem Gedanken schlecht, aber das Gefühl hatte sich wieder verflüchtigt, und ich hätte auch auf menschliche Wesen geschossen, wenn sie bloß ein Fell und Hörner am Kopf gehabt hätten.

Sam hatte eine Büffelherde ausfindig gemacht, vielleicht dreißig oder vierzig Tiere in einem Tal. Das war auf den Great Plains, von denen euch vielleicht Leute erzählt haben, die wären platt wie ein Billardtisch, was sie auch meistens sind. Aber es gibt dort solche Wellen und Senken, und in einer von denen war diese Herde, hübsch zusammengepackt, und drumherum niemand, der den Abschuss versauen konnte.

Wir umkreisten die Herde, bis wir vom Wind abgekehrt standen, stellten den Dreifuß auf und ließen uns nieder, während Sam die Herde beobachtete, um das Leittier ausfindig zu machen, und als er es entdeckt hatte, bumm, ging es zu Boden. Und der Rest ging zu Boden, ein Büffel nach dem anderen, so einen guten Abschuss habt ihr noch nie gesehen, bis bloß noch einer übrig blieb. Nur einer. Dann ließ mich Sam hinter die Sharps.

Ich blinzelte durch das Visier nach dem Büffel, der wie eine Zinnfigur an einem Schießstand dastand. Ich drückte ab, und, beim Jupiter, dieses Gewehr ging hoch wie zwei Kanonen, Rauch stieg aus dem Lauf auf, und in meinem Kopf klingelte es, als würden die Kirchenglocken läuten. Und dieser Büffel – ich hatte mich genauso blöd angestellt wie all die Sodbusters und das Vieh bloß verwundet, das halbwegs zu Boden ging und ein blubberndes, grunzendes Geräusch von sich gab.

Sam fluchte und griff nach dem Gewehr, lud nach, trat dann vor und befreite den Büffel von seinen Qualen. Ich folgte Sam, der eine hässliche Bemerkung über meine Schießkünste von sich gab, aber ich achtete nicht darauf. Ich stand bloß zwischen den Büffeln, und da erwischte es mich wie nie zuvor. Vor ein paar Stunden war da diese Herde gewesen, so friedlich, wie man es sich nur denken kann, die Tiere hatten gegrast und geschnaubt und sich gegenseitig angegrunzt, auch die Kälber, und jetzt lagen da bloß diese riesigen toten Leiber, und außer dem Summen der Insekten war nichts zu hören. Und ich weiß nicht, ich fühlte mich schlecht, ganz tief in mir drin. Irgendwie traurig, so wie damals, als Bo beerdigt worden war und ich gewusst hatte, dass ich ihn nie wiedersehen würde, niemals. Verrückt, nicht wahr, aber es stimmt. Ich hatte das Gefühl, etwas verloren zu haben, aber richtig schrecklich war, dass ich nicht wusste, was ich verloren hatte.

Ich übergab Sam sein Pferd und rechnete mit mehr Flüchen wegen diesem schrecklichen Schuss, aber es kamen keine. Er packte mich und riss mich an die Flanke des Pferdes, während er stehen blieb und über den Sattel hinausstarrte, und ich folgte seinem Blick, und was ich sah, gefiel mir kein bisschen, denn wir sahen einen Mann auf einem Pferd am Horizont.

Dreiunddreißig

«Kannst du ihn erkennen?», fragte Sam.

Ich schüttelte den Kopf, außer einer schwarzen Gestalt konnte man kaum etwas sehen, da der Kerl die Sonne hinter sich hatte. Er sah also richtig unheimlich aus, noch mehr, als er sein Pferd zwei- oder dreimal um sich selbst kreisen ließ.

«Jesus», sagte Sam. «Das ist ein Indianer, der seine gottverdammten Kumpels herruft. Ach herrje!» Er fluchte weiter, weil noch mehr Reiter auftauchten, und die jagten einem richtig Angst ein, sie zeichneten sich schwarz vor dem Himmel ab, bewegten sich nicht, saßen da oben, als ob sie alle Zeit der Welt vergehen lassen könnten, bevor sie runterkamen, um uns umzubringen.

«Vielleicht sehen sie uns nicht», flüsterte ich, ohne zu wissen, warum, denn die Kerle waren eine halbe Meile entfernt.

«Und vielleicht können gottverdammte Schweine fliegen.» Sam ließ seine Sharps über den Sattel gleiten. «Beten wir zu Gott, dass sie uns nicht feindlich gesinnt sind, denn da kommen sie schon.»

Die Reiter tauchten unter die Horizontlinie, kamen direkt auf uns zu, und ich hatte das Gefühl, als ob da, wo mein Herz war, ein Frosch saß, so sehr hüpfte es herum. Aber Sam hatte Recht und auch wieder nicht, denn feindlich gesinnt waren sie zwar nicht, aber es waren auch keine Weißen, einer von ihnen war ein Pawnee-Scout, der hartgesottener und bösartiger als ein Bahnpolizist mit Kater dreinblickte, und die anderen beiden Kerle waren Büffelsoldaten. Und vielleicht war das nicht gerade die erstaunlichste Sache der Welt, schließlich gab es da draußen eine Menge Soldaten, die schwarz waren, aber eins war wirklich erstaunlich, so erstaunlich, dass es einen glatt bis in die Stiefel erschütterte – zu dem einen von ihnen, der ein Korporal war, sagte ich nämlich: «Also, da will ich verdammt sein. Das ist Tom Carney!»

Er war es auch, Tom saß lässig in seinem Sattel und blinzelte mich an, genauso verwundert wie ich.

«Mensch, das ist der Kleine», sagte er. «Ben Curtis! Was zum Teufel machst du hier draußen?»

«Und was zum Teufel machst *du* hier?», sagte ich mit dem gleichen breiten Grinsen wie er. «Du bist bei den Soldaten! Heiliger Strohsack, was ist mit Dutton passiert?»

«Ist abgeworfen worden», sagte Tom, «so wie du auf dem Viehtrieb, weißt du noch? Also, mit dem Reiten ist es vorbei, deshalb ist er nach Galveston gezogen. Glaubt, er kann mit Öl Geld machen. Verrückt, was? Egal, ich bin mit noch 'ner Herde hergezogen, dann dachte ich, ich versuch's mal als Soldat, und weil ich lesen und schreiben kann, haben sie einen Korporal aus mir gemacht. Und wie steht's mit dir, Kleiner?»

Aus dem Augenwinkel beobachtete ich Sam, der ein bisschen steif dastand, und ich wusste einfach, dass es ihm nicht gefiel, wie Tom mit mir redete, ganz locker und frei. Aber zum Kuckuck, das war Tom – obwohl, ich weiß auch nicht, irgendwas war anders an ihm. Auf dem Viehtrieb, na, da war er doch trotz seiner Größe und seiner Überlegenheit irgendwie Duttons Schatten gewesen. Aber jetzt war er sein eigener Herr. Das klingt seltsam, schätze ich, schließlich war er Soldat, aber vielleicht lag es an den beiden Streifen an seinem Ärmel, und dieser Ärmel hatte das Blau von Onkel Sam. Erobereruniform, schätze ich, wenn man bedachte, dass die Armee in dieser Farbe den armen Süden fertiggemacht hatte.

Wie auch immer, ich erzählte Tom die Geschichte, und er schüttelte den Kopf. «Also, so was.» Tom nahm einen Schluck Wasser aus seiner Flasche. «Hab gehört, Kessel hat bekommen, was er verdient hat.»

«Hat er auch», sagte ich. «Aber wo sind die anderen Jungs?»

Tom grinste. «McCann vergiftet immer noch Reiter. Die anderen sind überall verstreut, weiß du. Aber sag mal, erinnerst du dich an Jack Shears? Anscheinend hieß er in Wirklichkeit Jack Madigan, und die Rangers waren hinter ihm her. Aber stell dir vor, er ging als Mann des Gesetzes nach Denver und wurde umgebracht.»

«Judas Priester!», pfiff ich. «Hätte nicht gedacht, dass sich viele finden, die schneller ziehen als er.»

«In den Rücken geschossen», sagte Tom. «Wie bei fast allen. Na, war nett, dich zu treffen, Kleiner, aber wir müssen weiter, sonst beißt uns der Leutnant dahin, wo es am meisten weh tut.» Er blickte zu mir runter, und wie er da oben saß, stellte er schon was dar. «Seid ihr beiden allein hier draußen?»

«Und wenn?» Sam war ziemlich nervös, es schien ihm nicht zu gefallen, dass ein Nigger ihn ausfragte.

«Bisschen gefährlich, sonst nichts», antwortete Tom.

«Nicht mehr als sonst auch», sagte Sam, laut und langsam, als ob er mit einem Idioten redete.

«So?» Tom spuckte über seinen Sattel und warf Sam einen Blick zu, und ich dachte mir, Sam, wenn du den Mann kennen würdest, mit dem du dich da anlegst, würdest du leisere Töne anstimmen. «Haben Sie nichts davon gehört?», fragte Tom in genau demselben Tonfall, den Sam angeschlagen hatte.

«Wovon gehört?», fragte Sam, um die Lippen ein bisschen blass geworden.

«Mister!» Tom schüttelte den Kopf. «Sie haben nicht gehört, was in Adobe Walls passiert ist?»

«Wir haben seit Wochen nichts gehört», meinte Sam. «Und wenn du was zu sagen hast, dann spuck es aus, du ...» Er brach ab, und ich schätze, da hatte er Glück gehabt.

«Sicher.» Tom nahm sich Zeit mit der Antwort. «Mister, vor ein paar Wochen waren da unten bei Adobe Walls ein paar Jäger, und ungefähr eintausend Wilde haben versucht, sie fertig zu machen.»

«Jesus!» Sam erschrak und ich auch.

«Genau so war's», meinte Tom. «Anscheinend haben sie einen großen Rat einberufen, Komantschen und Kiowa und Cheyenne, und diese Häuptlinge, Lone Wolf und Quannah Parker und Satanta, haben die Dog Soldiers mitgebracht. Sie haben genug von der Büffelschlachterei. Deshalb sind wir hier, wir suchen nach ihnen.»

«Also haben sie es schließlich doch noch getan», sagte Sam. «Sie sind aus ihren Löchern gekrochen.»

«Genau.» Tom sah sich im Tal um, nickend, als ob er die toten Tiere zählen würde. «Sie haben es getan. Wenn Sie meinen Rat wollen …»

«Will ich nicht», schoss es aus Sam heraus, und es war klar wie Kloßbrühe, dass er den Rat nicht wollte, weil Tom ein Nigger war. Und das war verrückt. Da hatten wir Tom und die anderen Büffelsoldaten, die uns weiße Männer vor den roten Männern schützten, aber Sam würde einem Korporal der US-Kavallerie nicht zuhören, bloß weil der schwarz war!

Nicht, dass Tom sich gewundert hätte. Er grinste sogar fast. «Wie Sie wollen», sagte er. «Aber du, Kleiner …»

«Ja?», sagte ich.

«Verschwinde von den Plains. Pronto. Kapiert?»

«Kapiert», sagte ich. «Mach ich bestimmt.»

«So ist's recht. War mir immer schon klar, dass du schlau bist. Also dann.» Tom hob die Hand. «Bis zum nächsten Mal, Kleiner.»

Er und die anderen ritten davon, zurück in die Sonne, und wir waren still, machten uns unsere Gedanken, und ich dachte darüber nach, wie seltsam es war, dass ich Tom getroffen hatte, aber das war nicht mein Hauptgedanke, und man muss sicher kein Hellseher sein, um drauf zu kommen, was mich wirklich beschäftigte.

Dann brach Sam das Schweigen. «Also, verflucht», sagte er. «Sie haben's getan. Sie sind rausgekommen.»

«Sieht so aus», sagte ich.

«Okay.» Sam wurde ganz barsch. «Geh und hol Abel und Hack. Wir haben zu tun.»

Ich konnte einfach nicht glauben, was ich da hörte. «Meinst du, anfangen zu häuten?»

«Was glaubst du wohl, was ich sonst meinen könnte?», bellte Sam. «Wir fangen bestimmt keinen Square Dance an.»

«Aber …», hob ich an. «Aber du hast doch gehört, was Tom gesagt hat?»

«Dieser Bock?» Sam spuckte aus. «Ich hab's gehört. Was ist damit? Es sind also ein paar Wilde unterwegs. Herrje, Adobe Walls ist ein Wochenritt von hier entfernt, und ich werd diese Felle hier nicht liegen lassen.»

«Sam», sagte ich. «Verdammt noch mal, wir brauchen drei Tage, um die Felle zu trocknen.»

Meine Argumente gefielen ihm nicht, kein bisschen. Er schimpfte und fluchte, aber es lag auf der Hand. Für ein paar Dollar lohnte es sich nicht, die Kopfhaut zu riskieren, und Adobe Walls war vielleicht ein Wochenritt entfernt, wenn ein Weißer auf einem Pferd saß, aber diese Komantschen und Kiowa …

Am Ende sah Sam trotz all seiner Flüche meine Argumente ein und stimmte zu, dass wir dorthin gingen, wo wir Gesellschaft hatten, und zwar nicht gerade Gesellschaft, die den Winter über in einem Tipi saß und dir die Haare kämmte und dich nicht zu fragen brauchte, ob du es hinten ein bisschen kürzer haben möchtest, weil du selbst gar nicht mehr da warst.

Wir ließen die Felle also liegen und verrotten und kehrten zum Lager zurück, und wenn ich nicht so viel Angst gehabt hätte, dann hätte ich lachen können, so wie Hack und Abel erschraken. Blitz und Donner, in einer halben Stunde hatten wir die Sachen aufgeladen und uns auf den Weg gemacht!

Wir zogen nach Norden, auf dem kürzesten Weg zur Bahnlinie, wo es weiße Männer gab, und ungefähr einen Tag lang war es ein unheimlicher Ritt. Die Luft war so trocken, dass Dinge da draußen, vielleicht ein verkrüppelter Strauch oder, wahrscheinlicher, die Büffelskelette, zu zucken oder sich zu bewegen schienen, als ob sie lebendig wären. Wenn du anfingst, solche Sachen zu sehen, dann hattest du das so genannte Präriefieber, und davon hatten wir bestimmt 'ne doppelte Dosis. Jedes Zucken war ein riesiger Indianer, der darauf wartete, uns zu überfallen, und diese Trugbilder – also, wir sahen nicht bloß Büffel auf dem Kopf oder Seen oder Wälder oder Paläste, wir sahen die komplette Komantschennation auf uns zukommen.

Und ungefähr am dritten Tag sahen wir etwas, was kein Trugbild war. Judas Priester, wir standen hinter dem Wagen, die Sharps und die Schrotflinte im Anschlag, Sam biss sich auf die

Lippen, Hack fluchte, und der alte Abel rief den Herrn an, und ich drängte ihn, er sollte lauter rufen. Und vielleicht war der Herr an jenem Tag in der richtigen Stimmung, um zuzuhören, denn die Reiter, die da auf uns zukamen, waren keine angemalten Wilden, sondern ein ganzer Trupp Jäger, die auch gehört hatten, was los war, und in die gleiche Richtung wollten wie wir.

Was waren wir froh, sie zu sehen! Mindestens so froh wie ein Säufer, der eine Bar gefunden hat, die auch sonntags aufmacht, denn zusammen bildeten wir einen ganz ordentlichen Haufen, über zwanzig bewaffnete Männer, und wir konnten Indianern, die sich auf dem Kriegspfad befanden, Widerstand leisten, falls nicht zu viele Krieger dabei waren, die gern vor ihrer Zeit in die ewigen Jagdgründe eingingen.

Aber obwohl wir alle froh waren, einander zu sehen, war keiner sonderlich guter Laune. Wir taten nichts anderes, als Richtung Norden dahinzutrotten und zu fluchen, zu fluchen und zu schießen, denn diese Kerle, wenn die einen Büffel entdeckten, der übersehen worden war, dann knallten sie ihn ab, sie machten sich gar nicht die Mühe, sauber zu töten oder überhaupt zu töten. Sie ließen die verwundeten, langsam krepierenden Tiere einfach liegen oder umherwandern, als ob sie den Büffeln antun wollten, was sie den Indianern nicht antun konnten.

Es machte mir nichts aus zuzusehen, was sich da abspielte. Sam übrigens auch nicht, aber Abel war schier entsetzt. Er fragte einen von den Jägern, der aussah wie ein Verwandter von jenem Kerl, den Henry an seiner Wand in Abilene hängen hatte, warum er das eigentlich tat.

«Warum?», fragte der Typ. «Was glaubst du wohl, warum. Wenn ich das Vieh schon nicht kriegen kann, will ich wenigstens sichergehen, dass es keiner von den gottverdammten Indianern kriegt.»

Es war einfach dumm, dumm und gemein, aber ich hielt meinen Mund, denn der Typ sah nicht so aus, als ob man mit ihm reden könnte. Aber wenn ich auf dieser Reise auch nicht viel sagte, so dachte ich umso mehr nach. Nicht bloß über diese sinnlose Verschwendung, sondern über eine Menge Dinge. Zum Beispiel über Tom Carney, dass ich ihm wieder begegnet war, und über Jack Shears, der abgemurkst worden war – was zeigte, dass ein Kerl, der von einem 45er Colt lebte, auch durch ihn starb –, und über die Jungs dachte ich nach, mit denen ich hergekommen war und die jetzt überall verstreut waren, wie Tom gesagt hatte, und über Dutton, der Öl verkaufte! Das war verrückt. Er hätte beim Viehhüten bleiben sollen, weil man da richtig Geld machen konnte.

Aber ich schätzte, das war Amerika. Es hatte viel zu bieten, von allem reichlich. Viel, wo man umherziehen konnte, viel, womit man sein Glück machen und übrigens auch Pleite gehen konnte, und viel, woran man sterben konnte. Und vielleicht lag es einfach nur daran, dass es so viel davon gab – von Amerika, meine ich –, es machte die Leute rastlos. Mit solchen brillanten Gedanken lehnte ich mich auf dem Wagen zurück, und der Schweiß triefte mir direkt aus den Stiefeln, die voller Löcher waren, bis wir bei Bailey's Halt auf die Bahnlinie stießen.

Früher war das eine Zwischenstation auf dem alten Santa Fe Trail gewesen, aber die Eisenbahn hatte einen Haltepunkt für die Züge daraus gemacht. Nicht, dass es für irgendjemanden einen Grund gegeben hätte, da auszusteigen, es gab da bloß ein paar übereinander gestapelte Holzbretter für die Lokomotiven und ein riesiges Whiskeyfass mit einem Schuppen drumrum. Aber als wir ankamen, war 'ne Menge los. Viele Jäger wussten Bescheid, so wie wir, und waren zurückgekehrt, fluchend und stinksauer, was in gewisser Weise beruhigend war.

Trotzdem fanden wir alle drin Platz, fluchten und tranken und spielten, und wir wurden aufgeklärt über das, was wirklich in Adobe Walls passiert war.

Nach allem, was einer zu erzählen wusste, hatten die Kwahadi-Komantschen, die die Schlangen verehrten, ein bisschen gebetet, bei so was wie 'nem großen Zeltlagergebetstreffen, und sich darüber aufgeregt, dass die Büffel abgeknallt wurden und die ganzen Jäger kamen und das Abkommen brachen, von dem ich euch erzählt habe, das von '67 in Medicine Lodge. Und Lone Wolf, Satanta und Quannah Parker, ihre Kriegshäuptlinge, die hatten ungefähr tausend Krieger zusammengetrommelt, um ein bisschen zu jagen, und nachdem nicht mehr viele Geschöpfe auf vier

Beinen übrig geblieben waren, wollten sie ihre Künste an denen auf zwei Beinen versuchen, und damit fingen sie in Adobe Walls an, was nur aus einer Lehmziegelhütte bestand, die mal ein paar Mexikaner gebaut hatten, aber dann von Jägern als Saloon und Lager benutzt wurde.

Einer, der später ankam, erzählte uns von dem Überfall, und als wir die ganze Geschichte gehört hatten, konnten wir kein Wort glauben.

Sam schüttelte den Kopf. «Das muss ich genau wissen», sagte er. «Du sagst, dass ein paar Dutzend Jäger eintausend Komantschen und Kiowa widerstanden haben?»

«Klare Sache», sagte der Kerl. «Ich hab mit einem von ihnen geredet. Zwei Jäger wurden draußen überfallen und skalpiert, aber der Rest blieb einfach drinnen und knallte die Wilden ab.»

Es hörte sich wirklich so an, als ob da irgendwo einer übertrieb, doch wie sich herausstellte, stimmte die Geschichte, kaum zu glauben, und damit war zwar noch nicht viel ausgesagt über die so genannten fürchterlichen Krieger, aber 'ne Menge über die gute alte Sharps.

«Und wo sind diese Indianer jetzt?», fragte jemand.

Der Kerl zuckte mit den Schultern. «Wer weiß? Verstreut, schätze ich, am einen Tag hier, am anderen dort. Ziehen umher. Sie haben allerdings ziemlich lange gewartet, bis sie rausgekommen sind. Die Büffel …»

Er brauchte den Satz nicht zu beenden, wir wussten alle, was er meinte. Was sie als südliche Herden bezeichneten, die Büffel südlich der Bahnlinie, nun, die waren zwar nicht ausgerottet, aber darauf lief es hinaus, nachdem man die Tiere weggefegt hatte wie Blätter im Herbst. Wisst ihr, am einen Tag wimmelt es nur so von ihnen, am nächsten Tag sind sie weg, bis auf ein paar in den Ecken, wo der Wind sie nicht gefunden hat.

Und das machte mir irgendwie Sorgen, denn Sam hier, der wusste, wo diese Ecken waren, und ich hatte das unangenehme Gefühl, dass er daran dachte hinauszuziehen, um ein bisschen in ihnen herumzustochern.

Wenn er mich ansah, wandte ich mich ab, dachte daran, dass die Indianer vielleicht verstreut waren, aber sie kannten die

Plains genauso gut wie Sam, wenn nicht besser, und wenn sie hinter Büffeln herwaren, konnte man davon ausgehen, dass wir uns an derselben Stelle trafen, und da wollte ich mich nicht unbedingt aufhalten. Also versuchte ich, Sam aus dem Weg zu gehen, spielte mit ihm rund um diesen Schuppen Versteck – und als die Sonne unterging, stiefelte ich sogar ein Stück den Weg hinunter, und das war noch beängstigender als die Vorstellung, draußen bei den Indianern zu sein, denn ein paar von den abgebrannten Farmern hatten sich dort verkrochen und sammelten Knochen, und diese Knochen säumten den ganzen Weg, Millionen von Knochen. Einer von den Kerlen behauptete sogar, die Knochen lägen überall am Weg bis nach Dodge, und es hätte mich nicht gewundert, wenn es wahr gewesen wäre.

Richtig aus dem Weg gehen konnte man Sam aber nicht, und er wartete sowieso den richtigen Moment ab, trank und spielte um das Fass herum und tat all die Dinge, von denen die Prediger sagen, dass du sie nicht tun sollst, weil sie jetzt schon schlecht für dich sind und noch schlechter sein werden, wenn du den Löffel abgegeben hast, obwohl das doch wirklich nicht fair ist.

Also schnappte er mich eines Morgens und sagte, er würde losziehen. «Und mach nicht so ’n Gesicht», sagte er. «Du wirst deine Haare schon behalten.»

«Weiß ich», sagte ich, «weil ich nirgendwo hingehen werde, wo ich sie loswerden könnte.»

Sam schnaubte verächtlich. «Es kann gar nichts passieren.»

«Ist das wahr?», fragte ich. «Willst du in Chicago jagen gehen?»

«Jetzt werd nicht frech», sagte Sam. «Du wirst in Sicherheit sein.»

«Schätze, das haben diese Jäger in Walls auch gedacht», sagte ich. «Und was sind sie jetzt? Zwei glatzköpfige Gespenster, das sind sie.»

Sam seufzte. «Kleiner, erinnerst du dich an die Ranch in Kalifornien, von der wir geredet haben?»

«Klar erinnere ich mich», sagte ich. «Ich träum sogar davon» – was stimmte – «und ich will da heil ankommen, und genau deshalb sollten wir nicht mehr losziehen.»

«Ist gut», sagte Sam. «Ist schon gut! Und wenn du mal einen

Moment aufhörst zu reden und so ein dummes Zeug zu schwatzen, dann sag ich dir, warum du dir wegen der Indianer keine Gedanken machen musst.»

«Gut», sagte ich. «Ich höre ...» Und das tat ich, und er hatte beinahe Recht – denn so, wie wir dann tatsächlich loszogen, konnten wir vermutlich den Indianern und der russischen Armee zusammen Angst einjagen, es waren fast fünfzig Jäger, die sich mit Wagen und Abdeckern auf den Weg machten, und wie Sam sagte, wenn wir den Indianern dadurch keine Angst einjagen konnten, dann war mit denen was faul, denn wir waren richtig wild. Wild und zerzaust, bärtig, mit roten Augen, und wir schleppten richtige Waffen mit uns mit. Und falls wir allein nicht genügend Leute gewesen wären – es gab zum Glück noch reichlich Kavallerie in der Gegend, die die Prärie mit Pawnee-Scouts durchkämmte, und nach allem, was die Kerle uns erzählten, waren fast gar keine Indianer unterwegs.

Ein Sergeant erzählte uns das. Er und ein Reitertrupp lagerten an einem Bach, an dem wir Halt machen wollten, und er kam vorbei, um zu plaudern und den Whiskey zu probieren.

«Na ja», sagte er nach ein paar Schlucken zu uns. «Der alte General Crook, also, der hat was vor. Er und Sheridan und Custer. Da ist ein komplettes Regiment in Dodge eingezogen und noch eins drunten in Fort Concho.»

«Ach wirklich?» Ein Jäger namens Manners, ein rücksichtsloser, brutaler Bursche, ergriff das Wort. «Sag bloß, die Armee hat tatsächlich vor, gegen diese roten Bastarde was zu unternehmen.»

«Wir werden mit ihnen fertig», sagte der Sergeant barsch, Manners ironische Bemerkung schien ihm nicht zu gefallen. «Finden müssen wir sie allerdings erst.»

«Sie finden!» Manners lachte und murmelte, die Armee könnte nicht mal einen streunenden Hund ausfindig machen.

«Was haben Sie gesagt, Mister?» Der Sergeant fuhr zu Manners herum, ganz nervös, wie Soldaten gegenüber Zivilisten sind, weil sie wissen, dass man sie verachtet und so. Bevor aber Manners mehr von sich geben konnte und wir anfingen, uns statt die Komantschen zu bekämpfen, griff Sam ein und besänftigte die Gemüter.

«Hier.» Er schenkte dem Sergeant noch einmal ein. «Was glauben Sie, wo sie sich aufhalten?»

«Weiß ich nicht», gab der Sergeant zu. «Aber unser Pawnee-Scout nimmt an, dass die Cheyenne nach Norden gezogen sind und die Komantschen und die Kiowa zu irgendeinem gottverdammten großen Canyon in Texas. So was wie ein geheimes Versteck, das sie da unten haben.»

«Geheim! Du lieber Himmel!», sagte Manners.

«Wissen Sie, wo das ist?» Der Sergeant war richtig wütend. «Denn wenn das so ist, dann rücken Sie besser damit raus.»

«So meint er das nicht», sagte ein anderer Kerl, Manners Partner. «Aber wir haben davon gehört. Ein Händler hat mir mal davon erzählt. Palo Duro nennen sie den Ort. Mächtig hübsches Plätzchen, sagte er. Bin selbst allerdings nie dagewesen, mit den Komantschen steh ich nicht so gut.»

«Verstehe», sagte der Sergeant. «Also, wir werden sie kriegen. Aber das Land ist groß.»

Er genehmigte sich noch ein bisschen Fusel und zog dann ab zu seinen Jungs, so dass wir uns hinhauen konnten. Aber ich lag wach, dachte daran, was dieser Soldat gesagt hatte, dass das ein großes Land wäre. Klar, man musste kein Genie sein, um das rauszufinden. Genau genommen redeten die Kerle andauernd davon. «Wirklich», sagten sie, wenn ihnen sonst nichts mehr einfiel, «das ist ein großes Land» – als ob sie dafür verantwortlich wären oder so oder als ob sie wegen dem großen Land selbst auch groß wären. Aber so war es nicht, ich sah das anders. Es machte sie höchstens kleiner, so wie sie sich mit ihren geschlossenen Fäusten und ihren engstirnigen Gehirnen verhielten, zum Beispiel diese Reformer damals in Abilene, als ob sie wegen der Größe des Ortes zu Zwergen wurden und sich in sich zurückzogen, um sich zu schützen.

Aber wie dem auch sei, es war tatsächlich ein großes Land. Menschenskinder, ich dachte an die Komantschen und die Kiowa, die sich vielleicht zu Tausenden in einem versteckten Canyon zusammenzogen, und niemand konnte sie finden! Nicht mal die halbe Armee der Vereinigten Staaten! Das musste ein großes Land sein, ganz klar, und wie ich mich freute, mehr davon zu sehen! Über die Rocky Mountains nach Kalifornien runter zu reiten, Viecher aufzuziehen, statt sie abzuschlachten … Ja, es lag einiges vor mir in dem großen Land, das wusste ich sicher.

Aber bevor ich solche Zukunftsträume verwirklichen konnte, musste ich erst noch die gegenwärtigen Zeiten hinter mich bringen, und das war nichts, wovon man seiner Ma nach Hause schrieb. Wir schleppten uns über die Plains, stießen hier und da auf ein paar Büffel, kleine Herden, die wir abmurksten, ohne viel darüber nachzudenken, und wenn wir auch nicht viele lebende Büffel fanden, dann auf jeden Fall reichlich tote, Meile um Meile verrottende Kadaver, und egal, woher der Wind wehte, du bekamst einen Gestank ab, dass dir übel wurde.

Dann, eines Tages, als wir so vor uns hintrotteten und sich sogar Sam zu fragen begann, ob es sich lohnte weiterzumachen, sahen wir Manners und seinen Partner, die an der Spitze geritten waren, um alles gründlich auszukundschaften, auf uns zukommen. Als wir sie entdeckten, dachten wir, sie hätten vielleicht Büffel gefunden, weshalb es uns gleich ziemlich gut ging. Aber es ging uns nicht mehr so gut, als Manners sein Pferd zu einem scharfen Galopp antrieb und auf uns zuraste und dabei rief: «Indianer!»

Judas, die Männer hatten ihre Gewehre draußen, bevor du auch nur einmal geblinzelt hattest, und ich suchte nach einem Versteck, da bekam Manners einen seiner bescheuerten Lachanfälle.

«Haha!», lachte er. «Regt euch nicht auf. Das sind *gute* Indianer. Kommt mit und seht selbst. Ist gar nicht weit.»

War es auch nicht, gleich hinter einer von diesen Bodenwellen, und da, neben einem schlammigen Wasserloch, waren dann auch die Indianer. Zwei Männer, vier Frauen, einige Kinder und ein paar Ponys.

Vierunddreißig

Ich hatte geglaubt, und ihr vielleicht auch, dass die Indianer draußen auf den Plains mit großem Kopfputz aus Federn und allem rumliefen, und manche taten das vielleicht auch, aber diese nicht. Sie waren in Wildleder gekleidet, ganz normal, bis auf ihre Ponys, diese hübschen Schecken, die sie bevorzugten, die waren mit Sternen, Monden und Sonnen bemalt. Auf seltsame Art erinnerten sie mich an die Büffel, als ob sie keine wirklichen Tiere wären, so wie die Indianer einem nicht wie wirkliche Menschen vorkamen und eigentlich nicht in unserer Welt aus Landparzellen und Banken und Krediten lebten. Eher, als ob sie aus einer eigenen Welt gekommen wären, vielleicht einer Traumwelt, einer, die sie sich für sich selbst zusammengeträumt hatten, vor langer Zeit, vor langer, langer Zeit, und als sie mit ihrem Traum zu träumen angefangen hatten, waren alle Uhren stehen geblieben. Und eins war sicher, die Uhren würden sich für diese Indianer nie wieder in Bewegung setzen, nie wieder, denn sie waren tot. Alle miteinander. Die Männer, die Frauen, die Kinder, sogar die Ponys und ein paar Hunde.

«Hab doch gesagt, dass sie gute Indianer sind», sagte Manners. «Sehen wir sie uns mal an.»

Wir stiegen in das Tal hinab, durch einen Schwarm Krähen hindurch, die sich kaum die Mühe machten, aus dem Weg zu fliegen, und was wir dann zu sehen bekamen, war todtraurig. Also, jedenfalls für einige von uns. Aber für andere nicht, sie liefen um die Leichen herum, piksten an ihnen herum, als ob sie Fleisch auf einem Markt kauften, und diese Indianer, die hatten keine Augen mehr, aber es kam einem so vor, als ob immer noch etwas in diesen Löchern wäre, etwas, was zu uns hinaussah.

«Das sind bloß Arapahos», sagte Manners. «Seht ihr diese Zeichen, die auf das Leder gemalt sind? Sie haben verschiedene Zeichen, damit sie sich auseinander halten können, und das müssen sie auch, denn sie sehen alle gleich aus, haha.»

«Was glaubst du, was passiert ist?», fragte jemand.

«Sind überfallen worden, so sieht's aus», sagte Manners. «Vor drei, vier Wochen, schätze ich, so verschrumpelt, wie sie sind.» Wahrscheinlich hatte er gut geraten, dieses Schwein war daran gewöhnt, sich tote Sachen anzusehen. Er spuckte aus, dann sagte er: «Also, seht mal her, schätze, das erklärt die Geschichte.» Er beugte sich hinunter und hob etwas auf. «Seht ihr das?»

Wir scharten uns um ihn, als er die Hand ausstreckte, und was er hatte, erklärte wohl tatsächlich die Geschichte, denn er hielt einen Messingknopf in der Hand, in den zwei gekreuzte Säbel und der US-Schriftzug eingeprägt waren.

«Tja.» Manners schnippte den Knopf in die Luft und fing ihn auf. «Kavallerie. Müssen sie erwischt haben, als sie die Hosen unten hatten, bloß tragen die gar keine Hosen, haha.»

Nicht alle lachten darüber, doch wir standen alle herum und starrten wie gebannt auf den Knopf. Aber dann erhob Abel, der richtig benommen dagestanden hatte, als hätte er eins auf den Kopf gekriegt, die Stimme: «Du meinst, Soldaten der US-Armee haben das getan?»

«Klar», sagte Manners. «Kavallerie. Das ist ein Knopf von der Kavallerie.»

Abel trat einen Schritt vor. «Willst du mir erzählen, dass amerikanische Soldaten einfach daherkommen und diese Frauen und Kinder erschießen?»

Manners runzelte die Stirn. «Bist du taub oder was?»

Wie schon gesagt, Abel war ein hartnäckiger Fall. Er stand da, den Kopf gesenkt wie eine Ziege, die gegen einen Baum anrennt. «Du sagst mir, diese Soldaten haben sie getötet?»

Manners Stirnrunzeln verwandelte sich in eine richtig grimmige Miene. «Ich hab's dir zweimal gesagt, oder nicht? Willst du behaupten, dass ich lüge? Willst du das? Bei Jesus, zieh dich zurück, sonst kannst du dich verdammt noch mal zu den Indianern dazulegen, Gott helfe mir.»

Also, stellt euch vor, Abel trat nicht zurück, sondern vor, den Kiefer vorgestreckt, und der Himmel weiß, was passiert wäre, wenn Sam nicht eingegriffen hätte.

«Hört auf damit», sagte er, und es klang genauso bedrohlich wie bei Manners. «Er meint damit nicht, dass du ein Lügner bist. Er versteht es einfach nicht, das ist alles. Jedenfalls lasst uns jetzt bloß hier abhauen. Beweg dich, Abel. Du auch, Kleiner. Hier bleibt man besser nicht länger.»

Er schnappte sich Abel und schob ihn zurück den Hügel hinauf, und ich folgte ihm mit Hack, froh, von dort wegzukommen, als sich mein Fuß in etwas verfing, das im Gras lag. Ich hob es auf und rief nach Sam.

«Also, na wirklich», sagte Sam. «Ein Bogen.»

Genau das war es, ein Bogen, ein paar Fuß lang.

«Sieh her, Kleiner», sagte Sam. «Das ganze Ding ist aus Büffel. Das ist Büffelhorn, aufgeschnitten und zusammengesteckt, und die Sehne ist eine Büffelsehne, und dieser Griff, das ist Büffelleder.» Er schüttelte den Kopf. «Nicht viel gegen ein Repetiergewehr der Armee, was?»

Das war es auch nicht. Es war bloß ein Bogen, sonst nichts, aber es war auch irgendwie mehr dran. Man hatte ein bestimmtes Gefühl, er war ausbalanciert, und wenn man ihn nur festhielt, wollte man ihn abziehen. Ein richtig gutes Werkzeug, aber wie Sam sagte, nicht viel gegen einen Karabiner. Auch nicht viel, um damit einem riesigen Büffel gegenüberzutreten, genau genommen.

Ein paar andere Kerle waren hergekommen, um ihn sich anzusehen, und der eine pfiff. «Weißt du, Kleiner», sagte er, «für den kriegst du fast überall ein paar Bucks, wo es einigermaßen zivilisiert ist.»

«Jesus!» Einer der Abdecker schlug sich auf die Schenkel. «Was zum Teufel ist los mit uns? Hier liegt Geld rum.»

«Da hast du allerdings Recht!» Manners ließ einen Juchzer los. «Holen wir es uns!»

Er ging zu den Leichen runter, fing aber an zu fluchen und rief, die Soldaten hätten wohl mitgenommen, was zu holen war, während andere durch das Gras schlenderten, lachend und witzelnd, als wäre das Ganze ein lustiges Fingerhut-Suchspiel. Und einer von ihnen, ein echtes Genie, zog einer der Frauen den Mokkasin mit dem hübschen Perlenmuster aus, und die ganze Zeit schienen die Indianer uns aus ihren Augenlöchern zu beobachten.

Sam und ich und ein paar andere Kerle, wir fühlten uns bestimmt nicht wohl bei der ganzen Sache, während Abel so aussah, als hätte er einen Albtraum, und mir ging es auch so. Aber das war immer noch nicht das Schlimmste, denn plötzlich sagte Hack: «Seht euch das an.»

Wir drehten uns um, und da stand Manners über eine der Leichen gebeugt, mit dem Jagdmesser in der Hand. Er sah uns an und grinste übers ganze Gesicht. «Jesus», rief er, «die ganze Zeit suchen wir nach Andenken, und da liegen sie direkt vor unseren Augen!» Er zerrte den Indianer an den Haaren, wobei er ihm fast den Kopf abriss. «Verflucht, man kriegt fünf Bucks für 'nen echten Skalp!»

«Also, bei Jesus, da hast du Recht», sagte ein Abdecker. «He, das sind nicht alles deine.» Er zog sein Messer, dann starrte er uns an. «Was guckt ihr bloß alle so heilig aus der Wäsche? Das sind Indianer, oder etwa nicht – und tot sind sie auch.»

Manners und seine Kumpels machten am Abend einen drauf, soffen sich zu bis zum Anschlag. Das war nichts Besonderes, aber sie waren richtig wild, und ich weiß nicht, vielleicht kam das daher, weil sie wussten, dass sie da etwas richtig Schlimmes getan hatten, etwas so Schlimmes, dass sie versuchten, es auszulöschen. Vielleicht. Und ich sage vielleicht, weil draußen auf den Plains nichts dabei war, wenn man Skalps mitnahm. Man konnte einen Indianerskalp genau wie jede andere Kuriosität verkaufen, und die Indianer selbst hängten sie sich in ihre Tipis, um zu zeigen, wie viele Feinde sie getötet hatten. Ich weiß nicht, vielleicht hatte es damit zu tun, dass diese Skalps von Leichen stammten, und das waren Frauen und Kinder gewesen … Es kam einem einfach nicht anständig vor, sonst nichts. Und besonders Abel nicht.

Er redete und redete, dass es nicht recht wäre und dass er das den Senator wissen lassen würde und General Sherman und den Präsidenten, redete und redete, bis Sam, der mächtig still gewesen war, ihm einfach sagte, er sollte um Himmels willen die Klappe halten. «Wo du herkommst, da sind auch Indianer rumgezogen, oder etwa nicht?», schrie er. «Was glaubst du eigentlich, was mit denen passiert ist?»

«Die haben Reservate bekommen», sagte Abel. «Ihr eigenes Land, um darin zu leben.»

Sam machte ein Gesicht, als wüsste er nicht, ob er in Lachen ausbrechen oder Abel eins auf die Nase geben sollte, aber er holte tief Luft, zählte so etwa bis zehn, und dann sagte er: «Das hier ist ein Reservat! Wir sind in einem. Du lebst davon, und wenn du nicht aufpasst und fremdes Gebiet betrittst, dann kommst du von hier direkt in die Hölle. Bloß halt die Klappe!»

Damit hätte die Sache eigentlich erledigt sein müssen, denn wir waren wieder dabei, Büffel abzuschießen und hart zu arbeiten, und konnten es uns nicht leisten, über ein paar Wilde zu brüten. Aber Manners hatte die Skalps an eine Stange an seinem Wagen genagelt, um sie trocknen zu lassen, so dass sie mit uns kamen, wohin wir auch fuhren, und es war wirklich schaurig mit anzusehen, wie sich das Haar im Wind wiegte und kräuselte, als ob die Indianer gar nicht tot wären, oder falls sie doch tot waren, dann folgten uns ihre Geister, sie verfolgten uns über die ganzen weiten Plains.

Einmal, später, da war ich in Oklahoma, dem ehemaligen Indianerterritorium, wo Bo und ich den Chisholm Trail entlanggeritten waren. Zusammen mit einem Indianer schlug ich unter einer Kanalbrücke mein Nachtlager auf. Es war Winter, aber keiner von uns wollte in ein Hotel gehen, er nicht, weil es keins gab, das Indianer aufnahm, und ich nicht, weil ich mich für die Rechte der Arbeiter einsetzte und ein ganzer Haufen Hilfssheriffs hinter mir her war, um Baseball mit mir zu spielen – das heißt, sie hatten die Schläger, und mein Kopf sollte der Ball sein –, und außerdem gab es kein Hotel, das uns annähernd schick genug vorkam, haha. Und dieser Indianer, der erzählte mir, sein Pa hätte gesagt, dass Indianer niemals sterben würden. Nicht so, wie weiße Männer sterben. Er meinte sogar, dass weiße Männer nicht wirklich wären. Dass wir Geister wären, und diese Städte, Chicago und Oklahoma City, die wären auch nicht wirklich, und die Indianerstämme, die Komantschen und die Cherokees und die Sioux, die Kiowa, Arapaho, Schwarzfußindianer und Crows, sie und die Büffel würden immer noch über die Plains ziehen, und nur weil in Wirklichkeit wir weißen Männer Geister wären, könnten wir sie nicht sehen. Und ich weiß auch nicht, aber da draußen, mit den Skalps, die an unserem Wagen hingen, da hatte ich manchmal das Gefühl, dass tatsächlich wir es waren, die nicht wirklich waren.

Dann wurde es endlich Herbst, was ein Segen und eine Erleichterung war, die Sonne brannte nicht mehr auf uns runter, die Luft wurde klar und frisch, und ich hielt langsam die Augen nach den Gänsen offen, die ich immer gern sah, zweimal im Jahr kamen und gingen sie, schrien und riefen weit über uns, und vielleicht klingt es verrückt, aber mir kam es immer so vor, als ob sie sich auf dem Weg nach Norden traurig anhörten, aber fröhlich in Richtung Süden flogen und sich auf ein einfacheres Leben freuten.

Ich erwähnte das eines Nachts Sam gegenüber. Abel schnarchte vor sich hin, und Hack war nach Baileys Halt gegangen, unsere Fuhrleute wechselten sich ab mit dem Wegschaffen der Häute, die wir erbeutet hatten.

«Tja.» Sam saß nachdenklich am Feuer und rauchte eine Zigarre. «Vielleicht ist da was dran.» Er brütete weiter, rieb sich das Kinn. «Kleiner», sagte er, «ich hab ein bisschen nachgedacht.»

«Okay», sagte ich, dagegen hatte ich nichts einzuwenden, und wenn, hätte das auch keinen Unterschied gemacht. Aber ich hoffte, dass er was sagen würde, was ich hören wollte, und ich drängte ihn innerlich, dass er es sagte, und er tat es!

«Wegen der Ranch», sagte er. «In Kalifornien.»

Also, beim Jupiter, genau das hatte ich hören wollen! Es war, als ob ich geheime Kräfte hätte, Gedanken losschickte und die Leute dazu brachte zu tun, was ich wollte. Ich dachte sogar, ich sollte mal dran arbeiten und ausprobieren, ob ich Leute dazu bringen konnte, mir Geld zu geben. Also machte ich weiter, schickte wie verrückt Gedanken zu Sam, wobei ich, nur zur Sicherheit, auch etwas sagte.

«Genau», sagte ich. «Die Ranch. Also, es wäre mächtig schön, gerade jetzt dort zu sein. Genau genommen» – ich stieß ihn richtig mit der Nase drauf – «genau genommen könnten wir bei den Büffeln, die wir kriegen, genauso gut jetzt schon da sein.»

Die geheimen Kräfte funktionierten auch! Jedenfalls beinahe, denn Sam, der zog kräftig an seiner Zigarre und stocherte im Feuer, dann sagte er: «Ich sag dir, was ich mir überlegt habe ...» Er wusste nicht, dass ich für ihn dachte. «Die Plains sind fast leergeschossen ... Erinnerst du dich an den letzten Winter, als ich gesagt habe, wir jagen so lange, bis es sich nicht mehr lohnt oder der erste Blizzard ausbricht?»

«Klar weiß ich das noch», sagte ich.

«Nun.» Sam betrachtete das Ende seiner Zigarre, wie das die Leute tun, wenn sie zögern. «Ich schätze, wir kriegen genug Geld rein, um zuzuschlagen!»

Jehosaphat! Das waren die Worte, die ich hören wollte. Ich wollte mich auf der Stelle zur Bahnstation aufmachen, aber Sam sagte, ich sollte mich beruhigen.

«Das hat keine große Eile», sagte er. «Ich hatte vor, von Bailey's Halt aus Charlie Rath zu benachrichtigen, dass wir im Anmarsch sind. Aber bis die Blizzards hereinbrechen, können wir uns noch nördlich der Bahnlinie umsehen, ob wir da nicht noch die eine oder andere Herde finden. Ich kenn da oben ein paar Stellen, wo wir es mal versuchen sollten. Und schließlich sollten wir so viel Geld wie möglich machen, solange es da rumläuft. Aber wenn da nichts ist, was sich lohnt, hauen wir ab. Wie gefällt dir das?»

Wie mir das gefiel! Ein maßgeschneiderter Anzug war nichts dagegen, wirklich. Beim Jupiter, ich schlief fast die ganze Nacht nicht, ich dachte an Kalifornien, an die grünen Felder und an fließendes Wasser und an die Bäume, die dreihundert Fuß hoch waren, jedenfalls sagte das Sam, der da wohl ziemlich übertrieb. Und warum nicht, vielleicht traf ich Keeler, und vielleicht hatte der sein Glück gemacht und war Millionär, was mächtig praktisch sein würde.

Der Herbstmond stand am Himmel, rund und voll und rot, wie eine von diesen Orangen, die man drüben in Kalifornien kinderleicht auftreiben konnte. Er hing so tief am Himmel, dass man glaubte, man müsste nur den Arm ausstrecken und ihn abpflücken und sich in den Mund stopfen, der kühle Saft würde einem das Kinn runterlaufen, und ich schätze, ich hatte Präriefieber, denn ich stellte mir vor, die Sterne wären Trauben, und lauter ähnlich lächerlichen Dichterkram, also schloss ich die Augen – aber, kaum zu glauben, ich träumte von diesem fernen Land. Genau wie die wilden Indianer, die ebenfalls ihre Träume träumten.

Fünfunddreißig

In jenem Sommer draußen auf den Plains war die Zeit irgendwie dahingeschwunden. Sie hatte keine Bedeutung, außer wenn die Sonne aufging und sich daranmachte, dir dein Gehirn zu brutzeln, dann fingst du an, die Stunden zu zählen, bis sie wieder unterging. Tage zählten nicht, Tage und Wochen nicht und Monate auch nicht. Aber nachdem Sam gesagt hatte, dass wir wirklich nach Kalifornien gehen würden, also da bedeutete Zeit mir allerdings wieder was.

Ich konnte es einfach nicht erwarten, bis Hack aus Bailey's Halt zurückkam, und als er dann kam und wir aufluden, konnte ich es wiederum nicht erwarten, bis wir die Bahnlinie erreichten, so, als würde die Zeit schneller laufen, wenn wir uns beeilten. Und ich sag euch noch was. Die einzige Jahreszeit, wo ein menschliches Wesen wirklich auf den Plains leben konnte, das war der Herbst, aber ich wette, ich war der Einzige im ganzen Westen, der sich danach sehnte, dass er zu Ende ging, dass der Winter kam und wir uns auf den Weg in dieses gelobte Land machen konnten.

So ist das eben. Zwar spielte Zeit wieder eine Rolle in unserem Leben, aber sie verging vielleicht langsam! Als wir uns nach Bailey's Halt schleppten, kam mir jede Minute wie eine Stunde vor, während die alte Sonne über uns hing. Ich begann mich langsam zu fragen, ob der alte Josua nicht irgendwo da draußen saß und sie anhielt.

Ich saß auf dem Wagen und sah den Rädern zu, wie sie sich drehten und drehten. Eines hatte einen Riss im Rahmen, und ich fing an, den Riss zu zählen, bis hundert, dann fing ich wieder von vorne an, murmelte genauso schlimm vor mich hin wie der alte Abel.

Wir waren immer noch dieselben, gedankenlos und rücksichtslos. Einmal sahen wir in weiter Ferne eine Kolonne in Blau mit einem flatternden Wimpel, Kavallerie, vielleicht waren es die, die die Indianer zur Strecke gebracht hatten, aber wir machten uns kaum die Mühe, den Kopf zu heben, um hinzusehen, trotteten einfach weiter durch das endlos lange Knochenlager – die Prärie, ihr wisst schon, übersät mit den Knochen der Büffel –, während ich die Räder betrachtete, wie sie sich drehten. Und dann hielten sie an, und wir hatten Bailey's Halt erreicht, und da stand tatsächlich ein Zug! Er machte nicht viel her, es waren bloß eine Lokomotive, ein Wagen und ein Dienstwagen, und er rauchte auch nicht, stand einfach da, sah verlassen aus und auch mächtig seltsam an dieser Stelle, als ob ihn irgendein Verrückter da abgestellt hätte.

«Also, verfluchter Ziegenbock», sagte Sam. «Was bei Sam Hill macht der hier?»

Diese Frage war verständlich, schließlich gab es für einen Zug hier nichts zu tun, aber wir bekamen die Antwort, als wir in die Scheune einkehrten und den Fusel umkreisten – Hack und ich jedenfalls, Abel meinte, er würde sich wirklich gern um die Maultiere kümmern, was zeigte, dass er nur Stroh in seinem Kopf hatte und sowieso mit diesen Knochensammlern über solch faszinierende Themen wie Heuschrecken und Pleiten reden wollte.

Ein Soldat, einer von den wenigen Kerlen, die dort herumhingen, erzählte uns von dem Zug. Er gehörte zu dieser Sorte von Leuten, die stumm sind und erst reden können, wenn sie durch ein Wunder geheilt werden – und das Wunder aus einem großen Glas Whiskey besteht.

«Das wisst ihr nicht?», sagte er in diesem verwirrenden Ton, mit dem Leute reagieren, wenn man ihnen bloß eine Frage stellt. «Das ist ein Rettungszug.»

Sam zog die Augenbrauen hoch. «So was hör ich zum ersten Mal. Was für eine Art Rettungszug?»

«Armee», sagte der Soldat. «Für Verwundete. Deshalb sind wir hier, um die Verwundeten dahin zurückzubringen, wo es Krankenhäuser und so was gibt.»

«Verwundete?», fragte Sam.

«Klar.» Der Soldat spielte mit seinem Glas, ganz diskret, indem er es auf den Tisch knallte, es auf den Kopf stellte, durch es hindurchblinzelte und so weiter, bis Sam kapiert hatte und ihm einen neuen Drink spendierte.

«Genau», sagte der Soldat. «Im Kampf verwundet.»

«Und was für ein Kampf soll das wohl gewesen sein?», fragte Sam, in einem Ton, als ob er mit Erstaunen zur Kenntnis nähme, dass die Armee tatsächlich gekämpft hatte.

«Na ja», sagte der Soldat, «es gab eine große Schlacht mit den Indianern südlich von hier. Wir haben vor ein paar Tagen davon erfahren. Wundert mich, dass ihr Jungs nichts davon mitgekriegt habt.»

«Nun, das haben wir nicht», sagte Sam. «Und es würde mich wirklich überraschen, wenn du noch einen Drink bekämst, bevor du uns erzählt hast, was das für eine Schlacht war.»

«Ich komm schon noch drauf zu sprechen», antwortete der Soldat. «Nach allem, was wir gehört haben, waren es der alte General Mackenzie und das Vierte Kavallerieregiment, die haben einen Haufen Indianer in irgendeinem großen Canyon entdeckt ...»

«Im Palo Duro?», unterbrach Sam ihn.

«So was Ähnliches», gab der Soldat zu. «Sieht so aus, als hätten sie einen ganzen Stamm oder so was ausgerottet, deshalb sind wir gekommen, um die Verwundeten zu holen.»

«Verwundete Indianer?» Sam hörte sich ziemlich ungläubig an.

«Was glaubst du denn!» Der Soldat war richtig entsetzt. «Unsere Jungs.»

«Der Weg kommt mir ziemlich weit vor, um Verwundete mitzuschleppen», sagte Sam. «Ich hätte gedacht, man bringt sie nach Fort Concho.»

Der Soldat sah Sam an und grinste irgendwie trocken. «Warst wohl nicht bei der Armee, Bruder.»

Das war die Geschichte, die man uns erzählte, und sie stimmte, denn ein paar Tage später trafen ein paar Kavalleristen ein, die da unten gewesen waren, und die waren bereit, für ein paar Drinks die Einzelheiten beizusteuern. Demnach hatten anscheinend einige Tonkawa-Scouts den Canyon gefunden, und

Mackenzie hatte angegriffen und die Indianer beim Mittagsschlaf überrascht.

Ein Korporal erzählte uns das. «Zum Teufel», sagte er. «Diese Kiowa lieferten uns ein Gefecht, so dass ihre Frauen und Kinder abhauen konnten und die Komantschen ebenfalls, die weiter oben im Canyon saßen. Aber wir schnappten uns ihre ganzen Vorräte, verbrannten ihre Tipis und knallten ihre Ponys ab. Müssen mindestens tausend gewesen sein.» Er zuckte mit den Schultern. «Musste wohl sein, schätze ich.»

«Und wo sind die Indianer?», fragte Sam.

«Überall verstreut, einfach so. Wir treiben sie jetzt zusammen. Ich hab gehört, dass Little Wolf mit ein paar Kriegern entkommen konnte, und zwar zu Pferd, und vielleicht auch Quannah Parker. Aber die meisten sind zu Fuß, und die können nirgendwo hin außer in ein Reservat. Jawohl, der Rest ist schnell erzählt. Es wird keinen Ärger mehr geben mit den Rothäuten.»

«Schätze, nein.» Sam stand auf. «Werd mir mal den Weg runter die Beine vertreten. Komm schon, Kleiner.»

Ich ging mit ihm zur Tür, aber Sam blieb noch einmal stehen. «Was ist mit den Verwundeten? Für die der Zug da ist?»

Da spielte der Korporal mit seinem Glas. «Gab keine Verwundeten», sagte er. «Hatten überhaupt keine Verluste.»

Die Nacht war klar und frisch, Millionen Sterne funkelten, als ob sie gerade poliert worden wären, und die Knochen am Wegrand leuchteten weiß. Und in einiger Entfernung von Bailey's Halt, wo die Soldaten lärmten und auf die Pauke hauten, war es richtig still, nur der Wind seufzte, und ein leises Rasseln kam von den Knochen, wo irgendein Ungeziefer herumbuddelte.

Wirklich, es war ruhig und friedlich, als wir den Weg runtergingen, und mir fiel es schwer zu glauben, dass da draußen, in der ganzen weiten Nacht, Tausende von Indianern herumhumpelten, ohne Ponys, ohne Tipis, ohne alles, schätze ich, während der Winter nahte und nichts außer einem Reservat auf sie wartete, wie der Soldat gesagt hatte, und auch da gab es nichts für sie.

Ich schätze, Sam waren die gleichen Gedanken durch den Kopf gegangen, was ziemlich nahe lag. Jedenfalls blieb er stehen und zündete eine Zigarre an, das Streichholz flammte gelb auf und beleuchtete sein abgehärtetes Gesicht, das gar nicht so abgehärtet war, wenn man es mal kannte.

«Also», sagte er. «Sieht so aus, als hätten sie sie gekriegt.» Er paffte vor sich hin. «Hast du jemals einen Prärieindianer gesehen, Kleiner? Ich meine einen richtigen, wenn er reitet?»

Ich gab zu, dass ich nie einen gesehen hatte, und das war wirklich erstaunlich, nachdem ich zwei Jahre draußen auf den Plains gewesen war. Ich hatte zwar Arapaho- und Pawnee-Scouts gesehen und diese Rothäute unten im Indianerterritorium, aber noch nie einen richtig *wilden* Indianer.

«Das ist kein Wunder», sagte Sam. «So weit südlich sind wir nicht gewesen. Aber ich hab schon welche gesehen. Das war ein Anblick, mit ihren bemalten Pferden und den Perlen! Sie trugen eine Art Brustplatte, verstehst du? Aus Stachelschweinstacheln, ganz toll gefärbt in Rot und Blau. Sie trieben Handel. Wusstest du das? Über ganz Amerika.»

«Handel?», sagte ich. «Du meinst, so wie wir?»

«Sicher», sagte Sam. «Mit Fellen und Perlen, mit Muscheln und diesem Stein, aus dem sie ihre Friedenspfeifen machen.» Er rauchte eine Weile, und der Zigarrenrauch zog durch die Nacht. «Ich bin mal in eine Kriegsfeier geraten. Da gab's vielleicht was zu sehen. Dieser Kriegshäuptling, der trug einen kompletten Kopfschmuck aus Adlerfedern. Und die Krieger ... Sie waren stolz. Genau, das ist das richtige Wort. Stolz. Als ob ihnen die Welt gehörte.»

«Hast Glück gehabt, dass du deinen Skalp behalten durftest», sagte ich.

«Ach was.» Sam schüttelte den Kopf. «Sie waren hinter einem anderen Stamm her, Pferde stehlen. Mit uns wollten sie keinen Ärger. Wir gaben ihnen ein bisschen Tabak, und sie waren zufrieden. Wir haben ihnen nichts getan, jagten bloß Büffel, und damals gab es genug für alle. Du würdest doch niemanden umbringen, weil er ein paar Grasbüschel aus deinem Feld rausreißt, oder? Nein, als ich rauszog, die Büffel, ich weiß nicht, sie kamen einem vor wie ein riesiger Fluss. Wir standen am einen Ufer und sie am anderen, das hat niemandem geschadet. Aber jetzt sind sie weg, die Büffel und die Indianer.»

«Glaubst du?», fragte ich.

«Klar, auf den Plains jedenfalls. Hast du den Soldatenburschen gehört? Sie haben keine Ponys und keine Chance, welche zu kriegen. Hast du 'ne Ahnung, wie es da draußen ist, wenn man kein Reittier hat? Nein, die Büffel sind weg, und die Indianer sind mit ihnen gegangen. Musste passieren, schätze ich, aber ich weiß nicht …»

«Was weißt du nicht, Sam?», fragte ich.

Sam winkte ab. «Bloß … bloß, obwohl sie vielleicht mörderische Bastarde waren, ist das wie … wie ein Verlust. Zur Hölle!» Er wurde ganz scharf. «Wozu rede ich so daher? Macht mir gar nichts aus. Jedenfalls sind die Maultiere ausgeruht, ich schätze also, wir gehen auf die Jagd.»

«Die letzte», warf ich schnell ein.

«Klar.» Sam grinste und schnippte seinen Zigarrenstummel auf den Weg. «Klar. Morgen geht's los.»

Wir kehrten um, und ich fühlte mich frisch wie im Frühling, obwohl wir die erste Oktoberwoche hatten. Aber ich schätze, ihr wisst, was ich meine. Bloß noch ein paar Wochen, dann Lebewohl der gottverdammten Schlachterei und Hallo da unten, Kalifornien. Genau, ich fühlte mich echt gut, während wir durch die klappernden Knochen zurückgingen.

Am nächsten Morgen zogen wir weiter, folgten der Bahnlinie ein Stück, bis wir nach Norden schwenkten, auf zerklüftetes Land zu, von dem Sam annahm, dass es ein Gebiet war, das noch nicht leergeschossen war. Noch zwei Jäger kamen mit uns, denn zu mehreren war man sicherer, und wir waren froh über die Gesellschaft, wo doch dieser Lone Wolf irgendwo durch die Gegend streifte, aber wir begegneten die ganze Zeit über niemandem, bis wir das Jagdgebiet erreichten, wo es ein richtiges Lager gab mit vielleicht fünfzehn oder zwanzig Jägern, die sich entlang zweier Bäche eingegraben hatten. Und was an diesen Bächen komisch war – die waren wie in Abilene, den einen konnte man mit der North Side und den anderen mit der South Side vergleichen, Leute wie wir lebten an dem einen Bach, und, na ja, «andere» Leute an dem anderen. Gleich und gleich gesellt sich gern, wie man so sagt. Klar, an dem anderen Bach gab es keine richtigen Tanzsäle oder Saloons, und bei unserer Gruppe gab es auch keine Kirchen oder Enthaltsamkeitstreffen, aber es gab einen Unterschied zwischen hier und dort, und es war beruhigend, unter seinesgleichen zu sein.

Auf alle Fälle, wir kamen an, sagten Hallo zu den anderen, kratzten uns einen Unterschlupf aus, nur grob, da wir nicht lange blieben, suchten einen Platz für die Maultiere zum Ausruhen, dann zogen wir weiter.

Es war auch mächtig nett. Goldenes Wetter und Buttermilchhimmel, und sogar die toten Büffel kamen uns nicht so schrecklich vor, das Wetter und das Ungeziefer hatten sie ein bisschen saubergemacht.

Und es gab auch die andere Art von Büffeln, solche, die immer noch ihre vier Beine benutzen konnten, um weiterzuziehen, und Sam wusste, wo er sie suchen musste – in Senken und hügeligem Gelände –, und sagt, was ihr wollt, aber als die Sharps zum ersten Mal ihre Stimme erschallen ließ und der erste Büffel fiel und der erste Dollar in die Kasse rollte, da flog das ganze Mitleid zum Fenster raus.

Und ohne das Mitleid konnte man die Tage aushalten, diese goldenen Tage und Nächte, wie man sie sich nicht ausmalen könnte – wenn der Mond so groß ist und die Sterne so hell leuchten, dass die ganze Welt in Silber und Gold getaucht zu sein scheint. Und selbst beim Häuten hatten diese Tage etwas Träges, Leichtes an sich. Es war warm, so dass man die Kühle der Nacht genoss, und die Nächte waren kühl genug, um den Geruch des Holzfeuers zu genießen und sich auf die Sonne im Rücken am nächsten Tag zu freuen. Es war ein echter Indianersommer, ein verschwommener Traum, in dem alles recht erschien. Einfach recht.

Dann ging es dem Winter entgegen. Aber dieser Winter, der schien wirklich schrecklich lange auf sich warten zu lassen, und es gab Zeiten, da glaubte man, er hätte frecherweise beschlossen, in diesem Jahr zu Hause zu bleiben. Aber dann kamen die Gänse und schrien zu uns runter, sie glänzten am Himmel, als ob sie aus der Finsternis ins Licht fliegen würden, und ich winkte ihnen zu und rief: Hallo, ihr Mädels, wir sehen uns bald. Und ich hätte schwören können, sie riefen zurück: Nur zu, Ben!

Der Winter kam nach den Gänsen. Es wurde allmählich kälter, an manchen Tagen war der Wind ungewohnt scharf, und nachts klirrte der Frost. Und dann blies uns der Wind stetig entgegen, tippte dich an wie jemand, der dich warnen will. Es kam auch kalter Regen, Schneeregen zog über das Land, und Blitze gab es, mächtige Kältegewitter, und dieses Wetter sagte: Glaub bloß nicht, dass das alles ist, was ich kann. Nichts da, ich hab noch ein Ass im Ärmel, und darauf kannst du dich verlassen, mein Sohn.

Dann kam der Schnee, und Sam ließ sich nicht darauf ein, ein paar Schneeflocken für einen Blizzard zu erklären, er meinte, das würde er entscheiden.

«Hast du verstanden?», sagte er richtig bösartig.

Ich hatte verstanden. Am Tag, als der erste Schnee fiel, hatte ich verstanden, und an den folgenden Tagen verstand ich noch besser. Es regnete und hagelte, und der Wind heulte, aber Sam schien dies für die lächelnden Brisen des grünenden Frühlings zu halten, und mich ließ das wirklich schlimme Gefühl nicht los, dass er niemals aufgeben würde, solang es noch Büffel gab, die man kriegen musste. Und es gab welche, verdammt noch mal. Nicht gerade massenweise, aber es gab genug, damit sich die Jagd lohnte, und Sam jagte. Er ließ nicht nach, die Biester fielen um, fielen um, fielen um, wenn die Sharps krachte. Und dann gab es keine mehr.

Ich sage, es gab keine mehr, aber damit meine ich nicht, dass auf der ganzen Welt keine mehr übrig waren oder in den Vereinigten Staaten. Bloß da, wo wir waren, gab es keine mehr, wenn wir also weiterjagen wollten, mussten wir weiterziehen, und bis heute bin ich mir nicht sicher, ob Sam das nicht auch getan hätte, denn wenn die Dollars dich mal gepackt haben, dann lassen sie dich nicht mehr los. Aber das Licht wurde langsam komisch, dunkel und doch hell, auch wenn das vielleicht albern klingt, wie Metall von einem Schießeisen, und wir wussten beide, was das bedeutete. Aber sogar da zögerte Sam, lief vom Feuer zu seinem Pferd und vom Pferd zum Feuer, trank Kaffee, paffte seine Zigarre und sah außerdem wütend aus!

Abel und Hack lehnten am Wagen, betrachteten ihre Stiefel, bedrückt, und ich stand am Feuer und starrte in den Himmel, vielsagend, ihr wisst schon, starrte einfach hoch und blinzelte mit keinem Lid, und das brachte Sam auf die Palme. Er kam zu mir herüber und giftete mich an. «Brauchst gar nicht so stocksteif dazustehen!», schrie er. «Ich weiß, was du denkst.»

Ich gab gar keine Antwort darauf, blieb einfach nur stehen, starrte nach Norden, und Sam, na ja, ich schätze, er wusste nicht, ob er loslachen oder mir eins auf die Nase geben sollte, tat dann aber keins von beiden.

«Schon gut», sagte er. «Schon gut! Da ist ein verfluchter Blizzard im Anmarsch.» Er schnippte den Zigarrenstummel ins Feuer. «Gut. Also, warum eigentlich nicht. Okay, verduften wir von hier.»

Beim Jupiter! Ich wäre am liebsten über den Mond gehüpft! Ich hätte einen Büffel mit bloßen Händen zu Boden würgen können. Ich hätte den Wagen allein ziehen können. Ich hätte verdammt noch mal fast alles tun können und wäre nicht mal ins Schwitzen gekommen. Denn das war's. Denn jetzt war Schluss. Aus und vorbei. Schluss mit dem Schießen und Häuten. Schluss mit dem Blut und den Därmen und dem Fett. Schluss mit dem verfaulten Essen und Schluss mit dem Ungeziefer, das einen fast auffraß, und Schluss mit der Angst, denn endlich zogen wir ab, zogen in das Land, wo die Sonne schien und die Vögel zwitscherten, und ich fragte mich bloß noch, warum um alles in der Welt wir nicht längst da waren.

Aber wir zogen wirklich ab, und wir fuhren zurück ins Lager, mit dem Blizzard im Rücken, und er erwischte uns auch, und es war ein Killersturm, für Mensch und Tier. Er wütete zwei Tage und zwei Nächte, aber wir kamen durch, und zu unserem Glück setzte anschließend harter Frost ein, statt dass es etwas wärmer wurde, wie das manchmal passieren konnte, so dass wir über die Prärie ziehen konnten und nicht in dem tiefen, weichen Schnee stecken blieben, durch den die Maultiere niemals durchgekommen wären, weil sie schlicht erschöpft waren.

Aber wir kamen durch, fuhren zurück zum Bach und zu unserem Unterschlupf, steckten die Tiere in einen primitiven Korral, den es unterhalb von uns gab, und Sam, das muss man ihm zugute halten, der machte es ihnen so bequem wie möglich, deckte sie mit Decken zu und fütterte sie mit dem Besten, was da war. Dann gingen wir in unseren Unterschlupf und machten es auch uns so bequem wie möglich, was auch nicht besser war als bei den Maultieren, und Sam fischte eine Flasche Whiskey heraus, die er aufgespart hatte. Er schenkte uns ein, mir auch, obwohl er meinen Drink mit so viel Wasser verdünnte, dass er eher nach Kräuterlimo schmeckte, und dann lehnten wir uns zurück.

«Jungs», sagte er zu Hack und Abel, «ich schätze, ihr wisst, das ist das Ende der Fahnenstange. Ich und der Kleine, wir gehen zurück nach Dodge. Wenn ihr mitkommen wollt, okay, aber wenn ihr hier draußen bleiben wollt, vielleicht nimmt euch einer von den Jägern da oben am Bach. Ich kann euch einen Schuldschein geben, den könnt ihr irgendwann bei Charlie einlösen. Macht, was ihr wollt. In der Zwischenzeit geb ich mir selbst 'ne Party.»

Das war klasse, wisst ihr. Klasse und prima. Es schneite wieder, und wir saßen in einem Loch in der Erde, aber ich hatte einen echten Kumpel und eine Zukunft, deshalb war das Loch für mich genauso gut wie das Drovers Cottage damals in Abilene. Aber ich muss sagen, der alte Abel tat mir Leid. Hack war mir wurstegal, der gehörte zu den Typen, die im Leben kommen und gehen, nie viel sagen, bloß ihre Arbeit machen und dann abhauen. Eigentlich wusste ich nicht mehr über ihn als an dem Tag, wo er angefangen hatte. Aber dieser Abel, in die Ecke gekauert, die Knie bis an die Ohren hochgezogen ... Irgendwie Mitleid erregend, wie seine Frau und seine Kinder drüben im Hungerland saßen oder sonstwo und er seinen verrückten Träumen von einer neuen Farm nachhing. Genau, er tat mir richtig Leid für fünf Minuten, aber danach, und nach dem nächsten Schluck, hätte ich nicht mal eine Dose Bohnen gestiftet, wenn er in die Erde getaucht und verschwunden wäre, und da ich nicht vorhatte, irgendwas für ihn zu tun, war es sowieso egal.

Und unsere Party war nach der Nacht nicht zu Ende. Sie ging irgendwie weiter und fing am nächsten Tag wieder von vorne an. Es hatte sich rumgesprochen, dass wir aussteigen würden, und die Kerle kamen den Bach runter, brachten uns Post und Nachrichten, und da kam dann eins zum anderen, Leute luden uns in ihren Unterschlupf weiter oben ein, und dann, es hatte aufgehört zu schneien, veranstalteten wir ein großes Lagerfeuer. Mehr Whiskey wurde hervorgezaubert, und wir saßen um das Feuer, auf dem Büffelfleisch kochte, und, wer hätte das gedacht, einer von den Kerlen hatte eine Fiedel dabei und kratzte darauf Musik für uns! Es war richtig gut, wir hatten Musik und Futter und Whiskey, und von ein paar Tanzmädels abgesehen fehlte uns nichts, und das Ganze war bestimmt eine prima Art und Weise, den Abschied vom Schlachterleben zu feiern.

Eine Orgie war es nicht. Von der Fiedelmusik abgesehen war es bloß ein ordentliches Rund-um-das-Feuer-Besäufnis, bei dem reichlich über Indianer geredet wurde und dass es im Colorado River Silber und oben in den Black Hills Gold geben würde, wo die meisten Männer so bald wie möglich hinwollten, und zum Teufel mit den Sioux, die da oben ihre Götter anbeteten, die Armee würde schon mit ihnen fertig werden, so wie mit den Komantschen. Und weil die Kerle wussten, dass wir zurückfuhren, kam die Sprache auch auf Dodge.

Einer sagte, dass eine Kirche gebaut worden wäre, was mir neu war, und dass eine richtig normale Stadt aus Dodge würde, obwohl andere behaupteten, es wäre bloß ein Büffellager, das aus den Nähten platzte, weshalb es verschwinden würde, genau wie Hunderte von anderen Städte, auch wenn es eine Bahnstation und einen Stadtrat hatte und einen richtigen Mann des Gesetzes anheuern würde.

Das Gespräch drehte sich dann nicht weiter um Dodge, das ohnehin keinen wirklich interessierte, sondern um Männer des Gesetzes im Allgemeinen, und einer sagte, egal wie knallhart sie auch wären oder wie gut sie schießen könnten, am Ende würde es sie doch alle erwischen.

«Genau wie Bear Thompson in Abilene», meinte ein Jäger. «Die hielten ihn für den härtesten Mann unter den Lebenden, trotzdem wurde er abgeknallt, oder nicht? Und Hickok, der kann wohl am besten mit dem Schießeisen umgehen von allen, die rumlaufen, aber irgendeiner erwischt ihn doch, früher oder später.»

Keiner sagte was dagegen, aber ich hatte da einen Einwurf, und den machte ich auch. «Hickok ist aber kein Scharfschütze», sagte ich.

Man braucht nicht besonders schlau zu sein, um zu wissen, was passieren würde, und es passierte, die Kerle brüllten mich nieder und riefen, was wüsste ich denn schon, wie üblich. Aber ich war im letzten Jahr ein bisschen weitergekommen und bereit zurückzuschreien, und als mich einer niederbrüllen wollte, indem er sagte, was zum Teufel ich davon wüsste, sagte ich bloß: «Mister, ich weiß es, weil ich Hickok gesehen habe, sonst nichts. Und ich hab gesehen, wie er Phil Coe und Mike Williams abgeknallt hat, vor dem Alamo.»

«Du hast das gesehen?», fragte ein anderer ungläubig.

«Klar hab ich», sagte ich. «Und mein eigener Bruder ist abgeknallt worden in Abilene.»

Wenn es ein Erdbeben gegeben hätte, dann hätte es unter Umständen mehr Aufregung gegeben, obwohl ich das bezweifle. Die Kerle stürzten sich auf mich, wollten jedes kleinste Detail über die Morde wissen. Seltsam, oder? Die Jungs waren richtig abgehärtete Männer, aber sie hingen an jedem einzelnen Wort wie Kinder, die einem Märchen zuhören. Selbst wenn ich gesagt hätte, ich würde Leute vom Mars kennen, hätten sie nicht aufmerksamer sein können.

Ich nehme an, es war Langeweile. Das hört sich vielleicht verrückt an, wenn man sich vorstellt, in welcher Gegend wir uns aufhielten, da draußen im wilden Grenzgebiet, wo wir Büffel schossen und die wilden Indianer frei herumliefen, aber das Leben war die längste Zeit über bloß eine harte Plage, und die meisten Kerle, denen man begegnete, empfanden das auch so, sie dachten dieselben Gedanken und redeten über dieselben Sachen, genau wie die Leute fast überall, deshalb suchten sie im Leben anderer Leute sozusagen die Romantik und das Abenteuer, genau wie sie über Berufsboxer oder Baseballspieler redeten, wenn man's genau nimmt. Wirklich, Bat Masterson, einer der berühmtesten Banditen, die je einen Marshalstern getragen haben, war auch Sportberichterstatter in New York, und wenn das, was er schrieb, genauso sehr erfunden war wie die Geschichten von Wyatt Earp über Tombstone in Arizona, dann ist es kein Wunder, dass damals keiner eine Sportwette gewann.

Wie auch immer, die Kerle waren alle ganz still, während ich ihnen von Hickok und Bo und allem erzählte, was genau genommen nicht viel war, aber ich schmückte es aus, damit ich im Mittelpunkt stand.

«Und es tut mir verdammt Leid, dass Kessel woanders gekriegt hat, was ihm zustand», sagte ich. «Beim Allmächtigen, das tut es. Ich hätte den Hund gern selbst fertig gemacht.»

So redet man im Suff. Es war bloß der Suff. Wie ich da am Feuer saß, auf dem Sprung nach Kalifornien, und mich mit einer Rache wichtig machte, an die ich keine fünf Minuten gedacht hatte, seit ich Abilene verlassen hatte!

Aber meine ganze scheußliche, sinnlose Aufschneiderei an dem Abend meinte ich gar nicht wirklich. Ich wollte bloß im Mittelpunkt stehen, weiter nichts, und ich weiß nicht, aber als die Kerle genug von mir bekamen und sich anderen Draufgängern und Mördern zuwandten, war ich auch nicht froh darüber, und das zeigt nur, wie widersprüchlich die Menschen sind, denn ich war ein bisschen sauer und fühlte mich ausgeschlossen.

Aber wenn du die Katze mal aus dem Sack gelassen hast, ist es nicht so einfach, sie wieder zurückzustopfen, denn während ich mich gegen ein Wagenrad zurücklehnte, kam einer mit einer Flasche zu mir rüber. «Nimm einen Schluck, Kleiner», sagte er.

Ich sagte, ich wollte nicht, und er bedrängte mich nicht, hockte sich bloß neben mich und nahm selbst einen Schluck. «Stimmt das alles, Kleiner?», fragte er. «Was du da erzählt hast?»

«Über Hickok? Klar stimmt das», erwiderte ich richtig sauer. «Halten Sie mich für einen Lügner?»

«Also …» Der Kerl küsste die Flasche. «Das würde mir nicht einfallen, und falls doch, würde ich es geradeheraus sagen. Ich rede von deinem Bruder. Bist du wirklich der kleine Curtis?»

«Wenn ich der nicht bin», sagte ich, «dann hab ich keine Ahnung, wer zum Teufel ich sonst bin.»

«Und dieser Kessel …»

Aber ich wollte nicht länger über ihn reden. Wenn ich nur von ihm redete, hatte ich einen schlechten Geschmack im Mund. Ich wollte die Sache auf sich beruhen lassen. Sie einfach vergessen. Wegstecken. Das war eine Last, die ich nicht länger tragen wollte, und das sagte ich ihm. «Vergessen Sie das», sagte ich. «Lassen Sie es sein.»

«Okay, Kumpel.» Der Kerl stand auf. «Tu ich bestimmt. Aber ich bin mir nicht sicher, ob Kessel das tut!»

Sechsunddreißig

«Schätze nicht», sagte ich mürrisch und hatte dabei diesen schlechten Geschmack im Mund, und dann fing mein Herz an zu kribbeln. «Was meinen Sie damit, ob er es tut? Haben Sie einen Draht zur Hölle?»

«Weiß ich nicht», sagte der Kerl, und das Feuer flackerte auf seinem Gesicht, als ob wir auch wirklich an der Schwelle zu diesem Ort stünden. «Ich sag dir nur, was ich weiß, weiter nichts.»

«Ach ja?» Ich erhob mich taumelnd. «Treiben Sie bloß keine blöden Witze mit mir, Mister. Ich bin dafür nicht in Stimmung.»

Es ist ein Wunder, dass der Kerl mir keine runterhaute, aber er schüttelte nur den Kopf. «Das ist kein Witz», sagte er. «Zum Teufel, da gibt es überhaupt nichts, worüber man lachen könnte.»

«Aber», sagte ich, «aber ...» Ich suchte wie ein Betrunkener nach Worten. «Wollen Sie damit sagen, dass der Hurensohn noch lebt?»

«Er ist so lebendig wie du und ich», sagte er.

«Aber, verdammt noch mal ...» Ich hielt mich am Wagen fest, um nicht umzufallen. «Er wurde ermordet. Erschossen in ... Genau, in St. Louis. Hat mir Hickok erzählt.»

«Man hat dir was Falsches erzählt, Kleiner», sagte der Kerl. «Vielleicht hat jemand auf ihn geschossen, aber tot ist er sicher nicht.»

Ich wedelte durch die Luft, als ob ich Spinnweben beseitigen wollte, und versuchte wegzuwischen, was mir dieser Kerl erzählte. Ich wollte das Zeug nicht hören. Ich wollte nicht, dass Kessel am Leben war und ich an ihn denken musste, wie er trank und spielte und mit Frauen rummachte. Ich wollte, dass er tot war. Und ich wollte auch nicht mehr an Rache denken. Und ich schätze, das war das Schlimmste daran. Statt meinen goldenen Träumen nachhängen zu können, war ich wieder zurückgeworfen worden in einen gottverdammten Albtraum.

Und wütend wurde ich auch, wütend auf den Kerl, weil er mir das erzählt hatte. «Woher wissen Sie das bloß?», fragte ich ihn. «Woher wollen Sie wissen, dass er noch lebt?»

«Na ja ...» Der Kerl sah mich richtig fest an. «Na ja, weil er hier ist!»

Jesus, es war ein Albtraum. Und zwar einer von der schlimmsten Sorte. «Hier?!», rief ich.

«Genau.» Er senkte die Stimme. «Kleiner, er sitzt in einem Loch an dem anderen Bach. Nach allem, was ich gehört hab, hat er bei Larned einen Siedler umgebracht. Es gibt einen Steckbrief für ihn, und deshalb ist er hier. Und, Kleiner, wie schon gesagt, mich geht's ja nichts an, aber er hat Kumpels, die hier auf der Party waren, und du hast gerade mächtig laut rumgetönt. An deiner Stelle würd ich mir also was überlegen. Pronto.»

Er ging davon, und als das, was er gesagt hatte, zu mir durchgedrungen war, ging ich auch, doppelt pronto, und schnappte mir Sam, der ein paar Jägern dabei behilflich war, eine Flasche zu erleichtern.

Er war sauer, weil ich ihn vom Feuer wegzog und vom Whiskey, und das sagte er auch. «Ich kann nur für dich hoffen, dass es was Wichtiges ist», grollte er.

«Es ist wichtig», sagte ich und erzählte ihm die Geschichte, und als ich geendet hatte, ließ er einen von diesen tonlosen Pfiffen ab.

«Jesus!», sagte er. «Heiliger Jesus Christus! Wer hat dir das erzählt?»

Ich deutete auf den Kerl, und Sam ging zu ihm rüber und redete eine Weile mit ihm, während ich blieb, wo ich war. Ich zitterte, obwohl ich einen Wolfspelz anhatte, und mir war schlecht, was auch nicht bloß vom Whiskey und dem halbgaren Büffelfleisch kam, und dann kam Sam zurück.

«Okay, Kleiner», sagte er. «Jetzt hör mir zu und reg dich nicht auf. Hast du das kapiert?»

Ich sagte, ich hätte, und dabei packte er mich und hielt mich hinten an meinem Mantel fest und zog mich langsam zurück, aus dem hellen Licht des Feuers in die Dunkelheit.

«Jetzt hör mir zu», sagte Sam, ohne mich loszulassen. «Dieser Kerl, ich schätze, der ist in Ordnung, und er ist sich sicher, dass sich dieser Mörderbastard hier rumtreibt.»

«Also, was tun wir jetzt?», fragte oder vielmehr krächzte ich.

«Die Frage heißt eher, was *du* tust», antwortete Sam.

Genau, das hatte ich mir gedacht. Gerade waren *wir* noch brüderlich in Liebe verbunden, und *wir* würden einen neuen Anfang machen und ein neues Leben beginnen, aber machten sich ein paar Schwierigkeiten bemerkbar, dann war *ich* es mit *meinen* Problemen. Aber ich hatte Sam falsch aus der Hand gelesen, und das zeigt, dass man nicht voreilig irgendwelche Schlüsse ziehen soll, schon gar nicht, wenn sie falsch sind.

«Die Sache ist die», sagte Sam, «dieser Kessel, der ist nicht allein.» Was ich mir schon dachte, schließlich ziehen diese Ratten meistens in einer ganzen Schar umher. «Und ganz sicher wollen wir nicht in eine Schießerei kommen.»

Das kannst du laut sagen, dachte ich. Liebster Jesus, bei dem bloßen Gedanken kam mir alles hoch. «Also, was machen wir?», fragte ich. «Trommeln die Jäger zusammen …»

«Blödsinn», sagte Sam. «Glaubst du, die wollen sich da reinhängen?»

«Aber er ist ein Mörder!», rief ich. «Schon gut, ich rede leiser. Gottverdammmich, er wird per Steckbrief gesucht. Er hat diesen Siedler umgebracht, und er hat auch meinen Bruder umgebracht!»

«Genau», sagte Sam. «Und die Jäger wollen nicht, dass er *sie* umbringt. Und dieser Steckbrief, hier draußen ist er nicht das Papier wert, auf dem er gedruckt wurde.»

«Also, was zum Teufel soll ich machen?», fragte ich.

«Du haust ab», sagte Sam. «Und zwar schnell, bevor dieser Kessel mitkriegt, dass du dir dein dusseliges Maul verbrannt hast. Also, hör zu», zischte er, denn ich war kurz davor umzufallen. «Er wird nach dir suchen, um dich abzuknallen, das ist so sicher wie das Amen in der Kirche, deshalb wirst du dir mein

Pferd nehmen und dich in Bewegung setzen, und zwar schnell. Du reitest nach Bailey's Halt, aber da hältst du nicht an. Reit weiter. Bis nach Dodge, und da wartest du auf mich. Ich werd dir mit dem Wagen folgen, aber du ziehst los.»

«Ganz allein?», krächzte ich, denn im Winter über die Prärie zu reiten war schon schlimm genug, und erst recht ohne Gesellschaft.

«Ich weiß», sagte Sam, ihm hätte das keiner zu sagen brauchen. «Kleiner, ich weiß, wie du dich fühlst, aber was Besseres fällt mir nicht ein. Wir haben sowieso keine große Chance gegen ein Rudel mordlustiger Kojoten. Komm schon, ich helf dir satteln und geb dir was zu futtern.»

Wir entfernten uns von der Meute und gingen am Bach entlang, bis wir zu unserem Wagen kamen und zu dem primitiven Korral, der sich da unten befand. Es war auch eine unheimliche Nacht, der Frost knirschte unter unseren Füßen, und ein weißer Mond starrte so hell herab, dass die ganze Welt ausschließlich schwarz und weiß aussah, die weißen Teile waren weißer, als man sie je gesehen hatte, und die schwarzen schwärzer, wie wenn auf der ganzen Welt die Farbe ausgelaufen wäre. Und die Schatten, die waren so schwarz, dass man glaubte, man könnte sie berühren, gottverdammt, und ich blieb erstarrt stehen, weil Kessel vielleicht in so einem Schatten lauerte und darauf wartete, mich zu überfallen und hinter Bo herzuschicken.

Aber nichts passierte. Kein Kessel tauchte auf, wir erreichten den Korral und bewegten uns zwischen den friedlichen Tieren, fischten Sams Pferd aus der Herde, und während wir das taten, murmelte Sam etwas in sich hinein.

«Was ist denn?», flüsterte ich.

«Dieses Pony», sagte er.

Ich trat zu ihm, und da stand ein Pony, das ich nicht kannte, komplett gesattelt.

«Jemand neu angekommen», sagte Sam. «Wirklich, man sollte doch meinen, dass er es erst absattelt.»

Heiliger Moses, dachte ich, da war ich kurz davor, einen Fahrschein in die Ewigkeit zu kriegen, und Sam tat ein gottverdammtes Pony Leid! Aber wir hatten keine Zeit für eine

Auseinandersetzung, also griff ich einfach nach Sams Pferd und führte es hinaus.

«Okay», sagte Sam. «Wir holen den Sattel, und du kannst die Sharps von mir haben. Komm schon.»

Der Unterschlupf befand sich vom Korral aus stromaufwärts, und so schlichen wir hinauf, das Pferd schnaubte mir dabei warm in den Nacken, und dann gingen wir über den zugefrorenen Bach ans Ostufer. In dem gleißenden Mondlicht sah der Unterschlupf bloß wie ein schwarzes Loch aus, die Überreste des Feuers glühten in dunklem Rot, und dieser Unterschlupf sah wirklich beängstigend aus, wie die Kellertür, durch die man als Kind auf keinen Fall durchgehen wollte.

Sam blieb stehen. «Abel», rief er, so leise er konnte. «Abel, ich bin's, und der Kleine.»

Es kam keine Antwort, da war nichts außer dem schwarzen Loch, es sah aus wie ein blindes Auge in einem toten weißen Gesicht. Das Pferd folgte mir, nervös, wie Pferde das manchmal sind, und ich war es auch, aber Sam fluchte bloß.

«Hat seine blödsinnigen Hymnen gesungen und ist eingeschlafen. Abel, ich komm rein.»

Er trat vor, nur einen Schritt, ein seltsamer Schrei ertönte, eher ein Quietschen, eine Flamme leuchtete auf, und dann gab es einen dumpfen Schlag. Sam hustete fürchterlich, er schien zu würgen, dann kam noch ein Schlag, und er ging zu Boden, ganz zusammengekrümmt und zuckend, und eine Gestalt trat aus dem schwarzen Unterschlupf in das Mondlicht.

Es war Kessel, wisst ihr, wer sonst. Er, der mich in meinen wachen Stunden und in meinen Träumen gehetzt hatte, war aus der Hölle zurückgekehrt, ohne jeden Zweifel.

«Du Bastard, du dreckiger hündischer Sohn einer Hure», sagte er, und er sagte es langsam. Langsam und deutlich, als ob er seine Worte sorgsam wählte und genoss. «Jetzt blas ich dir das Licht aus.»

Er konnte mich gar nicht verfehlen, und er feuerte direkt auf mich, bloß – er feuerte nicht. Ich hörte, wie der Hahn klickte, es klang wie bei einem Riegel, der das Tor zu dem Ort öffnet, den man niemals betreten will. Aber es passierte nichts!

Es kam mir auch wirklich wie ein Wunder vor, obwohl gar nichts Wunderbares daran war, es war einfach eine Fehlzündung, aber sie reichte aus, um mich aus meinem Schock aufzurütteln, und während Kessel fluchte und mit seiner Pistole weiter abzudrücken versuchte, rannte ich um das Pferd herum und über den Bach in die schwarze Nacht.

Leute, hatte ich ein Tempo drauf! Ich rannte wie ein Hase den Bach runter, und in dem Augenblick hatte ich auch nicht mehr Verstand als ein Hase. Ich hätte den Bach hochrennen müssen, zu dieser verfluchten Feier, aber du denkst einfach nicht klar, wenn du gerade zugesehen hast, wie dein Partner in zwei Hälften zerteilt wird, und ein hundertprozentig durchgedrehter Killer hinter dir her ist, in der Hand einen Sechsschüsser von der Größe einer Kanone. Du bist einfach nicht vernünftig, haust auf dem schnellsten Weg ab, und der ging abwärts, aber sogar während ich da runterschlitterte, kam mir ein Gedanke, denn weiter unten am Bach gab es einen Ausweg, und den nahm ich.

Ich erreichte den Korral und, Leute, wie ich den Kerl segnete, der zu Tieren nicht nett war, weil ich im Nu auf dem gesattelten Pony saß und wie ein geölter Blitz losschoss, und wie ich außerdem den Tag segnete, als ich zum Viehtrieb kam! Obwohl das Tier keine Ähnlichkeit hatte mit den Ponys, auf denen ich geritten war, die wie die Katzen springen konnten und Feuer hatten. Es war sogar so ausgelaugt und schlecht gefüttert, dass ich es, wenn ich etwas größer gewesen wäre, leichter hätte tragen können, als es mich trug. Und ich segnete noch eine dritte Sache. Ich hatte keine Sporen, aber ich hatte mein Jagdmesser, also benutzte ich das, stach auf das Pony ein, bis es aus dem zerklüfteten Gelände raus in die Prärie trabte, wo die Bäche in eine Art Fluss mündeten. Und es ist verrückt, der Fluss war fest zugefroren, so dass er eigentlich kein Hindernis darstellte, aber ich überquerte ihn, damit ich mich sicherer fühlte, dann ließ ich die Zügel durchhängen.

Ich glitt von dem Pony und lehnte mich an es, obwohl es mir eher so vorkam, als ob es sich an mich lehnte. Ich konnte sein Herz spüren, wie es gegen die vortretenden Rippen pochte, aber das schlug auch nicht schneller als meins. Moses, ich konnte nicht glauben, was passiert war. Ich konnte es einfach nicht.

Gottverdammmich, Sam niedergestreckt, Kessel zurückgekehrt, und ich da draußen auf den weiten Plains im schaurigen Mondlicht. Und diese zwei Namen kreisten unentwegt in meinem Kopf. Kessel und Sam, Sam und Kessel. Und bei den Tränen Gottes, warum war Kessel zurückgekehrt, und warum gerade dahin, wo wir waren, und warum waren wir nicht einen Tag früher losgezogen, und warum und warum und warum. So ging es weiter und weiter, solche Gedanken kamen mir in einem fort und kratzten an meiner Schädeldecke.

Und ich weiß nicht, vielleicht wäre ich einfach da stehen geblieben, bis das Pony und ich zusammenfroren, aber es war das Pony, das mich wieder zurückholte. Es bewegte sich unruhig und spitzte die Ohren, und als ich hörte, was es hörte, spitzte ich meine auch. Da draußen heulte ein Wolf, ein verdammter, großer Büffelwolf heulte den Mond an, und ein anderer antwortete. Aber obwohl sie einem Angst einjagen konnten, denn diese Wölfe waren in der Lage, einen Büffel niederzustrecken, wenn sie hungrig waren, jagten sie mir doch nicht so viel Angst ein wie dieser menschliche Wolf.

Okay, sagte ich zu mir, okay. Reiß dich zusammen. Du musst zu den Menschen zurückkehren – obwohl das leichter gedacht als getan war. Auf keinen Fall würde ich es ohne etwas zu essen bis Bailey's Halt schaffen, aber da hinten bei den Bächen war Kessel …

Ich blieb eine Weile stehen, lauschte den heulenden Wölfen, redete mir ein, dass sie sich von mir entfernten, dann beschloss ich, das Einzige zu tun, was mir übrig blieb, und zwar den Fluss wieder zu überqueren und einen Bogen um die Bäche zu schlagen, um mich von Norden her zu nähern. Auf diese Weise konnte ich vielleicht menschliche Wesen erreichen, ohne dass Kessel mich sah, vielleicht konnte ich Hilfe bekommen, vielleicht – aber auf jeden Fall konnte ich mir ein Gewehr holen.

Ich kletterte wieder auf das Pony, das beinahe unter mir zusammenbrach, und sah mich um. Es ist erstaunlich, wie viel weiter man von einem Sattel aus sehen kann als vom Boden, und in weiter Ferne, da in der weißen Ebene, sah ich eine schwarze Gestalt, die sich bewegte.

Es war bloß ein schwarzer Fleck unter dem Mond. Ich dachte, vielleicht ist es ein Wolf, aber es war zu weit weg, als dass ich hätte erkennen können, was es war, und so, wie es sich bewegte, schien es zu kriechen. Beim Jupiter, noch nie hatte ich so was Fürchterliches gesehen, etwas Kriechendes und Krabbelndes – dann hielt es an. Und ich weiß nicht, ob mir das nicht noch mehr Angst machte, dass diese schwarze Gestalt anhielt, wie eine Kreatur, die etwas gewittert hat. Und ich saß auf dem Pony und rührte mich nicht. Zwei schwarze Flecken auf den verschneiten Plains, reglos, unter einem sternenübersäten Himmel im kalten Mondlicht.

Und dann, als ich mich fragte, was zum Teufel da los war, gab es einen Knall, den gedämpften Knall von einer Sharps. Und ich sag euch was, ihr werdet es kaum glauben. Als da dieses Gewehr seinen Gesang anstimmte, schaute ich nach hinten! Kein Witz. Ich sah mich um, weil ich sehen wollte, worauf geschossen wurde!

Der Gewehrschuss hallte nach und erstarb, und es dämmerte mir, dass ich es war, auf den geschossen wurde, und dass die schwarze Gestalt Kessel war. Und das war keine schlechte Idee, einen Schuss zu wagen, auch nicht aus der Entfernung. Da draußen war es taghell, und vielleicht dachte er sich, wenn er mich nicht traf, dann vielleicht das Pony, und vermutlich wusste er, dass ich ein Gewehr oder einen Sechsschüsser hatte, weshalb es sich für ihn auszahlte, wenn er auf Distanz blieb. Und obwohl ich mir ausrechnete, dass ich außer Reichweite sein musste, dachte er eindeutig anders, und soweit ich wusste, konnte er Entfernungen besser abschätzen als ich.

Aber nachdem er also da war und auf mich zukam, gab es nur einen Ausweg, und den schlug ich ein. Ich riss dem Pony den Kopf herum und stach auf es ein, bis es sich in Bewegung setzte, wieder in Richtung Süden, raus auf die gleißenden Plains unter dem gleißenden Licht.

Ich versuchte nicht, das Pony zu einem Galopp anzutreiben, und ich glaube auch nicht, dass es das geschafft hätte, wenn ich es versucht hätte. Es war in einem bedauernswerten Zustand, der Atem rasselte in seiner Lunge, und der Kopf hing tief. Auch ich war in einem bedauernswerten Zustand, schwitzte und zitterte gleichzeitig und schnappte nach der stillen, eisigen Luft wie ein Mensch, der stirbt. Was ich auch glaubte, dass ich es tat – ich starb mit jeder Minute, die verging, und mit jedem Schritt, den wir hinter uns brachten. Es war bitter, wirklich. Die Galle stieg in mir auf und diese Bitterkeit, wenn du merkst, dass deine Zeit abgelaufen ist und keiner deiner Träume sich je erfüllen wird, dass du dem Mädchen deiner Träume nie begegnen wirst und nie das Leben leben wirst, das du dir gewünscht hast, und in spätestens einer Stunde nichts weiter mehr sein wirst als ein Klumpen Fleisch mit Knochen dran, der in der Prärie herumliegt, bis ein Wolf kommt und ihn verschlingt. Kein bisschen anders, als es deinem Pferd ergeht oder jeder anderen Kreatur, die da draußen auf den Plains stirbt.

Trotzdem sah ich mich um, beinahe aus reiner Neugier. Ich konnte Kessel deutlich erkennen, aber er schien nicht viel näher gekommen zu sein und versuchte auch nicht, mich im Galopp einzuholen, gab sich einfach damit zufrieden, mir zu folgen, verständlicherweise. Er würde mich früher oder später kriegen, und er würde nicht riskieren, dass sein Pferd abgeknallt wurde – schließlich wollte er doch zurückreiten.

Aber, Jesus, es war schlimmer als in einem Albtraum, wie er sich bewegte. Langsam, langsam, meine Zeit lief ab, und er hatte alle Zeit der Welt. Die Sharps krachte wieder, und als ich mich umdrehte, sah ich, dass er abstieg, anscheinend hatte er genug Zeit, um runterzuklettern und den Dreifuß aufzustellen. So viel Zeit hatte er.

Ein leichter Wind wehte, wirbelte den Schnee auf, und kleine Flöckchen huschten vorbei. Sie machten den Albtraum noch unwirklicher, die ganze Ebene wirbelte und bewegte sich. Auch das Licht veränderte sich, das reine Weiß bekam einen seltsamen Gelbstich, wurde böse, könnte man sagen. Zuerst dachte ich gar nicht darüber nach, sagte einfach zu mir, stimmt, das Licht verändert sich, wird gelblich, genau. Dann sah ich auf, und da war eine Wolke vor dem Mond.

Es war bloß eine Wolke. Bloß die eine, die den Mond verdeckte und seine Farbe veränderte. Aber irgendwo in meinem

Hinterkopf blitzte ein Gedanke auf, wie wenn man denkt: Das hast du doch schon mal gesehen, du Trottel, und ich sah nach Norden, und der Große Bär war auch nicht mehr da und auch der Polarstern nicht.

Der Wind trieb noch mehr Wolken heran, und für einen Moment kam Hoffnung in mir auf. Wenn genug Wolken da waren, hatte Kessel kein Licht mehr zum Schießen, und dann ... Aber die Hoffnung hielt nicht lange an, weil es kein «Und dann» gab, oder vielleicht doch, aber darauf würde bloß das «Amen» folgen, weil es nirgendwo einen Ort gab, wo ich hinrennen konnte. Da waren bloß die nackten Plains und Kessel, der mit jedem Schritt näherkam. Und wie um mich daran zu erinnern, dass er hinter mir war, knallte die Sharps wieder los, und vielleicht war es Blei, oder vielleicht war es dieser Wind, aber ich dachte, ich hätte etwas an meinem Ohr vorbeisausen hören, und wenn man dieses Sausen übersetzen wollte, dann hieß das: «Ich komme näher, du Hurensohn. Ich komme näher.»

Und vielleicht war es das Sausen, das mich berührte, aber ich dachte, okay, okay, du wirst mich kriegen, aber du wirst verdammt noch mal für meine Haut was tun müssen, du schwarz gefleckter Bastard.

Ich stach mit dem Messer auf das Pony ein, trieb es vorwärts, rechnete mir aus, dass ich es antreiben würde, bis es tot umfiel, um mich dann dahinter zu ducken und Kessel näherkommen zu lassen, und dann, vielleicht, konnte ich ihn erstechen. Irgendsowas Bescheuertes jedenfalls.

Das arme Pony bewegte sich vorwärts. Dann passierte etwas mächtig Seltsames. Ich drehte mich häufig um, weil ich wissen wollte, was Kessel vorhatte, und dann sah ich nach hinten, und er war weg! Allmächtiger im Himmel! Für eine Sekunde glaubte ich, er hätte sich geschlagen gegeben, hätte einfach aufgesteckt und mich laufen lassen. Dann fiel mir auf, dass ich da hinten überhaupt nichts sehen konnte. Ich rieb mir die Augen und sah noch einmal hin, und da war immer noch nichts. Überhaupt nichts außer einer verschwommenen Fläche. Und dann flackerte diese Hoffnung nicht nur ein bisschen auf, sie loderte wie ein Waldbrand, denn das Verschwommene war Schnee.

Gottverdammmich! Ich hatte sogar eine klitzekleine Chance. Vielleicht konnte ich Kessel abschütteln, im Bogen zum Lager zurückkehren, ihn sogar überfallen! Und wenn ich das nicht konnte, wenn ich erfror, mir der Blizzard den Garaus machte, dann war das besser, als von Kessel zusammengeschossen zu werden.

Der Schnee erreichte mich, kleine Flocken, die im Wind wirbelten, und ich kehrte um, sah zu, dass der Wind jetzt an meiner linken Backe blies, in der Hoffnung, hinter Kessel zu kommen. Ich musste mich anstrengen, um auch das Pony zum Umkehren zu bewegen. Es wollte sich vom Wind treiben lassen, wenn es sich schon überhaupt bewegen sollte. Ich musste an der Trense zerren, und ich wollte lieber nicht darüber nachdenken, wie ich das Maul des Viehs behandelte, aber das Pony wendete, und wir kamen ein kleines Stück voran. Dann zog der Schnee weiter, der Mond schien herab, und ich war wieder eine sitzende Zielscheibe.

Aber ich rechnete mir aus, dass es einiges zu meinen Gunsten gab. Das Pony und ich waren mit weißem Schnee bedeckt, weshalb man uns schwer ausmachen konnte, und außerdem gab es den Schnee selbst. Wir hatten nur einen Schauer abgekriegt, aber der konnte der Anfang von was Größerem sein. Und mit diesem Gedanken hatte ich Recht, aber nicht mit meinem ersten, denn die Sharps knallte erneut.

Jesus, dachte ich, dieser gottverdammte Mörder hat Augen wie eine Eule, und ich setzte das Messer wieder ein, zwang das Pony vorwärts, duckte mich selbst tief in den Sattel, als ob das was genutzt hätte. Dann schneite es wieder.

Diesmal kam der Schnee dicker, dicht sozusagen, große, dicke Flocken wurden auf einem heulenden Wind dahergetragen, der einen wie mit dem Hammer traf. Man konnte nichts weiter tun als stehen bleiben, und dieses Pony konnte sich bei dem Wetter einfach nicht mehr bewegen. Ich glitt aus dem Sattel und lehnte mich an der im Windschatten gelegenen Seite an das Pony. Ich hätte es zu Boden gezogen, nur wäre es dann nie wieder aufgestanden, und ich schätze, das war auch gut so, denn wenn ich mich hingelegt hätte, wäre ich auch nie wieder aufgestanden. So kamen Leute um, hatte ich gehört, legten sich in einem Blizzard nieder und schliefen ein und wachten nie wieder auf.

Davor hatte ich auch Angst, deshalb fesselte ich mich an das Pony, wickelte die Zügel um den einen Arm und glitt mit dem anderen durch den Steigbügel. Und ich wäre sogar fast woanders gelandet. Meine Gedanken fingen an zu wandern, glitten wie der Schnee dahin, ich dachte, ich wäre in Clement oder im Laden mit dem alten Besser … Verrückte, zufällige Bilder. Dann fing ich an zu fallen und wurde hochgerissen, weil mir der Steigbügel ins Fleisch schnitt. Ein paar Mal, schätze ich, schlief ich ein und wurde wieder wach, weil das Pony mich vorwärts zerrte, wenn es sich vor dem Wind bewegte. Ich war kurz davor, es geschehen zu lassen, mich vorwärts schleppen zu lassen wie ein Fell. Einfach aufzugeben.

Dann ließ der Schnee nach. Er fiel immer noch, aber längst nicht mehr so dicht, und dahinter sah man ein kränkliches, fahles Licht. Es dämmerte, und ich hatte zwar schon ein paar Mal ein böses Erwachen hinter mir, aber keines war so schlimm wie dieses, denn ganz gleich, wie man die Dinge betrachtete, mein letzter Tag auf dieser Erde brach an.

Aber diese Hoffnung, ihr wisst schon, die in der menschlichen Brust auf und nieder hüpft, die war immer noch da, sie zischte nicht unbedingt wie ein Feuerwerk umher, war aber auch nicht komplett ausgepustet. Leute waren schon von Blizzards überrascht worden und kamen doch durch, und ich war auch noch nicht erfroren, so wie die Kerle, die Charlie Rath gefunden hatte. Ich trug die richtigen Sachen, und wenn es zum Äußersten kam, konnte ich das Pferd essen. Nur zwei Dinge wollte ich. Dass der Schnee aufhörte und dass Kessel nicht mehr da war.

Und der Schnee hörte auf. Also, er zog nach Süden weiter, und ich hätte eins tun sollen – mich gegen den Wind stellen, um das Lager zu erreichen, aber ich schaffte es einfach nicht. Ich nicht und das Pony nicht. Genau genommen traf es die Entscheidung, was schon was ist, oder nicht, wenn ein Pony für dich entscheidet?

Ich ließ es laufen. Ich stieg nicht einmal auf, hielt bloß die Zügel und ließ mich von ihm weiterschleppen, Schritt für

Schritt, betete zu Gott, dass es durchhielt und wir auf ein Lager trafen oder auf die Bahnlinie. Phantasien, wisst ihr. Reine Phantasien. Aber es war alles, woran ich mich klammern konnte, und das tat ich. Ich hielt sie so fest wie die Zügel, während wir ins Nirgendwo taumelten und stolperten und das Licht allmählich heller wurde und ich sogar eine Spur von der Sonne ent-decken konnte, was meiner Hoffnung einen Schubs gab. Und dann hörte ich wieder einen Knall.

Es war Kessel, keine halbe Meile entfernt tauchte er aus den Schneeflöckchen auf und schoss vom Sattel aus, was nicht die richtige Art war, eine Sharps zu bedienen, und wenn er sich Zeit gelassen und sie auf einen Dreifuß gesteckt hätte, wäre ich totes Fleisch gewesen.

Und beinahe wartete ich auf ihn. Beinahe blieb ich da stehen, in der Hoffnung auf diese eine Chance, aber ich tat es nicht. Ich stieg auf das Pony, immer noch hoffend. Hoffnung gegen Hoffnung. Und man konnte ja auch nie wissen. Sein Pony konnte in ein Rattenloch treten und sich das Bein brechen und er sich das Genick vielleicht gleich mit. Und wie man so sagt: Wenn man nur noch eins tun kann, dann ist es das, was man tun *muss,* und man hat in dem Fall keine Wahl, also stach ich wieder auf das Pony ein, schnitt es gewissermaßen in Streifen, trieb es auf eine der Schneewehen zu in der Hoffnung auf ein Versteck. Hoffnungslos hoffend, und ich hätte es beinahe geschafft. Ich war fast da, als das Pony aufgab. Es fiel nicht um, es sank einfach unter mir zusammen, den Hals gestreckt, die Augen nach oben verdreht, und blutiger Schleim lief ihm aus dem Maul.

Aber ich lief weiter, könnt ihr euch das vorstellen? Sogar dann noch, zu Fuß und mit nichts weiter als einem Jagdmesser. Ich wühlte mich aus den Steigbügeln und schleppte mich weiter, stapfte durch den Schnee, wartete auf die Kugel in meinem Rücken, war auch nicht mehr als ein gejagtes Tier, irgendeine arme Kreatur, die zu Tode gehetzt wird, außer dass mir keine Zeit zum Rennen und kein Loch zum Verkriechen blieb. Nur der flimmernde Schnee, in dem man sich so gut verstecken konnte wie in einem Spinnennetz.

Ich sah über meine Schulter, und es hatte kein Wunder gegeben. Kessel kam immer noch näher, und ich weiß nicht, ob es daran lag, dass ich zu Fuß war und er auf einem Pferd saß, oder ob es vielleicht einfach am Licht lag, aber er sah gigantisch aus, ragte auf wie eines von diesen Trugbildern, als wäre er unwirklich, und ich konnte in der Tat auch nicht glauben, dass er wirklich war, konnte genauso wenig glauben, dass ich es war. Und ich konnte auch nicht glauben, dass all das geschah. Das war nicht Ben Curtis da draußen auf den Plains, nicht der blonde Junge aus Clement, der es bis zu einem eigenen Laden gebracht hatte und der «Kaufmann werden leicht gemacht» gelernt hatte, der war es nicht, dem der Kopf weggepustet werden sollte.

Nein, das war jemand anderes, dem das passierte, jemand, an den ich bloß dachte. Nicht ich war es, der stöhnte und fluchte und weitertaumelte und sich in seine Kleider verkroch, als das Gewehr loskrachte, und der erkannte, dass der Schuss aus einem Sechsschüsser abgefeuert worden war, was bedeutete, dass Kessel nah genug war, um ihn zu benutzen. Und ich war es auch nicht, der sein Jagdmesser zog und sich umdrehte, bereit, sich zu stellen und sich auf jenen Schatten zu stürzen, der mein Leben in Abilene verdunkelt hatte.

Aber wie in einem Traum drehte ich mich um, das Messer gezückt, und beobachtete, wie er näher kam, langsam, langsam und gelassen, ohne jede Eile, sein Pony schonend, und er war nicht mehr bloß eine schwarze Gestalt, ich konnte sein Gesicht unter seinem Hut erkennen und sehen, dass er überhaupt kein Traum war. Und dann bewegte sich etwas hinter mir, etwas Riesiges, Schneebedecktes, schnaubend und grunzend.

Genau, es war ein Büffel, und es gab noch weitere, eine kleine Herde, die von Gott weiß woher aufgetaucht war, vielleicht vom Blizzard nach Süden getrieben und von den Jägern übersehen, aber sie waren da, und sie waren für mich da. Eine letzte Chance, und ich nutzte sie. Ich dachte nicht mehr, dass ich das hier draußen gar nicht war, weil ich es verflucht noch mal ja doch war. Und ich wusste etwas, was Kessel vielleicht nicht wusste. Ich war zu Fuß, und Büffel kümmerten sich nicht um solche Kerle. Aber das Pferd würden sie angreifen, und einer der Büffel tat es. Er ging auf Kessel los, nicht wirklich, um ihn zu töten, eher drohend, aber es reichte, um ihn abzulenken, und ich hatte Zeit, in die Herde hineinzurennen.

Wir spielten Versteck, wisst ihr. Versteck in der Herde, und nur wenn man geschnappt wurde, war man nicht mehr dabei, dann war man draußen. Dann war's aus und vorbei für immer.

Es gab außerdem nicht viel, wo man sich verstecken konnte. Da waren nicht mehr als ein Dutzend Tiere, und die waren verstreut, so dass Kessel auf mich losgehen konnte, wenn er sich traute – und das tat er.

Ich konnte ihn sehen, wisst ihr, wie er in den Schneewehen auf- und abtauchte, versuchte, in die Herde einzudringen, und er konnte mich sehen, wie ich zwischen den Biestern umhersprang. Ein paar Mal schaffte er es, hinter mich zu kommen, aber ich war schneller als sein Pony und sah zu, dass zwischen ihm und mir ein Büffel blieb. Und es war, als ob wir in die Traumwelt zurückgekehrt wären – diese riesigen Tiere, die drohend aus dem Schnee aufragten, wie etwas aus einer längst vergangenen Zeit, ganz mit Schnee bedeckt, und Kessel und ich, ebenfalls weiß, wie wir auftauchten und wieder verschwanden, als ob wir tatsächlich Geister waren, Geister in einer geisterhaften Welt, und die Grenze zwischen Hier und Dort bereits überschritten hatten, und dort war der Ort, wo man nie wieder Kaffee am Morgen schmeckte oder Frühlingsblumen roch oder es sich bequem machte, wenn die Dämmerung hereinbrach.

Aber als wir durch die Herde flitzten, wurden die Büffel unruhig, liefen umher, stampften auf den Boden und grunzten, und während ich dachte, heiliger Jesus, mach, dass sie nicht rennen, hörte ich das Krachen einer Pistole, dann noch einmal, und ich hörte, wie Kessel brüllte, und dann blieb mir das Herz wirklich fast stehen, weil er den gleichen Gedanken hatte: Lass die Herde rennen. Bring sie einfach in Panik. Und falls ich nicht totgetrampelt würde, dann würde ich allein zurückbleiben, und in diesem ganzen Land, diesem riesigen Land, so groß, wie all die Kerle immer behaupteten, dreitausend Meilen von Meer zu Meer, würde ich ohne einen Ort zurückbleiben, zu dem ich rennen konnte.

Und so, wie es schätzungsweise passieren musste, passierte es. Erst langsam, beinahe schlendernd, bewegten sich die Büffel, aber als Kessel johlte und herumballerte, fingen sie an zu rennen, und sie rannten, bis keiner mehr übrig war, außer einem, der am Boden lag und Blut hochwürgte, und ich blieb allein zurück mit Kessel, der mit seinem Pony im Schritt auf mich zukam.

Es gab nichts mehr, was ich hätte tun können. Kein Ort zum Hinrennen und kein Ort zum Verstecken, also blieb ich einfach stehen, hielt mein Messer fest, während Kessel sich mir näherte, langsam, als ob er alle Zeit der Welt hätte und wüsste, dass meine Zeit abgelaufen war. Lässig hielt er seinen Sechsschüsser, er schien zu wissen, dass er sich keine Mühe machen musste, weil er nichts weiter zu tun brauchte, als ihn zu heben und abzudrücken.

Er näherte sich mir bis auf fünf Fuß, und dann redete er. «Lichter aus für dich», sagte er. «Lichter aus, du Hurensohn.»

Es hört sich verrückt an, wenn ich sage, dass ich Angst hatte, weil ich in den letzten zwölf Stunden nichts anderes gehabt hatte, aber als ich mir Kessel da so ansah, da hatte ich wirklich Angst. Bis dahin, ich weiß auch nicht, aber im Hinterkopf dachte ich irgendwie immer, dass ich noch irgendwas tun könnte, selbst wenn er mich schnappte. Wenn nicht auf ihn einstechen, dann ihn anflehen, und ich konnte nicht glauben, dass er nicht zuhören würde, schließlich konnte man unmöglich glauben, dass irgendwer Ben Curtis töten wollte. Jemand anderen, klar, aber mich? Dieses Vollbluttexanerkind, das in seinem ganzen Leben nie irgendjemandem ernsthaft was getan hatte und nur in Ruhe gelassen werden wollte, um sich seine Scheibe vom Kuchen abzuschneiden …

Es stimmt, ich hatte es nicht geglaubt, aber da glaubte ich es, als ich zu Kessel aufsah, wie er lässig auf seinem Pferd saß und Schneeflocken um ihn herumwirbelten. Er sah verrückt aus. Ich meine, alle Killer waren verrückt, aber er sah so aus, als würde er den ersten Preis im Verrücktenwettbewerb gewinnen, und so hörte er sich auch an, als er wieder redete. «Du», sagte er mit einer kratzigen Stimme, die ganz schief klang, wie ein verstimmtes Klavier. «Du. Du hast mich verfolgt. Du hast mir lang genug auf der Pelle gehockt. Gottverdammter Jesus, ich hätte dich nie am Leben lassen sollen. Ich hätte dich einfangen und mit dir Schluss machen sollen.»

Und das war wirklich verrückt, wir beide da draußen in der verschneiten Weite und Einöde, neben einem sterbenden Büffel, der Blut in den Schnee spuckte, und Kessel beschimpfte mich. Ich wollte ihm das sagen, ihm sagen, dass das uns beiden nichts nützte und dass nicht ich ihn verfolgt hatte, sondern er mich. Ich wollte sagen, warum lassen wir es nicht einfach, damit er seiner Wege gehen konnte und ich meiner. Wollte an seine Vernunft appellieren. An seine höhere Vernunft und an sein besseres Ich. Aber er war immer noch nicht fertig. Er hatte noch mehr zu sagen, spuckte es eher aus, wie eine Eiterbeule, die platzte.

«Genau», sagte er. «Ich hab auf dich gewartet. Überall, wo ich hinging. In jeder Bar, in die ich ging. Immer, wenn ich die Augen aufgemacht hab, hab ich damit gerechnet, dass du vor mir stehst. Genau. Aber jetzt ist es vorbei, und du kannst jetzt gehen, zu deinem hündischen, gottverdammten Scheißbruder.»

Er beugte sich im Sattel ein bisschen vor, blickte prüfend über den Lauf seiner Pistole, ganz sorgfältig, wie bei einem Schießwettbewerb, und ich hörte das Klick-klick, als er den Hahn spannte, und ich wusste, dass es diesmal keine Fehlzündung geben würde, und ich wollte das Messer nach ihm werfen und zur Seite springen, da richtete er sich plötzlich auf, die Kinnlade fiel ihm runter, und er sagte: «Jesus Christus!»

Ich konnte es nicht lassen. Eigentlich wollte ich ihm in meinen letzten Momenten nicht den Rücken zuwenden, aber mein Hals drehte sich, als ob ihn ein anderer herumdrehen würde, und dann fiel auch mir die Kinnlade runter, und auch ich sagte: «Jesus Christus», denn was man da aus dem wirbelnden Schnee auftauchen sah, war ein unglaublicher Anblick, so was hatte ich noch nie gesehen, und ich glaube, ich werde so was auch nie wieder sehen.

Früher, mir schien das schon eine Million Jahre her zu sein, hatte mir jemand erklärt, man bräuchte es mir nicht zu sagen, und das musste man auch nicht. Sie hatten keine schicken Perlen an und auch keine Federn im Haar. In Wirklichkeit waren sie ganz in ihren Büffelfellen vermummt, aber sie brauchten keine Schilder, auf denen stand, wer sie waren. Ich schätze, es lag an der Art, wie sie auf ihren Ponys saßen, hochmütig könnte man dazu sagen, als ob sie noch immer die Plains mit allen vorhandenen Kreaturen regieren würden und die ganze Welt, soweit sie sie kannten, genau wie zu der Zeit, bevor wir weißen Männer kamen und sie wegpusteten, weg in eine Welt aus Träumen und Visionen und armseligen Shows, nicht wirklicher als eine Rauchwolke in einem billigen Saloon.

Ich schätze, Kessel brauchte man es auch nicht zu sagen, weil er mit seinem Sechsschüsser losballerte und noch einmal ballerte, aber ein drittes Mal hatte er kein Glück, weil einer von diesen wilden Indianern mit seinem Pferd auf ihn zutänzelte und ihm eine Lanze zwischen die Rippen spießte. Und mehr bekam ich nicht zu sehen, denn während ich diese Geister anstarrte, kam einer von ihnen, ganz mit Schnee bedeckt, an mir vorbei und schwang mit seiner Rückhand eine Keule, und ihr werdet es nicht glauben, aber ich lachte, lachte darüber, wie verrückt das alles war, und dachte, jetzt werde ich auch den Elefanten zu sehen kriegen, und ich lachte immer noch, als die Keule gegen meinen Schädel donnerte und ich zu Boden ging, wirklich, in den Schnee und in die Finsternis.

Epilog

Ich habe seither 'ne Menge Haare lassen müssen, nicht jedoch an jenem Morgen im Schnee, denn die Krieger ließen mich liegen. Allerdings nicht aus Barmherzigkeit, sondern weil sie ihre eigenen Sorgen hatten, und sie machten sich Sorgen, weil ihnen die Kavallerie der Vereinigten Staaten auf den Fersen war.

Ich erfuhr später, dass es Cheyenne waren, die von Palo Duro aus geflüchtet waren, nur hatten sie keinen Ort mehr, wohin sie flüchten konnten, wenn ihr wisst, was ich meine. Die meisten ergaben sich kurz darauf, als ihre Ponys zusammenbrachen, aber man erzählt, dass einige es bis in die Black Hills schafften und bei Crazy Horse und den Sioux waren, als sie Oberstleutnant Custer und der Siebten Kavallerie am Little Big Horn den Garaus machten. Der letzte Sieg der Prärieindianer, schätze ich.

Der Rest geriet einfach in Vergessenheit, sonst nichts. Klar, ein paar hängen immer noch herum. Du kannst sie bei einem Volksfest sehen, in irgendeiner monströsen Show, oder vielleicht in einer Show von Monstrositäten, oder wenn du durch Amerika reist und in eine Landschaft kommst, die übler nicht sein könnte, und da siehst du einen Haufen Gerümpel, alte Klapperkisten und so was, wo räudige Hunde rumlaufen, na ja, dann ist das ein Reservat, und die Betrunkenen, die da umhertaumeln, das sind die Nachkommen der Prärieindianer.

Aber was sie zu sein glaubten oder vielleicht auch waren, die Herren von Erde und Himmel und die Brüder und Schwestern von Sonne und Mond und Regen und Wind, na ja, das ist weg, einfach weg wie die Büffel. Genau genommen sind sie mit den Büffeln verschwunden, und die loszuwerden dauerte nicht länger als zehn Jahre, nachdem die Jungs sich mal drangemacht hatten. Wirklich, vielleicht zwanzig Millionen Tiere. Daran sieht man, was die Armee der Vereinigten Staaten alles kann, wenn sie bloß will.

Was mich betrifft, ich wurde von einer Kavalleriepatrouille eingesammelt, die hinter den Indianern her war. Sie waren Büffelsoldaten, und einer von ihnen war Tom Carney, also wurde ich anständig behandelt, und obwohl ich einen zertrümmerten Schädel und ein paar Frostbeulen davontrug, schaffte ich es bis nach Dodge. Und jeder wusste zwar, dass ich Sams rechtmäßiger Partner war, trotzdem bekam ich das Geld für die Felle nicht. Von wegen, ich bekam fünfzig Bucks, damit ich meiner Wege gehen konnte.

Ich stritt mich nicht darum. Ich hatte einfach die Nase voll vom Streiten um Geld. Vom Westen hatte ich auch die Nase voll, also nahm ich das Almosen und machte mich auf den Weg nach New York City zum alten Henry, und wie er in seinem Brief geschrieben hatte, freute er sich, mich zu sehen, obwohl ich die Million nicht gemacht hatte.

Ich zog mit ihm zusammen in eine Hütte an der Lower East Side, mit einer netten Katze, die er sich zugelegt hatte, einer bernsteinfarbenen, gewöhnte mich an das behaarte Bild an der Wand und wurde Drucker. Danach zog ich herum, arbeitete für die verlogenen Zeitungen und half mit, die Arbeiter zu organisieren. Ich kriegte noch ein paar Mal eins über den Schädel, von Herren, die meinten, Gewerkschaften hätte sich der Teufel ausgedacht, und ich lernte ein paar Gefängnisse von innen kennen, trotzdem schaffte ich es nie bis Kalifornien.

Ist schon seltsam. Während wir umherzogen – und die Indianer und die Büffel auch –, zogen hinter uns die Siedler ins Land, kämpften gegen Dürren und Blizzards und Zyklonen und Heuschrecken und Bankiers und die Eisenbahngesellschaften, und sie blieben dran. Es waren genau genommen ein paar Ausländer, die eine bestimmte Weizensorte einführten, Turkey Red, die das Wetter in Kansas vertrug, und diese Einwanderer wussten auch, wie man mit dem Wetter fertig wurde, also hatte ich mich eigentlich lächerlich gemacht mit meiner Spöttelei da draußen über Landwirtschaft, wenn man bedenkt, dass Kansas die halbe Welt ernährt. Und während wir wie Wilde lebten, erfand dieser Kerl namens Glidden den Stacheldraht, mit dem man sein Land einzäunen konnte, und McCormick entwickelte diese Mähmaschinen, mit denen man die Ernte einholen konnte, und am wichtigsten war, schätze ich, dass dieser Pflug erfunden wurde, der tief in das Büffelgras eindringen konnte. Wie man so sagt, der Pflug, der die Plains aufgebrochen hat.

Wie auch immer, jetzt ist das alles Geschichte, das alles sind Geschichten und Träume und Groschenromane und Filme. Kein Traum ist allerdings, was gerade jetzt passiert. Der Börsenmarkt ist wieder zusammengekracht, genauso wie damals, als Jay Cooke Pleite ging und ich und die anderen Trottel mit ihm Pleite gingen. Da gibt's Leute wie den alten Heaney, die springen von Wolkenkratzern runter, und Leute wie den armen alten Abel, die haben nur noch Lumpen an und verkaufen Äpfel in den Straßen, die man keine hundert Yards runterlaufen kann, ohne um einen Dime angepumpt zu werden. Bloß gibt es jetzt keinen großen Wilden Westen mehr, wo man umherstreifen und einen neuen Anfang machen kann. Es gibt nur noch uns, so wie wir sind, und was wir aus uns machen können.

Da sind sie also alle. Joe Mc Coy, Wild Bill Hickok, der Reverend Christopher, Colonel Dodge, Charlie Rath, Cox, der den Schwarzen in Dodge erschossen hat, Little Wolf – sie alle sind echt, wirklicher als das, was ich geschrieben habe, aber sie sind weg, alle, sind verschwunden mit den Büffeln und den Stämmen, den Komantschen und den Kiowa, den Cheyenne, Arapaho, Sioux und Schwarzfußindianern, den Crow und den Nez Percé und all den anderen. Manche haben versucht, mit der Zivilisation mitzugehen, und andere nicht. Aber sie waren dem Untergang geweiht, wie man so sagt. Verurteilt vom ersten Augenblick an, als ein Weißer seinen Fuß auf das Land setzte. Es gab einfach keine Möglichkeit, wie ein paar Millionen Indianer sich halten konnten in dieser Weite, nicht bei diesen Millionen und Abermillionen von Leuten in Europa, die sich danach sehnten, hierher zu kommen. Also lief vielleicht alles genau so, wie es sollte. Vielleicht.

Aber ich will euch was Merkwürdiges erzählen. Vor einiger

Zeit stand ich in einer Bar in New York City, und ich hörte einen Kerl singen. Na, jedenfalls sang er, bis man ihn an die Luft setzte. Ich ging ihm nach, aber er war weg, einfach verschwunden zwischen all den umherschlendernden Leuten. Aber ich erinnere mich an das Lied. Es war irgendwie nett. Vielleicht kennt ihr es. Es geht um einen Reiter, der sein Pferd verkauft und weiterzieht, irgendwohin.

Goodbye, old Paint, I'm a-leaving Cheyenne,
I'm a-leaving Cheyenne, and I'm off for Montan',
Goodbye, old Paint, I'm a-leaving Cheyenne.

Leb wohl, alter Schecke, ich nehm Abschied von Cheyenne,
Ich nehm Abschied von Cheyenne, mach mich auf nach Montan',
Leb wohl, alter Schecke, ich nehm Abschied von Cheyenne.

Und das ist schon was, wenn man so ein Lied in einer Bar am Union Square West in New York City hört, findet ihr nicht?

Glossar

Alamo: befestigter Platz am Stadtrand von San Antonio in Texas. Im mexikanisch-texanischen Unabhängigkeitskrieg 1835 / 1836 spielte der Alamo eine strategisch wichtige Rolle. Am 6.3.1836 umzingelte der mexikanische Präsident Santa Anna mit ca. 6000 Mann den Alamo und stürmte ihn schließlich – die 182 texanischen Verteidiger hatten keine Chance, fügten den Mexikanern aber schwere Verluste zu. Als letzter Mann der Besatzung fiel der legendäre Trapper und Viehtreiber Davy Crockett aus Tennessee, der als Freiwilliger die Texaner im Unabhängigkeitskampf unterstützte. Der Alamo wurde zu einem wichtigen Symbol im Unabhängigkeitsstreben der Texaner. Auch viele Saloons im Wilden Westen wurden nach ihm benannt.

Bandana: buntes Halstuch des Cowboys.

Billy the Kid: 1859 – 1881 (mit bürgerlichem Namen hieß er u.a. Henry McCarthy und William Bonney), war einer der berüchtigtsten Mörder und Banditen des Wilden Westens. Er wurde mit knapp sechzehn Jahren Cowboy in Nordwesttexas, dann verwickelte er sich aus persönlichen Rachemotiven in den Lincoln County-Krieg. Nach und nach erwarb er sich einen Ruf als jugendlicher Killer und Anführer aller Gesetzlosen und wurde zu einer Legende in der Auseinandersetzung zwischen Outlaws und Gesetzeshütern.

Bridger, Jim: 1804 – 1881, berühmter Trapper, Scout und Pelzhändler des Wilden Westens, überquerte mit achtzehn Jahren die Prärie und hielt sich von 1822 bis 1839 fernab der Zivilisation in den Rocky Mountains auf. Er behauptete, während dieser Zeit kein einziges Mal Brot gegessen zu haben. 1825 erreichte er als vermutlich erster Weißer den Großen Salzsee.

Brown, John: 1800 – 1859, amerikanischer Vorkämpfer für die Sklavenbefreiung, verfolgte seine Ziele mit Fanatismus und Terroraktionen und ermordete zusammen mit einigen Gesinnungsgenossen in Kansas mehrere Sklavenbefürworter; er wurde 1859 zum Tode verurteilt und gehängt.

Buckaroo: So bezeichneten sich Cowboys oft selbst; der Ausdruck ist die amerikanische Verballhornung des mexikanischen Wortes für Cowboy, «vaquero».

Buffalo Bill: eigtl. William F. Cody, 1846 – 1917, berühmter Pfadfinder des Wilden Westens, Büffeljäger und Pony-Express-Reiter. Er erhielt seinen Spitznamen, als er 1867 viertausend Büffel erschoss, um die Arbeiter der Kansas Pacific-Bahn mit Fleisch zu versorgen. Mit seiner «Buffalo Bill's Wild West Show», bei der echte Cowboys und Indianer mitwirkten, reiste er durch ganz Nordamerika und trat auch in Europa auf; dadurch verbreitete er das romantische Bild vom Cowboy.

Carson, Christopher «Kit»: 1809 – 1868, berühmter Trapper und Fellhändler in Nordamerika, beteiligte sich u.a. auch am Abschlachten der Büffel. Später arbeitete er als Führer und Scout für die Einwanderer.

Chaparrals: dichtes Dornengestrüpp.

Chisholm, Jesse: 1806 – 1868, Sohn eines Schotten und einer Cherokee-Indianerin, wuchs in Tennessee auf. Mit den Cherokees wanderte er 1830 in das Indianerterritorium (das spätere Oklahoma) aus; er gründete ein Fuhrgeschäft und transportierte Waren zwischen Kansas und Oklahoma und legte auf einer dieser Nord-Süd-Routen, einem alten Indianertrail, Lebensmitteldepots an. 1867 zeigte er den ersten Viehtreibern aus Texas diese Strecke durch das Indianerterritorium.

Crockett, Davy: (siehe Alamo)

Crooke, George: 1829 – 1890, Infanterieoffizier der Nordstaaten im nordamerikanischen Bürgerkrieg; danach kämpfte er als General gegen die Indianer in Idaho, am Platte-River und in Arizona. Er musste sich 1876 in der Schlacht am Rosebud River gegen 2000 Sioux unter Führung von Crazy Horse zurückziehen. Crooke hatte wesentlichen Anteil an der Brechung des Widerstands der Indianer.

Custer, George A.: 1839 – 1876, Oberstleutnant der US-Armee und berüchtigter Indianerschlächter, unterlag mit der Siebten Kavallerie in der Schlacht am Little Bighorn 1876 den Sioux und Cheyenne unter der Führung von Sitting Bull und Crazy Horse; Custer und mehr als 200 US-Soldaten kamen ums Leben. Dies war eine der schwersten Niederlagen der US-Armee gegen die Prärieindianer.

Dime: Zehncentstück.

Dixieland: scherzhafte Bezeichnung für die Südstaaten der USA, abgeleitet von der «Dixon Line», die im 19. Jahrhundert als Trennlinie zwischen den sklavenfreien Staaten des Nordens und den sklavenhaltenden Südstaaten angesehen wurde.

Dog Soldiers: einer der bedeutendsten und gefürchtetsten Kriegerbünde der Cheyenne; sie waren an den meisten Kämpfen gegen die weißen Kolonisten beteiligt.

Earp, Wyatt: 1849 – 1929, Glücksspieler und Gesetzeshüter von zweifelhaftem Ruf, beging vermutlich selbst verschiedenste Straftaten und war Mitglied zwielichtiger Banden; Wyatt Earp arbeitete 1878 als Hilfsmarshal in Dodge City (als Nachfolger des niedergeschossenen Ed Masterson). Er wurde später durch seine autobiographische Darstellung berühmt, die von Stuart Lake aufgezeichnet wurde; die dort beschriebenen Erlebnisse sind jedoch zum großen Teil erfunden.

Glidden, Joseph: 1813 – 1906, Farmer aus Illinois, ließ sich 1874 den Stacheldraht patentieren, eine Erfindung, die den Wilden Westen grundlegend veränderte – die Zeit der «offenen Weide» und damit der Viehtriebe und des Cowboys war damit abgelaufen, die Siedler konnten ihr Land einzäunen.

Guttemplerorden: Der Bund zum Kampf gegen den Alkoholismus wurde 1852 in Utica, New York, gegründet; seine Mitglieder verpflichteten sich zur Abstinenz. Der Orden breitete sich weltweit aus.

Hardin, John Wesley: 1853 – 1895, Cowboy und Trailführer, berüchtigter Revolverheld und Desperado aus Texas, später Rechtsanwalt und Theologe. Für die Texaner war Hardin eine Art Nationalheld, für die übrigen Amerikaner ein legendärer Killer und Bandit; er versuchte auf illegale Weise, seinem

Recht Geltung zu verschaffen, und wurde so ein steckbrieflich gesuchter Desperado, der im Duell etwa 32 Männer erschoss. Oft handelte er dabei nach dem Ehrenkodex des Wilden Westens und nach texanischem Recht, verstieß aber gegen das US-amerikanische Recht. 1878 wurde er von Pinkerton-Detektiven verhaftet. Im Gefängnis studierte er Jura und Theologie, 1894 wurde er Rechtsanwalt und Dozent für Methodistenlehre. 1895 erschoss ihn ein ehemaliger Polizeibeamter in einem Saloon in El Paso.

Henry, Theodore C.: Bürgermeister in Abilene, experimentierte noch während des anhaltenden Rinderbooms heimlich mit Weizenanbau. Zuerst wurde er ausgelacht, aber als der Boom zu Ende war, wurde er quasi über Nacht zum ersten Weizenkönig der USA. Er hatte erkannt, dass die Prärie der ideale Boden für Weizen war.

Hickok, James Butler «Wild Bill»: 1837 – 1876, berühmter US-Marshal und Sheriff des Wilden Westens, Berufsspieler und Armee-Scout. Zunächst kämpfte Hickok mit großer Einsatzbereitschaft im nordamerikanischen Bürgerkrieg auf der Seite der Nordstaaten; danach war er Sheriff und Marshall in mehreren Städten von Kansas. Er galt als der schnellste Schütze des Wilden Westens, sein Markenzeichen war es, dass er seine beiden Pistolen mit dem Griff nach vorne trug, so dass er sie immer überkreuz ziehen musste. Nach seiner Zeit als Gesetzeshüter trat er u.a. in Buffalo Bills «Wild West Shows» auf und ging nach Süd-Dakota auf Goldsuche. 1876 wurde er in einem Saloon beim Kartenspiel durch einen Kopfschuss von hinten getötet.

Indianerterritorium: 1837 festgelegtes Gebiet, das ursprünglich Oklahoma, Kansas, Nebraska, Nord- und Süd-Dakota umfasste. Meist wurde aber nur das spätere Oklahoma als Indianerterritorium bezeichnet.

Jackson, Andrew: 1767 – 1845, Präsident der USA von 1829 bis 1837. Er kämpfte gegen die Indianer im US-Bundesstaat Tennessee, und unter seiner Präsidentschaft wurde das Umsiedlungsgesetz verabschiedet, das alle Indianer östlich des Mississippi vertrieb.

Jayhawkers: Gegenpartei zu Quantrill und seine Bande (siehe dort), die sie mit gleichen Mitteln und gleicher Grausamkeit bekämpfte; die Jayhawkers verfolgten unbarmherzig Sklavenbefürworter in Kansas.

Little Wolf: um 1820 – 1904, bedeutender Kriegshäuptling der Cheyenne, kämpfte unentwegt gegen die US-Armee, als der Westen von Goldsuchern, Büffeljägern und Einwanderern heimgesucht wurde. 1876 verlor er die Schlacht am Crazy Woman Creek gegen Colonel McKenzie. 1878 versuchte er mit seinem Stamm vergeblich aus der Cheyenne-Reservation in Oklahoma auszubrechen.

Lone Star State: So wurde Texas oft genannt, da das texanische Staatssymbol ein fünfzackiger Stern war. Auch nachdem sich Texas 1848 dem US-Staatenbund angeschlossen hatte, schmückten texanische Cowboys ihre Stiefelschäfte, Sättel, Hüte und Chaps mit dem Fünfzack, um ihre Herkunft anzuzeigen.

Lone Wolf: um 1815 – um 1879, bedeutender Oberhäuptling der Kiowa, entschied sich für ein militärisches Vorgehen gegen die weißen Eindringlinge. 1874 nahm er am Gefecht von Adobe Walls teil.

Mackenzie, Ronald S.: Colonel der US-Armee, der sich in den Indianerkriegen hervortat. In mehreren Schlachten, u.a. in der Schlacht im Palo Duro Canyon, schlug er die Prärieindianer entscheidend.

Masterson, William Barclay «Bat»: 1853 – 1921, erfolgreicher Spieler, Revolverheld und Gesetzeshüter. Er und seine Brüder arbeiteten als Sheriffs in Dodge City und Umgebung; später ging Bat Masterson als Sportreporter zu einer Zeitung in New York.

McClellan-Sattel: US-Militärsattel, entwickelt von Colonel George Brinton McClellan (1826 – 1885), der als General für die Unionisten im Bürgerkrieg kämpfte.

Mormonen: 1830 begründete Religionsgemeinschaft, deren Anhänger sich als «Heilige der Letzten Tage» bezeichneten. Die Mormonen bekannten sich bis 1890 zur Mehrehe. 1846 /1847 zogen etwa 15 000 Mitglieder unter Führung von B. Young durch die weiten, unwegsamen Prärien bis zum Großen Salzsee in den Rocky Mountains, wo sie eine vorbildliche, gut organisierte Stadt gründeten, Salt Lake City, und ein eigenes Territorium errichteten, das spätere Utah. Die Art der Besiedelung war wegweisend für viele nachfolgende Siedler, die im Westen nicht nur vorübergehend ihr Glück versuchen wollten, sondern dauerhaft dort zu leben beabsichtigten.

Nickel: Fünfcentstück.

Pierce, Abel «Shanghai»: bekannter texanischer Rinderkönig in Abilene. Er kam durch den Viehhandel zu unglaublichem Reichtum; beispielsweise begleitete ihn überallhin ein schwarzer Cowboy, der während der ganzen Zeit Goldmünzen im Wert von etwa 100 000 Dollar bei sich trug.

Pony: Der Cowboy bezeichnete mit «Pony» oft jedes eingerittene Sattelpferd, besonders aber die von ihm verwendeten Rinderpferde, die meist etwas kleiner und kompakter waren und sich besonders durch ihre Wendigkeit auszeichneten. «Pony» ist also nicht einfach eine Bezeichnung für «kleines Pferd» und darf in seinen Größenverhältnissen nicht mit dem europäischen Pony verwechselt werden. Im Sprachgebrauch des Cowboys ist «Pony» als Aufwertung zu verstehen, keineswegs als Verniedlichung.

Pinkerton, Allan: 1819 – 1884, amerikanischer Kriminalist, begründete 1850 in Chicago ein privates Detektivbüro, das Weltruhm erlangte. Pinkertons Detektive waren u.a. bei der Niederschlagung von Streiks im Einsatz.

Quannah Parker: 1844 – 1911, Sohn eines Komantschenhäuptlings und einer Weißen; berühmter Häuptling der Komantschen, der sich als ein weiser, sehr ehrenhafter und gemäßigter Führer seines Stammes erwies. Er nahm u.a. am Gefecht von Adobe Walls teil. Nach seiner Niederlage im Palo Duro Canyon wurde er von Colonel Mackenzie in die Reservation getrieben. Quannah Parker wurde ein erfolgreicher Geschäftsmann in der Welt der Weißen, war mit Theodore Roosevelt persönlich bekannt und setzte sich für die Rechte der Indianer ein.

Quantrill, William C.: 1837 – 1865, ursprünglich Schulmeister, wurde ein berüchtigter Bandenführer und Terrorist, der im

Namen der Konföderierten mordete und plünderte und gegen Sklavengegner vorging; zeitweise wurde er von der Regierung der Südstaaten offiziell als Guerillakämpfer anerkannt, später begann er seinen Guerillakampf gegen die Bevölkerung von Kansas auf eigene Faust. Er versetzte die Bevölkerung in Angst und Schrecken; 1863 zerstörten er und seine Männer z.B. die Stadt Lawrence in Kansas fast vollständig und hinterließen 153 Tote.

Red Cloud: 1822 – 1909, Häuptling vom Stamm der Oglala, führte von 1865 bis 1867 Widerstandsaktionen (den sog. «Red Cloud's War») gegen die US-Armee durch und organisierte eine lockere Allianz der Prärieindianer gegen die im Indianerland gelegenen Forts der Weißen. 1870 war er Gast der US-Regierung in New York und Washington, wo er von der Macht der USA so beeindruckt war, dass er sich danach an keiner militärischen Aktion gegen die Weißen mehr beteiligte.

Remuda: Herde von Wechselpferden, die auf einem Viehtrieb mitgeführt wird.

Satanta: um 1830 – 1878, bedeutender Häuptling der Kiowa, dessen Tollkühnheit gerühmt wurde. Obwohl er den Vertrag von Medicine Lodge 1867 unterzeichnete, war er ein erbitterter Gegner der Weißen. 1874 nahm er am Gefecht von Adobe Walls teil und wurde noch im selben Jahr inhaftiert. 1878 nahm sich der freiheitsliebende Satanta durch einen Sprung aus dem oberen Stockwerk des Gefängnishospitals von Huntsville das Leben.

Sheridan, Philip H.: 1831 – 1888, bekannter Offizier während des Bürgerkriegs, war anschließend eine wichtige Figur im Kampf der US-Armee gegen die Indianer. Er begrüßte, wie viele andere auch, die Ausrottung der Büffel, weil es dadurch in der Prärie Platz für die Rinder gab. Die Prärien sollten nach seiner Auffassung von Viehherden und fröhlichen Cowboys bedeckt sein.

Sherman, William: 1820 – 1891, General der US-Armee, der an mehreren Kämpfen gegen die Prärieindianer beteiligt war.

Stampede: wilde Flucht einer in Panik geratenen Rinderherde.

Texas Rangers: US-amerikanische Miliztruppe, später offizielle Polizeitruppe zur Sicherung der texanischen Staatsgrenzen gegen Indianer und Banditen. Die Texas Rangers waren bekannt für ihre Brutalität und bekämpften in den 1860er und 1870er Jahren gnadenlos die südlichen Prärieindianer, vor allem Komantschen und Kiowas.

Thanksgiving Day: wurde in Massachusetts 1621 von den Pilgervätern erstmals als Dankfest für die Ernte gefeiert. Von George Washington wurde der Feiertag 1789 offiziell auf den 26. November gelegt.

Vierter Juli: Tag der Unabhängigkeitserklärung der dreizehn nordamerikanischen Staaten 1776 gegenüber Großbritannien. Nationalfeiertag der USA. Das Fest am vierten Juli war für die Grenzbewohner im Wilden Westen eine sehr willkommene Abwechslung in ihrem oft öden Alltag.

«Es ist einfach eine Geschichte der Seele.»
Tonke Dragt

Tonke Dragt

TURMHOCH UND MEILENWEIT

Ein Zukunftsroman

Aus dem Niederländischen von Liesel Linn
360 Seiten, gebunden mit Schutzumschlag
Ausgezeichnet mit dem «Buxtehuder Bullen» 1996

Was für ein Geheimnis bergen die hohen, flammenden Wälder, die zu betreten den Forschern verboten ist? Edu kommt zum zweitenmal auf die Venus, weil ihn diese Frage nicht loslässt. Doch wann immer er versucht, die Erfahrungsberichte früherer Venusforscher einzusehen, stets wird es ihm verwehrt. Warum ist ihm als Wissenschaftler der freie Zugang zu den Wäldern verboten? Was haben seine Vorgänger über sie erfahren oder durch sie erlitten?

«Wie ein Gemälde – fein skizziert, farbenfroh, plastisch – erscheint mir jede einzelne Seite des Buches. Man kann gar nicht genug bekommen vom Gucken, Staunen und Mitfantasieren. Dabei ist es überraschend, mit wie wenig Effekten die Autorin auskommt. Ein spannender Science-Fiction-Roman ohne Ballerei, Luftkämpfe, Laserschwerter, Helden und Bösewichte – wo gibt's denn so was? Eben hier ...» *Eselsohr*

Verlag Freies Geistesleben

Rückgabe spätestens am

15.11.00		

FZ DIN 1500 ekz Best.-Nr. 806642.1